Johannes Schlaf

Der Kleine

Ein Berliner Roman in drei Büchern

Johannes Schlaf

Der Kleine

Ein Berliner Roman in drei Büchern

ISBN/EAN: 9783955631383

Auflage: 1

Erscheinungsjahr: 2013

Erscheinungsort: Bremen, Deutschland

Leseklassiker

Der Kleine

Ein Berliner Roman in drei Büchern

von

Johannes Schlaf

Stuttgart 1904
Axel Juncker, Verlag.

Erstes Buch.

I.

Siegmund Löhr hatte sein Lever gehalten.

Wieder mal hatte man denn also einen Tag vor sich! Was fing man mit ihm an?

Das Wetter war schön?

Na! — dann konnte man ja, meinetwegen! wieder mal einen Vormittagsbummel den Kurfürstendamm 'nauf nach Halensee unternehmen. Konnte wieder mal bei der guten Lisa ein wenig — abbauen. — Er hatte sie ja nun nachgerade auch über. —

Und — eigentlich die höchste Zeit, daß er sie über hatte! . . .

Siegmund Löhr begab sich in sein Arbeitszimmer, wo ihm Schorsch, sein Freund und dienstbarer Geist, ein bewährter Künstler in allen Brau= und Kochangelegenheiten, einen vorzüglichen Morgenkaffee servierte. Siegmund war in der Lage sich einen Diener zu halten; weibliche Bedienung mochte er im Bereich seiner vier Pfähle nicht leiden.

Nach gehaltenem Frühstück zündete er sich eine Bostagnioglo an und montierte sich zum Ausgang.

Aus seiner Dessauerstraße hervor tauchte er in das

1

bunte Vormittagstreiben der Königsgrätzer, stieg beim Potsdamer Bahnhof zur Untergrundbahn hinab und löste ein Billet nach Station Zoologischer Garten.

. . . Sieh! Er war ja förmlich bei Stimmung? Und wohl ganz und gar irgend ein leiser Untergrund von — Sentiment? . . .

Als die drei Waggons aus dem Dunkel des Tunnels auf die sonnige Höhe des Konduktes hinaufglitten, der über die Weite des Potsdamer-Bahn-Revieres führt, empfing Siegmund Löhr von dem imposanten Panorama, das man von hier oben genießt, sogar so etwas wie einen Eindruck.

Er hatte ja also wohl immer noch — Seele!

Niemand hatte ihm wohl jemals — Seele zugetraut. Es war sein Schicksal. — Von jeher hatte er für alle nur immer als Mephisto gegolten. — Nur der Kleine, dieses wunderliche romantische Gemüt, dieser sinnige Jüngling mit seinem Haarbusch und seinen ehrenwerten phantastischen Augen: nur der Kleine vertrat mit der ihm eigenen fanatischen Entschiedenheit, aber gewissermaßen in dem stolzen Gefühl einer geistreichen psychologischen Feinheit mit paradoxalem Anflug, die Ansicht, daß Siegmund Löhr Seele habe.

Vielleicht, daß er für den Kleinen gerade wegen dieses liebenswürdigen jugendlichen Vorurteils so viel Sympathie empfand?

Der Kleine! — Mit der Phantasie, der Begeisterung und den modernen Ideen! . . .

*   *   *

Seele! — Da mußte er an Edwin Uhse denken.

Hum! — Mit was allem man eigentlich verkehrt!

— Mit was allem man sich tangiert! — Und — was das einen nicht alles über sich selbst sagt!

Uhse! — Das war ja denn wohl auch so ein merkwürdiger Abgrund, in den man da hineinblickte!

Auch eine schöne Seele!

Er hatte zum Beispiel da neulich so interessante Ansichten über den Kleinen geäußert.

Der Kleine hatte nämlich noch nie Verkehr mit den Weibern gehabt. Uhse hatte ihm Krafft-Ebbings „Psychopathia sexualis" in die Hände gespielt. —

Edwin Uhse war ein kleiner, blitzsauberer und hübscher Kerl, der die Weiber zu charmieren wußte bis zu einem Grade, daß er eine nahezu absolute Gewalt über sie besaß. Aus einer sehr gut situierten Familie stammend, hatte er in einem gewissen äußerlichen Sinne eine tadellose Erziehung genossen, die ihm das Äußere des charmantesten kleinen Gentleman gab. — Der Kleine war geradezu begeistert von ihm; wenn er freilich zugleich auch durch Uhse in eine gewisse liebenswürdige Verwirrung gesetzt wurde, die Siegmund zuweilen wohl Vergnügen machte. Dieser allerliebste goldene Esel marachte sich nämlich förmlich ab mit Trübsinnsanfällen, weil er sich von Uhses sicheren Manieren bestrickt, die er in seiner begeisterten, rührend altmodischen Weise — es war in ihr eine so köstliche Verschämtheit und doch auch wieder so viel, wenn auch zaghaft auftrumpfender Trotz — „adlig" nannte, für einen plumpen Plebejer hielt, und weil seine krampfhaften Anstrengungen, Uhse nachzueifern, keinen rechten Erfolg haben wollten. Der Kleine hieß solches Unvermögen, Psychologe der er war, ein ‚ethisches Manko'; und um alles in der Welt wollte er kein Plebejer sein und kein ‚ethisches Manko' an sich dulden. — Nun

erregten ja wohl trotzdem dem Kleinen gewisse Eigenschaften Uhses, wie Siegmund zu seiner Freude wahrnehmen konnte, eine instinktmäßige Abneigung: leider aber
blieb diese Abneigung nur halb bewußt und dem Kleinen
unklar. — Sobald er, ein sehr emsiger Beobachter und
Prüfer seiner selbst und in dieser Eigenschaft von einem
guten und nicht unsicheren Instinkt, sich über solche Anwandlungen klar werden und die richtige Ansicht über
Uhse gewinnen wollte, trübte und verwirrte er sich alles
wieder durch das, was er an Uhse so begeistert bewunderte; weil er es in seiner vertrakten psychologischen Fein-
spürigkeit, die so halb und halb sein Spleen, für „im
Grunde ethische Tüchtigkeit“ hielt. Und Siegmund mochte
sich auf den Kopf stellen: er konnte ihn von diesem
Eigensinn nicht abbringen. Siegmund fürchtete immer,
daß der Kleine da wohl gar mal ein gehöriges Lehrgeld zu zahlen haben würde.

Uhse! — Siegmund sah ihn in diesem Augenblicke
förmlich leibhaft vor sich in einer ganz besonderen, sehr
charakteristischen Mimik. Er sah das bei gewissen Gelegenheiten wunderlich kaustische Glattwerden der Stirnhaut, das Uhse die hellblonde Haarfrisur nach oben schob
und das Gesicht zu einer geradezu satanischen Bocksfratze
nach der spitzen Nase hin zu sammenzog. Er sah die
spitze Nase; die sonderbar geduckte Haltung des Kopfes;
die gekniffenen, stechend mobilen Äugelchen, in deren konzentrierten Pupillen zwei stecknadelkopfgroße Pünktchen
blitzten; die in solchen Augenblicken etwas abstehenden
Ohren; die sonderbaren Fältchen um Nase, Mund und
Augen; die ganze intensive kaustische Geilheit dieses seltsamen Gesichtsausdruckes. — Und diese Geilheit war ja
denn wohl überhaupt die Achse seines Wesens.

Nun ja! Das war denn nun wohl also die — Seele, die — Ethik, die hinter dem ganzen bestrickenden Tip=Top dieses sonderbaren interessanten Menschen stak und hinter seiner — sicher nach der bewußten Richtung und in ihrem Interesse — so überaus mobilen Intelligenz.

Der Kleine! — Haha! Der liebe Kerl!

Er mußte denn doch wohl auf ihn Acht geben! — Es bedeutete ja vielleicht, in gewisser Hinsicht, gerade Tugend, daß er vorderhand von diesem Uhse nicht abzubringen war; er pflegte ja überhaupt mit einer unbeirrbaren Zähigkeit auf alles loszugehen, was ihm problematisch war und nicht eher locker zu lassen, als bis er es gründlich verstanden hatte: aber man mußte denn doch aufpassen, daß das Lehrgeld, das er vielleicht gerade bei dieser Gelegenheit zu bezahlen haben würde, ihm nicht zu teuer zu stehen kam.

Siegmund bekam es mit einem Unbehagen, das beinah einen Anflug von Verwunderung und — Grauen hatte.

Es hatte vielleicht doch so — seine Tiefen und Hintergründe! —

Ein seltsamer, ein ganz seltsamer Mensch, dieser Uhse!

Im Grunde eine völlig kalte und raffinierte Bestie. Seine Dämonie war widerwärtig und unheimlich. Wenn schon freilich dermaßen bewußt; so ungeheuerlich, so unheimlich bewußt und raffiniert, daß er den Anschein der vielseitigsten Liebenswürdigkeit, selbst der wärmst bestrickenden Eigenschaften vermochte. — Und dies: ja, dies war eigentlich ein so sehr interessanter Punkt! . . . .

Siegmund wurde nervöse. Gerade diese Beobachtung machte ihn unruhig. —

ü! — Er ließ die Scherbe aus dem Auge gleiten und drückte sich in das Polster seiner Wagenecke.

— — Aber! — haha! — es kam vor, daß der Kleine jetzt schon mal Absinth trank oder eine Chartreuse, und daß er eine Importe mit Chik zu rauchen sich bemühte. Und wie er sich jetzt in Acht zu nehmen anfing vor seiner „ethischen," „pathetischen," Terminologie; und daß er ja beim Diskutieren nicht zu viel Eifer entwickelte! —

Nun, dies und jenes mochte er immerhin schon profitieren. Obgleich es Siegmund lieber gesehen hätte, wenn der Kleine auch hier s e i n e Mentorschaft vorgezogen hätte . . .

Plötzlich aber nahm sein Gesicht einen gespannten und aufmerksamen Ausdruck an. Ein Gedanke hatte ihn durchzuckt. — Wetter! Was war denn eigentlich d a s ?! Was hatte denn d a s zu bedeuten?!

Seit einem Monat etwa zog Uhse sich da mit einem Weibe herum. Eine seltsame, interessante Schönheit. — S e h r erfahren. — Zuweilen in einer tiefen und — in Uhses Jargon — sehr pikanten Depression. Bei alledem im Grunde überaus gutherzig; von einer sehr sensiblen, außerordentlich leicht erregten Gutherzigkeit; einer Gutherzigkeit, die wohl bis zur selbstvergessensten Dummheit ging. — Hm! Jene süße, leidenschaftliche, man möchte sagen: erhabene Dummheit d e s Weibtypes, den der Pariser die „grande amoureuse" nennt. — Nun hatte aber Uhse den Kleinen Nelly vorgestellt und ihn mit ihr gemeinschaftlich, letzter Zeit in einen auffallend häufigen Verkehr gezogen. Jeden Abend in den letzt vergangenen Wochen, sobald Siegmund in das Café eintrat, hatte er die drei beieinander gefunden.

Das war doch eigentlich auffallend? — Unbedingt mußte das was zu bedeuten haben!

Edwin Uhse tat nichts ohne irgend eine raffinierte Berechnung; und er hatte sich bisher ja aus dem Verkehr des Kleinen, den er mit seinen modernen Ideen da und seinen Anfällen von altmodischen jugendlichen Pathos höchstens hin und wieder mal aufzog, nicht gerade besonders viel gemacht. Weshalb staken sie also jetzt beständig zusammen?

Übrigens: auch das wollte Siegmund mit einem Mal auffallend vorkommen, daß Uhse sich neuerdings so viel mit spiritistischer und okkultistischer Lektüre beschäftigte, von Nymphomanie, Kamphorproben, Hexenkochkunststücken, Hexenprozessen, Sympathiemitteln, Hypnose, und Suggestion sprach und spiritistische Klubs besuchte?

Eigentlich hatte Siegmund für heute Abend etwas anderes vor: es war aber vielleicht doch besser, wenn er ins Café ging.

II.

Die drei Waggons waren in die Tunnelhalle der Station Zoologischer Garten eingelaufen, und Siegmund stieg die Stufen zum Bahnhofsplatz hinauf.

Er atmete auf, als er in der schönen Sonne stand und seine Blicke auf die lachende Pracht der Blumenkörbe fielen, mit denen die Verkäuferinnen an dem Billethäuschen hinstanden.

Er klemmte die Scherbe ins Auge, erstand sich eine dunkelrote Nelke, befestigte sie im Knopfloch und schritt dann die Joachimsthalerstraße hinauf dem Kurfürstendamm zu, in den er um das Café des Westens herum einbog.

Er schritt auf dieser Seite weiter, unter den schönen Bäumen hin, die das Trottoir flankierten. —

Er liebte es, an solchen heiteren Lenztagen in dieser stolzesten und freundlichsten Straße des Berliner Westens zu spazieren und hier den ersten Berliner Frühling zu genießen.

In dem Vorgarten des Persischen Konsulates standen zwei Tulpenbäume in voller Blüte. Es erquickte Siegmund, seine Blicke auf dem magischen Smaragd der Grasfläche verweilen zu lassen, auf der sich die beiden prächtigen Blütenwunder erhoben, zwischen Beeten voller roter Geranien und sammetdunkler Stiefmütterchen. Zwischen den Baumkronen durch und über den dunkelbraunen Reitweg drüben hin, auf den blanken Leibern der Reitpferde webten und spielten helle Sonnenlichter. Auf den breiten, asphaltierten Fahrdämmen zu beiden Seiten des Reitweges rollten Droschken, Equipagen und Kutschwagen, rasaunten die Automobile, trappelten die Geschäftswagen mit ihren bunten Reklamebildern und Buchstaben. Bicycles huschten vorüber. All das muntere Lebensspiel, das Licht und Wärme des schönen Lenztages verdoppelten. Das belebtere Treiben der Trottoirs. Die vielen Spaziergänger. — Die vier endlos sich hinziehenden, schnurgeraden Reihen der Bäume, die Licht und Wärme mit ihrem Hauch und Schatten milderten; das Treiben mit seinem hellen, lebendigen Farbenspiel und seinen angenehm komfortablen Eindrücken, das doch nie zum lästigen und verhüllenden Gedränge wird, wie in den Revieren des Zentrums; die zwei endlos langen Häuserfronten, die sich in die Ferne ziehen wie stilisierte Felswände eines Gebirgstales; die Reihen der Vorgärten mit ihren massiven kunstvollen Eisengittern, mit ihrem wohlgepflegten Rasen und ihren lachenden Blumenrabatten pflegten ihn zu zerstreuen. — Und dann war es reizvoll, daß hier so viele stolze und vollendete Eindrücke mit dem malerischen Idyll noch werdender wechselten. — Hier, nach einer langen Reihe stattlicher Mietsgebäude, hatte man den Blick in einen schönen Park, in dessen Hintergrund man zwischen Baumgruppen, am Rande einer lichten Rasenfläche eine Villenfront erblickte mit einem säulengetragenen Portal. Nicht weit davon ist der Blick offen auf das noch unbebaute Revier ehemaligen Wiesenlandes mit Weidengestrüpp, einer einsamen alten Esche. Man sieht Pferde weiden oder angepflockte Ziegen. Oder es gibt eine Schau über die graugelbe Fläche eines Sportplatzes mit einer lichtgekleideten Menschheit, die Lawn Tennis spielt und Bicycle fährt. Oder man streicht an so einer malerischen Lauben- und Gartenkolonie vorbei mit Gemüsebeeten und kleinen umrankten Hütten, auf denen bunte Fähnchen flattern.

Da erblickte Siegmund in einem der Vorgärten eine kleine, dunkelgrüne japanische Tanne.

Er empfand ein verwunderliches Wohlbehagen und verweilte.

Es war ein etwa anderthalb Meter hoher Baum von außergewöhnlicher Schönheit, Gradheit und sauberer Regelmäßigkeit des Wuchses. Etwas Gesundes, zierlich Kräftiges, Stolzes, und, fand er, reizend Ehrbares lebte in dem Eindruck.

Und — wie graziös! Und doch — herzhaft! — In den Formen! In dem schönen aparten, dunklen Schwarzgrün der graden, breiten Zweigfächer! — Eine herzhafte, graziöse Kraft, in der irgend ein gehaltenes, gesundes Bibrieren ist; das Bibrieren einer gesunden, feinen, klug-intelligenten Kraft.

Siegmund wandte sich plötzlich kurz ab und schritt weiter.

Er wollte das nicht mehr. Denn er meinte schon lange nicht mehr die Tanne. Es war da von Anfang an irgend so ein besonderer Bann in dem Eindrucke gewesen. Es war ihm zum Bewußtsein gekommen, daß er ihn als irgend etwas Gemeinsames, als das dritte, gemeinsame eines Vergleiches empfand. Er meinte schon lange nicht mehr die Tanne: er sah ja wohl gar wieder mal — Sie! — Sie!

Es fehlte noch! — Er mochte es nicht. Was sollte es? Wozu nützte es?

Es war ja wohl die hanebüchenste Enttäuschung seines Lebens gewesen. —

Ach ja! Er hatte wirklich — Seele gehabt! Damals hatte er noch — Seele gehabt!

Sie hatte ihm ja wohl nicht gründlicher zurückgestaucht werden können!

Immerhin: jaja! — Die Schuld konnte ja wohl seinetwegen auch zu einem großen Teil an ihm selber liegen. Vielleicht war dennoch von Anfang an der verdammte Knick in ihm latent gewesen. — Wußte der Teufel!

Sti Høg aus Jacobsens „Marie Grubbe" fiel ihm ein. Siegmund Löhr und dieser Sti Høg: die beiden waren auf einem Stamm gewachsen. — Von welcher Unruhe, von welchem geheimen Wissen, von welcher dunklen Erkenntnis wurden sie getrieben?

Charakter! Rasse! — Ja, die hatte sie ja denn wohl gehabt. — Trotz allem übrigen: Rasse.

Raſſe! — Siegmund kam in ſeine beliebten Gedankengänge hinein. Er geriet auf ſein Steckenpferd.

Denn, unterbekommen hatte es ihn ja nun wohl
nicht, damals. Es war ja wohl ſozuſagen immer noch
ſo dies und jenes dabei herausgekommen. Sogar halbwegs zum Gelehrten hatte es ihn gemacht.

Schon ſeit einigen Jahren beſchäftigte er ſich mit
eindringlichen Studien über das Problem der Raſſe. Er
beſaß eine anſehnliche Bibliothek; er war auf Reiſen
geweſen; hatte das Thema von den verſchiedenſten Seiten
her in Angriff genommen; von Seiten her, die, wie er
geſehen, von der bisherigen Tradition dieſer Wiſſenſchaft,
wenn man etwa neuerdings den Grafen Gobineau ausnahm, überſehen waren; der Grund ihrer in die Augen
ſpringenden Unvollkommenheit und ihres meiſt recht
äußerlichen Schematismus. Auch das Leben, in dem er
trieb, hatte Siegmund nicht unterlaſſen, dieſem wiſſen-
ſchaftlichen Eifer zu unterſtellen; umſoweniger, als ſich
ihm gerade hier ſo viel intereſſante Tiefen ſeeliſcher Er-
kenntniſſe auftaten. Das Problem der Raſſe aber war
ihm völlig gleichbedeutend mit dem Problem der Entwicklung der Seele und der Individualität . . . .

Die Raſſe! — Haha! Daphne verwandelte ſich vormals in einen Lorbeer: jetzt hatte ſich eine kleine japa-
niſche Tanne in ſeine entſchwundene Gubula verwandelt.

Denn ſie war eine Baierin geweſen. Gubula hatte
ſie geheißen. Ihr Vater, ein ſteinreiches, altes Haus,
hatte vordem in der Umgegend von Bamberg ein ganz
anſtändiges Tuchfabrikchen beſeſſen.

Was für ein allerliebſtes Kanonhütchen ſie aufgehabt
hatte, als er ſie zum erſten Mal ſah! Und das Schleif-
chen ſeitwärts an dem dunklen Sammetband um den

Hals! — Die kleinen, zierlichen Hände! Und doch kräftig! — Und die großen, gescheiten, resoluten Braunnaugen! Sie waren so — keusch gewesen!

Sie hatte seine Leidenschaft nicht verstanden. Sinnlichkeit hatte sie das ja wohl genannt. Und hatte sie ihn nicht gelegentlich mal mit wünschenswertester Offenherzigkeit „einen Mann alten Schlages" genannt? — Nun, der war ja nun wohl nachgerade im Begriff „abzuwirtschaften".

Gegenwärtig war sie glücklich mit so einem ächten „Modernen" verheiratet. Mit so einem „Vorkämpfer für die Befreiung des Weibes". Er war Herausgeber irgend so einer modernen Zeitschrift, der übrigens Gubulas drei Millionen ganz gut zu statten gekommen waren. Sie hausten in Zürich. Gubula war von ihm Mutter.

Und dennoch war sie sein — Typ gewesen. Und wahrhaftig nicht bloß so sein — Geschmack. Und dennoch war sie eine kleine, recht „rassige Blitzkröte" gewesen.

Ach, mocht' es der Kuckuck holen!

Hinum! Hinab! —

Siegmund hielt eine vorbeifahrende Automobildroschke an, stieg hinein und ließ sich nach Halensee hinausfahren.

Vorderhand also mal zu der braven Lisa, der er ja da draußen in ihrer Villa hinter dem Rücken ihres sicher braveren — Gatten eine Überraschung bereiten konnte. Und dann also heut Abend ins Café.

So hatte denn der Tag ja wohl, gottlob! wieder mal sein — Programm! —

III.

„Le médicin jouait avec son crayon d'or et m'a dit: ‚un régime sédatif‘. — Non, ce n'est pas cela, ce n'est pas le mal qu'ils croient. Les nerfs sont pris, l'esprit aussi. Je ne l'ignore pas, et pourtant il y a autre chose.

Dans la rue j'ai haussé les épaules et déchiré l'ordonnance. Ét puis une jolie enfant a passé. Elle m'a régardé. Je ne la connais pas, je ne l'ai jamais vue; cependant celle — là sait mieux que les médecins le mal que j'ai.

Peut-être je suis un homme très-vieux. Je porte en mes os l'homme que j'états déja dans les lointains de la race. Oui, alors déjà j'étais possédé de ce mál; mon sang âcrement brûlait. Et j'ai à peine trente ans.“

Donald Wegener, der „Kleine“, hatte sich wieder mal den „L'homme en Amour“ des Camille Lemonnier vom Büchergestell genommen. Edwin Uhse hatte gesagt, daß das ein sehr interessantes Buch sei. Donald müsse das mal lesen. — Es war zwar mit Donalds Französisch nun nicht gerade so sehr weit her; es langte eben so zum Hausbedarf; und soweit es für einen Volontär in einer Sortimentsbuchhandlung von Nöten: aber den „L'homme en Amour“ hatte Donald dennoch heruntergelesen, fast ohne das Lexikon zu gebrauchen.

Donald befand sich im hintersten Raume der langen Leihbibliotheksflucht, die seit einiger Zeit sein Ressort war. Hier hinten war die französiche Abteilung. Wie alle Zimmer der Flucht war sie ein quadratischer, kleiner, aber sehr hoher Raum. Sein einziges Fenster ging wie die aller anderen Bibliotheks-Zimmer auf einen dunklen, verräucherten Alt-Berliner Hof hinaus. Nur wenig Licht stahl sich bleich in die von den hohen Bücherregalen gebildete Nische, in der Donald mit seinem Lemonnier auf einem mit verschabten Leder überzogenen Drehsesselchen hockte; in dem blassen Frühlingssonnenstrahl, der bald mal auftauchte, bald mal wieder völlig verschwand; mit kurzen Zuckungen kam und wich; dann mal eine Reihe von Minuten verweilte, um dann plötzlich wieder zu verschwinden.

Alle vier Wände waren bis zur Decke hinauf von Büchergestellen verdeckt. Das Zimmer stand so voll Gestellen, daß in der Mitte nur noch gerade Raum für einen schmalen Durchgang blieb. — Still war es hier in diesem abgelegenen Winkel, dunkel und dunstig von einem staubigen Papiergeruch, der von all den vielen schwarzgebundenen Büchern ausging, die da mit ihren auf den Rücken geklebten gelben Papierstreifchen standen. Eine solche Stille herrschte, daß man weit vorn im Ladenraum die Leute reden hören konnte. Und nichts war lebendig, als die Milliarden von schimmernden, wimmelnden Sonnenstäubchen, wenn der huschende, blasse Lichtschein von draußen sich wieder mal hereinstahl.

Mit krummem, vorgebeugtem Buckel hockte Donald auf dem Sesselchen, starrte vor sich hin und kaute vor Aufregung an den Nägeln seiner langen Finger.

Donald stand in seinem Dreiundzwanzigsten. Sein Gesicht war mager und hatte entschiedene und geprägte, aber noch sehr junge Züge, von einem wirren, schönen, hellblond überwallenden Haarbusch gekrönt. Er war bartlos. Große, ehrliche, gescheite, etwas verträumte braune Augen hatte er unter einem breiten, schön gewölbten Stirnknochen. Sein Mund war klein, mit wohlgeformten, unschuldigen Lippen, die in der Regel ernst und ehrbar geschlossen waren. Aber in seinem fest gezeichneten Grübchenkinn und in der Linie seines langen Halses mit seinen hervortretenden Sehnen und Muskelbündeln lebte ein Ausdruck von Charakter und Beharrlichkeit, wenn nicht gar von Eigensinn. Sein Gesicht zeigte eine etwas bleiche, aber nicht ungesunde Farbe. Sein langer, schlanker Körper stak in einem dunkelgrauen, zwar sauberen, aber nicht gerade eleganten Jaquettanzug.

Er hatte die Schenkel und Kniee dicht aneinander gedrängt, auf denen er, die Beine halb auf den Zehen emporgehoben, den gelbbroschürten Lemonnier zu liegen hatte.

Er stöhnte. Die Schläfen waren ihm heiß, der Kopf wirr von aufgewühlten Gedanken und Spekulationen.

Das war er, da im Buch dachte er. Natürlich mußte er das sein. — Er war ganz niedergeschlagen und melancholisch. — Genau er! — Der junge Mann, der da im Buch sein Erlebnis mit Aube erzählt. — Und die Aube, das war — Nelly.

Donald wurde rot bis unter die Haare.

Ach!! Nein!! — Er sprang auf. Mit einem so heftigen Ruck, daß der Lemonnier mit einem Krach zu Boden schlug.

Die heiße Stirn an die alte grünliche Scheibe gedrückt, starrte er auf den Hof hinaus.

Nein! Er wollte das nicht mehr denken. Er fühlte, daß es ihm sonst unmöglich sein würde, heut' Abend in das Café zu gehen, Uhse zu sehen und gar neben Nelly zu sitzen. — Daß er sich immer neben sie setzen mußte! Und da neulich hatte sie sogar in einem Anfall von humoristischer Zärtlichkeit plötzlich seinen Kopf ergriffen und hatte ihn an ihre Brust gezogen . . .

Was sie für unbeschreibliche, goldwellig seidige Haarflächen über die Schläfe hatte! . . .

Wenn er — seinen Mund — ihrem Haar — nähern würde, und — würde ihr — Nelly! ins Ohr flüstern, dann — würde er — vor Wonne taumlig werden . . .

Er riß sich vom Fenster weg und fing an hin und her zu laufen.

Aube! — Wenn man Nelly gegen Aube hielt! — Um Himmelswillen!

Was für ein Unsinn! — Aube war dumm, gleichgültig, mit einem kalten Blick, wie ein schönes Tier. — Aber Nelly war gut und zärtlich und — unglücklich. —

Sie hatte in ihrem Wesen so etwas unbeschreiblich Süßes und — Mütterliches?

Wieder wurde er rot.

Mütterliches! — So — durfte er nicht empfinden. —

Er wurde mit einem Mal sehr, sehr niedergeschlagen.

Er war noch so jung und grün. Er war noch gar kein Mann. — Er fühlte, daß ein Mann nicht so fühlen dürfte. — Es war nichts mit ihm. Nichts! Gar nichts! — Und nie würde es jemals was mit ihm werden! — Nie würde er jemals imstande sein, ein solches Weib zu gewinnen.

Es war nichts mit ihm los. Ganz und gar nichts. — Er hätte sich manchmal totschießen; am ersten besten Türpfosten hätte er sich aufhängen mögen.

Wenn sie so neben ihm saß und ihn streifte, oder ihn bloß anblickte und mit ihrer weichen vollen Stimme, in der so ein wunderliches Beben war, ein Wort an ihn richtete, dann konnten ihm die Kniee zittern, dann konnten ihm die Gedanken vergehen.

Wie kläglich das war! Wie er sich schämte!

Nein! Es war eigentlich schon am besten, wenn er sich zwänge, gar nicht mehr in das Kaffee zu gehen und sie nie wiederzusehen.

Aber es war ja doch umsonst. Er mußte ja doch hin.

. . . . Warum hatte ihm übrigens Uhse geraten, das Buch zu lesen? — Es war ihm, als ob er mit einem Male dunkel irgend eine Ursache fühle, aus der ihm Uhse die Lektüre des Lemonnier geraten.

Er wurde plötzlich bleich und biß die Lippe ein.

Es war so merkwürdig, daß er bei dem jungen Mann im Buche fortwährend man sich selbst hatte denken müssen. — Und er w o l l t e nichts mit ihm zu tun haben. Denn das war gar kein Mann. Aube war der Mann; und er war das Weib. Aube hatte ihn gewählt; nicht er Aube. Er hatte sich von ihr nehmen lassen. Und das ging Donald gegen jedes Gefühl. — Jaja! bestätigte er sich: gegen jedes Gefühl ging ihm das. Nie würde er solch eine Schmach dulden! — Nie!

Nein! Er war n i c h t der junge Mann im Buche! Das war denn doch Unsinn! — Aube hatte sich ihm gegeben und ihn gestillt wie ein zärtliches, verzärteltes Jüngelchen.

Er! Ja, das mußte er: er hätte sie eher thyrannisiert. Bis sie nie und nimmermehr von ihm losgekonnt hätte. D a s wäre männlich gewesen; und, philosophierte

er: das wäre genau das gewesen, was sie selbst ge=
wollt. Denn im Grunde war Aube ein Weib, das den
rechten Mann suchte, meinte er.

Seine Augen funkelten. Sie hatten in dem phan=
tastischen Eifer seiner Hingenommenheit die nicht ganz
unbewußte Mimik eines starren grausamen Ausdruckes.
Eine Falte hatte sich ihm in die Stirn gegraben. Der
Kleine würde Siegmund, wenn er ihn in diesem Augen=
blicke hätte sehen können, Vergnügen gemacht haben.

Aber mit einem Mal ward er wieder sehr kleinlaut
und erschrak.

Was hatte denn Uhse nur eigentlich da· neulich
wieder gemeint?

Nach Mitternacht war er mit ihm die Friedrichs=
straße hinabgebummelt. Eigentlich hatten sie nun nach=
gerade sich nach Hause begeben wollen; aber als sie am
Kaffee National angelangt, da hatte Uhse ihn hineingezogen
und ihn ziemlich hinterrücks mit so einem Weibe da zu=
sammenkuppeln wollen.

Was wollte er denn nur immer damit, daß er
ihn an solche Weiber heranzubringen suchte?

Es war ihm so schwül und unbehaglich zu Mut
gewesen. In der heißen, parfümgeschwängerten Luft;
mitten zwischen dem vielen nackten Fleisch und den
grellen Kleidern und enormen, verrückten Hutgebäuden.
Die ganze Nacht hatte er nachher kein Auge zutun können.
Vor Erregung wie vor Ekel. Und die nächsten zwei
Tage war er die abscheuliche Illusion nicht losgeworden,
daß er den Schlund voll Schminke und Puder=
staub habe.

Und das Buch? Weshalb hatte Uhse ihm geraten,
das Buch zu lesen?

Ach! Sie zogen ihn auf! — Sie wollten ihn hecheln; als den keuschen Joseph.

Das war ja so ein Ausdruck, den sie da hatten. — Er fing plötzlich an, auf sie alle bös zu werden. Selbst gegen Nelly richtete er in diesem Augenblick ein Mißtrauen. Vielleicht sogar auch ein wenig gegen Siegmund.

Ach, war ihm zu Mute!

Lange stand er so, mit der Stirn gegen die alte grünliche Scheibe gelehnt; in ein langes würgendes Grübeln verloren.

Dann aber kam ihm plötzlich eine Stelle aus dem „L'homme en Amour" in Erinnerung.

Es ist die Mondnacht im Walde. Die sommerliche Mondnacht. Die Szene zwischen Aube und ihrem Liebhaber auf der kleinen versteckten Lichtung. Jene sommerliche Vollmondnacht mit ihrem Liebeszauber. — Aube schlüpft hinter die Büsche und entkleidet sich dort, um ihrem Freund ein Fest zu bereiten. In völlig nackter Pracht tritt Aube hervor in die warme, von magischem Mondglast durchwebte Nacht. — Er sieht ihren wundersamen weißen Körper; ihr gesundes weißes Gesicht mit dem lang gelösten dunklen Haar; mit den großen schwarzen gelassenen Augen; gelassen, rein und klar wie die eines schönen Tieres. Aube, die wie ein schönes vollkommenes Tier ist und liebt; ohne Treue, ohne Sentiment, Liebe; ganz reiner, klarer, freier Naturtrieb, der sich seiner Bahn überläßt; gelassener, starker, unfehlbarer Trieb. Aube, die wie eine schöne große weiße Katze ist; sanft, lind, glau und doch voller Leidenschaft.

Wie das war! Was das meinte! — Und was sie meinten, die Freunde? — Weshalb sie ihm mit alledem zusetzten?

Er biß sich in die Lippe; wurde bleich.

Nie! Nie!! dachte er und bestätigte er sich wieder mal mit aller Festigkeit, würde er zu solch einem Weibe gehen! Es ekelte ihn davor. — Gewiß! Er war wie jeder andere junge Mann. Er litt Pein und Anfechtung genug. Aber nimmer mehr würde er zu solch einem Weibe gehn! — Er dachte noch nicht mal so sehr daran, daß man sich eine Krankheit holen konnte. Aber ab=stoßender als das war ihm ihre Art. Er brauchte nur in ihre Nähe zu kommen. So versetzte es ihm die stärkste Sinnlichkeit.

Wie tote, starre Augen sie hatten! Und wie ihr Mund war! Und so ein Ausdruck um das Kinn und die Backenknochen, um die Stirn! — Sie hatten ihn alle. — Nein, er hätte ebensogut eine leblose Puppe umarmen können.

Es gab nun wohl Augenblicke, wo er sie bemit=leidete. O ja! — Natürlich! — Aber es überwältigte ihn zuweilen ein direktes Grauen vor ihnen, wenn er sie mit ihrem merkwürdigen Gang nachts durch die Straßen streichen sah.

Mochte das schon philiströs sein. — Er war vielleicht auch im großen und ganzen ein Philister. Er stammte aus einer gutbürgerlichen Provinzfamilie mit strengen Traditionen.

Begriff er seine Freunde in vielem: in allen Dingen mit ihnen zu halten vermochte er denn doch nicht.

Zuweilen sagte er sich nicht ohne Selbstbewußtsein, daß das Eigenheit, Charakter, Individualität sei.

Es wurde da unter ihnen so viel von Liebe ge=sprochen. So gar viel, eigentlich! — Alle gaben sich mit den Weibern ab. Man hieß wohl gar pervers

und anormal, wenn man das nicht tat. Es hieß, das
sei unbedingt nötig. — Aber Donald wußte denn doch
nicht, ob so dies und jenes denn nun aber auch wirklich
so durchaus von nöten war! — Sie triebens mitunter
denn doch etwas zu bunt!

Es kam ihm, was doch wohl seine Eltern sagen würden,
wenn sie ihn mitten in diesem Verkehr sähen? Und er
fragte sich, inwieweit sie wohl recht haben würden?

Nun, sie hätten denken und sagen mögen, was sie
wollten: er konnte nachgerade umgehen, mit wem er
wollte. Er war kein Kind, und wußte was er zu tun
und zu lassen hatte. Er durfte auf seine Neigungen
und Abneigungen Vertrauen setzen. Er wußte sie schon
auseinanderzuhalten. Und er wußte, wie viel er all
diesem Verkehr im Grunde zu danken hatte. — Er liebte
Siegmund Löhr. Er bewunderte Edwin Uhse. Und es
gab da noch ein Dutzend Anderer, von deren Umgang
ihn kein noch so verehrungswürdiges Vorurteil hätte ab=
bringen können. — Er verstand, daß sie freie, unbe=
kümmert lebendige, intelligente und oft geniale Menschen
waren und, alles in allem, gewiß brave und tüchtige
Kerle. Er wußte, daß er gegen viele von ihnen ein
Waisenknabe und Küken war. Nicht ohne Grund hießen
sie ihn den Kleinen. Er wußte das. Und er dankte es
ihnen. Er verstand, daß er ihnen sympathisch war und
daß sie ihn liebten. Aber wie sollte er sich nun eigent=
lich unter ihnen stellen? Sie waren der eine so, der
andere so. Sie trieben in ihren freien, wechselnden, oft
in einem Grade wechselnden Neigungen und Liebesver=
hältnissen herum, daß einem manchmal schon ganz wirblig
werden konnte; nackt und wahr in ihren Empfindungen
und Trieben, als käme es darauf an, diese erst völlig

kennen und verstehen zu lernen, ihren drängenden Willen zu vernehmen; denn sie sind das Heilige und allein Verehrungswürdige; sie sind der Wille der Welt. Sie trieben in all diesen bunten Verhältnissen, als sei erst auszumachen, was davon eigentlich und im Grunde denn Bös und Gut, Tugend und Sünde sei; und weil es darauf ankam, weil alle Sehnsucht und Hoffnung darauf gerichtet war, was aus einem solchen frischen, freien, wilden Chaos sich gebären werde; was sein innerster Wille, sein Gebot und seine treibende Sehnsucht sei. Denn das war nicht Menschenwerk und Menschenwillkür, was sich bei alledem ergeben werde: sondern es lag in den immanenten Zielen und Absichten der frei und freiest wirkenden und entbundenen Triebgewalten. Das war der Gesichtspunkt derer, die unter seinen Freunden über den Zustand einer solchen Anarchie nachdachten. — Oft fühlte Donald direkt so etwas wie ein ehrfürchtiges Staunen. Denn war es nicht wie die waltende gerechteste Auslese irgend eines in diesen Zeitläuften hereingebrochenen jüngsten Gerichtes? — Und wie interessant ihm Siegmunds Rassetheorien erschienen! — War es in alledem nicht vielleicht wirklich wie die Geburtswehen irgend eines neuen Rassetypes? — Siegmund hatte ihm gelegentlich mal darüber Vortrag gehalten. War es nicht, als könnte man zwischen allen Wirrnissen dieses Chaos eine webende, bald in Erscheinung wollende, bald wieder schwindende, aber immer wieder und immer von neuen emportauchende und oft vielleicht fast bis zum Greifen deutliche Vision irgend eines neuen seelisch-sittlichen und leiblichen Types gewahren? Ein mystischer Horla, der umging unter ihnen und sich zu materialisieren begann? — Nein wahrhaftig! Nicht um alles würde er diesen Verkehr mehr aufgeben; mit seinen Ideen und Gesichten, die wie der frische, brausende Strom eines neuen Lebens, die wie der Lebensodem eines neuen nahenden Reiches und Standes erlösender Gewißheit waren!

Aber wie nun war er unter ihnen? Wie hatte er es zu halten?

Wußte er's? Es mußte sich alles erst noch zeigen. Er mußte sich erst noch über sich selbst klar werden. — Denn hier war nur das eine gemeinsam, daß jeder Einzelne seines eigenen Glückes Schmied, und daß jeder nach seiner Façon selig werden konnte. — Aber was war seine „Façon"? Was war von allen diesen Eindrücken, die ihn hier bedrängten, drängten und lockten Versuchung, Teufel, Anfechtung und was war Tugend, was war Verläßlichkeit, was Gott und Notwendigkeit?

Aber dies jedenfalls schien unverrückbarer Instinkt in ihm, daß er, trotz aller heimlichen Leiden und trotz allen Verlockungen, die sich ihm, oft wie bestrickend darboten, trotz aller Früchte der Lust, die sich ihm förmlich in die Hände bogen, so daß er nur hätte zuzufassen brauchen, gerade hier und in diesem Punkte sich wehrte und verschloß?

Es kam wohl vor, daß er wählte, versuchte: aber immer wieder dieses seltsame Mäkeln, diese spröde Heikelkeit! — Ob das vielleicht gerade doch Tugend war? — Wie konnte man das wissen! Alles war Schicksal und Bestimmung: und alles war noch dunkel.

Dieses Mäkeln und Zurückzucken! Als fürchte sich etwas in ihm vor irgend einer geheimnisvollen Untreue!

Nun schied er ja wohl bereits. Indessen, es war nicht erst so von neuerdings. Er konnte es weit bis in seine frühe Jugend zurückverfolgen. Es schien wirklich auf einem Trieb zu beruhen. — Er schied. Er fing an zu erkennen, was auf ihn mit dem Zauber einer Notwendigkeit und Bestimmung wirkte und was nichts war als trüber Reiz und Rausch des Augenblickes, dunkle Wirrnis des Instinktes.

Jaja! Es war ein ganz bestimmter Typ, das konnte er deutlich erkennen, der es ihm antat. Und, er meinte, er wußte: wo er immer das Richtige erkannte, da würde er es, nirgends! loslassen; da würde er es auch festhalten.

Es waren Weiber mit irgend einer Unruhe, die es ihm antaten; Weiber, die irgendwie das Merkmal eines heimlichen Leidens trugen; Weiber, bei denen sich dieses Leiden auf irgend einen Zwiespalt zurückführen ließ, in dem sie mit den bestehenden hergebrachten Zuständen sich befanden; Weiber mit irgend einem heimlichen Leidensmal, das vielleicht gerade ein Anzeichen von nach Freiheit und Erlösung ringender Rasse bedeutete. — Und seitdem dieser Instinkt erst mal durch den Verkehr mit Nelly geweckt, waren ihm die meisten anderen Weiber und die „normalen jungen Mädchen" erst recht gleichgültig geworden; gleichgültig bis zur gänzlichen Kälte und Verständnislosigkeit. Es war, alswäre ein für alle Mal zwischen diesen Weibern und jenen eine unüberschreitbare Grenzscheide gezogen, als wolle sich hier ein geheimnisvoller Unterschied ziehen, wie zwischen zwei konträren Arten.

Nelly! — Das Herz begann ihm zu pochen. Seine Augen leuchteten, wenn er aus solchen Gedankengängen und in solchen Augenblicken an sie dachte!

Ihre langen seidigen Haarwellen; ihr reiner elfenbeinbleicher Teint; die dunklen Schatten um ihre veilchenblauen, immer halb von dem Lid verhangenen Augen; ihre schönen Lippen mit dem schmerzlich anmutigen Lächeln;

die Oberlippe, die sich nie völlig schloß und die kleinen weißen Zähne hervorblitzen ließ; das weiche Kinn; der lichte Hals; ihre linden müden Gesten; ihr Gang mit seiner edlen Müdigkeit. Und doch das alles plötzlich wie von einem elektrischen Blut durchpulst; belebt von einer unbeschreiblichen Kraft und Entschiedenheit der Leidenschaft. — Ja, gerade solche Übergänge aus lässiger Müdigkeit, von vergeistigter Schwäche zum Rausch hervorbrechender Lebenskraft!

Was sie nur von ihm wollten! Was gingen ihn denn die Weiber an! — Er wollte nichts, brauchte nichts, als ihr allabendlich so gegenüber zu sitzen, schweigend auf seinem Stuhl zwischen den Anderen, in dieser Feier, in diesem Fest ihres Anblickes!

Das war Leben! Das war wie Frömmigkeit und Gottesdienst!

Nur — nicht wieder so übers Haar streicheln durfte sie ihm, wie neulich! Und nur nicht wieder durfte sie seinen Kopf so an ihre Brust ziehen! . . .

. . . „Wegener! 'S is so weit! — Sie können jehn!"

Donald, der wieder auf seinem Sesselchen hockte, schrak auf.

Ein länglicher junger Mann mit einem Pincenez auf einer spitzen Berliner Nase, stand im Eingang und grinzte.

Donald wußte schon, warum? Es machte Behrens Vergnügen, ihn hier in seiner Fensternische so in Gedanken versunken zu attrapieren. — Donald galt hier für ein Original, für einen halb übergeschnappten Menschen. Hätte er sich im übrigen nicht seiner Haut zu wehren gewußt, er würde vielleicht einen harten Stand gehabt haben.

Donald zog ein unwirrsches Gesicht und sah nach der Uhr.

Richtig! — Ja! Es war Zeit! — Er hatte ganz vergessen. Er hatte für heute Abend eine Einladung zu einer Verlobungsfeier, die draußen in Wilmersdorf in einem Gartenhaus der Uhlandstraße stattfinden sollte; und er hatte vom Chef Urlaub bekommen. Der glückliche Verlobte war ein ihm entfernt verwandter Postsekretär, der sich mit einer Telephonistin verheiraten wollte.

IV.

Es war Spätnachmittag. Donald hatte sich umgezogen und nahm sich nun, wie er in Gedanken an Nelly mit einer kleinen, ein wenig herzpochenden Eitelkeit vor dem Spiegel feststellte, im schwarzen Jaquettanzuge, den schwarzen Sommerüberzieher über und einen breitrandigen Borsalino auf, ganz präsentierlich aus.

Dann aber stand er in unlustige Gedanken verloren am Tisch und zauderte, auf das Packetchen niederstarrend, in dem sich das für das Paar bestimmte kleine Festgeschenk befand.

Er hatte den Kuckuck Lust, da hinauszufahren und den Philistern Verlobung feiern zu helfen. — Aber dann schämte er sich doch wohl gar auch wieder, solche Gedanken zu haben. Es waren ja doch wohl immerhin seine Verwandten. Und so gute Leute. —

Aber mußte der liebe Himmel, was für eine Rolle er spielen würde.

Eigentlich war es so gut wie unmöglich, daß er hinausfuhr.

Er ging hin und her, stöhnte, fuhr sich über die Stirn, zuckte wie unter plötzlichen Angstanfällen.

So aufgeregt, so wirr, so drängend wirr und ziehend unruhig war ihm. So viele seltsame Gedanken und Gefühle wogten in ihm hin und her. So wunderliche Einsichten und Erkenntnisse, die wie Folgerungen irgend einer mystischen Logik waren. Gründlich hatte es ihn mal wieder! — Es zuckte und riß ihm, wütete und begehrte ihm in allen Nerven.

War es der Horla, war es der seltsame Neue, Nahende, Unsichtbare, der ihnen allen zusetzte? Hatte Siegmund recht mit seiner sonderbaren Rasseidee da? Wollte er sich „materialisieren"? Wollte er sich neue Organe bilden? Waren es die neuen Sinne einer neuen Anpassung an die neuen Sphären? Spürte irgend ein Neues, Feines die Atmosphäre der neuen nahenden Weltenzeit? Begann ein anderer neuer Äther zu wehen?

Ach! Es war fast unerträglich! — Was es nur war?

Und — ach! — es konnte so widerwärtig sein! — Wie — feucht und — schweißig ihm da zum Beispiel jetzt die Hände waren!

Mit zornig verzerrtem Gesicht, einen halben Wutlaut ausstoßend, riß er das Taschentuch hervor und wischte krampfhaft an den Händen.

Er warf sich in die Ecke des alten braunroten Ripssofas, lehnte sich zurück mit halbgeschlossenen Augen. Er wollte versuchen ein wenig zu schlafen. Aber das gelang nicht.

Er stützte den Kopf, starrte, grübelte vor sich hin.

Hätte er doch dieses verwünschte Buch heute nicht gelesen!

Antike, Mittelalter, Entwicklungstheorie, Renaissance, Philosophie, Religion, Ethik, Ästhetik, Erkenntnistheorie: wie es webte, webte und webte! Fäden spann, ergänzte, vereinte, verstand, erschrak, kämpfte, auffuhr in irgend einer dunklen freudigen Gewißheit, kombinierte, erkannte, dichtete, träumte, einte. Wie es Mathematik wurde; aus dem Konkreten ins Abstrakte ging und aus dem Abstrakten ins Konkrete. Die Ungewißheit der Erscheinungen! Das furchtbare dämonische Gespenst des mathematischen Punktes! — Die Orgien der Sinnlichkeit! — Wie es mit unbeirrbarer Energie, wußte der Himmel in welcher dunklen Richtung grübelte; drängte, drängte, drängte! . . . . Der ganze verdammte Schwindel!

Doch plötzlich merkte er zu seinem wütenden Entsetzen, wie ihm die Hände schon wieder feucht wurden. — Mit so feuchten Händen konnte doch — verdammt!! — weder zur Verlobung gehen noch ins Café! — Aus aller Fassung würde es ihn bringen. Den ganzen Abend über würde er die albernste Figur machen.

Mit einem Fluch sprang er in die Höhe, raste zum Waschtisch hin, streifte die Ärmel auf und wusch sich noch einmal die Hände.

Doch nach einer Weile waren sie wieder feucht. — Endlich kam er auf die gute Idee, Talk in die Glacés zu schütten und sie anzuziehen. Das würde ganz bestimmt helfen.

Er atmete auf. Beruhigte sich.

Wahrhaftig! Närrisch! — Er fing mit einem Mal an, ruhig zu werden.

Endlich brach er auf.

Ohne sich besonders zu beeilen, schlenderte er vom Petri-Platz, wo er bei einer Beamtenwitwe in Chambregarnie wohnte, nach dem Spittelmarkte. Hier bestieg er die Elektrische, die ihn die Leipziger-Straße hinab nach dem Westen brachte.

Aber nur mit Müh und Not hielt er's in dem gefüllten Wagen aus.

Bis zur Gegend des Zoologischen Gartens ertrug er's. Aber dann entschloß er sich, dicht bevor der Wagen in die Nürnberger-Straße einbog, auszusteigen und den übrigen Weg zu Fuß zurückzulegen. — Mochte er immerhin ein wenig später kommen. Er kam noch zeitig genug. — Und dann war es übrigens auch ganz angenehm, hier ein wenig in der Gegend zu schlendern.

Die Luft war frisch und rein von einem gelinden Wind, der die Bäume des Trottoirs leicht erregte. Am blauen Himmel standen blitzeweiße Wolkenberge.

Das war hier so eine Gegend. — Donald mußte lachen. Er dachte an Siegmund.

Es war so lustig, hier mit ihm umherzubummeln. Er ließ dann so pläsierliche Glossen und Paradoxen vom Stapel. — Auch so manches Lehrreiche. Denn er bementorte Donald sehr gern. Aber das ließ Donald sich ganz gern gefallen. Siegmund hatte darin so eine angenehme Art. Donald konnte ihm zuhören, wie einem Märchenerzähler.

Da war zum Beispiel das Elephantentor des Zoologischen Gartens.

Man mußte Siegmund über dieses famose Bauwerk judizieren hören! — Die beiden riesigen weißen Sandsteinbiester, die da auf ihren mächtigen Sockeln liegen und mit so stupender Geduld die zwei enormen Pfeiler mit dem grottesken chinesischen Dach tragen. — Daneben dann links das große chinesische Haus mit seinen grellen Farben und bizarren Ornamenten. — Ganz schön aber war dann rechts nach dem Kurfürstendamm hinauf zum Kanal und Lützowufer hin die neue Estrade mit ihren prächtigen bunten Glasfenstern. — Hier war China, daneben dieses Stück allermodernster Kunst; gegenüber modernster prunkender Mietshausstil. — Ein Stück weiterhin alsdann der Augusta-Viktoria-Platz mit der Kaiser-Wilhelm-Gedächtniskirche, mit dem romanischen Haus, in dem es ein romanisches Café gibt, und anderem romanischem Anbau. — Moderne, China, Mittelalter, Christentum, Buddhismus und kapitalistisches Neu-Berlin in schier millenniarer Eintracht.

Auch zu dem von dem vergoldeten Kreuz überragten „Mastkorb", der die Hauptturmspitze der Kirche krönt, hatte Siegmund seine Glosse. Er nannte den mächtigen Sandsteinknauf da oben einen Mastkorb. Und es gehörte wohl auch gar nicht so viel Phantasie dazu, ihn für den Mastkorb eines modernen Kriegspanzers anzusehen.

Siegmund fand das bedeutsam. Er hieß diesen Mastkorb da oben ein Symbol modernster Politik; einer Politik nun allerdings, der Siegmund ernstliche Zustimmung zu teil werden ließ, und von der aus er die interessantesten politisch-sozial-kulturellen Zukunftsbetrachtungen zu entwickeln pflegte. Überhaupt war Siegmund ein Verehrer der Persönlichkeit Wilhelm II.; und nicht zum Letzten wegen eben dieser maritimen überseeischen Politik, deren Interesse und Bedeutung für den Handel ihn indessen weniger interessierte, als andere weittragende und weit bedeutungsvollere Perspektiven, die sie ihm zu eröffnen schien. Siegmund verfehlte nie, wenn es sich im Reichstag um eine Vermehrung der Flotte und Kolonialangelegenheiten handelte, gegen die Engherzigkeit der

Opposition loszuwettern und zog wohl gar die Politik des Perikles und die Opposition des weiland Lohgerbers Kleon zum Vergleich heran, der auch nicht dulden wollte, daß neue Trieren gebaut wurden. Seit Wilhelm II. am Ruder war, und diese überseeische Politik in Kurs war, pflegte Siegmund so rechts als es sich nur immer mit seinen sonstigen Prinzipien vereinbaren lassen wollte, zu wählen; nämlich nationalliberal; eine Partei, der er im übrigen kaum eine besondere Beachtung geschenkt hatte und die er die Partei der Spießbürger oder auch die gesinnungstüchtige Zipfelmützen-Partei nannte.

Stundenlang konnte Donald Siegmund zuhören, wenn er im Anschluß an diese Politik Sr. Majestät seine Gesichtspunkte entwickelte, auf Neurassenbildung, die Wagnersche Migrationstheorie, auf Anpassung, gelbes Fieber Tropenfieber, Sibirien, China, Äquatorialverhältnisse, Transvaal und die amerikanische Politik zu sprechen kam. — Um innere Politik pflegte Siegmund sich kaum noch besonders zu bekümmern. Sie interessierte ihn nur noch in zweiter Linie. Seitdem die sozialistische Partei sich zur wirtschaftlichen Interessenpartei herausgebildet und zu solcher Entfaltung gekommen war, galt Europa ihm für so gut wie bereits pazifiziert. Aller weitere innere Ausbau, meinte er, werde sich von nun an ganz von selbst und ohne so gar besondere Schwierigkeiten vollziehen. Der große Krach und die pp. rote Wut, die wohl zur Zeit des Sozialistengesetzes in Europa noch spuken gingen, waren mit dieser Entwicklung erledigt.

Langsam schlenderte Donald dem Augusta-Viktoria-Platz zu.

Den Kurfürstendamm zum Platze hin gab's in dieser schönen sonnigen Spätnachmittagsstunde ein prächtiges

Leben. Berlin hatte doch so seine Seiten! — Die schönen alten Bäume mit ihren grottesken, exotisch wirkenden Formationen, die drüben die Mauer des Zoologischen Gartens überragten, gaben eine prächtige Folie zu all dem bunten Verkehr, der sich unter ihnen hin bewegte. Die vielen Wagen und Pferde, die Spaziergänger; die Antiquitäten=, Porzellan= und Konfitürenläden, die Buch=handlungen; die Blumenläden, die ihre Pracht bis weit auf das breite Trottoir hervorschoben; der Prachtbau des romanischen Hauses mit seiner seltenen und charaktervollen Stilreinheit; das Cafés, dessen Einrichtung eine Sehens=würdigkeit war; die immerhin stattliche Vista auf die Kirche, wenn sie gleich die Dekadenz dieses Baustiles und das moderne Unvermögen, die ehrwürdigen alten Vor=bilder zu erreichen, dartat.

Aber je weiter er nun, den Kurfürstendamm entlang auf die Uhlandstraße zukam, wo das Café, in dem sie verkehrten, gelegen war, um so mehr überwältigte ihn wieder die Unruhe von heut Nachmittag.

Es wurde fast wieder mal so ein Angstanfall.

Es war schon wahrhaftig wie so eine Art von Vampyr.

Was für ein braver und herzhafter Ratgeber ihm übrigens Siegmund hier zu sein pflegte.

Siegmund hatte da so eine gewisse herbe und drako=nische Art, die Donald sehr aufrüttelte und sehr glücklich beim „point d'honneur" packte. Es lohne sich nicht, meinte Siegmund, ein Toter zu sein. Lieber wirklich tot. — Und Donald hatte verstanden, welch intensives Leben diese seelischen Entwicklungskämpfe bedeuteten, die sich mit diesen merkwürdigen Zuständen zum Ausdruck brachten; und hatte eine feste Zuversicht, daß er durch

sie hindurch noch eines Tages auf ein sicheres und ver-
läßliches Neuland gelangen werde.

Ach! Es gab da Augenblicke, für die Donald wohl
gar getrost sein Leben hingegeben hätte! — Wundersame unbeschreibliche Augenblicke, wo der Freund ihm
wie ein Magier bedeutsam einen Schleier zu lüften,
einen Nebel zu zerstreuen schien; und dann war es
wie ein Blick auf ein neues Sonnenland; auf eine
nahe, gute Gewißheit; auf den Gral einer neuen Offenbarung.

Noch war er Neophyt. Noch durfte er des neuen
Heils nicht völlig froh werden. Noch durfte er sich nicht
selbst sehen in Vollendung. Aber bereits solche Blicke
waren Heil, und gereichten ihm zu einem unaussprechlichen
Ansporn.

Wieviel Weises, Tiefes und Männliches hatte Siegmund ihm vom Tod gesprochen! Wenn man ihn überwunden, dann hatte man alles. — Und wieviel Depressionen
wieviel Leiden und Verwirrungen hatte er schon mit solchen
Lehren gelöst.

„Zur Klarheit über dich selbst, Kleiner!“ hatte Siegmund gesagt. „Nichts anderes hast du zu erwarten. Es
gibt kein anderes Leben, keinen anderen Himmel und kein
anderes Glück, kein anderes Heil. Seine eigene Welt
muß man erkennen und finden.“

Donald verstand das noch nicht so ganz. Aber mit
gutem Vertrauen hatte er sich's zur Devise gemacht. Und
er lebte wohl bereits Augenblicke, wo dieser Sinn sich
ihm erschließen wollte.

„Dieser Baum hier,“ hatte Siegmund mal gelegentlich
eines Spazierganges gesagt, „dieser Wald, dieser Himmel
da oben; diese ehrenwerten Menschen, die hier an uns

vorbeiwimmeln — sie sind alle, alle ehrenwert! — es muß dein Baum, dein Wald, dein Himmel und sie müssen deine Menschen werden!"

Und wie wundersam ihm das Siegmund kommentiert hatte! Er hatte sogar die Psychophysiologie herangezogen; hatte sehr viel von Stimmungen, Dispositionen, von Gehirnzentren, Bewußt und Unbewußt gesprochen.

Und wieder einmal überkam Donald ein mächtiges Dankbarkeitsgefühl, ja ein Gefühl von Liebe zu dem sonderbaren Siegmund, der ja wahrhaftig ein wahrer Zauberer und Magier war.

Wie die Menschen rings um ihn her wurden! Wie alles sich zu wandeln schien, wenn er die Sicherheit einer solchen Stimmung hatte!

Wie bedeutsam — man konnte noch nicht ermessen wie sehr! — das sein mochte!

Er hatte die Empfindung, als rückten sie ihm in irgend eine Distance; als rückten sie weit von ihm ab; als würde alles ihm in einer ganz eigenen Weise fremd und neu. Aber schöner, vollkommener, gerechtfertigter in all seinem Tun und Treiben. In allem und jedem! — Als finge das alles ringsum an ihn zu umschließen wie eine ganz neue, in wundersamer Vollkommenheit sich enthüllende Welt, aus deren Verband er rücke, von der er irgend einen versöhnten und frieblichen Abschied nähme; als ob er von dieser Welt erlöst wäre und sie von ihm. Und er hatte das seltsame Gefühl, daß, wenn er wieder in sie zurücksänke, diese Welt nicht mehr so schön und so vollkommen sein, daß sie wieder dunkel, wirr, getrübt, voller Zwiespalt und böser Rätsel sein würde.

Und noch tiefgreifender war dieser „Abschied" und dieses „Sichlösen".

Donald kannte Empfindungen, die ihn wohl zuweilen bangen machten. — Die Seele, die um die Berge und Talfluren seiner Heimat webte, um sein väterliches Haus; die Seele jener fernen, heimatlichen Erinnerungen, die in so mancher schweren Stunde ihm bisher Halt und Hort gewesen, war ihm ja wohl nicht mehr so viel, wie dieses Café mit seinen nächtlichen Eindrücken ihm geworden; dieses Café mit seinen verdunkelten Wänden, die mit Nachbildungen Watteauscher Gemälde geschmückt waren; mit seinen klappernden Billards; mit seinen verblichenen olivfarbigen Polstersofas, seinen Marmortischen; mit seinen Geräuschen, Parfüms, seinen elektrischen Lichtdolden, seinen Menschen. — Es lebte etwas unsagbar Neues und Vertrautes in dem Duft von Siegmunds Bostagnioglo, von Edwin Uhses Importen; von den Zigaretten, die Nelly zu rauchen pflegte — allerliebste kleine dünne türkische Zigaretten mit blitzendem schmalem Goldmundstück —, von Ewalds unverbrüchlicher Virginia und Erichs Shagpfeife, aus der er parfümierten Three Castles zu rauchen pflegte. Sie verblich gegen die Seele dieser Diskurse und Debatten; gegen die Seele dieser Menschen und Gestalten, dieser Menschheit, die auch körperlich durch irgend ein unfaßbares gemeinsames Kennzeichen von aller übrigen Welt sich zu unterscheiden und abzusondern schien; gegen all dieses wunderliche, nächtliche Leben, diesen Ringkampf der Geister und Gehirne, der wie das Ringen und die Geburt einer neuen Seele, neuer Wesen und einer neuen Heimat war . . .

V.

Die Dunkelheit war hereingebrochen, als Donald in dem gegen die Wilhelms-Aue hin gelegenen Teil der Uhlandstraße und vor dem Haus, in dem Max Lindecke, sein Verwandter, bei seinen Eltern wohnte, anlangte.

Mit der größten Unlust hatte er sich und auf manchem Umweg hier heraus gebracht. Förmlich herausgeschraubt hatte er sich.

Plötzlich aber kam ihm ein für seinen Charakter sehr kennzeichnender Gedanke.

Er wurde nun nachgerade, und je mehr es ihm zugesetzt hatte, denn doch unwillig, daß er seine Gedanken so gar nicht vom Café wegbekommen konnte und es so gar eilig hatte, dahin zu kommen.

Der Kant in ihm erwachte. Ganz plötzlich. Ein ganz seltsamer, ihm eigener Kant: ein „Nun gerade mal nicht!" auf „Teufel komm raus!"

Wie, wenn er nun heute mal, diesem verwünschten Ankern zum Trotz, gerade mal nicht ins Café ginge?

Seine Augen blitzten.

Ja, ja! Und das wollte er tun. — Er wollte doch sehen, zum Kuckuck! ob es denn so gar nötig und unerläßlich wäre, da diese — er wurde rot — Andacht zu verrichten.

Also unter allen Umständen würde er nun gerade mal heute nicht ins Café gehen.

Noch einen Augenblick zögerte er und blickte an dem Hause in die Höhe, bevor er eintrat.

Er kannte es noch nicht. Max Lindecke war erst vor

ein paar Wochen am Ostertermin mit seinen Eltern hier herausgezogen. Donald kam überdies so selten mit ihnen zusammen.

So ein echtes Mietshaus, mit dem unmöglichen Gipspomp seiner Front, wie sie jetzt in ein paar Monaten in die Höhe gebaut werden. Dies hier bestrebte sich, mit einigen benachbarten, die wohl ein und derselbe Bauspekulant aufgeführt hatte, mit dem neuesten Sezessionsstil zu gehen. Aber seine Balkons nahmen sich aus wie aufgezogene Schubläden oder Warenkästen eines Kramladens. Das vier Stock hohe Bauwerk zeigte eine grelle, noch sehr frische Tünche. Es war vielleicht noch gar nicht völlig ausgetrocknet, aber schon in allen Stockwerken bewohnt. Die innere alte Stadt leert sich; man zieht in die Vorstädte hinaus.

Es besaß zwei Eingänge: ein großes Portal mit einer erzenen Tür, die angehen mochte, und zu der eine Anzahl von Granitstufen hinaufführte. Man blickte in einen prunkhaften Hausflur. Eine hohe Treppe aus Marmor, mit dunkelroten Läufern belegt, führte zum Hochparterre hinauf. Sie zeigte ein breites Marmorgeländer. Unten standen auf Marmorsockeln zwei Bronzefiguren, die Blütenzweige mit elektrischen Dolden emporhielten. Die Wände zeigten sich mit goldleistenumrahmten Freskogemälden geschmückt. Daneben befand sich noch ein kleinerer, bescheidenerer Eingang mit ebener Schwelle, der durch einen schmucken Flur zu einem asphaltierten Hofraum mit Gartenanlage und zu dem Hintergebäude, dem sogenannten Gartenhaus leitete. In diesem Gartenhause wohnte Max Lindecke, der glückliche Verlobte.

Donald trat durch die Tür, die offen stand, in den elektrisch beleuchteten Flur, burchschritt ihn an dem Portierfensterchen vorbei, überquerte an der Gartenanlage hin den Hofraum und zog sich langsam die Treppen des Gartenhauses hinauf. — Es war ein freundlicher Aufgang mit einer läuferbedeckten Treppe. In jedem Stockwerk brannte ein elektrisches Glühlicht.

Im dritten Stock rechter Hand drückte Donald auf den elektrischen Porzellanknopf.

Eine für diese besondere Gelegenheit angenommene Aufwartung, festlich mit weißer Schürze vor, öffnete, und Donald trat in einen kleinen Korridor, der im Hintergrunde einen rechtwinkligen Knick machte. Er war mit einer hellen Tapete ausgelegt. Eine Gasflamme und eine Petroleumlampe, die auf einem fichtenen Tischchen stand, gaben ihm Helle. An der einen Wand, zwischen zwei Türen, von denen eine, offenstehend, den Blick in eine helle saubere Küche gab, aus der Kochgeräusche und Bratenduft drangen, befand sich über einem braungebeizten Konsol ein Spiegel. Die Knagge an der anderen Wand hing dick voll Überkleidern und Hüten; und in der Ecke standen Schirme und Gehstöcke.

Vom Hintergrund her drang aus einer unsichtbaren offenen Tür fröhlicher Lärm; Lachen und Geplauder von Männer- und Weiberstimmen im lustgen Durcheinander. — Jemand spielte dazwischen mit Bravour und erstaunlicher Fingerfertigkeit lange, über die ganze Klaviatur hinrollende Läufe auf dem Pianino.

Donald legte ab. Sein Hut und Überrock wurden von der Aufwartung wirklich gemütlich noch mit auf die Knagge praktiziert.

Donald trat, während die Aufwartung wieder in ihrer Küche verschwand, an den Spiegel.

Das unglücklichste Gesicht sah ihm daraus entgegen. —

Ach, er hatte wirklich nicht die mindeste Lust, sich in die Fête da hinten zu begeben.

Sehr bleich sah er aus. — Um die Augen und den Mund lag so ein förmlich geängsteter Zug. — Es war schon die reine Verbrecherphysiognomie, fand er.

Er rückte an seiner Krawatte, zupfte an den Manschetten und schob sich dann, das Packetchen in der Hand, langsam durch den Korridor und um den Knick herum.

Aus zwei offenen, lichten Türvierecken, von denen das eine die schmale, den Korridor abschließende Hinterwand fast ganz einnahm, das andere sich, ein wenig von dem ersten ab, rechts mitten in der Seitenwand befand, drang festlicher Lärm und Tabaksqualm.

Donald wurde erblickt, mit Halloh begrüßt, wegen seines langen Ausbleibens gescholten und in das Zimmer gezogen.

Es war ein ziemlich großes, freundliches Balkonzimmer. — So eine blaßlilafarbene, langgestreifte Tapete. Zwischen den Streifen reihten sich irgendwelche kleine, etwas dunklere Phantasieblumen. Die gewöhnliche Einrichtung in der Renaissanceschablone, wie sie hier beliebt ist, war vorhanden. Vor dem Sofa eine mit einem langen, blitzweißen Tafelleinen überdeckte Tafel aus ein paar zusammengerückten Tischen. Zwei Petroleumlampen standen drauf, mit Schirmen aus rotem Seidenpapier. Auf einem Tischchen neben dem Pianino stand noch eine dritte Lampe mit einem hohen, dünnen, graugrünen Schaft, auf einem runden Bronzefuß. — Die Athmosphäre war durchsetzt mit einem Duft von Früchten, Kuchen, Likör, Tabak und Blumen. Auf einem Serviertischchen beim Eingang standen geblümtes Kaffeegeschirr und ein paar Teller mit Kuchenüberresten. Auf der Tafel aber zwischen den beiden Lampen und ein

paar Blumensträußen in bunten Vasen, standen Likör=
flaschen, Gläserchen, ein paar große Fruchtschalen, Teller=
chen mit Torte und anderes Gerät.

Um ein mächtges Familienphotographie=Album, das
aufgeschlagen auf dem Tische lag, hatte sich eine Gruppe
von Damen und Herren zusammengedrängt. Auf dem
Drehschemelchen vor dem Pianino saß ein blonder, kraus=
köpfiger junger Mann mit einem à la Haby aufge=
zwirbelten Schnurrbärtchen in einem runden Mondgesicht
mit gutmütigen, munteren kleinen Augen. Sein breiter
Oberkörper stak in einer Postuniform. Er hatte die
Roller exekutiert, die Donald vorhin draußen im Korridor
gehört. Neben ihm stand eine schwarzhaarige junge Dame
in einer weißen Blouse, mit dem einen Ellbogen auf das
Pianino gestützt. Sie hatte ein Notenblatt in der Hand.

Der Herr auf dem Drehschemelchen hieß Herr Müller;
die schwarzhaarige Dame aber Fräulein Rosa Hirsch.

Die Gruppe beim Album bestand aus Herrn Klinge;
gleichfalls, wie Herr Müller und Max Lindecke, in Post=
uniform; aus Onkel Kruse und Fräulein Miete Kruse,
der Schwester der Braut, die zur Verlobung aus Ham=
burg nach Berlin gekommen war. In ihrer Nähe saß
Ida Kruse, die Braut. Auf dem Sofa aber, neben Frau
Kruse, der Mutter der Braut, preißlich in seinem grau=
melierten Vollbart und seinem schwarzen Schoßrock, Vater
Lindecke, Joachim Christoph, der ein pensionierter, aus
Bergesfeld bei Hamburg gebürtiger Lokomotivführer war.
Mama Lindecke saß in einem altmodischen schwarzen Seiden=
kleid, mit glücklichem Gesicht und im Schoß zusammen=
gefalteten Händen an dem Ende der Tafel in der Nähe
der Tür.

Neben ihr nun aber, ein wenig von der Gruppe ab,

die sich das Album betrachtete, gewahrte Donald eine junge Dame, die Ruth Sommerfeld hieß. Sie war, wie Fräulein Rosa, eine Freundin der Braut und wie beide von Beruf Telephonistin.

Max Lindecke plazierte Donald gerade zwischen Mama Lindecke und Fräulein Sommerfeld.

Donald vollbrachte eine ziemlich unglückliche Verbeugung, drückte sich auf den Stuhl und saß starr wie ein Haubenstock.

Er fühlte mehr, als er es sah, daß Fräulein Sommerfeld zierlicher Figur war und ein schwarzes Kleidchen anhatte; daß sie unbändig dichte aschblonde Haare hatte, die ihr in langlockigen Strähnen zausig über die Backen herabhingen; daß sie bräunlich war und überraschend große dunkle Augen hatte.

Sie rauchte eine Zigarette.

Unwillkürlich hatte Donald sich verstohlen umgeblickt. Aber Fräulein Rosa drüben beim Klavier rauchte jetzt auch.

Er wußte natürlich über alledem nicht, ob er mit ihr oder Mama Lindecke reden sollte. Aber Mama Lindecke zog ihn schon aus der Verlegenheit und fing mit ihm ein Gespräch über Familienangelegenheiten an.

— — — „Na?! Habt ihr euch bekannt gemacht?!"

Es war Max Lindecke. Mit seiner großen, strammen Figur — er hatte sein Jahr bei der Garde abgedient — stand er jetzt zwischen Donald und Fräulein Sommerfeld. Er hatte Donald mit der einen Hand auf die Schulter geklopft; die andere hatte er auf Fräulein Sommerfelds Stuhllehne gelegt.

„Haha!" Seine Rede war heut Abend ein einziges Lachen. Er war überall und nirgends und in einer beständigen glückseligen Rage. „Fräulein Sommer-

feld ist eine Gelehrte, mußt du nämlich wissen, Vetter-
chen! — Sie interessiert sich für die Frauenfrage. —
Bist ja auch so halb und halb ein Gelehrter! —"

Donald blickte Fräulein Sommerfeld an und stotterte
irgend etwas.

Ach, die Frauenfrage? Und die Zigarette? Und die
Locken? — Nun ja! dachte Donald, aus irgend einem
Grunde ein bißchen verstimmt.

Aber Fräulein Sommerfeld lehnte, die Arme unter
der Brust verschränkt, die Zigarette zwischen den Fingern
und den Kopf — es nahm sich so selbständig aus, gestand
Donald zu — ein wenig vorgebeugt gegen ihren Stuhl.
— Sie sagte nichts zu Max Lindeckes Worten, blickte
ihn nur an, ließ ihren Blick auf ihm haften, nickte ein
paar Mal mit dem Kopf und mit einer ganz merkwürdig
aufgeschobenen Unterlippe machte sie schelmisch zweimal:
„Hm! — Hm!" Es schien ihr lediglich Vergnügen zu
machen, Max Lindecke sprechen zu hören. Donalds Stotterei
schien sie gar nicht gehört zu haben. — Das interessierte
Donald. Sie hatte ihn kaum für einen ganz kurzen
Moment angeblickt.

„Ihr paßt also zusammen," fuhr Max Lindecke fort. „Lit-
teratur! Malerei! Frauenfrage! Moderne Ideen! Nicht?!
— Alles da! Alles da!"

Aber plötzlich verstummten die Gespräche, die sie bis
jetzt umbrandet hatten. Auf dem Pianino wurde ein
Akkord angeschlagen. — Max Lindecke fuhr in die Höhe
und eilte mit Schritten wie ein Tanzordner und „maître
de plaisir" auf und davon.

Eine Weile war es still. Dann setzte der Akkord
noch einmal ein, und Herr Müller begann ein Prälu-
dium, während Fräulein Rosa das Notenblatt mit beiden

Händen steif vor sich niederhaltend, gegen die Gesellschaft gewandt, bereit stand.

Ein Rubinstein. Es war die Komposition von „Über allen Wipfeln ist Ruh."

Donald wurde unruhig. Er mochte Rubinstein nicht. Am allerwenigsten dieses Opus.

Aber Rubinstein! — Das war gebildet. Ein Klassiker der Musik. Wer Bildung besaß, mußte Respekt vor solch einem Meisterwerk der Tonkunst haben.

Alle fanden es wundervoll. Und Fräulein Rosa hatte sich mit Herrn Müller — es war so gut wie sicher, daß auch aus ihnen über kurz oder lang ein Paar werden würde — so viel Mühe gegeben, es für diese Gelegenheit einzustudieren.

Herr Müller entfaltete in seinem Klavier-Vortrag viel Accent, Kraft, Verve und Mannheit.

Aber die Piani. — Donald bekam jedesmal einen Schreck. Er hätte vor Angst in die Höhe springen und Herrn Müller, um Gotteswillen! am Arm festhalten mögen! — Dröhnten nämlich die Forti mit überstark markiger Gewalt, so schienen die Piani, unendlich leise und unendlich in die Länge gezogen, während die Forti meist etwas sehr presto gingen, gänzlich verschwinden zu wollen.

Aber gerade diese Piani erzielten bei der Zuhörerschaft eine ganz besondere Wirkung und wurden als besonders ausbrucksvoll und lieblich bezeichnet.

Donald beobachtete Fräulein Sommerfeld. — Wie sie saß. Die Zigarette in so einer feinen Weise zwischen den Fingern und wie sie, den einen Arm auf die Lehne gestützt, über die Lehne hin zum Piano hinüber blickte!

Wie sie die Lippe in die Höhe gewulstet hatte! Das

gefiel Donald. — Es war so ein ganz besonderer Aus=
druck darin, der ihm einen förmlichen Respekt erregte. —
Und dann zwinkerte sie zwischen ihren langen Haus=
locken hervor ein bißchen mit den Augen, gegen den
Rauch ihrer Zigarette. — Donalds Nachbarschaft schien
sie gar nicht zu beachten. Sie hatte noch nichts zu
Donald gesagt und hatte ihn fast noch gar nicht angesehen.
Indessen: es war selbstverständlich, daß er selber daran
Schuld trug. Donald wurde unruhig.

Jetzt aber hatten Herr Müller und Fräulein Rosa
geendet. Es wurde mächtig Beifall geklatscht und Bravo
gerufen.

Fräulein Sommerfeld klatschte aber nicht mit.

Sie sprang jetzt plötzlich in die Höhe und huschte zu
Fräulein Rosa hinüber. Donald sah, wie Fräulein Rosa
von ihr um die Taille gefaßt wurde, und wie sie sehr
lebhaft mit ihr sprach.

Donald erstaunte. Was sie für eine mächtige, tiefe
Altstimme hatte! Die Kleine! Wie ein Mann sprach
sie! — Donald mußte doch ein bißchen lächeln. —

Sie schien übrigens gar nicht wieder zurückkommen
zu wollen? Sie plauderte mit Fräulein Rosa sehr leb=
haft immer weiter.

Merkwürdig! Donald fühlte sich mit einem Mal isoliert.

Ringsum waren die Gespräche wieder in Gang ge=
kommen, Alles war miteinander in Unterhaltung. Auch
Mama Lindecke, die Donalds nächste Nachbarin war, saß
jetzt, von ihm abgekehrt und lauschte gegen das Sofa hin,
wo Vater Lindecke mit Frau Kruse in einem sehr interes=
sierten Gespräch war.

Donald betrachtete Mama Lindecke. Er mochte
sie gern.

Sie war groß, gut gewachsen und hager, und hatte ein charaktervolles, ehrbar ernstes Gesicht. Aber um ihre gescheiten Grauaugen waren so viele liebe kleine Fältchen.

Ihr graues Haar war noch mit einem leichten Blond durchsetzt. Ihre Hände waren groß, schlank und feinrunzlich, mit hervortretenden Adern.

Sie war so still glücklich. — Es war heute ein ganz besonderer Tag für sie und Joachim Christoph. Beide hatten sie sich aus sehr ärmlichen Verhältnissen zu einem bescheidenen Wohlstand heraufgearbeitet. Es war ihr beiderseitiges Lebenswerk gewesen, ihrem Jungen, den einzig überlebenden von drei Kindern, eine gute Ausbildung zu geben und ihn so weit wie möglich hinaufzubringen. — Und nun hatte er eine so gute Partie gemacht! — Ida Kruse war eine Beamtentochter. Sie besaß Bildung und brachte zudem ein ganz anständiges Sümmchen Geld mit in die Ehe. Kruses hatten von jeher in guten Verhältnissen gelebt. Und es war, daß alles glücken sollte, eine Verlobung aus Liebe; aus wirklicher und aufrichtiger Neigung.

Aber — haha! — Da fiel Donald ein: mit was für einem merkwürdigen Blick Mama Lindecke vorhin Fräulein Sommerfeld betrachtet hatte! — Er war so sonderbar von Fräulein Sommerfelds zausigen Haarsträhnen zu ihrer Zigarette geglitten und von der Zigarette zu den Haarsträhnen; und zu einem prächtigen goldenen Schlangenring mit einem Rubin und einem Brillanten, den Fräulein Sommerfeld über einem zweiten Reif mit einem Opal trug. Außerdem hatte sie, wie Donald bemerkt, noch ein schmales Ringchen mit drei imitierten Perlchen. Die drei Ringe waren der einzige, aber auffallende und aparte Schmuck, den Fräulein Sommerfeld zeigte.

Jaja! — Merkwürdig! — Die drei Ringe!

Donald wandte sich interessiert nach ihr um.

Warum blieb sie denn so lange drüben?

Er wurde unruhiger. — Die Hände steif in den Jaquetttaschen, die Beine krampfhaft gegeneinander gedrückt, saß er und betrachtete die plaudernden Gruppen.

Wie fremd sie ihm mit einem Mal waren! Wie weit ab von ihm!

Wie sie sich verwandelt hatten!

Es war ihm, als ob er vor einer Bühne sitze und es war als betrachte er ein Schauspiel mit irgend einem dunklen, geheimnisvollen Sinn. Als wären das da alles gar nicht diese harmlosen Unterhaltungen.

Er fühlte sich so gelangweilt; so — merkwürdig gereizt. — Daher mochte es kommen. — Und aus irgend einem seltsamen, aparten Eindruck den Fräulein Sommerfeld auf ihn ausgeübt.

Was agierten sie da miteinander, mußte er denken? Was hatten sie da zu reden? Was bedeuteten die Haltung ihrer Körper, ihre Gesten, Mienenspiele, der Tonfall, die Pausen ihrer Reden und ihres Lachens? — Als müßte irgend etwas daraus werden! Etwas dunkles, ganz besonderes; als ob es irgend eine seltsame Krisis wäre?

Es konnte einem förmlich bange werden, wenn man so auf all das achtete. — Es war als ob man die eigentliche, direkte Wahrheit sähe. Als wenn sie alle mit irgend einem dunklen, bösen, dämonischen Ungetüm rängen und als ob sie von ihm geleitet und angetrieben würden.

Es war ein ganz unvergeßlicher Eindruck, an den er später noch oft denken mußte. Und es war ein Geheimnis, von dem er später noch sehr vieles und tiefes erfahren und zu leiden haben sollte.

Aber, na! — Er raffte sich zusammen. — Was war denn? Es war ja doch alles ganz nett und harmlos?

Gott! was denn? — Was war? —

Da saß Papa Lindecke, der beste, gutherzigste und harmloseste Mensch auf Gottes Welt, drüben in seiner Sofaecke und spann gemütlich, behaglich und respektvoll sein Gespräch mit Frau Kruse weiter, das vorhin durch Anton Rubinstein unterbrochen worden war. Frau Kruse hatte mit Andacht zugehört und getan, als ob sie alles verstanden hätte; obgleich Papa Lindecke eine sehr leise und kaum verständliche Stimme hatte. Denn er war so gut wie taub. Frau Kruse hatte ihn vorhin erst beim Arm fassen und seine Aufmerksamkeit auf das Pianino hinlenken müssen. — Er hatte sich das in einer kalten Winternacht auf seiner Lokomotive zugezogen und sich ein wenig vor der Zeit pensionieren lassen müssen. — Man sah ihm gleich den Veteranen von siebzig an. So ein echtes, biederes und urdeutsches Landwehrgesicht. — Er hatte die Zeit während der Musik benutzt, sich eine frische Pfeife zu stopfen. Jetzt erzählte er nun also wieder; indem er, aus Rücksicht gegen Frau Kruse, den Rauch sorgsam nach der anderen Seite blies. — Er erzählte da etwas von einem Hasen, der sich in strenger Winterkälte während seiner Abwesenheit schläulich auf die Lokomotive gemacht und im Kohlenwagen selbst gefangen gesetzt hatte.

Frau Kruse, eine kleine dicke Rotbäckige mit einer glattgescheitelten kastanienbraunen Perrücke und einem kaffeebraunen Kleid angetan, hörte Papa Lindecke mit einer etwas wohlwollenden Aufmerksamkeit zu. Hin und wieder ließ sie ein kleines possierliches, kollerndes Lachen hören.

Ihre Tochter weiter am Tisch hin, neben Donald mitten in der Albumgruppe, Ida Kruse, die Braut, war eine kleine Dralle wie ihre Mutter; dunkelblond, mit einem runden rotbäckigen Gesicht, einer mächtigen, drolligen glauen Kehle; einem Mündchen wie eine Rosenknospe und mit zwei krillen, braunen Äugelchen. — Verliebt schien sie gar nicht. Aber um so lustiger war sie. — So eifrig war sie mit den Anderen über das Album her, das einen unerschöpflichen Gesprächsstoff bot, daß sie Max, wenn er gelegentlich zu einer kleinen verliebten Vertraulichkeit zu ihr hin kam, wohl mal kurzer Hand von sich fortschob.

Aber da ertönte Maxens Stimme.

„Silentium, meine Herrschaften!“

Und wieder verstummten die Gespräche.

Da kam auch — endlich! — Fräulein Sommerfeld wieder zurückgehuscht und schlüpfte neben Donald auf den Stuhl.

„Zampa!“ flüsterte sie ihm zu.

Donald fuhr ein wenig zusammen und blickte sie erstaunt und fast ungewiß an. Es war das erste Wort, das sie zu ihm sprach.

Er zog die Hände aus den Taschen, gab sich Haltung und lachte verbindlich.

Also diesmal war Herr Müller allein der Vertragende. Und es war ‚Zampa‘.

Mit einem mächtigen, prächtigen Baß rollte er los:

> „Traf mein Herz einmal die Wahl,
> Wollt' ich auf Beute ge—han,
> Mochten Mädchen ohne —Za—a—ahl — — —
> Vergeblich widerste — han!“

Der Beifallssturm entlud sich diesmal natürlich be

sonders stark. Sogar bis zu Papa Lindeckes Trommel-
fellen war Herrn Müllers mannhafter Baß gedrungen.
In seiner bedächtigen Art klatschte Papa Lindecke in
seine beiden mächtigen Hände und rief mit seiner leisen,
kleinen Stimme zweimal ‚Bravo‘!

Die Brandung der Gespräche entfesselte sich von neuem.
Diesmal, nach einem solchen Solo, wurde es eine recht-
schaffene Hochflut. —

— — Eh! Warum betrachtete sie ihn denn so?

Donald zitterte förmlich. Er fühlte, wie ihn Fräulein
Sommerfeld mit solch einem sonderbaren Blick von unten
herauf betrachtete.

Was meinte sie damit?

Und — was ritzte sie denn immer so mit dem Fingernagel auf dem Tischtuch?

Mit gekniffenen Augen fuhr er gegen den Tisch
vor. — Seit einer Viertelstunde war ihm zu Mute, als
würde er von Spinnen überlaufen.

Vor ihm stand ein Rosenstrauß, an den seine hilfesuchenden Blicke sich richteten.

„Schöne Rosen!“ würgte er mit einer heißeren
Stimme hervor.

Fräulein Sommerfeld hörte auf zu kratzen. Sie blickte
ihn an. — Donald wurde besser.

„Ja?“ sagte sie.

„Sie — interessieren sich für die Frauenfrage,
Fräulein?“ fragte er; in einer Art, als müsse er Fräulein
Sommerfeld einen Vorwurf, den er ihr vorhin des
Kratzens wegen gemacht, abbitten. „Max — sagte vorhin?“

Ja, so nebenbei interessiere sie sich für die Frauenfrage.

Sie sprach liebenswürdig und augenscheinlich — er-

4

leichtert. — Donald war bisher nicht gerade der unter=
haltsamste Tischnachbar gewesen.

Er wußte nun freilich auch nicht gleich recht, wie er
dieses Gespräch weiterführen sollte. Er hatte über die
Emancipation noch nicht gerade besonders viel nachgedacht.
Er machte sich eigentlich nicht viel daraus.

„Kennen Sie Laura Marholm?"

Aber da stockte er. Er erschrak. Mit Laura Marholm
würde er ja gerade in den Fetttopf treten, wenn Fräulein
Sommerfeld Frauenrechtlerin war. „Sie ist freilich ja
wohl — Nietzscheanerin!" —

Fräulein Sommerfeld schwieg einen Augenblick. Dann
sagte sie:

„Aber — erfaßt sie nicht gerade so recht das — Haupt=
problem? — Auch ihr Mann, Ola Hansson ist nach dieser
Richtung sehr interessant. — Kennen Sie seine ‚Paria‘?"

O, so belesen war sie!

Nein, Donald kannte die ‚Paria‘ nicht. Ihm wurde
sehr bange, denn er wußte nicht, wie er bei seiner Un=
wissenheit diese Unterhaltung weiterführen sollte.

„Das Andere, das, was die Frauenrechtlerinnen heute
wollen, ist gewiß sehr gut und nützlich," fuhr Fräulein
Sommerfeld fort. „Aber es ist vielleicht gar nicht die
Hauptsache. Es liegt meist ziemlich weit vom — Haupt=
problem ab."

Sie streifte Donald mit einen sonderbaren, forschenden
Blick, den sie gleich wieder von ihm abwandte. Es war
Donald, als ob dieser Blick aus irgend welchen besonderen
Gedankengängen Fräulein Sommerfelds käme. Er wurde
ein bißchen rot.

Das Hauptproblem! Das Hauptproblem! ging es ihm
immer durch den Kopf. — Wie sie das gesagt hatte!

Das — Hauptproblem! — Wie ernst und reif! — Mit so einer ganz sonderbaren Nüance! —

„Man kann vielleicht sagen,“ fuhr Fräulein Sommerfeld fort, „daß sich das Andere nun nachgerade über kurz oder lang sozusagen von allein ergeben wird. Namentlich, seitdem das Sozialistengesetz aufgehoben ist. — Jedenfalls“ — sie stockte und strich langsam mit dem Zeigefinger über das Tischlaken — „es ist nicht das — Eigentliche, — und — die das sehen,“ fuhr sie langsam fort, „brauchten da eigentlich schon gar nicht mehr mitzutun. — Sie könnten etwas anderes machen. — Ich weiß freilich nicht, was?“ Sie lachte ein bißchen.

Es entstand ein Schweigen.

Plötzlich aber wandte sie sich Donald zu. Sie war rot geworden. Sie lächelte und ihre Stimme lispelte ein klein wenig, als ob sie verlegen wäre, wie sie nun fragte:

„Sie sind — Buchhändler, Herr Wegener?“

„Ja!“ beeilte Donald sich zu versichern.

„Ach! — Haben Sie nicht vielleicht eine Broschüre, ‚Das Recht auf die Mutterschaft‘ betitelt?“

Ja, die hatten sie.

„Ach! Wieviel haben Sie davon verkauft?!“

Sie war jetzt naiv und neugierig wie ein kleines Mädchen. — Wie ihre Augen funkelten und ihre Zähne blitzten!

O, sechs Exemplare waren ja wohl schon davon abgesetzt.

„Sechs Exemplare?! —

Sie war feuerrot geworden vor Freude.

„Sie ist nämlich . . . Eine Freundin von mir hat sie geschrieben!“

Donald, der vor sich hin blickte, lächelte. Aha! Er wußte schon, wer die — Freundin war!

Aber — was er für einen Respekt hatte!

Im übrigen war er völlig verwirrt. Sie war naiv zum Lachen, und die Broschüre — er hatte darin geblättert — hatte so viel Zahlen und Tabellen und solch einen sachlichen und fast männlichen Stil . . .

In diesem Augenblick aber erschien Mama Lindecke, die vorhin hinausgegangen war, wieder im Zimmer. Sie dirigierte die Herrschaften mit dem Album beiseite, denn das Essen sollte aufgetragen werden. — Dies geschah unter Beihilfe der weißbeschürzten Aufwartung, die gleich hinter Mama Lindecke erschien. —

Herr Müller accompagnierte inzwischen diese angenehme Verrichtung drüben auf seinem Piano mit allerlei sehr gefühlvollen und träumerischen Phantasien, offenbar eigener Erfindung.

Es vergnügte Donald, wie Frau Kruse die Anordnung des Abendtisches verfolgte und zu kritisieren schien. Sie saß in so einer Weise, lächelnd, mit untergeschlagenen Armen; in einer Weise, wie nur Frauen die Arme unterschlagen, wenn sie feiern.

Aber der strengste Kritiker hätte an dieser Anordnung und an dem nun folgenden Mahl nichts auszusetzen gehabt.

Zunächst gab es eine exzellente Bouillonsuppe mit einer höchst delikaten Zutat von Reis, kleingeschnittenen Nieren und Spargelstückchen. Alsdann wurde ein unübertrefflicher Rinderschmorbraten aufgetragen mit einer vorzüglichen sämig-braunen Sauce. Es gab ein Kompott von eingemachten Aprikosen; Butterbrot mit Käse. Auch Knackmanteln, Rosinentrauben, Nüsse, Orangen, Birnen und Äpfel fehlten nicht. Es wurde Brauneberger getrunken.

Herr Müller ließ es sich nicht nehmen, mit seiner

prächtigen Baßstimme folgenden Toast auf das Brautpaar
auszubringen:

„Hochverehrteste Damen! Meine Herren!" begann er.
„Lassen Sie mich ein Beispiel aus der Naturgeschichte
nehmen. In gleicher Weise, möchte ich sagen, wie jeder
Planet nur eine Sonne hat, von der er Licht und Wärme
empfängt, also auch — hm! — eh! — er... er..,
existiert auch für den Mann nur eine Herzenssonne,
die — hochverehrte Anwesende! ihm die Kraft gibt, nach
dem Wahren, Guten, Schönen zu streben, nach dem Erhabenen,
die ihn in Stand setzt, allen Gefahren und Widerwärtig=
keiten kühn die Stirn zu bieten."

Herr Müller senkte einen Augenblick, tief aufatmend,
den Kopf und betrachtete seine Hände, mit denen er sich,
die Arme steif gestreckt, an der Tischkante festhielt. —
Schon aber richtete er ihn, nachdem nach diesem wunder=
schönen Anfang ein bewunderndes Tuscheln, Rauschen und
Flüstern vernehmbar geworden war, mit Zuversicht und
triumphfreudigem Blick wieder in die Höhe, um folgender=
maßen fortzufahren

„Ein Zentrum! Eine Sonne! Einen Mittel=
punkt seines Lebens und Strebens! — Es ist keine
Übertreibung, wenn der Dichter behauptet:

>‚Die Liebe weckt des Helden Kraft,
>Die Liebe Macht das Höchste schafft!‘

Wie trostlos dagegen und öde sieht es in dem Herzen
eines Mannes aus, der — ä! — Der — dem diese
Sonne . . . der eine solche Lebenssonne entbehren
muß! — Weder Ehre noch Schätze vermögen diesen
Mangel zu ersetzen. Selbst Freundschaft, diese Stief=
schwester der Liebe" — so sagte Herr Müller, und
zwar, gewiß mit vollem Rechte! unterstrichen — „sie

reicht nicht hin, sie zu ersetzen. — Dem in starres Eis gehüllten Nordpol gleicht sein Herz, wo keine Blume duftet, kein Falter gaukelt, wo alle edlen Regungen eine starre Lethargie in Bann und Banden hält. — Dem, wie der Dichter abermals sagt:

„Nur Liebe weckt den zarten Keim.
Nur Liebe schafft ein trautes Heim.‘

Daher: um mich, verehrte Anwesende! kurz zu fassen: Hoffen wir denn zuversichtlich, daß das zwischen Herrn Max Lindecke und Fräulein Ida Kruse geknüpfte zarte Band sich für das verlobte Paar als ein unerschöpflicher, stets klar sprudelnder Born edelster und ungetrübtester Freuden erweisen möge zur Freude ihrer beiderseitig teueren Eltern, sowie aller, die ihnen nahe stehen.

Lassen Sie uns diesem gewiß allseitig empfundenen Wunsche das Siegel aufdrücken mit dem Rufe:

Das liebe Brautpaar lebe Hoch! Hoch!! und abermals Hoch!!!“

VI.

Donald stand mit Ruth Sommerfeld an der Straßenecke, um die Elektrische zu erwarten.

Es hatte sich herausgestellt, daß ihr Weg so ziemlich derselbe war. Sie wohnte in der Klosterstraße.

Es war einige Zeit nach elf Uhr.

Ruth Sommerfeld, die, von ihrem Dienst angegriffen, seit einiger Zeit an Schlaflosigkeit litt, hatte sich entschuldigt, während die übrigen Gäste noch ihr Tänzchen machten.

Auch Donald hatte sich verabschieden dürfen.

Er hatte Ruth Sommerfeld geleiten wollen.

Teils aus Höflichkeit, teils weil er eine Begier hatte, noch mit ihr zusammenzusein.

Das von dem — Hauptproblem: das hatte ihn so sehr interessiert. Er brannte vor Begier, noch mehr darüber von ihr zu hören.

Nun standen sie beide an der Straßenecke und warteten auf die Elektrische.

Die Vorstadt hier draußen war zu dieser Stunde schon still und angenehm öde.

Ein Pärchen spaziert an einem vorbei. Eine Droschke oder eine Elektrische rasseln an einem vorüber.

Der Mond stand über der Straße. Mitten in einer endlos gebreiteten, erstarrten Schicht hoch, hoch stehender, unsagbar zierlicher, unsagbar zarter, silberweißer Flockenwölkchen. Die lange Uhlandstraße hinab, zwischen den beiden Baumreihen der Trottoirs und den bleichschimmernden Häuserfronten, dehnte sich schnurgerade die Reihe der weißen elektrischen Kugeln.

Wie rein, klar und still die Luft war!

Wie auf dem Lande kläffte von fern her ein Hund.

Aus den schönen, dichten Vorgärten dufteten Flieder und Faulbaum herüber.

Donald war in ziemlicher Aufregung.

Denn nun waren sie miteinander zum ersten Mal allein.

Es war überhaupt das erste Mal, daß er mit so einem jungen, hübschen, weiblichen Wesen allein war.

Er betrachtete, während er nach irgend einem Gesprächsanfang suchte, Ruth Sommerfeld.

Wie zierlich und romantisch sie war! — Und dabei so rührend? Rührend! Er wußte nicht, weshalb er's eigentlich so empfand. Er hatte ja einen so großen Respekt vor ihr. — Rührend! Mit ihren blonden langzausigen Locken und ihren großen, großen dunklen und gescheiten Augen unter der ungeheuren Krämpe ihres Filzhutes.

Die Augen! — Ja, auch in den Augen war es! — So etwas sonderbar — Fliehendes? Hilfesuchendes? — Und in der Art, wie sie die Lippen geschlossen hielt?

Ja, und ihr Jaquettchen! — So ein langes, billiges Saccojaquettchen aus einem langhaarigen silbergrauen Stoff mit einem schwarzen Sammetkragen.

Das billige, fast dürftige Jaquettchen! — Und die beiden prächtigen teueren Ringe! — Was das für ein sonderbarer Gegensatz war!

Aber wie erstaunte er, als sie mit einem Mal kicherte und vor Freude in die Hände klatschte.

„Sechs Exemplare! Sechs Exemplare!“ rief sie.

Donald mußte lachen.

„Nicht? Dann ist doch Aussicht, daß die Auflage bald abgesetzt wird?“

Das wäre wohl, meinte Donald.

„Sie — ist natürlich von — Ihnen?“ setzte er dann nach einem Weilchen hinzu.

„Nun ja! — Aber — stt! — Beileibe! — Es darf’s Niemand wissen! — Was denken Sie! — Ich als Telephonistin! — Wenn es raus kommt!“

Sie war wieder bis in die Haare hinein rot geworden und raffte an ihrem Kleid.

„O!!“ beteuerte Donald.

Sie blickte ihn mit treuherzigen Augen an und nickte ihm lachend zu.

„Wollen wir — nicht noch ein Stückchen gehen?“ fragte er.

Seine Begier erwachte von neuem, sie über das — Hauptproblem sprechen zu hören. Man konnte das nicht im Wagen.

Und sie gingen.

Es vergnügte sie, mitten auf dem platten grauen Asphalt des Fahrdammes zu gehen; durch weißen, elektrischen Lichtschnee und fabelhafte, grotteske Spiele und Gestalten schwarzer Schatten. — Sein Schatten, in einem schnurrigen Rhythmus gesetzt von seinem langen Trottschritt; und daneben ihr zierlicher, trippelnd; in einer drolligen Unruhe; possierlich überdacht von dem Schattenriß des enormen Hutes.

Was für ein merkwürdiges Wesen sie war.

Donald gedachte, wie er sie vor ein paar Stunden zuerst gesehen: mit der Zigarette, in einer solchen bewußten und selbständigen Haltung.

Auch das war interessant gewesen, wie sie nach dem Musikvortrag zu Fräulein Rosa hinübergehuscht war; wie sie sie um die Hüfte gefaßt, zu ihr aufgeblickt hatte, — die Kleine! — so zu ihr in die Höhe — und ihr — haha! — die Backe gestreichelt hatte! — Ganz merkwürdig war das gewesen.

Und wie sie dann mit ihr gesprochen hatte! Mit so einer sicheren, überlegen wohlwollenden Liebenswürdigkeit. Ihre tiefe Altstimme!

Und dann wieder: wie sie mit dem Fingernagel auf der Tischdecke gekratzt hatte! Und wie ihre Hand gezittert, leise gezittert hatte, als sie gelegentlich die Zigarette zum Munde geführt. — In diesem Augenblicke war sie unsicher und unruhig gewesen. — Aus welchem Grunde?

Und dann: ihre Broschüre! Die Tabellen und Zahlen! Der sachliche, fast männliche Stil!

Und jetzt wieder mit einem Mal die naive Kleinmädchenfreude, daß allein in seiner Buchhandlung sechs Exemplare ihrer Broschüre verkauft waren.

Eine Eigene! — Er hatte da einen Fund gemacht. Es war sicher, daß er wieder einmal einen — Menschen gefunden hatte.

Eine Eigene war sie. Eine Eigene.

Ob er sie mit Siegmund und den Anderen bekannt machen sollte?

Er wurde sehr eifrig. — Entschieden mußte er das! — Unbedingt!

Die Zahlen und Tabellen. Und trotzdem war sie keine von den Emancipationsbesessenen. Dennoch hatte sie Verständnis und Anerkennung für eine Gegnerin der Frauenemancipation gehabt.

Und was sie da bei Tische gesagt hatte! — ‚Man kann vielleicht wirklich sagen, daß sich alles nachgerade sozusagen von allein machen wird. Nach der Aufhebung des Sozialistengesetzes. — Die das sehen, die brauchten da eigentlich gar nicht mehr mitzutun. — Sie könnten etwas anderes machen.‘ Und das — Hauptproblem!

Ja, Donald brannte vor Begier, sie noch mehr darüber reden zu hören.

Er hatte eine dunkle Ahnung, was es sein würde. Irgendetwas müßte es sein, daß sich mit Siegmunds merkwürdiger Rassetheorie berührte.

Zum Beispiel, was Nietzsche von der — Peitsche sagt. — Ein Weib, das dies versteht! — Das war heut keine von denen, von welchen zwölf aufs Dutzend gehen.

Ja, er brannte vor Begier, sie zu hören.

„Was Sie für ein — interessantes Pseudonym gewählt haben!“ fing er an, mit einer Stimme, die von

Erregung bebte, und mit seinem Stöckchen auf den Asphalt stupfend. „Hilde Wangel! — Warum haben Sie gerade — Hilde Wangel gewählt?"

„Ach nur so! — Es sollte irgend ein Ibsenscher Weibername sein."

„Und gerade Hilde Wangel! — Dabei ist Ihr Thema ‚das Recht auf die Mutterschaft'!"

Sie blickt ihn an. Mit einem ungewissen Lächeln.

Aber Donald bemerkte diesen Blick nicht.

„Wieviel Zahlen und Tabellen Sie haben" fuhr er fort. „So viel Studien, wie Sie gemacht haben!"

„Sie haben gelesen?"

Sie lachte. Offenbar geschmeichelt.

Das verstimmte Donald ein ganz klein wenig.

„Ja! — Mal so neingesehn! — So geblättert!"

„Die Tabellen! — Ja, aber das ist nun freilich das Wesentliche!"

„Jaja! — Nicht das Wesentliche!" machte Donald eifrig. Alles spannte sich in ihm zu hören, was sie nun sagen würde. „Das Wesentliche ist ja das von der Mutterschaft. — Sie sprechen da so viel von — von den — Einsamen?" Seine Stimme stickte vor Erregung. Im übrigen kam er ja mal wieder recht in seinen theoretischen Eifer hinein. Gänzlich fing er an, sich in ihm zu vergessen. „Von den Einsamen; von den einsamen, weiblichen Weibern, die — die an ihrer Sehnsucht — zu Grunde gehen. — Die — nie zur Erfüllung der Mutterschaft gelangen. — Von den — Unverstandenen. — Die doch — vielleicht oft gerade vor vielen Anderen berufen wären. Die oft vielleicht gerade einen ganz besonderen, neuen, feineren Zuchtwahlsinstinkt haben, der ihre Tragik ist. — Und doch: da muß doch irgend ein neuer und besonderer Weg sein. — Es ist doch Sehnsucht! Es ist doch Wille! — Wie seltsam und schwer er auch ringt. — Es ist doch etwas Neues da. — Eine neue, bunkle Kulturkraft. — Sie sagen das alles fast genau so, wie mein Freund Siegmund Löhr, der da so eine ganz eigenartige Theorie hat. Eine Rassetheorie!"

Donald war jetzt völlig frei. Er vergaß sich und fing an zu gestikulieren. Er war nun völlig in seinen theoretischen Furor.

„Da ist zum Beispiel die Vera-Broschüre," fuhr er fort. „Und da sind so viele andere Broschüren und Bücher und Frauenromane. — Die einen schreiben, daß der Mann keusch sein müsse, die anderen das Weib. — Ich weiß gar nicht: Keuschheit! — Und ‚der Mann‘ wäre das und jenes. Und ‚das Weib‘ wäre das und jenes! — Ich verstehe gar nicht: ‚der Mann‘! ‚Der Mann‘! — Und ‚das Weib‘! ‚Das Weib‘! — Solche Verallgemeinerungen! — Es paßt so und es paßt da. — Es paßt auf beiden Seiten. — Und das ist das Leben!" setzte er altklug hinzu. — „Es paßt mal und paßt hier für den Mann; und es paßt mal und paßt hier für das Weib. — Ich werde von alledem, was da geschrieben wird, ganz kopfverdreht. Ich mag schon am liebsten gar nichts mehr davon lesen; wenn es nicht was ganz Objektives und Praktisches ist. — Das Leben ist so ganz was anderes. Es fährt plötzlich dazwischen mit einer Notwendigkeit, einem Schicksal, etwas ganz Unerwarteten: und gerade das kann dann mit einem Male maßgebend werden. — Alles ist dann mit einem Mal etwas ganz anderes und gerade umgekehrt. — Man muß erkennen, was das Leben und die Natur ist; und wo am meisten und am deutlichsten das Leben und die Natur sich offenbart. —

Man muß darauf merken, wie gerade jedesmal die Umstände sind. — Eigentlich muß man alles gehen lassen. Irgend ein Wille und eine Notwendigkeit, die neue Kultur trägt, wird dann schon zu Tage kommen. — Man darf nicht feig sein und sich vor den Trieben fürchten. Wen sie vernichten, dem wars eben so bestimmt, daß er zu Grunde geht. — Alles ist Schicksal. — Ich mache vielleicht so eine Miene, und so eine Geste: ich will sagen: ich habe das so an mir; oder irgend sonst so eine Gewohnheit, für die ich nicht kann: und die erregt Ihnen eine Idionsynkrasie: was ist denn da ‚Keuschheit‘ und ‚Mann‘ und ‚Weib‘ und ‚Fragen‘ und ‚Prinzipien‘? Siegmund Löhr, mein Freund, bringt alles auf die Rassefrage und das Rasseproblem hinaus. Und d a s sagt es! Das ist der fruchtbare Gesichtspunkt! — Da kommen wir auf die Triebe, auf die Natur, und auf die Notwendigkeit! Man kann sagen: da ist Gott und das Schicksal und das Grundgesetz. — Man muß sich ganz auf die Natur lehnen. Man muß auf die Natur vertrauen!“

„Die — Rassefrage! — Ach, das ist interessant!“

Donald stutzte.

Sie sprach leise und ein wenig heiser. Weshalb? Und weshalb war sie mit einem Mal so — bleich? — Weshalb starrten ihre Augen so in Schatten? — Und was für ein sonderbares, gezwungenes Lächeln um ihren Mund lag! — Wie merkwürdig vorgestreckt ihr Kopf war! Und ihr Gang hatte jetzt mit einem Mal so etwas Haftiges und Nervöses.

Was war ihr?

„Ja! Alles ist die Natur und die Rassefrage!“ schloß er endlich, nach einem kleinen Schweigen. „Das Hauptproblem liegt in der Zuchtwahl. — Das hab ich verstanden. Und — Sie haben ja auch so etwas in Ihrer Broschüre.“

Er wurde immer aufgeregter. Er dachte plötzlich daran, ein wie sehr persönliches Bekenntnis diese Broschüre sein könnte. — Allerlei Gedanken und Erwägungen fingen an, ihm durch den Kopf zu gehen.

Ein ganz persönliches Bekenntnis vielleicht? —

Aber — das war ein wichtiger Punkt! Es kam ihm mit einem Male. — Er — wußte nicht recht, er spürte da noch immer eine kleine Verstimmung und Unklarheit, fast eine kleine Bekümmernis — sie hatte ja einen so tiefen Eindruck auf ihn gemacht —: hm! ob sich vielleicht in ihrer naiven Freude vorhin so etwas wie — Autoreneitelkeit ausgesprochen hatte? — Trotzdem ihre Schrift einen so sachlichen und soliden Charakter verriet?

Weshalb war sie jetzt plötzlich so mißgestimmt? So unruhig und nervöse?

Hatte ihr das, was er von der Rassefrage gesagt, vielleicht übermäßig imponiert? Und war es nun Depression aus — Ehrgeiz, weil sie nicht selbst auf eine so wichtige Idee gekommen und sie bewußt ausgeführt hatte?

Aber — war das möglich? War wirklich anzunehmen, daß sie so kleinlich sein könnte? — Ihre Altstimme! Und, eigentlich! wenn man genau hinsah: der Bau ihrer Hüften, ihrer Schultern, ihrer Brust; die Rundung ihres Halses; eine gewisse herzhafte Linie ihrer Arme und Handgelenke: das war alles so weiblich! So ganz und gar weiblich! — So ganz — Eva! — Darin war so gar nichts von irgend welcher perverser Blaustrumpfeitelkeit! — O, er hatte, seitdem ihn Siegmund erst ma in alle diese Probleme eingeführt und seitdem er Nelly kennen gelernt, trotz seiner pagenhaften Blödigkeit und

Benommenheit, so viele Beobachtungen und Erfahrungen über so etwas gemacht! — Aber trotzdem: konnte sie nicht auch an diesem närrischen Emancipationstick, an diesem, immerhin interessanten und vielleicht sogar wichtigen und bedeutungsvollen Gehirnehrgeiz leiden, wie so viele von den anderen? —

Aber: — es kamen ihm mit einem Mal so viele Gesichtspunkte — ob sie nun mit so einer geistreichen, intellektuellen Gehirnreife zur — Hetäre disponiert war? Ob sie s o l c h eine Freiliebende war?

Das machte ihn plötzlich fast — traurig. Wie merkwürdig! — Warum?

Aber — er wußte nicht? — sie nahm sich, in einem solchen Sinne, so — unbefriedigt aus? — Es schien eher, als ob sie monogamen Instinktes sei.

Besaß sie einen solchen — Gehirnehrgeiz? Oder war ihr Buch dennoch und vor allem als ein Schrei persönlichster Sehnsucht zu nehmen?

Vielleicht war beides zugleich der Fall. Sie hatte diesen literarischen Tick und war doch zugleich eine Suchende.

Aber, nein, nein! eine bloß theoretische war die tiefe Sehnsucht, ein bloß theoretischer der drängende-Zuchtwahlstrieb, der zwischen den Zeilen ihres Werkchens lebte, nicht.

Hm! — Was sollte sie denn aber tun, wenn diese Sehnsucht und dieser Trieb, der doch so außerordentlich fein und spröde ist, ihre eigentliche Stillung nicht fanden? Was hatte sie dann, als solch einen literarischen Ehrgeiz etwa? Was hatte sie dann; als dieses Leben in den Ideen und Theorieen etwa? — Und — im übrigen — würde sie, dachte Donald plötzlich — und wieder spürte er mächtig eine verwunderliche Rührung — leiden. Und — wie sehr würde sie wohl leiden! — Es schien so viel Leidenschaft und Temperament in ihrem Wesen zu liegen. — Es gab da so sonderbar spröde und heikle Naturen — wie gut er das wußte! — Wer weiß, wie sie im Stillen — verbluten! . . . Aber nein: was er da alles zusammenvermutete! Er wurde plötzlich gerührt. —

„Aber — das Andere," sagte Ruth Sommerfeld jetzt haftig. „Das Praktische darf doch nicht vergessen werden. — Das gehört doch so sehr dazu! — Es muß die größte Möglichkeit einer freien Wahl geschaffen werden. — Die freie Erwerbskonkurrenz, das Recht auf die Arbeit und das andere alles: das ist doch alles sehr wichtig!"

Sie zupfte und zwirbelte da jetzt immer mit ihren feinen, weißen Fingerchen an ihren Haarsträhnen umher.

Eine sonderbare Geste!

Gehirn! Gehirn! dachte Donald. Gehirn! — Diese Geste hatte mit dem Gehirn zu tun. — Überhaupt, was für seltsame, kleine, intelligente Gesten sie hatte!

Aber wie lange war er nicht so lebendig und — so glücklich gewesen!

. Noch nie hatte er mit einem weiblichen Wesen über dies alles in solch einer Weise gesprochen!

„Ja ja!" machte er haftig und zerstreut aus dieser Empfindung heraus.

Jaja! Das war es: ob sie — es vermöchte —: eines Tages ihre Schriftstellerei da an den Nagel zu hängen? Ohne weiteres aufzugeben? — Ob es Genialität bei ihr war, wirklich aus der — Sehnsucht und aus dem — Suchen kam? Oder ob es bei ihr schon so eine Art von Blaustrumpfehrgeiz geworden sein könnte? — Wie schade das sein würde, dachte er. — Dann, fühlte er, würde sie ihm — gleichgültig sein.

Aber wieder wurde er rot. Was — dachte er denn da alles zusammen!

Aber, was das für ein wunderbarer Abend war!

Und — wirklich! Sie kamen am Café vorbei; und er spürte kaum eine flüchtige Erregung, so beschäftigte ihn Ruth Sommerfeld.

Er fühlte nichts, als daß er die ganze prächtige Frühlingsnacht hindurch so mit ihr hätte wandern und über das alles hätte sprechen können. — Er hatte eine übermütige Anwandlung und war schon im Begriff ihr vorzuschlagen, mit ihm eine Wanderung durch den nächtlichen Grunewald zu unternehmen.

Aber: sie waren ja nicht — frei! — Er mußte morgen in seinem Geschäfte sein, und sie den Tag über im Telephonamt. Dazu war sie von ihrem Dienst überanstrengt und verbrachte schlaflose Nächte . . .

Sie bogen um die Ecke der Uhlandstraße und schritten den stillen, nur vom Mondschein belebten Kurfürstendamm entlang. Sie gingen bis zur Fasanenstraße. Hier angekommen, überquerten sie den Fahrdamm und gingen den anderen Teil der Fasanenstraße hinab auf die Kantstraße zu. — Hier war es dunkel von alten Bäumen. Die Villen lagen in ihren mondhellen Gärten. Das mächtige Künstlerhaus mit seinen beiden vorgelagerten Sphinxen ragte im Mondglast wie eine Gespensterburg. In friedlicher Ruhe standen Nachtdroschken am Trottoir hier.

Donald hatte Ruth Sommerfeld vorhin auf das Café aufmerksam gemacht und erzählte ihr nun eifrig von den Freunden und Zusammenkünften.

Der Gedanke erregte ihn, Ruth in Nellys Gesellschaft zu sehen.

Aber Nelly war ja Dame. Sie hatte diesen Fehler, fiel ihm mit einem Mal ein; und Ruth Sommerfeld

vielleicht den, daß sie zu viel dachte. — Ob sie mit=
einander würden Freundschaft schließen können?

Ach, nein nein! Der Gedanke war ihm auch gar
nicht sympathisch. Gar nicht! —

Und — es war ein Schatten, der flüchtig auf die
so verehrte Nelly fiel. —

„Sie gehören ja zu uns," sagte er zu Ruth. „Sie
müssen mit zu unseren Abenden kommen."

O ja! Das wollte sie sehr gern.

Sie zeigte sich sehr lebhaft. — Ein wenig zu leb=
haft, fand Donald. — Weshalb hatte sie so gar viel
Eifer dafür? Der Menschen wegen, oder — der Dis=
kussionen wegen? Oder aus welchem anderen Grunde
war sie so eifrig? —

Aber: sie wäre so allein, sagte sie nun. Sie hätte
so gut wie gar keinen Verkehr.

Ihre Kolleginnen: da war sie natürlich weiße Krähe.
— Sie hatte ja wohl, weißgott! nichts als zu Hause
ihre zwei Reisfinken und — könnte er sich vorstellen? —
einen kleinen Affen, den ihr vor ein paar Jahren mal
ein Freund, der eine Afrikareise gemacht, mitgebracht.

Einen — Freund hatte sie gehabt? Einen — Afrika=
reisenden?

Ein kleines Schweigen spannte sich.

Donald fürchtete, sie würde noch mehr von diesem
Freunde erzählen. Aber Ruth blieb still.

Es war sonderbar, wie sich ihr Wesen plötzlich wieder
geändert hatte.

Donald erschrak. Sie sah so finster, so zermürbt und
vergrübelt aus. Beinahe hatte sie etwas Dämonisches.

Eine längere Zeit gingen sie so nebeneinander her.

Plötzlich sagte sie mit einer sonderbaren, stoßenden

und sehr tiefen Stimme, vor sich hinstierend völlig wie eine Besessene und als hätte sie Donalds Gegenwart ganz vergessen:

„Das Kind! — Das Kind! — Alles ist das Kind! Was sind wir? — Nicht wir! Sondern das Kind! — Wir warten auf das Kind! — Wir warten auf unser Kind! — Wir sind im Dunkeln und im Ungewissen! — Das Kind aber trägt den Willen! — Das Kind bringt den Willen und das Licht! — Das Kind ist dem Ziele näher als wir! — Und das Kind ist Ziel! — Das Kind trägt das Neue in sich! — Es bringt den Willen und die Botschaft des Gesetzes. — Das Kind bringt das Gesetz und die Notwendigkeit. — Es ist schon Zukunft, ehe es erzogen wird. — Das Kind trägt den Willen und die Absichten Gottes. — Das Kind wird binden. — Das Kind wird gestalten. — Das Kind, das Dritte ist die Kultur und ist das Bauende. — Das Kind — ist — der — Herr!" . . .

VII.

Es war eine halbe Stunde nach neun Uhr, als Siegmund in das Café eintrat.

Er hatte draußen im Hubertus zu Mittag gegessen und war dann, Nachmittag, mit bei Lisa vorgegangen, die er auch glücklich angetroffen.

Freilich: er hatte sich damit gründlich die Laune verdorben.

Es graute ihn überhaupt jedesmal vor solch einem Abbruch. Immer wieder. — Jedesmal bedeutete es eine vertrakte Periode.

Na, immerhin war er ein gut Stück vorwärts gekommen.

Er fand das Café noch so gut wie leer.

Im vorderen Raume saß ein einsames Pärchen und
irgend so ein Zeitungstiger von altem Herrn.

Aber als Siegmund Ausschau hielt, gewahrte er hinten
in der Fensterecke des Billardzimmers Edwin Uhse.

Siegmund klemmte die Scherbe ein.

Irgend etwas war ihm gleich beim ersten Hinsehen
an Uhse auffallend.

Uhse hockte in einer schlaffen Haltung mit vorgebeugtem
Kopf und hängenden Schultern. Seine Augen waren
klein und stumpf. Den Kopf hielt er nach rechts geneigt,
in einer Weise, als litte er an Genickschmerz. Die rechte
Backe hing schlaff und wampig. Sein ganzes Gesicht schien
nach rechts hin verschieft.

Siegmund empfand einen direkten Ekel; ja, fast ein
leichtes Grauen. —

Zugleich aber geriet er in Spannung. Er er=
innerte sich sofort, zu welchem Zweck er heut Abend in
das Café kam.

Langsam schritt er auf Uhse zu und begrüßte ihn.
„Allein?“ machte er nachlässig.

„Ja! — Ja!“ stieß Uhse haftig und aufgeschreckt hervor.

Er hatte Siegmund einen kurzen Blick zugeworfen
und dann sogleich den Kopf mit einem gleichgültigen,
müden Ausdruck wieder gesenkt.

Siegmund brachte es nicht über sich, ihm die Hand
zu reichen. Er pflegte sie ihm so wie so unter allen
Umständen nur in Glacé zu reichen. Zuweilen aber
unterließ er's überhaupt, sich den Ruf gelegentlicher Grob=
heit zu Nutz machend.

Uhse war Siegmund von jeher gegen den Strich ge=
wesen. Er erregte ihm Interesse; er studierte ihn, ver=
stand ihn gar wohl auch in einigen Punkten: aber im
Grunde hatte er ihn nie gemocht.

Und was Uhse heute für eine sonderbare Art hatte,
die Luft, als wenn er mit dem Stockschnupfen behaftet
wäre, mit kurzen Stößen durch die Nase zu treiben! —
Und wie merkwürdig nasal und gaumelnd seine Sprech=
weise war! Auch rollte er beim Sprechen wieder mal so
die Zunge!

Cocaincollaps? dachte Siegmund.

Ha! — Und — schwedischen Punsch trank er? —
Schwedischen Punsch?

„Weshalb allein? — Hm?"

Siegmund hatte sich niedergelassen und sich ein Pilsener
bestellt. Er streifte langsam die Glacés von den Händen
und zündete sich eine Bostagnioglo an.

Uhses Gesichtsausbruck wurde noch mürrischer und
faber. Er faßte mit zittriger Hand nach dem Stroh=
halm und sog von dem Punsch.

„Sie hatte mit ihrem Manne einen Besuch zu
machen. — Sie kommt später!"

„Was ist Ihnen? Fühlen Sie sich nicht wohl?"

„Ach, nur so!"

Uhse schwieg. Er starrte in den Punsch. Sein Atem
schniefte in schweren, trägen Zügen.

Endlich aber sagte er, langsam, Siegmund sein
schlaffes, ausdrucksloses Gesicht zuwendend:

„Hehe! — Finden Sie nicht, daß sie sich in der
letzten Zeit geändert hat?"

„O ja? — Gewiß? — Und zwar eigentlich sehr er=
freulich? — Sie ist ja kaum wiederzuerkennen?" Sieg=

mund blickte Uhse durch die Scheibe an. „Ich mache Ihnen mein Kompliment?"

Nelly war allerdings in der ersten Zeit ihres Verkehrs mit Uhse s e h r aufgeregt und hysterisch gewesen. Aber seit einiger Zeit wirkte ihr Wesen so ruhig und befriedigt und zeigte eine gleichmäßige Fröhlichkeit, die Siegmund ihr nie zugetraut hätte.

„Sie hat sich zu ihrem Vorteil und Sie haben sich, eigentlich, sonderbarer Weise, in derselben Zeit, zu Ihrem Nachteil verändert?" fügte Siegmund hinzu.

Uhse schwieg ein paar Augenblicke. Sein rechter Mundwinkel hatte sich zu einem sardonischen Lächeln verzogen.

Endlich aber sagte er:

„So? Sie finden, daß sie sich geändert hat? — Und zu ihrem Vorteil? — Jaja! — Hehe!"

Er schwieg.

Siegmund wandte ihm einen interessierten Blicke zu: „Sie sagen das so sonderbar?"

„Hm!" — Uhses Gesicht zeigte noch immer das Lächeln. „Sie sind ja doch wohl so ein guter — Psycholog! — Es — wird Sie interessieren. — Hehe! — Ich weiß nicht, ob Ihnen schon so ein — interessanter Fall begegnet ist. — Also: sie ist mir, seitdem sie so ist, ekelhaft. — Einfach ekelhaft wie eine Qualle. — Ich bekomme direkte Anfälle von Übelkeit. Oft, wenn ich sie bloß ansehe. — Bitte, direkt w ö r t l i c h zu nehmen. — Sie wissen ja, ich bin ein durchaus physiologischer Mensch. Ein — Sensualist. Ein — Ästhetiker. — Von Natur und Disposition. — Alles schlägt sich bei mir auf die Physis. Alles ist physische Reaktion. — Ich kenne nichts anderes. — Wenn ich z. B. einen starken Verdruß habe, so schlägt er sich mir sofort aufs Geschlecht. Ich muß, womöglich auf der Stelle, zu einem Weibe. — Na! — Sie erregt mir also jetzt direkte Brechreize.“

Uhse schwieg einen Augenblick.

„Ja und doch! — Ich bin nicht im Stande, von ihr zu lassen. — Ich denke, ich habe so manche und unterschiedliche Affären hinter mir: aber noch nie habe ich so etwas oder auch nur etwas ähnliches erlebt. — Verstehen Sie? Auf der Stelle möchte ich sie zum Teufel jagen: und doch! ich bins nicht im Stande. — Ich denke, ich bin in diesem Punkte nicht sentimental — hehe! — Aber es ist mir unmöglich! — — Hehe! Natürlich aus keinem — ethischen Grunde. — Ich hoffe immer noch, daß sie wieder wird, wie sie zu Anfang war.“

„Ah! Sie hoffen, daß sie wieder wird, wie sie war?“

„Jaja! — Gewiß!“ —

Uhse sah ihn mit belustigt gekniffenen Äugelchen an. Sein rechter Mundwinkel zeigte wieder das Lächeln. „Das hoff' ich?“ machte er gedehnt, mit einer merkwürdigen, ein bißchen lispelnden Sprechweise. „Hm! — Ich weiß ja freilich noch nicht . . .“

Er versank in ein nachdenkliches, ratloses Brüten.

„Ach!“ fuhr er endlich empor. Seine kleinen Augen funkelten. Er war in einer völligen Vergessenheit; in einer unsagbar konzentrierten Leidenschaftlichkeit, die für Siegmund etwas wunderlich Fremdes hatte. „Noch nie, nie! hat ein Weib mir, mir! das gegeben, was sie mir gegeben hat! — Und ich weiß, mit positiver Gewißheit! daß mir nach ihr, nie, nie! ein Weib das zum zweiten Mal bieten könnte! Daß nach ihr das für mich vorbei wäre! Das überhaupt alles für mich vorbei wäre! Völlig vorbei!“

Siegmund fixierte ihn. Er fing an aufmerksam zu

werden. Sein Interesse spannte sich. Denn — dies! dies war der — Punkt!

„Ein Weib! Zum zweiten Male! — Nach ihr! — M i r !" Uhses Stimme klang heiser und erstickt. „Nie! — Nie!"

Er stockte vor Erregung.

„Ah! Und das muß man f ü h l e n ! — Man muß das verstehen, was — mich — das kostet! — Was ich jetzt zu ertragen habe! — Ich muß ja so tun, als ob ... Sie verstehen! — Ich darf ihr ja selbstverständlich nichts merken lassen. — Denn: wie gesagt! Ich habe ja noch immer — Hoffnung! — Es wird — auf irgend eine Weise" — sein Blick wurde unstät. „Hm! — Nun ja!" Er drängte offenbar etwas zurück, was ihm auf die Lippen wollte. „Aber — was mich das kostet! — Kann man sich eine größere Folter vorstellen! — Mit diesem — Degout! — Fast — positive Unmöglichkeit! — Und doch! — Was mich das kostet! — Welche ... Welche ..." Er stockte.

„Ah, sofo! — Ja allerdings! — Ehm! — Sehr interessant," machte Siegmund, Uhse mit einem kalten Blick musternd. „Hm! — Also, Sie — meinen ... Das heißt: Sie hoffen, daß sie wieder wird, wie sie war. — Aber sie war doch in dieser hysterischen Periode so — unglücklich? Nicht?"

Uhse blickte ihm, wie forschend, ins Gesicht. Der Blick seiner kleinen gekniffenen Augen war sehr sicher und spöttisch:

„Hehe! — Ich weiß nicht? — Mag sein? — Jeden= falls nicht — fad! — Wenn Sie einen Geschmack für Schneiderösen=Sentimentalität haben?"

„Sie sind gereizt."

„Und Sie beißen den — Ethischen heraus."

Uhses Stirnhaut hatte sich in die Höhe geschoben. In

seinen kleinen Augen, die fest an Siegmund hafteten, funkelten die kleinen diabolischen Pünktchen. Sein Gesicht zeigte alle seine Fältchen.

Siegmund hielt, die Scherbe im Auge, die er, seitdem er bei Uhse Platz genommen, nicht heruntergelassen, Uhses Blick mit einer ruhigen Kälte aus. Eine Weile. — Dann aber bedachte er sich. Er hatte eine Unvorsichtigkeit begangen, sich mit seinem Affekt gehen zu lassen. — Uhse war mitteilsam gewesen. Er durfte ihn nicht aus dieser Stimmung lassen. Es interessierte ihn doch sehr, ihn auszuholen.

Er änderte seinen Ton und gab ihm eine kleine vertrauliche Wendung.

Mit einem halb gemütlichen, halb zynischen Lachen sagte er:

„Ach Unsinn! — Sie haben mich nicht verstanden. — Sie wissen, daß ich der letzte bin, den — Ethischen herauszubeißen. — Wirkte ich so? — Nein nein! Sie sind eben heute wirklich verstimmt. — Na, prosit!"

Er hob sein Glas und trank Uhse zu.

Uhse, der ihn noch einen Augenblick gemustert hatte, nahm an und nickte.

„Ja nun aber: was denken Sie denn nun also zu tun?"

Siegmund verbarg seine Spannung, indem er sich eine frische Zigarette anzündete.

Uhses Gesicht verfinsterte sich wieder.

„Ich weiß nicht."

„Also, jedenfalls: unter allen Umständen wollen Sie sie nicht loslassen?"

„Nie! — Nie!!"

Siegmund erschrak. Die Nüance dieses Ausrufes

war unbeschreiblich gewesen. Es hatte in ihm eine ge=
radezu dämonische Entschiedenheit gelebt. Und so eine
sonderbare Suggestibilität. — Man begriff sofort, daß
kein Weib, das Uhse ernstlich wollte, sich ihm versagen
könne. — Er war jetzt eigentlich geradezu schön. Eine
wunderliche Magie war in seinen Zügen.

Siegmund schwieg.

Er fixierte Uhse; leise an seiner Zigarette ziehend,
mit gekniffenen Augen.

Plötzlich aber sagte er;

„Hm! — Sie lesen ja jetzt wohl auch Bücher über
Nymphomanie, Hysterie, studieren Hexenprozesse und treiben
okkultistische Studien? — Sagten Sie nicht neulich auch,
daß Sie spiritistische Sitzungen besucht hätten?"

„Jaja!" machte Uhse zerstreut. „Ich interessiere
mich jetzt für so etwas!" Er stäubte an seinem Jackett.
„Wissen Sie! Selbstverständlich doch! — Um — Nelly
zu verstehen."

„Soso! — Ja!" machte Siegmund. „Übrigens: Sie
verkehren ja jetzt so viel mit — Donald?" —

Jetzt stäubte Siegmund an seinem Rock.

„Wie?" Uhse war im Begriff, sein Zigarren=Etui
hervorzuziehen. Wie nervös er heute war! — „Mit —
Donald? — Ja!" machte er leichthin. „Nun ja?"

„O, ich — meine nur!" machte Siegmund ein wenig
gedehnt. „Sie — duzen sich ja wohl sogar mit ihm? —
Was haben eigentlich gerade Sie von seinem Verkehr? —
Er muß Ihnen eigentlich doch ziemlich langweilig sein?"

„Warum ich . . . Langweilig? — Aber nein! —
Sie" — Uhse setzte seine Zigarre in Brand. „Sie —
mißverstehen mich? — Warum langweilig? — Im
Gegenteil! — Im Gegenteil! — — Er ist doch

ein so lieber Kerl! — Und dann: Eigentlich hatte auch — Nelly einen Narren an ihm gefressen. Sie wollte durchaus mit ihm Freundschaft schließen."

„Hm! — So! — Nun ja!

Siegmund schwieg einen Augenblick. Dann aber sagte er, mit einer gewissen Betonung die Asche seiner Zigarrette in die Schale streifend: — „Aber immerhin, ich weiß nicht, ob der häufige Verkehr mit Nelly für ihn nicht zu irritierend ist? — Verstehen Sie?"

„Haha! — So! Meinen Sie!"

Siegmund erwiederte nichts, sondern blickte, mit einem ostentativen Schweigen, vor sich hin.

Eine Weile blieb es still.

Uhse sog ein paar hastige Züge von seinem Punsch.

„Eh! — Ich — sagte vorhin," fing er dann an; sein rechter Mundwinkel war wieder von dem Lächeln verzogen, seine Lider ironisch gekniffen: „sagte vorhin, daß sich mir alles aufs Physische schlüge. — Nicht? Das ist doch eigentlich merkwürdig: ich bin völlig unvermögend, einen — ethischen Menschen zu verstehen. — Haha! — Völlig! — Ich weiß nicht: ich will noch nicht mal sagen, daß die Ethik ein — Philisterbegriff wäre: aber unter allen Umständen liegt in ihr eine gewisse — Schlapp- heit. — Teufel! Was ist Gesetz?! — Was ist ausge- macht?! — Man holt sich aus dem Leben heraus und probiert aus, was man kann. — Haha! — Gewiß! Man hat da zu riskieren!"

„Wie?! machte Siegmund. — Und dann sagte er, den Rauch durch die Naslöcher stoßend: „Aber ja?"

„Hahaha! — Mag sein, daß das Ethische außerhalb und objektiv irgendwie als Tatsache besteht: aber ich habe kein Organ dafür. Absolut nicht! — Ich bin ζωον αἰσθητικον; und ich bilde mir ein, daß das der gesunde und normale Zustand ist. — Der „ethische Mensch" ist irgendwie ein Kunstprodukt. Etwas Zweites, Sekundäres, Gemachtes. — Das Natürliche ist die unmittelbare und möglichst präzise und differenzierte ästhetische Reaktion. — Das Natürliche ist der Nerventrieb. — Was soll Ethik? Was ist Ethik? — Ethik ist Wolkenkuckucksheim. Ethik ist dummes Zeug! — Jenseits von Gut und Böse! Trieb! — Ästhetische Reaktion!"

„Ja aber: was denn?" fragte Siegmund erstaunt.

„Gott! Nun ja! — Haha!"

Uhse schwieg. Mit seinem hämischen Mundwinkel.

„Na, jedenfalls also: sie verursacht mir Übelkeit: und sie ist im Unrecht."

„Aber jetzt ist sie glücklich und früher — litt sie?"

„Ach, bilden Sie sich doch nur nicht ein, daß sie glücklich ist! — Glücklich! — Sie ist einfach salopp ge= worden. — Schlapp! Anormal! — Unter allen Um= ständen ist sie nicht richtig. — Mir kommt sogar manch= mal vor, als ob sie nicht mehr recht — Dame wäre. — Früher war sie Geist und Leben! Alles in ihr vibrierte nur so! — — Was heißt unglücklich? Was sagt Hysterie? — Aber ein völlig antiquierter Standpunkt! Einfach Philisterstandpunkt! — Es ist alles Auf und Ab! — Lust will Leid und Leid will Lust! — Nur die Tempi sind verschieden! — Und sie hat eben ein differenzierteres Tempo. — Und sie — hahaha! — sie wird 90 Jahre dabei alt werden!"

„Hm! — Sie sind mit ihr immer noch ebenso häufig zusammen wie früher?"

„Wie?! — Aber ja, ja! — Aber natürlich! — Sie

weiß nichts von meinem Zustand! — Sie entbehrt nichts! — Nichts! — Nichts!"

Er bestellte einen neuen Punsch.

„Mir kommt vor, als ob Sie heute außergewöhnlich viel Alkohol zu sich nähmen?"

„Finden Sie? — Jaja!"

Uhse lachte, ein kurzes, gepreßtes sardonisches Lachen hinter geschlossenen Lippen. „Vous comprenez? — Jaja! — Für gewöhnlich mache ich mir ja eigentlich gar nichts aus dem Alkohol. Schnaps wibert mich geradezu an."

„Sie hat keine Kinder. Es heißt ja wohl, daß ihr Mann früher ein Leiden gehabt hat, und daß Reste davon zurückgeblieben sind?"

„Jaja! Mag wohl sein!" sagte Uhse zerstreut.

„Sollte ihr Zustand nicht darauf zurückzuführen sein, daß sie nicht Mutter ist?"

„Jaja! — Meinen Sie?"

„Ihr Gang! Ihr Körperbau! Es ist doch geradezu auffallend? — Sie müßte Mutter sein! — Wenn sie diese Sehnsucht nicht hat, wenn sie sich so zufrieden gibt, dann sind nur diese neumodischen saloppen Theorieen daran schuld, die sie irre gemacht haben, und daß sie — leider! — zu sehr und einseitig Dame geworden ist. — Das ist meine feste Meinung. — Ich glaube doch, daß Sie sich in Ihrer Auffassung von ihr täuschen."

„Hahaha! — Aber ich sagte ja: Sie sind eine ethische Natur!"

„Eh!" Siegmund hatte sich mit einer jähen Bewegung und einem Stirnrunzeln zur Seite gewandt und über die Stuhllehne hin seine Aufmerksamkeit dem Eingang zugerichtet.

„Aber da kommen ja unsre Leute!" rief er.

VIII.

Es waren drei Herren und zwei Damen. Der eine, ein kleiner untersetzter, lichtblonder, mit einem bartlosen eckigen Gesicht und zwei großen runden starren Grauaugen, der hinter den anderen eben eintretend die Portière zurückschob, stutzte, als er Siegmund erblickte. — Er hatte einen schwarzen Halbkalabreser auf und einen enormen, etwas abgetragenen, gelbgrauen Havelock mit einem olivenfarbigen, an ein paar Stellen angeborstenen Sammetkragen über.

Siegmunds Augen belebten sich.

Aha! Da war er ja!

Der Mann im Havelock war ein junger Bildhauer, der Erich Stobwasser hieß.

Vor lauter Genialität lieh er sich Bücher aus, die er prinzipiell nicht zurückgab.

Man durfte ihn auch, wenn er zu Besuch da war, nicht allein im Zimmer und in der Nähe des Büchergestells lassen. Es war unglaublich, was dieser Havelock nicht alles an Büchern verschlingen konnte.

Erich Stobwasser war, abgesehen davon, daß er Bücher stemmte und bis dato noch jeder seiner Wirtinnen mit Hinterlassung eines nicht unerheblichen, unausgeglichenen Restes durch die Lappen gegangen war, der famoseste Kerl von der Welt. Im Grunde konnte man ihm nicht böse sein. War er mal bei Geld, freilich eine Seltenheit, so teilte er mit dem, der nichts hatte und ihn anlieh. Es kam wohl auch vor, daß er einen Freund, der in der Klemme stak, uneigennützig von irgend einem ‚Barbemuche‘, ben er, weiß der Kuckuck wie! aufzutreiben wußte, Geld verschaffte. — Möglichenfalls konnte noch mal was aus ihm werden — er war nicht ohne Talent — vorderhand aber war er ganz unglaublich verzigeunert.

Siegmund beobachtete ihn nicht ohne eine unwillkürliche Belustigung, obschon er sich in gereizter Stimmung befand und sich außerdem über den braven Erich gründlich geärgert hatte. Denn es waren ihm von Erich Stobwasser nachgerade ein Dutzend Bücher ausgeliehen und so peu à peu ein anderes Dutzend eskamotiert worden, wie er vor einigen Tagen gelegentlich einer Revision seiner Bibliothek hatte feststellen müssen. Das war ihm gründlich auf die Nerven geschlagen. Förmlich krank hatte es ihn gemacht. Wie man etwa in dem Chaos eines Quartalumzuges krank werden kann. Denn Siegmund war ein Mensch von einer fast krankhaft peinlichen und vielleicht ein wenig pedantischen Ordnungsliebe.

Erich Stobwasser, dieses Unschuldswurm, haftete mit seinen großen runden starren Grauaugen an Siegmunds Gesicht; gebannt wie ein Verbrecher von dem Blick seines Inquisitors; schraubte sich langsam, ab und zu einen Moment unentschlossen stehen bleibend, auf Siegmund zu, und reichte ihm die Hand, die in einem geplatzten rotbraunen Glacéhandschuh stak. In der Linken hielt er ein gelbes spanisches Röhrchen mit einem Silbergriff. Sein Hals stak in einem hohen, steifen, steif und lang umgeklappten Stehkragen, aus dem vorn eine winzige rotbraune getüpfelte Krawatte vorlugte.

Aber Siegmund beachtete seine Hand nicht, sondern klopfte ihm einfach bedeutungsvoll gegen den Havelock, der natürlich wieder mal unterschiedliche harte Stellen zeigte.

„Ja, sagen Sie mal, Verehrtester! Sie haben mir

ja ein Dutzend Bücher eskamotiert? Und das andere, das ich Ihnen geliehen, scheine ich auch nicht zurückbekommen zu sollen! Das ist schließlich doch ein bißchen zu genial!“

„Ich?!“ Erich Stobwasser sah aus wie die leibhafte Unschuld. „Aber pas du tout? Das ist doch wohl ein Irrtum!“

Weißgott! Er sagte ‚pas du tout‘! — Doll!!! — Wußte der Teufel, wie er dazu kam, ‚pas du tout‘ zu sagen! Es schoß ihm eben so von den Lippen. — Köstlich! Pas du tout! Und nicht eine Miene verzog er. — Nun, das tat er überhaupt nie, weil er’s überhaupt nicht konnte. Es war ja, als wäre ihm mal gelegentlich einer Hypnose das Gesicht stehen geblieben.

„Ach, hol Sie der Teufel! — ‚Pas du tout‘! — Großartig! — Ich bekomme die Bücher natürlich nie wieder zurück. Lassen Sie sie sich zum ‚Schmeere Ihres Unterleibes‘ gedeihen!“ — Erich Stobwasser atmete auf. Seine großen runden starren Grauaugen, die sich nicht einen Moment von Siegmund abgewandt hatten, zwinkerten befriedigt. „Aber Ordnung muß sein! Ein für allemal! Wir machen ab, daß wir uns von nun an nur auf neutralem Gebiet treffen. Es ist unmöglich, daß Sie wieder zu mir kommen. Das geht nicht! — Geht absolut nicht! Setzen Sie sich!“

Er zog Erich Stobwasser beim Havelockzipfel neben sich auf einen Stuhl nieder.

Erich Stobwasser saß und blickte Siegmund geduldig an. Die Bücher hatte er ja. —

„Also gewiß!“ fuhr Siegmund fort, indem er Erich Stobwasser beim Mantelknopf festhielt. Er war sehr unruhig und spürte einen Drang zu reden, möglichst viel,

und was es auch immer war. — „Hahaha! — Auch
Mein und Dein ist ein Problem. — Zum Beispiel: man
muß bedenken, und es steht fest, bombenfest! Was
wäre gewisser: Das Weib meines Nächsten ist nicht so
sehr sein Besitz — Besitz! — Nicht wahr? was heißt
Besitz? Wie definieren wir Besitz? Da liegts! Da
liegt das Problem! — Der Nervus des Streikes der
modernen Frau! — Der Casus bellandi! — Die Frauenemanzipation. — ‚Meine Frau‘! — Nicht wahr? —
‚Meine Frau‘! — Nun, sie ist nicht so sehr sein Besitz, daß ich nicht einen Flirt mit ihr anknüpfen dürfte.
— Wir können uns Fälle denken, wo das sogar, von
einem gewissen, wir sind dahintergekommen: sehr vernünftigen und moralischen Standpunkte aus, zur Pflicht
wird. — Das ist jetzt schon so, und das wird immer
mehr so werden und morgen und übermorgen vollständig
und selbstverständlich in der Ordnung sein. — ‚Dies war
ehedem parabox‘. — Aber was heißt parabox? — Es
ist die Ethik des Paraboxons, daß es, auf Teufel komm
raus! das — Gute provoziert. — Feine Paraboxisten
können, ohne im übrigen aus ihrer Haut zu vermögen,
sich dessen bewußt sein. Oskar Wilde hat zum Beispiel
so ab und zu mal solch einen Moment. Es ist seine Genialität. — Besitz! Besitz!! — Ä!!“ — Siegmund
machte eine abweisende Geste und schleuderte den Knopf
beiseite, den er Erich Stobwasser nachgerade, zu seinem
plötzlichen Erstaunen, abgedreht hatte; starrte ihn einen
Moment verbutzt an und sagte dann, nichtsbestoweniger
mit erhobener Stimme: „Na jedenfalls: Der Kuckuck soll
Sie holen, wenn Sie mir noch mal Bücher mopsen! —
Mir! — Mir! — Zwei! — Und jeder verrückter
Engländer in der konträren Weise! Nicht gut zu provo-

zieren. — Nicht gut zu provozieren! — Da liegts! — Da liegts! — Verdammich! — Offen! — Das Problem! — Gehen Sie! — Gehen Sie!! — Hol Sie der Teufel!"

Siegmund hatte während der letzten Worte einen schnellen, sonderbaren Blick zu Uhse hinübergeschickt. Nun zog er sein Etui, steckte sich eine frische Zigarette an und starrte, mächtige Rauchwolken paffend, vor sich hin.

Erich Stobwasser hatte sich erhoben. Er zog sich, nachdem er gelassen den abgedrehten Knopf aufgehoben und in die Billettasche seines Jaquettes gesteckt hatte, nach dem hintersten Teil der Tafel zurück, wo er sich mit einer großen Pilsener und seiner Pfeife Three Castles häuslich einrichtete.

„Mir! — Mir! — Nur nicht mir! — Da liegts!" sprach Siegmund vor sich hin. „Die Bücher nicht. — Übrigens: was anderes auch nicht, mon cher!" Von neuem schickte er diesmal einen fast feindlichen Blick zu Uhse hinüber. „Mir! — Ethik! — Haha! — Aber mir! — Da liegts! — Die Mystik der ‚pièce de résistance‘! — Hu! — Hu!"

Seine Blicke schweiften jetzt an der Tafelrunde hin, die inzwischen vollzählig geworden war. — Neben Erich Stobwasser saß jetzt auch Ismael Fink. — Sie saßen stets beieinander. Erich Stobwasser blätterte in irgend einem Buche; Ismael Fink schwieg, spann irgendwelche Gedanken und trank dazu ein unglaubliches Quantum von Stechen-Bier. — Er dichtete Lyrik und lyrische Dramen und hatte seine Momente von wirklicher Genialität. Er war ein Neu-Romantiker und Überwinder des Naturalismus; indessen, gottlob! daneben noch ein ganz anständiges und eigenes Talent. Sein blasses faltiges

Gesicht, mit den prachtvollen Goethe-Augen, war von einer Fülle brauner Locken umwallt. Eine rötliche Bartlocke hing ihm auf die schmächtige Brust und die getüpfelte Pique-Weste herab. Sein Hals stak in einer schwarz-seidenen Biedermeier-Krabatte. — Er war ein alter junger Herr in seinen besten Jahren; und dabei zäh wie der Teufel.

Aber was gabs?

Siegmund begann zuzuhören.

Nun, man ventilierte wieder mal das Problem der Decadencen.

„Wir sind alle durch die Bank Stümper und Halb-naturen. Alles was wir fressen, müssen wir erst mit der Reflexion verschleimen wie die Schlange ihren Fraß!"

Auf diese Satzblume schien der Sprecher sich ent-schieden etwas zu gut zu tun. „Schlapp! Futsch! — Molsch! — Mit nichts können wir zu Rande kommen. — Nichts bringen wir zu Stande!"

Der Sprechende war ein kleiner schwarzer Herr mit zwei Augen wie ein paar Feuerkugeln; ein kleines leb-haftes Kerlchen, das stramme Ausbrücke liebte. — Er war Redakteur an einer Zeitschrift nationalistischer Rich-tung. — Indessen er war, trotzdem er im Plural sprach, weit entfernt, sich selbst mit einzuschließen. Es konnte niemand ein größeres Selbstbewußtsein haben. Er hatte eine gewisse Anschauung von der Kultur der Gothik und Renaissance und von unserer neuklassischen Periode, mit der er gern in die ethische, ästhetische und sonstige ‚Deca-bencen‘ der Zeitläufte ‚Rückgrat‘ gebracht hätte. Er war für Gaubühnen, das Freilufttheater, eine ‚nationale Bühne und Kultur‘, für eine ‚Belebung unserer Kunst und Litte-ratur aus den Tiefen der deutschen Volksseele‘ und protegierte alles, was „Heimatskunst‘ hieß. Die moderne Kunst sollte wieder in ‚den Zusammenhang einer wahrhaft nationalen Tradition‘ gebracht werden.

Siegmund schmunzelte. Der kleine Temperamentfex und Vollblutgermane mit den Rollaugen und der schwarzen Dumasfliege machte ihm Spaß. Er pflegte ihn den Maßmann redivivus zu nennen. Nur freilich des weiland deutschen Turnmeisters Maßmann Beinchen mochten denn doch, wennschon krummer, so doch jedenfalls strammer gewesen sein.

„Wir hemmen uns selbst in unseren Handlungen und Entschlüssen. Wir können zu nichts Rechtschaffenem kommen. Was sollte uns wohl jemals gelingen? — Wir sind Stimmungsfexen! Heillose Nervenequilibristen! Artisten!“

„Hm! — Welche ‚Handlungen‘ und ‚Entschlüsse‘?“

Der dies fragte war ein Privatgelehrter; ein ewiger alter Student und Schartekenmeier, der immer auf der Lauer nach irgend einer theoretischen Diskussion war und der dann erst auftaute und Leben bekam. Er trug einen altmodischen Umlegkragen mit einem steifen kleinen schwarz-seidenen Schlips über dem mächtigen, weißen Panzer eines altväterlichen Vorhembchens. Auf seinem schon er-grauenden Lockenkopf pflegte ein Zylinder von einer etwas aus der Mode geratenen englischen Façon zu balancieren. Er trug eine Brille in Nickelfassung, die er, wenn er lebhaft wurde, in einer schnurrigen Weise durch eine merkwürdige Bewegung der Nasenwurzel auf und nieder schob; ungefähr, wie manche Leute mit den Ohren wackeln können. Er hieß Dr. Willibald Fengler und war ein alter Garçon und Bücherwurm mit wunderlichen, aber oft sehr interessanten und originellen Ideengängen. Er lebte von einem kleinen Privatvermögen.

„Was für ‚Handlungen‘ und ‚Entschlüsse‘?“

„Was für. . . .“ Der kleine Dumas glotzte ihn an. „Ja nun aber. . . . Erlauben Sie!“

„Handlungen und Entschlüsse! — Was für Handlungen und Entschlüsse? — Vor allem will der Mensch
sich heute mal wieder selbst kennen. Wir kommen um
diesen großen internationalen Zug und Zwang nicht herum.
Der Mensch macht heute wieder mal einen Versuch, zu
einer endgültigen Lösung seines Problems zu gelangen.
— Er will seine letzten Dunkelheiten lichten und will seine
Seele sehen. Das ist unser Handeln. Das ist unsere
Tat. — Das ist die Moderne. — Gestern und vorgestern war das vielleicht noch Schwäche. Ich weiß nicht,
ob es nicht heute schon etwas ganz anderes ist. — Unser
Gehirn will sich erweitern. Es will seine Funktionen
differenzieren. Es funktioniert so erstaunlich. — Ich
kenne jemand, der mit der Kraft seines Wollens, mit
der Kraft seines in seiner Potenz gesteigerten Gehirnes
Fieberanfälle reguliert und sie auszunützen versteht, der
Ohnmachten, ja! wie es Tatsache, gelegentlich sogar einen
Schlaganfall paralysiert hat. — Was sagt das? Ist das
nicht lediglich ein Resultat, dankt er das nicht einer höchst
intimen und feinspürigen Selbstbeobachtung, einer ganz
erstaunlichen geistigen Akribie, einer unglaublich, sagen
Sie immerhin, raffinierten Selbstkontrolle, einer fast über-
menschlichen Kenntnis des eigenen Seelenlebens? — Ich
kenne den, auf den Sie vorhin mit Ihren Ausführungen
anspielten. Ich weiß, daß er an Halluzinationen und
Illusionen leidet. Aber was wollen Sie? — Er versieht
sein Amt; er lebt sein tägliches Leben, als ob nichts wäre.
— Er ist vielleicht ein Held und ein Vorkämpfer. Er
steht vielleicht mit einem Fuß bereits in einem neuen

Land, das noch zu erobern ist, das vielleicht das Ziel einer vieltausendjährigen Kultur? — Wir dürfen das alles nicht so verächtlich, so hypochonderisch und so einseitig psychiatrisch auffassen. — Ich las da neulich ein gutes Wort über den englischen Mystiker William Blake. Es hieß da ungefähr: „Wie von etwas ganz alltäglichem Begegnungen auf der Straße, spricht Blake von seinen Visionen. Sie regen ihn nicht auf, er hat für sie nichts eingesetzt; sie kommen ungerufen; und, wenn man an die katholischen Visionäre des Mittelalters denkt, so möchte man sagen: sie kommen unverdient. Sie sind seine Heiterkeit'! — Das ist es! Darin liegts! — Sie sind bei solch einem Starken ‚seine Heiterkeit.‘ Sie sind seine überaus umfangreiche Intelligenz; sie sind die Zeichen und Sigel eines unerhörten Wissens, eines ungeheuer kondensierten Kulturbesitzes. Was heute für viele Hexen= sabbath und Chaos ist, was ein Wirrwarr von hundert und hundert Spezialfunktionen: das hat er bewältigt und, so ungeheuer vielfältig es ist, in eine neue Einheit zu= sammenkondensiert; so neu und unerhört, daß sie wie Wahnsinn wirkt. — Aber es ist nicht Wahnsinn: es ist Sicherheit; es ist irgend eine besondere und neue Sicher= heit: es ist Heiterkeit. — Sie sind seine umfangreiche Intelligenz, die auf ein letztes inneres Wissen, auf eine dunkle seelische Grundfunktion gestoßen ist, die n i c h t bloß beunruhigt, und solchermaßen lebendig macht, sondern eben so hält und stärkt und Sicherheit gibt, in hundert Lebenslagen, die einen anderen verwirren oder vielleicht gar völlig vernichten. — Auf irgend eine neue innere Balance und seelische Sicherheit ist er gestoßen. — Ich kenne ihn. Er hat da zum Beispiel so alle möglichen interessanten Wunderlichkeiten. Er kombiniert aus Zahlen an Droschken

elektrischen Bahnwagen und Hausnummern; er sieht
Zeichen an Gegenständen; hat seltsame überraschende Be=
gegnungen, die schon nicht mehr recht ‚Zufall‘ genannt
werden können; liest aus Firmenschildern; hat den so=
genannten Zahlenaberglauben. Aber er hat das zum
Beispiel gemein mit Übergehirnen wie Cäsar und Na=
poleon. — Was ist Gesundheit? Was ist Krankheit? —
Sie können ebensogut sagen: er hat den sechsten Sinn
für einen großen, einheitlichen Zusammenhang, für irgend
eine tiefere immanente Logik, die dem rationalistischen
Oberflächenlogiker schon gar nicht mehr Logik ist; für das
Gewebe jener übersehenen Ursachen, Wirkungen und
Zufälligkeiten, jener wenigen Faktoren irgend einer
mystischen, seelischen Grundmathematik, die aller Viel=
heit zu Grunde liegt. — Es beunruhigt ihn nicht
mehr: es trägt ihn. Es ist irgendwie Sicherheit und
Garantie. — Es kann ihm nichts mehr geschehen.
— Was heißt Gesundheit? Was heißt Krankheit? —
Wir dürfen uns da an keine Vorurteile und keine er=
starrten Definitionen binden, wenn wir heute weiter=
kommen und das bis zum Chaotischen ungeheure moderne
Kulturmaterial ertragen und bewältigen wollen. Wir
müssen das Wesentliche erkennen. Den rechten tragenden
Grundbegriff. — Gesundheit! Gesundheit ist vor allem
die Harmonie unserer Vorstellungen, Ideen und Anschau=
ungen. Der Robusteste ist nichts ohne sie, und ohne sie
oft hinfälliger als der physisch Unscheinbarste, der sie hat.
Das was wir heute noch ‚Dekadenz‘ und ‚Detrakirtheit‘
heißen, kann morgen Anzeichen einer überdauernden, auch
physischen Gesundheit — wie oft konservieren gerade so=
genannte ‚Psychosen‘! — und eines Mehrvermögens sein.
— Wir können zu einem neuen Gehirn, zu neuen Nerven,

zu zweckmäßigen anderen organischen Veränderungen kommen. Wir werden es, über kurz oder lang, auf solchen Wegen."

„Wunderbar! ‚Sie sind seine Heiterkeit'! — Wunderbar! — Prosit Doktor!" rief Siegmund, Dr. Fengler zutrinkend. „I want a hero! — Voilà!"

Aber während er Dr. Fengler zutrank, ging sein Blick zu Edwin Uhse hinüber. Er bemerkte, wie Uhse dem Gespräch mit einem besonderen Interesse folgte.

„Haha! — Nichts ist rührender," fuhr Siegmund fort, „als die Hoffnung, mit der die Biedermänner ihre ‚Literaturgeschichten' schließen, die mit Heine und dem jungen Deutschland nichts mehr anzufangen wissen! — Diese neue große Blüteperiode unserer ‚nationalen Literatur,' die ja doch nun nachgerade nach Siebzig und den glücklich überstandenen Gründerjahren sich wohl von selbst verstehen soll! — Der Eine hat heut' mehr zu tun, als uns Deutschen, nachdem er das vor kaum hundert Jahren so herrlich besorgt, eine neue ‚klassische Blüte' zu schaffen! — Wenn wir doch endlich erst die papierenen Schulmeisterredensarten los wären! — Zunächst hatte er sich von der Schlappe zu erholen, die ihm die exakten Naturwissenschaften beigebracht haben, die seinen Wert ja wohl so gut wie auf Null reduzierten. Denn was ist ihnen die Individualität? — Und doch! Nichts führt uns herrlicher zu dem Einen hin und zeigt ihn uns wunderbarer in seiner enthüllten Wirklichkeit als die Naturwissenschaften und die Entwicklungstheorie der Darwin und Häckel! — Der Blick zum Beispiel auf jene wunderbare Erdperiode, in der sich aus den Reptilien die Monotremen entwickelten, aus diesen, in wohl beschleunigter Folge, die Beuteltiere und aus diesen die Plazentalier! —

Jene Periode, in welcher zu irgend einem Zeitpunkte, irgendwo und irgendwie und in irgend einer indivi= duellen Gestalt — das ist das Wunder! — der my= thische Adam und die mythische Eva Wirklichkeit waren! — Die Umgestaltung der geschlechtlichen Funktionen und Or= gane aus dem Stadium des Beuteltierzustandes in das des Plazentalzustandes! — Groß ist der Buddha, groß ist Confutse; groß der Christ und der Prophet. Groß ist ihr Werk. Aber tiefer und wundersamer erscheinen jene beiden Einen, jene beiden Individuen, die sich heute mathematisch berechnen lassen, jene beiden genialen Ge= schlechtswesen in dieser unsäglich bedeutsamen Periode! — Gelänge es uns, dieses männliche und weibliche Genie aus den Wirrnissen und Finsternissen solcher Übergangs= perioden herauszufinden, so hätten wir alle Tiefe, alle Wirklichkeit und Wahrheit der Individualität erkannt. — Der Zweiseitige! — Der Heimliche und Unfaßbare! — Jene Ära der seltsamen Krankeiten! — Jene große, akute Entwicklungskrise und ihre beiden geschlechtlichen Genies und Neuen! — Sein Milieu! — Jene unerhörte Schwankung und Umbildung aller offenbaren und tragenden, bedingenden Kulturwerte und Faktoren! — Diese dunkle, kleine organische Umbildung der geschlechtlichen Organe und ihrer Funktionen! — Die Herausbildung des Mutter= kuchens!

Haha! — Der Erfolg unserer neueren Demi=vierge= Bücher! — Frauenemanzipation! — Die Mutterrechts= Propaganda! Die Psychosen! — Die neuen sittlichen Tafeln! — Der Anarchismus! — Und die ‚Regeneration der deutschen Nationalliteratur aus den Tiefen der Volks= seele'! — ‚Die Renaissance der Gothik'!

Siegmund hatte, obgleich scheinbar während dieser

ganzen Rede vor sich hin blickend, doch seine Aufmerksamkeit nicht von Uhse fort gelassen. — Hahaha! Wie Uhse
auftaute! — Wie er spannte! — Das war's! — Wahrhaftig! Wirklich! Jetzt hob er sein Glas!

„Prosit Doktor!"

Siegmund blickte ihm ein paar Momente ins Auge.
Mit einem seltsamen, dunklen Blick. — Er verstand Uhse.

Hm! — Nun wohl!

Langsam und bedächtig hob Siegmund sein Glas und
langsam, bedächtig und bedeutungsvoll stieß er mit einem
kleinen, feinen, sogleich zurückweichenden Tick an Uhses
Glas.

„Die nationalistischen Biedermänner mit der Gothik!"
fuhr Siegmund fort, nachdem er ein weniges getrunken,
„und die Ästheten! — Und die Umwertung der Werte!
Die ‚Leiden des dritten Geschlechtes'! Die Debauchen!
Und Venus in allen Gassen! Und die Technik! Die
Industrie! Der Weltverkehr! — Die Weltstädte! — Und
die ‚moderne Ehe'! — Der Monismus! Und die Psychophysiologie! — Frömmigkeit! — D a r i n liegt die Frömmigkeit heute; in diesem Blick! — Was ist Religion? Was
sind die Dogmen und die Systeme? — Ich gehe über
die Straße. Ich sehe in einem Papierladen eine Serie
von bunten Postkartenbildern. — In einem tiefschwarzen
Kreis schwebt, wie in einer Urnacht, ein herrliches nacktes
Weib. — Sie! — Sie spielt mit Sternen; sie läuft, sie
eilt, verweilt; sie breitet die Arme; sie lacht, sie trauert,
sinnt, verzweifelt, sucht, spielt und sinnt. — Sie ist ein
Gebilde, heilig und mystisch zusammengeflossen aus Welten-
äther, Sternduft, Elementen: Form! Schönheit! Gestalt!
Bedeutung! Seele! — Sie ist plötzlich da; fühlt sich;
leidet, jauchzt; spielt ihre heiligen, wunderbaren Spiele.

Und zerfließt wieder. Wird Äther, Sternduft, Element. Ist nicht mehr da; und dennoch da. Ist und bleibt immanenter, mystischer Sinn. Ist doch da! — Nur die Gebundenheit der Form hat sich gelöst; und ist dennoch latent in irgend einem mystischen, mathematisch-transzendenten Sinn. Unausgesetzt lebt im Gestaltlosen die Form. — Ich sehe das. Auf diesen fünf bunten Postkarten. Es sagt mir alles. Ich bin fest. Ich habe eine Weisheit und eine Gewißheit. — Das ist Religion!"

Plötzlich hob er sein Gesicht und blickte mit einem scheinbar unabsichtlichen Blick zu Uhse hinüber; einem Blick, den er während seiner ganzen folgenden Rede nicht von ihm ließ.

„Was dies alles verstehen läßt! — Was es alles — rechtfertigt! — Gewiß! — Was ist da Ethik? Was ist Sünde? Was Gut und Böse? — Welches sind die heimlichen Wege der Vollendungen? — Was heißt pervers? Was anormal? — Was normal? — Wie erkennt man, wie die Gegensätze sich stellen wollen? — Was ist Sünde? — Und was ist Ursache der Sünde? — Alles dunkel! — Wie soll man urteilen? Wie aburteilen? Denn auch das ist Notwendigkeit!"

Uhse erwiderte Siegmunds Blick nicht. Er blickte, seine Importe aus dem schlaffen Mundwinkel baumeln lassend, mit einem schiefen Blick auf die Tischplatte nieder. In seinen gekniffenen Äugelchen funkelten die beiden Pünktchen. Er hatte seinen vlämischen Mund. Die Stirnhaut war in jener kaustischen Weise nach oben gezogen.

Plötzlich stieß Siegmund, aus irgend einem Grund, ein kurzes hartes „Nein!" hervor und wandte seinen Blick von Uhse weg.

„Unmöglich!" setzte er hinzu.

Er hätte ein jähes, dunkles Grauen gefühlt.

Er war jetzt sehr ernst und fast betroffen. — Ihm war, als wäre er plötzlich auf irgend ein böses dunkles Mysterium gestoßen.

Dann guckte er gegen den Eingang herum. Die Portière bewegte sich.

Aber es war n i c h t Donald.

Sondern — Nelly . . .

IX.

Also, sie hatte mit ihrem Mann einen Besuch gemacht. Dieser hatte sich eher nach Hause begeben und sie zurückgelassen. Sie war noch ein Weilchen geblieben, hatte sich dann frei gemacht, eine Droschke genommen und war hierher ins Kaffee gefahren.

Siegmund hatte gesessen, das Kinn auf dem aufgestützten Arm, und hatte mit einem langen, nachdenksamen und staunenden Blick beobachtet, wie sie, mit festem und elastischem Schritt durch das gefüllte Lokal einher gekommen war; ganz Elfenbein und Gold, und blauäugig wie eine Athene des Phidias.

Wie weiß sie war! So ein seltsames, reines, blendendes Weiß, das einen so erschreckte, wie bannte und berauschte. — Edelblässe! Umrahmt von flimmerndem, schönwelligem, seidigem Goldgelock! Und die sicheren, stolzen Blauaugen in ihren großen Schatten! Der stolze, fatiguierte Zug um ihren schönen Mund, dessen Oberlippe die weißen Zähne hervorschimmern ließ! — So ein Zug von stolzer Resignation; ein zurückgebliebener Hauch von hundert Leiden, unverwischbar selbst durch das Glück, das sie jetzt genoß.

Dieser Gang! Und ihre Hüften! Ihre Schultern! — Ihre Brust! — Ihr Bau war weiser als sie. Er heischte, was sie nicht verstand. Oder nicht mehr verstand? — Er setzte ihr zu, mit seelischen Leiden und dunklen Sehnsüchten, deren Ursache sie nicht aufzufinden vermochte. — Nun war sie — Dame. Nur noch Dame. — Eine beauté. — Und eine wie bewußte! — Wie ihre Toilette auf das reine Elfenbein ihres Teints, auf das seidige Gold ihres Haares gestimmt war! —

Sie war zwischen ihm und Uhse zu sitzen gekommen. Sie hatte mit Uhse ein paar Worte gewechselt, um sich dann fast ausschließlich mit Siegmund zu unterhalten, den sie sehr gern mochte.

Mochte Nelly, als sie vorhin durch das Lokal geschritten kam, als die gewirkt haben, die sie noch vor einem Monat war, und als welche sie Siegmund kennen gelernt; so erschien sie in der Tat jetzt, wo sie hier neben ihm und unter den Freunden saß, wie völlig verwandelt.

Nie hätte Siegmund für möglich gehalten, daß sie jemals eine so hinreißend aufgeräumte Stimmung zeigen könnte! Es war eine so wunderbar gutherzige Fröhlichkeit!

Es machte Siegmund nervös. Er fühlte mit einem Mal einen dunklen, wühlenden Gram.

Er empfand sicher keine Leidenschaft für Nelly. Sie war in seinem Leben vielleicht das erste und einzige schöne Weib, das er nicht begehrte, und für welches er eine reine freundschaftliche Zuneigung empfand. Aber noch nie war es ihm zu solcher Deutlichkeit gekommen, daß er Uhse haßte, als in diesen Augenblicken; und eine wie gespannte Atmosphäre zwischen ihnen herrschte.

Mit einem fröhlichen Lachen hatte Nelly plötzlich ein Dütchen hervorgezogen und zierlich mit schelmischen Fingern geöffnet.

„Aber wo haben Sie denn heut unseren Freund Donald?!" rief sie, einen suchenden Blick über die jetzt durch aneinandergereihte Tische gebildete Tafel schweifen lassend.

„Ich weiß nicht? Es wundert mich sehr, daß er noch nicht vorhanden ist? — Er ist ja gerade in der letzten Zeit auffallend oft hier gewesen," setzte er hinzu, nicht ohne in seinen Worte eine heimliche kleine Reserve zu legen.

„Nun!" machte sie in einer allerliebsten Weise. „Und ich hatte ihm Konfekt mitgebracht. — Bitte!"

Sie hatte Siegmund das Dütchen hingehalten, der sich höflich bediente. — Alsdann hielt sie es auch Uhse hin, unter einem halb übermütigen, halb zärtlichen strahlenden Blick. Siegmund merkte, wie Uhse unter diesem Blick das Gesicht verzog. Es wirkte fast, als litte er in diesem Augenblick an einem Gesichtsmuskelkrampf. Er hustete, einen kurzen wunderlichen Husten. Aber er bediente sich tadellos.

Nelly hatte von seiner Stimmung nichts wahrgenommen. Sie befand sich in einem wahren Trance von Heiterkeit. Es war reizend, wie sie das Dütchen, nachdem sie sich selbst hurtig ein Bonbon in den Mund geschoben, zusammenfaltete und wieder in ihrem Täschchen verschwinden ließ.

„Er ist so ein lieber Kerl!" sagte sie, unter einem kleinen Lachen, mit Bezug auf Donald. „Er ist so bescheiden! — Und was er für süße Augen hat!"

Siegmund schwieg. Sein Gesicht hatte sich verdunkelt. Er mochte nicht, daß sie in dieser Weise von Donald sprach. Mit Mühe hielt er eine abweisende Bemerkung zurück.

„Er muß mich mal besuchen. — Sonntag Mittag muß er mich mal besuchen. — Sagen Sie 's ihm doch."

„Ich glaube, Sie werden ihn verwöhnen?" sagte Siegmund gedehnt, nach einem kurzen Schweigen.

„Nein! Ich werde ihn durchaus nicht verwöhnen. Sondern ich werde ihn ein bißchen aufmuntern. Finden Sie nicht, daß er zu schüchtern ist? — O Gott! Ich werde ihm das unter allen Umständen abgewöhnen! — Ich werde einen kleinen, vollendeten Gentleman aus ihm machen. — Er hat so viel — Fond!"

Sie lachte.

Aber Siegmund schwieg.

„Ich fürchte, er hat nicht besonders viel Anlagen zum — Weltmann. — Ich habe Bange, er hat ohnehin schon allerlei Torheiten im Kopf."

Seine Worte waren kühl gewesen, fast brüsquierend. Aber er mochte das nicht mehr. Es war ihm unerträglich, sie so sprechen zu hören. Er konnte, wenn auch aus einem anderen Grunde, überhaupt ihre sorglose Heiterkeit kaum noch ertragen.

Sie richtete einen befremdeten Blick auf ihn.

Doch hatte sie ihm nichts übel genommen. Es war bekannt, daß er manchmal so seine groben Augenblicke hatte.

Sie versetzte ihm einen Klapps, den er duldete; dann ließ sie ihn und wandte sich Uhse zu.

Wirklich! Es war unglaublich! Sie hatte ihm diese Grobheit nicht übel genommen.

Und sie war sonst so außerordentlich empfindlich gewesen.

Wieder überkam Siegmund ein plötzliches Mitleid.

Wirklich! Sie hatte Anlage zur Matrone und gesegneten Familienmutter.

Sie hatte diesen Beruf verfehlt . . .

Uhse und Nelly blieben nicht lange.

Nach einer kurzen Weile brachen sie auf.

Ehe sie ging, reichte sie Siegmund die Hand und blickte ihn mit einem so unbeschreiblich guten Blick an, daß er in einer plötzlichen, aufwallenden Rührung sich hurtig beugte und ihr die Hand küßte.

Der Lärm an der Tafel ging weiter. Er hatte in der vorgerückten Stunde bereits angefangen, den Charakter einer freieren, ungebundenen Fröhlichkeit anzunehmen.

Als nun aber Uhse mit Nelly durch das Lokal dem Ausgang zuschritt, erhob plötzlich Erich Stobwasser den Kopf von einem broschierten Roman, den er vor einer Weile, um ihn aufzuschneiden, aus den Tiefen seines Havelocks hervorgeholt hatte, und blickte den beiden nach.

„Sabift!" sagte er, dann wandte er, ohne eine Miene zu verziehen, seine Aufmerksamkeit wieder seinem Buch zu.

Ismael Fink war durch diesen Ausruf aus einem langen dunklen Dämmern aufgeschreckt worden. Ein paar Augenblicke starrte er, wie plötzlich aus einem Schlaf aufgeweckt, Erich Stobwasser an; dann aber schüttelte er seine braunen Locken, fuhr sich mit seiner kleinen, feinen, weißen Weiberhand in die rote Bartlocke und sagte, während ein verzücktes Lächeln um seine weichen kleinen Weiberlippen spielte, feierlich und versunken, mit einer weiten linden Geste:

„Ja! — J—j—a!! — Und immer nur du! Du! Und die Halbe im Sonnenschein! Und die Klänge der Maultrommel! — Sie ziehen sich und flirren wie Goldfäden in die sonnige, sonntagsstille Weite! — Sag! Sag!! — Ist es nicht schön wie junger Liebestraum? — Ist es nicht junger Liebestraum? — Und immer nur junger Liebestraum! — Und immer! — Und nur!" . . .

*   *
*

Der Morgen graute wieder einmal, als Siegmund sich auf den Heimweg machte.

Er rauchte zuguterletzt unterwegs noch eine Virginia. Das war immer das Anzeichen übler Stimmung und innerlichen Grimmes bei ihm.

Merkwürdig! — Er verstand Uhse in einiger Beziehung.

Nellys Heiterkeit wollte auch ihm ein wenig gegen den Strich gehen.

Er wußte nicht: er vermißte da etwas.

Sie fühlte sich glücklich: aber es schien ihm, als ob sich ihr Wesen gar zu einfach und simpel aus den Aufregungen ihres bisherigen Zustandes heraus enthülle.

Sie schien im Grunde doch eigentlich ein gar zu liebes und harmloses Wesen zu sein.

Es konnte sogar sein, daß sie im Grunde etwas Durchschnitt war.

Nur ihre Güte! — Ihre Güte! — Darin allerdings lag etwas.

Merkwürdig! — Dieser charakteristische Instinkt von Uhse!

Das gerade hatte Uhse angezogen. Ihn! — Gerade das mußte ihn angezogen haben. —

Wie interessant das war!

Es lag darin doch wirklich etwas wie irgend eine dunkle Notwendigkeit.

Und daß sie nun damit sein Schickſal werden zu wollen ſchien!

Sein Schickſal!

Enthüllte ſich da etwas? Deckte ſich irgend eine dunkle, nackte Grundwahrheit auf?

Daß gerade dieſe beiden Menſchen ſich Schickſal werden wollten!

Trieb, phyſiſche Funktion, Seelenlos; und Seele! Seele! Ganzſeele!

Und war Uhſe vielleicht in irgend einer Hinſicht dennoch ein kompletter und harmoniſcher Menſch?

Hatte er mit dem ‚ethiſchen Menſchen‘ vielleicht dennoch Recht? Und war er, Siegmund Löhr, gegen ihn eine Halbnatur?

Wenn man ſich zum Beiſpiel vorſtellte, daß dieſer nackte, ſeelenloſe, gänzlich triebhafte Wille irgend eine Richtung hätte, die irgend etwas Belangvolles beſagte?

Aber die hatte denn Uhſe doch nun freilich wohl nicht.

Er war nichts als Trieb.

Aber verteufelte Grillenfängerei! — Das drohte ja wohl ganz und gar wieder mal eine Attacke zu werden? ...

Aber dieſe Nelly! — Sie war von der Natur auserſehen, zu lieben und geliebt zu werden; zu beglücken und beglückt zu werden. Ein Überreichtum an Liebeskraft lebte in ihr. — Mit ſolchen Eigenſchaften war ſie in jungen Jahren mit einem Manne zuſammengekuppelt worden, der ſich durch einen ausſchweifenden Lebenswandel ruiniert, und deſſen Blut vergiftet war.

Nun, das ſagte alles.

Es würde ihr Erleichterung verſchafft haben, wenn ſie ſich dem Erſten, Beſten hinzugeben vermocht hätte. Aber

dazu war ihr Empfinden zu fein, der Instinkt ihrer Sehnsüchte zu wählerisch.

Und wie sie sich nun Uhse hatte hingeben können?
— Noch nie war das Siegmund so deutlich geworden
wie heut Abend!

Er wurde immer nachdenklicher.

Es war so sehr interessant!

Wie würde das Verhältnis der Beiden sich gestalten?
Wenn Uhse sie nicht mehr losließ, und sie nicht mehr
von ihm fort konnte?

Würde Uhse sie zu Grunde richten? Würde er sie
vernichten?

Oder würde vielleicht gar der Zwang dieser Verbindung Uhse umgestalten? Würde die Versessenheit seines
Triebes im Verlauf eines dunklen wüsten seelischen Ring-
kampfes sein Wesen umgestalten?

Oder würde Nelly ihn am Ende dennoch mit der
Verzweiflung des Selbsterhaltungstriebes von sich ab-
drängen?

Siegmund fürchtete das erstere. Das letztere war
kaum zu hoffen. Das andere aber wäre ein Wunder
gewesen.

Hm! — Aber. . . .

Er begann zu grübeln.

Die zweite Möglichkeit, die er da eben in Aussicht
genommen, fing dennoch an, ihn zu beschäftigen.

An und für sich war es eigentlich dennoch denkbar?

Es war denkbar, daß eine dauernde Verbindung möglich, ohne daß Nelly zu Grunde ging; daß sie durch
diese Verbindung in einen ganz eigenen und — normalen
Zustand geriet.

Sie war so sehr Weib. So völlig Weib.

Mit all ihren Instinkten!

Eine so unerschöpfliche Kraft der Liebe wohnte ihr inne.

Würde Uhse sich wirklich durch seinen Trieb und durch die Freuden, die sie ihm gewährte, unlöslich gebunden fühlen; würde sie ihm in einem solchen Sinne durchaus Notwendigkeit und Schicksal sein, so war es gar wohl denkbar, daß sie nicht zu Grunde ging. Sie würde sehen, wie diese Leidenschaft, dieser blinde starke Trieb, wie sehr er auch seine Freuden aus der Grausamkeit schöpfte, und dem kein zweites Weib diese Freuden gewähren könnte, der also unter allen Umständen nicht von seinem Gegenstande loskonnte, zugleich doch auch ein Leiden für ihn bedeutete. Sie würde sich an die ‚Peitsche‘, an alle Leiden und Wonnen dieser Verbindung würde sie sich gewöhnen; sie würde ihm Squaw werden.

Gerade vermöge der starken Liebeskraft ihres Wesens. Sie würde ihm ja Schicksal, sie würde ihm ja alles in allem sein: welche größere Genugtuung konnte ein Weib empfangen? — Sie würde sich ihm anpassen. Sie würde ihren Charakter ändern. Würde stärker, robuster, in einem gewissen Sinn gröber werden. Sie würde in einem primitiven Sinne Weib, sie würde Squaw werden.

Ja, noch mehr! . .

Es war sogar ganz gut denkbar, daß Uhse ihr, wenn dies durch irgend welche, leicht möglichen, Umstände von nöten sein würde, die Mutterfreude gewährte; in einem Stadium, wo übrigens allerdings wohl auch mit seinem Wesen sich eine vielleicht fundamentale Veränderung vollzogen haben würde. — Nicht aus irgend einem ethischen Beweggrunde würde er ihr das gewähren — solche Beweggründe waren ja Uhses Natur durchaus fremd — sondern, wenn man so sagen wollte, aus einem taktischen;

jedenfalls aus einem — triebhaften; aus irgend einem komplizierten Raffinement. Völlig war dies denkbar. —

Nur eins fragte sich: ob Uhse denn auch wirklich und hinreichend die Rasse einer solchen Perversität besaß?

Aber, Teufel! Donald! — Was — hatten sie denn mit Donald?! . . .

X.

Nelly hatte sich, nachdem sie mit Uhse das Café verlassen, aus irgend einem dringenden Grunde für diesmal von ihm verabschieden müssen und war nach Halensee zurückgefahren, wo sie wohnte.

Uhse fühlte sich vielleicht befreit; dennoch aber grenzte seine Mißstimmung an das äußerste.

Der reichlich genossene Alkohol hatte sein Blut in Wallung gebracht und ihn in eine krampfhafte Erregung versetzt.

Ach, das konnte nicht so weitergehen! Es war un= möglich, unmöglich! das noch länger zu ertragen! . . .

Er rief eine Droschke an und fuhr nach Charlotten= burg hinaus. Er wohnte am Charlottenburger Ufer; hatte die Parterreräume eines altmodischen kleinen Hauses mit einem Vorgarten inne.

Er fühlte sich von einer geradezu unerträglichen Nervenerregung gepeinigt. — Er mußte so schnell als möglich nach Hause und Kokain nehmen. Es war übrigens charakteristisch, daß er sich des Kokains maßvoll bediente und noch nie sich an ihn verloren hatte.

Seine Augen funkelten. Sein Atem schnaubte. Jeder

Muskel in ihm zuckte und spannte. In einem Anfall mühsam unterdrückten Kollers biß er sich die Lippe blutig. Er hieb mit seinem Stöckchen vor sich hin; rückte unruhig mit den Beinen; stieß schrille Pfiffe zwischen den Zähnen hervor. Er hätte mit dem Kutscher anbinden, hätte sich mit ihm prügeln mögen. Er hätte die Droschke demolieren mögen. Es gab einen Augenblick, wo er nicht mehr an sich zu halten vermochte und einen wilden, heiseren Schrei ausstieß, der von dem Geratter und Gepolter des Fahrzeuges kaum verdeckt wurde.

Und wirklich! als die Droschke vor seiner Wohnung hielt, konnte er sich nicht mehr mäßigen und brach mit dem Kutscher einen Streit des Fahrgeldes wegen vom Zaun. Es war ihm eine Wonne, minutenlang sich mit dem Manne herumzuzanken und ihm die gemeinsten Schimpfworte ins Gesicht zu schreien. Es würde vielleicht zu Tätlichkeiten gekommen sein: indessen plötzlich fühlte er sich freier. Er lachte, besänftigte den Mann durch ein Trinkgeld, öffnete die Stackettür und schritt durch den Garten auf das Haus zu.

Es war ein kleines Haus mit einem Parterre, einem Oberstock und einem Giebel mitten in einem hohen Ziegeldach. Die Fenster blickten aus einem dichten Gerank von japanischem Hopfen hervor, der die ganze Front überwucherte. — Ein kleines, altes Gebäude in der Abgeschiedenheit eines schönen geräumigen Vorgartens, recht wunderlich und romantisch inmitten der modernen Nachbarschaft. — Die Tür, die Uhse in die Wohnung führte, besaß kein Entree, sondern ging nach Art einer Balkontür direkt in die Wohnung. Eine hopfenüberwucherte Laube, aus Latten zusammenzimmert, war vor ihr angebracht. Hier standen ein Gartentisch und ein paar Stühle aus Bambusrohr, die Uhses Eigentum. Mitten in der Tür, über einem altmodischen Klopfer aus Bronze, befand sich ein großes Messingschild mit Uhses Namen und mit der Bezeichnung seiner gesellschaftlichen Stellung. Er war Referendar und stand dicht vor seinem Assessorexamen.

Die Wohnung bestand aus einer großen, etwas niedrigen Stube, die Uhse sich zu einem Salon eingerichtet hatte, aus einem Arbeitszimmer, das zur Rechten und einem Schlafzimmer, das zur Linken gelegen war. Ein Kellerraum und eine kleine Küche, die gleichfalls zur Einrichtung gehörten, waren im Souterrain gelegen.

Uhse durchschritt den Salon, begab sich ins Arbeitszimmer, nahm sogleich Kokain, tat dann Überrock, Hut und Stock beiseit und warf sich auf die Chaiselongue.

Es war ihm unmöglich sich zu Bett zu begeben.

Er lag eine Weile. Mit wüstem Kopf.

Dann sprang er wieder auf und trat an das Fenster.

Draußen stand der Mond über dem glitzernden Kanal. Still ragten die Masten der Frachtkähne in seinem Glast. Das ganze Revier war toteinsam. Von der Berliner Straße schallte das Rattern einer Droschke, das dumpfe Rauschen der Elektrischen herüber. Die Nachtluft wisperte im Hopfenlaub.

Uhse warf sich von neuem auf die Chaiselongue. Lag und starrte vor sich hin; betrachtete das Zimmer; blickte durch die breite Türöffnung in den Salon, der von magischen Mondreflexen belebt war. Die alten chinesischen Vasen auf ihren Konsolen ließen deutlich ihre Malereien und ihre grotesk verschlungene Goldornamentik erkennen. Es standen auch welche da, an denen lang eine zähe, grauweiße Flüssigkeit herabzurinnen schien. — Die Buddha-

statuette auf der alten Rokokokommode vor dem blinken=
den Spiegel war ins Helle gebracht. Das Muster des
großen indischen Teppichs, der den ganzen Fußboden be=
deckte, ließ in einem breiten, lichten Streifen leise seine
warmen Farben aus der Dämmerung hervortreten. Und
die gedrehten Säulen an den hohen Lehnen der alten
Stühle mit ihrem orangefarbenen, verdunkelten Sammet=
bezug blinkten mit leisen, wunderlichen Lichtern.

Uhse starrte auf dies Bild da im Türrahmen mit
seinen geheimnisvollen, magischen Farben und seinen still
blinkenden bizarren Formen.

Es war in ihm ein tastendes Suchen nach irgend
etwas, das schon in irgend einer Weise in ihm als Ent=
schluß vorhanden zu sein schien. Es schien von jenen
wunderlichen heimlichen Eindrücken da vor ihm zu kommen;
aus allen möglichen rätselhaften Assoziationen schien es sich
zu weben und ihm irgend etwas zu suggerieren.

Unwillkürlich, aus diesem geheimen Zusammenhang
heraus, richtete sich sein Blick auf das Büchergestell
drüben neben dem Schreibtisch. Er hatte da eine ganze
Reihe von okkultistischen und psychiatrischen Schriften zu
stehen. Auch einen Maupassant in guter französischer Ausgabe.

Sein Blick verweilte an dieser Bücherreihe.

Und plötzlich gedachte er der sonderbaren Horla=
Novelle des Maupassant.

Der Horla! — Was mochte es mit dem merkwürdigen
Horla da, der mit Seinesgleichen in Brasilien als eine
Art geheimnisvoller Epidemie gehaust hatte, und von dort
mit dem weißen Dampfer, den der Held der Novelle an
jenem verhängnisvollen Sonntag hatte an seinem Haus
vorbeifahren sehen, eingewandert war und in dem Haus
Domizil genommen, für eine Bewandtnis haben?

Uhse gedachte der mittelalterlichen Hexereien, die ganze Landstriche in Verwirrung gesetzt mit geheimnisvoll auftretenden Krankheiten an Mensch und Tier und die Hexenprozesse zur Folge gehabt, die zu revidieren — haha! — sich vielleicht immer noch mal lohnte.

Nun, er wußte, was es mit dem Horla da ungefähr auf sich hatte. Er hatte schon lange im Verlauf der okkultistischen Studien, die er in dieser Zeit gepflegt, sich seinen Begriff von ihm gebildet.

Haha! — Das sonderbare Liebespärchen, das bei jenem Hausbrand in der Novelle seinen Tod gefunden! — Aber, man mußte sagen: es waren — Kunden gewesen, die Beiden! — Hahaha! — Ganz raffinierte Kanaillen! — Psychologen aus dem FF! — Wenn der liebe Trieb Psychologie treibt! — Er konnte ihnen eine gewisse Hochachtung nicht versagen.

Der Horla! — Ja, und dennoch kann man sagen, daß er, in einem gewissen Sinne, objektiv vorhanden ist. Ganz abgesehen von den — sauberen Intriguen, die jene Beiden, aus ihren besonderen raffinierten sexuellen Absichten und Zwecken, gegen ihren Herrn gesponnen haben mochten; denn dieser Maupassantsche ‚Horla‘ war nichts als eine sehr verzwickte, — haha! — mystische Liebesgeschichte, bei der drei eine Rolle spielten; der eine unbewußt, sehr contre coeur, die anderen sehr — con amore! . . . .

Die Phantasie! — Das doppelte Bewußtsein. — Das — doppelte — Bewußtsein?

Hm! —

Jeder von uns hat dieses doppelte Bewußtsein. Das eine, kleine, individuelle; und sein dunkler, gigantischer Nachbar.

Die Phantasie! — Das — andere — Bewußtsein! — Das Reich der — Träume und der ungezählten Möglichkeiten schöpferischen Kombinationen! — Die immanente übersinnliche Welt und Wirklichkeit! — Das dunkle Reich der lauernden Horlas! — Die — Inkarnationen! —

Hm! — Die mißlungenen des Wahnsinns und der Psychosen: und — und — die Genies! — Der kommende — Übermensch etwa! —

Die Phantasie!

Hm! — Der — Kleine!

Hehe! — Er war solch ein spaßhafter Phantast, meinte Uhse. — Von was allem — er — schwärmte! —

Hehe! — Man konnte so viel Spaß daran haben. — Dieser schnurrige Kerl!

Wie er Nelly anschwärmte! — Hehe! — Die — Untergründe, die — Realitäten dieses Kultes! — Was mochte er alles für Einbildungen von ihr haben! — Und von ihm! —

Hm! — Er mußte ja geradezu von ihnen beiden — imprägniert sein? —

Hehe! — Wenn man ihn mal so — festnehmen und — ausholen würde! — Mal so einen — hehe! — so einen Blick in sein — Unbewußtes! — Ein gottvoller Spaß müßte das sein!

Pst!! —

Er knippste plötzlich laut mit den Fingern. Fuhr in die Höhe.

Blitzschnell war ihm ein geradezu genialer Einfall gekommen. Ein Einfall, ein Plan, ein Entwurf, der in demselben Moment auch schon Entschluß war.

Ah!! — Er — hatte es! — Aber — er hatte es ja?!

Wie elektrisiert sprang er auf die Beine.

Alles hatte er! — Er hatte die Sache! Die Sache!!

Er fing an umherzurennen.

Um nicht vor Wonne aufzuschreien, zündete er sich eine Zigarre an und lief lange, die Hände vor Aufregung steif in die Jacketttaschen gestopft, mit funkelnden Äugelchen vor sich hinblickend, laut an seiner Zigarre paffend, auf und ab und entwarf die Einzelheiten seines genialen Planes.

Alles, alles war in Ordnung! — Das Problem war gelöst! — Er hatte sie! Hatte sie!! —

Teufel! Kühn! — Tollkühne Sache! — Aber Leben, Leben, Leben!! — Wonne!! — Paradies über alles!! . . . .

XI.

Auch Donald hatte, nachdem er sich von Ruth Sommerfeld getrennt, die übrige Nacht schlaflos zugebracht.

Vor Erregung und aufgewühlten durcheinanderstürmenden Empfindungen fiebernd war er, zu Hause angelangt, in die Ecke seines braven alten Rotripsenen gesunken.

Endlich war ihm der Gedanke gekommen, daß er sich ja nachher in sein Geschäft begeben müsse und daß er dort nicht allzu übernächtig ankommen dürfe. — Es war zwar nicht daran zu denken, daß er schlafen konnte: aber er mußte sich wenigstens hinlegen. Er mußte wenigstens ein paar Stunden liegen und nach Möglichkeit ruhen.

Sein bis zur Hypochondrie lebhafter Ordnungssinn machte ihm das zur Pflicht.

Er entledigte sich seiner Kleider und begab sich zu Bett.

Und nun lag er und starrte, mit fieberndem Kopf und brennenden Augen, und blickte in seinem Zimmerchen umher.

Es war so ein echtes Berliner Chambregarnie, das er bewohnte. Wennschon nicht eines von den dürftigen. Seine Eltern waren sehr wohlhabende Leute und in der Lage, Donald zu seinem monatlichen Gehalt noch einen Zuschuß zu schicken. Wenn dieser Zuschuß schon nicht gerade ein besonders reichlicher — denn sie waren der Meinung, daß ein so junger Mann in einer Stadt wie Berlin nicht zu viel Geld in die Hände bekommen dürfe —— so war er doch immerhin so bemessen, daß Donald sich in keiner Weise einzuschränken brauchte und noch immer über einige über seine gewöhnlichen bequemen Bedürfnisse hinausgehenden Mittel verfügte. Zudem machte er sich nichts aus den Vergnügungen, mit denen die Mehrzahl seiner Kollegen ihre Freistunden auszufüllen pflegten. Er war ein Provinzjunge von dem alten soliden Schlag. Er trug sein Geld nicht zu den Frauenzimmern; er besuchte keine Kneipen. Seine Zerstreuungen bildeten die Konzerte, Theater und Ausstellungen; die Bücher, die Musik und der Besuch in dem Café. — Es traten ja nun zwar auch mancherlei Versuchungen an ihn heran: aber er wies sie, wennschon es ihm auch gerade hier oft besonders schwer wurde, mit Konsequenz von sich ab. — Er trieb eigentlich auch keinen Sport. Er hätte manche Gelegenheit dazu gehabt: indessen, er machte sich nichts aus dem Vereinsleben. Höchstens daß er sich gelegent-

lich mal Sonntags zu einer Tour auf das Zweirad
setzte.

Sein Zimmer. — Ein Schreibtisch war da, mit einem
sauberen und wohlgeordneten kleinen Büchergestell. Ein
Sofatisch mit einer reinlichen Decke drüber und mit einem
blanken Aschenbecherchen in der Mitte. Noch liegt die
halbaufgerauchte Zigarre drin neben der Shagpfeife.
Blank ist es um das Aschenbecherchen herum. Alles ist
auf dem Schreibtisch in Ordnung. Pietätsvoll stehen die
Photographien seiner Eltern und Geschwister und seiner
besten Freunde in Rahmen da. — Auch drei ‚Fauteuils‘
sind vorhanden, die in Harmonie sind mit dem Rotripsenen.
Auf das eine darf man sich freilich nicht setzen. Es gibt
einen Spaß, wenn Besuch kommt und er gerät auf dieses
‚Fauteuil‘ mit den drei Beinen. — Gardinen hängen vor
den Fenstern, auf deren Brettern Blumenstöcke stehen. An
den Wänden hängen neben alten biederen Familienkupfern
moderne Bilder, die ihm gehören; ein paar Reproduktionen nach Liebermann, Böcklin und Thoma; auch ein
Rembrandt, ein Velasquez und ein Raphael. Ein Pianino
steht an der Wand, das sein Eigentum. Daneben
ein Notenständer mit Klavierauszügen des Lohengrin,
Tristan, Walküre und Meistersinger; mit einem Band
Chopin, Beethovenschen Symphonien und Mozartscher
Sonaten. Auch ein Bach und ein Händel fehlen nicht.

Seine vier Pfähle gaben ihm Beruhigung.

Aber nicht lange, so tobten seine aufgeregten Gedanken ihren Hexensabbath weiter.

Ein so ungewöhnliches und noch nie dagewesenes Ereignis seine Bekanntschaft mit Ruth Sommerfeld nämlich
auch bedeuten mochte, in eine wie freudige Aufregung es
ihn auch versetzt: so fühlte sich Donald dennoch in einer

großen Verwirrung,. und hatte es sogar wieder mal mit
einer gehörigen Depression.

Was sie da von dem Kinde gesagt! Und wie sie es
gesagt! Wie ganz merkwürdig das gewesen war! — Und
dann war da noch so ein Augenblick gewesen. Er hatte
ihr bis zu ihrem Haus in der Klosterstraße das Geleit
gegeben. Der Augenblick, als sie sich verabschiedet hatten.
Weshalb war ihr Gesichtsausdruck so ernst und finster
gewesen? — Und dann: ihr Lächeln! — Er war, in
all seiner Verwirrung, als er sie für heut Abend um
ein neues Zusammentreffen gebeten, so ungeschickt gewesen.
Sie hatte erst selbst alles anordnen müssen, meinte er.

Alle die hypochondrischen Gedanken und Grillen, die
er da am Nachmittag in seinem Bibliothekzimmer über
der Lektüre des Lemmonnier gesponnen, stellten sich
wieder ein; und er fühlte wieder mal gründlich seinen
Unwert.

Sie war entschieden ein viel reiferer Mensch als er.
In seiner Gewohnheit, alles zu übertreiben und seiner
Phantasie allzu freien Lauf zu lassen, dichtete er Ruth
Sommerfeld wer weiß welche hervorragenden und über-
wertigen Eigenschaften an.

Aber gehörig lag er wieder mal auf dem Sande!

Diese Depressionen bedeuteten so recht die Meilen-
zeiger seines Entwicklungsganges. Sie bedeuteten die
Staupen und Mauserungszustände seines Selbstbewußt-
seins. Wie er sich, vielleicht aus einem angeborenen
Sauberkeitsgefühl heraus, über alles klar zu werden suchte,
was ihn auf seinem Lebensweg Rätsel stellend verweilen
hieß, so auch über das Wesen solcher, oft wie peinvollen!
Krisen und seelischen Ringkämpfe.

Sie zeigten, wie er glaubte feststellen zu dürfen,

einen zwiefachen Charakter. Es waren entweder, wie er es hieß: seine schlechten Unwillkürlichkeiten, seine gemeinen Instinkte, seine plebejischen Triebe und Neigungen, die ihm ein Bein stellten und die zurückzuweisen waren, oder, wie ihm gelegentlich aufgegangen war, verstanden sein wollten; über die es ein Gericht galt. Es waren auf der anderen Seite aber ferner gewisse solide angeborene Instinkte und Fähigkeiten; gute alterprobte Resultate seiner ersten Erziehung, Eindrücke erster Jugend, alte gute Erbteile und Sympathieen, pietätsvoll respektierte Autoritäten, irgend eine innere gute Einheit und Notwendigkeit, ein fester Grundstock seines Wesens, ein leitender Genius, der, so sehr er auch durch hundert einstürmende, neue, ungewohnte und unerprobte Eindrücke und Einflüsse bedrängt wurde, sich immer wieder zu bewähren, zu ordnen, zu richten und anzupassen hatte; und der ja wohl im Ganzen ihm immer wieder auf die Beine half, sich wandelnd stetig erneuerte und ein braver verläßlicher Leiter seines Lebens blieb. — Ja! Von welchen Erschütterungen und Verzweiflungen er auch bedrängt werden mochte: Donald wußte daß dieser ‚Genius‘ seinen Mann stand. — Donald war hier seltsam und hartnäckig bis zur Spleenigkeit. Der Bauer, den die Familie nicht so gar lange hinter sich hatte, ließ ihn nicht im Stich; und mit der ihm eigenen Zähigkeit brachte er Donald immer wieder auf die Beine.

Aber, ach! Er wußte, es gab noch so viel, mit dem er seinen Strauß zu bestehen, mit dem er noch fertig werden mußte, ehe sein Grund und Boden ein für allemal abgesteckt und gesichert war!

Und was für ein Ereignis war heute die Bekanntschaft mit Ruth Sommerfeld gewesen! — Wie sah er sich plötzlich überrascht und überwältigt! — Was bedeutete das plötzlich für einen Einschnitt in sein Leben! — Ein völlig neuer Abschnitt! — Die Marke einer ganz neuen, wie außerordentlich wichtigen Periode!

Und so ganz plötzlich! So gänzlich unvermittelt und unerwartet!

Daß er das alles so schwer nehmen mußte! Daß es ihn gleich von so vielen Seiten her überfiel! — Wie leicht machte es sich die Mehrzahl der Freunde im Verkehr mit den Weibern! — Wie vortrefflich, mit wie glückseliger, unbekümmerter Selbstverständlichkeit funktionierten sie in diesem Punkte und pflückten sich Freuden vom Wege, an denen er, wie manches Mal sie auch gelockt haben mochten, bisher hatte vorübergehen müssen! — Und wie schwer nahm er nun wieder diese Bekanntschaft!

Er redete sich da zum Beispiel mit einem Mal ein, daß es Ruth Sommerfeld gewesen, die in allem und auch zu dem für heut Abend verabredeten neuen Zusammentreffen die Initiative ergriffen; obgleich er eine solche Initiative des weiblichen Teiles noch heute Nachmittag, gelegentlich seines Lemonnier da, dem Mann zu Nachteil und Schmach angerechnet und geglaubt hatte, daß ihm solches nie geschehen werde!

Jaja! Es stand außer jedem Zweifel: s i e war es gewesen, die die Initiative ergriffen.

Hm! — Warte! Zwar — äußerlich genommen ja eigentlich n i c h t. Obgleich er sich erinnerte, daß sie das erste Wort einer Unterhaltung gesprochen, als sie heute zu ihrem Sitz zurückkommend, ihm ‚Zampa‘ zugeflüstert hatte. — Äußerlich also eigentlich nicht. — Aber man mußte da Unterschiede machen. Es kam nicht auf das Äußere an. Etwas ganz anderes war das Wesentliche. —

Es lag im Benehmen. In der Nüance der Worte. Im ganzen Wesen! — Und das w a r es! — Alles war da von ihr ausgegangen.

Nun erinnerte er sich zwar, wie er, solchermaßen in die Enge getrieben, nach einem Trost suchte, daß Siegmund gelegentlich geäußert hatte, es seien stets die Weiber, die die Initiative ergriffen; und er glaubte überdies so etwas ähnliches auch gelegentlich mal in dem berühmten Buch der Liebe von Beyle und in Balzacs „Physiologie der Ehe" gelesen zu haben. — Hm! Jaja! — Es mochte sein, daß das Weib die Wählende war; die heimliche und vielleicht wichtigste Initiative mochte ihr zustehen, und das mochte vielleicht auf irgend einem natürlichen Gesetz und Zuchtwahlsinstinkt beruhen.

Jaja! — Nun!

Plötzlich aber wurde er glührot.

Himmel! Was phantasierte er denn da alles für Narreteien zusammen! Was wollte er denn eigentlich! — Sie hatten miteinander Bekanntschaft gemacht, hatten ein Gespräch über die Frauenfrage gehabt. Sie würden sich treffen. Würden vielleicht wieder über die Frauenfrage oder über etwas Anderes reden. Was denn weiter?! — Was phantasierte er denn da alles von Wahl und Initiative?!

Wenn — d a s in Frage kam: wer wußte, ob sie ihn mochte!

Ob er sie aber mochte?! — Ob . . .

Ach, H i m m e lwetter!!

Er warf sich herum und drückte seinen wirren, übernächtigen Kopf in die Kissen.

Ganz entgeistert fühlte er sich. Seine Seele war wie in einer Schwebe. Als befände er sich in einem hypnotischen Zustand.

Dann aber überrumpelte ihn wieder eine wirre, sinnliche Freude, eine dunkle sonderbare Erregung, daß er heut Abend mit ihr zusammen sein werde.

Er sah sie vor sich. Völlig lebhaft.

Ach ja! Sie war interessant! — Sehr interessant! — So süß romantisch! — So — angenehm! — Und eigentlich war sie doch schön. Mit ihrem schönen Haar und den weichen Backen und den großen, braunen verschatteten Augen! — Und ihre Gestalt! Sie hatte so einen Liebreiz! Irgend so einen Liebreiz! —

Er fühlte, daß er den ganzen Tag über unruhig sein werde; daß er vor Ungeduld sterben werde.

Wieder geriet er in Gedanken. Er quälte sich ernstlich mit einem verwirrten Nachdenken, wie er es am besten anfangen könne, sie ,bereits‘ heut Abend zu berühren. — Bis in Einzelheiten stellte er sich vor, was für eine Wonne ihm solch’ eine Berührung geben werde. Er malte sich in der Phantasie eine ganze, belebte Szene aus. Er fand hundert Methoden, studierte sie sich gleichsam ein und verwarf sie wieder.

Da kam er zum Bewußtsein. Er riß sich in die Höhe, preßte die Hände vor die Stirn und blickte wirr und hilfesuchend im Zimmer umher, das schon längst das bleiche Morgenzwielicht füllte. Er griff die Wasserkaraffe vom Tischchen, trank und feuchtete sich in einer gehetzten Angst seinen fiebernden Kopf und seine brennenden Augen.

Es wurde ihm besser.

Er bauschte die Kissen in die Höhe und richtete es ein, daß er in eine halb sitzende Stellung kam; suchte den Kopf durch die unters Genick gelegten Arme noch höher und aufrechter zu rücken.

Er war jetzt völlig ruhig.

Lange lag er noch so; beobachtete, wie mit immer helleren Rucken die lichte Morgensonne ins Zimmer drang; lauschte, wie die Wirtin nebenan hantierte; lauschte auf die erwachten Geräusche der Straße; in einer halben, angenehmen Verlorenheit.

Plötzlich aber brach er in ein Lachen aus und knipste mit den Fingern.

Hahaha! — Heut Abend!

Mit einem Satz und einem halben Jauchzer sprang er aus dem Bett, steckte den Kopf in die Waschschüssel, kleidete sich an und begab sich erfrischt und guten Mutes in sein Geschäft . . . .

XII.

‚Pochenden Herzens und beflügelten Schrittes‘ machte Donald sich am Abend zu seinem ersten Rendezvous auf.

Sie hatten verabredet sich unter der Normaluhr am Eingang zum Bahnhof Alexanderplatz zu treffen. In welchem derartigen Berliner Liebesverhältnis würde nicht die Normaluhr ihre Rolle spielen!

Natürlich! Selbstverständlich kam er eine halbe Stunde zu früh.

Er hatte lange geschwankt, welcher Art die kleine Aufmerksamkeit sein solle, die er Ruth zu erweisen gedachte.

Ein Blumensträußchen lag am nächsten. Aber es war Donald eine Unmöglichkeit, eins zu erstehen. Seine Deliberationen über diese Angelegenheit hatten ihn in einen förmlichen Fieberzustand versetzt. Doch, es erwies sich als völlig unmöglich, mit einem Strauß in der Hand hier zwischen all den Passanten einher zu promenieren und auf sie zu warten.

Es bot sich der Ausweg, ein Karton mit Konfekt zu kaufen. Den hatte er schließlich ergriffen. Der Karton ließ sich in der Jacketttasche tragen.

Indessen er fürchtete es auch mit dem Karton verfehlt zu haben. Er hatte noch nie für eine Dame ein Konfekt-Karton erstanden. Überdies hatte es festgestanden, daß man ihm den Zweck des Einkaufs vom Gesicht abgelesen hatte. — Er hatte also aufs Geratewohl gefordert und zu allem ‚Ja‘ gesagt, bedacht, sobald als möglich wieder aus dem Laden herauszukommen. Und nun peinigte ihn das unbehagliche Gefühl, das Karton sei zu umfangreich für solch eine erste Aufmerksamkeit.

Die Hand in der Tasche krampfhaft um das unglückselige Karton gepreßt, wanderte er mit langen Trottschritten hin und her, mit Anwandlungen kämpfend, es bei der ersten besten Gelegenheit beiseit zu werfen.

Endlich — die Normaluhr zeigte ein Viertel nach neun Uhr — sah er Ruth die Königsstraße herabkommen.

Wie gestern trug sie das graue, langhaarige Saccojackett und den ungeheuren breitkrämpigen Filzhut mit seiner Façon zwischen Rembrandt und Florentiner.

Zierlich, mit schnellen Hüftenschritten, huschte sie durch das Gedränge des Verkehrs.

Mit klopfendem Herzen, in eine Ecke gedrückt, beobachtete Donald, wie sie drüben vom ‚Prälaten‘ her zwischen all der Menschheit und den vielen Fahrzeugen hindurch über den Fahrdamm kam.

Wie ein scheues, hilfesuchendes, dunkles Vögelchen, fand er.

Aber — hm! — Er wurde rot.

Und nun war sie da.

Aber — er erschrak! — Wie sah sie aus?!

Zwischen ihren dunklen Brauen war eine tiefe Falte. Ihre Augen lagen in Schatten und zeigten einen starren verlorenen Ausdruck, als wollten ihre Blicke irgendwohin vor irgendetwas fliehen. Ihre Gesichtsfarbe war bleich und unrein. Die Backenknochen zeichneten sich hervor. Um ihren Mund lag ein herber, geängsteter Zug.

Doch sie freute sich, als sie Donald sah und reichte ihm mit einer schnellen kleinen nervösen Geste ihr Händchen, das in einem winzigen mausgrauen Hand= schuh stak.

Ohne zu wissen, wie? steckte Donald ihr das Karton zu.

Sie betrachtete es, war erstaunt, lachte ein bißchen und reichte ihm noch einmal die Hand.

Donald tat einen tiefen Atemzug. Er hatte sie zer= streut und — war das Karton los.

Aber ihre Stimme war müd und heiser. Und es fiel Donald auf, daß sie sich sehr oft mit leise zuckender Hand über die Stirn fuhr.

Sie hatte die Nacht wieder nicht geschlafen, erklärte sie endlich ihren Zustand.

Aber Donald glaubte ihr nicht recht. Sicher jedenfalls war es wohl nicht der einzige Grund ihres Aussehens.

Es war indessen merkwürdig, daß er sich plötzlich in einer ganz besonderen Weise zu ihr hingezogen fühlte. Es war, als ob er sie verstünde. — Merkwürdig! Er fühlte sich frei und ganz ruhig. Sie war ihm in diesem Augenblick so verwandt und sympathisch. Er hätte ihr leise, ganz leise und lieb den Arm streicheln können. Wie einer Schwester. . . .

Er schlug ihr vor, mit ihm in eine italienische Wein=stube zu gehen, die er kannte, und die in der Linden=straße gegen den Belle=Alliance=Platz hin gelegen war.

Sie könne nicht gut so weit gehen. Sie sei zu müd.

Aber da hatte er schon eine Droschke.

Es schien ihr sehr gut zu tun, aus dem Straßen=trubel heraus zu sein.

Sie schenkte ihm einen Blick, über den er sich bis ins Innerste freute. Er war lieb und vertrauensvoll wie der eines getrösteten Kindes.

Zum ersten Mal in seinem Leben kostete er diese Freude. Zum ersten Mal in seinem Leben fühlte er sich als Mann. — Aber freilich: nun mußte er ihr auch gleich die Decke über die Kniee breiten; er mußte das Wagenfenster heraufziehen, weil draußen ein Lüftlein ging. Wenn ers vermocht hätte: das Vehikel hätte so=fort Gummiräder haben müssen . . .

Sie fanden in dem Weinrestaurant ein leeres Zimmerchen, wo sie ungestört blieben. Es hatte nur einen Tisch, der beim Fenster stand. Vor dem Fenster hing eine cremefarbene, mit Spitzen besetzte Stores. Der Tisch nahm mit den herumgestellten Stühlen beinahe die Hälfte des Zimmerchens ein; die andere Hälfte wurde durch einen großen Berliner Kachelofen, ein Pianino und ein geschnitztes Tischchen ausgefüllt, auf dem Notenhefte, Zeitungen und ein paar eingebundene illustrierte Journale lagen. Ein prächtiger kleiner venezianischer Kronleuchter hing von der Decke herab. Ein paar große kolorierte Bilder in Goldrahmen: Ansichten aus Rom und Venedig hingen an einer dunklen, kupferbronzefarbenen Tapete mit großen Arabesken. Der Kronleuchter mit seinen funkelnden, irisirenden Glaskristallen verbreitete eine milde Helle, die von dem blitzeweißen Tischlaken reflektiert wurde. — Eine offene Flügeltür gab den Blick in einen ziemlich großen, hell erleuchteten Nebenraum, in dem ein paar Gäste bei ihrem Wein saßen. Man sah einen prächtigen, venezianischen Kronleuchter, der von einer stuckverzierten Decke herabhing. Drüben an der Wand, der Tür gerade gegenüber, hing ein großer, kostbarer Spiegel mit einem herrlichen, kunstvoll geschnitzten, hellgelben Holzrahmen.

Donald hatte Ruth aus ihrem Jackettchen geholfen. Sie zeigte sich sofort sehr ermuntert. — Der Raum gefiel ihr. Sie schien ihren Zustand ganz vergessen zu haben.

Sie bewunderte den Kronleuchter; brach in entzückte kleine Schreie aus, als sie drüben an der Wand des Nebenraumes den herrlichen Spiegel erblickte, und schlüpfte zu dem Pianino hinüber, auf dem sie mit einer zierlichen und delikaten Behendigkeit in allerlei capriziösen, flinken, kleinen Tonfiguren zu phantasieren begann, während Donald Wein und Abendbrot bestellte.

Sie nahmen ein kleines Souper italienischer Gerichte ein, das ihnen, weil ihnen die Speisen mit Ausnahme der Makkaroni, des Gorgonzola und Tunfisches unschmackhaft waren, viel Belustigung schuf. Dazu tranken sie Chianti aus einer langhalsigen, binsenumflochtenen Fogliette.

Die erste Unterhaltung aber war noch nicht gar so lebhaft. Sie holten sich gegenseitig noch zu viel aus. Sie sprachen gedämpft, mit stockenden Worten, manchem Erröten und mancher kleinen Gezwungenheit. — Und doch war es ihnen oft, als ob sie mit unbewußten Blicken,

Geberden und Gesten, mit einem Hauch, einem unbewußten Räuspern, einem halben unterbrochenen Worte, nach dem man zu fragen zu schüchtern war, eine ganz andere und weit inhaltreichere Unterhaltung führten.

Das äußere Gespräch drehte sich, ziemlich aphoristisch und mannigfach von diesem anderen unterbrochen und nüanziert, um ihr erstes Zusammentreffen gestern, und um die Eindrücke des Verlobungsfestes. Hin und wieder wurde gelacht. Auch über die wunderlichen Speisen, die sie genossen, mit ihren merkwürdig zubereiteten Pilzen, Gemüsen und ihren kunstvoll faden Brühen. . . . .

Sie hatten ihr Mahl beendet.

Ruth bat um eine Zigarette.

Ob er ihr eine russische anbieten dürfe?

Ja! Es war die rechte. — Sie rauchte Bostagnióglo mit Mundstück.

Sie bediente sich, und Donald reichte ihr Feuer.

Aber wie sie nun mit einer von ihren sicheren, zierlichen, so intelligenten kleinen Gesten die Zigarette anzündete, traf ihn plötzlich ein schneller, scharfer, kleiner Blitz ins Auge; so heftig, daß er sich unwillkürlich zurücklehnte.

Der Blitz war von dem merkwürdigen Schlangenreif gekommen, den er bereits gestern an ihrem Finger bemerkt hatte.

Nie wieder vergaß Donald den ganz seltsamen Eindruck, den Ruth auf ihn machte, als sie, sein Zurückweichen wahrnehmend, plötzlich die Augen auf ihn richtete.

Er empfand ihn als einen sehr markanten Ausdruck von Schadenfreude, fast von Bosheit. Und derselbe Ausdruck war auch in dem Lächeln, das jetzt ihre Lippen verzog und ihr prächtiges Gebiß entblößte.

Donald erschrak. Er fühlte sich plötzlich so wunderlich in sich hinein getrieben.

Und dennoch wußte er mit der größten Bestimmtheit, daß hinter dieser Miene eine völlig andere, eine ganz ganz andere Bedeutung lag.

Aber doch: für den Augenblick hatte sie sich ja wohl direkt in einen kleinen, dunklen koboldhaften Dämon verwandelt.

Was hatte das zu bedeuten? — Es war so recht ein Wort jenes unbewußten Austausches, in dem er sich mit ihr fühlte. — Was mochte es in seinem Zusammenhange zu bedeuten haben?

Er wurde schweigsam. Er war reserviert geworden; saß da fast mit einer gekniffenen Blödigkeit.

„Was ist Ihnen?"

Ihr Gesicht zeigte jetzt einen aufrichtig betroffenen Ausdruck.

Donald atmete auf.

„O, nichts weiter! — Ihr Ring blitzte mir ins Auge."

„Ach! — der — Ring!"

Sie barg die Hand auf dem Schoß.

„Er — ist ein Geschenk," sagte sie langsam und wie nachdenklich auf ihre Hand niederblickend. „Der andere Ring ist auch ein Geschenk. Ich habe viele Geschenke. Lauter Andenken! — Sie haben alle — ihre Geschichte. — Wenn Sie mich erst mal besuchen werden —"

O, was sagte sie da?

„— und meine Wohnung sehen, werde ich sie Ihnen alle zeigen und ihre Geschichten erzählen."

Wie sie das sprach! — So frei, gelassen, so unbekümmert aufrichtig!

„Der Reif hier" — Ruth hob die Hand vom Schoß in die Höhe und betrachtete den Ringfinger unter einer Geste, als wolle sie Donald die Ringe zeigen; sie hielt aber die Hand nicht direkt gegen Donald hin. Ihre Stimme zeigte plötzlich wieder den tiefen, festen und reifen, fast männlichen Vollklang. „Der Reif hier ist eigentlich ein Verlobungsring."

„Ach! — Sie — sind verlobt — gewesen . . ."

„Ja! — Ein volles halbes Jahr lang!"

Sie lachte. Wieder zeigte sie den sonderbaren, koboldhaften Ausdruck. — Und wie sie ihm dabei in die Augen blickte!

„In Wien! — In Wien war ich ein halbes Jahr lang verlobt."

Es entstand ein Schweigen.

Donald ergriff plötzlich die Fogliette und goß Wein in die Gläser.

Ruth faßte diese plötzliche, ein wenig haftige und ungeschickte Bewegung auf.

Aber dann fuhr sie fort. Sie blickte indessen Donald nicht an dabei.

„Ich hatte damals seit einem Jahre das Seminar verlassen und eine Stellung halb als Gesellschafterin, halb als Erzieherin inne. — Ich wurde behandelt wie eine Schuhputzerin. — Ich taugte zwar für die Kinder. Aber die Erwachsenen haben mir alles immer wieder verdorben. — Ich war nachher Lehrerin in einer öffentlichen Anstalt. — Ich habe den Lehrerinnen-Beruf damals ein für allemal verschworen. Was nun eigentlich. Sie haben mich immer alle sonderbar gefunden. — Der ‚Charme des — Aparten‘! — Die ‚weiße Krähe‘" —

Sie lachte ein unbeschreibliches, kurzes Lachen, in dem

eine seltsame, fast dämonische Gemütlichkeit war. Sie blickte Donald mit zwinkernden Augen an und rauchte in schnellen, kleinen, unbeschreiblich zierlichen, munteren Zügen.

„Na! Ich werde Ihnen von alledem noch viel mehr erzählen. — Sie werden — hochinteressante Einzelheiten kennen lernen! — Hochinteressante! — Aber Sie müssen nicht denken, daß ich die Menschen deshalb vergiften möchte. — Wissen Sie: der Dämon ist immer der Dumme. — Er kann sich nicht damit abfinden, daß die Menschen sind wie sie sind. — Das wird er erst mit der Zeit lernen müssen. — Er will alles vernichten, weil sie ihn nicht verstehen können. — Aber weshalb? — Was gehen sie ihn denn an? — Die Menschen sind wie sie sind. — Und ich bin, wie ich bin. — Die Menschen haben in ihrer Weise recht; ich in meiner. — Ich hasse die Menschen nicht. Ich bin aber auch noch nie einen Schritt breit von mir selbst abgewichen." —

Ihr Gesicht nahm für einen Augenblick einen ernsteren und nachdenklichen Ausdruck an.

„Ich will nicht sagen, daß ich nicht manchmal zweifelhaft geworden wäre und versucht hätte, es ihnen recht zu machen. — Denn — es ist, weißgott! nicht leicht, — frei sein ist nicht leicht. — Das ist so ein ganz besonderer Begriff. — Frei sein! Frei! Nietzsche nennt's vogelfrei. — Aber — dann wär's ihnen auch nicht recht. — Es ist eben irgend so etwas an mir. — Man müßte das mal zu verstehen suchen. Was für eine sonderbare Grenzscheide das ist. — Das würde vielleicht sehr interessant sein. — Man muß dahinter gekommen sein, daß man auf jeden Fall, man mag sich drehen und wenden, wie man will, ist und bleibt, wie man ist." —

‚Die Menschen‘! — Wie sie nur immer ‚die Menschen‘ sagte!

Da aber erschrak er vor einem plötzlichen Gedanken. Daß sie vielleicht sehr — böse wäre? Oder überaus gut. — Und daß dies im Grunde ein und dasselbe wäre. Genau, untrüglich hatte er das jetzt im Gefühl, daß das das Gleiche und Selbe wäre.

Es war eigentümlich: es ging ihm wie den ‚Menschen‘, von denen sie da sprach: er fühlte sich in dem Augenblicke in eine Distance gerückt. — Die Augen schimmerten ihm feucht; er hätte ihre Hand ergreifen mögen: aber gerade das wäre Distance gewesen. Gerade das wäre Distance gewesen . . .

Ihre Backen glühten jetzt. Es war eine etwas fleckige, trübe Röte auf dem bleichen, übernächtigen Grundton, den ihr Gesicht zeigte. Aber ihre Augen waren lebendig wie zwei herrliche, dunkle Diamanten.

„Ich bin eine Waise,“ fuhr Ruth fort, immer in denselben kurzen knappen Sätzen, die sie mit ihrer tiefen, männlichen Altstimme hervorstieß. „Vom vierten Jahr an bin ich mit meinen Geschwistern bei Verwandten er‐ zogen, die sich unserer — angenommen hatten. — Aber meine Geschwister kamen gut weg. Ich war das Aschen‐ puddel.“

Sie lachte. Aber ihr Lachen war frei. Groß und hell ihre Augen.

Es lebte in diesem Lachen wie irgend ein sonderbarer, unlogischer Leichtsinn; der Natur war, Anlage, Unwill‐ kürlichkeit.

Sie war eine Eigene. — Und gut war sie, fühlte Donald. Unbeschreiblich, unbändig gut.

Er blickte sie an mit Augen, die einen unwillkürlich demütigen, bewundernd=verehrungsvollen Ausdruck trugen.

„Ein großes, altes Gutsgebäude,“ erzählte Ruth weiter. Sie hatte ihn angesehen und lächelte ein wenig. „Bei Warschau! — Wie ein Schloß! — Wir hatten eine Erzieherin, Lehrer. Wir bekamen Erziehung. An nichts fehlte es uns. — Für mich aber hieß es dann: ‚raus in die Welt.‘ — Das Seminar! — Und flügge! — Und die Welt! — Ein kleines mütterliches Erbteil! — Und Reisen! — Die andern hattens besser. — Die Jungens: selbstverständlich. — Die Schwestern wurden verheiratet. — Ich stand in dem Urteil, die Range, die Verstockte und Heimtückische zu sein. Der stille Satan. — So in diesem Sinne. — Vielleicht hatten sie auch nicht so ganz — Unrecht? Denn ich hatte wirklich in einem gewissen Sinne den Teufel im Leibe. — Ich fing schon sehr — früh an, lebendig zu werden. — Verstehen Sie? — Hahahaha!“

Sie blickte Donald an; mit einem festen, wie prüfenden Blick. Ihr Mund war von einem merkwürdigen, höh= nischen Lächeln verzogen, das ihr die Lippen geschlossen ließ. Es wirkte, als ob sie sich über ihn amüsiere. Er war so verlegen.

Aber dann geriet sie mit einem Mal in eine sehr herzliche und völlig naive Fröhlichkeit. . . .

XIII.

Schon am nächsten Abend wartete Donald abermals unter der Normaluhr bei Bahnhof Alexanderplatz auf Ruth.

Sie hatten gestern nachher noch sehr fröhliche, bis

zur Ausgelassenheit fröhliche Stunden miteinander verbracht.

Es war Donald heut' den ganzen Tag über eine besondere Wonne gewesen, an diesen wunderbaren Übergang ihrer Stimmung zu denken.

Er war sich nämlich völlig bewußt, welcher Art er sie während ihrer Erzählung da angeblickt.

Verehrung war in seinem Blick gewesen und eine schüchterne Treuherzigkeit. Er wußte, daß er sehr liebe Augen haben konnte.

Er wußte eigentlich auch, daß in einem solchen Bewußtsein Gefahr liege. Indessen, es war eigentlich doch auch wieder nicht so schlimm damit. — Es war mehr eine Unbequemlichkeit, als eine Gefahr. Es hatte ihn noch nie verdorben; dessen war er sicher.

Man schauspielert ja wohl zuweilen bei einer solchen Bewußtheit seiner Eigenschaften, wie er sie hatte. Und er hatte sicher, und zwar nicht gerade selten, derartige Anwandlungen.

Aber er war im Grunde — ja, das war er! — eine so aufrichtige und unverlogene Natur, daß er eine solche Komödie gar nicht lange aufrecht zu erhalten wußte. Er besaß vielleicht viel zu wenig Geschick für die Pose.

Er hatte oft und viel darüber nachgedacht. Und er hatte übrigens gefunden, daß, unter gewissen Umständen und recht gebraucht, in solch' einer Kunst der Lüge und Verstellung auch eine Tugend läge. Ganz abgesehen davon, daß es Höflichkeit sein und eine feine Art von Geistreichtum drin liegen kann. Zu guten und notwendigen Zwecken angewandt, müsse sie eine ganz besondere Macht gewähren; ja, müsse sie sogar unter Umständen eine unvergleichliche Stärke bedeuten. Es war vielleicht gar ein Manko, daß er das nicht recht vermochte; und er stellte

wohl sogar gelegentlich Versuche an, sich in einer solchen
Kunst auszubilden.

Donald war sich bewußt, wie seine Augen auf sie
gewirkt hatten. Er hatte sich freilich heute ein paar
Augenblicke lang mit sich selbst überworfen gehabt, daß
jener Ausbruck nicht ein völlig unmittelbarer gewesen war.
— Indessen, was war es denn für ein Fehler? — Wenn
man spricht, wägt man seine Worte, und das Bewußtsein
formt sie nach Maßgabe der jeweiligen Sympathie oder
Antipathie. Müssen es immer die gesprochenen Worte
sein? — Es war weiter nichts gewesen, als daß er ihr
mit seinem Blick bewußt gesagt, daß sie ihm sympathisch
sei. Er hatte mit diesem Blick geworben. Hatte ihr —
gefallen wollen. Und er hatte ihr gefallen. — Und sie
war fröhlich geworden. Er war ihr angenehm. Sie hatte
ihn gern. Schenkte ihm ihr Vertrauen.

So ein herrlicher, triebhafter Leicht- und Frohsinn
war in ihrer Seele; der immer wieder vergaß und dem
Leben immer wieder vergab! — Denn, sicher! Das war
ihr im Grunde eigen.

Eigentlich machte ihn das ein wenig unruhig. —
Solche Naturen pflegen, dachte er, wie unter einem Fluch
zu sein. — Er sah immer in solchen Augenblicken im
Hintergrunde das Schicksal lauern, das solche Naturen in
seiner Weise — liebt; lauern wie eine Katze, die im Begriff ist, die Krallen von neuem nach der Maus zu recken,
nachdem sie ihr eine kurze Freiheit gegeben.

In wie schroffen Übergängen mußte der Rhythmus ihrer
Seele schwingen!

O, das war nicht gut!

Wie stark mußte sie sein, wenn sie das ertrug! —
Aber es war nicht gut.

Er wurde ernst. — Jaja! Diese sind es, welche ‚die Menschen‘ von sich abscheiden. Diese Naturen. —

Er erinnerte sich plötzlich an einen gescheiten alten Onkel und Vaterbruder, den er sehr lieb gehabt, und mit dem er sehr gern als Junge, sonntags, wenn die Glocken in der Stadt und ringsum in den Dörfern zum Frühgottesdienst läuteten, einen Spaziergang über die Berge gemacht. — Der hatte es ihm immer wieder eingeschärft, daß man sich nie zu sehr der Fröhlichkeit oder sonst einem Temperament überlassen dürfe. Vor allem müsse man sich in der Fröhlichkeit in Acht nehmen. — Das hatte Donald sich eingeprägt gehabt bis zu einer Art von abergläubischer Scheu, die er bis auf diesen Tag nicht überwunden hatte. — Und so war ihm denn nun auch um Ruth bange.

Es kam vor, daß er vor solcher Vergessenheit des Temperamentes eine direkte Angst empfand. Stets machte sie ihn befangen. Zuweilen aber verursachte sie ihm wohl auch ein merkwürdiges seelisches Drücken und Würgen. — Er wußte, was das zu bedeuten hatte. — Es pflegte in der Regel in irgend eine Depression auszulaufen. — Er wußte, daß ihm in diesen Augenblicken jener Aberglaube ein lästiger Bann war. Er kannte da so ein altgriechisches Wort und hatte es sich eingeprägt: Θελω μανηναι! — Das konnte ihm so wunderliche Sehnsüchte, so seltsame Strebungen und Instinkte wachrufen!

Übrigens hatte es dennoch mit den Lehren des alten Onkels noch so eine bestimmte Bewandtnis. Denn Donald besaß eine anererbte Neigung zum Jähzorn, die in seiner Jugend zu sehr heftigen Ausbrüchen geführt hatte; so stark, daß er sich in Krämpfen, mit wutschäumendem Mund hatte am Boden wälzen können. — Man hatte denn wohl seine Erziehung danach eingerichtet und wie in anderen Dingen so auch hier, vielleicht mit einer nicht gerade unglücklichen Methode, den Bann und Riegel des Aberglaubens und der Mystik vorgeschoben, der selbst dann noch vorhielt, als Donald schon längst kein abergläubischer Mensch mehr war. — Es hatte mit jenen Sehnsüchten und Strebungen also sein Aber. Er mußte, weshalb er sich vor Fröhlichkeit hüten mußte. Der Andere in ihm lauerte gerade auf solche Augenblicke . . .

Aber er wollte ja Ruth ein Sträußchen kaufen.

Immerhin: das war auch heute noch keine so gar einfache Verrichtung!

Es gab da in den Körben der Verkäuferinnen, die sich hier am Bahnhof aufgestellt, heute lauter solche dicke mächtigen Büschel von Frühlingsblumen. Dicke Bündel leuchtend schwefelgelber Narzissen; vielfarbige, dicken, süßbuftende Hyazinthensträuße; Büschel von Primeln, Aurikeln und Krokus und mächtige Maiblumensträuße. Sie nahmen sich sehr prächtig aus. Aber man konnte nicht mit solch einem Bündel hier zwischen den Leuten umherpromenieren.

Endlich entschied er sich für ein Veilchensträußchen. Und diesmal war es wohl völlig das rechte.

Übrigens: er war in dieser Hinsicht, wie in manch anderer, ein Sonderling. Er liebte Blumen zwar sehr; bis zur Leidenschaft. Aber in abgeschnittenem Zustande konnten sie ihn nervös machen bis zur Mißbehaglichkeit.

Das in der hohlen Hand verborgene Sträußchen nach unten haltend, stahl er sich von der Verkäuferin weg wieder in den Strom des Verkehrs zurück.

Endlich kam Ruth.

Sie begaben sich auch heute in das italienische Weinrestaurant, wo sie das Zimmerchen wieder leer fanden und es sich in der Fensterecke bequem machten . . .

Sie hatten ihr kleines Souper eingenommen und waren bei ihrer Zigarette und einer Flasche Asti spumante.

Donald hatte sich an das erinnert, was Ruth ihm gestern von ihrer Jugend mitgeteilt. Er hielt es nun für in der Ordnung, ihr auch von sich zu erzählen. Die ganze Zeit über hatte es ihm bis zu diesem Augenblicke keine Ruhe gelassen, ihr Vertrauen zu erwidern. Und so fing er denn nun an, in einer ein wenig gezwungenen und im übrigen, im Bestreben durchaus wahr und aufrichtig zu sein, ein wenig trockenen und pedantischen Weise, Ruth von seinen Erlebnissen zu berichten. — Indessen: er schämte sich beinahe. Denn noch nie war es ihm so sehr zum Bewußtsein gekommen, ein wie unbeschriebenes Blatt sein bisheriges Leben war! — Lieber Gott! er war gar bald zu Ende. Unter dem Gefühl, daß es eigentlich kaum die Mühe gelohnt hatte, ihr dies liebe bißchen höchst normale und gewöhnliche curriculum vitae zu berichten.

„Haha! — Sie haben also noch nie etwas mit den Weibern zu tun gehabt!“

Sie sah ihn an und ließ ihren Blick auf ihm verweilen.

Ihre Brust ging. Ihre tiefe Stimme hatte leise vibriert.

„Nein!“ sagte Donald. Er war rot geworden und hatte die Augen gesenkt.

„Hahaha! — Na, um so verliebter bin ich gewesen!“ lachte Ruth. „Ich bin ja schon mehr wie ein Mal —

mannstoll genannt worden. — Zeitweilig war ich mir sogar selber im unklaren, ob ichs nicht wirklich wäre. — Was gucken Sie denn so?" machte sie und lachte auf. — „Nu! — Mannstoll! — Was weiter! — Es wäre auch Schicksal, und müßte getragen werden! — Im übrigen weiß ich denn freilich nun doch nicht recht? — Es mag wohl auch gern so sein, daß die Sache irgendwie anders liegt."

Wieder lachte sie in dieser fröhlichen und unbekümmerten Weise. — Sie betrachtete das Veilchensträußchen, daß er ihr dediziert, fand es lieb, und führte es hurtig an die Nase, Donald mit einem schelmischen Blick ins Auge fassend.

„Denn von jeher," fuhr sie dann fort, „habe ich ‚sie‘ gehörig auf dem Halse gehabt. — Hahaha! — Ich war kaum vierzehn Jahr alt, als einer meiner Lehrer ein ‚Sittlichkeitsattentat‘ auf mich versuchte. — Ich war wohl schon so — appetitlich! — So — entwickelt! — Oder weiß der Kuckuck, was ich an mir habe!"

Donald bemerkte, wie ihre kleine Hand jetzt die Zigarette zerknüllte.

„Aber immerhin! Von einem gewissen Zeitpunkte an kamen wir uns beide entgegen. — Sehr! — Und doch: ich kenne — ‚es‘ noch nicht. — Davon weiß ich noch nichts. — Es war auch so etwas ganz anderes," fuhr sie nach einer kleinen Pause ernster fort. „So ein sonderbares Suchen! — Nach — ganz etwas anderem."

Ruth schwieg. Ihre Hände zeigten ein feines, leises Zittern. Sie war bleich. — Ihre Augen starrten plötzlich, wie von einer Vision geängstigt, die sie dennoch mannhaft genug wäre zu ertragen.

„Denn — nur der Mann kann es sein, den ich — liebe."

Sie hatte diese Worte langsam, in einer merkwürdig geheimnisvollen Weise gesprochen; als sei sie allein.

„Aber — nicht — ‚liebe‘,“ korrigierte sie sich. „Das — ist so ein dummer Ausdruck! — So ein unsagbar fader Ausdruck. — ‚Liebe‘! — Was soll das heißen? — Da ist das — Schicksal vergessen! — Das — Schicksal!“

Wieder schwieg sie.

Plötzlich aber sprach sie hastig, geängstigt und gleichsam wie gehetzt:

„Und immer, immer ist es Irrtum! — Immer ist es Irrtum gewesen!“

Ihr festgeschlossener Mund zuckte. Zwischen ihren Brauen hatte sich die harte Furche gegraben. Ihr Körper vibrierte von einem feinen Zittern.

„Ich weiß! — Ich weiß, daß ich ihn finde!“ Ihre Sprechweise war kurz, hart und geheimnisvoll. Es nahm sich aus, als spreche das alles ein anderes zweites Wesen aus ihr heraus, dem sie lauschte wie im Bann einer Entrücktheit. „Aber es ist nicht das Glück. — Nie wird es Glück sein. — Nicht Liebe wird es sein und nicht Glück. — Ganz etwas anderes wird es sein. — Duldung wird es sein, um eines — Anderen willen — Duldung wird es sein, um einer Notwendigkeit willen. — Um — des Kindes willen. — Denn das Kind ist! — Ist immer! — Ist vor Zeugung und Geburt.“

Eine merkwürdige Energie hatte in ihren Worten gelebt. Schweiß stand auf ihrer Stirn, zwischen den zausigen, aschblonden Haarsträhnen. Ihr Mund war feucht von einem leisen Schaum.

„Ich — bin verrückt! Nicht wahr?“

Sie war plötzlich zusammengezuckt, fuhr sich unsicher

und haftig über die Stirn, und starrte Donald an mit einem ungewissen, wie hilfesuchenden Blick.

Donald schwieg.

Er hatte sich erschrocken. Spürte ein Mißbehagen. War sehr befangen.

Ihr Blick, der eine ganze Zeit unausgesetzt auf ihm gehaftet hatte, begann weicher zu werden.

„Ja! Nie wird es Glück sein!" fuhr sie leise fort. „Es wird eine große, dunkle unaussprechliche Wonne sein: aber kein Glück. — Er wird nichts sein, als was ich bin: das Medium irgend eines Schicksals, irgend eines dunklen Suchens. Er wird Werkzeug sein, wie ich. — Um des — Kindes willen. — Und das Kind wird das Glück sein? — Das — erlöste Kind? — Darin wird das Glück liegen? — Die Emanzipation! Die Frauenrechte! Die statistischen Tabellen! — Sie werden noch sehen, was ich zu Hause für Tabellen habe!"

Wieder sprach sie davon, daß er in ihre Wohnung kommen werde. — Wie sie, so ganz aus Instinkt, und im unbekümmertem Vertrauen auf ihren Instinkt, mit ihm Freundschaft schloß!

„Was das alles eigentlich dumm und nebensächlich ist! — Es ist eine Frucht der Entwicklung, die schon da ist und ganz von selbst ausreift. — Es vollzieht und vollendet sich nicht von einer, sondern, man kann sagen, von hundert Seiten. — — Ja! Sie — werden die Vollendung, die Freiheit und die -- Ruhe haben! Die Freiheit und die — Gleichheit! — Aber — dies! — Das ist so ganz etwas anderes! — Dies ist das Dunkle! Das — Eigentliche! — Das — Schicksal!"

Sie schwieg. Lange.

„Hahaha! — Also der erste war der Lehrer!" fuhr

sie plötzlich mit einem veränderten, beinah wieder amü-
sierten Ton fort. „Er hatte mich beauftragt, ihm nach
dem Unterricht die Aufsatzbücher in die Wohnung zu
bringen, die er korrigieren . wollte. — Da — versuchte
ers. — Ich habe ein aufgeklapptes Taschenmesser vom
Schreibtisch gerissen, habe blindlings nach ihm gestochen
und bin zur Tür nausgerannt. — Nun — haha! —
was mir nach dem Abenteuer für Weisheiten aufgegangen waren! — Ich war immer so, daß ich über
alles grübeln und nachdenken mußte und — hatte eine
so kluge und — feine Beobachtungs und — Kombinations-
gabe! — — — Seine Augen waren mir immer so
sonderbar! — Immer mußte ich unwillkürlich seine
Augen ansehen; konnte mich oft über die ganze Unter-
richtsstunde nicht von seinem Augen wegbringen. Und
wenn dann aus Zufall, oder wenn er mich aufrief, sein
Blick auf mich fiel, dann hatte ich eine Empfindung, als
ob ich völlig wesenlos würde und die Besinnung verlieren
wollte. — Er hatte das natürlich gelegentlich gemerkt. —
Er fing mit einem Mal an, mich zu bevorzugen. — Und
dann kam — das!

Dann also hatte ich mein Examen bestanden und
lebte in Breslau als Erzieherin. Ich wurde mit den
Klubs bekannt, in denen die modernen Ideeen diskutiert
wurden. Ich geriet auch an die Frauenfrage. — Es
dauerte nicht lange: es war als ob es Schicksal wäre,
machte sich ganz von allein: so hatte ich meinen Standpunkt und mein — Wissen; das Sie — kennen. —
Damals wurde ich mit einem jungen Schriftsteller bekannt. Ein feiner, geistreicher und sehr talentvoller
Mensch. So — moderner, nervöser Typ. — Ich war
sehr in ihn verliebt. Aber vielleicht und doch wohl nur

in seinen Geist. Wie es zu dem gewissen Punkte kam, versagte ich. — Es war — unmöglich! Unmöglich! — Und — wie hat mich das gequält! — Ach, und er hatte sich wer weiß was für Einbildungen von meiner — Rasse, meinem — Temperament, von meiner — ‚gesunden‘, ‚spontanen Sinnlichkeit‘ gemacht! — Hahaha! — Und doch: ich hatte gewollt! Ich wollte! — Ja, ich war nur zu oft in dem Verhältnis — toll! — Aber — ich konnte nicht. — Er war nicht der Rechte.

Ich suchte weiter. — Ich ging damals von Breslau weg. — Ich mußte fort! — So weit fort als möglich! Völlig war ich an mir verzweifelt. Ich war dicht am Selbstmord.

Ich ging nach Wien. — Es waren nun immer welche vorhanden, die mir die Kur machten, weil sie mich für einen guten Happen ansahen. — Man hätte sich wohl mal mit diesem und jenem einlassen können. Hin und wieder tat ich dann das wohl auch bis zu einer gewissen Grenze. Um ‚die Männer‘ zu — studieren. Aber die waren mir im Grunde stets völlig gleichgültig. — Ich fühlte nicht den — Zug. — Es war nur immer ein ganz bestimmter Typ, ders mir antat. — Die anderen, die ließ ich, wenn es soweit war, einfach laufen und hatte dann einen Spaß gehabt, oder wohl auch dies und jenes — gelernt.“ — Sie lachte; herzhaft und wild mit einem Mal wie eine kleine Walküre.

Dann schwieg sie. Wurde wieder nachdenklich und unruhig.

„Aber die — Anderen! Der — Typ! — Sie zogen mich an. Es kam vor, daß ich auf sie toll war. — Aber es fand sich, daß es sehr oft keine persönliche Neigung war, daß mir dieser und jener eigentlich ganz fremd und fern blieb; der mich trotzdem — wie soll man's sagen? als Typ anzog. — Oft auch trieb's mich zu ihnen, aus gewissen Gründen. — Man kann so viel — leiden. — Man bekommt Bange. — Und doch kam ich n i e über den Punkt. — Oft war's, weil ich — ein Kind haben wollte. — Aber sie liebten mich etwa; wollten mich binden. Und das konnte ich nicht eingehen, weil es nur der Trieb bei mir war, die Sehnsucht nach dem Kinde. Alles zerschlug sich dann. Es war auch nicht die rechte Weise, um zu dem Kinde zu gelangen. — Es wäre ja nicht das rechte Kind gewesen. —

Nun, aber immer, i m m e r kam etwas dazwischen. In jedem Falle. — Ob ‚es' dazwischen kam? — Das — Bestimmende? — Das — Suchende? — Weil es noch nicht seine Stunde war?"

Sie schwieg.

„Damals nun also, in Wien, kam die Verlobung. — Damals glaubte ich sicher, daß dieser der Rechte wäre. — Es war, als ob es die rechte, fruchtbare Sympathie wäre. — Denn nichts kann man da durch Zwang und Verstand erzielen. — Und doch hatte ich es mir auch in diesem Falle wohl nur so suggeriert, weil ‚es' mich damals so s e h r peinigte."

Donald wußte, daß Ruth mit diesem geheimnisvollen ‚Es' das Kind meinte.

„Auch das wurde nichts! — Gewiß: er war so fein= sinnig, klug, auch gut; wirklich und wahrhaft gut. Auch ein hübscher, in d e m Sinne sympathischer Mann. Aber es stellte sich heraus, daß er für mich zu — altmodisch war. — Jedenfalls bestand sein Fehler — sonst wäre es dennoch damals vielleicht zur Vollendung gekommen — darin, daß er zunächst mit allen meinen Ansichten über die Rechte und die Stellung des Weibes sich einverstanden zeigte. Nachher aber kam es zu Tage, daß er mir nur so vor der Hand und zum Schein recht gegeben hatte; in der Erwartung, daß ich nachher von allen diesen — Grillen lassen würde. Denn es waren für ihn Grillen, gegen die er vorläufig nicht glaubte ankommen zu können, die sich ‚dann‘ aber ‚ganz von allein‘ geben würden. Aber ich habe noch nie von etwas gelassen, was ich einmal für richtig erkannt. Denn ich habe immer alles erst gründlich durchdacht, eh' ich mir eine feste Meinung bildete. Ich weiß nicht, ob er, als wir die Ringe gewechselt hatten, schon glaubte, sich gehen lassen zu dürfen: jedenfalls wußte ich in dieser Zeit, woran ich mit ihm war. — Sofort war alles aus und vorbei. — Wie er mich ‚liebes Kind‘ nannte! — Puh! — Fürchterlich!! — Absolut unmöglich! — Es konnte mir kein anderer Mann widerwärtiger sein, als er von diesem Augenblick an.

Wieder war ich mit mir total am Rande. Wieder stand ich dicht vor dem Selbstmord.

Damals bekam ich ein kleines mütterliches Erbteil ausgezahlt. Ich schmiß meine ‚Karriere‘ auf und machte Reisen. — Ich war in London, in Petersburg, in Brüssel und Paris. — Mit dem Rest meines Geldes bildete ich mich als Telephonistin aus. Und nun bin ich seit einem Jahr in Berlin.“

Es entstand ein langes Schweigen.

„Ob es wirklich so ist,“ sagte sie nach einer Weile, „daß Geister und Seelen vorhanden sind, die aus anderen Sphären in unsere Welt hereindrängen? Geister, die zwischen Sein und Nichtsein schweben, in irgend einem Werden? — Die sich — materialisieren wollen?“

„Sie — haben mystische Schriften gelesen?“ fragte

Donald; ganz dumm und im höchsten Grade verwirrt; nur so, um irgend etwas zu sagen.

„Wie?! — Ja! Ja! — Maeterlink! Novalis! Ein bißchen von Böhme!"

Sie nagte die Lippe, zupfte mit zuckender Hand an ihren Haarsträhnen umher.

„Kann man nicht sagen, daß das — Kind diese Väter verworfen hat? — Wie? — Was bedeutet das, wenn das Eichen befruchtet wird? — Ist das so einfach? — Ist das nicht Materialisation? — Die spiritistischen Materialisationen sind nichts als dumme Symbole. — Man deutet sich damit was an. — Weist auf ein ganz anderes, auf ein eigentliches Geheimnis hin. — Und dieses Geheimnis ist die Befruchtung. — Das ist die wahrhafte Materialisation der Seelen; der in der Schwebe seienden Seelen, die — Körper werden wollen."

Ruth war weiß wie Linnen.

Wieder lief das sonderbare Zittern über ihren Körper.

Wie ihr Zustand sich auf Donald übertrug! — Wie er litt! — Wie bang es ihm um sie war!

„Ist die Zeugung nicht erst eine Notwendigkeit durch die schweifenden Seelen? — Weshalb wäre sie denn sonst? — Weshalb wäre denn sonst das alles noch, was so viel Kämpfe und so viel Pein macht? — Lust! — Was ist erbärmlicher als Lust! — Er! Es! — Er kommt! — Ganz von fern! — Will erwachen! — Will etwas! — Will etwas wirken! — Er kommt auf einer geheimnisvollen Bahn! — Ursachen und Wirkungen! Kausalnexus sagt die Wissenschaft! — Man muß es so auffassen, daß es tausende und abertausende sind und dennoch Einer! Er! — Tausende und Abertausende! — Und sie nahen alle von einer geheimnisvollen Weltensphäre her. —

Und alle diese vielen Tausende sind Einer und eine einzige geistige Gestalt. — — Er will werden! Er will etwas vollbringen! — Sein Wille wird immer drängender. — Alle die — Leidenden und — Ahnenden," ihre Stimme stockte; mit schweren, ringenden Atemzügen ging ihre Brust, „heute sind krank und stark von Ihm! Sie sind seine Möglichkeit! Sie sind die Möglichkeit seiner Materialisation. — Er kommt von der Sonne! Von irgend einem Stern! — Er ist ein Wort, ein Gruß, ein Heil von einem Stern! — Er ist eine Botschaft, ein Ruf von einem Stern! — Was wäre das heute alles; was wäre unsere Kultur, wenn nicht ein Hinweis auf Ihn?!"

Sie schwieg, mit beiden Armen auf den Tisch gestützt, schwer atmend und mit festgeschlossenen Lippen, vor sich hinstarrend wie eine Irrsinnige.

Plötzlich aber zuckte sie, mit einem verwirrten Blick umherfahrend, auf:

„Bringen Sie mich nach Hause!"

*   *
*

Donald hatte Ruth nach Hause gebracht und wanderte seiner Wohnung zu.

Er war froh allein zu sein und zu sich selbst zu kommen.

Wie in einem Taumel, ganz verwirrt und betäubt, schritt er durch die nachtöden Straßen.

Alle seine Sterne hatte der Himmel entfacht. Weit und unendlich die Milchstraße hindurchgezogen in vollster, herrlichster Klarheit. Seit Jahren hatte Donald das gestirnte Firmament nicht mit solch' einem Blick gesehen.

Nach einiger Zeit ward er inne, daß er an seiner Gegend vorbei war.

Aber er hatte kein Gefühl, als daß er die ganze Nacht so unter diesem wunderbaren Himmel schreiten könne. Immer weiter! Immer weiter! Ohne Ziel! . . .

Nein! Noch nie hatte er den Himmel mit solch' einem Blick gesehen!

Er war eigentlich überhaupt kein Mensch, der sich viel in poetischen Naturstimmungen verlor. In irgend einem sentimentalen, lyrischen Sinne hatte eigentlich und im Grunde sein Wesen nie zur Natur gestrebt. Er war im wesentlichen eine praktische Natur. Und es war nicht bloß so die Suggestion der letzten exakten Jahrzehnte, die ihm das nächtliche Firmament für gewöhnlich anschauen ließ wie einen astronomischen Globus.

Aber was für einen Blick hatte Ruth ihm da gegeben!

Er hatte sonst etwa an die Spektralanalyse gedacht, wenn er in einer nachdenklichen Stunde den Blick da hinauf gerichtet. Und er war wohl auch stolz gewesen auf solch' einen Blick und auf eine Errungenschaft des Geistes, die in einer solchen Zerlegung fernsten Astrallichtes und in den logischen Denkfolgerungen, die sich aus ihr entspinnen, Kunde und Verbindung der Welten sieht.

Aber es war ihm jetzt, als sei Ruths Blick tiefer und weiser. Als schließe er Spektralanalyse in sich ein und tausend andere Beziehungen, Zusammenhänge, Offenbarungen und Gewißheiten, als sei er die kühne Enthüllung alles Sinnes, allen Wesens und aller Seele.

Seine Gedanken spannen sich weiter.

Die Erinnerung an ein paar Bildchen tauchte plötzlich auf, die er vor vielen, vielen Jahren als Schuljunge in einer illustrierten Familienzeitschrift gesehen. Sie hatten zu einem Roman gehört, der die Geschichte eines Liebespaares verfolgte, das sich schon in früher Jugend zusammengefunden.

Und es waren die Gestalten der beiden Kinder, die sich wie vermöge irgend einer rätselvollen, romantischen Sympathie, unauslöschlich seinem Gedächtnis eingeprägt, und die ihm hin und wieder immer ein Mal, bis auf den heutigen Tag, oft nach langen Zwischenräumen in Erinnerung kamen. — Und es war besonders die Gestalt des Mädchens, in seinem runden Krinolinröckchen mit den zierlichen, wohlgeformten Beinchen unten draus vor, mit den dunklen Ringellöckchen und den süßen, großen, erstaunten und gescheiten Augen. Er war damals völlig in die allerliebste Kleine verliebt gewesen. Aber es war ein ganz unsagbar wohltuendes, süßes und ruhiges Gefühl gewesen.

Beschwor ihm Ruth diese Erinnerung jetzt wieder herauf?

Ja, und — nein! — Denn: sie war so seltsam! — Wie sie nur wechselte! —

Es hatte heut' Abend Augenblicke gegeben, wo sie ihm direkt fremd gewesen, wo sie ihn direkt hatte bangen machen.

Und doch: es war ja schließlich nicht dieses bestimmte süße kleine Mädchen gewesen. Das war nicht die Hauptsache. Sondern es war der Bann dieser ganz bestimmten, unbeschreiblich süßen, ausgeglichenen, ruhigen, starken Empfindung. Und die hatte Ruth ihm für Augenblicke gegeben. Vor ein paar Tagen, als er draußen in Wilmersdorf neben ihr gesessen, und gestern Abend, uud auch heute.

Es war da! — Es war! — Wie ihr Eindruck auch wechselte: es war da.

Aber die — Trübung!

Immer wieder hatte sich da heute Abend sein unverwüstlich und hartnäckig gesunder Menschenverstand befremdet gefühlt.

Er machte sich nichts aus Mystik.

Er hatte zwar mystische Bücher gelesen. Er kannte einiges von Meister Eckhart, dem Tauler, aus Jakob Böhmes ‚Aurora‘. Er hatte Maeterlink und Novalis gelesen; und er war fromm und Deutscher genug, daß er nicht bis zu einem gewissen Grad ihrem Geist zugänglich gewesen wäre. — Auf der anderen Seite aber vermochte er doch nicht ein gewisses abergläubisches Mißtrauen gegen die Mystik los zu werden.

Dieses Mißtrauen datierte, wie so manches andere, aus seiner Jugendzeit.

So oft es sich um Mystik handelte, kamen ihm auch die alten Weiber in Erinnerung, von denen vormals in seinem Provinznest die Rede ging, daß sie einem mit Sympathiemittelchen Krankheiten abnehmen und weitertragen, oder wohl gar beibringen könnten. Er dachte mit Ekel und Grauen an diese Schweinereien und Pfuschereien; an die mit Krankheitsstoff infizierten Nägel, die man in Bäume schlug; an die Läppchen und Papiere, Ringe und Gegenstände, Speisen, die man irgendwo, mit einem Krankheitsstoff imprägniert, auslegte; und er begriff in mancher Hinsicht das, was an Vernunft in den mittelalterlichen Hexenverfolgungen zu liegen schien. — Alle diese seltsamen, schleichenden Krankheiten, die da mit einem Mal an Mensch und Tier in einer Dorfschaft, einer Landschaft ausbrachen und die Volkswut zu hellen Flammen erregten. —

Und was hatte er da als Kind nicht alles für ungeheuerliche und unheimliche Geschichten gehört! — Ja, es ging sogar die Sage, daß ihm selbst so ein Teufelsweib mit einem Blick durch das Schlüsselloch und einer heimlichen Berufung eine langwierige und schwere Augenkrankheit beigebracht haben sollte, die ihn gezwungen hatte, ein ganzes Vierteljahr fast gänzlich blind tagaus, tagein in einem dunklen Alkoven zuzubringen. Aus diesem eingewurzelten Abscheu waren ihm dann zum Beispiel auch alle die neuerlichen spiritistischen Seancen und sonstiger Okkultismus gründlich gegen den Strich, wenn nicht ganz und gar direkt — odiös.

Das alles hatte ihn auch heut Abend mehr als einmal gegen Ruth mißtrauisch gemacht, trotz aller Sympathie, die ihm ihr leidender Zustand und trotz aller Bewunderung, die ihm ihre Genialität abgewonnen.

Und dann: es gab da heute so viele solche ‚Suchenden‘, die sich genial und interessant machten und sich, so lange es sie nichts kostete, wohlgemut aber sicher ohne besonderen Beruf in allen möglichen freien Verhältnissen umtrieben. Alle möglichen, weißgott, nicht bloß jungen Weibsbilder! Mit wer weiß was für verrückten Garderoben und genialen Zobbelköpfen, in denen wer weiß was für zweifelhafte Dünste von Übermenschentum herumfuhren.

Wenn es bei Ruth nun solche Besessenheit war, was sie da heute alles gesprochen? Wenn sie sich dem hingab?

Er verstand, daß es geniale und tiefe Gedankengänge waren, die sie da selbständig erfaßt und — verstanden hatte.

Aber litt sie nicht unter ihnen? War es nicht nur zu deutlich, daß sie von ihnen erlöst sein wollte?

Hm! — Wenn sie das nur nicht etwa liebte! — Dieses Teufelszeug und Irrwerk!

Aber sie litt ja! Sie litt!

Wenn es ein Leiden ist? . . .

Sie litt! —

Er atmete auf. — Seine Brust ging. Ja, für einen

Augenblick wurden ihm die Augen feucht. Er erstaunte. — Ein Sonnenblitz von Freude durchzuckte ihn.

XIV.

Spät langte Donald in seiner Wohnung an.

Aber er legte sich, schon wieder mal, nicht zu Bett, sondern zündete die Lampe an, setzte sich an seinen Schreibtisch und zog sein Tagebuch hervor.

Hastig blätterte er, bis er eine Stelle gefunden hatte die er zu lesen begann.

Es hieß da folgendermaßen:

„An den Gartenzäunen hin strich er den Weg entlang, der hinter der Vorstadt ins Freie hinausführte. Mit müden, lässigen Schritten. Er seufzte. Oft! — Aus beklemmter Brust.

Es war so eine merkwürdige Witterung. — Für kurze Zeit war vorhin ein frischer Frühlingsregen herniedergerauscht, und nun stand der gelbe Mondfleck im weißgrauen Dunst des Himmels.

Noch witterte die Feuchte in der lauen Luft und löste die Umrisse aller Gegenstände nah und fern mit einem feinen grauen Nebelbrodem, den der umdampfte Mond mit der Ahnung eines mattsilbernen Lichtes durchwirkte. Wie ein heimliches Brühen und Brüten war es ringsum; eine Luft, drückend und beklemmend wie Treibhaustemperatur. Die Gärten schallten von dem Gesang der Staare. Hoch schwebten die munteren Vögel mit ihren schlanken, dunklen Leibern zwischen den zarten Wipfelreisern im warmbunstigen weißlichen Himmelsgrau und sangen in den letzten Schimmer hinein, den der Tag, der fern über dem dunklen Horizont des braunen Ge-

sildes noch mit zwei langgezogenen roten Strichen verweilte, in der Landschaft zurückgelassen. Das luftige Lied
mit seiner metallischen Verve und der drollig intelligenten
Mannigfaltigkeit seiner musikalischen Themen! — Sein
frischer Jubel webte in die stille brütende Schwüle der
Dünste eine unsichtbare hallende Lichtwelt. Weiten schien
es zu dehnen, Horizonte und leuchtende Himmelstiefen.
Blüten schienen zu schimmern, und seine jubelnden Kadenzen
schienen Düfte zu wirken.

Aber der Eindruck blieb nicht.

Die lauen, weißlichen Dunstschichten da oben, die die
trübe Mondscheibe umqualmten! Das sonderbare, heimliche Licht, das sich durch die dämmernde Landschaft
hauchte!

Wenn man sich vorstellte, daß all dieser erwachende,
ahnungsvolle, brütende Lenz die Angst, das Bangen, das
Grauen irgend einer dunklen Krise war, deren pressende
Fülle an einem Punkte angelangt ist, wo sie zu jubeln,
zu blühen und zu tönen beginnt!

Was war ihm nur? — Wie kam er denn nur auf
solch eine Vorstellung?

Es brauste und wühlte ihm so in den Adern, schwellte
ihm die Muskeln, machte ihn aufstöhnen, machte ihm die
Pupillen leuchten. Ein Prickeln spürte er in den Nerven
wie von einer heimlichen Elektrizität. Beklemmung, Unwille, irgend ein unbestimmter, drängender Tätigkeits-
trieb; die Anwandlung eines emportreibenden Übermutes;
ein tiefes, süßes Aufseufzen und ein lauschendes Träumen.

Silbern kommen die Klänge einer Turmuhr durch die
lauen Dünste, über die feuchten braunen Wipfelreiser der
Gärten; über die Dachfirste herüber, die von der Ahnung
eines Glastes schimmern.

Er summt einen Moll-Akkord; hebt eine Gerte vom Weg auf, preßt die Zähne zusammen, blickt umher mit blitzenden Augen und haut mit der Gerte vor sich hin, daß es saust; wird wieder still und lauscht seinen drängenden Gedanken.

Er muß lachen. Die liebe Unwillkürlichkeit des Frühlings!

Wie alles sich rührt, leise sich regt, schwillt und treibt in diesem linden, grau hüllenden Dünsten! Wie es hallt! — Wie alles sich aneinanderschließt in süßer Beklemmung, in den lau-bangen, keimenden Dämmerungen.

Still ragen die jungen Weg-Eschen. Lauschend halten sie still. Kein Reislein regt sich. Sie glänzen leise von der Feuchte des Regens, die noch nicht wieder abgetrocknet ist. An ihren dicken Knospen ist es wie schwarzer Lack. Die Finken schlagen in ihrem Gezweig. — Und die zahllosen, dunklen Poren, die der Regen in dem grauen Wegstaub, dem ersten Staub des Jahres, zurückgelassen! — Es nimmt sich aus, als wimmle der ganze Weg von unzähligen, kleinen runden primitiven Lebewesen; von zahllosen, winzigen Protoplasmaklümpchen, die mystisch die himmlische Feuchte plötzlich mit der Erde gezeugt. Wie ein animalischer, herzhaft fauliger Dunst scheint es vom Boden aufzudunsten; ein Duft, der nicht unangenehm ist, und der in so einer wunderlichen Weise die Sinne erregt. — Milchweiße Flächennebel weben drüben über die junggrünen Wiesenbreite. Die Frösche quaken und quarren, daß einem die Ohren dröhnen. Und mit einem Mal solche kurz abgebrochenen Grunzlaute dazwischen, die sie von sich geben! — Er lacht.

Und wieder überwältigt der Bann der lauen, weißgrauen Lüfte; preßt die Lungen, macht das Blut schwül und macht es rauschen; läßt weiße, wäſſrige Kringel aus den Vibrationen der Augennerven sich lösen, die zucken und weben; preßt und drückt wie mit einer untergründigen Angst, macht aufstöhnen, erregt eine unbestimmte Energie, in der es wie Grimm und Aufbäumen ist; geht mit feinen, eiskühlen Strömen und Schauern durch die Nerven.

Der gelbe Mondfleck da oben, das Lied der Staare ängstet, erregt seltsame Ahnungen und Vorstellungen. Was für unendliche, unsichtbare Metallsaiten scheinen zwischen Himmel und Erde gespannt, im dämmernden Lande, scheinen aufzuglimmen aus den weißlichen glastburchwebten Nebeln? Scheinen zu tönen: aus welcher Welt, die den Sinnen verborgen und die mitten in aller sehnsuchtsschwülen Wirklichkeit vorhanden ist?

Seine Blicke gehen über die Wiesenflächen, die sich zur Linken des Weges weit an den Ufern des kleinen, erlenbestandenen Flusses hinbreiten.

Wie schwül alles ist! — Wie magisch! — Wie still und schwül!

Da durchfährt es ihn:

Drüben am Rand der Wiese gewahrt er eine Gestalt, die sich aus der Dämmerung der Eschen hervorlöst; drüben, wo eine schmale Holzbrücke über das Wasser führt, von der aus ein festgetretener Pfad sich über die nebelbunstige Wiese gegen den Weg her krümmt.

Er bleibt stehen und lugt. Unverwandt blickt er hinüber.

Irgend eine Erste, Beste ist es. Eine junge Arbeiterin, die aus den öffentlichen Anlagen jenseits des Baches kommt, wo sie den Nachmittag über gearbeitet hat.

Sie ist nicht gerade besonders schön. Ein kleines dralles bäuerliches Ding aber: . . .

Wie ihre Hüften schaukeln, wie ihre Brust im Gehen sich bewegt!

Mit kleinen, eiligen, elastischen Schritten kommt sie über die Wiese gegen den Weg her.

Näher kommt sie und näher. Mit flinken kleinen, vibrierenden Schritten, in denen es wie ein Kichern ist.

Wie ihre Augen blitzen! Wie ihre weißen Zähne aus dem großen, roten Munde hervorschimmern!

Die — Erlöserin?

Er muß lachen.

— — — — — — — — — — — — — — — — — — — —

Den Kopf zwischen den aufgestützten Fäusten saß Donald und starrte vor sich hin.

Er dachte nichts und sah nichts als Ruth, wie sie gestern Abend vom „Prälaten" her zu ihm über den Fahrdamm herüber gekommen war . . .

XVI.

Ein paar Tage hatte Donald Ruth nicht gesehen. Sie hatten sich auch sonst gegenseitig kein Lebenszeichen zukommen lassen.

Da bekam er mit einem Mal eine heftige Sehnsucht, mit ihr zusammen zu sein.

Die ganzen Tage her war das prächtigste Wetter gewesen. So schrieb er ihr denn ein Briefchen, in dem er sie einlud, kommenden Sonntag eine Vormittagspartie mit ihm zu machen.

Ruth schickte ihm eine Zusage.

Donald war so närrisch vor Freude, daß er das Billetchen küßte.

Und dann betrachtete und studierte er es nach allen Seiten.

Nein! Es duftete nicht nach Parfüm. Er mochte das nicht wenn Briefe parfümiert waren.

Es war auch nicht farbig.

Es war ein weißes, einfaches, anständiges Papier und zeigte ein zwar entsprechendes und zierliches Format; aber nicht von einer so läppischen und verrückten Mode, wie sie jetzt aufgekommen sind.

Und so sauber! — Und gar nicht „genial'! — So — verständig, daß es ihn fast Wunder nahm.

Aber was für eine sonderbare Schrift sie hatte!

Ein mittelalterlicher Gelehrter konnte sie geschrieben haben, fand Donald.

Sie war klein, kräftig, rund und ein wenig schnörklig; perlend. Eigentlich aber völlig klar. Gewisse herzhafte Striche, Häkchen und Rundungen, die ihn unmittelbar an ihre klugen kleinen intelligenten und graziös sicheren Gesten erinnerten.

Sie tat den Augen wohl. — Eigentlich auch ein gewisser Mutwille, eine gewisse Munterkeit, Eigenwille, Trotz, wohl auch ein wenig Kaprize, fand er, war darin verborgen.

Ihre Schreibweise war im wesentlichen sachlich, wie er sie von ihrer Broschüre aus kannte. Aber nicht pedantisch. — Kurze, kleine, feste, klare Sätze; mit herzhaften Wendungen, die eine sehr persönliche und eigene Art hatten. Ungezirkelt, einfach, unbesorgt und spontan hingeschrieben. Keinerlei Anzeichen von den Sonderbarkeiten, mit denen sie ihn neulich Abend so sehr in Verwirrung gesetzt und befremdet hatte.

Aber: der erste Brief, den er von einer Dame bekam!

Er war fidel wie ein Junge. Wieder und wieder las er das Briefchen durch, lachte und pfiff vor sich hin. Ja, er fing sogar an zu singen.

Endlich zog er die Schreibtisch-Schublade auf und legte es, vorläufig! in ein geschnitztes Kästchen, in dem er sein Geld und ein paar Wertsachen aufzubewahren pflegte. Er beschloß noch heute einen besonderen Behälter für die Korrespondenz zu erstehen, die er von nun ab mit Ruth zu führen gedachte. Denn er wußte im voraus, daß sie sich sehr oft schreiben würden; und er nahm sich vor, jede nur irgendwie mögliche Gelegenheit zu benutzen und so viel wie möglich andere zu erfinden, ihr zu schreiben. —

Ruths Billet war am Morgen mit der ersten Post eingetroffen: es war am Nachmittag, und zwar am Spätnachmittag, desselben Tages, daß Donald einen Rohrpostbrief von Edwin Uhse bekam.

Dieser Rohrpostbrief bat Donald dringend, zwei Bücher, die Uhse ihm geliehen, heut Abend ins Westminster-Café zu bringen, wo Uhse ihn erwarten werde. Uhse brauche die Bücher sofort. Zu einem Aufsatze, an dem er arbeite.

Donald konnte also, obwohl er eigentlich in seiner jetzigen Stimmung nicht die minbeste Lust spürte, mit Uhse ein Rendezvous zu haben, und obgleich er es vorgezogen hätte, den Abend, wenn er seiner habhaft werden konnte, mit Siegmund zu verbringen, nicht gut ausweichen.

Die Bücher waren Nietzsches „Zarathustra‘ und „Jenseits von Gut und Böse‘. Der Zufall hatte es gewollt, daß gerade Uhse Donald in das Studium Nietzsches einführte.

Donald konnte indessen nicht sagen, daß er aus dieser Lektüre einen so gar besonderen Vorteil gezogen hätte. Den Schlüssel für ihr letztes Geheimnis zu finden, hatte ihm noch nicht gelingen wollen. Er fühlte so ungefähr, daß der „Zarathustra‘ eine geniale poetische Schöpfung sei; aber er hatte von ihr nichts gehabt, als daß er durch eine Reihe von großen, unbestimmten Stimmungen gezogen wurde, die eher eine peinigende als eine erquickende Temperatur zeigten. Und nicht minder waren die Aphorismen von „Jenseits von Gut und Böse“ ein wahrer Maelstrom gewesen für ihn. — Alles Feste, Gewisse und Zuverlässige löste sich in den einen und gleichen mystischen Nebel auf. Im Grunde erschien ihm das alles als nichts anderes, denn eine große geniale sophistische Mystifikation, die ihn in einer unbestimmten und verdrießlichen Weise wieder zu sich selbst zurückführte, ihn wieder vor sich selbst stellte und ihn seine Ratlosigkeiten mit einem gewissen Satanismus wieder preiszugeben schien.

Dies und jenes hatte er ja nun wohl aufgegriffen und hatte eifrig und gewissenhaft darüber nachgedacht. —

Zum Beispiel über das, was Nietzsche vom Gewissen ausführte. Aber es war wirklich im Grunde, als hätte einen ein großer, genialer Spaßvogel zum Besten gehabt. Denn auf was lief es mit dem Gewissen schließlich hinaus? Man mußte eben seinen Wandel so einrichten, daß man kein Gewissen hatte. — Nun ja! —

Mit der blonden Bestie und den prächtigen RenaissanceScheusalen war das auch so eine Sache! — Von hier aus war Donald auf eine immanente Notwendigkeit der Sünde und des Verbrechens geraten und in satanistische Regionen, die ihm den Kopf gründlichst geheizt hatten.

Im übrigen aber wollte es ihm scheinen, als ob Nietzsche vor allem ein großer und genialer Kritiker der Zeitläufte wäre, eine praktische Kämpfernatur vor allem, die die Arbeit der Heine und des „Jungen Deutschland‘ fortsetzte und vielleicht krönte. Aber Donald fand, daß in seiner spielerischen Geistreichigkeit zu viel Artistentum, Jongliererei und ein fataler, dekadenter, vielleicht sogar ein wenig bankrotter und zynischer Mangel an Ernst sei; den es zum Beispiel tickte, das einfach zu dunkeln, was andere vor ihm um so vieles deutlicher und positiver ausgesprochen. — Warum solche bunte, schillernde und wortgefällige Gaukeleien? — Ein besonders großer Philosoph war er auch nicht. Er löste vielmehr die Philosophie in eine aperçuhafte, aphoristische Gaukelei auf; in ein wahres, schillerndes Seifenblasenspiel. — Sein „Wille zur Macht‘ war ein durchaus zweitrangiger Standpunkt, der zwar einen praktischen und polemischen Wert haben mochte, eine letzte erreichbare erkenntnisteoretische Wahrheit indessen nicht aussprach. Eher war Schopenhauer der letzte Philosoph der Deutschen gewesen; obgleich auch bei ihm, wie vielleicht zuvor schon bei Schelling, die alte philosophische Tradition der Deutschen sich in Temperament aufzulösen anfing. Nietzsche machte den Sokrates schlecht in Grund und Boden hinein, und doch stellte es sich am Ende gar heraus, daß er selbst solch ein den Bankerott der alten Philosophie aussprechender moderner Sokrates war.

Nun erhob sich aber da doch noch ein ganz besonderer Punkt. Donald fühlte dunkel, daß es mit Nietzsche und besonders mit seiner Ethik noch eine besondere Bewandtnis haben konnte. — Er war zwar unlustig, sich tiefer mit Nietzsche zu beschäftigen — die Psychophysiologie der Wundt und Fechner und ihr Monismus etwa begannen ihm seit einiger Zeit weit positivere und fruchtbarere Gesichtspunkte, und wie weite und herrliche Horizonte! zu eröffnen — aber dennoch glaubte er hier und da auf etwas ganz besonderes zu stoßen, das auch seinerseits wieder von einer gar sehr zu beachtenden praktischen Bedeutung war und zu wer weiß was für kulturellen Folgen und Entwicklungen führen konnte! —

Dies also nun stand fest, daß Nietzsche im Grunde das Individium vor sich selber stellt. Das war aber wohl eine Notwendigkeit, solchermaßen vor sich selbst zu stehen, die auf einem intellektuellen und ethischen Zustand der besten Individuen seit der Renaissance bis auf unsere neuste Gegenwart beruhte; ein Zustand, der sich durch alle möglichen Entwicklungsstadien hindurch bis zu unseren modernsten Zeitläuften, gewiß nach irgend einem festen, sozialen und psychophysiologischen Gesetz und in irgend einer sicheren Richtung, fortgesetzt und zu irgend einer Reife und Vollendung zu gelangen in diesen neusten Zeiten im Begriff stand.

In solcher Position nun, solchermaßen vor sich selbst stehend, befindet sich das Individuum mitten im Wirbel des Problems, und wäre zur Entwicklung irgend eines neuen und besonderen Heldentums genötigt. Es frug sich, wer wird und wie wird er aus einem solchen Wirbel und Chaos hervortreten? Gefestigt und gefeit wie Mohamed aus seiner Höhle und der Christ aus der Einsamkeit seiner vierzig Wüstentage? — Er würde, vielleicht nach zwei Seiten hin, in ein Diesseits und ein Jenseits, eine neue Gewißheit und Vollendung bringen.

Nietzsche war ein großer Provocateur auf ‚Teufel komm 'raus'! Er war der Berufer irgend einer neuen und modernen Mannheit.

Nun kamen da Donald noch allerlei ganz besondere und zum Teil sehr diffizile Gedanken.

Was hieß das: vor sich selbst stehen? — Es hieß vor einem anderen und zweiten stehen, der doch — man selbst ist. — Wie sind nun aber die Zusammenhänge, die Ein- und Wechselwirkungen, die Verbindungen und Bedingungen? Wie trennen sie sich und halten sie sich auseinander? — Bin ich nicht auch in einer anderen Seele und in einem anderen Leib, als dem meinigen? In dem Leib und der Seele eines Freundes? Oder warum nicht — und dies ist vielleicht weitaus das wichtigste und das, worauf es vor allem ankommt — in dem Leib und der Seele — eines Feindes und Konträrcharakters?

Und hier nun hatte Donald stets, eigentümlicherweise, unwillkürlich an Uhse gedacht und hatte alle diese Gedankengänge mit ihm in Zusammenhang gebracht.

Hm! — War denn aber Uhse sein Feind? — N—nein! Aber — doch so eine ganz andere, so — problematische Natur. — Er nannte sich da zum Beispiel einen — ästhetischen Menschen, ein ζωον αισθητικον. Er sprach so viel zur Rechtfertigung der ‚blonden Bestie' und der italienischen Renaissance. — So in einer ganz gewissen Weise, die Donald frappierte und stutzig machte, und die ihn in ganz unglaublich feine und seltsame ethische Distinktionen getrieben hatte. — Uhse war darin so interessant und problematisch. Das war so etwas dunkles, das ihn so seltsam, fast magnetisch anzog. Etwas, nach dem sein Erkenntnistrieb haschte wie nach etwas ganz Neuen und Ungewohnten. — Donald hatte bereits angefangen, sich so eine Art von Theorie herzurichten, nach welcher dieser Ästhetizismus Uhses nichts anderes bedeutete, als eine auf ihre natürlichen, ursprünglichen Grundlagen zurückgeführte Ethik; nicht vermöge irgend einer Willkür, sondern durch eine innere Logik des Kulturentwicklungsganges seit der Renaissance. Donald hatte schon lange angefangen zu begreifen, weßhalb Menschen wie Uhse und Siegmund jede ,ethische' Taxe und Terminologie gegen den Strich ging, und daß sie sie schwerfällig und plump nannten, gängelbändlich; er verstand es, wenn sie sie in ihrem geistreichen Jargon etwa ,geschmacklos' hießen. Was hieß Gut und was hieß Böse? Alles war Schicksal, Notwendigkeit, tausendfältiger Übergang und Zusammenhang. — Nun er verstand das. Er war ihrer, Siegmunds und Uhses, ein Teil. Ja, es schien ihm sogar wertvoller, daß er Uhses ein Teil, dessen Wesen ihm nicht so sympathisch und vertraut wie das Siegmunds. Gerade von Uhse konnte er eine weit wichtigere Probe und Förderung erfahren. Er war nicht umsonst so erpicht auf Uhses Umgang. Darin lag irgend eine tiefere Bedeutung. Er war sich dessen wohl bewußt.

Jedenfalls aber versetzte es ihn in ziemliche Verlegenheit, was er heut Abend mit Uhse über Nietzsche reden sollte. Er war überzeugt, daß Uhse mit dem Wesen der Nietzscheschen Ethik völlig vertraut war. Donald aber war zwar von Nietzsche zu allerlei selbständigen Gedanken und Ideen angeregt worden, wagte sich aber mit ihnen Uhse gegenüber nicht recht hervor, weil er sich nicht sicher war, wieviel sie mit Nietzsche selbst zu tun hatten, dessen aphoristischer Stil ihn abgestoßen und durch seine dunkle Sprunghaftigkeit verwirrt hatte.

In recht verdrießlicher und befangener Stimmung

begab er sich also am Abend in das Westminster-Café.

Seine Verwirrung und Befangenheit erreichte jedoch den Gipfel und schlug in ein direktes Befremden um, als er nicht bloß Nelly, sondern auch noch zwei andere, ihm gänzlich fremde Herren in Uhses Gesellschaft fand. Er hatte geglaubt, Uhse allein zu finden: nun sah er sich plötzlich einer ganzen, kleinen Gesellschaft gegenüber.

Zögernd schritt er durch das lärmende Lokal auf Uhses Tisch zu.

Die beiden Herren waren so sorgfältig frisiert und so elegant gekleidet. Auch Nelly erschien heute besonders chik. Und Donalds Kleidung war, wenn auch anständig, so doch nichts weniger als elegant. — Es bedrückte Donald und setzte ihn noch mehr in Verwirrung. Er war in solchen Dingen so peinlich.

Und dann erschien es ihm auch befremdlich, wenn nicht gar geradezu unkorrekt, daß man ihm so entgegenblickte? — Uhse hatte ihn nämlich nahen sehen und Nelly auf ihn aufmerksam gemacht; und nun hatten auch die anderen herübergeblickt, und ihre Blicke waren länger als es sich schickte, glaubte Donald, verweilt.

Nicht minder unkorrekt erschien ihm die Art, wie Uhse ihn sogleich neben Nelly plazierte. Er hätte sich ja doch selbst die Erlaubnis ausbitten können, neben ihr zu sitzen. — Weshalb nahm Uhse sich heraus, das zu arrangieren?

Er hatte sofort die Absicht gehabt, die Bücher abzugeben, irgend einen Hinderungsgrund vorzuschützen und sich sogleich wieder zu entfernen.

Aber es wurde ihm so schwer so etwas zu finden. So saß er denn neben Nelly, gekniffen, steif wie ein

Pfahl, und sank in ein mundtotes Schweigen, aus dem er sich weder selbst herauszuhelfen vermochte, noch auch aus dem ihn Jemand von den Anderen zu reißen einen mehr als oberflächlichen Versuch machte.

Die beiden Herren, gute Bekannte von Uhse, waren der eine ein junger Arzt, der andere ein Rechtsanwalt; zwei gesellschaftliche Rangstufen, die Donald als einfachen jungen Avantageur in einer Buchhandlung von vornherein bedrücken und in eine unangenehme peinliche Reserve bringen mußten, zu der dann wieder die freundschaftliche und lebhafte Vertraulichkeit, mit der ihn Nelly, die ihn lange nicht gesehen, auszeichnete, schlecht stimmen wollte.

Der Arzt hieße Dr. Wolffohn; der Rechtsanwalt wurde Dr. Fuchs genannt. Er war ein etwas älterer Studienfreund Uhses. Sie rochen bis über den Tisch her nach Parfüm. Alle beiden waren Donald sofort unsympathisch.

Sie setzten mit Uhse, während sie Donald Nelly überließen, irgend ein Gespräch über juristische Angelegenheiten fort, dessen Tempo sie aber augenscheinlich beschleunigten. Es schien sich um irgend einen so pikanten wie verzwickten Ehescheidungsprozeß zu handeln.

Uhse schien seine gute Stunde zu haben. Donald hatte ihn lange nicht so liebenswürdig und von so bezaubernden Manieren gesehen. — Uhse hatte die eine Hand auf den beiden Nietzsche-Exemplaren, die vor ihm lagen, und schien unter dem Gespräch noch andere und besondere Gedanken zu verfolgen. Sein Gesicht zeigte einen gespannten Ausdruck und zuweilen blickte er, die Lippen halb geöffnet, mit gekniffenen Augen und einen konzentrierten Blick vor sich hin auf die Tischplatte.

Es fiel Donald auf daß seine Augen einen schönen

dunklen Glanz hatten und größer erschienen als gewöhnlich. — Solche seltsam dunklen Pupillen. —

Plötzlich entstand ein Schweigen.

Und nun berührte es Donald sonderbar, daß sie, er wußte selbst nicht wie?, mit einem Mal das Gespräch, das er inzwischen mit Nelly geführt, unterbrachen und anfingen ihr, gewissermaßen an Donald vorbei, allerlei Aufmerksamkeiten zu erweisen.

Nelly, die gleichfalls bei sehr glücklicher Laune war, ging munter und lebhaft auf diese Unterhaltung ein.

Sie wechselten da nun mit ihr alle möglichen Finessen über Frauenemancipation, über Nietzsches Theorien von der Verachtung des Weibes, witzelten über die Peitsche, und wer wußte was noch alles! — Es schien ihnen ein ganz besonderes Vergnügen zu bereiten, da so einem gewissen Satz von Nietzsche, mit wer weiß was alles für zweifelhaften Witzen zu erörtern. Wenn man zu den Weibern gehe, so solle man die Peitsche nicht vergessen, lautete er wohl.

Donald wurde immer unbehaglicher zu Mut.

Wie war Uhse nur darauf gekommen, ihn in eine so schiefe Situation zu bringen?

Dies Gespräch da wurde ihm immer widerwärtiger. Es machte ihm übrigens auch Nelly unverständlich und fing an, sie ihm zu entfremden.

Er zergrübelte sich den Kopf, einen Vorwand zu finden, um davon zu kommen; war jetzt aber geradezu konfus.

Überhaupt: immer gereizter und konfuser wurde er. Sein Gehirn war wie mit einem Druck behaftet; wie von einem wunderlichen Bann gelähmt.

Ach! Und — dieser Parfümduft! Dieser Zigarettenduft!

Und wie Nelly nach Peau d'Espagne roch!

Da fühlte Donald plötzlich einen wunderlichen Zwang, seine Aufmerksamkeit Uhse zuzuwenden.

Uhse saß, ein wenig ab, Nelly zur Seite auf dem langen Wandsofa, das da unter dem schmalen Spiegelstreifen und dem großen, dunklen Wandgemälde hinlief. Das Gemälde stellte eine japanische Abendgesellschaft im Freien dar. Es hatte Donald inzwischen auf alle möglichen kunterbunten Gedankengänge gebracht.

Uhse saß Donald gegenüber.

Donald traf auf einen Blick Uhses, von dem er sofort fühlte, daß er schon eine ganze Zeit auf ihm geweilt haben mußte.

Ein sonderbarer, fixierender, lächelnder und, wie es Donald schien, ein wenig amüsierter Blick.

Es war ein kleines Schweigen zwischen ihnen, das Uhse dauern ließ.

Ihre Blicke hafteten aneinander, in einer irritierenden zwecklosen Weise, die Donald reizte.

„Haha! — Sag mal, Donald, mein Lieber! — Ist dir etwas? Du scheinst nicht recht bei Stimmung zu sein? Wie?" sagte Uhse ganz plötzlich, während sie sich solchermaßen ansahen.

Nichts konnte natürlich liebenswürdiger sein als der Ton dieser Frage. Aber doch hatte ausgesucht sie gefehlt, um Donald gänzlich aus der Fassung zu bringen.

Donald wollte etwas antworten: aber seine Stimme stockte sofort, gegen seinen Willen, und brach vor Verwirrung und Gereiztheit mit einem heiseren und gepreßten Räuspern ab.

„Hm?" machte Uhse.

„Nein! Nein! — Nichts!" stieß Donald endlich hervor. Ohne daß er es wollte, ganz mechanisch, brach seine zurückgestaute Mißstimmung mit einem so lauten, rauhen und unliebenswürdigen Ton hervor, daß er förmlich erschrak.

Er sah sich unwillkürlich um.

Aber Dr. Wolffohn und Dr. Fuchs führten ihre Unterhaltung mit Nelly weiter, und auch Uhse schien nichts bemerkt zu haben.

„Darf ich dir eine Zigarette anbieten?“ fragte Uhse in einem so lieben Ton, daß es Donald durchfuhr. Mit so einer schonenden, ein wenig überlegenen, feinen, klaren und diskreten Stimme.

„N — nein! — Ich . . . hm! — Danke!“

Es war kein Widerspruch möglich gewesen; denn Uhse hatte ihm mit liebenswürdigster und bestimmtester Geduld die geöffnete, silberne Zigarettendose über den Tisch weg, noch dazu Nelly eine kleine Unbequemlichkeit verursachend, hingehalten. — Hastig, um diese Unbequemlichkeit zu beseitigen, griff Donald in die Dose, um eine Zigarette hervorzuziehen. Aber es ging nicht so leicht. Es waren so viele Zigaretten und sie waren so dicht aneinander gepreßt. Er hätte natürlich nach der anderen Seite greifen sollen, wo bereits einige herausgenommen waren.

Endlich — Uhse hatte ein bißchen gelächelt — gelang es Donald, der einen Schweiß auf der Stirn fühlte, einer Zigarette habhaft zu werden.

Was er wollte! Uhse zündete ihm sogar ein Streichholz an und reichte es ihm herüber.

Indessen: wieder hatte er das merkwürdige Gefühl, daß Uhses Verhalten unkorrekt sei.

Und doch! weshalb nur? Weshalb eigentlich?

Donald fühlte, wie er anfing Kopfschmerzen zu bekommen.

Dazu reizte ihn Nellys Nähe. Der Duft nach Peau d'Espagne, den sie ihm da mit ihren Gesten zuwehte. Und die Art, wie alle Augenblicke ihr spitzenbesetzter Ärmel zurückglitt und den Arm entblößte! — Und das Spiel ihrer Hand! Das Blitzen ihres Armreifes mit seinen drei Diamanten! Ihre Fröhlichkeit! Und daß sie hier so frei mit den drei Herren zusammensaß! — Und die Art wie sie auf diese Unterhaltung einging! — Und — weshalb sie nur so viel lachte? Noch nie hatte er sie so viel lachen gehört. — Über die Finessen von zwei solchen Patentgiggerln!

Uhse hatte seinen Blick noch auf Donald gehabt. Jetzt aber wandte er sich zu den Anderen und gab dem Gespräch eine Wendung auf Nietzsche hin.

Donald vermochte aber aus dem, was sie nun sprachen, nicht recht klug zu werden. Er bekam nur so viel davon weg, daß es sich um Cesare Borgia, um die Borgias und um irgend eine fatalistische Theorie von der Notwendigkeit der Sünde drehte. — Dies blieb in ihm haften, hielt ihn, und fing an, sich zu den wunderlichsten und verzwicktesten Spekulationen auszuspinnen. — Überdies hatte ihn Nelly wieder in eine Unterhaltung gezogen, die ihm einerseits erschwerte, dem Gespräch zu folgen und ihn außerdem augenblicklich reizte durch die Art, wie sie ihn beständig als Pagen behandelte. — Zudem war es ihm peinlich, die anderen eine so ernsthafte und interessante Diskussion führen zu hören, an der er sich so gern beteiligt hätte, und mit Nelly über alle möglichen Nebensächlichkeiten, Alltäglichkeiten, sein Geschäft und ähnliches betreffend, plaudern zu müssen. — So vermochte er denn nur mit allerlei vagen mehr Antiphathien als Sympathien dem ‚Gespräch der Männer‘ zu folgen.

Dr. Wolffohns merkwürdiger, weibischer, lispelnder und prätenziöser Quetschtenor, der mit einer komischen Wichtigkeit ein so ernsthaftes Problem behandelte, eine Wichtigkeit, die etwas von dem zweifelhaften Ernste hatte, mit dem etwa ein Gourmet den Geschmack einer Speise traktiert! Und Dr. Fuchsens Untergrundnuance eines brutalen, zynischen Behagens. Unwillkürlich angenehm und sympathisch dagegen berührte es Donald, Uhse sich ziemlich zurückhaltend an all diesen Erörterungen beteiligen zu sehen.

Ein einziges Mal wandte Uhse sich gegen Nelly herum und frug mit einem gewissen Wohlwollen:

„Nun? Und ihr unterhaltet euch gut? — Aber! Mein Lieber! — Pardon! — Bitte!"

Zum zweiten Mal reichte Uhse Donald die Dose.

Nach einem kleinen Zögern, im Bewußtsein etwas Verkehrtes zu tun, und völlig gegen seinen Willen, bediente sich Donald noch einmal.

Fatalismus! — Die Notwendigkeit der Sünde! — Fortwährend ging Donald das durch den Kopf. — Sonderbar! — Mit einer beständigen mechanischen Repetition. Genau, als spräche es in ihm irgend eine Stimme.

Aber endlich war er denn doch nicht mehr im Stande, das alles zu ertragen. Er erhob sich plötzlich, brachte irgend eine Entschuldigung hervor und verabschiedete sich.

Doch wie er im Begriff war zu gehen, erhob sich auch Uhse und erwies ihm die Aufmerksamkeit, ihn durch das Lokal bis zum Ausgang hin zu begleiten.

„Mein Lieber!" sagte er in einem vertraulichen und einnehmenden Ton. „Du wirst dich gelangweilt haben. — Wie fatal, daß da auch gerade die beiden Ehrenmänner zu uns stoßen mußten! — Ich hatte mich so gefreut, mit dir und mit Nelly zusammen zu sein!"

Er verstand besser zu lügen, als Donald. Denn in Wirklichkeit hatte er Dr. Wolfsohn und Dr. Fuchs, mit denen ihn wer weiß was für interessante Beziehungen verknüpften, zu dieser Zusammenkunft geladen, um ihnen Donald zu zeigen, der für sie in irgend einer gewissen Hinsicht wer weiß was für eine interessante Bestie sein mußte.

Donald war einen Augenblick zusammengezuckt. Uhse hatte ihn da in so einer gewissen, vertraulichen Weise unter den Arm gefaßt. Und wie nun Uhses Hand einen Augenblick mit seinem Arm in Berührung gekommen war, da hatte Donald so ein verwunderliches magnetisches Bibrieren gespürt, das ihm ein merkwürdiges, halb angenehmes, halb widerliches Jucken verursachte, eine Empfindung, die ihm eine sonderbare Gereiztheit mitteilte und noch eine ganze Weile andauerte, als er sich schon braußen auf der Straße befand.

Sie standen am Ausgange. Donald wollte sich, in dem Bestreben so bald als möglich draußen und allein zu sein, mit einem haftigen Gruße verabschieden; indessen Uhse hielt ihn mit einem so lieben und treuherzigen Blick zurück, daß er sich unwillkürlich sehr angenehm berührt fühlte. —

„Hm! Weißt du? — Du mußt mich unbedingt bald mal draußen in Charlottenburg besuchen! — Wie?"

Er schüttelte Donald die Hand, ihn mit einem warm bibrierenden Druck zurückhaltend.

„Nicht wahr? Du machst mir die Freude? — Du machst mir wirklich eine Freude! — Ohne Widerrede!

Abgemacht! — Nicht wahr? — Hast du dich gut mit Nelly unterhalten? — Wie? — Haha! Du weißt ja, was du bei ihr für einen Stein im Brett hast! — Sie hat dich ja förmlich in ihr Herz geschlossen. — Hahaha! — Ich müßte auf dich eifersüchtig werden. — Jaja? Na, also du — kommst? — Du weißt! Du weißt, was du mir für eine Freude machen wirst! — Du weißt, daß ich dich lieb habe! — Ich zeige dir meine japanischen Sammlungen! — Wir musizieren ein bißchen! — Trinken eine Tasse Kaffee! — Übrigens: die Beiden! Ein bißchen Patentfatzken! Aber harmlos! — Völlig harmlos! — Im Grunde ein paar ganz nette Kerle! — Also du kommst! Ohne Absage! — Ich schreibe dir noch! — Leb wohl! — Leb wohl!"

Als Donald draußen auf der Straße war, befand er sich in einer ganz merkwürdigen Aufregung. — Es war das kaum sonst seine Gewohnheit: aber er pfiff vor sich hin; seine Brust atmete schwer und erregt; und er hieb, ungeachtet des um diese Zeit noch so regen Verkehrs der ‚Linden‘ mit dem Stöckchen vor sich hin, daß es sauste. Knirschte mit den Zähnen. Spürte wohl gar ein unbestimmtes Bedürfnis, irgend Jemand zu schlagen . . .

XVII.

Wie Donald am Sonntag aufwachte, strahlte der prächtigste Maitag ins Zimmer.

Das schöne goldene Licht verjagte alle Grillen, mit denen er sich seit dem Zusammensein mit Uhse im Café Westminster selbst gepeinigt.

Die erste Partie, die er mit Ruth machen würde! Die erste solche Partie!

Und zum ersten mal, daß er mit Ruth einen ganzen Tag zusammensein konnte!

Er hatte die Nacht kaum geschlafen. Und es verstand sich von selbst, daß er sich zu früh erhob.

Seine Toilette war bald fertig.

Sie pflegte sehr einfach zu sein und immer dieselbe Ordnung zu haben.

Er steckte den Kopf ins frische Wasser, wusch sich den Oberkörper und zog das Taghemd über. Von anderen vielen Umständlichkeiten war er kein Freund. Seine Zähne waren, da er im Genuß von Tabak, Alkohol und scharfen Speisen mäßig war, und, gottlob! einen guten Magen hatte, rein und gesund. Er hatte nicht nötig, sie mit allen möglichen Mitteln und scharfen Bürsten zu ruinieren. Auch war er ein Feind von Ölen und Parfüms.

Noch nie waren seine Augen freier und sein Aussehen zufriedener gewesen.

Er mußte über sich selbst lachen, wie sehr er ‚der junge Mann aus der Provinz‘ geblieben war.

Immerhin besaß er ja nun freilich Kultur genug, das zu konstatieren.

Er hatte nun also ein Verhältnis.

Man konnte ja nun wohl sagen, daß er ein Verhält= nis hatte.

Hatte nun ‚seine Beziehung zum Weibe‘. — War hineingekommen und wußte selbst nicht wie?

So ist es mit allem! Man denkt Wunder, was sich da für ein Abschnitt markieren wird; und alles vollzieht sich, als ob weiter gar nichts wäre. Man ist schließlich überrumpelt. Nachher erst kommt einem alles zum Bewußtsein.

Es verstand sich, daß er zum Schreibtisch lief, die Schublade aufzog und ihr Billetchen hervorholte, mit dem er zum Rotripsenen eilte.

Hier hockte er, mit vor Eifer hochgezogenen Beinen auf der Seitenlehne und beschäftigte sich mit diesem interessanten Dokument.

Zehnmal las er seinen Inhalt, vertiefte sich in graphologische Betrachtungen; prüfte das Format, ließ die schmalen Goldränder in der Sonne blinken; visierte nach dem Wasserzeichen und ergötzte sich, seine Figur mit irgend welchen Charaktereigenschaften Ruths in Verbindung zu bringen.

Er hielt es an die Nase und roch noch e i n m a l. — Wirklich kein Parfüm!

Auch keine ‚Salontinte‘. —

Was denn für welche? — Eisen=Gallustinte. — Eisen=Gallus. — Aber nein! Nicht doch! Sondern Alizarin! — Natürlich! — Aber freilich! — Grünglänzende Alizarintinte!

Dann ließ er die Hand mit dem Billet sinken, lehnte den Kopf zurück und versank, mit geschlossenen Lidern, in ein angenehmes Nachdenken.

Da rief nebenan die Kuckucksuhr.

Immer noch zu früh! . . . .

. . . . Und endlich! — Er riß den Borsalino von der Knagge und stürmte aus dem Zimmer. — Kurze Zeit darauf stand er mit pochendem Herzen und drei schönen Rosen in der Hand an der Ecke der Königs= und Kloster= straße; nichts fühlend, als welch' eine Ewigkeit er Ruth nicht gesehen hatte.

Die Straßen mit ihren alten, eingewohnten Häusern; das Stück Alt-Berlin hier, war in der frühen Morgenstunde noch still und leer. Ein paar Droschken, wie sie vor kurzem erst geputzt und gewaschen worden waren, noch in ihrer morgendlichen Blankheit, ratterten vorüber. Ein paar Leute verkehrten in den vor dem Gottesdienst noch geöffneten Läden. Eine Katze huschte über den Fahrdamm. Ein paar Hunde tollten umher. — Nichts als die breiten, freundlichen Sonnenstreifen über die Häuser hin, über Fahrdamm und Trottoir. Und die lichtblauen Schatten. Und oben der blaue lachende Maihimmel.

Da sah er Ruth aus ihrer Haustür huschen und die Straße heraufkommen. Sie trug ihr schwarzes Kleidchen; über einem hellbraunen Ledergürtel eine blitzweiße Blouse und einen großen, breitkrämpigen, lichten Florentinerhut mit einem dunklen Sammetband.

Donald stand oben an der Ecke der leeren Straße mitten auf dem Trottoir, ihr zugewandt.

Sie hatte ihn sofort sehen müssen. Sie brauchte aber noch ein gut Stück, um an ihn heranzukommen. —

Sie kam mit ihren flinken, kleinen huschenden Hüftenschritten; den Kopf, wie gewöhnlich, in einer allerliebsten Weise ein wenig schief nach vorn gerichtet.

Er konnte es nicht über sich bringen, den Blick von ihr zu lassen. Obgleich es ihr wohl lästig sein mochte, so im Auge gehalten zu werden. Aber gerade das machte ihm Vergnügen, sie solchermaßen in Verwirrung zu setzen.

Er merkte, wie sie unter seinen Blicken ihre Schritte beschleunigte und so schnell wie möglich an ihn heranzukommen suchte. Auch sah er, wie sie rot geworden war.

Hilf! Und was für eine immense Schleife sie, die Kleine, vorgebunden hatte!

Das letzte Ende lief sie fast; und, husch! feuerrot war sie an seiner Seite.

Sie jauchzte beinahe — so frisch war sie — als Donald ihr die drei Rosen reichte, an denen sie unter entzückten Ausrufen roch, und die sie dann in den Gürtel nestelte.

Er pries ihren Florentiner.

Aber die Schleife! Die Schleife! kicherte sie.

Die Schleife! Ja!

Und nun mußten sie beide lachen.

Sie war überaus munter und lebhaft und fing sofort an zu plaudern.

Sie hatte so gut geschlafen, hatte fast die Zeit ver=schlafen. — Die Katze der Nachbarsleute hatte sich mit dem Briefträger, der ihr einen Brief von einer Freundin aus Brüssel gebracht, in ihr Zimmer geschlichen und hatte sie, während sie in der Fensternische in die Lektüre des Briefes vertieft war — die Freundin hatte eine so ‚geniale‘ Handschrift! — hinter ihrem Rücken die Milch ausgeleckt und die Butter vom Dampfbrödchen gefressen. Bloß nachher war sie ihr auf die Schulter gesprungen, hatte sich an ihrem Gesicht gerieben und hatte geschnurrt. — Sie hatte ein großes Mansardenzimmer und ein anderes mit einem Kochherd, das zugleich Küche und Schlafzimmer war. Sie besaß ihre eigenen Möbel. Sie hatte sie vor ein paar Jahren von einer Tante geerbt. Übrigens auch ein kleines Legat. Die Zinsen langten gerade zu einer kleinen jährlichen Sommerreise. — Sie erzählte von ihren Kolleginnen im Telephonamt; lustige Geschichten und Schnurren vom Höhrrohr. Auch von Fräulein Rosa, die mit ihr in demselben Raum beschäftigt war. Sie wußte von Fräulein Rosa Hirschs Verhältnis zu Herrn Müller, und daß sie bald Gelegenheit haben würde, ein zweites Verlobungsfest mitzufeiern. Denn Verlobung und Heirat stecke an. — Ihre Wohnung habe einen langen, weißgetünchten Korridor, in dem abends eine einzige Gasflamme brennt. Man sieht oben die schrägen Dachbalken. Das ist so nett. — Von ihren Fenstern aus gab es eine so romantische Aussicht. Über zahllose Dächer mit zahllosen großen und kleinen Rauchfängen; in Höfe hinein, auf Holz- und Kohlenplätze; über das alles hin kreuz und quer die schnurgeraden Nebelstreifen der Telephondrähte, die so schön wie lange feine rotgoldige Lichtpfeile in der Sonne blitzen können. Und versteht sich! Himmel! Viel, viel Himmel! — Die richtige Berliner Dachstubenromantik! — Das Jungfernheim, wie es im Buche steht. — Von der Straße unten kann sie nichts sehen; da springt das Dach zu sehr vor. Ein braunes verwittertes Ziegeldach, auf dem Moos wächst. — Ihre Nachbarsleute — der Mann ist Kutscher bei der Straßenbahn; die Frau wäscht und plättet und besorgt Aufwartungen — sind heut nach Oranienburg gefahren, wo sie Verwandte haben. Der Mann ist ein dicker vierschrötiger Riese; die Frau ist eine kleine runde Blonde. Es sind sehr gute Leute. Sie haben einen dreijährigen Jungen, der sie besucht und Tante nennt.

Es war nicht möglich eine harmlosere Munterkeit zu zeigen.

Donald war völlig überrascht. Und fühlte sich so wohl!

Durch die Straßen, die sich zu beleben anfingen, wanderten sie zum Bahnhof Alexanderplatz. Hier benutzten sie den Stadtbahnzug nach Station Zoologischer Garten.

— Am Zoologischen Garten fanden sie die Elektrische, die sie über den Kurfürstendamm die Uhlandstraße hinauf nach Wilmersdorf hinausbrachte. Sie wollten da draußen durch die Vorstadt wandern und dann zwischen den Feldern nach Schmargendorf hinaus. Von Schmargendorf aus kannte Donald einen schönen Feldweg am Grunewald hin nach Dahlem. Dort gab es einen kleinen ländlichen Gasthof mit einem Garten, wo sie Rast halten wollten. Alsdann gedachten sie von Dahlem auf der Chaussee durch den Grunewald nach Paulsborn zu wandern. Von dort nach Halensee. Hier würden sie dann am Nachmittag mit dem Stadtbahnzug nach Berlin zurückkehren.

Oben in der Uhlandstraße verließen sie die Elektrische und betraten die Wilhelms-Aue.

Ruth entzückte sich über die schönen alten Bäume, die und die sich die Straßen entlang ziehende Mittelpromenade mit ihren Anlagen flankierten. Hinten nach der Kaiserallee zu hob sich die schlanke schiefergraue Turmspitze der hübschen Kirche über die Baummassen. Mitten in dem Rondel inmitten der Promenade stand zwischen Blumen eins von den kleinen Kriegerdenkmalen mit einer großen Büste Kaiser Wilhelm I. wie man sie in den Berliner Vorstädten zu finden pflegt. In den Privatgärten und Gesellschaftsgärten auf der anderen Straßenseite sangen die Drosseln und Staare.

Donald und Ruth schritten dem nahen Ende der Straße zu, mit seinen zurückgebliebenen kleinen getünchten Häusern, und befanden sich in der Mannheimer Straße, die auf der anderen Seite von einem freien, hügeligen Gelände begrenzt wird. Man sieht drüben die rote Mauer und die Laubmassen des Gemeindefriedhofes.

Fern erblickt man im Sonnendunst das mächtige runde Massiv einer Gasanstalt über einer kleinen Stadt von verqualmten Backsteingebäuden. Man blickt in eine Talmulde, in der ein Teich blinkt, an dessen Böschung sich ein Garten mit weißblühenden Bäumen und Frühlingsblumen hinzieht. Man sieht Weiden und in der Nachbarschaft hinter Hinterhäusern mit vielen kleinen Balkons lange Gärten mit alten mächtigen Baumkronen. Weit drüben an der Chaussee gewahrt man das kleine rote Backsteingebäude des Stadtbahnhofs Schmargendorf. Man blickt über die weite sonnige Freiheit des Feldgeländes und hört den Jubel der Lerchen in den blauen Himmelshöhen mit ihren blitzeweißen hochgehenden Lenzwolken.

Es gefiel ihnen hier so sehr, daß sie sich schlüssig wurden, einen Umweg zu machen.

Die alten schönen Bäume, die eine Strecke lang die von Häusern freie, auf Halensee zuführende Berliner Straße begleiten, lockten sie mit ihren bizarren Kronen; die Bäume und das freie Feld und die Haidestrecken, an deren Horizont man drüben in ihrer Ferne die Häusermassen Charlottenburgs blauen sieht und zur Rechten, fern, die von dem grauen Sandsteinturm der Kaiser-Wilhelm-Gedächtniskirche überragten Reviere, wo Wilmersdorf mit Charlottenburg und Schöneberg zusammentrifft. — Man sieht zwischen Haide und einer weiten blendend hellen, kahlen Sandfläche die liebliche junge Laubmasse eines Haines aus hohem Akaziengebüsch, den, weiß der liebe Himmel wer? vormals hier angelegt. Man sieht die Baumreihen der verlängerten Brandenburgischen Straße. Dazwischen erblickte man Villen in ihren Gärten und wohl auch irgend so eine Garten- und Laubenkolonie.

Vor allem: man hat hier Feld und weite Horizonte;

man sieht den freien, weiten Lenzhimmel. Man ist im Freien.

Ruth, die noch nie dieses freie Vorstadtgelände hier draußen gesehen, fühlte sich so überaus glücklich.

Wie sie den Weg mit seinem ersten, feinen, lichtgrauen Frühlingsstaub hinaufschritten, blieb Donald vor einer langen grauen Gartenplanke stehen. Er brauchte sich nur ein wenig zu recken, um einen vollen Blick auf eine weite, weiße Pracht in Vollblüte stehender Obstbäume mit langen, lachenden Blumenbeeten drunter zu haben.

Ruth hatte freilich nichts von dieser Herrlichkeit; denn sie reichte nicht bis zum Rand der Planke hinauf.

Donald blickte sie an; und sie ihn.

Er sah, wie begierig sie war, einen Blick in den Garten zu tun.

Sie lächelte ein bißchen und blickte ihn an.

Da faßte er sie, nahm sie mit beiden Händen mitten in der Taille und hob sie hinauf, daß sie einen weiten vollen Blick genießen konnte; einen viel schöneren und freieren, als er selbst ihn genossen.

Sie lachte und jubelte.

Donald aber geriet in Verwirrung.

Ihr runder Nacken mit dem herzhaften Hals und seiner unbändigen, kaum zu erraffenden, duftigen Haarfülle machten ihn unruhig. Dazu berührte ihn ihr warmer Körper; und unten fühlte er in der Magengegend den leisen Druck ihrer warmen Stiefelchen.

Sein Atem begann zu gehen. Das Blut fing an, ihm in den Schläfen zu brausen. Er bekam es mit einem leisen Schwindel.

Sie schien sich da oben im Rausch ihres Entzückens ganz vergessen zu haben.

„Wie — schwer Sie sind!"

Sein Lachen klang ein bißchen gezwungen. Im übrigen: was das anbelangte, ihre Last: so hätte er sie, weißgott! noch eine gute Weile so halten können.

„Ach?!"

Sie erschrak und kam mit einem kleinen lachenden Schreie mit erglühendem Gesicht zu sich und glitt schnell auf den Boden herab.

Sie schritten weiter. Die Blutwelle, die Donald bedrängt, hatte sich immer noch nicht ganz gelegt. — Zum ersten mal hatte er Ruth berührt. — Einen Augenblick sah er die Landschaft durch einen roten zuckenden Schleier.

Sie waren beide stiller geworden.

Ihr Schweigen hielt Donald in seiner Erregung.

Für sein Leben gern hätte er sie noch einmal berührt.

Endlich kamen sie wieder an Gärten vorbei. Sie lagen tiefer als die Straße in einer muldenförmigen Bodensenkung.

Weit im Hintergrunde schöner alter Bäume standen Villen und andere halbländliche Gebäude.

Weiter vorn waren blühende Obstbäume. Braune Beete dehnten sich mit jungen Gemüsepflänzchen, und lange farbenbunte Blumenbeete. Staare jubelten in den schimmernden Wipfeln. Kinder in hellen Kleidern spielten und jauchzten über eine Rasenfläche.

Wie schlau er war!

Er brachte sich in eine lebhafte Stimmung, obgleich dieser Anblick ihn jetzt gar nicht interessierte, simulierte mit vollendeter Kunst ein sehr temperamentvolles Entzücken; und wie um ihre Aufmerksamkeit auf einen besonders sehenswerten Gegenstand zu lenken, legte er hurtig, den anderen Arm nach der betreffenden Richtung streckend, seine Hand auf ihren Nacken, Ruth mit einem sanften und doch herzhaften Druck herumkehrend.

Er sprach und lachte und richtete es ein, daß ihre Aufmerksamkeit ganz durch den Gegenstand gefesselt blieb und daß sie seine Vertraulichkeit fühlen und doch dulden mußte und daß es wie selbstverständlich war, wenn seine Hand eine Zeit verblieb.

Plötzlich aber machte Ruth sich dennoch durch eine kleine Wendung frei.

Ach! Er wurde glührot. Er hatte seine Hand doch wohl zu lange verweilen lassen!

Das deprimierte ihn ein wenig.

Und — wie sonderbar seine Hand bei ihrer Wendung abgeglitten war! . . . — So, wie abgestoßen! — Es war eine Empfindung, als wenn er ganz plötzlich einen kleinen harten Puff bekommen hätte. —

* * *

Sie saßen in dem Garten neben der kleinen Dorfschenke in Dahlem.

Sie saßen in einer großen Laube auf einer rohgezimmerten Bank vor einem primitiven Tisch, der aus Brettern bestand, die auf in die Erde gerammten Pfählen festgenagelt waren.

Die lichtblauen Schatten der kleinen Bäume lagen still auf dem sonnigen Sand des Erdbodens.

Rechts blickte man auf einen freien Feldhügel und in Gärten hinein; links hatte man den Blick auf den Giebel des kleinen Hauses mit seiner wetterverschmutzten malerischen Wand und in einen kleinen ländlichen Hof mit seinem pittoresken Schmutz und Gerümpel.

Drüben jenseits der dicken Hecke und des von alten

Bäumen beschatteten Fahrweges sah man das alte Domänen=
gebäude zwischen seinen Bäumen und blickte in den großen
Gutshof hinein. Links davon, auf der anderen Seite des
kirschbaumbestandenen Feldweges, den sie vorhin gekommen,
lag die alte Dorfkirche in ihrem stillen, malerischen Fried=
hof mit seinen dick umbuschten Steinen und Kreuzen.
Die Hühner gackelten in dem kleinen Hof. Ein paar
Hunde jachterten auf der Gasse. Von der Domäne her
kam das Gebrüll einer Kuh durch die lichte Stille des
ländlichen Sonntagvormittages.

Sie waren die einzigen Gäste.

Sie schmausten belegte Butterbrote und tranken Weiß=
bier dazu.

Danach zündeten sie sich ihre Zigarette an.

In köstlicher Ruhe saßen sie, einen Zwischenraum
zwischen sich, nebeneinander auf der Bank; vor sich hin
in den sonnigen Dorffrieden hinein blickend.

Ihre Augen folgten einem Kinde, das in einem grell=
bunten Röckchen drüben an der niedrigen, gestrüppüber=
hangenen Mauer des Friedhofes mit ihren groben, grauen
Steinen, zwischen denen Gras und Moos wucherten, hin=
schritt. — Sie verfolgten ein Huhn, das vor ihnen zwischen
den Tischen und Stühlen promenierte. Sie sahen dem
blauen Räuchlein ihrer Zigaretten nach. Sie zeigten sich
dies und das. — Ein paar Worte. — Ein Lachen. —
Sie wußten nicht, weshalb sie sie sprachen; weshalb sie
es lachten. Und dann ein wundersames Schweigen.

Dann summte Ruth plötzlich ein kleines russisches
Volksliedchen; im Urtext; in seiner schwermütig feierlichen
Molltonart.

Donald lebte eine weite braune Abendhaide; alle Sterne
drüber funkelnd.

Das war so unsagbar angenehm!

Ruth mußte die Melodie wiederholen.

Dann waren sie wieder still. Blickten vor sich hin.

Plötzlich aber frug Ruth Donald — aber sie blickte ihn dabei nicht an; sie lag gegen die Banklehne zurück, und ihre Worte kamen aus irgend welchen heimlichen Gedankengängen:

„Haben Sie diesen Winter die Duse gesehen?"

Nein! Donald hatte die Duse nicht gesehen.

Ruth schwieg ein Weilchen.

„Die — Duse! — Das ist ein Weibtypus, der noch überwunden sein will." —

„Die — Duse . . ."

Donald wußte nicht, was er sagen sollte. Er hatte bisher noch nie über die Duse nachgedacht.

Plötzlich aber rief Ruth:

„Ach! Wie allein ich gewesen bin!"

Donald blickte sie an.

Er wurde ein wenig unruhig.

Aber sie lachte. War völlig guter Dinge.

Sie blickte ihn jetzt, mit einer allerliebsten schiefen Haltung ihres lockenzausigen bräunlichen Gesichtes, die Unterlippe aufgeschoben, mit einem sonderbar bübischen Blick, in die Augen. Er konnte aus ihr nicht recht klug werden. Er wurde rot.

Dabei sagte sie ohne den Blick von ihm zu lassen, ganz merkwürdig langsam:

„Die Duse! — Ein Frauentyp, der noch überwunden sein will."

Und wieder lachte sie. Wie eine kleine Sphinx.

Darauf aber warf sie die Zigarette fort, griff nach ihrem Schirm, erhob sich mit einer kurzen, resoluten Be=

wegung, lachte, zupfte Donald am Rockärmel und rief mit einer seltsam tiefen und mannbaren Altstimme:

„Kommen Sie!" . . .

*   *   *

Am Nachmittag waren sie wieder in der Stadt.

Donald stand mit Ruth in der Klosterstraße vor ihrer Haustür, um sich, eigentlich, zu verabschieden.

Aber die Nachmittagssonne war noch so hell. Sie hatten eigentlich beide, noch von ihrem langen Zusammensein unruhig, jetzt noch keine Lust, jeder den ganzen übrigen Tag allein in seiner Wohnung zuzubringen.

In einem unentschlossenen Schweigen standen sie beieinander.

Da machte Ruth, die ihn immer mit sonderbaren Lächeln angesehn, ihm den Vorschlag, sich ihre Wohnung anzusehen und vor dem Abschied noch eine Tasse Kaffee mit ihr zu trinken.

Ein wenig spröde und mit einer dummen kleinen Verlegenheit stieg Donald mit ihr die alten dunklen Treppen hinauf.

Sie gelangten schließlich zu einer Art von Bodenraum, der sich mit einem langen, hellgetünchten, dunklen Korridor hinzog.

Ruth führte Donald lachend bei der Hand ein Stück vorwärts und schloß eine Tür auf, die völlig unsichtbar war.

Es öffnete sich ein Blick in ein gemütliches, ziemlich geräumiges Mansardenzimmer, dessen Fußboden mit einem großen, zwar billigen, aber mit Geschmack gewählten Teppich bedeckt war, während die breite Fensternische durch ein paar helle Vorhänge mit runden, hellorangefarbenen Flecken sich freundlich und sauber belebt zeigte. Einige gute alte

Möbelstücke waren mit Geschmack glücklich aufgestellt. Ein Schreibtisch war vorhanden; ein Bücherschränkchen; ein Tisch mit einer bunten indischen Decke und ein paar braune Rohrstühle. Vor einem lauschigen Winkel stand eine Chaiselongue hinter einem zierlichen Tischchen mit einer azurblauen Vase, in der ein Strauß gelber Narzissen stak. In der Nische befand sich zwischen zwei hellen, geflochtenen Weidenstühlen ein Nähtischchen.

Ruth schien eine Liebhaberin bunter Vasen und Schalen zu sein. Es gab davon sehr viel im Zimmer.

Ein großer japanischer Schirm entfaltete über der Chaiselongue die Pracht seiner Farben. Mit ein paar Familienbildern waren einige Moderne in guten Reproduktionen, manche ungerahmt mit Reißpinnen an der Tapete befestigt, vorhanden. — Und, richtig! Über dem Schreibtisch hing die Duse! — Sie hatte da auch die Bilder von ein paar anderen Frauen: ein Porträt der Baschkirtzeff, der Ellen Key. Eine Monna Lisa war vorhanden, eine Madonna mit dem Kind; eine Frauengestalt von Edward Munch . . .

. . . Donald mußte einen Augenblick mit in den Nebenraum kommen, um das Äffchen und die beiden Reisfinken zu bewundern.

Danach schickte Ruth, die inzwischen abgelegt hatte, sich an, den Kaffee zu bereiten.

Donald, von ihr zum Sitzen genötigt, hatte sich in einen der geflochtenen Stühle in der Fensternische niedergelassen und saß nun in der Stille des warmen Raumes, die nur von dem Tacken einer kunstvollen alten Standuhr, eins von den Geschenken, von denen Ruth neulich gesprochen, und von dem Geräusche der Kaffeemühle nebenan belebt war.

Donald fühlte sich befangen. Er brachte seine Aufmerksamkeit nicht von der Uhr fort. Wurde von einer seltsamen Eifersucht bedrückt.

Sein Benehmen war unwillkürlich förmlicher geworden, seitdem sie eingetreten; um so mehr, als er auch in ihrem Benehmen eine gleiche Veränderung glaubte wahrgenommen zu haben.

Überhaupt aber: seitdem sie da draußen in Dahlem die Bemerkung über die Duse gemacht, befand er sich wieder in Befangenheit. Fortwährend beschäftigte ihn diese sonderbare Bemerkung.

Vor ihm auf den Tischchen lagen Bücher und Broschüren. Es war auch ihre eigene Broschüre dabei. Es war das Werk August Bebels über die Frau. Es war ein Buch der Marholm und die Essays der Ellen Key.

Endlich erschien Ruth.

Sie hatte eine lange Babyschürze angetan aus einem dunkelgrauen Stoff mit einem roten Bordenbesatz und allerliebsten mächtigen Falbeln, die ihr bis auf die Fußspitzen herabreichte.

Vorsichtig auf einem japanischen Präsentierbrett ein japanisches Kaffeeservice balanzierend, kam sie auf das Tischchen zu.

Wieder fühlte Donald sich von ihr beunruhigt und wieder hatte er es mit der dunklen Anwandlung von Eifersucht und irgend einen dummen, knabenhaften peinigenden Gefühl von Respekt.

Es ging so weit, daß er, als sie so ganz in seiner Nähe das Tischchen richtete, in dessen Mitte sie die drei Rosen aufstellte, und ihn leise unbewußt mit der Falbel ihrer reizenden Schürze streifte, mit einem bösen kleinen Ruck beiseite rückte.

Ruth hatte inzwischen eingeschenkt und reichte nun, von ihrem Platz ihm gegenüber auf dem anderen Stuhl für einen Augenblick wieder zu ihm hinüberkommend, unter einem scherzhaften, allerliebsten kleinen Kniz ihm zierlich die Schale.

Es war eine Zeitlang ein Schweigen.

Plötzlich fragte Donald zögernd — er konnte es nicht mehr halten:

„Wie — meinten Sie die Bemerkung mit der Duse?"

„Wie denn?! — über die — Duse?!"

Sie hatte es wieder vergessen.

„Draußen in Dahlem?"

„Ach so?! — Ja! — Nun ja! Wie soll ich sagen?"

Sie war ein bißchen rot geworden. Lächelte. Wie belustigt.

„Sie haben ja ihr Gastspiel nicht besucht?"

„Ich war verreist!"

Wie begierig er war, von ihr über die Duse zu hören!

„Ja, ich weiß also nicht gleich" — Wieder lachte sie, Donald wurde rot. — „wie ich mich Ihnen verständlich machen soll. — Sie hätten sie in der ‚Gioconda' sehen müssen! — Ich weiß ja nicht! Vielleicht verwechsle ich die Duse mit ihrer Silvia. — Aber wie sie die Rolle lebte!"

Sie wurde eifrig. — Ihre Stimme vibrierte.

„Es — ist auch so etwas in ihrer Physiognomie übrigens. — Und wohl auch in ihren persönlichen Erlebnissen, soviel ich darüber weiß. — Kennen Sie die ‚Gioconda' nicht in der deutschen Übersetzung?"

Ja, die kannte Donald. Aber er mochte d'Annunzio eigentlich nicht. Er kannte auch seine Romane. Siegmund Löhr nannte d'Annunzio ‚Das erotische Giggerl'. — Es

hieß, daß er sehr eitel sei und nur in Glacéhandschuhen
speiste.

Ruth lachte. Das machte ihr Vergnügen.

„Ich — habe das Gefühl, als ob die Duse ein be=
deutendes Medium wäre!" wagte er eine Ansicht, so halb
und halb aus dem Stegreif.

„Ach ja! Sehr interessant!" sagte Ruth mit Interesse.
„In einem gewissen Sinne. — Ich weiß vielleicht," setzte
sie nach einer kleinen Pause hinzu, „den künstlerischen
Wert der ‚Gioconda' nicht recht zu beurteilen. Mich interes=
siert vor allem die Silvia, als ein besonderer Weibtypus."

Donald geriet in einen kleinen naiven Eifer und äußerte
die Ansicht, daß das Werk als Drama verfehlt sei.

Ruth blickte ihn an und lächelte.

Donald wurde verlegen.

„Ja! Die Silvia!" fuhr sie dann fort. „Und — wie
die Duse sie herausgebracht hat! — Ach! Das hat die
Duse gelebt!!" rief sie leidenschaftlich, und es war, als
ob ihr Mund zucke und in ihrem Auge eine Feuchtigkeit
schimmere. „Das — hat sie gelebt! Ein Frauentyp
— der noch — überwunden sein will!" setzte sie leise
hinzu . . .

. . . Etwas Überraschendes ereignete sich, als Donald
nach einiger Zeit aufbrach.

Ein Kenner in Liebesangelegenheiten würde vielleicht
Gelegenheit gehabt haben, von genialer Intuition zu sprechen:
jedenfalls als Ruth Donald zum Abschied die Hand reichte,
geriet er in einer plötzlichen Anwandlung von Galanterie
auf den Einfall, sie ihr zu küssen; aber, es war seltsam
und er wunderte sich später, als er in solchen Dingen
besser Bescheid wußte, selbst darüber: er küßte ihr nicht,
wie man für gewöhnlich tut, den Rücken der Hand, sondern

drückte ihr einen schnellen, ein klein wenig haftenden Kuß auf die untere, weiche Stelle des Handgelenkes. — Aber wirklich nur einen! . . .

XVII.

Wenn sich, wenn man so sagen wollte, hier zwischen Donald und Ruth auf der einen und zwischen Uhse und Nelly auf der anderen Seite zwei Liebeshändel anzuspinnen im Begriff waren, so begab sich Siegmund Löhr im Laufe dieser Tage daran, seinerseits einen dritten zum Abschluß zu bringen.

Er erwartete Lisa, abends zwischen acht und neun Uhr, bei der Kaiser Wilhelm-Gedächtniskirche.

Auf einem Spazierbummel ein halbes Stündchen vor der Zeit angelangt, saß er auf der Estrade des romanischen Cafés bei einem Absinth.

Man wohnte draußen am äußersten Ende von Halensee gegen Schmargendorf hin. Sie würde von Station Hundekehle mit der Elektrischen kommen.

Seine Stimmung konnte kaum abscheulicher sein.

Die ganze Zeit her war ihm sein letztes Gespräch mit Uhse und sein Zusammensein mit Nelly im Kopfe herumgegangen.

Die Beiden!

War es nun eigentlich der Blick in das — Eigentliche? War es das enthüllte — Problem?

Aber entsetzlich! Wenn man es doch nur ein einziges Mal hätte verstehen können!

Seine ganze eingewurzelte Weiberverachtung kam mit voller Gewalt wieder zum Durchbruch.

Und die brave Lisa! — Wie sie ihn mit einemmal geradezu anwiberte!

Weshalb hatte er dieses Verhältnis eigentlich so lange sich hinzerren lassen? — Na, heute würde sie den Laufpaß, aber sans façon, bekommen! — Und, weißgott! es stand fest: sie sollten ihm so bald nicht wieder ankommen!

Haha! — Er pflegte, wenn er draußen einen Besuch machte, von einem Diener in die Räume der Gnädigen geleitet zu werden. Von dem Diener. — Sie hielten einen Diener. — Einen schönen, strammen, jungen Kerl, der nächstens einen prächtigen Gardegrenadier abgeben würde. — Und — Unschuld vom Lande! — Sehr! — ,Entzückend'! — Nur — hehe! — man hatte ihn noch nicht ganz ein Vierteljahr — er war im Anfang wirklich sehr nett und respektvoll gewesen — aber seit etwa drei Wochen, sobald Siegmund kam und Jochen — oder wurde er ,Achim' gerufen? — genötigt war, ihn zu der Gnädigen hinaufzuführen, zeigte er ein so interessant gekniffenes Benehmen.

War ,Achim' — eifersüchtig? — Entsetzlich!

Haha! — Wußte der Kuckuck, was er nun eigentlich von ihr gehabt! —

Auf ihrem Tisch lag neben Schopenhauer die ,Berliner Range' und ,Le Nu au Salon'. — Ihr ,Geist' war es also sicher nicht gewesen. — Obschon eigentlich: Schopenhauer und ,Le Nu au Salon': es hätte Geist sein können!

Nun! Sie war so — samtig! — So — Maikätzchen! — Dudu! — Confer Lord Byron: Don Juan, Cantus so und so! — Maikätzchen; mit einem stillen, tiefen Raffinement, das etwas leibend Gemütvolles hatte.

A! — Was waren das alles für Torheiten! —

Was für Fadaisen! — Daß man immer wieder solche Streiche machen mußte!

Er gähnte, blickte nach der Uhr, erhob sich und bummelte zum Halteplatz der Elektrischen hinüber.

Natürlich ließ sie ihn wieder mal w a r t e n !! — Wie abgeschmackt nachgerade!

Er wurde wütend. — Er schritt zur Kirche hinüber und stellte sich auf die entgegengesetzte Seite. Mochte sie ihn suchen. Wenn sie ihn nicht fand, um so besser.

Aber nach einiger Zeit sah er sie. Sie kam von der anderen Seite um die Kirche herum. Sie hatte ihn gesucht.

Die Scherbe im Auge und die Zigarette im Mundwinkel erwartete er sie.

Wie sie — trippelte! — Und — unglaublich! — was hatte sie denn da mit einemmal für Locken an den ‚Backen‘ runter?! — Und: so raffiniert abgetönt! — Der lange, gelbegraue Geißhamantel mit den beiden Seitenschlitzen zu ihrem nußbraunen Haar!

Sie wollte schmollen, wollte ernstlich böse werden, weil sie ihn hatte suchen müssen.

Natürlich: die Logik, der Gerechtigkeitssinn des Weibes! — Sie sind für Emanzipation! Für gleiche Rechte und Pflichten: aber sie können sich nicht abgewöhnen, einen eine halbe Stunde über die Zeit warten zu lassen. Und sie finden das selbstverständlich. Es bedarf wohl noch nicht mal einer Entschuldigung! Es duldet keinen Vorwurf!

So wollte schmollen; aber als sie seine ironische Miene wahrnahm, geriet sie in Verwirrung.

Nun, sie gingen hinüber zum ‚Austern-Meyer‘.

Sie hatten da schon ihre Laube in dem kleinen Vorgarten, wo sie zu soupieren pflegten.

Ä! — Alles leierte sich runter nach demselben Programm.

Man sitzt sich gegenüber an dem weißgedeckten Tisch mit der großen Petroleumlampe, die einen mächtigen, klatschmohnroten Seidenpapierschirm hat. Man bestellt Sekt und ein Souper. — Sie ewig mit ihrer Taube, ihrem Rebhuhn mit Sauerkohl, oder ihrem Huhn. Bloß wenn er an ‚junges Huhn‘ dachte, überlief es ihn. Und wie katzenglau sie die Austern schlürfte oder den Hummer tranchierte! — Diese langweilige, gezierte, kokette Korrektheit! Diese so bewußte, linde, samtige Grazie! — Es hatte so gar nichts Individuelles! — Er dachte an Putzi. — Sie hatte mal eine riesige Weintraube in ihrer festen, kleinen Faust gehabt — ach! und das süße, dumme, herbrunde Mädchengelenk! — und hatte mit ihren weißen, gesunden Zähnen hineingebissen, daß ihr der Saft um Lippen und Stubbsnase spritzte und am Kinn niedertroff. Und die Augen, die sie dabei gemacht hatte! — Den Teufel was hatte sie daran gedacht, wie sich das ausnähme und wie es auf ihn wirkte! — Es hatte ihr einfach geschmeckt! — Unbändig hatte es ihr geschmeckt. — Und weiter nichts! — Basta! — Und wie sie dann geduftet hatte! Der Weingeruch! Und der merkwürdige Erdgeruch, den ihre Lippen hauchten, weil sie in ihrer Gier bis in den dicken Stengel der Traube gebissen hatte!

Ä! — Dieser dumpfe, unbestimmte Haut-goût-Geruch von dem Hummer! Von diesen Speisen!

Und dann die Art, wie sie da zwischen dem Essen sprach und plauderte! — Sie kokettierte nämlich damit, daß sie furchtbaren Appetit habe. — Das leise — Schmatzen zwischen ihrer Rede, diese plötzlich für ein paar Sekunden abbrechenden Worte, daß man nervös wurde, auf irgend eine zu Tag wollende Bagatelle warten zu müssen! Diese abgeschmackten durch das Essen verursachten Pausen!

Ach, es war einfach unerträglich!

Es stand schon die zweite Flasche im Kübel. Siegmund hatte einfach angefangen zu trinken.

Teufel! Und was hatte sie sich denn dabei gedacht, als sie ihn plötzlich ‚Geliebter Mann‘ hieß?!

Hahaha! — Sie war mit den Essen fertig. Sie hatte sich die Zigarette angezündet.

Er hatte denn da nun wohl die dümmsten Witze zu reißen angefangen. Und — sie hatte sich gefreut, daß er bei — so guter Laune war! — Hahaha! — Gegen den Stuhl zurückgelehnt, hatte sie ihn angeschmachtet und hatte ‚Geliebter Mann‘ gesagt.

Es war das Äußerste!

Ein paar Augenblicke hatte er sie durch seine Scherbe gemustert. Und dann hatte er, nicht ohne ein gewisses diabolisches Vergnügen, einfach angefangen, ihr den Fall ‚Achim‘ vorzurechnen.

Sie war in Ohnmacht gefallen.

Nun! Sie war auch wieder aufgewacht. Sie hatte sich sofort erhoben und hatte davonlaufen wollen. Aber er hatte sie zur Droschke gebracht . . .

*　*　*

Aber dann hatte es ihn gepackt. Gründlich! — Wie jedesmal nach solch' einer Affaire.

In der schwärzesten Laune war er durch den Tiergarten gebummelt.

‚Geliebter Mann‘!

Hm! — Wie mochte eigentlich einem Menschen zu Mut sein, der — von einem — geliebten Weibe — geliebter Mann . . .

Hahaha!

Ach, was war man eigentlich! Was trieb man für Torheiten! — Was für Blasphemieen! — ‚Geliebter Mann‘! — Hahaha! — Man hätte — weißgott! — wenigstens ein bißchen mehr Geschmack haben können.

Es grenzte ans graue Elend! —

Lange war er so durch die dunklen Reviere des Tiergartens gestreift.

Plötzlich wurde er auf etwas aufmerksam.

Haha! — Was war das?!

Er hielt ein Blättchen in der Hand. — Wirbelte da beständig ein Blättchen zwischen den Fingern.

Unbewußt hatte er es abgepflückt und spielte damit.

Er mußte lachen. Es wurde ihm besser.

Was es sagte! — Die liebe Munterkeit! Unsere lieben Unwillkürlichkeiten! — Barometer des Schicksals? — Nun!

Also: Dann war ja nun wohl im übrigen wieder mal Gelegenheit, einen vernünftigen Lebenswandel anzufangen?

XVIII.

„Habet bestia illa profundos oculos et mirabiles speculationes in capite suo!“ ·

Dr. Johann Eck contra Martinum Lutherum.

Weißgott! Er, Siegmund Löhr, war schon auch solch’ ein Zwickel!

Lebemann, Mephisto, Don Juan und spekulativ wie ein Augustiner-Mönch!

Bloß nun eigentlich noch ein bißchen mehr ‚bestia‘. — Hm! Jaja! — Jammerschade! Im Grunde: daran haperte es. — Eh bien!

Aber immerhin, ganz gut, daß ihn da mit einem Mal diese Spekulationen überkamen! Wer weiß, was er die Nacht über mal wieder angegeben haben würde! Wer weiß, durch welche Spelunken er diesen halbwegen Ekel mal wieder geschleift haben würde! . . .

. . . Die liebe kleine brave Hausmannsliebe, die im abgesteckten Gefriede ihre frommen Hütten baut! — Ach ja! Ihre — frommen Hütten! — Und die große Liebe! — Das große Liebeswunder! . . .

Ganz plötzlich war es ihm übergekommen. Aus all den spleenigen Grübeleien und intellektuellen Hypochondrieen der letzten Tage seit jenem Abend im Café tauchte es plötzlich hervor in Klarheit. Machte seine Stimmung mild und tief. Als hätte ihm plötzlich ein großes Mysterium die Hand auf den Scheitel gelegt.

Er spürte mit einem Mal eine Sehnsucht nach seinen vier Pfählen.

Er stieg in die erste beste Droschke und ließ sich nach seiner Köthenerstraße zurückfahren. —

— — Gottlob! Allein!

Sein braver Schorsch schlief in seiner Badestube den Schlaf des Gerechten.

Siegmund legte ab, trat in sein Arbeitszimmer und zündete die Gaskrone an.

Und dann holte er seine Shagpfeife hervor. Die, welche er anzündete, wenn er an seinem Schreibtisch saß und schrieb. Eine schöne amerikanische Pfeife mit Silberbeschlag und einem Mundstück aus Büffelhorn. Er stopfte sie bis an den Rand voll türkischen Tabak, setzte sie in Brand und stellte dann Wasser auf den Gaskocher, um sich den für solche nachdenksam am Schreibtisch zu ver= bringende Nachtstunden unvermeidlichen Mokka zu brauen.

Dann warf er sich auf die Chaiselongue, stöhnte auf, rauchte und hielt Umschau in seinem ‚Studio‘.

Ach ja! Warm, behaglich, alles mit Geschmack abge= tönt was da alles aus aller lieben Herrgottswelt beieinan= der war; im ganzen leidlich—klar; in den Linien und in der Anordnung klar, einfach, vielleicht nicht ohne Vor= nehmheit.

Well! Er hatte Geschmack! Er war ein Lebenskünstler! — Alles! Die ganze Mischung, alle Kapricen und Schrullen usw. mit eingerechnet, die ganze Mischung, die er bedeutete. —

O ja! Es war ja wohl einigermaßen — System darin. —

Seine liebe Seele hatte unterschiedliche Winkel: aber, er mußte zugestehen: er ließ sich nichts über den Kopf wachsen.

Und seine Büchergestelle!

Alte, gute, bewährte Freunde. Vielleicht seine besten. — Ach ja! Er sollte ihnen viel treuer sein! Die Stunden, die er mit ihnen verbracht, die waren ohne Reue.

Behaglich kniff er die Augen und stieß eine mächtige Wolke vor sich hin.

Arbeiten!

Das war wirklich ein gescheiter Gedanke gewesen, daß er nach Hause gefahren war!

Noch nicht ganz Elf! — Arbeiten! — Sein braves Kaffewerk da wieder mal vornehmen! —

Er sprang in die Höhe und schritt in seinen Haus=

schuhen über den weichen Smyrnateppich zur Bibliothek hinüber. Er langte zur „Kaffeecke" hinauf und holte das Material herunter. Unwillkürlich wiegte und streichelte er einen Augenblick die schönen Bände in ihrem soliden Halbfranz; und trug sie dann zu dem Manuskript- und Büchertischchen neben dem Schreibtisch.

Das Wasser siedete auf dem Gaskocher. Ein paar Minuten später war alles ‚allright', und er saß gemütlich in dem grüngepolsterten Lederstuhl vorm Schreibtische.

Aber wie er nun den Arm zu dem Gashahn hinaufreckte, um ihn aufzudrehen und die Schreibtischflamme anzuzünden, fiel sein Blick auf die ‚Vertreibung aus dem Paradies' von Franz Stuck, die in einer guten Reproduktion über dem Schreibtisch hing.

Er hatte das Bild nicht gerade seines Kunstwertes wegen an eine so bevorzugte Stelle gehängt. Er schätzte Stuck eigentlich nur als Sculpteur. — Aber, er fand: es sagte so viel! — Es sprach geradezu ein Wort der Zeit.

Seine Aufmerksamkeit verweilte. Er fing wieder an nachdenklich zu werden.

Der kleine schneidige Cherub mit seinem Heiligenschein, mit seinem Flamberg und seinen gewaltigen Schwingen war gut. — Verrückter Engländer, Kant vom Scheitel bis zur Sohle. Mit dem war nichts anzufangen. Der war prompt und zuverlässig wie das Fleisch gewordene Gebot Gottes. — Funktion! Prompte, exakte Funktion vom Wirbel bis zur Sohle. — Die beiden, die er da von dannen trieb, die glaue Eva da mit ihrem plumpen tappsigen Riesentölpel hatten es erprobt. —

Hm! Der — Heiligenschein! — Auch der Heiligenschein war gut gedacht!

Hm! Konnte man eigentlich nicht diesen genialen Detektiven da in Dostojewskys „Raskolnikow," diesen eminenten Porphyrius Petrowitsch, solch einen Cherub nennen? — Auch ihm war ja alles ‚Menschliche' fern. Exakte psychologische Funktion und Acribie! — Und — nichts als das? — Konnte man ihn nicht auch solch' einen Cherub nennen? — Und der Raskolnikow und seine Ssonja: Der Mörder und die Prostituierte, die ihm aus erbarmendem Mitleid, aus Liebe nach Sibirien folgt, seine Verbannung teilt und ihn in ein neues Leben leitet: konnte man sie nicht Adam und Eva heißen?

Siegmund versank in ein Brüten.

Plötzlich sprang er jäh in die Höhe und fing an, enorme Rauchwolken aus seiner Büffelhornpfeife ziehend, hin und her zu gehen.

Das Wunder! — Das große Liebeswunder!

Das Problem! — Das — Eigentliche!

Siegmund dachte an die Diskussion, die neulich Dr. Fengler im Café angeregt hatte.

Der Adam! Der große Perverse! — Die Umgestaltung, die Transformationen der geschlechtlichen Funktion! — Die Ausbildung des Mutterkuchens! — Der Übergang von den Beutlern zu den Placentaliern! — Der — Übere! Der Perverse! — Der bedeutsamste der Nobodies in seinem Elend und in der satanischen Erhabenheit seiner Leiden! — Und sie, die ihn kennt, den niemand kennt, den alle mißverstehen und verworfen haben! — Die große Liebende! — Das große Liebeswunder! — Und aus ihm sich entfaltend, aus dem Dunkelsten, Unscheinbarsten, Verworfensten: die erhabene Folge der Kulturen! Urvater und Urmutter! Die Wissenden! Die Wahrsten! Die Vertrauten des letzten Geheimnisses von der Liebe!

— Er, dem alle Höllen des Problems in der Seele glühen! —

Er sah plötzlich das merkwürdige sardonische Lächeln Uhses vor Augen, wie er es vor Tagen im Café gesehn. Das ihm ein so wunderliches Grauen erregt hatte. — Welches Überleidens, von dem er vielleicht selbst nichts wußte, seelischen oder physischen, Wiederschein mochte es bedeuten?

Gut und Böse! — O, man muß sehr, sehr vorsichtig sein! Man muß sehr gerecht sein! —

Denn: es! Es! — Ist „es" nicht zum ‚böse' werden?

Hm! Nietzsche! — Nitschewo! — Nie! — Niemand! Nobody! — Haha!

Und doch! Und doch! — Nur sie, Sie! konnte es verstehen! Nur Sie! — Nur Sie hatte den sechsten Sinn dafür! — Dieses dumme, hysterische Weib! — Nur sie war im Besitz der Überkräfte zu verstehen und zu ertragen!

Nun: man konnte es viel zynischer fassen; und es war sicher sogar ersprießlicher, es zu tun! Wie gemein ist alles im Grunde! Wie trivial! Wie gewöhnlich! — Wie — gemein! — Und doch! Und doch! — Man mußte nur an den Raskolinkow und die Ssonja denken! —

Dieses sonderbare Verhältnis! Was würde daraus werden? — Trug dieser Uhse da wirklich die dämonische Perversität in sich, die eines Tages, durch den Zwang und die Gebundenheit eines solchen Verhältnisses, in irgend eine besondere und eigene Normalität umschlagen konnte? Sie: Nelly! Ja! — In ihr war so viel Liebeskraft. — Aber — er? Der durch Erziehung und Anlage, durch hundert Bande mit dem Hergebrachten

verknüpfte? Dieser so äußerliche und gänzlich ober=
flächliche Mensch? Dieser Gesellschaftsmensch; dies bißchen
Schliff, Witz und Gehirn; dieser Jurist, versessen auf
seine Karriäre wie der eingefleischteste der Streber?
— Sollte wirklich der Dämon in ihm mächtiger sein,
als das alles? —

Was wollte das werden?

Neue Normalität! — Aber nur außerhalb dieser
Gesellschaft konnte sie eines Tages denkbar und mög=
lich sein.

Und wieder dachte er an den Studk'schen Cherub; und
— an diesen merkwürdigen Porphyrius Petrowitsch.

Warum kam ihm nur immer dieser Vergleich?

Wenn man dachte, daß so etwas sich eines Tages
als irgend ein ganz besonderer, interessanter — Kriminal=
fall erledigen konnte? . . .

Ach Teufel! Etwas anderes! Irgend etwas
anderes! —

Er zog das Schreibtischschubfach auf und langte sein
Tagebuch hervor. Mit dem Arbeiten wurde es nun
doch nichts.

Das Tagebuch war ein Zwischending zwischen Journal
und Novellenbuch, weil Siegmund am liebsten seine Er=
lebnisse, aus irgend einem künstlerischen Instinkt, wenn
es sonst anging, in die Form kurzer Stimmungen und
Novelletten faßte.

Er blätterte und fand eine Stimmung aus seiner
letzten Sommerfrische, die er, um sich zu zerstreuen,
durchlas.

Die meisten dieser Stimmungen hatten sogar ihren
Titel. Dieser hieß:

Die Rosen.

Mitten in der Mauer befindet sich eine Nische. Ihre Tünche hat Risse und ist abgeblättert. Spinnen haben drinn ihr Netz gezogen.

Da steht in stiller Einsamkeit ein graues Standbild der Aphrodite.

Aber — wunderlicher Einfall dessen, der dieses Standbild vormals hier aufstellen ließ! — es ist nicht die lieblich erhabene Schönheit der Schaumgeborenen, wie sie die Blütezeit der hellenischen Kunst geschaffen; es ist nicht die hehre, liebreizende Herrin von Milo und Knidos: es ist eine wunderlich starre, steif und mit harter Feierlichkeit stilisierte Aphrodite in archaischem Geschmack. Sie hat, möchte man sagen, noch etwas von der grottesken Mystik jener seltsamen, monstruösen Götterbilder, denen in frühester Urzeit eine dunkle religiöse Verehrung gezollt wurde. Jene grottesken Idole, die nach grauesten Vorzeitsagen vom Himmel gefallen sein sollen, und denen selbst eine sehr späte Zeit noch besondere mystische Verehrung weihte. Jene wunderlichen, abscheulichen Idole, die den Blicken uneingeweihter Sterblichen entrückt, im innersten, verborgensten Heiligtum nur die Eingeweihten und die mit dem letzten Wissen Vertrauten schauen durften . . .

Es ist eine alte, übermooste Sandsteinstatue mit stilisierten Locken, die wie zwei steifgeringelte Pfropfenzieher an den strengen, starren Wangen niedergehen, und die eine Binde mit steif herabhängenden Enden zusammenhält. Es ist der herbe, typische Schnitt der Nase und des großen, breitlippigen Mundes mit seinem harten, konventionell-ritualen Lächeln; es ist jener Sphinxblick der starren

Mandelaugen der archaischen Kunst, der in Unendlichkeiten verloren. . . .

. . . Aber völlig steht sie in Rosen!

In der feierlichen, duftenden, summenden, verlorenen Einsamkeit der weltfernen Landstille; in Duftrausch und Bienensummen; unter dem großen, verträumten Flüstern der alten Platanenwipfel draußen dicht an der Mauer; in der webenden, flirrenden Wärme der stillen gleißenden Sonne.

Üppig ist sie von Rosen umrankt. Und auch die alte Mauer ist ihrer ganzen Länge nach von Rosen über= wuchert.

Es sind Kriechrosen und brombeerblättrige Prärie= rosen, die sie mit ihrem Gerank überspinnen, sich um die alten Rokokkournen oben auf der Mauer schlingen und mit köstlichen Polstern oben über den Mauerrand biegen. Prärierosen mit ihren kleinen harten Blüten, die zu üp= pigen Büscheln geeint, in wilder Fülle das Dunkel des Laubes erhellen.

Du schreitest an ihnen hin und durch die leuchtende Pracht dieser lieblich=heiteren Gänge, unter dem tiefblauen, gleißenden Firmament da oben. Du durchschreitest diese liebliche Herrlichkeit in selig banger Andacht, wie begnadet, in einem Heiligtum zu weilen.

Sieh alle Gluten und Lieblichkeiten der Liebe in hundert tiefen, süßen, heiteren und neckischen Symbolen entfaltet! Spüre ihre Tiefen und alle tändelnden Ober= flächen ihrer hundert schelmischen Spiele und ihrer ernsteren Notwendigkeiten! Lausche dem Farben= und Duftlied ihrer Gluten, ihrer schäumenden Wonnen und ihres an= mutigen Kosens!

Die Boursaultrose mit ihrem schlanken, zarten, hoch=

gehenden Stämmchen. Die dichtgefüllte Persian Yellow. Die gelbe Rose, schalenförmig, mit ihrem köstlichen Duftrausch; leuchtend gelb aus dunkelgrünem Laube hervor. Die Kapuzinerrose mit ihrer feuerroten Tiefe. Die kleine, kugelrunde, schottische Rose mit ihrem Zwerggebüsch, wie man sie so gern mit zarten Aquarellfarben in den Stammbüchern unserer Groß= und Urgroßmütter gemalt findet; fleischfarben, rosenrot, ponceaufarben und karminrot. Die Eugène Beauharnais. Die Centifolie. Die roten und weißen Moosrosen. Die herrliche, weiße Félicité Parmentier. Die Noisette. Die Malmaison. Marschal Niel und die Gloire de Dijon.

Da sind die ganz dunkelroten, samtigen, mit ihrer stillen, tiefen, konzentrierten Purpurglut. Da sind die schneeweißen mit ihrer keuschen Reinheit. Da sind die lichtgelben. Diese großen mit den umgebogenen Rändern ihrer Blütenblätter, deren scharfe Linie den wonnigen Bausch des Kelches noch süßer macht. Da sind die trüben gelben mit ihrer fleischrötlichen Tiefe. Da sind die heiter=unschuldigen, neckischen, duftig=koketten Blaßroten. Da sind die süßen, kleinen Knöspchen in ihrer munter=gesunden Frische; mit ihrer naiven Sprödigkeit; aber schon drängend und quillend.

Die vielen französischen Namen, die sie haben! Die vielen graziösen Laute aus der Sprache der Galanterie und der Politesse. Und dazu die alte, ernste, graue Aphrodite da in ihrer Nische! Die alte Aphrodite mit ihrem mystischen Unendlichkeitsblick! — —

Aber in erster, tauiger Morgenfrische mußt du sie besuchen, bevor die Sonne aufgegangen ist. Ihr Erwachen mußt du belauschen.

Blaßblau wölbt sich das Firmament. Nur ganz oben,

hoch im Zenith, tieft sich seine Zartheit mit einer un=
beschreiblichen magischen Nüance von Vergißmeinnichtblau.
Es herrscht ein stilles, leise, leise erwachendes frisches
Silberlicht. — Wie es draußen raunt! In den alten
Platanen! — Drüben im Obstgarten fangen die Vögel
an zu singen. Ein paar letzte Sternchen verbleichen im
hohen Äther.

Die Rosen!

Wie sie ruhen, im zarten, frischen Dunst der Frühe!
Im diamantenen Schmuck zahllos blinkenden, tauigen Ge=
perls! Noch im Banne ihres Frühschlummers sind sie.
Aber schon erwachend. Sieh hier und da dieses leise
träumende, so seltsam lebensvolle, lind taumelnde Wiegen
und Nicken! Sieh dies Beben und plötzliche Wiegen der
Büschel da oben um die alten Urnen! Dies Wiegen und
Beben! — Flüsternd! — Einen Augenblick! — Und dann
wieder still.

Und die alte, steife Aphrodite ragt im blaßblauen
Dämmer ihrer Nische; und starrt, umwebt von den
glimmenden Taufiligran=Schleiern der Spinngewebe mit
ihrem Sphinxblick und ihrem steinernen Lächeln dem Licht
entgegen.

Aber nun, hinten über den Wipfeln der Obstbäume,
färbt sich der Himmel apfelgrün und mit einem leisen
Gelb. Und nun taucht die Morgenröte empor. Die
Höhen erwachen.

Um dich lebt es wie von einem leisen, weichen
Rudern gewaltiger, allweiter Lichtfittige. Lichter und
lichter.

Und nun blinkt die alte Aphrodite da drüben in
ihrer Nische im ersten, mattgoldigen Schimmer und wird
lebendig.

Die Pracht des jungen Tages flammt drüben über den Bäumen.

Du schreitest durch die lichte Morgensonne und die hellblauen Schatten, durch die lieblichen Gänge und siehst ihre sich erschließenden holden Geheimnisse.

Du siehst die hundert und aberhundert köstlichen Gebilde von den fröhlichen Wundern des Lichtes geküßt. Siehst die vergoldete Glut der Dunkelroten und ihre purpurbläulichen Schatten. Du siehst die goldhelle Pracht der Gelben; das blendend blitzende Silber der Weißen. Du siehst das bunte Blitzen der Milliarden Tauperlen. Du siehst den farbenblitzenden Schmuck feiner und feinster Perlchen auf das blendende Silber der Weißen gestickt; siehst die Diamantpracht aus erschlossenen Tiefen blinken, an gebogene Blütenränder gesäumt.

Gibt es schönere Wunder und ein herrlicheres Fest?

... Und dann die Nachmittagsgluten! Die Erfüllung! Die entfaltete Blüte des Tages! — Die schwülen Glutwonnen des Tages mit der Überreife ihrer Seligkeiten!

Diese Stunden des göttlichen großen Sonnenfestes, mit den süßen Schmerzen ihrer Überfülle!

Diese stillen Nachmittagsstunden, wenn die heißen, blauen Lüfte flirren, wenn die Bienen summen und die glühen Kelche betäubt, berauscht von den großen Wonnen des Lichtes und der Wärme so phantomhaft im heißen Äther träumen! ...

... Aber so eine Vollmondnacht, hier in diesem weltfernen Winkel!

Was sind all die heiteren, munter frischen, erwachenden Hoffnungen der Frühe; was sind all die leuchtenden Glückseligkeiten und prunkend entfalteten Prächte dieser Nachmittage!

Ich meine, hier müßte der Hauch des letzten und vollkommensten Weltglückes wehen.

Da hab' ich so einen Büschel Prärierosen gefunden, der über einer von diesen alten Rokokkournen ragt, dicht über der Aphrodite.

Der runde Mond steht in seiner milden Fülle hoch über den Platanen.

Der Äther ruht in seinem feierlichen Schimmer. Die Nachtigallen flöten in die lauen schimmernden Lüfte.

Dieser Blütenbüschel! — Still, rein, groß, gefriedet in der Tiefe des silbernen Äthers.

Nichts als dies! . . ."

Nichts als dies! — Ach ja! Nichts als dies!

Aber immer, immer wieder Liebe! — Liebe! —

. . . Libby! — Eine Erinnerung war Siegmund gekommen. Natürlich! Die arme Libby hatte er wieder einmal ganz vergessen.

Ganze sechs Wochen hatte er sie nicht gesehen.

Er wollte doch morgen mal hinaus nach der Warschauer Brücke fahren und sie besuchen.

Er schämte sich fast ein wenig.

Natürlich: immer nur d a n n dachte er an sie.

Immer nur — d a n n . . .

Zweites Buch.

I.

„Man hat wohl so hin und wieder mal seinen romantischen Spleen," hatte Siegmund gelegentlich in sein Tagebuch geschrieben, „in dem man sich zum ‚Land‘ und zur ‚Natur‘ hinsehnt; aber im Grunde, ich fühl’s, ist Berlin mein ‚Milieu‘ — übrigens nachgerade ein entsetzliches Wort! — und denk ich nicht daran, es jemals zu verlassen.

Wie liebe ich das vom Kuß der Lenzsonne erwachende Berlin! — Weißgott! nicht geringer ist meine Liebe zu ihm, als für die sich mit neuem Grün bedeckenden Wälder, Hügel, Wiesen und Saatgefilde meiner ländlichen Heimat! — Schnurrige Sache! Ich kann mir kaum noch vorstellen, daß auch ich weiland ein Provinzjunge war! — Und schier Frömmigkeit ist wohl oft in dieser Liebe, die allumspannende Frömmigkeit dieser neuen Zeit, die nichts kennt, als die eine Einheit unendlichen Lebens und Zusammenhanges.

Denn die moderne Riesenstadt ist uns kein blöder, toter, starrer Haufen von Backsteinen mehr: sie ist der Körper eines gewaltigen Riesenwesens mit Organen, Gliedern, Adern und dem brausenden Strom lebendigen Lebensblutes. Sie ist ein gigantisches, lebendiges Individuum, belebt von dem seelischen Rhythmus derselben und einen gleichen Daseinslust und desselben und einen gleichen Leides. Sie hat Adern und Nerven, Leitungen zahlloser lauter und intimer Kräfte. Sie jubelt und klagt; sie lacht und grollt; sie wacht und schläft; arbeitet und rastet. Oft kann ich mir nichts Schöneres und Beglückenderes denken, als der Beobachter, Schilderer, Lobpreiser und Deuter ihres mächtigen Lebensgetriebes, seiner gewaltigen pathetischen und tragischen Betätigungen und seines tausendfältigen Alltags und idyllischen Kleingetriebes zu sein. — Ich liebe dieses große, reiche, tausendfältige Leben nicht geringer als die Wunder des Firmamentes, als Gewässer und Fluren, Wälder, Berge, Meer und Gefilde. Ich verachte und verabscheue es nicht. Nicht fliehe ich es mit hypochondrischer Zagheit; fliehe und suche ‚Gesundheit‘, ‚Unverdorbenheit‘, ‚Ursprünglichkeit‘, und ‚Natur‘. Es ist alles hier wie dort, und dort wie hier. — Nicht finde ich mich von ihm entfernt in dem brausenden Strom und Rausch dieser Triumphe des menschlichen Geistes. Ich liebe sein gewaltiges Pathos. Ich weiß von keinen Unterschieden. Alles ist Natur und Leben. Ich liebe das alles, wie ich die große, allgemeine Seele des Lebens liebe. Wo sollte sie sich schöner und reicher offenbaren? Wo sollte sie sich ihrer Wunder, ihrer Tiefen und Reichtümer bewußter sein als hier? Wo sollten sich ihre Kräfte reicher, herrlicher und bedeutsamer, deutlicher offenbaren als hier?

Und ich liebe das vom Kuß der Lenzsonne erwachende Berlin. Mit erhellter Seele tauche ich in die hundert großen und kleinen Wunder seines Getriebes und seiner Alltäglichkeiten, die wie ein einziges Fest des Lebens und der Seele sind. — Ein andächtiger Flaneur, das Stöckchen in der Hand, die Zigarette im Mundwinkel, streif' ich durch seine Straßen, schlendre ich über seine Plätze hin; vertraut mit seinen tausend bunten Eindrücken; sicher, unverwirrt und einheimisch.

Berliner Lenz! Lenzrausch aller Breiten und Zonen! Erfüllung, Fest des Geistes und der Intelligenz! Triumph der Betriebsamkeit! — Erraffen und Konzentration! Extrakt des Erdballs! Rendezvous, Verbrüderungskuß der Zonen! Versöhnungsfest der Kulturen! Eintracht und Jubel eines hereingebrochenen Millenniums! Berliner Lenz! — Mitten im brausenden Pathos der Kultur! Das duftige Räuchlein der Zigarette durch die Naslöcher stoßend, bummle ich durch dein großes Leben."

„Hah! — Ich schlendere durch die abendliche Pracht der Leipzigerstraße. — All die Toiletten! Und dies Parfüm von Damenkleidern und Zigarettentabak! — Nein, und diese Schaufenster! — Man weiß schon nicht mehr, ist man in Paris, oder in London, oder in New-York; in Hongkong, Kalkutta oder Sidney! — Da fang ich aus dem Strom der Passanten ein Wort auf. Das Wort der Situation: „Es ist ja alles da!" — Es ist ja alles da. — Well!"

Siegmund hatte in seinem Tagebuche geblättert und diese Stelle überlesen.

Er spürte wieder mal alle Lust zu solch' einem Berliner Streifzug. Nach so einer Affaire, wie diese letzte mit der ehrenwerten Lisa, pflegten diese Touren indessen einen ganz besonderen Charakter zu zeigen.

Siegmund Löhr und zwischendurch ‚Achim': Brr! Die Melange war ihm denn doch noch nicht in die Quere gekommen! — Was Anderes! Aus diesem verfluchten Stumpfsinn heraus, den er da verbrochen hatte!

Diese Bummel! Sie hatten einen so verschiedenen Charakter. — In der Regel aber kam er dann eine halbe Woche nicht nach Hause und logierte hier und da, je nach der Gegend, in der er sich gerade befand, oder je nach der Caprice, die ihm maßgebend gewesen. Es kam vor, daß er seine ‚fashionableren‘ Freundschaften, von denen er einige hatte, aufsuchte und an ihren Zerstreuungen Teil nahm; meist um in einem Klub ein Jeuchen zu machen, ein Zeitvertreib, der ihm bei solcher Gelegenheit besonders zusagte, und den er sich, da ihm sein seliger Papa immerhin zwei Markmillionen hinterlassen, auch ganz gut leisten konnte. — Aber er unternahm auch ganz andere Streifzüge, von denen er, ebensogut wie aus diesen Zerstreuungen, seine Vorteile zog. Er nannte das wohl hin und wieder seinen Gehirndraining. Es war wie eine ganz eigene, souverän spielende Gehirnkraft, die bei solchen Gelegenheiten in ihm erwachte; und immer, wenn ein Affekt oder ein Degout ihn zu überwältigen drohte, erwachte ihre spielende Gelassenheit und mußte sozusagen den grauesten Anfall von ‚grauem Elend‘ bis zu einem Punkte zu treiben, wo er sich nicht mehr rühren und regen konnte und ihm die verwunderlichsten Sensationen gewähren mußte.

Es kam zum Beispiel vor, daß er sich vornahm, sich in einer ganz bestimmten kommunen und zuweilen mehr als kommunen Umgebung in Schnaps zu betrinken. Er hatte mit Uhse, wie manches andere, auch das gemein, daß er ein außerordentlich mäßiger Trinker war. Aber bei solchen Gelegenheiten nahm er sich einfach vor, sich zu betrinken. Und dann geriet er, durch so eine Art bewußter, souveräner Autosuggestion in einen ganz ungewöhnlichen Zustand, in dem er es vermochte, mit den

Illusionen und Störungen solch' eines Rausches ein eigenartiges poetisches oder auch wissenschaftliches Spiel zu treiben. Er hatte für solche Touren, die sich meist in die Reviere des Nordens und Ostens, oft des dunkelsten, ausdehnten, einen alten ausrangierten Anzug, der ihm ungefähr das Äußere eines verbummelten Literaten gab. In diesem Anzug zog er los und suchte er die triftesten und oft gefährlichsten Spelunken auf. Die biedere Droschkenkutscher- und Maurerdestille ließ er bei solchen Gelegenheiten unbesucht. Für ein paar Tage verkehrte er dann ausschließlich in solchen Lokalen niedrigsten Ranges; übernachtete zumeist nicht, oder wenn, so suchte er Schlafstellen zweifelhafter Sorte auf. — Wie er überall Freunde hatte, so waren ihm auch hier ein paar Wirte, namentlich aber die betreffenden Wirtinnen zugetan. Aber auch unter den Gästen besaß er ein paar Dutzbrüder; denn es war ihm eigen, selbst dem ruppigsten Rowdie eine menschliche Seite abzugewinnen.

Wo hatte er nicht alles Freunde und Freundinnen! — Sportsmen, Spießer, Portiers, Maurer, Droschkenkutscher, verbummelte Litteraten und Schauspieler, Klavierspieler in kleinen Restaurants, Kellnerinnen, Weißbierwirte, Kellner, Pferdeknechte, Soldaten, Packträger, Zuhälter, Dirnen. — Hm! Da hatte er zum Beispiel so eine kleine Freundin, die so allerliebst bei der unterschiedlichsten Gelegenheit „Ach Gott, die Liebe!" sagte. — Es wäre eine Cortège gewesen! . . .

Hier nun schuf er sich die eigenartigsten Sensationen. — Wenn man etwa sagen kann, daß der herrlichste Blumenduft nichts ist, als eine differenzierte Nüance eines bestimmten gemeinsamen Pflanzenduftes, den man etwa bekommt, wenn man einen Grashalm zwischen den Fingern zerreibt; und wenn man diesen primitiven Duft, sobald man sich darauf eingeübt hat, selbst in dem Duft der Rose, des Heliotrop, des Faulbaum oder sonst einer wohlriechenden Blume wiedererkennt: so vermochte er gleichsam in all diesem wunderlichen und kunterbunten Verkehr überall einen gemeinsamen Menschentyp wiederzuerkennen; und zwar mit einem ganz eigen entwickelten Instinkt, der ihm über diese vielerlei Menschen eine seltsame Gewalt gab. — Es war vielleicht eine Art sechster Sinn für ein transcendentes Idol. — Denn ein Typ, der Typ einer Rasse, einer Gesellschaftsklasse ist immer ein Idol; etwas irgendwie objektiv vorhandenes und im letzten Grunde doch eigentlich kaum sinnlich exakt Darstellbares. — Es war gewiß, ganz abgesehen von manchen äußeren Gefahren und Mißhelligkeiten, die bei alledem mit unterlaufen konnten, ein ziemlich gefährliches Spiel auch in anderer und intellektueller Hinsicht. Es brachte seine Gedanken wohl auch oft genug in sehr gefährliche und verfängliche sataniftische, in außerordentlich diffizile ethische Regionen hinein, die ihm, wie er ihnen auch gewachsen war, dennoch arg zusetzen konnten. — Ja, er kannte wohl Stimmungen — wenn man einen Blick in seine Heimlichkeiten tun wollte — welche direkte Selbstmordstimmungen waren, bis zu einem Grade, daß es eigentlich durchaus logisch und notwendig war, daß er sich den Revolver an die Schläfe setzte — er hatte das ganz genau untersucht —: aber dann war da ein Punkt und ein seelisches Vermögen, wo diese Stimmung gewissermaßen automatisch überkippte und in seine gewöhnliche normale, man möchte sagen, in seine individuelle Grundstimmung überschlug. — Er brauchte es einfach, durch welche Hölle auch hindurch, nur abzuwarten. — Diese Funktion mochte sich durch die Gewohn-

heit ausgebildet haben, seine verschiedenen Stimmungs-
phasen zu beobachten und sie sozusagen eine jede in ihrem
Wesen zu erfassen und sich mit ihren Übergängen vertraut zu machen; auch ihre Bedingungen bis in die
feineren und an die feinsten heran zu erkennen oder doch
einen Sinn und einen festen Instinkt dafür zu haben. —
Siegmund wartete in solchen kritischen Momenten mit
der fatalistischen Gelassenheit eines indischen Fakirs auf
diese normale Stimmung, wenn er sie nicht durch diese
und jene Tätigkeit und tägliche Gewohnheit herbeizu-
zwingen vermochte.

Also die verwunderlichsten Sensationen gewährte ihm
dieser Schnapsrausch, zu denen ihm Gegend, Lokalität,
Tageszeit und was sonst für äußere Umstände mannig-
fache Veranlassung gaben. — Ein Keller. Eine Gasflamme
brennt und schafft irgend ein rembrandtisches Halbdunkel.
Er sieht die prächtigen, transparenten Farben von Likör-
flaschen im Fenster, die irgendwoher ein träumerisches
Licht bekommen; und es entstehen aus diesen magischen
Farben die Illusionen wunderbarer, elyseischer Gefilde
mit überirdisch schönen Wesen, die zwischen Wirklichkeit
und Nichtwirklichkeit sind. Oder die Gesichter und Gestalten dieser ruppigen Rowdies, die da mit am Tisch sitzen
und Schnaps trinken, verwandeln sich, auf Grund irgend-
welcher physiognomischer Gesetze, in andere Wesen, denen
es pläsiert, hier inkognito in dieser Spelunke zu sitzen;
und zwar nicht nur sozusagen, sondern es ist eine völlige
Illusion; er „fixt" sich das gleichsam durch Autosuggestion
und hält es und ist dennoch, vermöge irgend einer ‚Treu-
losigkeit', davon frei und vermag den Bann zu brechen,
wenn er will. — Alles, was sie da reden und wäre es
das Rohste und Abscheulichste, das wirre kindische Fahren ihrer

Affekte wird zu einem tiefsinnigen Scherzspiel. — Es ist irgend ein Zustand von Übermenschentum, der ihm irgend eine souveräne Disposition über diese Seelen gewährt und der sich auch wieder von ihnen bestimmen läßt; es ist ein Verkehr mit den Untergründen, wie in einem Maeterlinckschen Drama, wo der äußere Dialog Nebensache ist. Es ist der Verkehr mit der Stimme des Schicksals und der geheimen Verbindungen. Es ist der in eine geheimnisvolle Dimension gerückte Mensch. — In diesem Zustande konnte er hier tun, was er wollte und was ihm beliebte und es hatte einen geheimnisvollen unbewußten Schick außerhalb und neben dem bewußten Willen . . .

In der Regel kam er nach einer solchen Tour, während welcher er also wohl für zwei Nächte nicht zu Bett ging, in einem eigenartig überreizten Zustand nach Haus, in dem er sich dann in der Regel sogleich an den Flügel setzte, und die wundersamsten und orginellsten Phantasieen spielte. Aber eigentlich spielte nicht er sie, sondern etwa die Vibrationsrhythmen seiner Nerven. Seine Nerven spielten und erfanden. Er spielte aufs Geratewohl, und nur hier und da ordnete und disponierte er und hielt etwa eine besonders eigenartige Klangfigur fest, um sie sich zu notieren. Interessant waren eine Art orientalischer Motive; Tonstücke, die seltsam fatalistisch ihre Klangarabesken immer wieder auf einen bestimmten, accentuierten Ton zurückführten. — Dann pflegte er sich schlafen zu legen, und am nächsten Tage wie immer zu sein.

Indessen für diesmal stand sein Sinn auf Sibby, deren Atelier weit draußen im Osten, am äußersten Ende der Elbingerstraße lag.

Er hatte ihr sogleich am nächsten Morgen nach diesem Abschluß mit Lisa einen Rohrpostbrief geschrieben, um versichert zu sein, ob er sie zu Hause treffen würde, und Libby hatte ihn für den Nachmittag zum Tee geladen.

* * *

Der Tag war schwül. Den Himmel und die Straßen trübte ein warmer, grauer Dunst.

Siegmund ging zum Potsdamer Bahnhof und löste ein Hochbahnbillet nach der Warschauer Brücke. Von dort gedachte er die Warschauer- und Petersburger-Straße hinauf am Friedrichshain hin zur Elbingerstraße hinauszuwandern.

„Was sie doch für ein sonderbares Weib ist!" dachte Siegmund, während der Zug das Revier der Potsdamer Bahn passierte und er die weiten hitzdunstigen, von dem Qualm der vielen Essen und Lokomotiven getrübten Strecken überblickte. „Weshalb wohnt sie nun da draußen, so ganz allein und fern von ihren Freunden in Revieren, wo Berlin endlos seinen trivialsten Alltag ballt?"

Und wie die drei Waggons den in langer Schlangenlinie durch die grauen Straßen gewundenen Kondukt entlang rauschten, ließ er in einer Art von Verwunderung seine Blicke über all die Umgebung schweifen, als könne er von ihr darüber einen Aufschluß bekommen.

„Sie, die Alltagflüchtige! Mit ihrer so feinnervigen Seele, die in so ganz anderen Welten lebt! Gerade das muß sie haben. Stundenlang kann sie draußen im Friedrichshain sitzen, wo die Zuhälter mit ihren Weibsbildern sich auf den Bänken herumflegeln, wo die zweifelhafteste Vorstadtmenschheit sich herumtreibt. Sie sitzt auf ihrer

Bank, sieht diese Menschen, sieht die schmutzigen, verwahr=
losten Kinder in ihren Sandhaufen herumwühlen, hört
ihre heiseren Stimmen gröhlen und kreischen: und fühlt
und sieht und denkt, wer weiß was? — Oder sie geht
durch diese Straßen, durch diesen östlichen Trottoirverkehr
durch den ohrenzerreißenden Lärm des Fahrdammes hin=
durch; betrachtet diese Kaufläden und Keller. — Und hier
empfängt sie die Anregung zu ihren weltfernen Bildern;
zu diesen wundersamen Arabesken, Ornamenten, Land=
schaften und menschlichen Gestalten. Was sieht sie da?
Was mag sie da alles leben? — Was mag sich ihr da
alles durch all diesen Alltag hindurch offenbaren? —
Was ist sie für ein Wesen! Wie zäh bei aller Sen=
sibilität und scheinbaren Hinfälligkeit! — Es muß in
ihr irgend eine ganz besondere Heiterkeit, irgend ein
besonderer Humor sein! — Irgend eine besondere
Robustheit!" . . .

In der Gegend der Station Möckernbrücke glitt der
Zug über den Kanal mit seinen Baummassen. Im
Hintergrunde ragte aus den Häusermassen hervor das gelbe
Backsteinmassiv des Anhalter Bahnhofes. — Und weiter
glitt die Fahrt über die Stationen Hallisches Tor, Prinzen=
straße, Kottbuser Straße; über kleine Plätze, an Kirchen
vorüber; durch enge graue Straßen hindurch. Hinter
Station Oranienstraße dehnte sich auf ihrem weiten
Platze öde und nüchtern die Masse des Görlitzer Bahn=
hofes; auf der anderen Seite des Konduktes ragte
so eine Backstein=Kirche, wie in den letzten Jahren so
viele in allen Stadtteilen Berlins gebaut sind. Grau=
dunstige Häusermassen; Fabriken; fern am Horizont;
am Ende einer Straße. Der Blick in langweilige
schnurgrade Straßen hinein, die kein Ende zu haben

scheinen. — Station Schlesisches Tor! Die kleinen, länglichen Hochbahnhallen mit ihren vielen bunten Plakat=bildern! — Dann bei Station Stralauer Brücke die Spree, die breit von Stralau herkommt. Das linke Ufer dehnt sich dicht mit Frachtkähnen in die Weite; das rechte schickt aus seinen dicken Laubmassen hervor, zwischen denen freundliche Häuser und Villen liegen, seine Badeanstalten in den Fluß hinein. Auf der anderen Seite der Brücke aber ändert sich das Bild. Da treibt der Fluß zwischen Häusern und Fabriken hin, einem weiten qualm= und dunstgetrübten Horizont zu, aus dem graue Häusermassen trüb ihre Umrisse zeichnen.

Endlich Station Warschauer Brücke; die östliche End=station der Hochbahn.

Siegmund steigt aus und schreitet die steinerne Treppe hinab. Links führt die Straße zur Station Stralauer Tor hin. Unter dem Kondukt der Hochbahn gibt es eine Menge von Restaurationen, Zigarren= und Obstläden. Auf der anderen Seite die Reihe der Mietskaserneu. Aber nach rechts hin entfaltet sich eine so imposante Schau über ein weites Revier rastloser Arbeit! Die Brücke führt von der Station bis zur Warschauer Straße hinein über das mächtige Bahnterrain, das sich unterhalb des Stadtbahnhofes Warschauer Brücke rechts und links mit zahllosen Schienensträngen enblos ins Weite dehnt. Die Geländer der Brücke sind in ihrer ganzen Länge mit dunklen Eisenstahlplatten versehen, die sich auch eine weite Strecke rechts die Rudolfstraße hinabdehnen. Es ist als ob das dunkle, staubige Grau dieser Platten der ganzen Gegend einen großartig trüben Ton mitteilte, der auf all den weiten Lagern von Kohlen, Bahnschienen und =Schwellen, auf Holzstapeln, großen Möbelwagenplätzen, auf Lagerräumen, Lokomotivschuppen, auf den langen Fabrikgebäuden mit ihren vielen trübqualmenden Schornsteinen, auf dem Sand der Schienenstrecken, auf dem hin- und herbrausenden Personenzügen, stillhaltenden langen Gütertrains, die ausgeladen oder vollgeladen werden, liegt. Hüben und drüben, von allen Seiten ragen Häusermassen und wieder Häusermassen mit einem lichteren Farbenton aus all diesen grauen trüben Dünsten mit ihrem Steinkohlenduft. Brausen, Dröhnen von hundert rastlosen, lärmenden Lauten und Geräuschen. Hohe Brandmauern ragen nah und fern, mit weißer Ölfarbe gestrichen und mit riesigen Firmenbuchstaben und Reklamebildern. Ferne Bahnhofshallen in Dünsten mit ihren schwarzen runden Dächern aus Stahl- und Wellblech. Dahinter immer neue und fernere, dunstig gedehnte Häusermassen unter dem trüben Himmel. Das alles hin und wieder von einem flüchtigen Sonnenblick erhellt. — Und der Verkehr der Lastwagen über die Brücke, hinab zu den Bahnrevieren, rechts und links in die langen, endlos langen, nüchternen, ernsten Straßenzeilen hinein.

Und über dem allem, weit da draußen, da oben in dem kleinen Mansardenatelier der weltferne, ätherische Kunsttraum ihrer Einsamkeit; der Traum ihrer sensiblen Frömmigkeit, der mit Geistern, Gestirnen und Cherubim verkehrt; der in den Ahnungs-Welten seltsamer Gebilde, Formen und Farben lebt.

Sie hatte da so ein Bild; eine spätherbstliche Landschaft.

Durch schnurgerade Erlengräben ist ein weites Wiesenland in lange, gleichmäßige Abschnitte eingeteilt, die wie weite feuchtgrüne Feldbänder sich in graue Nebel ziehen.

Aber es ist Größe in der stillen Schwermut dieser Weiten, in ihrer melancholischen Eintönigkeit. Die Erlenbüsche an den Grabenrändern stehen verdunstet. Hohe feierliche Baumgruppen wirken in ihrer Ferne graphitgrau. Über einer scheint das Grau des Himmels zu einer Ahnung von Gelb erhellt. Ein Zug von Krähen müht sich langsam durch die dicken Lüfte, die von irgend einem chemikalischen Duft geschwängert scheinen; einem Duft, wie er solchen Herbstnebeln eigen ist. Nirgends auf all diesen Flächen die lichte Farbe irgend einer fröhlichen Sommerblume mehr. Nichts durch alles Grau hindurch, als das nasse Grün. Man sucht gleichsam das Wort dieser Einsamkeiten; irgend ein Wort, das ihre stille, geisternde Schwermut ausspräche.

Da ist es. Wie mit feinen Geisterfüßen kommt es zutraulich scheu, löst es sich heimlich aus fernen, grauen Nebeldünften, die ganze breite Wiesenfläche zwischen den Erlengräben füllend. Wie ein Unterweltsidol auf einer homerischen Asphodeloswiese naht es aus der grauen Nachmittagsdämmerstille, wie der Hauch eines schemenhaften Wesens; eines großen, stillen, scheuen, lieben Dämmerwesens.

Es sind die Herbstzeitlosen; die Krokus des Spätherbstes. Allweit, über die ganze Breite und Länge der Wiesenstrecke hin geistern die stillen, bleichen Flämmchen aus dem feucht-fahlen Grün und einen sich zu einem weiten, blaß lilafarbenen Phosphorduft.

Die Herbstzeitlosenwiese nannte sie das Bild.

Herbstzeitlosen! — Dieser lichtviolette, allweit geisternde Hauch besaß so etwas Feines und Vornehmes. — Es streichelte: wie bleiche, magere schlanke Finger liebkosen. So stillend kühl, mit langen, linden, bleichen Fingern.

Siegmund mußte an dieses Bild denken, wie er über die staubige, graue Brücke mit dem Gebröhn ihres Wagenverkehrs und mit ihrem düsteren Eisenplattengeländer schritt und über den grauen, nüchternen und durch diese Umgebung doch so imposanten Platz auf die lange Warschauerstraße zu mit ihrem öden, sandgrauen, von dürftigen Bäumchen flankierten Boulevard.

Wie in einem Traum schritt er vorwärts durch den warmen, ein wenig bedrückenden Graudunst, der über den erhaben verqualmten, endlosen Arbeitsrevieren lag.

Nach rechts blickte man, beim Eingang der Straße, dicht an dem Bahnrevier hin, über ein weites, ödes, noch unbebautes Gelände. Man sieht weit in den Dünsten der Ferne die Wand der Häusermassen, die überall immer wieder jeden freien Blick und Horizont versperren; man sieht weiter vorn kahle, graurötliche Rohbauten, Backsteinhaufen, ein ödes, kümmerliches Stück Grasland zwischen Sand und Staub. — Nach links biegt im Bogen auf der anderen Seite des Bahnterrains eine unsagbar kahle und öde Nebenstraße hinab und dehnt sich in die grauen Dünste hinein. — Inmitten die lange, lange, schnurgerade Zeile der Warschauerstraße mit ihrem kahlen dürftigen Boulevard. Die Häuserreihen mit ihren vielen Balkons, ihren zahllosen Spitzen und Türmchen. Links am Eingang der Straße hinter einem hohen, verwitterten Bretterzaun ein Holz- und Kohlenlager und zwischen verrosteten Eisenmassen und wer weiß was für Gerümpel eine kleine Destillation mit einem dürftigen, verstaubten Vorgärtchen, das durch lange Tröge, in denen hochgestengelter Epheu wächst, improvisiert ist. Über die Fahrdämme rasseln und brausen die elektrischen Bahnwagen, dröhnen Lastwagen, rollen Geschäftswagen. — Vor einer Haustür hält ein Krankenwagen. Kinder und Publikum haben sich angesammelt und gaffen. Vor einer anderen steht ein

gelber Postpaketwagen. Lastwagen, Bierwagen, Kohlen-
und Mauersteinwagen, Wagen mit Eisenbalken, mit riesigen
Lumpensackballen. Aus einer Maurerdestille schallt mit
grellem Lärm zwischen dem Geklingel eines Triangels
hindurch ein Musikautomat. — Krämerläden, Gemüse-
läden, Schuhläden, Seifenläden; kleine Restaurants,
Destillationen, und Stehbierhallen mit schmalen, verstaubten
Gärten davor; Posamenten- und Klempnerwarenläden;
Holz- und Kohlenläden; Möbel- und Tröblerläden mit
all ihren dumpfen Dünsten. Die vielen polnischen, ost-
preußischen und märkischen Namen auf den Firmenschildern.
Ein kleiner Papierladen, der zugleich Buchhandlung ist.
Indianergeschichten, Kolportageromane, Zola und Sacher-
Masoch stehen aus; der perfekte Toastredner, Traumdeut-
bücher, Kalender; Bücher, das Geschlechtsleben betreffend.
,Was müssen junge Mädchen von der Liebe und Ehe
wissen?' — Ahso! — Ja nu' ja! — ,Jewissensfrage'!
— Grellbunte Litfaßsäulen ragen hier und da an
einer Straßenecke aus dem grauen Wärmedunst heraus,
den hin und wieder ein Sonnenblick erhellen will. —
Der Verkehr. — Arbeiter, Maurer in ihren rot-
staubigen, hellen Arbeitskleidern; Kleinleutefrauen, Dienst-
mädchen, junge Leute. Ein junger Mann mit dem
Schatze. Er singt und schwingt das Stöckchen, und sie
hat eine knallrote Blouse an. Plötzlich dazwischen eine
Schönheit des Berlins Ostens mit einem beblümten Strohhut und einer grellweißen Blouse, die, über strammen
runden Hüften, eine enorme Brust bauscht. — Eine
seltsame Eleganz mit einem mattvioletten Sammetkleid,
das einen gelblichen Schimmer zeigt. Sie trägt einen
großen, breitkrämpigen Strohhut mit einer Menge weißen
Blumen, die wie in einer flachen Schale liegen. — Eine

Gemeindeschule, ein mächtiges ödes Gebäude aus dunkelroten Backsteinen. Es ist die zweihundertvierte. — Man blickt in endlose Querstraßen. Ihre Häuserreihen zeigen, wie die fast aller Straßen in diesem Revier, zahllose kleine Eisenbalkons, die alle mit Grün und Blumen gefüllt sind. Die Häuserwände nehmen sich aus wie starre Talfelswände, die von oben bis unten von einer üppigen Vegetation überwuchert sind. Nach der anderen Seite — Siegmund schritt auf der linken — gaben die Seitenstraßen zuerst einen Blick auf freies Gelände, auf dürftige, staubige Strecken und Horizonte. Ganz fern hinten die langgedehnten bleigrauen Massen von anderen Stadtteilen. Meist zeigen diese Straßen an ihren Enden, gegen dies trübselige öde Gelände hin, Rohbauten. Man hört die Geräusche der Bauplätze. Den Ruf der Steinträger und das laute Prasseln der von den Hocken herabgeschütteten Steine. Überall wird hier gebaut.

Drüben auf den Bänken des kahlen Boulevards sitzen junge Kerls und Mädchen, oder Kinderwärterinnen, neben denen sich, wie gewöhnlich, ein paar alte Männer behaglich eingerichtet haben.

Dann wird die Straße von der Frankfurter Allee gekreuzt, die ihren lebensgefährlichen Trubel endlos nach beiden Seiten wälzt. Wenigstens sind hier die Bäume etwas schöner und freundlicher und das Boulevard ist von frischgrünen Rasenbändern gesäumt. Siegmund kreuzt durch den Trubel hinüber und schreitet auf der anderen Seite die Straße weiter, die nun Petersburgerstraße heißt und leise bergan steigt. Sie hat ein breites freundliches Boulevard. Auch die Häuser nehmen sich stattlicher aus. Die Straßenkreuzung der Rigaerstraße, der Weidenweg und die Torstraße. Dann ein Platz. Parkanlagen

mit verstaubten Bäumen und Büschen. In der Mitte
ein riesiger trister Sandhaufen mit buddelnden schmutzigen
Kindern. — Alle Augenblicke, viel häufiger als in anderen
Stadtteilen, gewahrt man einen Schutzmann. — Ein
großer Restaurationsgarten mit einem mächtigen Schild:
„Elysium". — Ein kahler, mit grobem Kieselsand be-
streuter, großer öder Garten mit kümmerlichen Bäumen
und vielen bleiweißgrauen leeren Tischen und Stühlen
mit eisernen gestrichenen Gestellen. Im Hintergrunde
dehnt sich ein langes, nüchternes Restaurationsgebäude.
Aus irgend einer Ecke rasaunt eine unsichtbare Blechmusik.
— Dann wird die Straße von der Landsberger Allee
gekreuzt. Die Fortsetzung der Petersburger, auf der
Höhe des Berges, heißt die Elbingerstraße. Hier weitet
der Friedrichshain seine grünen Massen, mit Bäumen,
Buschwerk und weiten hellen Rasenflächen in die
Ferne.

Noch ein paar Minuten, und Siegmund ist an dem
Ende der Straße, wo sie in die Freiheit der Landschaft
hinausblickt. Hier wohnt Libby hoch oben in ihrer Mansarde
mit einem Weitblick über ein Dutzend Gasanstalten mit
einer Unzahl verqualmter Fabrikgebäude aus Backsteinen,
auf Holz- und Kohlenstrecken, Gartenkolonien und weite
Feldstrecken..

11.

Das Haus war einer von den Neubauten, wie sie
hier draußen im Laufe der letzten Jahre in nahezu be-
ängstigender Vielzahl entstanden sind.

Ungerechnet die ziemlich hohe Treppe zu dem üblichen

Berliner Hochparterre, hatte Siegmund vier gehörige Stockwerke zu erklimmen.

Wie er Libby finden würde!

Ach! Der Teufel sollte ihn holen, wenn er sie noch mal so lange allein ließ! — Er taugte nichts! Er war im Grunde ein miserabler Kerl!

Er kam sich halbwegs wie ein dummer Junge vor, der einen schlechten Streich gemacht hat und Schelte fürchtet, als er endlich oben auf dem kleinen Bodenflur vor ihrer Tür stand. — Eine kleine braune Tür mit einem blechernen, lackierten Briefkästchen und einem Metallschildchen mit ihren Namen.

Er kniff die Lippe. . . .

Er drückte auf den kleinen elektrischen Porzellanknopf.

Libby trat ihm entgegen in einem langen blaßlilafarbenen Kleid, das ihr oben mit einem oval geschnittenen Saum den langen weißen Hals und einen kleinen Teil der Brust und des Nackens freiließ; ein blaßlilafarbenes Reformkleid aus einem zarten duftigen Stoff, der mit vielen langen Falten glatt und schlicht von dem Halssaum bis zu den Fußspitzen herniederging. Sie bezauberte ihn wie eine Melodie. Sie war schön wie ein Harfenakkord!

Die Fülle ihres rotblonden Haares, in schlichten schimmernden Wellenlinien vom Scheitel über Ohren und Schläfe und einen Teil der weißen Wangen gekämmt, die eine so köstlich junge und unschuldige Linie hatten! Der mächtige, seidige Nackenwulst, in dem eine große blasse Perle stak.

Ihre großen grauen Augen hatte sie fest auf ihn gerichtet. — Täuschte er sich? Aber ihm war, als wenn sich von dem Flügel ihrer kleinen schmalen gekrümmten Nase ein leiser ironischer Zug verächtlich zu dem halbge öffneten Mund und dem kräftigen scharfgezeichneten Kinn hauche.

Was sie für eine edle, gerade Kehllinie hatte!

„Na?“ machte sie.

Leise, gelassen und wie resigniert, ganz in ihrer gewöhnlichen Art, überließ sie ihm für einen kurzen Augenblick ihre kühle, schlanke Hand.

Sein Blick glitt ein wenig ab. Ihm war, als ob er Schelte bekäme.

„Wie lebst du?“

Wie ein Hund blickte er sie an.

„Nun!“

Sie lächelte. Ein ganz klein wenig. Aber nicht völlig verwischte dieses Lächeln den sonderbaren Zug von dem Nasenflügel herab.

Zögernd schritt er, von ihr geleitet, in den Raum.

Das Atelier war ein größeres Mansardenzimmer, das Libby sich auf eigene Kosten hatte in ein Atelier umwandeln lassen. Außer ihm bestand die Wohnung noch aus einem Schlafzimmer und einer kleinen Küche. Die ziemlich tiefe Mansardennische hatte ursprünglich zwei Fenster gehabt, die Libby hatte ausbrechen und in ein einziges breites Atelierfenster hatte verwandeln lassen. Die Nische selbst war zu einem hübschen kleinen Plauderwinkel hergerichtet, in dem Siegmund mit Libby, wenn er sie besuchte, seine Tasse Tee zu trinken pflegte.

Wie gewöhnlich hatte sie den Raum voll Blumen: Chrysanthemen, Hyazinthen, gelbe Frühjahrsnarzissen und Krokus die in Vasen, Schaalen und Blumenscherben auf Fensterbrett, Tischen, Schrank und Kommode standen.

Die Wände hingen und standen voller Bilder und

Zeichnungen, eigenen und fremden. Die fremden waren einige alte Italiener und Bilder englischer Praeraphaeliten. Auch einiges von Lechter und Beardsley war vorhanden und ein paar Zeichnungen von Fidus, den sie gern mochte und dessen rituale Ornamentik mit ihrer theosophischen Magie sie zu einer ganz eigenen zaubervollen Phantastik ausgebildet hatte.

Selten zeigte eins ihrer Bilder ein breites Format. Die meisten waren schlank und verhältnismäßig schmal. Eine besondere Vorliebe hatte sie für die Gouache- und Pastelltechnik; und auch die Art, wie sie das Ölbild behandelte, lag nach dieser Richtung. — Es fanden sich auch verschiedene Porträtstudien. Libby verdiente sich ihren Lebensunterhalt mit dem Porträt. Aber sie zeigte auch hier ein sensibles, feinspüriges Talent und eine delikate, impressionistische Weise.

Ihr Genie indessen waren Landschaft, eine mystische Ornamentik und schlanke, vergeistigte menschliche Gestalten, in der Art, wie Lechter und Beardsley sie haben. Für die letzteren hatte Siegmund nicht besonders viel übrig. Dagegen taten es ihm ihre Landschaften und Ornamente an. Ihre Blumen und Bäume, die Weise wie sie ein Gelände zu dehnen wußte, der Licht- und Luftzauber, mit dem sie sie beseelte! — Siegmund empfand diese seltsamen Landschaften und diese mystische Ornamentik mit dem Zauber ihrer Arabesken gar nicht mehr als solche: sie waren etwas ganz besonderes und unsagbares: sie waren wie irgend eine Verkörperung von Geistergestalten. Sie waren wundersame Individuen aus einer transzendenten Welt, die ihm alle Symbolik der mystischen Gestaltungen anderer Maler übertrafen. So empfand er zum Beispiel den Lilahauch der Herbstzeitlosen auf ihrer

Herbstzeitlosenwiese gar nicht mehr als Bestandteile einer Landschaft, sondern als die geheimnisvolle Gestalt eines übersinnlichen geistigen Wesens.

Sie hatte auch einige Stimmungen des Landschafts= bildes da, das man von ihrem Fenster aus erblickte.

Es war ein Weitblick über das Gelände gegen Neu= Weißensee, Neuhohenschönhausen und Wilhelmsberg hin. Im Vordergrund dieses großen Landschaftsbildes dehnte sich unten die Straße hin, der mächtige Komplex der Gasanstalten, ein großer Holzplatz und die weiten grünen Strecken von Gartenkolonieen mit ihren zahllosen kleinen Lauben und improvisierten Gartenhäuschen, auf denen die üblichen bunten Fahnen mit ihren Phantasiefarben wehten.

Es war eine so eigenartige und wechselvolle Schau, interessant zu allen Tageszeiten und in allen Stimmungen; ob drüben im Osten die Morgenröte glühte oder die Sonne aufflammte; ob lichte blaue Sonnennebel den Horizont hüllten oder das freie blaue Firmament das Land überwölbte, oder Gewölk seine weißen Gebirge im Äther ballte; wenn der Sternhimmel drüber strahlte; wenn ein Gewitter am Horizont dunkelte, oder das weite Land sich im Mondglast dehnte, der Vollmond träumerisch und groß zwischen sehr hohen Flockenwölkchen stand, oder zwischen grotteskem Wolkendunst seine lichten Farben webte. Oder wenn trüb und schwermütig weite dicke Schichten von Fabrikqualm darauf lasteten, oder der Regen drauf niederpeitschte aus riesigen, dunkelblauen Wolkenschläuchen; oder wenn im Winter die Weite eine einzige weißblitzende Schneefläche war.

Siegmund war in die Nische getreten und blickte hinaus.

Dieser Zug um ihren Mund — genierte ihn so! —

Aber da fühlte er, wie Libby langsam zu ihm hin kam. Und nun stand sie neben ihm am Fenster.

Schweigend blickten sie beide, so nebeneinander stehend, über das große, dunstige Gelände hin.

Ihre grauen Augen waren starr, wie mit einem Ausdruck von Grauen auf das schwüle Land gerichtet; und derselbe Ausdruck zog sich in einem feinen, krampfigen Zug von den Flügeln ihrer Nase um den herbgeschlossenen Mund.

„Nevermind!" sagte er plötzlich.

„Ach ja! — Alles ist nevermind!" sagte sie mit ihrer müden, leisen, fremdartigen Stimme. — Ein wenig bitter?

„Ich war heut im Hain," fuhr sie nach einem kleinen Schweigen in derselben müden, leisen Weise fort; mit einem wie gequälten Vibrieren ihrer Stimme: „Leute kamen gezogen. — Solche. — Mädchen und Burschen. — Sie kreischten und lachten. — Rannten so hin und her. — Haschten sich. — Machten solche Gesten. — Wie das war!"

Sie schwieg.

„Jaja! — Auch nevermind!" machte Siegmund hastig.

„Auch!" wiederholte sie. „Und das: diese Gesten, dies Kreischen, Lachen und das alles; unsere Untergründe!"

Wie war sie nur? — Wie ihre langen, weißen Finger leise, leise am Kleid krampften und zupften.

„Ja! — Wie heute Nacht der Vollmond am Himmel stehen wird! — So — bedrängt! Von schwülen, weißen Schwaden! — Solche Schwaden! — Es sind dann nur wenige Sterne da. — Die Sterne sind dann nicht lebendig.

Nicht frei. — Sie leuchten nicht. — Sie singen nicht. — Sie sagen nichts. — Ihr Licht ist bös und angestrengt. — Sie — kämpfen. — Man empfindet sie nur noch wie ein elektrisches Geflecht. — Wenn große, weiße Wolkendünste durchs Klare ziehen: das ist anders. — Das ist schon Sieg. — Aber dies da ist der härteste Kampf. — Es ist, als ob etwas Ungeheuerliches drohte."

„Verwesungstemperatur! — Die große Stockung, die immer wieder droht! — Es!" sagte Siegmund leise.

Sie verstanden sich.

„Ja!" sagte sie. „Die Götter im Kampf! — Wie wahr das ist! — Es ist die ganze Wirklichkeit."

„Hast du jetzt — oft — solche — Empfindungen gehabt?" fragte Siegmund leise und stockend, das Gesicht ein wenig nach der anderen Seite gekehrt.

Sie schwieg einen Augenblick.

Aber dann stieß sie hervor:

„Ach ja! — O ja! —"

Es war in diesen Worten beinah etwas wie Ungeduld gewesen.

Siegmund schwieg. —

Ach, was hatte er da für eine schamlose Torheit hinter sich. Mit dieser — Lisa da! —

„Hast du — in der letzten Zeit — gearbeitet?" fragte er.

„Jaja!" machte sie hastig. Sie strich sich mit einer unsicheren, bebenden Geste über das Schläfenhaar.

„Ich — will Tee kochen!"

Sie wandte sich kurz ab und schritt mit ihrem langsamen, müden Gang in den Hintergrund zu der Teemaschine.

Siegmund blickte ihr nach; wurde nervös; zündete

sich eine Zigarette an; betrachtete die Bilder; stöberte in ihren Mappen . . .

Endlich kam sie mit dem Teetablett zur Nische.

Siegmund kauerte am Boden vor einer großen aufgeschlagenen Mappe. Wie ein armer Sünder spähte er verstohlen nach ihrem Gesicht. — Obschon sie ihn nicht gerade anblickte, schien sie diesen Blick dennoch zu gewahren. — Sie hatte da so ein ganz leises, müdes kleines Lächeln. — Nun! Er schien sie ja zu belustigen.

„Willst du Rotwein oder Arrak?"

Ihre Frage aber war in ihrer gewöhnlichen, müden, gleichgültigen Weise.

„Arrak! Arrak!" sagte er hastig, klappte die Mappe zusammen und sprang in die Höhe.

Sie ging wieder zum Hintergrund, von wo sie die Arrakflasche brachte für ihn und Rotwein für sich.

Sie saßen sich einander gegenüber.

„Nun? Und du? — Was hast du erlebt?"

Wieder hatte sie das sonderbare Lächeln. — Sie blickte ihn aber nicht an. Mit ihrer müden linden Geste nahm sie sich ein Kakes von der Schale.

„Ich?"

Siegmund schwieg.

Sie fragte nicht. Sie schien auch gar keine Antwort erwartet zu haben. Sie blickte, den Arm aufgestützt, an dem Kakes knabbernd, durch das Fenster.

Plötzlich aber erhob sie sich, schritt zum Bücherbrett und brachte ihm die zwei Bände der englischen Beardsley-Ausgabe.

Weshalb — brachte sie den Beardsley?

Sie hatte die Bände leise neben ihm auf den Tisch gelegt und hatte den einen aufgeschlagen.

Dann hatte sie sich wieder niedergelassen und blickte durch das Fenster.

Mechanisch blätterte er. — Es war der Pierrot; der Teufels-Pierrot, zwischen Damen und einem wunderlichen Gekrissel von Arabesken.

Er starrte die Zeichnung an. — Verstand irgend etwas.

Sie schickte ihm einen schnellen Blick zu, aus wunderlichen harten und klaren Augen; einen ironischen Zug um den Mund; einen Blick, den er nicht merkte.

Plötzlich aber erhob sie sich noch einmal, ging zum Zeichentisch und kam mit einem Karton zurück, das sie ihm hinreichte.

Sie ließ sich wieder nieder.

„Hast du das — in der letzten Zeit — gemalt?" fragte er stockend.

„Ja? — Ja?" Ihre Stimme war grell und hart gewesen; irgend eine unwillkürliche, völlig unbewußte Nüance.

Er senkte vor ihrem Blick die Augen schnell wieder auf die Zeichnung.

Es war ein kreisrundes Bild in buntem Gouache. — Eine gelbe Sonne, die von einem feinen, milchigen, in leisen mystischen Irisfarben spielenden Nebel umdunstet durch ein seltsames Gezitter und Gerank von Zweigen und Reisern blickt, die in merkwürdigen bläulichen, violetten und rotbräunlichen Farben gehalten sind.

Siegmund erschrak. — Das?! —

Er hatte einmal ein totes Tier in einem Bach treiben sehen. Eine kreisrunde Stelle des von der Verwesung gedunsenen Leibes, frei von Haaren: er sah sie in diesem Augenblick. Mit so sonderbar klaren milchigen, grünlichen, bläulichen, rötlich violetten Farben von einem dunkelblauen Geäder durchzogen.

Und — die Sonne da! —

Was sie da vorhin von dem elektrischen Geflecht — von den ringenden Sternen — den kämpfenden Göttern gesagt hatte?

Diese — ringende, verhüllte — Sonne!

Und die traumhaften Arabesken und Ornamente ihrer Gemälde und Zeichnungen; die seltsamen, hochstrebenden, von irgend einem dunklen mystischen Grund aufstrebenden, fließenden, seltsam verschlungenen Blumen, in so einem ungewissen, magischen Traumlicht! — Jaja!

Das — hatte sie — die Zeit her . . .

Er war bleich geworden. Sein Atem begann zu gehen. Er war nicht imstande, sie anzublicken.

„Du!" rief sie plötzlich heiser auf und lachte. Und während sie dies Lachen ausstieß, hatte sie sich auch schon in die Höhe gerissen und eilte mit einer so haftigen Bewegung, daß sich ihr die lange Haarfülle löste, zum Piano hinüber.

Er starrte ihr nach.

Sie begann zu phantasieren. Leise, wunderlich verschlungene Tonfiguren; fatalistisch um ein und denselben dunklen, tiefen, sonderbar toten Grundton herum.

Plötzlich aber fingen die Tonfiguren an von diesem Ton fortzustreben; immer haftiger, wilder und mänadischer rasten sie durcheinander, riefen, schrieen, wirbelten kicherten, lockten, seufzten, wurden zu einer süßen unbeschreiblichen trauernden Müdigkeit, erhoben sich wieder, grollten, drohten, fluchten . . .

Siegmund ertrug es nicht mehr. Er eilte zu ihr hinüber, sank stürmisch an ihr nieder, riß ihre Hand von den Tasten, küßte sie mit einem langen, heißen Kuß.

Da hieb sie ihm mit einem heiseren Aufschrei die

Fauſt ins Geſicht, riß ſich los, eilte zur Chaiſelongue hinüber, auf die ſie ſich, das Geſicht in das Kiſſen preſſend, niederwarf.

Aber ſchon war er bei ihr. Kniete bei ihr nieder, umfaßte ſie.

Da wandte ſie ſich herum, riß ſein Geſicht mit beiden Händen an ſich und preßte ihm heiße Küſſe auf den Mund . . .

III.

Am ſpäten Abend fuhr Siegmund noch zum Café, Libby hatte ſeinen Vorſchlag angenommen, ihn zu begleiten.

Sie fanden die Tafelrunde hinten in der großen Fenſterniſche des Billardzimmers vollzählig zuſammen und in einer ſehr lebhaften Debatte.

Auch Donald war vorhanden. Es war Siegmund nicht gerade lieb, ihn mitten zwiſchen allen neben Uhſe ſitzen zu ſehen.

Alſo, was hatten ſie denn wieder mal vor? — Einen Einakter von Strindberg? — Samum?

Uhſe war gerade am Wort. Er war ungewöhnlich lebhaft und ausgelaſſen. Er wollte ſich über irgend welche Meinung, die da über den ‚Samum‘ vorgebracht war, halbtot lachen.

„Aber die ganze Choſe!“ rief er, und ſeine Äugelchen funkelten vor Vergnügen. „Hahaha! Der „Jüg“ bis in die Agonie. ’nein! — Denn die Geſchichte ſpielt natürlich nicht in Algier und in dem Marabout und der Grab-kammer, ſondern in Paris; und der Mittelpunkt iſt das

Sterbebett Guimards! — Das ist ja ganz offenbar! — Das Ganze ist ein Phantasie-Monolog des Guimard, der in der Agonie liegt. — Ganz selbstverständlich? Denn wie konnte die Araberin Biskra etwas von der violetten Bandschleife an dem Kranze auf dem Sarge seines Sohnes Georges wissen? — Guimard, der Brave, ist aus Algier zurückgekehrt, hat einen Knacks wegbekommen, liegt in der Agonie und bildet sich ein, in der heraufbeschworenen Erinnerung irgend eines derartigen Erlebnisses, er liegt, vor dem Samum geflüchtet, in dem arabischen Marabout und Biskra ist bei ihm, mit der er in Wirklichkeit damals vielleicht ein ganz pläsierliches Techtelmechtel gehabt haben mag. — Aber der Samum ist der Tod und die Agonie für diesmal. — An seinem Bett steht Elise, sein Weib, und, ich weiß nicht, Georges, sein Sohn oder Jules, der Hausfreund? — Nehmen wir an, Georges. — Aber zum Teufel! Weshalb sollte es nicht ebensogut Jules, der Hausfreund sein, der ihm, surely! inzwischen Hörner aufgesetzt hat! — Also zuguterletzt: tiefsinnig ist der Tod: — ein jemütliches Techtelmechtel mit der Araber-Beauty Biskra-Elise; im Hintergrund Georges-Jules-Jussuf. — Ein verfluchter Kerl, der August Strindberg! — Hahaha! — Blos schade, daß er sich über den Rummel noch nicht halbtot gelacht hat!"

„August Strindberg!" rief in diesem Augenblick Jsmael Fink aus dem tiefsten Hintergrund der Fensterecke her, wo er bei seinem Siechen wieder neben Erich Stobwasser saß. „Aber er lacht ja! — Er lacht! — O, wie er lacht! — Strindberg! — Ein Gott lacht! — Ein lachender Gott! — Die Götter sind da! — Hört ihr die Götter lachen?! — Der Himphamp der Kultur ist komplett! — Die Unsterblichen sind da! — Sie lachen! — Beide

Hemisphären dröhnen von ihrem Frühlingslachen! — Ver sacrum! Ver sacrum!"

Uhse warf Donald einen Blick zu.

Was der Kleine für ein jottvoll dummes Gesicht machte.

„Woll!" brummte Erich Stobwasser. „Die Götter! — Und die Peitsche!"

„O, die Peitsche!" echote Ismael Fink.

Libby, die sich eine Zigarette angezündet hatte, lachte in ihrer stillen, gehaltenen Weise. Ismael Fink machte ihr Vergnügen.

„Samum! — Die Hölle! — ‚Der Himmel mißt selbst die Zeit für die Hölle der Ungläubigen‘," zitierte Dr. Fengler, der alles wußte und der natürlich auch diesen Einakter von Strindberg gelesen und in seinem fabelhaften Gedächtnis hatte.

„Die Suggestion! — Die Hölle! — Der Haß! — Der Kampf der Gehirne, seit Jahrtausenden geführt, wird akut! — Welches Gehirn wird siegen? — Die Evokation des Übergehirnes! — Hm!" —

„Mhm!" machte Uhse. „Nun aber!"

„Alles wird offenbar," fuhr Dr. Fengler fort, ohne sich von dieser Interjektion stören zu lassen. „Auch die Hölle wird in diesen Zeiten erkannt. — Alle Weisheit der Menschen tritt ins Licht. — Die Dichtungen und Mythen der Alten werden offenbar in ihrer Wirklichkeit! — So wird sich die große Lösung vollziehen. — Morgen, übermorgen, oder irgend einmal! — Auf diesem Wege wird sich das größte Mißtrauen schürzen und den großen Bruch vollbringen. — Das wird die Überwindung und die Geburt des Übermenschen sein. — Loyola! — Nietzsche! — Wenn man so will, wird es das jüngste Gericht sein!"

Uhse hockte mit seinem Bocksgesicht auf seinem Stuhl und ‚höchte‘ sich. — Dr. Fengler war immer sein Fall, wenn er so in seinem Fahrwasser war und auf dem Stein der Weisen saß. Dr. Fengler, dieser alte Bücherwurm und Stubendachs lebte jetzt.

„Der Dritte! — Das Weib und die Lüge!“ fuhr Dr. Fengler fort. „Die Aera der Hausfreunde und der Ehebrüche! — Das Problem der Ehe und die anhebende große Vollendung!“

„Na ergo!“ meinte Uhse und steckte seine spitze Nase in sein Pilsener. „Merk dirs, Donald! Und heirate nie! Nie!“

„Die Sünde und die Überweisheit stehen in Blüte; das Alte ist umgestoßen und verachtet wie ein räudiger Hund. — Und er kann doch nicht sterben, der große Held. — Der blühende Tod macht die ewige Jugend alt und räudig. — Aber sie wird nicht sterben. — Sie ist in der großen Umwandlung der Begriffe und Werte. — Sie ist in der großen Umwandlung der Seele und des Leibes. — Sie wird aus den großen Finsternissen siegreich hervorgehen und sich erneuern. — Sie wird aus dem großen, klugen, sophistischen Hohn, aus den Ungewißheiten der lachenden Agonie erneut hervorgehen. —

Aber ‚Alt‘ und ‚Neu‘, ‚Schuldig‘ und ‚Unschuldig‘, ‚Gut‘ und ‚Böse‘: wie soll erkannt und gerichtet werden?

Und wer will über das Feinste und Innerste richten? — Suggestion! Wie hat es sich herüber und hinüber getragen? Wie hat es sich verwirrt? — Hier ist ein Reiner, ein Unschuldiger; dort ein Befleckter und Schuldiger: wer ist Ursache und wer ist Wirkung? Wie ist zu richten? — Wie zu scheiden? — Das ist im Dunkeln! — Biskra und Guimard oder Elise und Guimard, und — Jules oder Juffuf. — Das Gericht! die Hölle! — Von hier aus wird sich einst die große Klärung und Scheidung erheben. — Ein solches wird das Gericht des jüngsten Tages sein. — Strindberg! Maeterlinck! — Wie unsere Gehirne sich heute der feinen und feinsten Wertungen und gegenseitigen Mitteilungen bewußt sind! — Wie wir einen Sinn der feinsten Geste bemerken und zu verstehen beginnen! — Die Nuance eines Räusperns! Die Unbewußtheit eines Blickes, einer — zufälligen Miene! — Was will das werden? —

Es ist wunderbar, wie der Mensch sich in die Gewalt bekommt, überlistet und erkennt! —

Hm! — Dies zu denken! — Irgend ein findiger Kerl, der sich auf die Künfte der Hypnose und Suggestion versteht, überlistet Jemand, zu irgend einem Zweck, nachdem er ihn eine gehörige Zeit präpariert und mit sich — imprägniert hat, suggeriert sich ihm, bringt seinen Vorstellungsbereich in Unruhe, zerlegt ihn, sozusagen, in seine sämtlichen — Spirits. — Was ist er nun? Was ist in ihm noch er? Wer ist er?"

„Donald, spielst du eine Karambolage mit mir?"

Uhse hatte gelacht und sich erhoben. Wennschon ungern und zögernd folgte ihm Donald zum Billard hinüber.

Donald spielte zerstreut und lauschte zu Dr. Fengler hinüber.

„Donald! Attention! — Bitte, mein Lieber! — Was denn? — Ach, alter Quatschmeier, der Dr. Fengler!"

Sie spielten weiter.

Plötzlich aber, als Donald sich zu einem komplizierten Stoß über das Billard hin lehnte, glitt ihm durch die Bewegung sein Portefeuille aus der inneren Jaquettasche, fiel zu Boden und sprang auf. Ein paar Briefe und eine Photographie fielen heraus. Die letztere war das Porträt Ruths, das er im Laufe der letzten Tage von ihr bekommen hatte.

Wetter! — Was — war denn das?!

Uhse wurde aufmerksam.

Das Porträt eines — weiblichen Wesens?!

„Haha! — Verzeih! Inzwischen etwa eine kleine — Bekanntschaft gemacht?" fragte er und trat, sein Queue treibend, zu Donald hin.

Donald zuckte ein wenig mit den Brauen. Gerade an Uhse fühlte er ein solches Interesse als Indiskretion. — Im übrigen war er durch Uhses Frage sehr verwirrt.

„Hm ja! — Ja!" machte er hastig und verlegen.

„Hehe! — Darf man sehen?"

Zögernd, wenn nicht geradezu unwillig, reichte ihm Donald das Photogramm, das Uhse sehr eifrig und interessiert betrachtete.

„Haha! — Sieh mal! — *Οὐ σχεδόν τι*, meinte der alte Sokrates!" —

Im übrigen war Uhse sehr fatal berührt. — Hm! Wetter! Und sie schien — irgendwie — Rasse zu haben? Was war denn das? — Allerdings: es konnte freilich auch etwas ganz — hm! — Platonisches sein! — Die Backen! So ein Ausdruck im Auge: — er würde doch wohl wahrscheinlich nur so alle möglichen poetischen und sonstigen Schwärmereien tauschen. —

Aber: immerhin? — Ü! Fatal! — Sein Gesicht hatte einen verdrießlich=betroffenen und gespannten Ausdruck angenommen.

„Hm! Nun! — Und?" fragte er leichthin, Donald

das Photogramm zurückreichend und ihn mit einem Lächeln fixierend.

„O!“ machte Donald.

Er war rot geworden und wich Uhses Blick, den er indiskret fand und dessen Cynismus ihm mißfiel, aus.

„Eine Bekanntschaft von — Verwandten.“

„Ach so so!“

Uhse wandte sich ab und beugte sich, da er am Spiel war, über das Billard.

„Erst kurze Bekanntschaft?“ fragte er aber nach einer Weile von neuem.

„Jaja! — Ganz kurz!“ machte Donald ausweichend. „Wir sprechen über Frauenemancipation und — so etwas miteinander,“ setzte er zögernd hinzu.

„Ach so! — Jaja! — Wunderbar! — Es muß ein sehr schönes Verhältnis sein! — Weißt du, daß mag ich so gern an dir, mein Lieber! Deine wundervolle — Keuschheit!“

Nu nu! dachte Donald. Was meinte Uhse damit?

„Wirklich! — Es bedeutet so viel soliden Fond. — Du bist der einzige ideale junge Mann unter uns. — Wir sind alle durch die Bank mehr oder weniger verdorben und salopp. — Die Kulturkraft fehlt. — Durch die Bank sind wir dekadent. — Du bist der einzige der solide Kulturkraft und Charakter hat. — Im Ernst! Ganz im Ernst! — Du wunderst dich, daß gerade ich das zu dir sage. — Aber — hehe! — ich habe auch meine anderen Seiten. — Du wirst mal'n ganzer Kerl werden und was Rechtschaffenes und Solides vor dich bringen. — Du wirst dich durch uns durch würgen, wirst uns verdauen und uns samt und sonders in den Sack

steden. — Also: über die Frauenfrage sprecht ihr. —
— Da ist sie wohl emancipiert?"

„O — nein! — — Wir — sind noch so wenig
zusammen gewesen."

„Sososo! — Jaja! — Na, verzeih! Ich bin vielleicht indiskret." —

Donald schwieg.

Sie spielten weiter. Sprachen von irgend welchen
anderen gleichgültigen Dingen. Aber Uhse blieb ein
wenig zerstreut und nachdenklich.

Donalds Aufmerksamkeit war mehr drüben beim Tische
als beim Spiel.

Es hatte sich da wieder ein sehr lebhaftes und interessantes Gespräch angesponnen.

Es handelte sich um eine Novelle Maupassants, in
der latente Suggestion und Fernsuggestion eine wichtige
Rolle spielten. Es handelte sich um eine Suggestion über
eine Entfernung von zehn Meilen und man stellte alle
möglichen Hypothesen darüber auf, in denen Ernst Wittler,
ein Maler und ein geschworener Spiritist, ein großer,
lichtblonder, hagerer Mensch, mit einem bleichen faltigen
Gesicht und sonderbar tiefen grauen Augen wieder mal
das Menschenmöglichste leistete.

„Hm! — Die Sache geht vielleicht viel natürlicher
zu, ohne daß sie deshalb weniger wunderbar wäre,"
begann endlich Dr. Fengler wieder. „Ich habe gerade
darüber manches nachgedacht und bin auch zu einem
Resultat gekommen, das sich vielleicht hören läßt, und
das alle mögliche Mystik und viertdimensionalen Aberglauben beiseite läßt."

„O, erlauben Sie!" wollte Wittler einwenden.

„Für mich haben die meisten Erscheinungen des

Spiritismus lediglich eine symbolistische Bedeutung. Alle diese Manifestationen, Handabdrücke usw. lassen sich immer noch, soweit nicht direkter taschenspielerischer Humbug dabei im Spiel ist, auf psychophysiologischem Wege erklären, meine ich. — Und so ist das auch mit dem Problem der Fernsuggestion. — Wir dürfen uns da nicht verblüffen und in Aberglauben verstricken lassen. — Die Welt und die Erscheinungen sind groß und verwirrend mannigfaltig und doch auch wieder im Grunde sehr klein und beschränkt. Hundert Meilen und mehr sind viel; ja! schon zehn Meilen sind sehr viel und erstaunlich und doch auch wieder nichts. Das eben ist der Kern aller Mystik. Das ist aller Sinn der Mystik. Das ist das lachende Geheimnis. — Es ist alles beieinander. — Eine solche Fernsuggestion erscheint wie ein tiefes, unerklärliches Wunder — das uns sicher an irgend einer Stelle auch immer wieder echappieren wird; das gehört zum Sinn der Welt, das ist der dunkle Spaß des Lebens — aber dennoch können wir seiner natürlichen Mechanik am Ende ganz gut beikommen. —

Zunächst: der Hypnotiseur ist mit dem Hypnotisierten in direkter persönlicher Beziehung gewesen. Er kennt seine persönlichen Verhälnisse; er ist unterrichtet über die Verhältnisse und Zustände jenes zehn Meilen entfernten Aufenthaltsortes. Er bringt also durch die Hypnose das betreffende Individium in ein gesteigertes seelisches Tempo. — Und wir erfahren ja alle, zu Zeiten, was unser Gehirn, wenn wir uns konzentrieren, oder durch irgend welche besonderen Umstände gezwungen sind uns ungewöhnlich zu konzentrieren, vermöge der Subventionen, die es aus dem Unterbewußten bekommt, zu leisten vermag. — Gut! Der Betreffende befindet sich, in solcher Dispo-

sition, in jenem zehn Meilen vom Hypnotiseur entfernten
Aufenthaltsort. — Nach einigen Tagen suggeriert ihm
dieser, einen Bekannten, der in der und der Straße
wohnt, zu besuchen und mit ihm dieses und dieses zu
verhandeln. Der Hypnotisierte wird unruhig, ‚vernimmt
den Befehl‘, und führt ihn aus. — Wie es sich später
erweist — die Verbindung ist sehr gut und der Hypnotiseur sehr geschickt — völlig prompt. — Dies erscheint als
das erstaunlichste Wunder von der Welt. Ob, Äther-
medium oder wer weiß was für ein umständlicher Apparat
muß zur Erklärung herhalten. Ich weiß nicht, ob sich
die Sache nicht einfacher erklären läßt? Wir wollen
einerseits Freiheit gegenüber den dunklen Mächten und
auf der anderen Seite ihr letztes unentreißbares wirkendes
Geheimnis achten.“

Donald, der jetzt sehr zerstreut spielte, und der ganz
Ohr war, wurde von Uhse gescholten.

„Die seelische Spannung des Hypnotiseurs zu dem
Hypnotisierten hin ist vorhanden, seine Kombination ist
angeregt und konzentriert. — Desgleichen die seelische
Spannung des Hypnotisierten zum Hypnotiseur hin; seine
Kombination, bis tief in das — Unbewußte hinein, angeregt und konzentriert. Beide sind beständig außerordentlich auf einander konzentriert. — Hm! Es —
verbindet und spannt eine — Gefahr, eine Sorge, Ehrgeiz, Haß, Liebe und was immer; Knecht und Herr. —
Hm! — Mit Vorbehalt! Ohne Vorbehalt!“ Dr. Zengler
schwieg einen Augenblick „Wie interessant es ist Wie
tief! — Wie alles dabei in Spiel ist! —

Wie aber ist der Stoff, der die Möglichkeiten der
beiderseitigen Kombinationen gewährt und hält? Bestimmt
und beschränkt. Und bestimmt und beschränkt die Mög-

lichkeiten der Kombinationen. — Unser individuelles Leben ist im Grunde eine sehr beschränkte Reihenfolge von Verrichtungen. — Jetzt befiehlt der zehn Meilen von dem Hypnotisierten entfernte Hypnotiseur diesem zu der und der Stunde dem und dem Bekannten, von dem er sicher durch den Hypnotisierten erfahren hat, einen Besuch zu machen und ihm die und die Mitteilung zu überbringen. — Und — dieser Befehl beruht auf nichts als auf einer wunderbaren inneren Wahrscheinlichkeitsrechnung, die Ausführung desselben gleichfalls auf einer solchen Wahrscheinlichkeitsrechnung, und alles beruht auf einem sehr beschränkten Material gegenseitig bekannter Tatsachen. — Von hier aus müssen wir, wie verzwickten Fällen auch immer, bis zu einem gewissen Grade beikommen können. — Der Hypnotisierte ,vernimmt den Befehl', er gerät in Unruhe: Das heißt, er hat ihn im Grunde erkombiniert und ist aus psycho-physischen Gründen, denen sich sicher beikommen läßt, genötigt, ihn zu vollziehen.

Aber — der etwaige Kontrewille?" — Dr. Fengler wurde nachdenklich. Er schien irgend welche Dunkelheiten und besonders interessante Seiten des Problems im Auge zu haben.

„Und — wie interessant! — Die organischen Einwirkungen! — Paralysierte und benutzte Fieberzustände! — Überwundene Ohnmachten und Krankheiten! — Gehirnveränderungen? — Das Meer! — Das purpur-dunkle Meer! — Das — Unbewußte!"

Aber da kam — ,Mauriçon'! — Groß, breitschultrig, elastisch, elegant, mit Pariser Zylinder; mächtigem, steifem Klappkragen, blitzende Brillantnadel, Glacés, Stöckchen, Schnurrbärtchen und spitzer Kinnbart, rotbäckig und mit Augen, erstaunt und unschuldig wie die eines neugeborenen Kindes.

Und sogleich erhob sich unisono der Chorus der jungen Leute, ihn festlich zu bewillkommen!

„O tempora! O — Mau — ritz — ong!"

IV.

Donald hatte nach dem Erscheinen ‚Mauritzongs‘ aufbrechen müssen. Er pflegte selten die ‚Fidulität‘ über zu bleiben. Zudem mußte er morgen früh im Geschäft sein. Und es war ihm zuwider, sich hier Nachlässigkeiten zuschulden kommen zu lassen.

Aber auch Uhse war aufgebrochen und hatte sich Donald angeschlossen.

Es war Donald eigentlich nicht ganz recht. Das, was Dr. Fengler da alles über Hypnose und Suggestion gesprochen, beschäftigte ihn und es wäre ihm lieb gewesen, allein zu sein und darüber nachdenken zu können. Nun störte ihn Uhses Gegenwart, der ihm überdies in diesem Augenblick überhaupt unsympathisch war. Es war wieder mal so ein Moment, wo seine instinktive Abneigung gegen Uhse zum Durchbruch kam. — Wenn er wenigstens über die Sache hätte mit ihm reden können. Aber das wagte er nicht. Uhse war darin so — oberflächlich? Es war so kennzeichnend gewesen, wie er, sobald Dr. Fengler angefangen hatte zu sprechen, zum Billard hinübergegangen war.

„Hm? — Es ist dir doch nicht störend, daß ich mich anschließe?"

Donald schwieg.

„Du scheinst etwas unruhig, mein Lieber?" fragte Uhse. „Hat dich etwa der Speech von Dr. Fengler unruhig gemacht? — Ein ganz verdrehter Zwickel!"

Donald gab irgend einen unbestimmten Laut von sich.

„Ein wirrer Kopf! — Ein Mystiker! — Man muß sich in Acht nehmen, daß man sich nicht den Kopf von ihm verdrehen läßt. — Überhaupt: das sind solche Probleme! — Man darf sich nicht zu sehr damit abgeben. — Gefährlich, wenn man eine Neigung zum Grübeln hat! — Haha!“

Donald verzog das Gesicht. Uhse behagte ihm nicht in diesem Augenblick.

Aber jetzt schob Uhse Donald den Arm unter.

Donald wollte ihm unwillkürlich den Arm entziehen. Aber er duldete dennoch, daß Uhse ihn behielt.

„Was sind das alles für Haarspaltereien und Raffinements, bei denen nichts herauskommt!“ fing Uhse wieder an. „Wenn etwas dabei herauskäme! — Wenn zum Beispiel ein rechtschaffenes, neues Kunstwerk dabei herauskäme! — Aber nichts bringen sie zu Stande! — Durch die Bank sind sie schlapp und impotent!“

Uhse sprach mit einem Mal so leidend und versonnen. Es schien ihn etwas zu drücken? —

Mit einem Mal war er Donald wieder sympathisch.

„Ich sehne mich so oft nach Ursprünglichkeit und Naivetät. — Hm! Ich wundere mich, daß gerade du, mein Lieber, bei alledem so mittun kannst. — Es mag ja eine Probe sein, auf die du dich da stellst; aber — diese Frivolität, mit der sie über alles Gute, Solide, Alterprobte und Zuverlässige absprechen! Und leisten nichts! — Sind selber durchaus hohl und impotent! — Ich wei ß, daß dir gerade das alles im Grunde gegen den Strich ist! Daß deine Seele in ganz anderen, viel gesünderen und zuverlässigeren Welten lebt. — Ach, und das ist so wunderbar! — All dieser Humbug von freier

Liebe und Emanzipation! Diese verrückten Weibsbilder
mit ihren langen Mähnen und roten Blousen und ihrem
Übermenschentick! — Was kann es dir geben? Du hast
das Richtige! Auch in der Liebe. — Deine Stellung zum
Weibe ist im Grunde so eine gesunde. Es macht mir
so viel Freude, wie du dir das alles vom Leibe hältst. —
Mit wie gesundem Instinkt du da reagierst. — Ach!
überhaupt! Die — Weiber! — Sieh, gerade das ist so
wunderbar, daß du — ‚davon‘ so gar nicht geknechtet
bist! — Daß du nicht hinter jeder Schürze her bist. —
Sie werden dich nie, nie! erniedrigen können. — Daß
du so köstlich frei vom Weibe bist!“

Nun! Wie meinte denn Uhse das?

Donald wurde wieder ein bißchen mißtrauisch.

Er fand eine Gelegenheit, seinen Arm von Uhse zu
befreien.

Dennoch stutzte Uhse, und — hatte da so ein Lächeln.

„Haha! — Du machst deinen Arm frei! — — Ge=
fällt dir das nicht, was ich dir sagte? Haha! Eine kleine
Eitelkeit von dir! — Aber glaube mir nur! Ich habe
recht! — Na! — — — — He? — Ich habe immer so
ein Gefühl, als ob du ein Mißtranen gegen mich hättest!
— Ich kann dir nicht sagen, wie sehr mich das betrüben
würde. — Na! Aber ich bin nicht empfindlich.“

Es war, als ob Donald etwas sagen wollte. Aber
er schwieg.

Sie waren am Café des Westens angekommen und
im Begriff, in die Joachimsthaler Straße einzubiegen.

Uhse blieb stehen.

Er seufzte auf.

„Komm! Weißt du? Tu mir den Gefallen! Trink
noch eine Tasse Kaffee mit mir. — Es ist mir so fad heute.

Ich mag noch nicht nach Haus. Es wäre mir so angenehm, wenn ich noch ein paar Minuten mit dir zusammen sein könnte. — Deine Gesellschaft tut mir so wohl. — Bloß noch für ein paar Minuten. Bitte! Ja?"

Donald zögerte.

„Ich — muß morgen ins Geschäft," sagte er. Er war in diesem Augenblick aus irgend einem Grund ängstlich. „Ich — Ich bin auch — so — langweilig."

Seine Stimme bebte.

„Na aber ich sage ja! — Dir ist irgend etwas!" Uhse faßte ihn vertraulich beim Arm. — „Dummes Zeug! — Was brauchen wir denn weiter zu reden. — Wir rauchen noch eine Zigarette; trinken eine Tasse Kaffee miteinander. Und damit gut. — Nun? — Na, los! Los! — Hehe!"

Sie gingen ins Café.

V.

Am nächsten Tage aber war Uhse mit Nelly zusammen. Er hatte sie zu einem Spaziergang in die Wilmersdorfer Feldflur geladen.

Er hatte sie vom Stadtbahnhof Schmargendorf abgeholt, und sie waren durch die Felder nach Schöneberg hinüber gewandert.

Am Abend kamen sie einen Weg von Schöneberg her langsam auf die Kaiser-Allee zu zurück. Einer von den Wegen hier draußen, die halb noch Feldweg, halb schon als Straße angelegt sind. Felder mit singenden Lerchen drüber und sandiges haideartiges Gelände, Lehmstrecken,

Holzplätze, Strecken mit Gerümpel, Schutt oder Material zu Baurüstungen hinter langen verwitterten Holzplanken. Ein paar hinfällige Holzbaracken. Mehr gegen die Kaiser-Allee hin ein paar Häuser in Gärten. Ein ödes tristes Gelände, das unter dem schönen klaren Maihimmel abendlich dunkelnd die Stimmung einer schwermütigen Feierlichkeit zeigte.

Es war ein klarer, reiner Abend. Drüben über den dunklen, stillen Baummassen der Gesellschaftsgärten und der Allee starrten im blauen Himmel riesige, feierliche Wolkengebirge. Dazwischen zeigte das Firmament die blassen Tönungen eines farbigen Sonnenunterganges.

Fern in den Gärten wurde konzertiert. Die Musik, wohl irgend etwas von Wagner, hatte etwas Weites, Unbestimmtes; wie feierliche große mystische Chöre fremdartiger Instrumente, bald zu einer großen, pathetischen Melancholie anschwellend, dann leise verhallend, ganz verschwindend; langsam wieder ansteigend und sich steigernd. Sonderbare, willkürliche, mystische Harmonien, wie von irgend einer riesigen Aeolsharfe.

Nelly fand das alles so schön. Sie fühlte sich so glücklich. — Es war ein ländlicher Ausflug. Ein schöner ländlicher Frühlingsabend mit Militärkonzert in einem Etablissement und Lerchengesang über junggrünem Saatfeld.

Uhse schritt neben ihr her, mit etwas hängenden Schultern und einem etwas patentgiggerlartigen Gang, einen eleganten hellen Sommerüberzieher an, ein steifes schwarzes Hütchen auf, das Stöckchen mit Silbergriff in der behandschuhten Rechten.

Sie waren in die Kaiserallee eingebogen und kamen an der Ecke der Berliner Straße an ein nettes lauschiges kleines Garten-Restaurant, das das „Landhaus" heißt.

Nelly war entzückt von dem Namen und den vielen schönen buschigen Winkeln.

Am Himmel blickten über den weißen Wolkengebirgen schon ein paar Sternchen. Von fern her kam die Musik. In den benachbarten Privatgärten schlugen die Nachtigallen. Dazu all das Publikum! — Das Klappern der Geschirre und Gläser. Im Hintergrund freundlich durch Büsche und dichte Bäume hindurch das Haus mit einer gemütlich erhellten, umlaubten Hochveranda, deren getünchte Wände mit so schnurrigen Bildern bemalt waren. Es war so reizend.

Nelly forderte Uhse auf, sie in den Garten zu führen. Wie allerliebst!

— Wie ein Pärchen wollten sie in so einem lauschigen, dämmrigen Laubenwinkel sitzen, den sie unbesetzt und abseits vom Publikum entdeckt hatte; sie wollte Kuhkäse mit Butter und Radieschen essen und helles Lagerbier dazu trinken.

„Meinst du?" machte Uhse und zog, ohne sie anzublicken, sein sardonisches Gesicht.

Sie stutzte. Ihre Miene veränderte sich.

In Uhses kleinen Augen begannen die Pünktchen zu blitzen. Er schickte einen langsamen, ironischen Blick zu der leeren, halbdunklen, einsamen Laube hinüber; aber dann führte er sie in den Garten.

„Was ist dir?" fragte er, ihr forschend in die Augen blickend. „Aber — ich bin ja doch völlig einverstanden?"

Sie zögerte. Doch er führte sie durch den vollen Garten zu der Laube.

Sie ließen sich nieder.

Ein Gartentisch mit einer rotgewürfelten Decke überdeckt. Eine entfernte Gaslaterne legte ihren Schein drüber.

Schweigen. —

Uhse blickte, die behandschuhten Hände auf dem Silber=
griff seines Stöckchens, die Scherbe im Auge, mit seinem
sardonischen Gesicht vor sich hin.

„Aber reizender Gedanke!" sagte er plötzlich.

Die Ironie, die in diesem Worte lag, war diesmal
weniger aufrichtig, als berechnet; denn alles in ihm vibrierte
von einer ganz bestimmten Absicht, mit der er sich schon
seit ein paar Stunden getragen. Er kannte dies Lokal;
er wußte, daß es ihr gerade ein solches Entzücken er=
regen würde und mit Absicht hatte er sie hierhergeführt.

Hm! — Er hatte ihr einen schnellen, von der Seite
lauernden und prüfenden Blick zugeschickt. Ihre Verwir=
rung steigerte sich. Es war in ihrer Haltung und
Stummheit so eine gewisse Starrheit. Ihre Brust ging,
ihr Blick hatte einen zerstreuten, fliehenden Ausdruck.

In diesem Augenblicke erschien im Eingang der Laube
der Kellner.

Uhse bestellte, was sie vorhin gewünscht.

Der Kellner entfernte sich wieder.

Nelly saß, gegen ihren Stuhl zurückgelehnt mit ge=
kniffener Lippe und atmender Brust und schien durch das
Buschdickicht hindurch die vorüberhuschenden Lichter der
elektrischen Bahn zu verfolgen.

„Aber: was ist dir, Liebste?" fragte er plötzlich, sie
besorgt anblickend.

Sie fuhr zusammen.

Hm! — Genau wie — Donald gestern Abend, dachte
Uhse, der sie fest im Auge hatte. Genau die Art, wie
er reagiert hatte. — Hehe! — Im Grunde — Anti=
pathie. — Die Pünktchen in seinen kleinen Augen wurden
einen Augenblick böse.

Ihr Mund zuckte. Ihre Augen schimmerten plötzlich feucht.

„Aber — nichts?" hauchte sie; mühsam.

„Ae!" machte er. Er zog mit einem Mal ein fades,
trübsinniges Gesicht, starrte vor sich nieder und fuhr, sein
Lächeln um den schief herabgezogenen Mundwinkel, mit
dem Stöckchen im Sand umher.

„Qui dice donna, dice danno, malanno tutto l'anno!"
monologisierte er; leise, langsam, — bitter.

Dieses Zitat steigerte ihren Zustand. Sie stierte
eine Zeitlang wie in einem stillen Irrsinn vor sich hin.
— Dann sank sie mit einem gequälten Stöhnen gegen
ihren Stuhl zurück.

In dieses Schweigen blickten oben die durch die her-
eingebrochene Dämmerung hervorgelockten Sterne, schlugen
die Nachtigallen und duftete der Flieder des hohen,
dichten Gebüsches, zwischen dem sie saßen und das
von den Reflexen des Gaslichtes träumerisch erhellt
war. —

Uhse — genoß diese — Poesie! Hehe! — Es lag
was drin! —

Aber plötzlich wandte er sich wieder zu ihr hin; und
im Ton einer liebenswürdigen, vorwurfsvollen Betroffenheit, mit kurzem, gleichsam zupfenden und stoßenden
Worten und Sätzen:

„Aber Liebste! Was ist dir nur? — Du bist mit
einem Mal so verstimmt? — Erst bist du so fröhlich?
Freust dich, mit mir hierher zu gehn? Und nun dieser
rätselvolle Umschlag! — — Solltest du etwa wieder-
mal so eine dumme Erinnerung bekommen! — Aber ich
bitte dich! Ich versichere dich! Es wird ja alles gut!
— Meinst du . . . Du! Nelly! — Sag! Fühlst du

dich meiner nicht sicher? — Fühlst du dich meiner nicht absolut sicher! — Sag! — Nelly!"

Eine Weile herrschte ein Schweigen.

Sie lachte dann. Ein sonderbares, halblautes, hysterisches Lachen, das Fröhlichkeit ausdrücken sollte.

Ihre Augen funkelten. Ihr Gesicht glühte.

O! — Er fixierte sie. Knirschte leise hinter den zusammengepreßten Lippen mit den Zähnen.

„Aber geh doch!"

Wieder lachte sie. — Ein lautes seltsames Lachen. —

Wie es vibrierte! — Und diese leise Heiserkeit drin! Wie ihre weißen Zähne blitzten! — Sein Atem begann zu gehen. Seine Augen leuchteten wie in einer andächtigen Neugier. Wer — hatte diese Worte gesprochen? — Wer hatte dieses Lachen gelacht? . . .

Sie hatte ihn auf den Unterarm geschlagen. — Der Schlag war ein wenig hart und automatisch gewesen; halb im Scherz ausgegeben und halb in innerer Verwirrung gehemmt.

Wer — hatte ihm diesen — vertraulichen Schlag gegeben?

Ihre Augen waren seinem Blick begegnet. — Seinem — huldigenden, — demütigen Blick?

Jetzt wurde sie wirklich fröhlich. —

Wer wurde fröhlich? . . . Seine Erregung nahm zu.

Jetzt aber erschien der Kellner mit Trank und Speise.

Ah! — Hahaha! — Sie fuhr förmlich darauf los. Das helle Lagerbier! — Der Kuhkäse mit — Kümmel! — Die roten blanken Radieschen mit dem zarten lichten Grün ihres Krautes! — Und was es da alles Lustiges, Allerliebstes und Nettes gab! — Und die Teller! — Der Senfnapf! — Das Messer! Die Gabel! — Hahaha!

Sie aß, plaudernd, oft lachend. — Was ihre Stimme für einen seltsam vertieften Metallton hatte! — Und dieses schöne, strahlende Lachen!

Das — Idol! — Da war es! Das — Idol! — Es begann zu essen! — Begann! —

Helene, die Fauft Gehör gegeben! ... Das — Idol! ...

Aber jetzt — lehnte sie sich zurück?

Hinten in dem blütenduftenden, dunklen Gebüsch schluchzte die Nachtigall so süß! — In ihren süßesten vollsten Tönen.

Ihr — Auge? — Ihr — Mund? — Diese leise, müde Nüance von — Traurigkeit? — Von — was? —

„Du!"

Schnell hatte er ihren Arm berührt.

Sie zuckte zusammen.

In seiner Berührung war ein warmes, seltsam magnetisches Vibrieren gewesen; kleine pulsende, zuckende Rucke, die wie das ruckende, tickende Sprühen der Elektrizität war, die aus dem Konduktor in den menschlichen Körper übergeht. Ein merkwürdiges Vibrieren, das das leiseste Fliehen seines Opfers spürt und ihm den kleinsten Ausweg verlegt? . . . .

Ihr Auge dunkelte jetzt in einem unsagbaren tiefen Blau. Mit hochgehender, stürmischer Brust saß sie; regungslos, weiß wie Marmor. — O, dieses tiefe Vergißmeinnichtblau! Diese Bleichheit!

„Nicht?"

Er schwieg, sie anblickend; nah zu ihr hingebeugt, daß sein Atem sie leise streifte; glau, wonnig, warm. — In seinen kleinen Augen blitzten die beiden Lichter. Die Farbe seiner bernsteinfarbenen Pupillen hatte etwas

Transparentes; glimmte wie von einem inneren Licht erhellt.

„Nelly! — Du — liebst nur mich?“ Wie ers sagte! —

Ihr Mund stieß nur einen leisen, ungewissen Hauch aus.

„Nur mich!“

Sie zuckte in ihren gebannten verlorenen Zustande leise zusammen.

Seine Stimme war — wie ein — Befehl gewesen . . .

„Hörst du! — Wie?! — Du kannst nur mich lieben! — Nur mich!“

Er hatte sich noch näher zu ihr hingebeugt. Sein Mund war fast an ihrer Wange.

Er verharrte so. Als erwarte er ihre Antwort.

Wieder hauchte ihr Mund diesen dunklen, ungewissen Laut. — Sie zuckte. — Wie galvanisiert.

„Nein! Aber sag mal!“ sagte er plötzlich mit ganz verändertem Tone, der ihr Gesicht sich ihm zuwenden machte. „Aber auch wirklich? Wirklich? — Hahaha! — Sag mal! Hm! — Donald zum Beispiel! — Ganz im Ernst! — Ich meine natürlich seinen Charakter. — So sein — Wesen! — Selbstverständlich! — Haha! — Sage: im Ernst! Wäre er nicht eigentlich deinem Wesen — konformer? — Würdet ihr beide nicht viel besser zusammenpassen? — Ich weiß — haha! — ich habe so gewisse Seiten! — Ich bin ja eigentlich so eine ganz andere Natur als du! — Ich bin ja deinem Wesen in vieler Hinsicht so — konträr! — Hehe! — Vielleicht ganz und gar? — Nein sag!“

Nellys Blick war erstaunt, befremdet und zugleich geängstigt. Sie hatte in diesem verwirrten, gespannten Zustand, in diesem Augenblick die seltsame irre Empfindung, als heiße Uhse ihr, sich zu Donald in ein ganz

besonderes Verhältniß zu setzen? — In der ganzen Folge-
zeit wurde sie diesen vermeintlichen — Befehl nicht wieder
los und war immer wieder genötigt, sich mit ihm zu
beschäftigen; ohne daß sie imstande gewesen wäre, Uhse
über diesen Zustand zu sprechen . . .

VI.

Donald zeichnete in diesen Tagen Folgendes in sein
Tagebuch ein:

„Parkfrieden. — Am Rande des alten Schloßparkes,
dicht an dem kleinen Fluß" — er war mit Ruth draußen
im Niederschönhausener Park gewesen — „gegen Wiesen
und Feldbreiten hin liegt ein ländliches Restaurant in
einem hübschen Garten. — Von den Feldern her hört
man das Krächzen der Saatkrähen. Zwischen den schlichten
Tischen und Stühlen des Gartens gackeln die Hühner und
picken die Spatzen.

Von einer Wanderung durch die Gegend und den
Park sind wir, um zu rasten, in diesen Garten eingetreten.

Laubschattenflecke beben auf den lichtsonnigen Kieswegen.
Ein paar Pärchen sitzen hier und da an stillen Tischen
bei einem laubenartigen Gebüsch. Ein paar alte Jungfern
mit ihren Hündchen, die sich zu einem nachmittäglichen
Kaffeeklätschchen zusammengefunden haben. Eine Philister-
familie um eine mächtige weiße Kaffeekanne herum —
„Familien können hier Kaffee kochen" — und hier und da
etwa noch ein vereinzelter Gast.

Viel Besuch ist nicht da; und alle ruhen in dem
gleichen sonnigen Idyll. Selten, daß ein Gespräch mal

um eine Nüance lauter und und ein Lachen hörbar wird. Am meisten haben noch die Hühner und Spatzen das Wort und ein paar Hunde, die zwischen den Tischbeinen herumjachtern.

Wir nehmen an einem Tische, dicht beim Hause, Platz. Mit einem behaglichen Stöhnen lassen wir uns auf die Holzstühle sinken und lächeln uns an; denn das lange Umherschweifen hat uns müd gemacht.

Wie idyllisch, friedlich und zierlich alles um uns her sich ausnimmt! Wie alles in Zufriedenheit lächelt und gleichsam mit Augen in die linde Sonne blinzelt! Nur fern vom Park her kommt ein Rauschen aus den Kronen der alten Eichen und Edeltannen.

Es macht uns Vergnügen, in solchem Augenblick und inmitten derartiger Eindrücke Französisch zu sprechen. Alles scheint dadurch noch idyllisch-delikater zu werden. Das Geringfügigste scheint eine besondere Pointe zu bekommen; wird zierlich, bedeutungsvoller, gewinnt an Anmut, bekommt gleichsam eine allerliebste drollige Würde.

Draußen fährt langsam auf dem breiten Parkwege eine olivengrün ausgeschlagene, offene Equipage vorbei mit zwei hellen spiegelblanken Füchsen und einem oliven= grünen Kutscher. Eine freundliche alte Dame mit würde= voll geringelten weißen Schläfenlocken sitzt darin, ein Seidenspitzchen auf dem Schoß.

Wie das nun wirkt, wie Ruth leicht sich umwendet und, während es in ihren Augen aufblitzt, ausruft: „Une voiture! Une vieillesse avec un petit chien!“

Der Kellner tritt an den Tisch heran. Wir bestellen uns Berliner Weißbier, belegte Butterbrote und russische Zigaretten.

Wir blicken uns an, belustigen uns, eine kleine fran=

zöfifche Konverfation weiter zu führen. Aber eigentlich
fagen wir uns ganz etwas anderes als alle diefe kleinen
zierlichen und delikaten Nichtigkeiten. — Wir blicken uns
in die Augen; und wie unfere Blicke haften, fich für einen
Moment in einander verlieren, wie fie für einen Moment
von einander abfchweifen, gleichfam auflachend; ein leifes
Zucken der Lider, der Augenwinkel, eine kaum merkliche
Bewegung des Kopfes, die aber ihren intimen Sinn hat,
ein Zucken der Nafenflügel, des Mundes, ein flüchtig
hufchender Affekt zwifchen all diefem Geplauder, ihm
wunderliche und inhaltreiche kleine Paufen oder Be-
fchleunigungen aufnötigend, es gleichfam in einer unfag-
baren Weife artikulierend: das alles ift eine ganz andere
und weit wichtigere Unterhaltung. . . .

Der Kellner fetzt zwei kleine runde Pokale mit licht-
gelbem Weißbier vor uns nieder und zwei mit rotbraunen
Landfchinken belegte Butterbrote.

Wie prächtig das fchmeckt! In der frifchen Luft!
Nach der Bewegung!

Und nun kräufeln fich die lichtblauen Rauchringelchen
unferer Zigaretten in die fonnige Luft.

Wir blicken über den kleinen Fluß hinüber, der mit
blitzenden Wirbeln langfam zwifchen hohen Gräfern und
Büfchen vorbeigleitet. Drüben in einem Obftgarten ift
ein Efelchen vor einen Wagen gefpannt. Drei kleine
Mädchen in klatfchrofenroten Kleidern fitzen auf dem
Wagen und jauchzen. Papa fitzt vorn auf dem Bock
und fährt fie fpazieren. Hinterher kläfft ein weißer,
fchwarz und braun gefleckter Foxterrier.

Heimatfrieden liegt in dem anmutigen Bildchen. Wir
find ein bißchen nachdenklich; denn wir unterhalten uns
wie die rechten Globetrotter.

Sie hat schon manche weite Reise gemacht. Auch ich bin hier und da gewesen. Und mancher, den wir kennen, ist noch viel weiter gewesen als wir.

Wir gedenken der schönen seltenen Bäume, die wir vorhin im Park gesehen haben: der exotischen Weimutskiefern, der japanischen, der nordländischen Lärchenbäume; riesiger alten Eichen und Ahorne aus den kanadischen Wäldern; breitwipflicher Platanen und zierlichen amerikanischen und asiatischen Buschwerkes. Wir plaudern von Paris, das sie kennt; von der Terrasse von St. Germain, von den Boulevards, von der Sorbonne und dem Bois de Boulogne. Wir erzählen uns von London, vom Hyde Park und Kensington Garden; vom Dovrefjeld und dem Hardangerfjord, von Christiana, Throndhjem und Kopenhagen; vom Prater, von der ungarischen Pußta, während Müllers drüben von ihrer mächtigen weißen Familienkaffeekanne herübertuscheln und nach unseren Zigaretten schielen; mit wer weiß was für Blicken. — Was für seltsame Menschen wir für sie sein mögen!

Nun, indessen: wir sind beide bei sehr guter Laune, holen uns aus dem Automaten gebrannte Mandeln und knabbern.

Drüben klatscht Papas Peitsche, und Eselchen trabt im Kreise; die Kinder jauchzen, Foxer bellt und in den Birnen, Äpfel und Pflaumenbäumen spielt die späte Sonne mit rötlichen Bronzelichtern.

Wir sehen uns an.

Wie schön es ist, wenn die Leute sich Hütten bauen! . . .“

Da hab ich noch in diesen Tagen eine kleine Skizze gelesen. Ich bin eifersüchtig gewesen, als ich sie las. Ich mußte an Ruth denken. Ich finde, wenn ich es auch noch nicht mit ihr erlebt habe, es müßte etwas in ihrem Charakter sein, das so ist wie die Verlobte da in der Skizze. Vor allem: mir ist, als müsse ihr das schon mal mit einem ihrer früheren Freunde passiert sein. — Wie ich nur darauf komme?

Die Skizze hieß:

„Der Zwist. — Sie hatte einen Zwist mit ihrem Verlobten. Es hatte sich um Meinungsverschiedenheiten gehandelt, Geschmacksunterschiede bei einem Einkaufe.

Zwei Menschen sind zwei Welten. Nicht immer sind leicht Brücken zu schlagen. Da gibt es erst langwierige Verakkordierungen, genaueste Bestimmungen und Abwägungen von Dein und Mein. Zwei Menschen sind in jedem Falle zwei kriegführende Mächte. Und nun dazu heute noch alle die modernen Ideeen, die Emanzipation, die absolute Gleichberechtigung des Weibes. Unser Säkulum ist in jeder Hinsicht so demokratisch.

Um einen Einkauf also hatte es sich gehandelt. Aber es war eine wirkliche kleine Tragödie gewesen.

Nun hatte er ja wohl Recht gehabt. Für diesmal! — Nicht nur überhaupt: sondern auch, weil er der Ruhigere war.

Aber der Teufel geht um in Gestalt dieser ‚modernen Ideen‘, die er mit unserem theoretischen und papierenen Zeitalter gezeugt hat und umnebelt die Gehirne der verständigsten Menschen.

Sie, die sehr leidenschaftlich geworden war, hatte es für nötig gefunden, zu erklären, daß sie sich in keiner Weise ‚tyrannisieren‘ lasse; daß sie in je der Hinsicht, bis in die geringsten Geschmacksangelegenheiten hinein ihre Selbständigkeit mit aller Entschiedenheit sich wahren werde. Das ‚moderne Weib‘ sei nicht mehr die ‚Sklavin‘ des Mannes usw. usw.

Aber, mein Gott! Eigentlich! Was hatte sie gewollt?

Erst ganz vor kurzem hatte er ihr eine allerliebste, kleine Shagpfeife gekauft. Es sah so reizend aus, wenn sie bei ihrer Arbeit, — sie schrieb da solche Frauenrechtsbroschüren — draus rauchte, hatte er gesagt.

Was wollte sie eigentlich?

Nein, wirklich! Und er war so gelassen gewesen! So geduldig!

Aber schließlich war er doch nervös geworden, und es hatte eine regelrechte kleine tragische Stichomatie gegeben, die schließlich zu einem Punkte gelangt war, wo sie in Tätlichkeiten hatte ausarten wollen. Denn, wahrhaftig! plötzlich war sie ganz außer sich auf ihn zugetrippelt und hatte nach ihm schlagen wollen.

Der Triumph des ‚modernen Weibes‘ war vollständig gewesen.

Aber, man denke sich! — Er war kühl geblieben. Sehr, außerordentlich, verwirrend kühl. Er hatte ihr süßes, rundes, kleines Handgelenk zu fassen bekommen, hatte es mit behutsamer Nachdrücklichkeit herabgezogen und hatte die Wilde zur Chaiselongue geführt. Dann war er einfach ganz ruhig und respektvoll vor ihr stehen geblieben und hatte gewartet.

Sie hatte ihn angestarrt. Sprachlos. — Aber dann hatte sie mit beiden Fäustchen auf das Polster gehaun und hatte geheult vor Zorn, daß ihm die Trommelfelle dröhnten.

Er aber hatte nur ganz respektvoll dagestanden und hatte gewartet.

Endlich, plötzlich! hatte sie ihr verheultes Gesichtchen

langsam, ganz langsam aufgerichtet; ganz langsam, mit einem zuckenden Mäulchen und niedergesenkten Augenlidern und schluchzend wie ein Kind, daß das Böckchen stößt:

„Nun?" — „Nun?" — „Nun?"

Und da hatte er sich schnell, ganz schnell zu ihr niedergebeugt und hatte sie hurtig geküßt. . . ."

Was es nicht alles zu bedenken gibt! —

Auch Siegmund hat mir in diesen Tagen so alles mögliche Interessante erzählt.

Wir waren Sonntag Nachmittag im Zoologischen Garten, um uns ein bißchen das Konzert anzuhören. Ich hatte ihm von Ruth erzählt und er sollte sie nun heute kennen lernen. Sie hatte Abhaltung und konnte erst zu Abend kommen.

Wir gingen umher und sahen uns die Tiere an, bis Ruth kam, die er ein „glühendes Seelchen" genannt hat und außerdem einen „famosen Kerl".

Er scheint seine grillige Zeit zu haben. Er gab wenigstens mal wieder alle mögliche ‚Philosophie' aus. So in seiner zynischen, paradoxen Art.

Ich will mir einiges davon, frei von dieser etwas bösen Art, dem Sinne nach hier aufzeichnen.

Das Grundmotiv von allem, was er sagte, schien Folgendes zu sein. Ich fasse seinen Sinn in freie und eigene Worte. Ich zeichne es hier auf wie eine Lehre und einen Profit, den ich daraus gezogen.

Ich möchte dies ‚Grundmotiv' überschreiben: der Tod. — Im Tode, aber auch in manchen Stunden unseres Lebens, die auch eine Art von Tod sind, strömen alle unsere Fragen, Bedürfnisse, Sehnsüchte und Anklagen dem großen, geheimnisvollen Nichts entgegen, das i ſt, und vollenden sich nach ihm hin; um von ihm — und dies

ist Siegmunds ganzer Fatalismus! — Sichtung und
Gericht zu empfangen und von ihm abgebogen zu werden
als von einem mystischen Brechpunkte in neue, nach dieser
einen bestimmenden Vergeltungs- und Ausgleichsform ge-
regelter Daseinszustände. — Die Ewigkeit Sansaras ...

Das gegenseitige Erziehen, die Kämpfe des Brautstandes:
denn es ist gut, auch mal von den Kämpfen des Brautstandes zu reden; und diese Kämpfe sind gut und nötig;
sie sind Notwendigkeit und gesundes Werben, gesunde
Ausgestaltung. Es ist Krankheit, Lüge, ein böses Zeichen,
— meist! — wenn sie gar nicht vorhanden sind.

Jaja! Aber — wie er's sagte, wie er's ergriff! Es war
doch, als ob ein dunkler Schatten über einen hinnachtete ...

Wer hat mehr recht: der eine oder der andere? —
Die Frage: ‚wer — hat — mehr — Recht‘! — Der
Mann denkt, er muß es sein. — Aber es muß sich bewähren. Immer wieder muß es sich bewähren und
ausmachen. — Worauf es schließlich ankommt? Daß die
Schwingungslinie des beständigen, notwendigen, wechselnden
Kampfes und seine Schwankungen hinüber und herüber erträg-
lich wird. — Aber die Liebe! — Die nachgibt und zu
ertragen weiß! — Und das Wunder und Geheimnis, das
über den beiden waltet; das sie beunruhigt und nötigt;
ihr Zwang und ihr Halt. — Wen von den beiden es
erwählt? ... Aber Siegmund ist dieses dritte Nötigende
und Bindende immer Satan. — Ich habe noch nie gemerkt, daß ers anders fühlt.

Er führte mich zum Beispiel vor den Hyänenkäfig.

„Sieh mal!“ spaßte er. „Das beobachte ich hier
schon seit Wochen! — Skandal! — Die Haare können
einem zu Berge stehen! — Hoffentlich werden nachgerade
die beiden Biester auseinander gebracht.“ —

In dem Käfig sind zwei gestreifte Hyänen. Das Weibchen steht fast immer an die Wand gedrückt und sein Hals ist dick voll blutiger Beulen. Das Männchen läuft hin und her und sobald es zu dem Weibchen hinkommt, knurrt es wütend und beißt es in die blutige, beulige Stelle.

„Hahaha!" lachte Siegmund. „Er will sie vielleicht — erziehen! — Er will sie zu seinem ‚höheren Niveau' emporheben." —

Entsetzlich! — Ich war froh, wie wir von dem fürchterlichen Käfig weg waren.

Siegmund muß da doch mal irgend eine recht böse Erfahrung gemacht haben. —

VII.

Spätnachmittag Himmelfahrt, das in diese Tage fiel, stieg Donald zu Ruth hinauf.

Es war seit jenem Sonntagsausflug nicht das erste Mal.

Einen Rosenstrauß in der Hand zog er sich die Treppen hinauf. — So, daß er mit weitgestrecktem Arm am Geländer hinaufgriff und, mehrere Stufen mit einem Mal nehmend, sich mit einem Ruck hinaufzog, ein paar Augenblicke verweilte, um dann das Manöver zu wiederholen.

Wie ihm das Herz schlug!

Sonst, wenn er bei ihr geweilt, waren durch die dünne Wand immer die Nachbarsleute zu hören gewesen: aber heute, zum Festtage, waren sie aus; und es war sicher, daß sie erst — sehr spät — nach Haus — kommen würden . . .

Heute waren sie g a n z allein! — So allein, wie sie noch n i e — gewesen waren! . . .

Jetzt war er bei ihrer Tür und — klopfte. Sie schob für gewöhnlich den Riegel vor.

Er hörte sie aufstehen. — Der Stuhl schurrte. — Sie saß also am Tischchen beim Fenster.

Und nun kam sie durch das Zimmer. — Er konnte es am Knarren ihrer Schühchen hören.

Jetzt ging der Riegel. — Und nun stand sie vor ihm in der offenen Tür.

Weshalb — war sie — so — rot? — An was — hatte sie — gedacht? . . .

Sie geht mit dem Strauß, das Gesicht in ihm verborgen, zu den Tischchen; ist beschäftigt, ihn in die Vase zu stecken.

Langsam ist er ihr gefolgt; mit bebenden Knieen. Steht hinter ihr. Schwer atmend. — Dicht hinter ihr.

Sie kehrt ihm, mit den Rosen beschäftigt, den Rücken zu.

Er sieht — wie sie — leise — zittert?

Da beugt er sich hurtig und drückt ihr einen Kuß auf den Nacken.

Es ist der — erste Kuß . . .

Sie zuckt zusammen; macht sich los; eilt, glührot, mit gesenktem Gesicht in die Küche.

Er ist stehen geblieben. Blickt ihr nach. Stößt ein wunderliches, dummes, erregtes Lachen hervor.

Er hört, wie sie drinn, mit einer so seltsam tiefen Stimme, mit dem Äffchen schäkert in seinem großen Drahtkäfig. Vor Freude stößt es kleine, schrille Laute hervor.

Jetzt aber klappert Geschirr. Wasser rauscht. Sie will Kaffee kochen.

Das Zündholzschächtelchen raschelt. Das Gas blafft auf.

Heute — muß er's — ihr sagen! — Heute muß er ihr — alles — sagen . . .

Der Kuß! — Sie hat's — gelitten!

Wie ein Dieb schleicht er sich ihr nach.

Aber — ein Bangen faßt ihn. Er bleibt stehen, mit dem Rücken an den Türpfosten gelehnt.

Sie hat Kaffee in die Mühle getan. Sitzt, die Mühle zwischen die Kniee gestemmt; sitzt in ihrer großen reizenden Babyschürze mit den mächtigen possierlichen Falbeln und mahlt.

Ach! — Und — nun hat sie da — das Lack=schühchen — abgestreift. — Ihr Fuß ist zu sehen in dem schwarzen Strumpf. Bis zum Knöchel. — Wie sie da immer so den Zeh krümmt! — So leise! Ganz leise!

Seine Blicke haften drauf. Er zittert. Ist rot.

„Du — bist so — still?"

Wie ihre Stimme bebt! — Sie hat ihn nicht ange=sehen. Ist zum Herd gegangen; schüttet den gemahlenen Kaffee in die Kanne.

Er will etwas sagen. Aber nur irgend ein dummes Lachen bringt er heraus.

Schnell ist er bei ihr. Steht dicht neben ihr. So dicht, daß ihn die warmen Falbeln ihrer Schürze streifen.

„Erzähl mir — doch — was?" sagt sie. — So gepreßt!

„Von — was?"

Seine Stimme ist heiser. Er lacht.

Sie schweigt.

Sie gießt das siebende Wasser in die Kanne.

Ihre Augen haben solch einen sonderbaren, gespannten Ausdruck.

Noch dichter ist er bei ihr.

Aber sie steht ganz still. Rückt nicht von ihm ab.

Zuerst bangt er. Aber dann lehnt er seine Wange mit einem leisen, stoßenden Lachen an ihre Zauslocken; so ganz fein, daß er sie nur eben so fühlt wie einen feinen, feinen, linden weichen Hauch.

Sie hält still. Eine Weile.

Ganz, ganz nah ist er ihr. Seine Sinne verlieren sich in dem süßen, feuchten, dunklen Leuchten ihres Auges. Es wirkt so nah, so überaus süß, so unbeschreiblich verloren, so gütig, sanft und lind wie ein großes Gazellenauge.

„Laß!“

Mit einem Mal hat sie es hastig, leise hervorgestoßen.

Sie ist mit einem kurzen Ruck von ihm weggerückt. Ihr Gesicht, daß sie zur Seite gewandt hatte, ist glührot.

Mit einem Lachen tritt er plötzlich von ihr weg. Geht, die Hände in den Jacketttaschen, hin und her, lachend; in einer erregten Weise leise vor sich hinpfeifend.

Ah! Er muß irgend etwas zu ihr sprechen!

„Ja, ja!“ stößt er hastig hervor. „Siegmund! — Siegmund läßt dich grüßen.“

„Ach! Ich danke!“ Sie freut sich. „Er ist so ein feiner Mensch!“

„Mein — ‚Papa‘!“

Er lacht.

„Dein ‚Papa‘?“

Auch Ruth lacht.

„Mein väterlicher Freund! — Ist er nicht mein väterlicher Freund?“

„Jaja! — Es ist wohl so. — Er ist so klug und — mannhaft!"

Sie hat das ernster und nachdenklich gesagt.

Es trifft ihn mit einem Mal. — Seine Miene verfinstert sich. Er wird unruhig. Kneift die Lippe.

Ein dummer Zweifel, eine plötzliche Eifersucht preßt ihn.

Sie ist ja eine so Freie!

‚Mannhaft‘! — Wenn sie — eine Sympathie — für — Siegmund faßte?

Er steht, weit von ihr ab, in der Fensternische bei den Reisvögeln.

„Mannhaft! — Mannhaft!" stößt er plötzlich hervor. „Ja ja! — Das — sagt es! — Das sagt es ganz und gar! — So recht wie er — einem Weibe — gefallen muß! — Nicht? — Und — Und — weißt du?" Er kann nicht weitersprechen. „Wenn . . . Wenn ihr euch noch — genauer — kennen lernt . . . du — wirst finden . . . Ich — meine: ihr habt — soviel — gemeinsam? — Seine Rassetheorie zum Beispiel! — Das — berührt sich — mit so vielem — von deinen — Ideen . . . Und — ihr habt ja — beide — so viel erlebt, mein' ich. — Ich — zum Beispiel . . . ich habe ja — eigentlich noch gar nicht — gelebt. . ."

Jetzt hatte er sich gänzlich verheddert.

Ruth hatte ihm mit großen aufmerksamen Augen zugehört.

Ihre Brust begann zu gehen. Sie war sehr rot geworden und ließ ihre Augen, unter einem unbeschreiblichen Lächeln, mit einem Blick von unten herauf, au ihm haften.

Aber nun huschte sie plötzlich hurtig auf ihn zu und — schlug ihn leise auf den Arm . . .

„Komm! Wir — wollen Kaffee trinken!" sagte er haftig.

Er war sehr rot. Gänzlich war er in Verwirrung . . .

. . . Wie sie zu tun gewöhnt, tranken sie den Kaffee in der Fensternische, sich in den geflochtenen Weidenstühlen einander gegenüber sitzend.

Sie plauderten, mit vielen gespannten Pausen, über dies und jenes und allerlei.

Drüben auf der andern Seite der Straße hatten sie von ihrer Höhe über die Dächer hin einen echten Berliner Weitblick.

Es war der Blick von Ruths Feierstunden.

Himmelfahrts sonniger Feiertagsfrieden webte heute drüberhin.

Eine blitzende kleine Wolke von Tauben, die über den lichtblauen Sonnendünsten der Dächer im Äther kreiste, tiefte sein wundersames Blau und machte es noch leuchtender. Es war wie ein tiefer, feierlicher Glockenton. Weiße Wolkenberge standen und wölbten sich mit gleißenden Säumen, als hielten sie noch den Widerschein eines überirdischen Wunders; als starrten sie noch im Nachtraum seiner heiligen Wonne.

Und die ragenden Brandmauern, von breiten mattgoldenen Lichtern erhellt. Das Dunkel der Hoftiefen freundlich belebt von dem in friedsam erhellten Farben spielenden Kleinleben ihres feiernden Alltags. Mit Holzstapeln und Kohlenhaufen und Gerümpel. Die blitzenden Fenster eines großen Fabrikgebäudes mit den starren, schwarzen, feiernden Riesengliedern der Maschinen. Die still mit lichten Firsten in den Äther träumenden Massen der Dächer. Die vielen Rauchfänge. Die vielen, vielen stillen Fenstervierecke der Hintergebäude. Die Telephon-

gerüste mit ihren aneinander hingestreiften starren rot=
golden blitzenden Drähten. Im Hintergrunde, oben
zu lichtem Carmin erhellt, der mächtige Rathausturm.
Ein riesiges Firmenschild mit metallenen Buchstaben,
die in der Sonne leuchtend, gänzlich in· freier Luft zu
schweben schienen. Sie nehmen sich, wie sie von der
Rückseite gesehen werden, fremdartig aus und wirken
wie russische Lettern. Ziegeldachflächen, Teerpappdächer
und Schieferdächer mit Luken oder Mansardenfenstern.
Manche dunkel. Manche, in denen sich die Sonne
fängt, blendend und blitzend, wie gleißendes Gold, Strahlen
aus einem zuckenden Lichtzentrum werfend. In ein paar
Hoffenstern grellbunte Blumenstöcke. Eine einsame Katze,
die ein Dach hinauffteigt.

Wieder war ein Schweigen.

Es wurde zu lang. Zog! —

Zwei Blicke suchen sich; verweilen, haften aneinander
und fragen. Weichen ab, suchen von neuem, fragen und
— ziehen.

Da eilte er zu ihr hinüber, sinkt an ihr nieder und
legt sein Gesicht, ihren Leib umfangend, ihr in den
Schoß.

Flüstert ihren Namen.

Fühlt, wie sie leise zittert. — Fühlt, wie ihre Hände
leise, leise und zagend sein Haar streicheln.

Er blickt zu ihr hinauf.

Wie durch einen Nebel sieht er sie. Sie liegt, mit
tiefgehender Brust, in den Stuhl zurück, mit halb ge=
schlossenen Augen. Sieht — so bleich aus.

Da blickt sie auf; blickt ihn an.

Ihr Blick ist verwirrt, unsicher.

Es ist, als schrecke sie aus einem fernen Traum auf.

Es ist, als habe sie sein plötzliches Emporblicken in Verwirrung gesetzt.

„Es — es ist noch — zu früh!“ stammelt sie. Sie ist glührot geworden. „Es — überrascht mich.“

Aber die steigende Welle seines Blutes hebt ihn höher an ihr hinauf, läßt ihn sie fester umschlingen.

„Du! Du!“

Ihre Hände, die auf seiner Schulter liegen, zucken, als wolle sie ihn von sich drängen.

Eine seltsame Furcht legt einen feinen, kühlen, lähmenden Schauer um ihr Herz. Ihre Schläfen und Augen glühen. Seltsame, irre Gefühlswellen, zwischen Lust, Begier, Wonne, Neigung, Verzagtheit und einer wunderlichen Lüsternheit taumelnd. Neigung, Liebe, von einem bösen Sichzwingen gelähmt, ihm zu geben, was sie wollte, k o n n t e und doch fürchtete nicht zu vermögen, mit plötzlich anbrängenden und aufwallenden süßen Impulsen, die sie verzweifelt zu festigen sucht; mit einem verzweifelten Streben, das doch schon Ohnmacht barg, die Ohnmacht, die das Elend ihres rätselvollen Lebens und der böse Bann, den noch nie ein Mann ihr zu lösen gewußt! ...

Aber — wie süß er ist!

Jetzt lächelt sie. In diesem Augenblick ist sie glücklich! — S e h r glücklich!

Ist er süß! — Ist er gut! — Und fein!

Er hat sich nun ganz zu ihr hinaufgehoben und sein Gesicht leise und lind dem ihrem genähert.

Oh! das ist gut! — Das ist süß! — Noch nie, n i e! ist sie so geliebkost worden!

Es ist wie hundert süße, holde Worte, wie ein Fächeln von Seligkeiten, wie eine süße Melodie!

Was er alles für — Sachen macht!

Jetzt hat er sanft eine Locke zwischen den Lippen; mit seinen vibrierenden Zuckungen der Lippen in träumerisch verlorener Inbrunst sie liebkosend. Jetzt fühlt sie kurze, kleine süße Wärmeschauer. Er ist auf den Einfall gekommen, ihr ganz lind das Ohr und die Wange anzuhauchen. Jetzt drückt er ihr, in Pausen, kurze, leise haftende Küsse auf das Ohr, auf die Locken, die Schläfe, auf den Scheitel, den Hals, den Nacken, die Wange, auf die Nasenflügel; auf das äußerste Grübchen des Mundwinkels; auf Augen, Stirn und Kinn.

Er blickt sie an. Wie fragend.

Und nun, erst scheu, wie ein Dieb, dann heftiger küßt er sie in die weiße Kehlgrube.

In entrückten Wonneschauern, in süßer Ohnmacht gelähmt, spürt sie seine fiebernden Hände an ihrem Kleid, ihrem Busen. — Seufzt. — Will abwehren. — Fühlt glühende Küsse auf ihrer Brust brennen.

Sie stößt ein paar kleine Schreie hervor. Ihre Hände stemmen sich plötzlich mit kräftigem Druck gegen seine Brust. Die Sinne vergehen ihr. Um ihre halbgeöffneten Lippen spielt ein unbewußtes Lächeln letzter Wonne, das langsam in einen faden, bitteren Zug übergeht. —

Und — sie weint! . . .

Donald aber sieht dies nicht. Unsinnig vor Rausch umfaßt er sie plötzlich und hebt sie in die Höhe, hoch auf die Arme und mit einem halb irren, jauchzenden Lachen läuft er mit ihr ins Zimmer.

„O! — Du! — Was — willst du tun?!!“

Aber er hört ihre Worte nicht, fühlt auch nicht, wie ihre Arme in verzweifelter Abwehr sich gegen seine Brust pressen.

Er läuft mit ihr zur Chaiselongue und legt die durch

dieses Ringen halb Entblößte dort nieder, sich über sie werfend, sie mit unzähligen, heißen Küssen bedeckend.

Aber diese Küsse brennen sie jetzt, wie ein schwüles Feuer. Sie hat ihm in diesem Augenblick nichts mehr zu geben. Sie fühlt nichts, als einen unerträglichen, zornigen, verzweifelten Widerwillen.

„O! — Nicht! — Nicht!! — Nicht!! — O! — Das ist — abscheulich!!"

Sie hat geschrieen, sich mit aller Kraft ihres Abscheus in die Höhe gerissen und einen harten Stoß nach ihm geführt.

Donald taumelt in die Höhe. Er starrt. Bebt am ganzen Leib. Sein Atem zuckt in kurzen, harten Stößen, so hat er sich — erschrocken.

Ihm ist, als wäre er mit einem Fausthieb aus einem Traum geweckt worden.

Totbleich und zitternd steht er und starrt.

Sie sitzt halb aufgerichtet, auf die Faust gestemmt; mit der anderen Hand ihre aufgerissene Kleidung über der Brust zusammenraffend. Ihr Gesicht ist bleich und von einem Ausdruck unbeschreiblichen Ekels verzerrt. Düster und schief unter hart gefurchter Stirn blicken ihre Augen. Ihre Lippe ist gekniffen und zeigt einen bösen, dämonischen Ausdruck.

Aber Donald versteht sie nicht. Gerade ihre Sprödigkeit beginnt ihn zu reizen.

„Laß mich!! — Geh!!!"

Sie hat sich losgerissen und ihn so heftig von sich gestoßen, das er zurücktaumelte. Sie ist auf. Ist zur Fensternische hinüber geeilt und hat sich in die Ecke gedrückt.

„Geh! — Geh!!" schreit sie. „Geh!!"

Ihr Gesicht ist totbleich und zu einer häßlichen Grimasse verzerrt. Fremd, kalt, böse. — Nur noch fremd, kalt, böse.

„Aber — geh! — So geh doch!!" stößt sie zwischen zusammengepreßten Zähnen hervor. Eine so entsetzliche Falte hat sich in ihre Stirn gegraben! . . . . „Geh!!"

„Ruth!" stammelt er.

„Ach! Quäle mich nicht!! — Geh!!" schreit sie, in der Ekstase ihres Widerwillens. „Du — bist mir widerwärtig! Widerwärtig!"

Einen Augenblick steht er noch, starrend, wie von einem Schlage betäubt, die Tränen stürzen ihm aus den Augen.

Er würgt sie zurück. Stiert. Greift hastig nach dem Hut und stürzt aus dem Zimmer.

Draußen, vor der Tür, bleibt er stehen, gegen die Wand gelehnt. Er bekommt einen Weinkrampf.

Aber plötzlich zuckt er zusammen.

Er hat drinnen einen dumpfen Fall und ein röchelndes, dunkles Stöhnen gehört.

Flugs ist er an der Tür.

„Ruth! — Ruth!!" ruft er flehend, mit weinender Stimme. Und leise: „Liebe — Ruth?!!"

Aber drinnen bleibt alles still.

Er lauscht. Er wagt die Tür nicht zu öffnen.

„Ruth?!"

Da hört er sie durch das Zimmer huschen. Und jetzt — schiebt sie — den — Riegel vor. . . .

IX.

Es war zwei Uhr in der Nacht, als Donald von Halensee her den Kurfürstendamm herabwankte.

Er wußte selbst kaum, wie er da hinausgeraten war. Halb Berlin hatte er seit Abend durchschweift.

Sein Gesicht war bleich und übernächtig. Seine Augen eingefallen und brannten. Verstaubt und in Unordnung sein Anzug.

Er hatte draußen ganz Halensee abgestreift, das von festtäglichem Lärm durchtost war.

In den Gesellschaftsgärten lärmte Konzert und Tanzmusik. Eine bunte, ausgelassene Menschheit hatte die schönen Gartenstraßen gefüllt.

Der Lärm hatte ihn ein wenig zerstreut.

An der Ecke der Uhlandstraße angelangt, trat er, halb unbewußt, in dem mechanischen Bedürfnis zu ruhen, in das Café ein.

Es war so gut wie leer. Nur vorn, im ersten Raum, saßen ein paar verspätete Pärchen.

Die hinteren Räume aber waren leer und halb dunkel. Nur in der Fenstergegend des Billardzimmers gewahrte Donald noch einen matten Lichtschein. Und als er hinzuging, fand er auf seinem gewohnten, unverbrüchlichen Sitz, mutterseelenallein, vor einem Glas Absinth, eine brennende Virginia im Mund, Ismael Fink.

Aber wie sah er aus!

Seine Locken hingen in wirren, zerzausten Strähnen. Sein schöner, keilförmiger Bart stand struppig und zerwühlt. Sein Gesicht zeigte einen gelbgrauen, schmutzigen

Teint. Schaum stand ihm vor dem Mund. Seine verquollenen, geröteten Augen starrten stumpfsinnig auf die marmorne Tischplatte. Sein schmaler Körper, der in einem kaffeebraunen Sammetjaquett stak, hing schlaff vornüber, und es war, als ob ihm leise der Kopf zittere. — Er verbreitete einen widerlich süßen, mit Nikotin versetzten Alkoholdunst.

Wie Donald an den Tisch trat, hob er sein Haupt in die Höhe und glotzte ihn an.

Sein Gesicht erhellte sich ein wenig.

„Heil, Freund! Bruder, Heil!" rief er mit lallender, heiserer Stimme. „Geliebter, komm! — Setze dich zu mir!"

Ohne ein Wort erwidern zu können, sank Donald neben Ismael auf einen Stuhl.

Ismael hatte Donalds Hand behalten, und mit dem Ausdruck des trübsten Weltschmerzes, der aber diesmal irgend eine Nüance von Aufrichtigkeit hatte, vor sich hinstarrend, drückte er sie mit Pausen.

„Du! — Auch du!" lallte er in seinem ihm zur anderen Gewohnheit gewordenen lyrischen Pathos. „Auch du, Teurer! — Komm! Setz' dich zu mir! — Trink! — O tröste mich! Tröste mich, Bruder! — Tröste mich!"

Donald erschrak. — Ismael — weinte?!

„Bruder! Augen!" fuhr Ismael fort. „Augen! — O Augen!!" Er pausierte, starrte, Donalds Hand, die er immer noch nicht frei gegeben, mit einem sympathetischen Druck fester pressend, als sähe er eine Vision. Und dann, mild und überaus gefühlvoll: „Augen! — Vergißmeinnichtblau! — Intensiv vergißmeinnichtblau! — Mit einer Nüance von Graphit!"

Wieder pausierte Ismael; in derselben Weise vor sich

hinstarrend. Donald war es inzwischen gelungen, seine Hand freizumachen.

„Aber Ohns'nn! — Ohns'nn!" fuhr er fort; diesmal mit einer fürchterlichen Runzel über der Nase, mit den Zähnen knirschend, schäumenden Mundes, beide Fäuste geballt vor sich hingestreckt; mit gesträubtem Barthaar. „Aber . . . Aber — Zephanja! — Zephanja!" —

Donald stutzte. Es fing an, ihm bänglich zu werden. Offenbar mißbrauchte Ismael hier mit irgend jemand, auf den er den Haß eines Todfeindes zu richten schien, den Namen, wer wußte wieso?, des kleinen biblischen Propheten Zephanja.

„Zephanja! Der Karnickelbock! — O, hol der Teufel seine verfluchte Käseseele!!" schrie Ismael plötzlich und hieb dermaßen mit der Faust auf den Tisch, daß die Filter von dem Absynthbecher herabsprang und die Eisstückchen über den Tisch hinglitschten.

„Hole der Henker seine verdammte Gaunerseele! — Zephanja! — Hahahaha!"

Unbeschreiblich war der vernichtende Hohn, den er in dies Lachen legte. — „Zephanja!"

Aber dann wurde er melancholisch. Wieder sah Donald, wie ihm die Tränen über die gelben, übernächtigen Backen rannen.

Jetzt blickte er Donald an; ließ einen Blick unaussprechlichen Wohlwollens auf ihm ruhen.

„Ja, Geliebter! Mit wilden Narzissenaugen! Mit Locken, die zerzaust und triefend, trunken und mit schäumendem Mund tritt zu dir der Geliebte dar und fingt dir ein Lied — o! ein Lied aus tiefstem Herzensgrund! — O, Zephanja! — Du kennst ihn, Bruder! Kennst ihn, Teurer!" — Donald kannte ihn freilich nicht. „Sage,

ob er nicht ein Gauner und ein Karnickelbock ist! —
Hahahaha! — Zephanja! — Und er! Er!! — Sie!!"

Wieder starrte Ismael vor sich hin.

Plötzlich aber fuhr er mit seiner kleinen, zitternden,
weißen Weiberhand, die in dieser Stunde indessen schmutzige
Nagelränder hatte und einen intensiven Geruch nach Alkohol
und feuchtem Virginiatabak verbreitete, durch die feuchten,
wirren Locken und rief mit rollendem Auge:

„Du trinkst nicht, Bruder?! — Trink! Trink! Trink!!
— Bestelle was zu trinken! — Bestelle Chablis! —
Nein, Sekt! — Kupferberg, Kaisersekt. oder Heidsieck
Monopol! — Bestelle! — Nein! Nicht Sekt! — Chablis!
Chablis! — Schweren weißen Burgunder bestelle! —
Schweren Burgunder!! — Den Schwersten!! — Und
bestelle Virginia!!" —

Der gänzlich zerkaute Rest von Ismaels Virginia
flog in die egyptische Finsternis des Billardhintergrundes
hinein, aus der wie ein großes, rotes, entzündetes Auge
die matterhellte Fensterscheibe des Pissoirs glomm. „Halt!
— Burgunder! — Chablis! Vom schwersten! — Und
Sekt! — Sagen wir Kaisersekt!" rief er dem Kellner
zu, der an den Tisch getreten war.

Und es erschienen Chablis und Sekt. — Es erschienen auch zwei mächtige dunkelbraun glimmende Virginia.

Ismael schob die Weingläser beiseit und schüttete in
den großen Absynthbecher, in dem noch ein ziemlicher
Rest war, erst Chablis und dann Sekt. Er setzte an
und leerte mit einem Zug. Seine lange Bartlocke, die
ohnehin schon klebte, triefte und tropfte nach diesem Zug.
Sein kaffeebraunes Sammetjakett war ganz beperlt von
Alkohol.

„Aber er! Er! In seiner Einsamkeit!" begann Ismael

von neuem. „Ah, du kennst sie nicht, Geliebter! Du kennst sie nicht, diese Dimension!"

Seine Stimme hatte jetzt den Ausdruck eines geheimnisvollen, visionären Grauens. „Geliebter, du kennst sie nicht! — Du bist ausgeschlossen!" fuhr er düster brütend nach einer kleinen Pause fort. „Du bist außer den Zusammenhängen! — Du bist außer der Seele! — Und alles ist nur die Seele! — Du bist vor den Toren der Dinge und Erscheinungen. — Du bist in der Dimension des Grauens. — Du gehst über die Straße: du siehst die Menschen, die Häuser, die Gegenstände; du siehst die Fahrzeuge, das Hin und Her des Verkehrs, das Aus und Ein der Menschen; die Gestalt von Mensch, Tier und Ding. — Da gehen Leute in ein Café. Sie sitzen beieinander. Sie sind in der Seele. Im Geist. — Sie sind im Leben! — Du aber verstehst, fühlst das nicht mehr. Du siehst nur von außen, vor den Toren, das Hin und Her eines Chaos, eines automatisch-mathematischen Grundspieles. Du bist im Grauen des Problems. — Du bist außerhalb der Seele und der Ordnungen; in der chaotischen, mechanischen Resonanz des Lebens. — In der Sackgasse des tauben Wiederhalles. — O ja! — Ja! — Sie haben ihn ausgestoßen, mit diesem Bann haben sie ihn belegt, der jeden töten würde. — Nur ihn nicht! — O, ihn nicht!! — Ihn werden sie nicht töten!! — Ihn, der vor den Toren schweift! — Im Grausen der Kräfte! — Im blinden Grauen des Problems! — Nicht ihn, Geliebter! — Denn er ist ein Held! — Er ist wie der Held der Verheißungen! — Er ist der Sohn des mütterlichen Grausens! Er ist in den Stimmen der Mütter und er wird ihren Sinn vernehmen! — Nicht ihn werden sie töten! Sie, denen kein Irdischer nahen darf, ohne dem Tod zu verfallen. — Nicht ihn! Denn er ist ein Held! Er ist der Kommende! Er, den sie verworfen und ausgestoßen haben! — Er wartet ihrer! — Sie wird sich zu ihm gesellen! — Und das Grauen wird blühen! Das Grauen wird das neue Reich vor den Toren des Menschen. — Der Ort der Ausgestoßenen wird das neue Leben zeugen; wenn sie sich zu ihm gesellt hat; wenn es vollbracht ist. — Und das Leben wird ihnen folgen. Sie werden es zu sich zwingen! Den Sinn und die Seele! — Die kommenden Reiche! — Die Leere wird blühen. Das Kenoma wird sich füllen! — Nicht ihn! Denn er ist ein Held. — Er hat nicht Freude, nicht Glück, nicht Leben, nicht Sonne, Sterne, nicht Gott und Götter. Er hat nichts als sich. Mit seiner Eisenkeule, ein Nackter, schreitet er vor den Toren durch das Grausen seiner Einsamkeiten und wartet seiner Stunde. — Und sein Widersacher ist ihm verfallen. — Denn er ist mit der Kraft des Grauens gestählt. — Er ist der Sieger!"

Ismael lallte. Er sank mit dem Gesicht auf die Tischplatte mitten zwischen die Eisstücke der Absinthfilter und den vergossenen Wein und entschlief. — Durch das leere, stille große Lokal dröhnte und rasselte sein Schnarchen. — Es roch nach Alkohol und eine schwere dicke, mit Tabak, Kaffee, Punschduft und Parfüm versetzte Luft wuchtete durch die drei großen, trüben Räume.

Mit Mühe brachten Donald und der Kellner Ismael Fink in eine Nachtdroschke.

Ismael hauste im Schönebergschen, in der Pallasstraße, ganz in der Nähe des Botanischen Gartens; vier Treppen hoch im Hinterhause.

Es stand Donald bevor, ihn da hinauf zu bringen . . .

X.

Ruth war, nachdem Donald aus dem Zimmer gestürzt, mit einem dumpfen Schrei in der Fensternische zusammengebrochen.

Wohl hatte sie Donalds Ruf gehört. Aber ihre Seele hatte ihn nicht vernommen.

Vor Angst, daß er noch einmal zurückkehren könne, hatte sie sich aufgerafft, war zur Tür geeilt und hatte den Riegel vorgeschoben. Und dann hatte sie, mit angehaltenem Atem, regungslos gegen die Tür gedrückt, gelauscht, bis sie hörte, wie er sich entfernte.

Er war gegangen!

Für immer!

Nie — würden sie sich wiedersehen!

Ein sonderbares Grinsen verzerrte ihr Gesicht.

Für immer! — Für immer!

Sie spürte einen kühlen Schreck. Irgend einen Schmerz, der ihr eine dunkle Wonne schuf.

Es war, als wenn ihr eine Träne ins Auge treten wollte. Sie fühlte sie aufquellen.

Sie bangte, sie sehnte sich nach ihr. Nach der Wollust dieser Träne. Sie suchte sie zu erzwingen. Aber sie blieb ungeweint.

Alles in ihr war starr und öde. Nur das rasende Herzpochen und diese starre Kühle in der Herzgegend. — Und das trockene, klebende, wunde Gefühl im Schlund und in den schmerzenden Augen, die wie in einer Hypnose starrten.

Mit bebenden Beinen schlich sie durch das dämmerdunkle Zimmer zur Fensternische zurück und starrte auf das abendbunkle Gewühl der weiten Dächerwelt drüben, die, jetzt in eine einzige öde drohende Masse geeint, sich mit ihrer grottesken Silhouette in den müden mattblauen Abendhimmel zeichnete.

Ein blasses Sternchen blinkte auf. Drüben über der Zinne des Rathausturmes.

Eine müde milde Stimmung wollte sie überkommen.

Ach, Gottseidank! Sie war allein. — Allein!

Eine süße Traurigkeit erfaßte sie.

Immer würde sie allein sein! — Stets! . . .

Und sie versank in die Wollust dieses Gedankens, wie in ein süßes Laster.

Sie ließ sich in den Stuhl gleiten. Ihr Blick haftete an dem Sternchen.

Auch das war vorbei!

Es war immer dasselbe! Stets dasselbe! — Bis zu diesem Punkt. — Das war es. — Das lebte sie.

Einmal wohl würde sie. . . . Mußte sie. . . .

Aber auch er war nicht der Rechte!

Wer es nun sein würde? — Wer würde der vom Schicksal Bestimmte sein, der den Schlüssel besaß zu dem geläuterten, von aller Trübnis des Tierischen geklärten Leben, dem ihre Seele entgegenrang?

Schlüssel! — Plötzlich aus einer langen müden Verlorenheit heraus, hatte sie diesen Begriff gedacht. — Er spielte sich hinüber in die Vorstellung jener kleinen Wiesenpriemel, die Himmelsschlüssel heißt.

Aber mit einem Mal wandelte es sich hinüber in alle möglichen obszönen Vorstellungen.

Sie wechselten hinüber in allerlei seltsame, übersinnliche Symbole. Dann wurde es wieder — das andere.

Sie raufte sich das Haar. Sie kratzte über Stirn, Schläfen und Wangen. Sie riß sich die Blouse auf, kratzte ihre nackte Brust bis aufs Blut, um das unerträgliche juckende Nervengefühl zu betäuben, das ihr der satanische Wechsel dieser Vorstellungen verursachte.

Sie rieb ihren Hinterkopf, in dem sie ein dumpfes Ziehen spürte.

Und das! Das!! — Dieser Wechsel: das war die — Wahrheit! Das war der nackte, enthüllte Sinn! — Das war die nackte, enthüllte Tragik der Seele! — Das! — Nur dies! — N u r dies!

Sie schrie auf. Sie raste durch das Zimmer, die Hände gegen die Schläfe gepreßt. Sie schrie, lachte, sang wilde dumpfe eintönige Melodiefetzen; sie brach in ein hysterisches Schluchzen aus! Um dies zu betäuben! Dies! Das — Furchtbare! Dies fürchterliche Wissen von — der W a h r h e i t!! . . . .

Endlich wurde sie müd.

Auf der Chaiselongue brach sie zusammen. Lag lang hingestreckt, auf dem Gesicht, das sie in den Armen verborgen.

Lange lag sie so, in der Finsternis. — In dieser Starre, wie in einer seelischen Schwebe; in einem dunklen dumpfen Vibrieren.

Sie fährt in die Höhe. —

Lauscht, die Wange an die Wand gedrückt.

Die Kühle der Tapete tut ihr wohl.

Sie verharrt so.

Mit einem dumpfen Ächzen, das halb Pein, halb Erleichterung.

O Gott! — Waren denn die Nachbarn noch nicht da?!

Sie würden mit einander plaudern. Das Kindchen würde schwatzen, kreischen, lachen.

Aber alles war still.

Nur die alte Standuhr, die ‚auch so ein Geschenk war‘, tackte und tackte im Dunkel.

Sie stützt den Kopf, richtet sich halb in die Höhe.

Leise, stille Lichtstreifen machen magisch die Fenstervorhänge transparent; liegen über den Teppich hin.

Und da kommt diese sonderbare unbeschreibliche, Empfindung.

Es ist weder Qual noch Wonne, weder Grauen noch Lust. Es ist eine seltsame neutrale Empfindung. Ein Grauen? Oder eine lang hingezogene Seligkeit?

Es ist ihr immer wiederkehrendes Erlebnis.

Es ist wie eine Vision.

Sie denkt an die entsetzlichen Wochen, die sie damals in Wien nach ihrem Bruch mit Ulli gelebt; an die unerträglichen Zustände mit ihren mystischen Sensationen, die sie damals von Wien nach Brüssel getrieben.

Damals, als sie in der Sterngasse gewohnt, bei der alten jüdischen Witwe, in den Revieren des Nordwest- und Nordbahnhofes; in den öden Revieren des Augartens und der Tabor-Gasse mit ihrem lärmenden, übelriechenden, schmutzigen Alltag. — Wie sie damals Tag und Nächte hindurch ruhelos durch diese Gegenden gestreift war. — Ruhelos, endlos, ziellos, wie ins Unendliche hinein. — Durch den Prater auf endlosen, labyrinthischen Irrwegen den Kolowratring hinauf. — Sie hockt zitternd in dem Winkel eines Cafés. Nicht fünf Minuten hält sies aus. Es treibt sie weiter. — Von einem wahnsinnigen Grauen gepackt, will sie nach Haus. Es hat sich ihr so seltsam das Zeitgefühl verschoben. — Sie geht und geht und geht: und es ist ihr, als gehe sie gar nicht, sondern müsse nur immer an demselben Flecke stehen und die

Beine rühren, als wenn sie gehe. — Aber es ist weder Stern noch Ziel. . . . Weder Stern noch Ziel. —

War das Heimat?

Und sie sieht es wieder. Ist wieder auf der ungeheuren, unendlichen Wasserfläche. Treibt im Nachen. — Allein. Unendlich, unsagbar, über alle Maaßen einsam auf dieser bleiernen Flut mit ihren unendlichen mattsilbern blinkenden kleinen Wellen. Oben drüber dunstet wieder der weiße Himmel mit seinem einzigen mattgoldenen, mystisch verdunsteten Sonnenauge, von dem drei magische, trübgoldige Strahlenbündel mit grausiger Heiligkeit ausgehen. — Und durch eine überirdische Stille treibt sie in ihrem Nachen langsam, langsam aus lichtgrauen Nebeln in ewig weichende lichtgraue Nebel hinein. — An rätselhaften Inseln treibt sie vorüber mit rätselhaften Geschöpfen und Vegetationen. Aber es gibt kein Landen, kein Halten, keine Dauer und Rast.

Ist das die Seele, die sich selbst Heimat ist?

Das Urgrauen! — Der Schöpfer aller Illusionen! — Denn alles kommt aus dem Grauen. — Alles ist Flucht vor der Ewigkeit.

Die purpurnen Brünste jedes neuen Welten- und Schöpfungstages: sie lodern alle, alle, alle, mit all ihren Wundern lodern sie aus diesem Urgrund und sinken in ihn zurück.

Ob sie ein — Genie war, daß sie das alles denken und sich vorstellen konnte? Daß sie — dieses Wissen hatte? Und — daß es sie noch nicht vernichtet hatte?

Ja, weshalb war ihre Seele noch nicht in Wahnsinn aufgegangen?

Warum? — Weil es wie alle Ohnmacht so zugleich

alle Kraft ist? — Weil es wie alle Hölle so alles Paradies? — Weil es ewige Wiege und ewige Sicherheit?

Wenn sie nun vielleicht eins von jenen Übergehirnen war,
von denen sie da sprachen und die diesen heiligen Urwahnsinn
zu ertragen vermögen? In denen er wühlt mit einer neuen
Schöpferbrunst? Sie, die nichts mehr zu fürchten haben?

Sie sprang auf. Ging hin und her. Ihre Bewegungen waren sicher und elastisch.

Ihre Augen glänzten.

Das war es! Das Neue, Drängende! — Der zwingende,
siegende Wille! — Hier war die Kraft, die sie hielt und
stählte. Das, was ihre Bewegungen elastisch machte; was
ihr so viel Energie geben konnte; was unbeirrbares, sicheres
Gefühl und Zuversicht war; was ihre Stimme zu tiefem, vollem
Metallklang stählte; was die Seele ihrer Brustlinie, ihres
Bauches, ihrer Hüften und Schenkel, ihres Nackens und
ihrer Armlinien war; das, was die Männer in sie
närrisch machte; die Magie des Vollweibes! — Ach! Es
gab, es mußte eine Welt, eine Heimat über dem
Tierglück der Philister und der Herde geben! — Diese
übermenschliche, befreite Welt war! Sie war Wirklichkeit! — Sie wollte werden! — Durch welche Kämpfe,
aus — welchen Qualen auch immer! —

Sie sank wieder auf ihren Stuhl.

War sie ein Genie?

Sie stieß ein kurzes, bitteres Lachen aus.

Ein Genie! — Eine ‚Begnadete‘! —

O Herr! Dein Wissen und deine Wonnen sind Kreuz!
— Sie sind Feuerflammen und zuckende Schwerter, die
sich durch das Herz bohren! . . .

. . . Immer wieder Trennung und Abschied! —
Immer nicht ‚der Rechte‘! — Und immer noch nicht? . .

Sie begann zu sinnen.

War es Stärke, Wahrheit und letztes Heldentum zu — entsagen? Oder lag gerade Stärke und Heldentum in der — Schwäche des — Kompromisses? — War dies der Sieg? — Der — Kompromiß? — Und gab es keinen anderen Ausweg als den — Kompromiß? — Ging der Weg zum Frieden nur durch ihn? ...

Sie fing an, so seltsam weich zu werden?

Und da — plötzlich! — wie eine Halluzination! — hörte sie seine Stimme; hörte sie Donalds Stimme. Wie er draußen gerufen hatte. Als sie in der Nische zusammengebrochen war.

Es war, als wäre die Leitung dieser Worte unterbrochen gewesen; als hätte ein satanischer Bann sie gehemmt, daß sie ihr nicht in die Seele hatten bringen können; und als weiche nun dieser Bann; und sie — vernähme sie.

Jedes Wort stellt sich ein.

„Ruth! — Ruth!!" — Und dann leise, flehend, mit vor Angst und Sorge weinender Stimme, noch einmal: „Liebe — Ruth?!!"

Und — und — ihr Herz — stockt in einem unbändigen, süßen Erschrecken; in einem süßen, quellenden, jauchzenden, erschrockenen, auflauschenden Weinen. —

Und — er hatte — die Tür — nicht aufgemacht! — Und sie war — noch nicht — zugeriegelt gewesen! — Er — hatte sie — nicht aufgemacht! — Er war — zu scheu — zu — zartfühlend gewesen!

Die — Worte?! — Sein — Ruf?! —

Wer — hatte nur — diese Worte — gerufen?!

Nie — noch nie! — hatte sie — von irgend einem Manne — solche Laute gehört!

Und plötzlich — sah sie ihn; tauchte er vor ihr auf wie aus Nebeln.

Sah sie ihn! . . .

„Liebe Ruth?!!" —

Die — Frage! . . .

Jäh senkte sie das Gesicht in die Hände. Ein süßes, befreites Schluchzen schüttelte ihren Leib.

Ach! — Ach!! — Wo war er?!

Sie fuhr in die Höhe, rannte zur Tür, riß sie auf und bog sich auf den Flur hinaus.

Er war öd und dunstig. Das flackernde Licht des Gasflämmchens huschte trübgelb über die kahle Wandtünche.

Sie huschte gegen den Treppenflur hin; mit zager, halber Stimme seinen Namen rufend; spähte über das Geländer in die Tiefe des Flures.

Alles leer, öde, still. — Kein Laut in dem großen, trüben Haus. Nur eine Gasflamme sang und surrte irgendwo wie eine feine, ferne Äolsharfe.

Mit einem halb erstickten, gequälten, ungeduldigen Weinen, die Hände windend, eilte sie in das Zimmer zurück.

Nie würde er wiederkommen!! — Nie!! — Er!

Sie brach auf der Chaiselongue zusammen. Ein neues Schluchzen schüttelte sie. Lange . . .

. . . Dann kam die Erinnerung des Nachmittages.

Wie er ihr den Kopf auf den Schoß gelegt. Wie er sie geküßt hatte.

Wie süß! Wie viel zarte, feine Verehrung war in diesen zagen, scheuen, wie fragenden und bittenden Küssen gewesen! — Wie süß hatte er sie angerufen! — Wie hold waren seine Berührungen gewesen! Welche Wonnen hatten sie ihr gegeben!

Wie er sie auf die Arme genommen! Sie durch das Zimmer getragen!

Ach, noch nie, nie! war ein Mann so zu ihr gewesen! Noch nie hatte sie solche Berührungen erfahren! Noch nie war sie so geliebt worden!

Alles, alles, alles sah sie! — Ein Schleier wich nach dem anderem! — In völliger Klarheit trat er hervor!

Ach!!! — Sie fuhr auf. — Wie irrsinnig schüttelte sie den Kopf, raufte sie sich das Haar.

Mit einem Mal fühlte sie auch das; was sie noch nie gefühlt.

Ach!! Was — hatte sie getan?! — Welches Verbrechen war das?! — Welche — Schuld?!! —

Mein Gott! Was — hatte sie getan?!!

Sie starrte mit weit aufgerissenen Augen. Auf der Chaiselongue kauernd, beide Hände in die Haare gekrallt, starrte sie und — erkannte dies! — Zum ersten Mal!

Er, der noch nie Verkehr mit einem Weibe gehabt. Er, der noch ganz keuscher und jungfräulicher Impuls war! — Er — der noch nie — ein Weib — berührt! — Ihn — hatte sie . . . Wie mußte er — dies — empfinden?! — Wie mußte seine — Scham . . .

Ah!!! . . .

Nicht er war tierisch und brutal: sie, sie war es gewesen! — Sie! — Tot war sie gewesen! Benebelt von widrigen Hirngespinnsten! — Tot! Eine — liebesfeige Leiche! — Tot! — Sie! — Sie war es gewesen, die seine Seele besudelt!

Sie schrie auf. — Mit schrillem, verzweifeltem Schreien rief sie, die Hände ringend in unbändiger, weher Sehnsucht lautweinend seinen Namen, stürzte zur Tür, brach zusammen, wälzte sich vor unerträglicher Pein auf dem Boden. . .

*   *   *

Noch nie hatte sie eine so qualvolle und so selige Nacht und einen so qualvollen und seligen Tag verbracht, als den, der auf diese Nacht folgte!

Denn: ach Gott! Es war ja das Glück?! . . . Sie liebte ja! Liebte! Liebte!! Liebte!!!

Mit fiebernden Händen, unter seligem Lachen und ungeduldigem, sehnsüchtigem, bangem Weinen, zwischen fieberndem Hoffen und Verzweiflung hatte sie sich am Morgen erhoben, sich angekleidet, war auf das Telephonbureau gestürzt, hatte, wie im Traum den Tag über ihren Dienst versehen und war dann am Abend, nachdem sie einen Vorwand gefunden, sich etwas vor der Zeit vom Dienst frei zu machen, in die Straße gelaufen, wo sein Geschäft lag.

Hier wartete sie unter heimlichem Weinen, Hoffen und Verzagen, gepeinigt und beseligt von unsagbar süßer Reue und heißer Sehnsucht, unter halben Ohnmachtsanfällen, in die Dämmerung eines Hausflurs gedrückt, und gegen das Geschäft hinspähend und sein Erscheinen erwartend.

Sie mochte wohl zwanzig Minuten gewartet haben, als ein Taxameter an ihr vorbeirasselte, der vor dem Geschäft Halt machte.

Ein kleiner eleganter Herr, in einem hellen Sommerüberzieher, ein Stöckchen mit Silbergriff in der behandschuhten Rechten, ein steifes schwarzes Hütchen auf, entstieg der Droschke, gab dem Kutscher eine Anweisung und trat dann in die Buchhandlung ein.

Die Droschke wartete.

Nun ja! . . .

Ruth bog sich wieder zurück.

Sie riß an ihrem Taschentuch. Sie biß hinein vor unerträglicher Unruhe.

Wieder vergingen Minuten; und Ruth spähte und spähte.

Da — sie zuckte zusammen! — ging die Ladentür!

Es war der kleine, elegante Herr. Und — hinter ihm — Donald?!

Wie — denn?!! . . . Er — stieg ja — mit dem Herrn — in die — Droschke?!! . . .

Jetzt waren sie drin?! — Der Schlag klappte?! — Der elegante kleine Herr steckte den Kopf heraus und rief dem Kutscher etwas zu. — Und — sie — fuhren davon . . . Fuhren — an ihr — vorbei . . .

Ohnmächtig brach sie zusammen. . . .

XI

Der elegante kleine Herr, den Ruth von ihrem Torwinkel aus mit Donald hatte in die Droschke steigen sehen, war Edwin Uhse gewesen.

Uhse hatte Donald für heut Abend anfangs schriftlich zu sich nach Charlottenburg laden wollen; in der Befürchtung indessen, Donald könne absagen, hatte er eine Droschke genommen und war nach seinem Geschäft gefahren, um ihn rechtzeitig am Feierabend persönlich abzuholen.

Er war in den Laden getreten und hatte Donald zu

einer kleinen privaten Rücksprache bitten lassen. Donald hatte absagen wollen; aber Uhse war so bringlich gewesen und hatte mit so liebenswürdigem Geschick jeden Einwand, den Donald vorbrachte, nichtig zu machen gewußt, daß Donald sich schließlich ergeben hatte; zumal Uhse ihm versichert, sie würden beide ganz allein sein, und es werde Donald, der noch von den Aufregungen der letzten Nacht völlig erschöpft war, an keiner Bequemlichkeit fehlen, die seinen Zustand erleichtern könne.

„Donald, mein Teurer! Du mußt mir den Gefallen tun!" hatte Uhse, der einen sehr deprimierten, Donald befremdenden Eindruck machte, gesagt. „Wenn ich dir sagen könnte, was für einen außerordentlichen Freundschaftsdienst du mir erweist! — Wenn du wüßtest, wie ich gerade dich von Nöten habe! — Dein liebes Wesen! — Ach, du kennst diese Gemütszustände nicht! — Preise dich glücklich, daß du sie nicht kennst! — — Du bist angegriffen? Fühlst dich nervöse? — Sehr? — Du hast die Nacht nicht geschlafen? — So! — Hm! — Jaja! Du scheinst allerdings sehr schreckhaft zu sein! — Scheinst überdies nicht bei Stimmung. — Ich will nicht indiskret sein: Aber irgend etwas scheint dich zu bedrücken! Wie? — Aber, was willst du . . .”

Uhse hatte Donald vertraulich beim Arme genommen und hatte ihm mit einem sehr lieben und teilnehmenden Blick in die Augen gesehen.

„Was willst du allein da in deinem trübseligen, einsamen Chambregarnie Trübsal blasen? — Du kannst ja bei mir jede denkbare Bequemlichkeit haben. — Du brauchst die Nacht gar nicht nach Haus. Du schläfst einfach bei mir. Ich habe ein gutes Gastbett. Du übernachtest bei mir und fährst dann morgen gleich von mir aus in dein Geschäft. — Wie?! — Ich zeige dir meine Sammlungen. Wir musizieren ein bißchen. Du kannst dich dabei auf die Chaiselongue legen. Wir essen zu Abend. Trinken ein Glas Sekt zusammen; rauchen eine gute Zigarre. Das wird dich zerstreuen und aufheitern. Du bist völlig wie zu Hause. — Und — wie gesagt! — du tust mir einen Gefallen. — Wenn du wüßtest, mein Lieber! einen wie großen!" . . .

Und so saßen sie denn nun in der Droschke und fuhren durch halb Berlin dem Charlottenburger Ufer und Uhses Wohnung zu.

Der Kutscher hatte, von Uhse aufgefordert, scharfes Tempo genommen.

Sie waren aber noch nicht weit gefahren, als es Donald schon, er wußte selbst nicht recht warum?, leid tat, nachgegeben zu haben. — Er hatte ein Gefühl, von Uhse überrumpelt zu sein. Alles das, was Uhse ihm gesagt, war ihm mit einem Mal gar nicht plausibel. Er wußte nun, daß er gerade das Bedürfnis hatte mit sich allein zu sein und über das alles, was da mit einem Mal über ihn hereingebrochen war, in Klarheit zu kommen.

Aber — er war so wirr; so ungewiß; so hin und hergezogen!

Er wußte — nicht — genau.

Das Umherschweifen die Nacht durch, das Zusammensein mit Ismael Finck, der ihn mit seinen Redereien ganz dumm geschwatzt und alle möglichen wunderlichen Gedankengänge in ihm wachgerufen hatte; der Tag im Geschäft: das alles hatte ihn in eine äußerste Nervosität versetzt und in eine von den sonderbaren Unruhen, die ihn zuweilen peinigten. . .

Es war am Ende doch gut, wenn er den Abend über nicht allein war.

. Es wäre wohl unerträglich gewesen. — Und zu etwas führen konnte es ja doch nicht mehr.

Es war ja — so klar! — Sie — brauchte einen anderen! Einen ganz anderen! — Er — war ja — für sie — viel zu jung! — Sie war eine viel zu kräftige, viel zu geniale und komplizierte Natur. — Und er — im Grunde — und bei Licht besehen — wohl nichts als ein Philister.

Das — hatte sie gefühlt. — Das war ihr — Instinkt gewesen. — So war alles zu erklären.

Ah! Wie gut es war — wenn man sich — betrinken konnte!

Saufen! Saufen! Es niedersaufen, wie es gestern Ismael Fink niedergesoffen hatte!

Uhse hatte von Sekt gesprochen. — Ja, er wollte sich betrinken! — Wie gestern Ismael Fink. — Er wollte sich Urlaub geben lassen und wollte, Tag und Nacht, so lange trinken, bis er von nichts mehr wußte. Es war gut, daß er noch gar nichts hatte denken und überlegen können. Es war gut. —

Die Nacht war ihm Ismael Fink dazwischen gekommen. — Haha! — Die lächerliche Geschichte, wie er ihn mit dem Droschkenkutscher die vier Hinterhaustreppen hinaufgeschleppt und ins Bett gepackt hatte! — Und dann das Geschäft, den Tag über, wo es so viel zu tun gab! — Jetzt kam Uhse. — Es war als ob es so sein müßte! Es war vielleicht gerade gut, daß er nicht aus diesem Wirbel herauskam; daß er nichts überdenken konnte. —

Ach, aber — wenn nur nicht diese entsetzliche diese ganz sonderbare und unerklärliche Unruhe gewesen wäre; diese sonderbare Befürchtung? . . .

Er hatte Augenblicke, wo er vor Ängsten die Hände in das Sitzpolster krallte.

Wie irrsinnig gingen, mit suchender fliehender Angst seine Blicke draußen über den vorübergleitenden Verkehr der Straße hin. Aber es machte ihn nur noch erregter. —

Er fürchtete wahnsinnig zu werden.

Er stöhnte.

Wenn er ein Wort hätte sagen können.

Er hatte Anwandlungen, Uhse zu berühren, sich an seinem Arm festzuklammern.

Aber irgend ein Instinkt hielt ihn davon zurück, wie unbeschreiblich er auch litt.

Einen Augenblick war es, als wüßte er, daß es Ruth war. Er bekam es mit einer fliehenden, ankernden Sehnsucht, auf der Stelle bei ihr zu sein. Mit einer förmlichen Angst bei ihr zu sein. Sie könnte leiden? — Könnte sich etwas antun?! — Wie dumpf sie gestöhnt hatte? — Wie sie zusammengebrochen war?

Uhse wurde aufmerksam. Das heißt: er war es schon lange. Und sehr! — Mit einer fast fieberhaften inneren Genugtuung beobachtete er Donalds Zustand.

„Donald, mein Bester! Was ist dir? — Ist es sehr schlimm? — Hm! — Bitte!“

Er griff in die Seitentasche seines Überziehers.

„Ich habe hier eine Morphium-Zigarette zur Hand. — Willst du dich vielleicht bedienen? — Es ist ganz unbedenklich! — Du kannst sie ruhig rauchen. — Es wird dich beruhigen! — Darf ich bitten?“

Uhse reichte ihm das Etui.

„Hier, bitte! — Von diesen!“

Donald bediente sich, und Uhse gab ihm Feuer.

Donald wurde ruhiger. Es war etwas in Uhses teilnehmender und diskreter Sprechweise, das ihm wohltat. — Uhse befand sich selbst in einer Depression. Aber wie er es zu beherrschen wußte! Und wie er noch Teilnahme und Aufmerksamkeit für ihn übrig hatte. — Seine feine weltmännische Art imponierte Donald wieder mal.

Sie rief ihm eine leichte Scham wach und suggerierte ihm Selbstbeherrschung.

Ja ja! Es war dennoch gut, daß er mit hinausfuhr. — Es würde sich vielleicht überhaupt wohl auch empfehlen, daß er seinen Vorschlag, bei ihm zu übernachten, annahm.

Er rauchte. Auch die Zigarette beruhigte ihn.

Seine Unrast wich einer leisen unbestimmten Traurigkeit.

Uhse seinerseits blickte, beide Hände auf den silbernen Griff seines Stöckchens gestützt mit einem sympathischen Ernst durch das Wagenfenster. . .

Aus der Breiten-Straße war die Droschke über den Schloßplatz am Begas-Brunnen und großen Denkmal vorbei, über die Schloßbrücke und am Zeughaus vorüber, über den Opernplatz die Linden entlang dem Brandenburger Tor zugefahren.

Die an einem so schönen Frühlingsabend so prächtigen Linden mit ihren stattlichen Gebäuden und vielen Läden, mit ihrem reichen bunten Verkehr, mit ihren Bäumen und Anlagen. All' diese Eindrücke gewährten Donald heute in seiner Unruhe so verwunderliche Sensationen. — Ihm war, als würde er von einem durch Alladins Wunderlampe beschworenen Geist durch eine Märchenwelt getragen. Mit einer wunderlichen Neugier hielt er diese Illusionen fest und ließ sie gewähren. Und doch, er wußte, daß sie nichts waren, als die Ausgeburten dieser haftenden, jagenden, wirren Unraſt, die in ſeiner Seele wühlte.

Er ſpürte Anfälle eines plötzlichen Elans, von einer Heftigkeit, als wolle es ihm alle Nerven zerreißen; Anfälle, die in Ängſte übergingen, als winde ſich da in ihm irgend ein Weſen, ein zweites Weſen in der Pein und Verzweiſlung einer Hölle.

Wieder dachte er plötzlich an Ruth. Und er bekam eine ſo heftige Unruhe, daß er bei einem Haar die Droſchkentür aufgeriſſen und hinausgeſprungen wäre, um, ſo ſchnell ihn ſeine Füße tragen mochten, zu ihr zu eilen.

Aber — es hemmte ihn. — Er wußte ja nachgerade, was für ein Tor er in ſolcher Hinſicht war!

Sollte ſie noch einmal hinter ihm zuriegeln? . . .

Der Wagen raſſelte durch das Brandenburger Tor und über den Platz, zu dem ſich hier die vom Potsdamer Platz kommende Königgrätzer Straße weitet, in die lange ſchnurgerade Charlottenburger Chauſſee hinein.

Ihre ſchattigen, von der Abendſonne durchſpielten Parkgänge zu beiden Seiten wimmelten von Paſſanten. Die Reitwege waren von ſtattlichen Reitern, der breite Fahrdamm von Fahrzeugen belebt: Wagen der elektriſchen Straßenbahn, Droſchken, Equipagen, elegante Cabs und Tilburys, von Damen gelenkt, von Militärs in bunten Uniformen, von Herren in elegantem Zivil. — Und es war ſo ſchön in die von der Abendſonne illuminierten Tiefen des prächtigen Parkes, auf die weiten ſauberen, ſmaragdenen Grasflächen zu blicken; oder hinauf in die Welt der hohen alten Baumkronen, die ſich mit roten Bronzelichtern herzhaft in den mild klaren Abendhimmel zeichneten. Die Siegesallee mit der Säule und den beiden Reihen ihrer weißen Denkmale, vor denen ſich die luſtige Pracht der langen

Blumenrabatten und Zierbeete hinzieht. — Der kleine Stern. Der große Stern. — Zur Rechten, jenseits eines großen tiefliegenden Teiches, von hohen, sehr alten Bäumen umstanden, das rote Bauwerk der Kaiser Friedrich-Gedächtnis-Kirche. Stadtbahnhof Tiergarten vorbei. — Sie sind in der Berliner Straße. Sie fahren über die Kanal-Brücke und biegen rechts in das Charlottenburger Ufer hinein. — Und nun sind sie angelangt.

Uhse reißt hastig die Tür auf, springt hinaus und fertigt den Kutscher ab. Donald steigt ihm zögernd und mit einem unwillkürlichen Mißtrauen nach.

Mit der aufmerksamsten Liebenswürdigkeit nimmt Uhse ihn unter den Arm und führt ihn, während die Droschke wendet. und davon rasselt, durch die Staketür in den Garten.

Ob er sich wohlfühle?

Donald fühlt sich wohl. —

Uhse merkt, daß er unruhig ist. Er nimmt das mit Befriedigung wahr. Es hat ihm Besorgnis erregt, daß Donald in Wahrheit ruhig geworden sein könnte.

Eine konzentrierte Energie durchdringt ihn. Er hat seinen Plan entworfen und fängt an, ihn durchzuführen.

Langsam, sehr mild und liebenswürdig, mit einer deutlichen Nüance gönnerhaften Wohlwollens, führt er Donald, bevor sie sich in die Wohnung begeben, in dem hübschen Garten umher.

Es verwundert Donald, berührt ihn angenehm, und beruhigt ihn, Uhse mit so viel Liebe und Delikatesse von den Blumen sprechen zu hören. Die Art, wie er ihn auf die Rosensträucher aufmerksam macht! — Und nun bricht er eine schöne, prächtig entfaltete, dunkelrote Rose und reicht sie Donald mit beinahe galanter Aufmerksamkeit.

Donald gerät in Verwirrung; will aus irgend einem Grunde ablehnen. Indessen Uhse steckt sie ihm lächelnd, mit unaussprechlicher und unausweichlicher Liebenswürdigkeit in das Knopfloch seines Jaquettes.

Donald wird noch verwirrter. — Jetzt ist ihm unangenehm, daß er seinen Geschäftsanzug anhat. Er hätte sich doch unbedingt vorher noch umziehen müssen.

Warum hat er im Geschäft nicht daran gedacht? Er würde sich viel sicherer gefühlt haben.

Es war doch wieder eine seiner Nachlässigkeiten und Unüberlegtheiten:

Und gerade von hier aus festigte sich ihm eine Befangenheit und Gedrücktheit, die er nicht wieder loswurde; und die vielleicht die nächste, äußere Bedingung zu allem wurde, was in den folgenden Stunden sich ereignen sollte.

Donald machte, ziemlich ungeschickt, eine Bemerkung über seine Kleidung.

Er wußte, daß das ja eigentlich überflüssig war, und wurde natürlich noch unruhiger.

„Aber, mein Bester! — Ich bitte dich!"

Uhse lachte. — Er schien ernstlich ein wenig ungeduldig zu sein.

Er stand jetzt in dem Eingang des von japanischem Hopfen und seinen schönen dunkelvioletten Blüten überrankten Vorlaube und schien sich für irgend etwas drüben auf der Straße zu interessieren.

Es war wohl der Restaurationsgarten da drüben, der ihn interessierte.

Donald stand neben Uhse in dem breiten Eingang und blickte in den Garten hinein.

Wie nur der Garten war!

So — fremdartig?

So sonderbar still und phantomhaft schien er sich mit seinen Büschen, Bäumen und Blumen in einen seltsamen, reinen lauen Äther zu weben, der mit irgend einem fremdartigen, balsamischen Aroma durchhaucht war. — Mit unbeschreiblicher Deutlichkeit und Reinlichkeit nahm Donald so viel Einzelheiten wahr. — Alles war so blank, so fehlerlos. — Jedes Blatt war so gesund, führte ein so sonderbares, reinliches Einzelleben; ruhte so phantomhaft in diesem Äther. Und die Rosen auf ihren schlanken, sauberen Stielen: wie sie nur wirkten! — Die Mücken und Insekten, die in der klaren, linden Luft spielten, waren wie blinkende, singende Edelsteine.

Donald spürte eine wunderliche süße Angst.

Die Illusion einer Fata Morgana. Alles könnte in einem Augenblicke vergehen. Und — was würde dann sein?

Er wandte sich plötzlich jäh ab, ging auf die Tür zu, legte nervös die Hand auf die Klinke, drückte sie ein paar Mal nieder und blickte zu Uhse hin.

Uhse wandte sich gegen ihn um. Er lächelte.

„Ach verzeih! — Ich achtete auf etwas drüben! — Sofort!" sagte er.

Er kam zu Donald hin, der beiseit trat, zog den Schlüssel hervor und öffnete die Tür.

„Tritt ein mein Lieber!"

Eilig trat Donald in das Zimmer.

Es war der Salon, in den man zunächst gelangte.

„Also willkommen! — Il — benvenuto! — Hehe!"

Uhse, der mitten im Zimmer stehen geblieben war, blickte Donald ins Auge und schüttelte ihm die Hand.

Dann nötigte er ihn, ihm helfend, aus dem Überrock, nahm ihm den Hut ab und trug beides durch das Arbeitszimmer in einen kleinen, entreeartigen Raum, der auf einen Hof hinausführte und eine Treppe zu den im Souterrain gelegenen Räumen hatte.

Donald, der im Salon zurückgeblieben war, blickte umher.

Was ihm sofort auffiel und ihm einen eigenartigen Eindruck machte, war die fremdartige Ausstattung. Der große indische Teppich, der den ganzen Fußboden bedeckte; diese und jene asiatischen Geräte aus Bronze; die vielen chinesischen Vasen auf ihren Konsolen; die exotischen Holzschnitzereien an den Möbeln; ein vergoldeter, reich ornamentierter chinesischer Heiligenschrein mit einer vergoldeten, von dem Heiligenschein, gekrönten lauernden Buddhastatuette, die einen kleinen Rubin mitten in der Stirn trug. Ein Duft, nach irgend einem schweren Parfüm.

„Nein! Aber so was! — Stell dir vor, mein Lieber!“

Donald fuhr zusammen.

Uhse war, einen offenen Rohrpostbrief in der Hand, aus dem Arbeitszimmer in den Salon getreten.

Einen Augenblick stutzte er.

„Aber, mein Gott! Pardon! — Du stehst ja noch immer hier! — Entschuldige! Ich war eben mal an den Schreibtisch getreten, um nach der Korrespondenz zu sehen. — Meine Aufwartung legt sie mir immer auf den Schreibtisch. — Hm! Aber nein! Denke! — Wie ärgerlich! Wie fatal! — Ich hoffte, wir würden den Abend recht schön allein verbringen: und nun melden sich da mit einem Mal diese beiden — Gemütsmenschen, der Dr. Wolffsohn und Dr. Fuchs an!“

Er reichte Donald vertraulich den Brief.

Donald starrte ihn an, ohne etwas zu lesen.

Dr. Wolfsohn und Dr. Fuchs?! . . .

„Hm!“ . . . Uhse ging hin und her und schnippte, scheinbar sehr verdrießlich, mit den Fingern. „Und nun mußt du gerade so — nervöse sein! — Wie fatal! Wie dumm! — Und, du kannst dir vorstellen, daß ich selber auch nicht gerade — entzückt bin! — Na, aber. . . .“

Er war vor Donald stehen geblieben und sah ihm mit einem prüfenden, humoristischen Blick, ihm sehr nahe stehend, in die Augen.

Wie er nach Parfüm roch! dachte Donald.

Im übrigen war ihm sehr bang. Er hatte wieder an Ruth gedacht. Wieder hatte er die sonderbare Angst um sie bekommen und so ein unruhiges dunkles Wühlen von Gedanken und gequälten Empfindungen.

„Na! — Aber nichtsdestoweniger! Komm! — Machen wirs uns bequem! — Ein halbes Stündchen werden wir ja noch für uns haben. Wir wollens aus= nutzen. —

Komm! — Mach dirs bequem!“

Er faßte Donald am Arm, schien sein Sträuben nicht zu bemerken, und führte ihn in das Arbeitszimmer.

„Du kennst ja die Beiden im übrigen. Du ent= sinnst dich ja. Neulich im Westminster=Café? — Sie sind ein bißchen stumpfsinnig. So eine Art — moderne Bildungsphilister. Im Grunde aber wirklich ganz harm= lose und nette Kerle. — Die dich übrigens lieb gewonnen haben. — Du bist ja so ein Mensch. Jeder hat dich lieb. Vom ersten Augenblick an. Wer sollte dir nicht gut sein!“

Uhse streichelte Donald über den Arm.

„Komm! Setz dich! — Oder willst du dich viel=

leicht lieber auf die Chaiselongue legen? — Ja? — Ich — rate dir. — Du bist ja offenbar angegriffen. — Du siehst nicht gut aus. — Bist blaß. — Hast angegriffene Augen. — Ruh dich ein bißchen! Leg dich! — Komm! — Es wird dir gut tun!"

Donald wollte etwas entgegnen; aber er wurde von Uhse zur Chaiselongue geführt. Halb ließ er sich sinken, halb wurde er von Uhse mit sanfter Gewalt niedergedrückt. — Nun lag er, den Kopf aufgestützt, gezwungen und widerstrebend. Aber Uhse zog ihm den Arm herunter, drückte ihm den Kopf nieder und stopfte ihm geschickt und mit einer diskreten Lindigkeit ein weiches Kissen aus japanischer Seide unter den Kopf. Dann rückte er ihm das mit Perlmutter ausgelegte indische Tischchen nahe, holte ein paar große Mappen herbei und öffnete sie.

„Sieh! Hier! — Wenn du Lust hast? — Meine japanische Sammlung!" lud er Donald ein. „Es ist eine Kollektion Hokusai. Die Fuji-Serie. — Herrlich! Was?! — Ich habe hier auch einiges ältere klassische. — Weißt du? Ich will dich jetzt lieber allein lassen. Du sollst dich vor allem ruhen. — Wir essen nachher was. — Ich will nebenan gehen und ein bißchen auf dem Flügel musizieren. — Das wird dich n i c h t stören! — Wie? — Es tut dir vielleicht gut. Zerstreut dich. — Willst du rauchen? — Vielleicht eine Importe? — Tu's! — Das ist sehr gut! — Es beruhigt dich! — Vielleicht trinkst du ein Glas Portwein? — Gewiß! Natürlich! — Auch d a s wird dir dienlich sein. — Oder soll ich dich vielleicht zudecken? — Willst du das Halbestündchen lieber schlafen?"

Donald wurde nervöse. Alles in ihm schwirrte bis zum Schwindel.

Weshalb redete Uhse so viel, dachte er gereizt?

Ja, er bekam wirklich einen — Schwindelanfall. Wurde ganz — verdreht.

Um Uhse loszuwerden, nahm er eine Zigarre und ein Glas Wein.

Ach, wenn er — schlafen könnte, dachte er gepeinigt. Uhse ging in den Salon.

Als er aus dem Zimmer war, verzerrte sich Donalds Gesicht in einem förmlichen Krampf.

Er fühlte sich überreizt bis zum äußersten. Mit aufgestütztem Kopf saß er und bemühte sich krampfhaft irgend etwas zu denken, irgend einen Entschluß zu fassen. Er wars nicht imstande. Er hatte da so eine wunderliche — Empfindung. Seine Augen gingen so sonderbar automatisch von einem Gegenstand zum anderen?

In einer plötzlichen Angst, suchte er sich mit einem Mal aus aller seiner Willenskraft zu einem Schlummer zu zwingen.

Aber das war unmöglich. — Er trank von dem Portwein. Es ging ihm wie ein schwüler Feuerbrand durch den Körper. — Er erschrak. Er hatte mit einem Male den Verdacht, es könne irgend etwas in dem Weine enthalten sein?

Denn: es hielt so an? — Da war so ein schwüles, fressendes Gefühl unter den linken Rippen?

Eine eisige Angst überlief ihn. Er wollte aufspringen und zu Uhse gehen, um ihm davon zu sagen. Aber er brachte sich nicht auf. — Er schämte sich plötzlich. — Unsinn! — Er wollte warten. — Dummheit! — Es — würde ja — vorübergehen.

Drinnen im Salon phantasierte Uhse jetzt leise und mit gutem Ausdruck auf dem Flügel.

Donald lauschte. — Es bannte ihn. — Und — beruhigte.

Es war, als ob die Töne ihn streichelten und lullten.

Es war ein — Schumann.

Aber — was denn?! — Er schrak förmlich zusammen. — Warum wurde die Musik mit einem Mal, so seltsam kurz und scharf abgebrochen, lebhaft? — Warum mit einem Mal eine Mazurka von Chopin?

Plötzlich aber ging der Chopin über in die wilde Unrast der ungarischen Rhapsodie von Liszt.

Himmel! Wie ers — spielte!

Donald krampfte die Finger in die Kissen.

Es war kaum zu ertragen.

Er — hatte ihn doch — mit der Musik — beruhigen wollen?

Was war denn das nur? Wie war dieser Widerspruch möglich? — Er war doch vorhin so besorgt gewesen? So — delikat? —

Er wollte rufen, Uhse solle etwas anderes spielen. Er wollte — aber! da spielte er schon ein anderes Stück. — Ah! Ein herrliches Nocturno von Chopin!

Nein nein! Dummheit! — Es war Einbildung. Was war ihm denn nur? Alles war Einbildung. —

Er fing an in den japanischen Aquarellen zu blättern.

Aber wie überaus lebhaft diese herrlichen Farben auf ihn wirkten! — Zu lebhaft? — Wieder hatte er dieses sonderbare Gefühl? — Er fiel gewissermaßen aus einer Überraschung in die andere? — Alles — stieß ihn so? — Blieb zu sehr — Nervenschwingung? — Zu sehr äußerlicher Reiz? — Und so wie sich Gedanken und Ideen regen wollten, da wollte es etwas Absonderliches und Absurdes werden. — So kam ihm plötzlich die lebhafte und sehr deutliche Erinnerung an eine Vorstellung indischer Fakire, der er gelegentlich beigewohnt. — Er sah diese schlanken, braunhäutigen Menschen mit ihren ruhigen, gelassenen Gesichtern, mit ihren exotischen, arabeskenverzierten bunten Seidengewändern, mit ihren bunten Turbanen. Er hörte den Lärm der Flöten und die Geräusche des Erzes; ihre wilde monotone asiatische Musik. Er sah die sonderbaren Kunststücke, die sie produzierten: wie sie Pflanzen aus einem Kern wachsen ließen; wie sie Schlangen exerzierten, Feuer hauchten und schluckten; wie sie sich verschwinden machten; sich in Körbe steckten und diese Körbe an Schnuren mit kleinen Bleikugeln, die sie sich unter die Augenlider zwängten, in die Höhe hoben.

Hastig schob er die Mappe beiseit und wandte das Gesicht gequält der Wand zu. Nein! Da war doch ni ihm — irgend so ein Trieb, ein Begehr war doch da? Er wollte sich doch auf etwas — besinnen? Auf irgend etwas — zurückkommen?

Aber da begann er mit einem Mal in seiner Angst Ruths Namen vor sich hin zu flüstern. Doch es war ein toter Laut, ohne Inhalt. Er fühlte nichts dabei.

Und doch: — mit einem Mal wußte er: — Alles war ja Ruth! —

Schmerz! Schmerz! — Scham! — Eine unaussprechliche, quälende, erstarrte Scham: sie traten plötzlich in ihm in Klarheit. Er hört, wie sie — den Riegel vorschiebt. — O Scham! O Pein! —

Aber, was er da für eine seltsame Freude fühlt? Eine Freude, daß er sich wieder an das alles erinnern kann?

Ah!!!

Hastig, aber verstohlen, rafft er sich auf. Geht auf

Zehen auf dem Teppich, behutsam, um von Uhse nicht wahrgenommen zu werden, hin und her.

Die Zähne schlagen ihm aneinander. Er hat Schüttelfrost.

Jetzt spielt Uhse nebenan die Griegsche „Bauernhochzeit."

Es tut ihm gut. —

Aber — da schrak er zusammen. Eilig zog er sich nach der Chaiselongue zurück.

Plötzlich hatte Uhse das Spiel abgebrochen. Die Glastür des Salons hatte geklappt. Stimmen wurden laut. — Es wurde gelacht. — Dann wurde Uhses Stimme hörbar. — Die Stimmen wurden leiser. — Dann aber ein halbes Lachen. — Es befremdete Donald, daß Uhse — mitlachte?

Wieder sprang er auf, tat einen Schritt in das Zimmer und suchte sich eine unbefangene Pose zu geben. — Aber dann hielt er es für besser, an das Fenster zu gehen und zu tun, als hätte er schon eine Zeitlang in den Garten geblickt.

Er war kaum beim Fenster angelangt, als die drei eintraten.

„Nun, Donald? — Du bist aufgestanden? — Ich glaubte, du hättest geschlafen?" rief Uhse. „Haha! — Er ist nämlich nicht auf dem Posten! — Die Herren kennen sich ja!"

Dr. Wolfsohn kam mit Dr. Fuchs auf Donald zu, der sich umgekehrt hatte und von allen Worten, die man an ihn richtete, kaum mehr vernahm, als ihren Schall.

„Sehr erfreut, mein lieber Herr Wegener!" machte Dr. Wolfsohn mit seinem Quetschtenor, ergriff Donalds Hand und schüttelte sie bieder. —

Donald wußte nicht, weshalb ihm Dr. Wolffohns Blick nicht gefiel und ihn geradezu betroffen machte.

Er wollte fast zornig werden.

Aber er vertraute seinem Affekt.

Jetzt kam auch Dr. Fuchs.

„Wie schade, daß Sie sich nicht wohlfühlen? — Na, hoffentlich gehts mit dem Essen vorüber! Hahaha!"

Wie Dr. Fuchs nur lachte?

Donald fühlte sich befreit, wie sie jetzt mit Uhse in das kleine Entree gingen, um abzulegen.

Ha! — Wenn er — jetzt — fortliefe? . . .

Aber — seine Kleider waren ja im Entree.

Er ächzte.

Er schlich hin und her. Trat zum Fenster.

Aber da kamen sie schon zurück.

Sie traten zu Donald hin.

„Unser verehrter Wirt wird s o g l e i c h erscheinen!" sagte Dr. Fuchs und lachte.

Nun gut! Ja! — Warum sagte ihm Dr. Fuchs das?

„Er ist unten in der Küche, um selbst nach dem Essen zu sehen. — Man bekommt, — alles was recht ist! — bei ihm einen braven Happen und einen guten Trunk! — Hahaha!"

Jaja! — Aber Donald fand das gar nicht so interessant. — Er zweifelte nicht im mindesten, daß man bei Uhse gut speise. — Was — meinte denn Dr. Fuchs damit? Weshalb sagte er das?

Er wurde geradezu ängstlich.

Er mochte die beiden nicht. — Sie waren ihm widerwärtiger als je.

Donald war, um ihnen zu entfliehen, unwillkürlich,

ohne mit einem Worte erwidert zu haben, wieder zu dem indischen Tischchen und den Mappen getreten.

Aber, wie denn?! Sie — folgten ihm?

Dr. Wolffohn blätterte in der Fuhi-Mappe.

„Hehehe! — Prächtig! — Wunderbare Reproduktionen! — Unfer Uhfe ist wirklich ein delikater Lebemann! — Hehehe!"

Aber sein Interesse an den Aquarellen schien durchaus kein aufrichtiges zu sein.

Weshalb stand er so nahe? — Jetzt hatte er Donald geradezu den Arm gestreift.

Donald trat oftentativ zur Seite.

Aber es fiel Dr. Wolffohn nicht ein, um Entschuldigung zu bitten.

Er lachte nur wieder so eigentümlich. Er tat, als hätte er gar nichts bemerkt.

Dr. Fuchs seinerseits ging, kunstvolle Triller vor sich hinpfeifend, im Zimmer auf und ab; bald hier bald dort verweilend, ein Bild betrachtend, einen Kunstgegenstand, eine Schale, ein Nippes zur Hand nehmend.

Donalds Aufmerksamkeit war fieberhaft auf die kleine Tapetentür zum Entree gerichtet.

Endlich — erschien Uhfe.

„Wir werden auf der Stelle zu essen bekommen!"

Er lachte. Er war so mobil? Mit einem Mal so lebendig? — Er nahm sich ja gar nicht gezwungen aus? — Und doch war ihm der plötzliche Besuch unwillkommen?

Donalds Verwirrung erreichte ihren Höhepunkt.

„Aber wie ist? — Wollen wir im Dämmerlicht essen oder sollen wir die Jalousieen runterlassen und das Gas anzünden?"

Es entspann sich ein lebhafter und humoristischer Disput über diesen Punkt, bei dem sehr viel gelacht wurde.

„Donald! — Was meinst du? — Er soll den Ausschlag geben!" rief Uhse schließlich.

Aber Donald machte eine linkische Geste und gab nur irgend einen unverständlichen Laut von sich.

Uhse betrachtete ihn. Er schien über etwas nachzudenken.

„Na!" entschied er plötzlich. „Also: ich denke, wir lassen die Jalousieen runter und zünden das Gas an! —

Es ist gemütlicher, mein ich. — Die Dämmerung würde zwar poetischer, aber, ich weiß nicht, vielleicht ein wenig zu — romantisch, oder — wie soll ich sagen? — zu — viertdimensional sein!"

Er lachte.

„Jrade wat scheenet!" rief Dr. Fuchs, der sich gern auf das Original hinauszuspielen schien und stieß ein sonderbares, kullerndes Lachen hervor.

„Sofo!" lachte Uhse. „Na, aber es ist entschieden gemütlicher bei Gas, mein ich. — Es ist auch — festlicher! — Die Unterhaltung ist belebter und konzentrierter. — Wir können ja nachher noch draußen in der Vorlaube unsere Zigarre rauchen. — Donald?"

„Ja! — Ja!" machte Donald hastig.

„Fuchs! Bitte, laß mal die Jalousieen runter!" rief Uhse.

„F. E!" sagte Dr. Fuchs mystisch und begab sich zu den Fenstern.

„Was?! F. E?!" fragte Uhse, scheinbar erstaunt. Aber er lachte.

Er war auf einen Stuhl gestiegen und besorgte das Gas.

Dr. Fuchs antwortete nicht eher, als bis er die Jalousieen heruntergelassen.

„Nu! — Factum est!“ sagte er dann, mit der Miene eines gänzlich erstaunten Ehrenmannes.

„Ah so!“ machte Uhse.

„Autsch!“ — rief Dr. Wolfsohn.

Alle drei lachen.

Blaff! — Blaff! — Blaff!

Das Gas war aufgeflackt.

Jetzt riefen die beiden Doktoren „Ah!!“

Es schien sehr lustig werden zu wollen.

Dr. Wolfsohn seinerseits war jetzt auf den Serviertisch zugetreten, der in der Nähe der Tapetentür stand. Er nahm die Kognakflasche, die dort stand und hielt sie ostentativ in die Höhe.

„Kognak gefällig?! — Herr Wegener! Für Ihren — Magen?! — Probatum est!“

Wieder lachten sie alle drei.

Aber niemand hatte Bedürfnis nach Kognak. Dr. Wolfsohn schenkte sich einen ein, kippte ihn hinter und machte „Brrr!“ . . .

Schon wieder brachen sie in ein schallendes Gelächter aus.

Warum lachte denn Uhse so mit?

Donald erinnerte sich an Uhses Depression, als er vorhin von ihm abgeholt war. Wie war es möglich, daß er nun mit einem Mal so aufgeräumt war.

„Und der Teufel! Der Teufel! — Wenn man ihn in den — Schwanz kneift!“ improvisierte mit einem Mal Dr. Fuchs mit einem mächtigen rollenden Tragödenpathos.

„Hihi! — Was er da wohl zum Besten geben würde?“ kicherte Dr. Wolfsohn, Dr. Fuchs wie in irgend einem heimlichen Einvernehmen anblinzelnd.

Aber dann, mit einem Male, tat er, ganz plötzlich, als ob er auf einem Einfall käme, rannte mit einem komischen, simuliert O-beinigen Gang auf die Tapeten=tür zu, riß sie auf, eilte auf das Entrée hinaus und gleich darauf hörten sie ihn mit karikierter Nachahmung von Uhses Stimme rufen:

„Amalie! — Amalie!! — Aber Amaaalie!!!"

Wieder wurde gelacht.

„Amaaalie!!!" kreischte draußen Dr. Wolffohn.

Dann kam Dr. Wolffohn, eine große Rage und Echauffiertheit simulierend, zurückgerannt, lief mit rotem Kopf und mit dem Taschentuch sich Kühlung zuwedelnd sehr indigniert im Zimmer hin und her, den Kopf bald auf die eine bald auf die andere Seite werfend und, Donald wußte nicht weshalb?, mit den Gesten eines Juden vom Pariser, stöhnend, ächzend und mit einer merk=würdigen gaumelnden Weise auf Amalie schimpfend, die immer noch nicht das Essen brachte.

Aber da kam sie.

„Herr Wegener!" rief Dr. Wolffohn. „Gestatten Sie mir, Sie mit der vorzüglichsten Kochkünstlerin ihres Jahrhunderts bekannt zu machen! — Herr Wegener! — Frau Witwe Amalie Wunderlich! — Wunderlich! — Wunderlich!" —

Donald hatte kaum auf diese komische Vorstellung geachtet.

Er starrte Amalie Wunderlich an.

Wie sie aussah!

Sie war eine kleine, sehr magere, bräunliche Frau mit kastanienbraunem, schon ein wenig meliertem Haar. Ihr hageres Gesicht mit zwei großen, schwarzen Augen — das ganze Gesicht schien Auge zu sein — zeigte einen mürrischen und verschlossenen Ausdruck. Von der Nasen=

wurzel ging ihr eine tiefe Furche in die Stirn. — Sie trug ein dunkelblaues Kattunkleid mit zahllosen kleinen, weißen gebogenen Häckchen und Sprickelchen und eine kleine, blitzweiße, feingefältete Leinenkrause um den mageren, bräunlichen Hals.

Auch sie hatte weiter nicht auf Dr. Wolfsohns Vorstellung geachtet. Sie hatte nur, ohne ihre mürrische Miene zu ändern, irgend etwas gebrummt und Donald aus ihren großen, pechschwarzen Augen einen flüchtigen, aber für einen kurzen Moment festhaftenden Blick zugeschickt.

Sie war offenbar ein Original.

Es schien Donald übrigens, als habe in ihrem Blick irgend eine leise Belustigung gelegen. Er hatte sich über diese Wahrnehmung erschrocken.

Frau Amalie Wunderlich, auf dem Arm Tischlinnen und Eßgeschirr tragend, trat mit haftigen Schritten auf den Tisch zu und begann ihn für das Mahl zuzurichten. Weingläser und das sonst noch fehlende Geschirr holte sie aus einem kleinen Büffet herbei.

Nachdem sie gedeckt, verschwand sie, schnell wie ein dunkler Schatten, wieder durch die Tapetentür in das Entrée hinaus.

Während Uhse Wein aus dem Büffet herbeiholte, trieben Dr. Wolfsohn und Dr. Fuchs alle möglichen Albereien.

Donald hatte sich wieder in den dämmerigen Hintergrund bei der Chaiselongue neben dem Tischchen geflüchtet.

Nach einer Weile erschien durch die Tapetentür, die offen geblieben war, Frau Amalie Wunderlich zum andern Male, ein großes Präsentierbrett mit einer Suppenterrine balanzierend, mit der sie auf den Tisch zuschritt, um sie, nicht ohne eine gewisse Andacht, wie es Donald schien, niederzusetzen und dann geräuschlos, wie ein dunkler Schatten, das schimmernde Brett niederhaltend, zum andern Mal durch die Tapetentür zu verschwinden.

„Meine Herren?!" lud Uhse ein, um dann auf Donald zuzugehen und ihn besonders zu nötigen. „Aber mein Bester!" sagte er, „du stehst ja hier immer noch im Hintergrunde?!"

Ach!! — Donald runzelte nervös die Stirn. Weshalb sagte er denn das so laut?!

Und — dann! — Uhse hatte ihn wieder so am Arm berührt. In dieser ganz besonderen Weise, daß die Berührung Donald ein ganz sonderbares Jucken verursachte.

Wie ein elektrischer Schreck ging es Donald durch seine gespannten Nerven.

Er war so gereizt, daß er hätte aufschreien mögen.

Aber in demselben Augenblick erschrak er über diese Anwandlung. In einer halben Ohnmacht ließ er sich nieder. Zögernd, steif, mit einem ungewissen, gegen das Licht blinzenden Blick. Saß steif und bewegungslos und blickte vor sich hin.

Das Gaslicht, der Reflex des blendend weißen Tischlaken, die Blitze der Weingläser und Eßgeräte stachen ihm förmlich in die Augen.

Mechanisch aß er von der Suppe. Er wußte kaum, wie sie schmeckte. Er hörte die anderen sprechen und lachen. Er wußte nicht über was? . . .

Man hatte die Suppe gegessen. Und wieder tauchte geräuschlos durch die Tapetentür Frau Amalie Wunderlich auf. Wieder balanzierte sie das große Präsentierbrett.

Aber — was bedeutete denn das?!

Wieder war es Donald als durchzucke ihn ein elektrischer Schlag.

Frau Wunderlich brachte ein Gemüse. Es schien Spinat zu sein. — Spinat mit Kotelettes. — Aber — weshalb brachte sie es auf vier Tellern?! — Nun nun! — Wenn schon das! — Aber, wie kam es, daß sie plötzlich für vier Personen eingerichtet war? — Sie konnte doch unmöglich noch so viel Gemüse zubereitet haben in der kurzen Zeit?! — Gemüse zuzubereiten war zeitraubend. — Und so viel Fleisch! — Vier Kotelettes! — In der kurzen Zeit! — Dies eher! — Aber — Gemüse?! — Wie denn?! — Uhse hatte die beiden doch gar nicht erwartet?! — Sie kamen doch ganz unvermutet?! — Er hatte ihm doch den Rohrpostbrief gezeigt?! — Und — als er den Brief gelesen und ihm gezeigt, hatte er doch der Aufwartung keine Anweisung gegeben?! — Er war doch immer oben gewesen? —

Donald blickte die anderen an.

Es schien ihm, als ob sie jetzt mit einem Mal stiller und ernster wären.

Warum?

Nun nun! — Es war so viel geschwatzt und gelacht worden. — Es war doch ganz natürlich, daß eine Pause eintrat.

Wie sie sich ausnahmen! — Komisch! — Geradezu feierlich mit einem Mal! — Als ob das Erscheinen des Gemüses etwas ganz besonderes bedeute. — Aber — sie waren Gourmands. — Gourmands haben solch' eine Feierlichkeit. — Es war Donald freilich geradezu widerlich. — Er mochte das durchaus nicht. —

Aber nein nein! — Uhse — mußte gelogen haben. Es war aus irgend einem Grunde Verabredung, daß die anderen kamen! Uhse hatte sie erwartet!

Aber — der Rohrpostbrief?! — Er war völlig irre.

Er richtete seine Aufmerksamkeit auf Uhse.

Aber Uhse zeigte sich völlig unbefangen; und, wie es schien, sehr heiter und animiert.

Sie aßen.

Auch Donald aß. Unwillkürlich erst nach einem kleinen mißtrauischen Zögern.

Indessen, kaum hatte er einen Bissen zu sich genommen, so mußte er aufhören. Vor Ekel.

Was war das?! — Das Gemüse war — so sonderbar — fett zubereitet?!

Er zwang sich zu einem zweiten Bissen.

Aber er mußte ihn wieder in den Löffel zurückschieben.

Der Geschmack war so fett, fad und abscheulich, daß ihm vor Ekel kalte und heiße Schauer durch den Leib gingen.

Und — dies blieb?! — Ein merkwürdiges Brennen im Magen, das mit seltsamen Wechselschauern ihm von unten nach oben und von oben nach unten ging.

Er wurde totblaß.

„Donald!" rief Uhse ihn an. „Schmeckt es dir nicht?!"

Er hatte Donald die Hand auf das Handgelenk gelegt.

„Aber, mein Bester! — Wie — schade! — Und es ist gerade ein Meisterstück von Frau Amalie!"

Er war ein wenig blaß, schien es. Seine Augen waren gekniffen.

„Na! — Laß stehen! — Nimm nachher von dem Braten! — Nun? Wie — ist dir?!"

„Nichts! — Nichts!" stieß Donald hervor.

Er spürte mit da plötzlich in den Kopfnerven so sonderbare Gefühle, als ob sich da etwas kribbelnd in

kühlen, leise drückenden elastischen Schlangenlinien durch=
einander winde.

„Mir — ist ein bißchen — schwindlich?“ sagte er
bang. Wieder fühlte er die sonderbaren Wechselschauer
durch den Leib gehen.

Uhse schenkte ihm schnell ein Glas Wein ein.

„Trink!“ sagte er. „Oder warte! — Es ist besser,
du trinkst ein Glas Bordeaux!“ —

Während die beiden anderen Donald erstaunt musterten,
ging Uhse zum Büffet, von dem er nach einer Weile
mit einem Glas Bordeaux zurückkam; einen guten,
schweren alten Bordeaux, den er Donald zu trinken
nötigte.

Es wurde Donald sofort besser. Eine angenehme
Wärme ging ihm durch den Körper und zu.n Gehirn
hinauf. Seine Augen belebten sich. Er spürte eine
schöne, angenehme Munterkeit. Er atmete auf. — Es
war, als wenn er von einem Alb erwache. Es war ihm
mit einem Mal so wohl, daß er unwillkürlich ein Lachen
ausstieß.

Als der Braten aufgetragen wurde, bediente er sich
und aß mit gutem Appetit.

Nach dem Essen nahm man Wein und Tabak mit
hinaus und begab sich in die kleine Vorlaube.

Uhse brachte eine große, bunte, japanische Laterne
mit einer brennenden Kerze drin. Er befestigte sie oben
zwischen den Ranken des Hopfens.

Donald verhielt sich zwar auch jetzt schweigend. Aber
die Munterkeit von vorhin hielt an. Und eigentlich
spürte er fortwährend einen Antrieb, in laute Lustigkeit

auszubrechen. Flüchtig ängstigte es ihn. Aber diese Anwandlung ging vorüber.

Wie prächtig der Wein schmeckte!

Sie tranken Rüdesheimer Berg.

Was für einen unbeschreiblichen Wohlgeschmack die Zigarre hatte! — — —

Was denn?! — Wie denn?! — Aber sprachen sie da nicht mit einem Mal von Tristan und Isolde?!

Donald wußte nicht, ob sie das Epos Gottfrieds meinten oder das Wagnerische Musikdrama.

Übrigens: sie scherzten.

Sie travestierten den Inhalt. Schienen ihm irgend eine dunkle spaßhafte Beziehung zu geben.

„Hehehe! — Tristan und Isolde! — Feine Sache! — Hehe! — Feine Sache! — Feinfein! Feinfein!" meckerte Dr. Wolffohn. Er lispelte ein bißchen mit komisch vorgeschobener Unterlippe und macht mit Daumen und Zeigefinger irgend eine delikate, spitzige Geste. Das „Feinfein! Feinfein!" wiegte sich gleichsam in einen pikant akzentuierten rhythmischen Rausch.

Wie er mit dem Auge zwinkerte!

Donald mußte mit einem Mal laut auflachen.

Sogleich entstand ein lautes Gelächter. Alle sahen ihn an.

„So recht! So recht!" sagte Uhse, rot vor Lachen und klopfte ihm auf die Schulter. „Tauft auf, mein Lieber!"

Aber Donald erschrak jetzt.

Warum lachte Uhse denn so laut?

Und mit einem Mal merkte er, wie unwillkürlich er selbst gelacht hatte. Wie sehr gegen seinen Willen. Es war förmlich gewesen, als ob es ihn dazu gekitzelt hatte.

Als hätte ganz was anderes aus ihm herausge=
lacht. —

He! — Fast — wie Uhse — hatte er gelacht?! —
Nein! Genau! Genau wie Uhse!

Er wurde sehr still.

Aber da sagte Dr. Fuchs plötzlich, feierlich, mit unter=
geschlagenen Armen, düster und pathetisch vor sich hin=
blickend, dumpf und tragisch mit seinem tiefen Baß:

„Und — sie quälten sich sehr!“

Wieder brachen sie in ein lautes Lachen aus.

Diesmal lachte Donald nicht mit . . .

. . . . Aber wie kamen sie denn da mit einem Mal
auf — Mediumismus?!

„Hehe! — Ich glaube, Sie müßten eigentlich Anlage
zum Medium haben, Herr Wegener!“

Dr. Wolffohn hatte sich gegen Donald vorgebeugt und
blickte ihn an.

„Eigentlich, ja ja!“ machte Uhse lebhaft und interes=
siert. „Er ist“ — Uhse blickte Donald mit einem prü=
fenden und wie taxierenden Blick in die Augen, „Er ist
wie ein kleines Mädchen! — Haha! — Entschieden hat
er was Weibliches! —“

Es wurde gelacht.

„Jaja! Er hat so was Stilles!“ rief Dr. Wolffohn.
„Er ist ein Mensch, der ein innerliches Leben führt! —
Zweifellos haben Sie ein sehr reiches Innenleben!“

Donald wußte nicht, weshalb ihm Dr. Wolffohns
Blick nicht gefallen wollte.

„Also, Sela! — Sie haben gute Beziehungen zur vierten
Dimension! — Na, prost!“ rief Dr. Fuchs mit seinem Baß.

Donald kniff die Brauen. Aus irgend einem Grunde
wurde er plötzlich zornig.

„O! — Ich — weiß nicht! — Habe nicht den Ehrgeiz!" sagte er oppositionell.

Es entstand ein kleines Schweigen.

Uhse klopfte Donald auf die Schulter, lachte und schenkte sein Glas voll.

Dann sprach man, das Thema fallen lassend, von etwas anderem. . . .

XII.

Dr. Wolfsohn und Dr. Fuchs hatten sich verabschiedet.

Donald hatte sich gleichfalls bereits jetzt verab= schieden wollen, war aber schließlich doch noch geblieben, um nicht mehr in der Gesellschaft der beiden Anderen zu sein.

Er hatte sich in das Arbeitszimmer begeben, um dort Uhses Rückkunft zu erwarten, der die beiden geleitete.

Donald fühlte sich jetzt ein wenig befreit. Er war sehr müde und abgespannt. Eigentlich zum Um= sinken. — Zugleich aber fühlte er so ein sonderbares, dunkles Wühlen, ein beständiges seltsames leises Wühlen und Bibrieren unter den linken Rippen, das ihn, sobald er einschlummern wollte — er hatte sich auf die Chaise= longue gelegt — mit heftigen, wunderlichen kleinen Chots und Ängsten ins Gehirn fuhr. — Es war, als sei irgend ein Teufel in ihm, der ihn nicht zur Ruhe kommen lassen und ihn am Schlafen hindern wolle. — Auch spürte er wieder das merkwürdig ätzende Unbehagen, das ihn überkommen, als er von dem Gemüse gegessen hatte.

Plötzlich aber feberte es ihn förmlich von der Chaise= longue in die Höhe.

Er fühlte sich genötigt — mit einem Mal — hin und her zu gehen?!

Und es war, als ginge nicht er, der sich ja vor Müdigkeit nicht zu lassen wußte, sondern irgend wer anders, der sich seiner Gliedmaßen bediente?

Dabei wurde er beständig von der Empfindung geängstigt, als sei der Raum zu klein und müsse er sich in acht nehmen, um nicht überall anzustoßen.

Um dieser unleiblichen Empfindung zu entgehen, dehnte er seine Bewegung auf den Salon aus, öffnete die Tür und schritt in den Garten hinaus. Aus dem Garten ging er dann in den Salon zurück bis hinter. in das Arbeitszimmer, und wieder hinaus. —

Und dann war es so still und einsam. Die Unordnung auf dem Eßtisch; ein zurückgebliebener schwüler Dunst von Tabak, Wein und Speise, der sich mit der parfümgeschwängerten Luft des Salonraumes mischte, beklemmte ihn. — Allerlei kleine zufällige Laute, das Knacken eines Meubles, ein plötzliches Rauschen im Garten machten ihn zusammenschrecken und verursachten ihm förmlich Schmerz.

Draußen im Garten, den der Schein des Vollmondes erhellte, quälte ihn das Mondlicht; und drüben die glitzernden Reflexe auf der dunklen Wassermasse des Kanales.

Eine nahezu irrsinnige Ungeduld nach Uhses Rückkehr erfaßte ihn.

Weshalb eigentlich hatte Uhse die Beiden anderen noch geleitet? Das war wieder so etwas dunkles? — Ihr Besuch war ihm doch so ungelegen gekommen? — Sie hätten sich doch gut und gern allein die paar Schritte den Kanal hin zur Brücke bemühen können? — Hatte Uhse etwas mit ihnen zu besprechen?

Ah! War er müde! . . .

Und doch! Beständig mußte er laufen. Alle Muskeln schmerzten ihn. Sein Kopf drückte ihm immer heftiger. Er hatte solch ein sonderbares, hohles kühles Gefühl um die Augen.

Und was das nur war? Das unter den linken Rippen?!

Wieder kam ihm plötzlich und ganz unversehens der Gedanke, es sei seine Bangigkeit, es sei die Erregung, die ihm das Zusammensein mit Ruth verursacht. Als wühle sie da irgendwo in seinem Unbewußten! . . .

Ah ja ja! — Unbedingt! — O, er atmete förmlich auf.

— Das war es! — Nur das konnte es ja sein!

Er hatte das ja noch gar nicht alles zu Ende fühlen, zu Ende denken können!

Es hatte ihn alles so in einen einzigen tollen Wirbel gerissen! — Alles hatte ihn so überwältigt und überrumpelt!

Plötzlich aber spürte er einen Schwindel. Es war, als wolle er niedersinken, ohnmächtig werden.

Aber da war es, als würde er plötzlich von irgend Jemand in die Höhe gerissen und gehalten?

Er fühlte sich mit Schritten, die ihm nicht gehörten, in das Zimmer zurückgehen; fühlte sich mit Bewegungen, die nicht die seinigen waren, sehr exakt eine Importe anzünden und dann langsam, mit einer Elastizität und Korrektheit, die nicht die seine war, wieder in die Gartentür treten. Hier stand er gegen den Türpfosten gelehnt, die eine Hand leicht in die Jacketttasche gehängt, und blickte, sehr ruhig, mit einer wunderlichen spöttischen Blasiertheit, — der Muskel der linken Wange ein wenig nach unten gezerrt und den linken Mundwinkel zu einem kleinen, ironischen, bösen Lachen verzogen —, auf den Kanal

hinüber, als seien seine Gedanken mit irgend etwas be=
schäftigt. Und doch wußte er, daß er nichts dachte? . . .

Und — wie er rauchte?! — Wie er mit einem
Mal den Rauch durch die Naslöcher stieß?! . . .

Aber da kam Uhse. Mit haftigen Schritten kam er
drüben auf der anderen freien Seite der Straße an dem
Eisengeländer des Kanales entlang.

Jetzt bog er herüber und trat in den Garten ein.

Donalds Haltung hatte sich von dem Augenblick an,
wo er Uhse drüben hatte auftauchen sehen, geändert.
Alles war mit einem Schlage wieder vorbei; er war
wieder wie gewöhnlich. Ja, er war völlig frei; völlig
erleichtert; wie aus einem Traum erwacht.

Er fühlte jetzt, herzpochend nur das Eine: — Ah,
Gott seidank!! — Daß er endlich nach Haus konnte!!

Ach! Sobald er nach Hause gekommen war, mußte
sich ja alles klären! Dann würde ihm alles wieder in
Erinnerung kommen! Er würde denken können! Er
würde schlafen können!

Ah! Ihm war zu Mute, als solle er aus einem
Käfig in Freiheit gelassen werden!

Wie von einem Alb würde er erwachen. Und morgen
würde er frei sein.

Dann würde er an Ruth denken können! — Er
würde schlimme Tage zu bestehen haben: aber das würde
Wonne sein, gegen diesen entsetzlichen, peinigenden Zustand.

Uhse trat, ihm einen Gruß zurufend, zu Donald hin
und faßte ihn mit einem prüfenden Blick ins Auge.

Dann aber sagte er mit einer hellen, frischen Stimme
in sehr guter Laune:

„Na Gottseidank, mein Lieber! Jetzt sind wir die
beiden — Genossen los! — Nun haben wir also doch

noch vorm Schlafengehen ein ruhiges, menschliches Stünd=
chen für uns allein übrig!" setzte er, Donalds Einver=
ständnis ohne weiteres als selbstverständlich voraussetzend
und in die Wohnung eintretend, hinzu.

Donald, der ihm gefolgt war, wollte sprechen.

Aber Uhse, der plötzlich im Salon irgend etwas in
Ordnung zu bringen hatte, schien das nicht zu bemerken.

Er lachte fröhlich und heiter und fragte, ohne seine
Beschäftigung zu unterbrechen und Donald anzusehen, mit
großer Liebenswürdigkeit:

„Nun? — Und — fühlst du dich jetzt wohler? —
Wie hast du dir die Zeit vertrieben? — Hast dir eine
Zigarre angesteckt!" Donald hielt sie noch immer mechanisch,
ohne jetzt weiterzurauchen, in der Hand.   „Recht so!"

„Ich . . ." wollte Donald anfangen.

„Wie?! — Jaja! — Gleich!" machte Uhse hastig.
„Bitte! Nur einen Augenblick! — Auf e i n e n Augenblick!"

Er begab sich in das Arbeitszimmer und von hier
in das Entrée, um abzulegen.

Es dauerte ziemlich lange, ehe er zurückkam.   Er
mußte wohl noch irgend einen Auftrag für Frau Wunderlich
gehabt haben.

Donald stand Qualen aus.

Endlich aber kam er zurück.

Er war bei so guter Laune, daß er vor sich hinpfiff.
Er ging zum Rauchtischchen und zündete sich eine Zigarette an.

„Aber, willst du nicht lieber hereinkommen?!" rief er.

Donald, der immer noch im Salon gestanden hatte, kam.

„Es sieht noch ungemütlich aus: aber unsere ‚Amalja‘
wird gleich alles in Ordnung bringen!"

Da war sie schon.   Und unterbrach mit ihrem Er=
scheinen Donald, sich zu verabschieden.

Während sie den Tisch in Ordnung brachte, ging Uhse rauchend und vor sich hinsummend hin und her, tat die japanischen Mappen beiseite, legte irgend welche Gegenstände auf dem Schreibtisch zurecht und trat dann zum Büffet, wo er, während Amalie Wunderlich mit dem Tischgerät verschwand, die kupferne Kaffeemaschine, nachdem er sie aus der Karaffe gefüllt, die Frau Wunderlich mitgebracht hatte, zu heizen sich anschickte.

„So, mein Teurer! Enfin seuls! — Haha! — Und nun wollen wir uns noch zum Abschluß einen gemütlichen kleinen Kaffeespeech arrangieren. — Aber zum Kuckuck! Komm doch! — Daß ich noch nicht daran gedacht habe! — Mach' dirs doch bequem! — Zieh deine Schuhe aus! — Du kannst von mir ein paar großartige Filzpantoffeln bekommen! — Machen wir's uns doch bequem, zu Kuckuck!!!

Er lachte, faßte Donald beim Arm, um ihn durch den Salon hinüber zum Schlafzimmer zu geleiten.

Aber Donald sträubte sich jetzt energisch.

„Nanu?!" rief Uhse verwundert.

Nein, nein, nein! Auf keinen Fall könne er bleiben! — Uhse sei — sehr liebenswürdig! — Aber — er sei wirklich zu malade.

— Er würde nicht schlafen können. — Er könne die erste Nacht nie in einem fremden Bette schlafen. — Und er müsse schlafen! — Er müsse zu Kräften kommen. — Auf alle Fälle müsse er morgen im Geschäft sein.

„Aber, mein Bester! Gerade deshalb mußt du bleiben! — Du hast ja alle Bequemlichkeit! — Ich versichere dich, daß du ausgezeichnet schlafen wirst. — Ich kann dir ja, was dir sehr gut tun wird, eine kleine Portion Morphium geben. Ich habe Morphium hier. Du nimmst zwanzig Tropfen Morphium und schläfft wie ein Holzhacker!"

Indessen Donald ließ nicht nach.

Jetzt zuckten ihm gar die Lippen. Vor Ungeduld, nach Haus zu kommen, war er im Begriff zu weinen.

Uhse schien zu stutzen.

„Ja! — Na! Wenn du durchaus nicht anders willst?! — Jedenfalls: das darfst du mir auf keinen Fall abschlagen, noch eine Tasse Kaffee mit mir zu trinken. Du würdest so wie so jetzt noch einige Zeit auf die Elektrische warten müssen. — Ich bringe dich dann zur Haltestelle. Du fährst bis zur Tiergartenstation und von da mit der Stadtbahn zum Alexanderplatz. Na?!"

Donald gab nach; erleichtert wenigstens so viel erlangt zu haben.

Der Kaffee war fertig. Uhse räumte das Tischchen bei der Chaiselongue ab und servierte.

Donald sollte sich wieder auf die Chaiselongue legen.

Aber er zog es vor zu sitzen.

Uhse schenkte ein und begann sehr lustig und anhaltend zu plaudern.

Und er führte da, auf den drolligsten Zickzackpfaden, eine denn doch etwas zu harmlose Unterhaltung.

Es irritierte Donald.

Es wurde ihm immer lästiger, diesen ununterbrochenen Redestrom und Uhses fortwährendes Gelächter zu hören.

Sein Unbehagen ging in eine völlige Betäubung über.

Und plötzlich saß er, totblaß, mit starren Augen. Es wurde ihm übel.

Er fühlte, wie die Sinne ihm vergehen wollten, wie er anfing, ohnmächtig zu werden. Er sank auf die Chaiselongue.

Uhse schien einen Augenblick zu stutzen. Dann aber kam er besorgt um das Tischchen herum zu Donald und beugte sich zu ihm.

„Aber, mein Bester! Siehst du! — Was für ein Eigensinn, daß du nicht bleiben willst! — Du bist ja völlig erschöpft!"

Jaja! — Es — erschien Donald — jetzt — ganz — plausibel. . . . Es — war — alles — einerlei . . .

. . . Der Schlafraum, vom Salon aus auch seinerseits durch eine kleine Tapetentür zugänglich, lag nach der Berliner Straße und dem Tiergarten hin.

Die zwei Fenster gaben den Blick in einen schönen großen Garten. Zwei Betten standen, durch ein Nachttischchen getrennt, an der Wand, welche die kleine Tapetentür fast völlig freiließ.

Uhse hatte Donald in das Schlafzimmer geleitet, hatte eine niedrige Arbeitslampe auf das Nachttischchen gestellt, die Fenstervorhänge zusammengezogen und hatte sich dann, während Donald sich entkleidet und in das vordere der beiden Betten gelegt, das frischen Bezug hatte, noch einmal in das Arbeitszimmer begeben.

Es dauerte indessen nicht lange, so kam er zurück mit zwei Büchern in der Hand, die er auf das Nachttischchen legte.

Dann entkleidete er sich.

Die Lampe! dachte Donald. Sonderbar! Warum hatte sie denn nicht wenigstens einen Überschirm? Die weiße Glasglocke war so grell. Sie blendete ihm die Augen. Wie sollte er denn da schlafen können? —

Und weshalb hatte denn Uhse — die zwei Bücher mitgebracht? Und Morphium? Uhse wollte ihm doch Morphium geben? Weshalb brachte er keins? Donald wollte etwas sagen, aber er war in diesem Augenblicke außer Stande, ein Wort über die Lippen zu bringen.

Uhse verhielt sich jetzt völlig schweigend.

Sein Gesichtsausdruck war fast ein wenig mürrisch.

Er schien Donalds Gegenwart ganz vergessen zu haben.

Er schickte ihm nicht mal einen Blick zu.

Donald sah, von Fieberschauern förmlich gebeutelt, ihm zu, wie er sich entkleidete.

Jetzt zog er das Hemd über den Kopf, um es mit dem Nachthemd zu vertauschen.

Wie weiß und fleischig sein Körper war! Wie wohlgeformt und gepflegt!

Was für einen runden festen Hals er hatte!

Man konnte sehen, daß er ein schneidiger kleiner Dragoner gewesen war.

Aber das Nachthemd!

Donald fand es zu weichlich.

Es war zu fein und hatte vorn so einen duftigen Busenstreif von gekräuselten Falten . . .

Nun hatte er sich hingelegt.

Donald hoffte, daß er jetzt die Lampe auslöschen würde.

Aber Uhse wandte sich an ihn:

„Du gestattest wohl? — Ich pflege vor dem Einschlafen noch ein wenig zu lesen.“

Donald machte große Augen.

Ja, wie denn?! — Was hatte denn das wieder zu bedeuten?!

Er wollte die Lampe nicht löschen?! — Wollte noch lesen?!

Wie war es denn da möglich, daß er schlafen konnte?! Und — er hatte ihm da nicht einmal Morphium gebracht?!

Donald antwortete nichts.

Uhse nahm das für Einverständnis.

Donald kehrte sich nach der anderen Seite und suchte

sich zum Schlaf zu zwingen. Aber das Fieber beutelte ihn so, daß ihm laut die Zähne klapperten. Uhse schien das gar nicht zu hören. Auch, daß er Donald hatte Morphium geben wollen, schien er ganz vergessen zu haben.

Donalds Zustand war ganz wieder wie schon vor einiger Zeit, als Uhse die beiden anderen begleitet hatte. Er fühlte sich zum äußersten müde: aber sobald er schlafen wollte, fuhren ihm diese sonderbaren kleinen Choks und Ängste in das Gehirn; fast genau, als hindere man ihn durch irgend ein Anstoßen am Einschlafen.

Dazu kam, daß das Blättern Uhses, ein gelegentliches Räuspern und Husten, das die tiefe Stille des Zimmers jäh unterbrach, ihm durch alle Nerven schnitt.

Donald wälzte sich wieder nach der anderen Seite. Fixierte Uhse. Eine nervöse Wut gegen Uhse wühlte in ihm.

Was las er?

Einen Band — Maupassant?

Plötzlich schrak er hastig zusammen.

Uhse hatte ihm mit einem Mal seine Aufmerksamkeit zugewandt.

„Du kannst nicht schlafen! — Willst du vielleicht auch ein wenig lesen?“

Hm! — Wie merkwürdig! dachte Donald. — Er hatte zwei Bücher mitgebracht! — Den — Maupassant — Und — was war denn das für ein dünnes gelbbroschiertes Heft? — Weshalb hatte ihn Uhse nicht gefragt, was er lesen möchte? — Weshalb denn gerade dieses gelbe dünne Heft?

Mechanisch nahm er es, wie Uhse es ihm hinreichte.

Ein Drama? — Ein — Lustspiel? —

Ein ganz unbekannter Autor?

Weshalb gab Uhse ihm dieses Buch?

Er blickte Uhse an, wie eine Erklärung erwartend. Aber Uhse schien seinen Blick gar nicht wahrzunehmen. Er schien wieder völlig in seine Lektüre vertieft.

Donald hatte das Buch geöffnet und blätterte darin umher.

Er sah nichts als ein Gewimmel von Buchstaben. Fett gedruckt am Anfang der Dialogzeilen die Namen der Personen und dahinter irgend so eine Borgistype. — Er versuchte sich auf die Lektüre zu konzentrieren, aber es war, als ob ihm irgend eine seltsame Ursache Hemmungen bereitete.

Er lauschte plötzlich. Er hatte da plötzlich eine Empfindung als ob irgend welche eigene Gedanken, die in ihm heraufwollten, von einer anderen selbständigen, von seinem bewußten Willen unabhängigen Reihe wie mit heimlich geflüsterten Worten durchkreuzt würden. Und er brachte sich nicht von der seltsamen, krampfhaften Bemühung fort, den Sinn und Inhalt dieser Worte zu hören und zu verstehen.

Schweiß trat ihm auf die Stirn. Er geriet in eine jagende Angst.

Plötzlich aber fühlte er sich genötigt, seine Aufmerksamkeit der fettgedruckten Schrift am Anfang der Zeilen zuzuwenden.

Und da — er zuckte zusammen — war über beide Seiten hin, vor jedem zweiten Dialogsatz fettgedruckt der Name Ismael Finck zu lesen.

Er starrte Uhse an. — Wollte etwas sagen. — Aber Uhse war völlig in seine Lektüre vertieft. — Wieder blickte er — unter rasendem Herzpochen — in das Buch.

Wahnsinn! — Er hatte sich verlesen! — Wie — konnte denn das — möglich — sein?!

Aber wieder — vor Entsetzen krampfte er die Finger in die Bettdecke — wieder las er, ganz deutlich: Ismael Finck?!

Noch einmal! — Wohl ein Dutzend Mal! — Er — buchstabierte! — Aber: ‚J—s—m—a—e—l — F—i—n—d‘.

Wieder starrte er zu Uhse hin.

„Du!“ zwängte er endlich hervor; mühsam, mißtönig wie ein Taubstummer.

„Bitte!“ — Er reichte Uhse, der jetzt fragend aufgesehen hatte, das Heft. „Steht — da nicht — überall — Ismael Finck?!“

Uhse blickte in das Heft.

„Aber, mein Bester!“ Er blickte Donald erstaunt an. „Haha! — Was — liest du denn da?! — ‚Ismael Finck?‘ — Hahaha! — Ich bitte dich, was machst du denn für Sachen? — Sieh doch! — Es steht ja ganz deutlich da: Emanuel Fichte! — Ganz deutlich! — Sieh doch! — Emanuel Fichte!“

Er hatte Donald das Heft wieder zugereicht.

Jaja! — Donald starrte in das Heft. — Aber gewiß! — Er atmete auf. — Jetzt las er auch — ganz deutlich —: Emanuel Fichte!

Er stieß ein heiseres Lachen hervor.

„Nun?“ fragte Uhse.

„Jaja! — Du — hast recht!“

Uhse lachte und las weiter.

Hm! — Warum aber las denn Uhse gleich weiter? — Weshalb sagte er denn nicht noch irgend etwas? — Weshalb interessierte er sich nicht? — Ruhig las er weiter, als ob die Sache gar nichts weiter zu bedeuten hätte.

Donald schob das Heft hastig vor sich auf die Bett=
decke und wälzte sich auf die andere Seite.

Ein Weile lag er so.

Aber dann zog es ihn, wie mit einer rätselhaften
Macht, mit einem Mal — sonderbar! — wieder zu dem
Buch hin.

Er mußte es nehmen. — Las! — Und — da! —
Wieder! — Trotz allem Prüfen: — Ismael Finck.

Aber diesmal rief er Uhse nicht an.

Er hatte das Buch wieder weggeschoben und lag steif
auf dem Rücken, gerade vor sich hinstarrend.

In diesem Augenblick hörte er in sich deutlich die
Aufforderung, Uhse zu bitten, ihm Schlaf zu suggerieren.
— Uhse könne das. —

Er war nicht mehr imstande, sich zu erschrecken. —
Schlaf?! — Ah! Er sehnte sich nach nichts als schlafen
zu können!

Aber. — Unsinn! — Wie sollte denn — Uhse . . .

Aber — es konnte — immerhin sein . . .

Und wieder — wieder war es ihm völlig deutlich,
als vernehme er diesen heimlichen Befehl.

Er wandte sich gegen Uhse herum. Noch einen
Augenblick zögerte er, rang mit sich; dann bat er Uhse,
ihm Schlaf zu suggerieren. — Er müsse, müsse wenig=
stens eine Stunde schlafen.

Uhse hatte seine Lektüre unterbrochen und blickte
Donald an. — Er lächelte. — Warum — lächelte er?!

Aber dann sagte Uhse mit einer ruhigen, aber gar
nicht verwunderten Stimme:

„Haha! — Aber — sieh mal! Interessant, daß
du mir das zutraust! — Na, ich — will ver=
suchen!"

Er kam zu Donald hinüber, der wieder auf dem Rücken lag und beugte sich über ihn.

Er fixierte Donald. — Donald blickte ihm in die Augen. —

Donald wunderte sich. — Sie wirkten wie transparentes, wie von innen erleuchtetes Bernstein.

Ganz allmählich aber, von Uhses Gesten eingeschläfert, sank er in Betäubung.

Aber — Uhse — sagte nichts?!

Da!! — Plötzlich war Donald mit einem heftigen Zornanfall zusammengezuckt. Unwillkürlich hatte sich ihm die Faust geballt, um Uhse zu schlagen.

Aber — er starrte Uhse nur an. — Er — vermochte es nicht. —

Was war — gewesen?!

Uhse hatte sich schnell wieder von ihm zurückgebeugt. Er lag wieder in seinem Bett.

Was — hatte — Uhse — gemeint?!

Jaja! — Aber — was?! — Nun nun! — Erfrischt fühlte er sich. — So wunderlich ruhig und befreit. — Ein Gefühl, als habe er ein Bad genommen.

Nur. . . . Nur. . . .

Aber jetzt löschte Uhse die Lampe.

Donald sank, mit irgend einer kleinen bangen Ungewißheit, mit diesem halben, in seiner Richtung abgebrochenen und erstarrten Zornimpuls in Schlummer. . . .

. . . Er träumte. — Er wußte nicht recht was? — Es war ihm, als wolle er — etwas fangen? —

Er wollte plötzlich in die Höhe. — Er rang, unendlich mühsam sich aufrichtend, mit einem heiseren Ächzen. . . .

Da! — Endlich! —

Mit einer äußersten Willensanstrengung war es ihm gelungen — die Augen — aufzureißen! . . .

Und — da sah er — deutlich! — Nellys Gestalt.

Sie war völlig weiß.

Von Kopf bis zu Füßen war sie völlig weiß.

Sie schwebte über dem Fußende des Bettes.

Zerging wie ein Nebel in dem mondlichten Fenstervorhang.

Donald wandte sich gegen Uhse hin.

Uhse aber lag in tiefem Schlaf.

Er schnarchte. . . .

XIII.

. Am nächsten Morgen wurden sie von der schönsten, hellsten Sonne geweckt.

Donald erwachte aus einem festen Schlummer.

Er fühlt sich außergewöhnlich frisch und leicht und in den Gliedern ein wundersames Kraftgefühl.

Auch Uhse erwachte.

Donald sprang lachend aus dem Bett, eilte auf die Fenster zu, zog die Vorhänge auseinander und riß das Fenster auf.

Eine herrliche, frische Frühlingsluft, durchwürzt von den Blumendüften des Gartens, strömte herein.

Der blauste Himmel lachte über den Baumkronen und über den in mattgoldige Schleier gehüllten Häusern drüben.

Von weit her kam das Rauschen des Verkehrs. Es klang groß und erfrischt, hatte so ein prächtiges Pathos.

Lachend trat Donald in das Zimmer zurück, Uhse,

der auf dem Bettrand saß, gähnte und sich die Augen rieb, einen fröhlichen „guten Morgen!" zurufend.

Es war, als ob ihm alles, was gestern Abend, die Nacht und vorher geschehen, aus dem Gedächtnis geschwunden wäre.

Uhse blinzelte, wie es schien, ein wenig von der Sonne belästigt, zu ihm hinüber und lächelte; so in seiner Weise.

„Mo'n!" machte er. „Sieh mal! — Aber das ist ja prächtig!" — Er gähnte. — „Du scheinst ja völlig wieder auf'm Damm zu sein!"

Er kleidete sich an.

Donald, der sich inzwischen gleichfalls angekleidet hatte, ging hin und her und lachte.

Jaja! Er wäre völlig munter! — Völlig frisch! — Alles sei, gottlob! wieder in Ordnung! — Es sei doch gut gewesen, daß er Uhses Rat befolgt und daß er dageblieben wäre! — Übrigens mache er Uhse sein Kompliment! — Ohne die Hypnose wäre es unmöglich gewesen, daß er hätte schlafen können.

„Soso!"

Uhse schien weiter nicht überrascht. Er stand, reckte sich und gähnte.

Donald, der ihn eine Weile mit funkelnden Augen gemustert hatte, kam jetzt auf ihn zugelaufen, faßte ihn bei den Hüften und hob ihn ein wenig in die Höhe.

Uhse schien etwas irritiert.

Donald mit gekniffenen Augen anblickend, sagte er:

„Was du für Kraft hast! — Hehe!"

„Aber ja doch!" lachte Donald. „Was glaubst du?! — Ich stehe schon meinen Mann! — Weißt du? Ich habe mal einen Freund auf beiden steif ausgereckten Armen durch das Zimmer getragen?!"

Uhse fixierte ihn.

„Nu nu!" machte er bedenklich.

Donald fuhr zusammen. — Sein Gesicht verfinsterte sich. Er starrte Uhse an, die Falte in der Stirn.

„Ich lüge nie!"

„Nu ja! — Ich glaube!"

Uhse war auf den Waschtisch zugegangen.

Donald blieb mißgestimmt.

Es fiel ihm plötzlich auf: Er war so munter? — Zu munter! — Was war ihm eigentlich?

Zwar, es war die Wahrheit, was er Uhse da gesagt hatte. Aber weshalb hatte ers ihm gesagt? — Er ließ sich für gewöhnlich doch solch eine renommierende Geschmacklosigkeit nicht zu Schulden kommen? — Uhse hatte ihm das verwiesen. — Und doch eigentlich mit Recht?

Er schämte sich.

Aber es dauerte nicht lange, so überkam ihn die merkwürdige Munterkeit von neuem.

Er stand jetzt neben Uhse, um sich zu waschen.

Er kam auf den sonderbaren Einfall, Uhse seine Arm=Muskeln zu zeigen, die leiblich geübt und kräftig waren.

Und dabei — sonderbar! — hatte er plötzlich einen Impuls, Uhse zu schlagen.

Wieder erschrak er.

Was hatte er denn mit einem Mal gegen Uhse?!...

Er bemerkte, wie Uhse mit einem schiefen Seitenblick zu ihm hinblickte. — Uhses Kopf war in einer merk= würdigen Weise zur Seite geneigt. Die eine Backe hing ihm wampig und schlaff herab, und der Mundwinkel war gleichsam müd und höhnisch verzogen. — Er wandte sich mit zwei kurzen, sonderbar huckigen Schritten, eine Gangart, die Donald an dem adretten kleinen Gentleman noch kaum je wahrgenommen, vom Waschtisch weg, um sich das Tageshemd überzuziehen.

Er war Donald plötzlich unaussprechlich widerwärtig.

So ein böser, direkt hinterhältiger Eindruck!

Donald war ganz betroffen.

So gemein nahm sich Uhse mit einem Mal aus! — Förmlich Gaunertyp. —

Und plötzlich schwoll ihm die Zornader.

Blitzschnell war ihm die Erinnerung aufgetaucht an den Moment während der Hypnose, wo sich ihm die Faust geballt.

Jaja! — Dieser — merkwürdige — Augenblick?! Ah!! —

Er hatte sich gegen Uhse umgewandt und fixierte ihn.

Er hatte Mühe gehabt, um nicht aufzuschreien.

Uhse stand vor dem Spiegel. Seine Haltung war noch immer so verschief und huckig.

Er — putzte sich die Zähne.

Mit der Bürste putzte er sich die Zähne.

Wie das wirkte!

Die — Geste! . . .

Donalds Zornanfall ging in Betroffenheit und Widerwillen über.

Er wandte sich ab.

Schweigend setzte er seine Toilette fort.

Auch Uhse schwieg.

Als Donald fertig war, trat er an das offene Fenster und blickte hinaus.

Ah!! — Unwillkürlich atmete er tief auf.

Hinter ihm hantierte Uhse noch mit Bürsten, Ölen, Parfüms und Flacons.

Endlich war auch er zu Rande.

Donald hörte ihn, wie er langsam, mit leise und elastisch knarrenden Schuhen zu ihm herkam.

Dieses Geräusch verwirrte Donald wieder ein wenig. — Es stand so gar nicht in Einklang mit Uhses schlapper Haltung vorhin.

Uhse stand jetzt neben ihm. — Patent und propper. — Seine Haltung war wie immer.

Sein Gesicht zeigte einen gesetzt-nachdenklichen, durchaus freien Ausdruck.

Er war Donald mit einem Schlage wieder sympathisch.

Was war das nur alles!? — Wie er — changierte!? — Und wie das Donald selbst — changieren machte?!

Aber da wurde an die Tür gepocht.

Es war Frau Wunderlich gewesen, die mit diesem Pochen das Frühstück ankündigte.

„Na, ediamo!" lud Uhse ein. In einer Weise, als besinne er sich jetzt erst wieder auf Donalds Anwesenheit.

Sie begaben sich durch den Salon in das Arbeitszimmer, in dem die Fenster offenstanden, und das voll Duft und Morgenhauch war.

Draußen im Garten musizierten die Staare, und die Rosen dufteten herein.

Es gab einen vortrefflichen Kaffee.

Aber wie überflüssig viel Delikatessen! . . .

Donald war wieder sehr unruhig.

Er nahm eine Tasse Kaffee an; aß aber so gut wie nichts.

Dann brach er mit Uhse, der draußen auf dem

Charlottenburger Amtsgericht zu tun hatte, auf und fuhr in die Stadt und in sein Geschäft . . .

XIV.

Als Ruth aus ihrer Ohnmacht im Torweg zu sich gekommen, war die Droschke längst verschwunden gewesen.

Mit zitternden Gliedern war sie nach Hause geeilt.

In ihrer einsamen, dämmerdunklen Mansarde angekommen, warf sie sich nieder und rang und wand die Hände in der stummen Pein erneuter bitterster Selbstvorwürfe.

Und doch: es war, als ob eine ganz neue Klarheit über sie hereingebrochen wäre. Etwas ganz Neues und Unerlebtes.

Und doch: es war so! — Sie erglühte —: es war nicht mehr der Kummer des Triebes, der sie mit seinen schwülen Schmerzen und trüben Lüsten peinigte: dies war Kummer der — Liebe! — Es war schon Heil und — Erlösung!

Zum ersten Mal hatte sie das Heil dieser Erkenntnis und Klarheit.

Es war ja gewesen, als wenn sie je und je nur dies gesucht hätte: diese sündige, mystische Wollust an der Einsamkeit jener großen, dunklen, unendlichen Fahrt! Dieses fruchtlose, sündige Spielen mit Traumgebilden und diese beständigen Abschiede. Diese Abschiede und diese lahmen Vorwürfe und Anklagen, die nie sich — wie klar sie das in dieser Stunde der Gnade erkannte! — gegen sie selbst gerichtet. — Dies böse Sichhineinwühlen in eigene Ohnmacht und Feigheit! Diese vagen ‚höheren Ziele und

Bestimmungen', über das ‚Animalische‘, wie sie es hieß, hinaus! Dieser vage, ‚trüben sinnlichen Notwendigkeiten und Menschlichkeiten entrückte und über sie erhöhte Zustand'! —

Was für ein — Egoismus war das gewesen!

Liebe! — Was ist Liebe, als die Notwendigkeit der Triebe erkennen, ertragen und — verklären? Als mit gütigem Erbarmen der leidvollen Brunst der Tierheit sich neigen? Was könnte je anderes Sinn der Liebe sein? — Wie könnte anders je und je Liebe möglich sein, ohne dies? Wie je anders könnte sie sich bewähren?

Es ist alles! Alles! Aller Inbegriff! Es! Dies! — Es ist Vampyr und Frieden.

Wie du es von sich selbst erlösest oder zu sich selbst verdammst.

Und hatte sie nicht — verdammt?! — Und es war — Vampyr gewesen, weil sie verdammt. —

Sünde! — Dies war ihre Sünde gegen sich selbst gewesen. — Seine Schmerzen waren trüb wie seine Wonnen. Beide waren Hölle gewesen. — Denn es ist aller Inbegriff. Es ist Hölle und Himmel, wie du es erlösest oder verdammst. — Aber ewig ist es bei dir. — Ewig ist es urbestimmte Verknüpfung des Schicksals.

Immer wieder hatte sie im Manne nur das Tier gesehen. — Wie furchtbar und brutal es war! Diese glühende, schnaufende, verlorene, entbundene Brunst! —

Aber glüht und treibt nicht dahinter der Wahnsinn und die Flucht, die Hölle der Notwendigkeit und des Schicksals? Ist es nicht der dunkle Wille, das Sehnsuchtsglühen der übersinnlichen Welten, die sich gebären

wollen? Will sich das ewige Schicksal nicht seine Er-
lösungen zeugen? . . .

Sie hatte es ja erkannt. — Ihre Ideen vom Kinde,
Ihre Einsicht in das Wesen des Kindes.

Und doch! — Die Worte des Triebes und des
Schicksals: das Gehirn hatte sie wohl vernommen: aber
es hatte sie in ein grausames, selbstsüchtiges, fruchtlos
tastendes übersinnliches Spiel mit Gedanken, Ideeen und
Illusionen verwandelt; in dem vielleicht gar so manche
— Selbstgefälligkeit und gar so mancher Genialitäts-
bünkel gewesen war?

Aber! — Ach ja! — Und dennoch! — Wenn man
es in seine Tiefe dachte: warum das alles?! — Warum
dies und das Andere?! — Warum?! — Warum?!

Heiliges Elend! — Heiliges Elend!

Lustfrei sein! — Es war, es mußte Weltziel sein!

Es war immer wieder das Elend des Falles, das
Elend der Lust.

Sie stieß ein kurzes, hartes Lachen hervor.

Haha! — Welche Weisheit lag im Sabismus! —
In all diesen Perversitäten! —

Sie verstanden den Sinn! — Sie hatten das
Wissen von der Mystik der ‚höchsten Lust‘! — Sie waren
das letzte Geheimnis der Lust! . . .

Jaja! — Ach ja! Sie war schon ein Genie! —
Sie verstand schon etwas davon! — Wie klug und reif,
wie mobil von jeher ihr Gehirn gewesen war!

Aach! — Sie reckte die Arme und stieß ein Stöhnen
aus tiefster Brust hervor.

Wenn sie doch so ein richtiger, rechtschaffener Blau-
strumpf hätte sein können! So ein knochiges, bebrilltes
Mannweib!

Was sollte sie mit alledem? — Wer erlöste sie davon? . . .

Aber da kam ihr das wieder.

Kann der Mann unter Umständen nicht viel keuscher, spröder und sensibler sein, als das Weib? — Wenn ers nun überhaupt wäre? — Und — ist das nicht vielleicht — der Hintergrund — seiner — ‚Brutalität‘?

Wie Donald — erwacht war!

Wie er zurückgetaumelt war! — Sein Blick! — Wie totblaß und bis ins Innerste verstört er gewesen! — Wie er am ganzen Leib gebebt hatte vor unerhört verletztem Schamgefühl!

Ach! — Sie durfte es nicht denken!! — Sie durfte es sich nicht vorstellen!!

Eine Qual der Reue, eine Unruhe überkam sie, die unerträglich war! —

Wieder wand sie die Hände, weinte und wimmerte.

O, es war nicht zu ertragen!!

O, der Süße! — Der — Süße!!

Wann, wie jemals würde sie diesen Frevel büßen können?

Was mochte er leiden!! — Wie mochte er sich peinigen!! —

— — — — — — — — — — — — — —

— — Wie es eigentlich war? dachte sie, als sie aus einem langen Brüten erwachte.

Es war doch, als wäre ihr da mit einem Mal irgend ein mächtiges Halt! zugerufen worden?

Noch stets bisher hatte solch ein Bruch sie in dieselbe und gleiche Stimmung versetzt: in eine Depression, die in jene selbstquälerische Wollust mit ihrem Spiel raffinierter spiritualistischer Gaukeleien übergegangen war.

Der Nachen war von der Insel gelöst worden. Er trieb weiter. — Sie hatte wieder jene trübe Luft, die Luft ihres Lebens. Das Suchen begann von neuem mit seinem Spiel vager Hoffnungen.

Auch äußerlich war ‚die Fahrt weiter gegangen‘. Noch stets hatte es sie fortgetrieben. Von Breslau nach Wien; von Wien nach Brüssel; von Brüssel nach London usw. usw.

Und jetzt war sie, die Heikle, hingelaufen und hatte, das Herz von Reue und Liebesnot zerrissen, zuckend von süßem Weh in dem dunklen Torweg gestanden und hatte auf Donalds Erscheinen gewartet wie auf einen Augenblick der Gnade! . . .

. . . Haha! — Resignation?!

Man verheiratet sich schließlich. Aus — hygienischen Rücksichten.

Ach ja! In dieser trockenen Philisftermoral lag etwas. — Es hatte wahrhaftig Sinn. — Es läuft auf irgend so etwas im Grunde unter allen Umständen hinaus.

Ach! War es nicht ein schönes, heimliches und reiches Bild in all seiner Schlichtheit und Bescheidenheit: zu Feierabend vor einer Bauernkathe zu sitzen und, ein Kindchen an der Brust, über abendliche Felder blicken, wo aus braunen, kornduftigen Dämmerungen, über denen die Mondsichel steht und der Abendstern funkelt, der Ruf der Wachtel und das Schnarren des Rebhuhns schallt? — Sie hatte gelegentlich mal im schlesischen Gebirge eine junge Tagelöhnerfrau so sitzen sehen; und es hatte sie so eigen nachdenklich gemacht.

Läuft es nicht in jedem Falle auf so etwas hinaus?

Dulde, bescheide dich, zerstreue dich tätig mit den rüstigen Sorgen des Tages und — sei befreit.

Der ‚Fischer und seine Frau‘. —

. . . Aber, es war ja gar nicht diese Resignation des Philisters!

O Gott! — Sie errötete: — es war ja — viel mehr!

Wieder erinnerte sie sich seiner Küsse und Liebkosungen.

Und sie verstand wie — Eva versteht. . . .

Diese zarten, scheuen Küsse und Berührungen, mit denen er sie umschmeichelt; die Glut ihres sich steigernden Rhythmus; der Preis seines entloberten Rausches; der Hauch, die Wärme seiner Nähe! Der Ruhe seines Körpers!

Sie erglühte. Barg das Gesicht in die Hände.

Sie verstand. — Eva verstand. — Verstand, wie sie noch nie verstanden! . . . Noch nie war Einer, so schweigsam an Worten und zugleich so — beredt gewesen! . . .

Ihr Herz begann zu pochen von süßer Erregung.

Das Glück! — Das Glück!

Wenn die Wunderrose dennoch emporblühen sollte am Weg ihres Lebens?

Wenn um sie dennoch Luft und Boden der — Heimat sein sollte?

Und plötzlich brach sie, wie sie dastand, die Stirn ans Fensterkreuz gelehnt und hineinsinnend in die sternklaren weiten großen Dämmerungen, in ein langes süßes Weinen aus; in das Weinen einer Seligkeit, die e r ihr geschenkt.

Mild, schön, groß und rein wie der goldene Vollmond, der da drüben über den dämmerdunklen dunstigen Dächermassen aufstieg, ging die Hoffnung auf. Wie ein nie gelebtes Wunder! — Wie ein von geweihter Hand emporgehaltener Gral, dessen Anblick — Genesung bringt.

Und sie weinte, weinte, weinte. . . . ,

XV.

Donald war von Charlottenburg aus, von einem ängstlichen Pflichtgefühl getrieben, gleich in sein Geschäft gefahren und hatte dort den Tag über seine Arbeit verrichtet.

Es hatte viel zu tun gegeben. Zudem hatte er aus irgend einem Anlaß mit einem Kollegen eine heftige Auseinandersetzung gehabt. So war er aus allem Wirbel nicht herausgekommen.

Erst als er endlich, zu Feierabend, in seinem Zimmer am Petriplatz anlangte und erschöpft auf seinem alten Sofa zusammenbrach, kam er zur Besinnung.

Ihm war zu Mut, als habe er sein Zimmer wochen= lang nicht gesehen. Es war, als wäre ihm das Gefühl für die Tageszeit abgekommen und als kehre er im Morgengrauen, übernächtig und abgespannt, von einer weiten Reise zurück.

Und doch: endlich kam er nun doch zu sich selbst!

Endlich fand er sich bei sich! Zu Hause! . . . Wie ein Geretteter kam er sich vor. Er gab sich dieser wohl= tuenden Empfindung hin und verfiel in eine angenehm melancholische Dunkelstundennachdenklichkeit.

Aber plötzlich schreckte ihn aus diesem Zustand ein seltsames Gefühl, als ob ihm etwas fehle? Als ob irgend etwas nicht wie sonst sei?

— — Er — hat da in den Nerven — so ein sonderbares, zuckendes — Gefühl? Da unten unter den linken Rippen?

Er bekommt Angst.

Er prüft, was das bedeuten könnte?

Man hat so etwas, stellt er fest, wenn man ge=
zwungen ist, seinen Affekt allzusehr zu unterdrücken? Be=
sonders den Affekt des — Verdrusses?

Und man hat das, wenn man zu lange sich in sich
selbst versinken läßt! — Wenn man sich etwa in eine
kleine Autohypnose versetzte und sich nicht gleich wieder
durch einen Ideeengang oder irgend eine Tätigkeit aus
sich heraus und von sich hinweg bringt.

Was er da immer für ein Gefühl in den Augäpfeln
hatte? Sie — waren nicht wie sonst? — Es war in
ihnen so ein leises Starren?

Er wurde immer unruhiger. Er richtete seine Blicke
gegen das Fenster hin und drüben auf das Ziegeldach
der Kirche.

Aber er empfing einen rein äußerlichen Eindruck?

Das Dach! Der rote Lichtreflex, den die Abendsonne
drüber legt!

Nun ja! Nun ja!

Aber, was wollte er denn? — Er rieb sich die Stirn.
Worauf wollte er denn kommen? Er bemüht sich doch
da fortwährend auf irgend etwas zu kommen; sich an
irgend etwas zu — erinnern?! . . .

Er fährt in die Höhe, geht hin und her. Nimmt
dies zur Hand und jenes. Versucht in einem Buche zu
lesen; will sich ablenken, indem er sich die Shagpfeife
anzündet: aber nichts will fruchten.

Er tut die Shagpfeife beiseit und drückt sich wieder
in die Sofaecke. Er reibt sich die Stirn, fängt an zu
grübeln, was es sein könne? Seine Angst ist jetzt zurück=
gedrängt durch eine Art kühler, verstandesmäßiger, halb

und halb spleenig versessener Zähigkeit; in der etwas von wissenschaftlicher Neugier ist. — Hm! — Aber was könnte es denn sein? . . .

Ach was! — Zunächst würde er Appetit haben. Er hatte ja noch nicht mal zu mittag gegessen. Aber natür= lich! Ganz einfach: ganz aus dem Unbewußten meldet sich der Appetit. — Hahaha! —

Er sprang in die Höhe, setzte Teewasser an, schnitt sich ein Butterbrot.

Aber es fand sich, daß es auch nicht der Appetit war. Er brachte es kaum fertig, eine Tasse Tee zu trinken. Wieder warf er sich in die Sofaecke.

Er stöhnte. — Suchte! Suchte! Suchte! —

Aber — lieber Gott! — Ruth! — Ruth!! . . .

Sein Herz pochte. In einer ganz seltsam befreiten Weise belebte sich sein Herzschlag.

Ach Gott aber ja doch! Ruth! — Es war als ob plötzlich eine Wand geborsten wäre. — Und nun strömte es nur so herein! —

Aber — an alles erinnert er sich, bis ins Einzelste, was sich zwischen ihnen ereignet hat. An alles. — Aber — wieder faßt ihn Angst — wie ist es mög= lich, daß er so kalt, so starr und taub bleibt?

Wie hatte es in ihm gewühlt, geschmerzt, welche Pein hatte er gelitten, als er vorgestern Abend von ihr fort= gerannt war! . . .

Und — und — alles versinkt so? Alles ist so sonderbar gleich wieder fort! Entgleitet ihm so! — Will nicht verweilen?! . . .

Wieder riß es ihn in die Höhe.

Es war, war, war Ruth!! — Es war alles das was sich zwischen ihnen ereignet hatte.

Jaja! — Er — war nur noch — zu überreizt! — Es war ja ganz klar und selbstverständlich! Er müßte sich einfach erst beruhigen. — Müßte die Nacht ordentlich schlafen. — Dann würde sich alles klären. — Dann würde er wissen, was er zu tun, wie alles in Ordnung zu bringen war.

Er wurde ruhiger. — Wurde ruhiger! — Jaja! Es war das! — Es war Ruth! — Gottseidank! Es war Ruth! . . .

Nur, daß das alles dazwischen gekommen war. — Das — was da bei — Uhse geschehen war. — Die — Suggestion da?!! . . . Und dieser — Punkt da! Dieser — Moment?!!

Wetter!! Hatte Uhse ihm — was — getan?!!

Er will aufschreien.

Aber in dem gleichen Moment fühlt er diesen Impuls seltsam gelähmt. Auch ein Schwindelanfall, der ihn in diesem Augenblick überkam, verlor sich plötzlich und ging in eine unbeschreibliche starre Stimmung über.

Und — was er da mit einem Male für eine Empfindung hat, die von der Stelle unter den linken Rippen auszugehen scheint? Als sei da der Sitz eines anderen zweiten Bewußtseins? Und als sitze da ein anderes zweites Wesen, von dem alle möglichen Lebenszeichen ausgehen? . . . Er hat da so ein absonderliches Gefühl in der linken Gesichtshälfte? Und es ist, als setzt sich der linke Mund plötzlich in Bewegung und flüstere — irgend welche Worte? — Und jetzt, mit einem Mal, zuckt ihm der linke Arm und die linke Hand führte genau so eine kleine kurze elegante Geste aus, wie — sie Uhse an sich hat! Und — weist gegen — den — Schreibtisch hin? — Soll er — zum Schreibtisch gehen?

Er sträubt sich.

Aber wieder zuckt die Hand.

Er — muß zum Schreibtisch gehn.

Und jetzt, wie er am Schreibtisch steht, fangen seine Augen — unabhängig von seinem Willen — an — zu suchen? — Und — jetzt — haften sie — auf dem Photogramm — Nellys?

Und — Uhses Gang ist es gewesen! Uhse — ist zum Schreibtisch — gegangen. —

Uhses Bewegungen sind es gewesen! — Und nicht — die — seinen?

Er spürt seltsame kleine, gleichsam artikulierte Vibrationen und Zuckungen in der linken Mundhälfte.

Es sind Worte. — Er fühlt sich darauf reagieren, wie auf Worte, die man an ihn richtet. — Mit Stimmungen, deren Sinn er irgendwie fühlt, die aber unbewußt bleiben.

Er spürt irgend eine rätselhafte, ironische kleine Mimik an seinem linken Mundwinkel.

Er will sich einen Anfall von Entsetzen hingeben, aber dieser Anfall geht durch irgend eine seelische Mechanik in Unwillen über.

Wie er auf die Photographie blickt, sieht er in der Glasscheibe des Ständers — Uhses Gesicht?! . . .

Wieder will er erschrecken: aber er kann es nicht.

Jetzt aber ruht seine Aufmerksamkeit — doch es ist die Uhses? — auf Nellys Bild?

Will es ihn aufziehen — weil er es — hier zu stehen hat?!

Er will zornig werden; will sich das verbitten.

Aber er schämt sich. — Er hat da allerdings irgend eine — Sympathie gefühlt; als sein Blick auf das Bild fiel.

Und jetzt — das eine Bein auf dem Stuhl beim Schreibtisch — das Knie auf dem aufgestützten Arm — ist das seine Geste?! — blickt er auf das Bild.

Aber er — er, Donald, ist es, in dem all die Schwärmereien, die er noch vor einiger Zeit und vor seiner Bekanntschaft mit Ruth, Nelly entgegengebracht, plötzlich wieder auftauchen.

Er muß sie — jemand — beichten?!! — Er — beichtet sie?!! . . . Uhse beichtet er sie!! — Wort für Wort! — Stimmung für Stimmung!

Wut und Scham würgen ihn. Eine unerträgliche Wut und Scham.

Aber er vermag nichts gegen diese Schwärmereien. Ja, er ist gezwungen, sie zu wiederholen; und gerade Sachen, die nicht ein Jeder zu wissen braucht: satanisch zwingt es ihn, sie immer wieder von neuem zu wieder= holen und zu beichten. Sie kommen; umschmeicheln, um= garnen ihn; er ist genötigt, sich ihnen hinzugeben.

Und es wird eine Neigung daraus, eine starke, un= bezwingliche Neigung.

Er versinkt in den Anblick des Bildes. Er ist jetzt ruhiger.

Es hat so einen seltsamen Leidenszug.

Alles krampft sich in ihm von einem sympathetischen Schreck, von einer rätselhaften Angst um sie.

Es ist, als ob das Bild um Hilfe riefe aus der Hölle irgend einer dunklen Pein. — Es ist der Ausdruck einer erstarrten Verzweiflung, eines Grauens. Aber von was für einer süßen Anmut sind ihre Züge! Die Linie ihres Halses! der Brust! — Und — die — Hände! . . .

Und plötzlich regt sich in ihm eine wunderlich grau= same Wollust, die er noch nie Nelly gegenüber gefühlt;

die sich noch nie in seine romantischen Schwärmereien für sie gemischt.

Er hatte wohl schon ein Vögelchen in seiner Hand gehalten und hatte das warme, weiche Beben seines kleinen Leibes und das Ticken seines kleinen Herzens gefühlt; es war, als ob die Seele Nellys in diesem Augenblick ein solches Vögelchen wäre.

Eine sonderbare — sardonische Verachtung, und Wolluft?! — Die Regung eines merkwürdigen, dunklen — Mannesgefühles, das er — noch nie gefühlt? Das ... Und das — Mannheit ist?! ...

Er — er?! — fühlt: er könne sie — mißhandeln? Sie stoßen? Schlagen? — Mit irgend welchen bösen und raffinierten Worten geiseln bis an den Rand des Wahnsinns und sie dann in den Rausch — der unerhörtesten Wolluft hüllen?! — Und — dies sei — das Richtige?? — So müsse der — rechte und — ganze Mann dem Weibe gegenüber empfinden?! — Denn das Weib sei des Mannes — übermächtiger Feind?! — Es sinne auf des Mannes — Vernichtung?! — Man müsse vor ihm — auf der Hut sein?! — Es — niederhalten?! — Und — knechten?! Sie, alle Willkür, alles Chaos, aller Gegensatz und Widerspruch der Logik?!

Er fährt auf.

Wie — kommt er darauf?!

Er hat das alles wohl schon — gelesen. Strindberg und andere haben ihn in solche Gedankengänge geführt.

Aber — noch nie hatte er sie — gelebt? — Und er lebt sie in diesem Augenblick! — Lebt sie?! ...

Er reißt sich fort, läuft hin und her.

Plötzlich rennt er zurück, reißt Ruths Bild an sich.

hält es vor sich hin. Betrachtet es. — Seine Brust beginnt zu atmen. — In seinem Auge ist es wie ein leises Brennen von Feuchtigkeit. — Er will das Bild seinen Lippen nähern, will — es — küssen . . .

Aber plötzlich verzieht ein sardonisches Grinsen seinen linken Mundwinkel.

Er erschrickt. Er schämt sich — vor diesem — Grinsen?!

Was — hält er da in der Hand?! — Eh! — Was ist denn das für ein Gesicht?! — Was für eine Kleine?! — Haha! — Was hat denn — e r mit diesem Gesicht zu tun? — Dummheit! — Haha! — Aber ganz — u n bedeutend! — Wegstellen!

Mechanisch stellt er, beinah furchtsam, das Bild zurück.

Wieder hin und her, auf und ab. — Er möchte weinen. — Ein süß lauerndes, aufstrebendes Sehnen nach Ruth. — Aber zurückgedrängt. — Immer wieder. — Seltsam — gelähmt. —

Plötzlich stößt er einen lauten Schrei aus und bricht auf dem Sofa zusammen.

Er wälzt sich, wühlt und kratzt mit den Händen auf dem Sofa umher. — Er will heulen vor wahnsinniger Angst. — Aber — er kann es nicht. —

Wenn — man — ihn — nebenan — hörte?! . . .

XVI.

Am Abend dieses selben Tages promenierte Uhse mit Nelly von der Kaiser-Wilhelms-Gedächtnis-Kirche her die Kantstraße hinauf.

Er hatte sie an der Haltestelle der Elektrischen, die

von Halensee kommt, zu einem Rendezvous abgeholt. Sie wollten im Garten des „Theater des Westens‘ zu Abend essen.

Langsam, ein apartes Paar, gingen sie die Straße hinauf. —

Uhse elegant und blasiert wie gewöhnlich; brauner Jaquettanzug und brauner Überrock; braunes steifes Hütchen. Nelly trug ein helleres Lichtbraun und einen langen geschlitzten Geishamantel.

Als sie saßen, fiel es Uhse aus irgend einem Grunde ein, Nelly nach ihrem Mann zu fragen.

Nun, er saß draußen in Halensee in seinem Turmzimmer, das er sich zu einem chemischen Laboratorium eingerichtet hatte, in dem er, während der Freistunden, die ihm das Geschäft ließ, mit irgendwelchen rätselhaften chemischen Experimenten beschäftigt war. — Er war so solide. — Er hatte fast nur diese einzige Zerstreuung, die denn freilich seine Manie war. — Wer wußte, was für eine Erfindung er da machen wollte.

Na, also Uhse wollte gelegentlich wieder mal zu ihm hinaufsteigen.

Es sei rührend, wie er sich freue — Uhse konnte so hübsch und interessant über allerlei alchymistische Probleme mit ihm sprechen.

Aber, ob er sie bitten dürfe, morgen Abend draußen bei ihm in Charlottenburg zu sein? — Dr. Wolffsohn und Dr. Fuchs würden auch da sein. — Auch — Donald würde kommen. — Sicher! — Hehe!

Donald?! — Ob — er ihn denn geladen habe? Er sei doch noch nie bei ihm gewesen?!

Hm! — Nein! Geladen habe er ihn nicht. — Er werde ihn auch nicht laden. Gerade darin liege die

Pointe. — Hehe! — Donald werde trotzdem kommen. — Es wäre sehr interessant. — Gerade deswegen bäte er sie, morgen Abend zu ihm zu kommen. — Es sei völlig sicher, daß Donald eintreffen werde.

Wie denn?!

Sie war fast erschrocken.

Hm! — Nun! Es — sei so eine Kombination von ihm.

Eine Kombination?!

Haha! — Oder, um es präziser zu sagen: ein kleines, psychologisches Experiment. — Sie möge doch ja kommen. — Es werde sich lohnen.

Jaja! — Aber — was es denn — sei?!

Nun, seit einiger Zeit sei Donald in solch einem merkwürdigen Zustand. — Er glaube Spuren von doppeltem Bewußtsein an ihm wahrgenommen zu haben. — Es werde sehr interessant sein.

Nelly wurde ängstlich und — nervöse. Uhse interessierte sich für diese Nervofität . . .

Aber, mein Gott! was denn weiter! — Es sei doch so einfach! — Es werde sich bei irgend einer bestimmten Gelegenheit schon geben! — Haha!

Er beobachtete Nelly.

Ach, er solle gestehen: er habe etwas mit Donald im Sinne!

Na ja ja! — Allerdings! — Er habe da ein — psychologisches Experiment gemacht.

Ach, das sei abscheulich! — Nein! Sie würde es nicht ertragen, wenn Donald einen Schaden davontrüge.

Er fixiert sie. In seinen Augen blitzen die beiden Pünktchen. Er hat sein Lächeln.

Aber! — Sie solle doch kein Kind sein! — Was es ihm denn schaden solle!

Sie habe Donald so lieb! — Er sei ihr so sehr sympathisch! — Sie würde unglücklich sein, wenn ihm etwas zustieße.

Eh! — Also sie werde morgen Abend draußen sein?

Ja! Gewiß! — Sicher werde sie draußen sein! — Unter allen Umständen!

Es entstand ein Schweigen. Uhse blickte vor sich hin auf den Tisch.

Plötzlich aber nahm sein Gesicht einen schlaffen, halb höhnischen, halb trübseligen Ausdruck an. Er sagte:

„Ja, wirklich! — Was für eine große Sympathie du für ihn hast."

O, müsse man ihn nicht lieb haben! — So lieb und — unschuldig, wie er war! —

„Jaja!" — machte er. — „Ich sagte ja: ihr paßt zusammen. — Haha! — Sag: würde er dir nicht — Frieden geben können? — Hehe! — Frieden! — Hehe!"

Nelly schwieg. Sie blickte vor sich nieder. Ihr Mund zuckte. Ihre Brust ging.

Plötzlich aber flüsterte sie leise, vor sich hinblickend und tief errötend:

„Ei, was bist du für ein Mann.

Der den Freund so — kommen machen kann!" . . .

XVII.

Donald war schließlich dennoch eingeschlafen.

Und als er am nächsten Morgen nach einem tüchtigen Schlaf erwachte, fühlte er sich gestärkt und frei; und jede

Spur der gestrigen rätselhaften Unruhen schien sich ver=
loren zu haben.

Als er nach seiner täglichen Gewohnheit, im Begriff,
sich ins Geschäft zu begeben, an den Schreibtisch trat,
um seine Taschenuhr an sich zu nehmen, fiel sein Blick
auf Ruths Porträt.

Sofort stellte sich eine völlig normale Erinnerung
an sie ein.

Es überwältigte ihn so stark, daß er auf den Stuhl
sank, sein Gesicht in die Arme barg und lange weinte.

Dann geriet er in ein trauriges Sinnen.

Er fing an ihrer mit Betroffenheit und einem tiefen
Mitleid zu gedenken.

Er erinnerte sich an das, was er, von Siegmund
über solche Naturen gehört hatte. — Ihr Abscheu war
zu unmißverständlich gewesen. —

Und — wie sie — den Riegel — vorgeschoben hatte,
als er sie — vom Korridor aus — angerufen! . . .

Er fuhr in die Höhe.

Es war offenbar: es war — vorbei! . . .

Ein jäher Schmerz überwältigte ihn. Wieder sank
er auf den Stuhl und brach in heftiges Schluchzen aus.

Aber — unmöglich! — Unmöglich?!! — Es war
ganz — unmöglich?!!

Was er alles mit ihr gelebt!

Nein! Das war unmöglich!! Es war völlig un=
möglich, daß sie — so eine war! —

Ach! Noch heute! Noch heute wollte er zu ihr hin!
Noch heute! — Mit ihr sprechen! — Er sollte sie nicht
mehr sehen?! Nie wieder sollte er sie sehen?! —
Sie würden nie wieder mit einander plaudern?! So
einen Ausflug machen?! Nie wieder?!

O Gott! Noch heute! Noch heute!! . . .

In dieser guten Unruhe begab er sich in sein Geschäft.

Beständig waren seine Gedanken bei Ruth. — Er sah ihre großen, dunklen, gescheiten Augen. Er sah die süßen blonden Bauslocken. — Er hörte ihre tiefe Stimme und ihr volles Lachen, das so herzhaft, so temperamentvoll und unbekümmert fröhlich sein konnte. — Alle Erinnerungen an die Stunden, die sie miteinander verbracht, stellten sich ein. — Sein Entschluß war fest, sie sogleich nach Feierabend aufzusuchen.

Diese Stimmung hielt an bis Mittag.

Als er aber nach der Mittagspause wieder im Geschäft war, überkam ihn, ganz plötzlich, eine Unruhe, die er auch an äußeren Kennzeichen spürte. Er hatte da mit einem Mal ein Gefühl, als ob sich in ihm etwas verschöbe. Als ob ihm ein Kribbeln, ein merkwürdiges kühles Kribbeln einseitig über das Gehirn liefe?! . . .

Und wieder war es, als ob er nach etwas suche; als ob sich irgend ein ungewisser Drang nach irgend etwas, daß zu erkennen er außer Stande war, in ihm rege?

Seine Gedanken hatten sich wieder zu Ruth hinretten wollen. Aber sie wurden schief und böse. — Eine gemeine Sucht ergriff ihn mit einem Mal, alle möglichen Fehler an ihr zu finden, wenn nicht gar Lächerlichkeiten.

Dann aber vergaß er sie gänzlich über allerlei seltsamen leisen Hemmungen und Irritationen, die sich in den Muskeln und Nerven seines Nackens, seiner Arme bis in die Handgelenke und Finger hinein einstellten. Solche leisen feinen beginnenden Zuckungen und Gesten von einer merkwürdigen selbsteigenen Intelligenz. Auch in den Hüftgelenken und den Beinen hatte er solche Gefühle.

Er machte ein paar Schritte, verrenkte und verdrehte mit Absicht seine Glieder, um dieses abscheuliche Doppelgefühl zu betäuben. Aber das war vergeblich. Immer mehr nahm es von ihm Besitz.

Er gewahrte indessen, daß, sobald er geschäftlich in Anspruch genommen war, oder sobald er sich mit Jemand in ein Gespräch einließ, die ganze Erscheinung nicht nur nachließ, sondern auch verschwand. — Er machte von dieser Erleichterung so viel als möglich Gebrauch.

Je mehr die Zeit aber sich dem Abend näherte, um so weniger wollten selbst diese Hilfsmittel anschlagen und um so mehr geriet er in diesen dunklen, strebenden Zustand, der sich schließlich bis zur äußersten Unruhe steigerte.

Sein Begehr nach Ruth war schon längst erloschen. Mit irgend einem hämischen, müden, bösen Gedanken hatte er die Absicht, sie aufzusuchen schon längst aufgegeben.

Es hatte da einen Augenblick gegeben, wo er zu dem Spiegelchen in der Fensternische im französischen Bibliothekzimmer hingelaufen war. Mit einem jähen Schreck war er zurückgefahren:

Deutlich hatte ihm Uhses Gesicht entgegen geblickt.

Er hatte Mühe gehabt, einen Aufschrei zurückzuhalten.

Ah! Mit einem Mal war ihm alles klar: Uhse hatte ihm — etwas angetan?!!

Er mußte hinaus zu Uhse. Sofort mußte er zu ihm hinaus.

Unter allen Umständen mußte er sofort nachher zu Uhse hinaus! . . .

XVIII.

Es war ein Viertel nach acht Uhr abends — sie befanden sich im Salon, dessen Tür nach dem Garten weit offen stand — als . die Erwartung ihren Höhepunkt erreichte.

Uhse hatte gesagt, daß sicher darauf zu rechnen sei daß Donald ½9 Uhr eintreffen werde.

Man ging auf und ab, lugte in den Garten und auf die Straße hinaus, unterhielt sich in lebhaft erregter Weise, um dann wieder in ein gespanntes Schweigen zu geraten.

Endlich gab die gotische Standuhr ein halb nach 8 Uhr an.

„Na?!" machte Dr. Wolffsohn bedenklich.

Nelly saß, weiß wie eine Marmorstatue, mit eingekniffenen Lippen in einer Ecke des Divans.

Uhse stand bleich, an seiner Importe kauend, und leise mit den Fingern trommelnd neben dem Flügel am Fenster und starrte in den Garten hinaus.

Es war so still, daß jedes Blättchen, das sich in dem stillen dämmernden Garten bewegte, einen Schreck verursachte.

„Nu?!" sagte Dr. Wolffsohn, der nach der Uhr sah. „Es ist 8 Minuten über halb!"

„Aber w a r t e doch!" machte Uhse, sich nervös gegen ihn umkehrend.

Da — plötzlich! — endlich! — wurden draußen auf dem Trottoir eilig nahende Schritte hörbar.

Nelly zuckte zusammen und stieß einen halben Schrei aus; ihre Finger knüllten das Taschentuch.

Endlich!

Jetzt bog er um das Gebüsch des Nachbargartens. — Blond, schlank, in seinem schwarzen Jaquettanzug näherte er sich, öffnete die eiserne Gittertür des Gartens, schlug sie zu und kam mit zögernden Schritten den gelben Kies= weg her auf die weitoffene Tür zu.

Eine tiefe Stille empfing ihn, als er, betroffen eine Gesellschaft beieinander zu finden und sich gerade gegen= über in der Ecke des Divans Nelly zu gewahren, in der Tür stehen blieb.

Was — war ihnen?! — Weshalb — blieben sie so still?! — Sahen ihn so an?!

Auch Nelly blickte ihn so sonderbar an?! — Sie sah so sehr — bleich aus?!

Und jetzt tauschte Uhse mit Dr. Wolffohn irgend so einen — Blick?!

Endlich aber kam Uhse auf ihn zu und sagte, ihm lang= sam die Hand hinhaltend, mit einem verwunderten Blick:

„Ach, sieh da! — Mein Bester! — Wie — nett! So — unerwartet!"

Donald atmete tief auf.

Unwillkürlich hatte sich sein Blick belebt.

Er sprach irgend etwas zur Erwiderung dieser Anrede.

Einen Moment hatte er den Antrieb gespürt, sofort umzukehren. — Dann hatte ihn ein plötzlicher Zorn ge= faßt. — Umkehren?! — Wetter! Weshalb gab er's ihm nicht auf der Stelle?! — Aber — wie denn?! — Was denn nur?! Was wollte er ihm geben?!

Uhse hielt noch immer seine Hand. Blickte ihn

prüfend an. Mit gekniffenen Augen, die Zigarre im Mundwinkel. Er — lächelte?

Donald geriet in Verwirrung.

„Haha! — Aber — willst du denn hier in der Tür stehen bleiben?"

Doch einen Augenblick brachte Uhse, der ihn halb zog, Donald nicht fort. Sein Ziehen und Donalds Widerstand hielten sich die Balanze. Es war Gefahr, daß es auf= fallend werden könnte. — Und in ein und demselben Moment gab Donald nach und ließ auch Uhse seine Hand frei.

Zögernd trat Donald näher.

Er schritt auf Nelly zu, ergriff, ein wenig unsicher, ihre Hand und — küßte sie.

Aber sofort fuhr er wieder in die Höhe.

Er spürte einen sonderbaren Unwillen. — Warum — küßte er ihr die — Hand?! — Und er fühlte: ‚dieser Person‘??

Er wurde bleich. — Starrte sie an. — In einer noch ein wenig geneigten Haltung vor ihr stehend.

Er wußte kaum etwas von sich. — Nur: was — hatte er da über sie — gedacht?!

Doch da hörte er sie sprechen.

„Aber — sieh! — Wie — nett!"

In ihrer Stimme war ein liebenswürdiges — Vibrieren? — Ihre — Brust ging?

Eine seltsame kleine Rührung zuckte in ihm auf. Er wurde rot.

Er trat von Nelly fort zu den anderen hin.

Nellys Blick folgte ihm.

Wie artig und fein er war! — Wie tadellos seine Haltung gewesen war! — Schlank, blond in seinem schwarzen

Jaquettanzug; bleich, mit großen, aufmerksamen Augen.

Wie das — wirkte!

Wie schön er war! — Was für eine feine — eigenartige Schönheit!

Er! Aber w e n hatte sie in diesem Augenblick gesehen? — Er! . . . Ihn! —

Was für eine seltsame, erlesene Sensation!

Ein leiser Schauer überlief sie.

Ein — Mysterium! . . .

Dr. Fuchs, der neben Nelly gestanden hatte, als Donald ihr die Hand küßte, beugte sich jetzt zu ihr nieder und zog sie in Unterhaltung.

Donald hatte ihn nicht begrüßt; er hatte ihn kaum angesehen. Er glaubte bemerkt zu haben, daß Dr. Fuchs ein halb erstauntes, halb spöttisches, ein so merkwürdig neugieriges und interessiertes Gesicht machte? Das hatte Donald gereizt und machte ihn betroffen. — Er grüßte auch Dr. Wolfsohn nicht. Er sandte ihm nur einen Blick zu.

Jetzt aber trat Uhse auf Donald zu und berührte ihn, nach seiner Art, leicht am Arm.

„Führt dich etwas Bestimmtes her, mein Lieber?" fragte er.

„Ich — weiß nicht?" antwortete Donald verwirrt. Sein Blick haftete an Uhses Auge.

Uhses Blick wich für einen Moment aus.

„Ach! — Du kommst eben nur so! — Na! — Wie nett!"

Donalds Blick haftete immer noch an ihm; mit einem verängstigten stumm fragenden Flehen hingen seine Blicke an Uhse. — Wie denn?! — Uhse — wollte nicht wissen, weshalb er kam?! . . . .

Uhse hatte seine Hand von Donalds Arm gleiten lassen. Er schien ein wenig verwirrt.

Er wandte sich den Anderen zu und sagte:

„Ich denke, wir trinken ein Glas Wein?! — Sind die Verehrten einverstanden?!“

„Machen wir! — Machen wir!“ rief Dr. Fuchs, der sich von Nelly aufrichtete und aufmerksam durch seinen goldenen Zwicker herüberblickte.

Uhse begab sich von Donald weg und ging in das Arbeitszimmer.

Dr. Wolffohn blätterte beim Flügel in einer Partitur. Er hatte auf Donald zugehen wollen, um ihn anzureden. Aber etwas in Donalds Aussehen, dessen Blick starr und in einer sonderbaren Weise fremd auf Dr. Wolffohn gerichtet gewesen war, schien ihn irritiert zu haben. — Er hatte seine Absicht geändert, war zum Flügel gegangen und blätterte nun in der Partitur.

Donald stand jetzt mitten in dem dämmernden Salon.

Dr. Fuchs plauderte wieder mit Nelly.

Nelly schien in irgend einer Weise lebhaft.

Jetzt trat Uhse langsam mit Wein und Gläsern wieder in das Zimmer.

Während er mit den Gegenständen zum Tisch ging, begab sich Donald langsam und zögernd beiseit gegen einen Sessel hin, der etwas abseit stand. Er legte die Hand auf die Lehne.

Uhse hatte darauf geachtet?!

Weshalb — tranken sie denn j e t z t erst Wein?...

Alles in Donald vibrierte.

Aber was — sollte er nun . . .

Er spürte einen leisen Schwindel. Ein leises Zittern in den Beinen.

Er ließ sich, langsam, zögernd, auf den Sessel nieder.

Aber — weshalb — ließ er — sich nieder?!

Er hatte ein Gefühl, als wenn er sich um keinen Preis gerade hier niederlassen dürfe.

Er wollte wieder aufstehen.

Aber — auch dies — ging nicht an.

Wie gelähmt blieb er sitzen.

Weshalb — tranken sie — jetzt erst Wein? — Waren sie nicht schon länger beisammen? —

Alles war — einerlei?! . . .

Es erhob sich ein Gespräch, während Uhse zum Wein einlud.

Uhse brachte Donald Wein hinüber.

Donald zögerte das Glas zu nehmen.

Aber Uhse blickte ihn an.

Da nahm Donald.

Uhse blieb bei ihm stehen. Ohne etwas zu sagen. Wie es schien, in irgend welchen Gedanken. Aber er blickte Donald an. Warum ließ er den Blick so starr auf ihm haften?! —

Unwillkürlich, seine Unruhe zu verbergen, mit zittern=den Händen, daß das Glas schwankte, wollte Donald von dem Wein trinken.

Aber — wie denn?! — Weshalb?! — Er hatte ja gar kein Bedürfnis, Wein zu trinken?!

Er mußte doch hier sein, um . . . um . . . um . . .

Er trank nicht.

Er setzte das Glas neben sich auf die Kommode.

Uhse beobachtete das.

Aber er schien nur ganz mechanisch davon Notiz zu nehmen.

Weshalb war Uhse so — nachdenklich? — Weshalb sprach Uhse nicht irgend etwas zu ihm?

Weshalb blickte er ihn jetzt so an und trat, ohne etwas zu sagen, von ihm weg zu den anderen, die jetzt mit einem Male ein so lautes Gespräch miteinander hatten?

Donald bemerkte, wie Nelly ein paar Mal fragend zu ihm herüberzublicken schien.

Er hielt es nicht mehr aus. —

Hastig riß er sich in die Höhe. Aber er trat nicht zu den übrigen hin, sondern begab sich langsam zu dem Flügel, um in den Partituren zu blättern. Eigentlich hatte er schnell durch die Tür fortlaufen wollen. Aber auf halbem Wege war er plötzlich, mitten in seiner Hast wie gebannt, stehen geblieben und hatte sich langsam mit bebenden Knieen den Partituren zugewandt.

Alle hatten ihre Aufmerksamkeit auf ihn gerichtet; aber es war sonderbar, daß Niemand etwas sagte und ein Befremden ausdrückte?! . . . .

Da erschien Frau Wunderlich in der Tür des Arbeitszimmers und meldete, daß das Abendessen bereit sei.

Sie begaben sich in das Arbeitszimmer.

Donald blieb zurück bei der Partitur.

Da wandte sich Uhse, der eben im Begriff stand, gleichfalls in das Arbeitszimmer zu treten, nach ihm um und rief:

„Donald?!"

Donald zögerte noch einen Augenblick. Dann aber begab er sich gleichfalls hinter Uhse her in das Zimmer.

Uhse plazierte ihn neben — Nelly?!

Donald zögerte einen Moment, sich niederzulassen.

Dann aber saß er in einer steifen Haltung und blickte vor sich hin auf das Tischlaken.

Nelly hatte ihm ihre Aufmerksamkeit zugewandt.

Aber er hatte getan, als ob er diesen Blick nicht bemerkte.

Jetzt sprach sie an ihm vorbei, sogar ein wenig vorgebeugt, mit Dr. Wolfsohn.

Donald brauste das Blut in den Schläfen.

Er zupfte nervös an dem Tischlaken.

He! — Sie — schien — erregt?! Weshalb war sie erregt?!

Aber — ah!! — Es war völlig u n m ö g l i c h, daß er neben ihr saß?!

Und — er — m u ß t e neben ihr sitzen! . . .

. . . . Man führte eine sehr eifrige und belebte Unterhaltung mit merkwürdigen, plötzlichen Pausen. — Um was sie sich handelte? Donald konnte sich nicht daraus vernehmen. — Jedenfalls zog man ihn nicht in das Gespräch. Kaum, daß Nelly ein Wort an ihn richtete, dessen Liebenswürdigkeit ihm befremdlich war. —

Er fieberte danach, daß der Tisch aufgehoben wurde.

Dann — dann — mußte doch — irgend etwas kommen? Sich ereignen? . . .

Indessen: man schien es angenehm zu finden, seinen Wein am Tisch zu trinken und bei einer Zigarre noch weiter zu plaudern.

Das Gespräch ging weiter.

Zuweilen war es sehr laut.

Donald machte ein paar Anstrengungen, sich zu erheben.

Eine Unterhaltung, in die Nelly ihn ziehen wollte, mißglückte.

Endlich, nach einer äußersten Anstrengung, gelang es ihm, sich in die Höhe zu reißen.

Eine plötzliche Stille trat ein. Man blickte ihn an.

Vor sich hin auf den Tisch niederblickend, stotterte er:

„Ich — muß — gehen!"

„Ja aber — wie denn?!" fragte Uhse erstaunt.

Donald schwieg.

Er sank wieder auf seinen Stuhl.

Uhse brach in ein Lachen aus, während die andern Donald ansahen.

„Ja, aber warum, mein Bester?! — Hahaha! — Was für ein schnurriger Einfall! — Sag: Fühlst du dich vielleicht nicht wohl?"

Donald blickte Uhse an.

„Unsinn! — Dummes Zeug!" sagte Uhse. „Es wird vorübergehen! — Da! Trink!"

Er langte mit der Flasche über den Tisch und füllte Donalds Glas.

„Munter! — Ich glaube, du läßt dich gehen? Nicht?"

Donald zuckte zusammen.

Er ergriff das Glas. Trank es mit einem Zuge leer.

Dr. Wolffsohn und Dr. Fuchs lachten.

„So recht!" rief Dr. Fuchs. „Prost, Herr Wegner!"

Und jetzt nahmen sie, ohne sich weiter um ihn zu kümmern, ihre Unterhaltung wieder auf.

Uhse beteiligte sich indessen nicht. Er blickte vor sich hin. Er schien über etwas nachzudenken.

Was für einen gespannten Ausdruck seine Augen hatten!

„Aber — um Entschuldigung!" unterbrach er plötzlich die Unterhaltung. „Donald scheint ja doch nicht so recht auf dem Damm zu sein! — Wir könnten vielleicht den Tisch vor die Chaiselongue rücken! — Donald setzt sich auf die Chaiselongue! — Er hats da bequemer!"

Man war einverstanden.

Donald wollte etwas dagegen sagen. Aber er wurde überhört. Man rückte den Tisch vor die Chaiselongue und Donald wurde von Uhse genötigt, sich auf ihr, gegen die Kopflehne hin, niederzulassen. Uhse bat Nelly, sich neben Donald niederzulassen. Er selbst saß mit Dr. Wolfsohn und Dr. Fuchs am Tisch. — Weshalb — sollte sich Nelly neben ihn setzen?!

Man stellte auch die Ständerlampe wieder mitten auf den Tisch.

Man hatte vorhin den seidenen Schirm von ihr fortgenommen. Der grelle Schein der hellen Glocke stach Donald in die Augen. Dazu reizte ihn der Reflex des Lichtes auf dem blendend weißen Tischlaken.

Aber er war nicht imstande zu bitten, daß man den Schirm wieder über die Glocke tun möge.

Die Unterhaltung wurde fortgesetzt. Aber nicht mehr mit derselben Lebhaftigkeit. Es traten Pausen ein, während denen ein wunderliches langes Schweigen herrschte, das Donalds Zustand bis zum Unerträglichen steigerte.

„O! — Ich — bin so — furchtbar — nervös?!" stieß er plötzlich aufs äußerste gepeinigt hervor.

Wieder entstand eine Stille. Alle starrten ihn an.

„Aber! Aber! — Was für eine dumme Geschichte!" sagte Uhse. „Hm! — Könnten wir dann nicht vielleicht lieber nebenan gehen? — Die Unordnung hier auf dem Tisch wird ihn stören."

Weshalb sprach Uhse jetzt von ihm in der — dritten Person?!!

„Er — könnte sich vielleicht auf den Divan legen? — Jaja! — Donald! Nicht?!"

Donald folgte willenlos, in einem wie traumhaft starren Zustande den andern in den Salon.

Er wurde von Uhse genötigt, sich lang auf den Divan zu legen. Uhse stellte die Lampe auf den Tisch davor. — Er hatte auch jetzt den Schirm nicht über die Glocke gehängt.

Die Andern setzten sich um den Tisch herum.

Donald lag wie von acht Armen niedergedrückt — —

Er hatte beständig das Bestreben, sich emporzurichten. Er wollte davon laufen. Aber es war so seltsam un= unmöglich?! — — —

Weshalb — hatten sie die Lampe so auf den Tisch gesetzt?! — Und gerade, daß ihm das Licht so voll in die Augen stach?! — Weshalb war der Tisch so nahe an den Divan herangerückt?! — Weshalb sprachen sie mit einem Mal nicht mehr?! — Weshalb saßen sie alle so still?! — Weshalb ließen sie die Blicke alle so an ihm haften?!

Er starrte sie an.

Er hatte das bestimmte Gefühl, als ob von ihren Blicken eine Suggestion ausginge, die ihn auf dem Divan hielte und ihn völlig wesenlos machte.

„Aber — warum — geht ihr — nicht fort?!" brachte er endlich mit äußerster Mühe in einem seltsam bangen fragenden Ton hervor. „Ich — kann nicht . . . Das — Licht!"

„Wie?! frug Nelly.

Sie schien sehr erregt zu sein.

Ihre Augen hatten einen geängsteten und zugleich neugierig=gespannten Ausdruck. —

Weiter fiel kein Wort. Alle blieben sonst still. Blickten ihn nur an. Blieben sitzen.

„Möchtest du dich nicht mit dem Gesicht gegen die Rückenlehne legen, wenn dich das Licht stört?“ fragte Uhse endlich. „Du brauchst dich ja doch nicht zu genieren, uns den Rücken zuzuwenden! — Mach' dir's doch bequem?“

Donald wandte sich nach einem kleinen Zögern mit dem Gesicht nach der Rücklehne.

Er versuchte sich zum Schlummer zu zwingen.

Es war unmöglich. —

Sie sprachen ein weniges. — Halblaut. — Donald konnte nicht hören, was es war. — Er hatte ein Gefühl, als ob sich die Worte verwischten. —

Mit einem Mal aber waren sie wieder ganz still. So unheimlich still?!

Weshalb begaben sie sich nur nicht vom Tisch weg?!

Und — es war ... Er hatte ein Gefühl, als wenn sie alle, unausgesetzt, die Augen auf ihn richteten?!

Er hielt es nicht mehr aus. — Er wandte sich wieder um.

Ja! Sie blickten ihn an.

Und — weshalb schraubten sie jetzt — die Lampe höher?!!

Ah! — diese — Hallunken?!! — — — —

Er suchte aufzuspringen, sich in die Höhe zu richten; um den Tisch herum hinauszulaufen. — Ah, mein Gott! — Er fühlte, daß er nicht imstande sein würde, um den Tisch herum zu kommen.

„Es wäre vielleicht doch besser, wenn wir nebenan gingen und — er — bliebe hier?“ meinte jetzt Nelly ängstlich und nervös. Ihre Stimme zitterte.

„Ach, nein nein! — Hm! — Im Gegenteil!“ sagte

Uhse. „Es wird besser sein, er legt sich nebenan auf die Chaiselongue und schläft eine Weile und wir bleiben hier!"

„Hehe! — Aber Herr Donald! Was machen Sie für Sachen?!" sagte Dr. Wolffohn.

„Donald! Nicht?"

Uhse war aufgestanden und hatte sich zu Donald begeben.

Donald, der wahrnahm, daß Uhse ihn berühren wollte, sprang von einem heftigen Widerwillen ergriffen auf.

Er ging im übrigen, völlig widerstandslos, mit Uhse in das Arbeitszimmer, während die übrigen um den Tisch herum sitzen blieben.

Im Arbeitszimmer mußte Donald sich von Uhse auf die Chaiselongue legen lassen.

„Mein Bester!" sagte er, indem er Donald leicht den Arm streichelte. „Was für eine dumme Geschichte!"

Donald brannte darauf, daß Uhse ihm riet, nach Haus zu gehen.

Er selbst fühlte sich außer Stande, ein Wort hervorzubringen. — Ja; dann würde er können! Dann würde er gehen können, wenn Uhse es ihm anraten würde. — Weshalb tat Uhse es nicht?! —

Er wollte in die Höhe; aber Uhses Hand, die auf seiner Schulter ruhte und sein Blick, der auf ihm haftete, drückten ihn nieder, hielten ihn fest.

„Aber ich bitte dich! — Mach doch keine Torheiten! — Leg dich! — Du mußt unter allen Umständen zunächst etwas schlafen! — So! — So! — Du darfst durchaus nicht unvernünftig sein! — So! — Bitte!"

Seine Worte waren ein wenig unwillig gewesen. Er nahm die Decke und hüllte Donald sorglich ein. Danach ging er zu den Fenstern und ließ die Jalousieen herab.

„So! — Ich werde dir die Hängelampe anzünden! — Sie wird dich nicht stören! — Es wird dir so angenehmer sein!"

Er zündete an.

„Ich schraube sie etwas tiefer! — So! — Es ist zunächst nötig, daß du ruhst. — Du bist furchtbar aufgeregt! — Unter allen Umständen mußt du etwas schlafen. — Ich werde dir jetzt einen Trank zurecht machen. — Es ist" — Uhse war zum Büffet getreten. — „Zucker! — Zucker! — Ich tue die Hälfte Zucker in das Glas und — Wasser dazu. — Du wirst sicher danach schlafen können."

Er kam mit dem Trank zu Donald hin.

Donald wollte das Glas, von einem plötzlichen Mißtrauen erfaßt, abweisen. Aber Uhses Blick nötigte ihn zu nehmen und zu trinken.

Aber — Zucker?! — War es — denn — Zucker?!

Wie — schmeckte das denn?! — Es hatte doch so einen chemikalischen Geschmack?!

Uhse hatte sich wieder über ihn gebeugt und blickte ihm in die Augen.

„Mein Liebster! — So! — Paß auf, du wirst nun schlafen. — Und dann — wirst du ja wohl — am besten nach Haus gehen. — Nicht?"

Er hatte sich zu Donald auf den Rand der Chaiselongue gesetzt und ihm wieder leis über den Arm gestreichelt. Die Bewegung machte Donald so seltsam müde? — — —

Dann erhob sich Uhse und begab sich mit leisem Schritt wieder zu den anderen zurück.

Donald war allein.

Er lag.

Nebenan war alles still. — Die Tür stand offen.

Im Raum herrschte ein wunderliches Dämmerlicht, aus dem die Gegenstände ungewiß und traumhaft sich zeichneten.

Donald lag lang auf dem Rücken, gerade vor sich hin blickend.

Und er fühlte seine Aufmerksamkeit plötzlich, seltsam, wie durch einen fremden Einfluß völlig auf den Neben= raum gerichtet.

Er war wie in einem Gefühl von Schlummer und dennoch in einer wunderlichen, sehr wachen Klarheit.

Seine Glieder waren in einer Starre, die aber nicht unangenehm war.

Er lag, gänzlich einem seltsamen Wohlgefühl hinge= geben, das in einer wunderlichen Weise seine Muskeln schwellen zu machen schien und wie eine weiche warme Berührung war.

Wuchs und dehnte sich sein Körper über seinen Um= fang hinaus?

Wie seine Gedanken gingen! — Was er — für Ge= danken — hatte? . . .

. . . Weshalb lächelte er jetzt? — Hörte er etwas? Was hörte er nur?! . . .

Und — weshalb schien er jetzt betroffen? Was machte ihn betroffen?! — Auf was richtete er jetzt so gespannt seine Aufmerksamkeit? Und jetzt schien er — zu erstaunen? Auf etwas zu lauschen? — Sich an= zustrengen, etwas — deutlicher zu verstehen?

Wie?! — Die — chinesischen Vasen?! — Die — Buddhastatuette?!

Plötzlich aber hörte er deutlich, wie Nelly sagte:

„Aber — er hat ja gar keinen Charakter!“

Donald zuckt zusammen.

Wer?! — Wen meinte sie?! . . . Mit einem heftigen Schreck, einem langen Seufzer, als ob ihn ein Alb losließe, wachte er plötzlich auf. —

In diesem selbem Augenblick aber trat Uhse in das Arbeitszimmer.

„Donald?!“

Donald richtete seine Aufmerksamkeit auf ihn.

„Ach, du bist wach?“ frug Uhse. „Ich glaubte, du schliefest noch! — Hahaha! — Du hast ja geschnarcht, daß die Wände schallten!“

Donald starrte ihn an.

Er — hatte geschlafen?! —

Aber nun fühle Donald sich wohl? — Ob er nicht aufstehen wolle? — Aber gewiß! Prächtig sähe er aus!

Und da hatte Donald aufstehen können. Sofort konnte er aufstehen. Er hatte das deutlichste Gefühl, als wäre er plötzlich von etwas losgebunden worden. — Jaja! Er war wirklich völlig wach. Bloß noch ein wenig betäubt und verwirrt. — Aber völlig ausgeschlafen.

Man wollte ihn nötigen noch zu bleiben. Man war plötzlich sehr belebt und fast betulich zu ihm. Alle blickten ihn so heiter und aufmerksam an. Aber er ließ sich nicht halten.

Er stieg in die erste beste Droschke, die er fand und fuhr nach Hause.

Drittes Buch.

I.

Eine Woche nach diesem Abend bei Uhse traf Donald eines Abends mit Ismael Finck zusammen.

Donald kam vom Norden her die Chausseestraße herab.

Die ganze Zeit her war er nicht im Geschäft gewesen und war in Berlin umhergestreift.

Auch die letzte Nacht war er im Freien umhergelaufen oder hatte in allen möglichen Nachtlokalen und Cafés umhergesessen.

Er war bleich und hohläugig. Sein Anzug war unsauber, verschrumpft und durchnäßt von einem Regen, der über Nacht gefallen war.

Es war gegen 9 Uhr morgens, als er mit Ismael Finck unter dem Stadtbahnbogen bei Bahnhof Friedrichs=straße zusammentraf. Er stand eben im Begriff, sich ein Billet nach Bahnhof Alexanderplatz zu lösen.

„Auch du aus Venus Armen, Geliebter?!" rief Ismael. Und dann deklamierte er aus Hermann Conradis „Liedern eines Sünders":

,Es hat die Dirne mich geküßt.
Da ward ich von süßem Taumel trunken —
Und als ob es Frau Venus selber wär',
Bin ich ihr an die wildwogenden Brüste gesunken . . .'

Also er kam aus den Revieren der Schlegel= und Tieckstraße. Er schien dort Entschädigung gesucht zu haben für die vergißmeinnichtblauen Augen mit der graphitgrauen Nüance.

Donald war in seinem überreizten, halb traumwandelnden Zustand beim Anblick Ismaels heftig erschrocken. Er hatte auf seine Anrede nur mit dem Kopf geschüttelt.

Warum traf er gerade auf ihn? Und wie kam er, um diese Stunde, gerade hierher?

Ismael seinerseits schien Donalds vernachlässigtes Aussehen weiter nicht befremdlich zu finden. — Aber er richtete seine Augen, nachdem er Donald flüchtig angeblickt, plötzlich gen Himmel und rief:

„Sieh! Gelb die Sonne in Nebeln! — So recht, Geliebter! — Sturm! Sturm! Sturm!! — Ringe! Ringe!! — Ring' es hervor! — Einen Charakter! Ein Werk! Ein Glück! Einen Tag! Ein Schicksal! Ein Werden! — Jetzt aber lade ich dich zu einem Morgentrunk!"

Er faßte Donald unter den Arm und zog ihn mit sich über den Fahrdamm in das Café Monopol neben Bötzow.

Wie im Traum sank Donald auf seinen Stuhl und bestellte sich Kaffee, während Ismael sich Chartreuse kommen ließ und eine Zigarette anzündete.

„Tritt ein, Teurer! — In die brüderlichen Sphären! — Tritt ein in die Kreise dessen, der einsam schweift! Tritt ein zu dem Horla! Lande! — Die Menschheit ist das Meer! Lande aus dem Sturm im Heimatlichen! — Nein, nein! Nimm! — Trink Chartreuse und lande! — Stä!"

Er hatte Donald das geleerte Milchnäpfchen voll

Chartreuse geschüttet und ruhte nicht eher, als bis Donald ihm Bescheid gegeben.

Danach stützte Ismael sein Haupt und deklamierte dunkel, in Gedanken verloren vor sich hinstarrend:

„Lasset uns Feste feiern! Lasset uns Rosenkränze winden und die Schalen füllen. — Genießet diese Andächte; genießet das silberne Wittern des Tages der Zukunft; ihr, die ihr — hinübergehen sollt! Ihr Ahnenden! Ihr Seher! Ihr Geliebten! Ihr Letzten und Ersten! Ihr seligen Märtyrer der großen Wende! — Brüder und Schwestern! Ihr Gesegneten Zarathustras! — — Hat er auch dich geladen?“

Donald starrte Ismael an.

„Nun: Er!“ fuhr Ismael fort. „Er! — Jener kleine Jurist! Der Sünder! Der — Sadist! Der Besitzer der weißgoldigen Isiskuh. — Er ist ein Ganzer!“ setzte Ismael erwägend hinzu. „Ein Ganzer. — Aber ...“

Donald fuhr zusammen.

Was war das?! — Was sagte Ismael da?!

Er starrte ihn an, als wäre er eine Erscheinung.

Er wurde plötzlich von der wunderlichen irren Gewißheit überwältigt, daß dieses Zusammentreffen kein Zufall sei, sondern daß es eine besondere Bedeutung und heimliche Bestimmung habe.

Es war Gewißheit, daß er noch draußen in Charlottenburg in Uhses Arbeitszimmer lag und träumte; in einem hypnotischen Schlaf träumte; und daß alles, was er diese Tage her gesehen, nichts sei als die Gestalten dieses Traumzustandes. Das Rauschen und Brausen des Verkehrs war das Tosen seines Blutes, die Vibrationen seiner Nerven gewesen; seine Schritte die ganze Nacht durch Regen und Kühle, durch die öden Straßen waren der Rhythmus und Takt seines Herzschlages gewesen. Die Häuser, Menschen, Tiere und Dinge die elektrischen Geburten seiner gespannten, übersensiblen Nerven. Und — dieser — Ismael, der da — so rätselhaft und plötzlich vor ihm auftauchte, waren — sie, die an ihn herantraten und ihm irgend etwas sagen, von ihm — etwas — erfahren wollten?! — Er war die Macht und sichtbare Gestalt ihre Wortes?!

Ein eisiges Grauen überschauerte ihn.

Er hatte einen Antrieb aufzuschreien; aber nur ein erstickter Hauch fuhr aus seiner Kehle.

Seine Hand krampfte sich über seine schweißige Stirn. Die Augen traten ihm aus den Höhlen.

Er stierte Ismal an.

Ein — Fest wollten sie feiern?! — Was denn — für ein — Fest?!

„Ein Ganzer," fuhr Ismael fort. „Aber nicht er wird der Sieger sein. Er ist nur ein Feinling, aber kein Feiner. — Nicht dieser blonde kleine Jurist. — O, ich achte ihn. Aber — ich bewundere ihn nicht. — Ich kann ihn nicht bewundern. — Ich sehe seine Fehler. — Er ist klein. — Sein Sinn ist nicht groß. Eng ist seine Seele. Eng sein Horizont. — Er ist klein, klein. — Er wird in der Dämmerung bleiben. — Nun, ein Fest will er geben. Ein — Frühlingsfest soll gefeiert werden. — Er hat uns geladen."

Langsam und versunken schenkte Ismael sich eine neue Chartreuse ein und kippte sie hinter.

„Ein Fest?! — Bei — Uhse?!" stammelte Donald. Er war kreidebleich.

Mit heiserer Stimme bat er Ismael um eine Zigarette, die dieser frei aus der Brusttasche hervorzog und ihm, ohne ihn anzublicken, noch ganz in seinen phantastischen Gedanken, hinreichte.

„Man wird zusammensein. — Man wird ein Fest feiern. — Ein Frühlingsfest. — Eine Gesellschaft. Eine Soirée zum Schluß der Saison. — Hahaha! — ,Eine Soirée zum Schluß der Saison‘! — Was wird man tun? Was wird man angeben? Was wird man sprechen? Womit wird man sich unterhalten? — ,Unterhalten‘! — Haha! — O, mei — ,Unterhaltung‘! — O, er weiß! Er hat den Sinn! — Er versteht Feste zu feiern! Man wird Blumen haben. Ein Souper. — O, welch ein Souper! —“

Donald starrte Ismael an wie ein Irrsinniger. Er hatte die Zigarette schon längst wieder beiseit geworfen. — Wie denn?! — ,Un — Unter — haltung‘?! — ,Welch ein Souper‘?! — Wie denn?! — Was — meinte er?!

„Sekt wird man trinken. — Nun, er wird eine Idee haben! — Eine Idee! — Haha! — O ja?! — Er hat Ideen! — Eine Idee ,zum Schluß der Saison‘!— Hehe! — Wunderbar! — ,Eine Soirée zum Schluß der Saison‘! — Wunderbar! — Nicht, Geliebter?! —

Womit wird man sich unterhalten? — Wer weiß? Wer kann es wissen? — Man wird sehen. — Sie werden da sein. Alle werden da sein. — Was kann es sein? — Es wird das Fest des Sinnes und der Bedeutung sein. — Man wird sehen. — Der Bestimmer wird da sein. — Er wird bestimmen. — Er wird der Maßgebende sein. Alles wird sich um seinen Willen drehen. — Der Taumler! Der Titubans! — Dionysos! — Hehehe! — Sie werden aufmerken. — Sie werden ihn bedienen. — Den — Öden!“

Jaja?! — Jaja?! — Wie denn?! — Was würden sie wollen? — Was würden sie denn wollen?! — Was würde es denn geben?! — Was war?! — Was sollte es bedeuten?!

„Der Öde wird da sein, Geliebter! — Man wird ihm aufwarten. — Er soll blühen, Teurer! Blühen! Blühen!! Blühen!!! — O, er soll noch blühen! — Wir werden noch sein neustes Lachen hören! Wir werden noch sein tiefstes Lachen vernehmen! — Er wird den Tag sagen! — Das gebannte Licht seiner Weisheit wird hervorbrechen! — Das Lachen, die Weisheit, das Wort des — Öden! —

Denn: ist es nicht dies? —

Unterhaltung! — Die Konversation! — Der ‚Salon‘! — Hehe! — Hehehe! — Die Gespräche! Die Witze! Die Flirte! Der Esprit! — Sieh, Teurer! Es ist nichts mit ihnen! — Der Öde ist da! — Sein Können und seine Weisheit, seine Munterkeit sind abgeblüht! — Wie soll man variieren? — Changeons! Changez! — Wir müssen die Tiefen fragen! — Sieh, wir wollen die Pasilingua. — Der Einsame, der vor den Toren der Nationen schweift; der große, dunkle Nobody; der Internationale: alles muß er noch finden. Auch seine Sprache muß er finden! — Alles muß er erst noch erringen. — Ich spreche mit Maeterlinck von der Tiefe, von dem Reichtum, von der Beredtsamkeit des Schweigens. — Ich spreche von der ‚entente de rhume‘, ich spreche von der ‚entente des soupirs‘; ich spreche von der ‚entente des gestes‘. Von welcher Sprache des Schweigens soll ich noch sprechen? — Von welcher Bereicherung? — Von welcher notwendigen Unerschöpfbarkeit der Nüancen und der Stimmbänder? Und welcher Stimmbänder? — Alles wirb der Öde erhellen! — Höre das Surren seiner Stimmbänder, Geliebter! Höre die heilige Sirene! — Höre ihren noch bunklen Akkorb! — Welche neue Melobie wirb ihm entblühen? — Welches Motiv? — Welche Harmonieen werden sich aus ihm entfalten? — — O, ich sehe seltsame Krieger und Anbauer! — Sie schreiten auf Löwenpranken. Sie fliegen weiß und zartleibig mit Diamantaugen und Elfenflügeln durch blauen Sonnen=äther. Sie kriechen auf Saurierfüßen durch purpurne Dämmerungen. Sagen wir, sie ruhen, einsinnig, als nur einige wenige riesige bunkelviolette runde Gallertgebilde unter einem lilafarbenen Himmel mit einer smaragbgrünen Sonne. Es sind immer dieselben, Einen und Gleichen." ...

... Als sie sich trennten, bestieg Ismael mit einem kleinen Chartreusespiß die Stabtbahn, um, wer weiß wo=hin? zu fahren; Donalb indessen hatte seine Absicht ver=gessen, nach Bahnhof Alexanberplaß zu fahren und schritt über die Linden weg die Friedrichstraße hinab.

Ein starker Regen fiel. Die Straße behnte sich in grauem Dunst. Trottoir und Fahrbamm spiegelten vor Nässe.

Mit müben, wunden Füßen schlich Donalb durch das Treiben des Trottoirs. Wie ein Traumwandler. — Immer und beständig spürte er ein und dasselbe wunder=liche Dämmern, das alle Anstrengung seines Willens seit Tagen nicht zu durchbrechen vermochte? Immer den gleichen bunklen Bann. — Der strömende, kühle Regen tat ihm wohl gegen diese schwüle, bumpfe, erstarrte Angst.

Er lächelte ein sonderbares, herzklopfendes, hoffendes Lächeln.

Sie war gekommen. — Ismael war ihr Wort ge=wesen. — Ein Fest wollte sie feiern. — Er sollte zu ihr kommen. — Er würde ihr das Wort sagen, das sie von ihm wollte. — Er würde ihr selbst das Rätsel ihrer Seele und ihrer Unruhe lösen. Und er würde befreit sein. — Alles war dann wieder gut. — Alles würde wieder gut sein. — Der Bann dieser geheimnisvollen, dunklen Einheit zwischen ihr und ihm würde gelöst sein!

Aber! Ihre — Einheit?! Er erschrak. Was hatte er da für seltsame Gedanken?! — Ein Souper?! — Eine — Unterhaltung?! —

Was war denn nur?! — Was — hatten sie vor?! Warum das?! . . .

. . . Es war gegen Mittag, als Donald in seiner Wohnung anlangte.

Seine Stube ist sauber und aufgeräumt. Alles ist blank und in Ordnung.

Ruhig, still und grau dämmert das Licht des Regentages und macht das Zimmer heimisch. Die Weckeruhr tackt auf dem Bücherbrett.

Tief atmet Donald auf.

Ihm ist, als ob eine Hand ihm über die Stirne streicht.

Er sinkt auf sein braves, altes Sofa.

Was denn?! — Was ist denn nur?! — Er lächelt. — Seufzt tief auf.

Alles ist gut. — Alles ist wie sonst und immer. . . .

Aber da bemerkt er ein feines Kouvert, sorgfältig auf die Tischdecke gelegt.

Er erschrickt. Hastig beugt er sich vor und nimmt es an sich.

Sein Herz pochte.

Das Kouvert haucht einen feinen Parfümduft.

Es — ist Uhses saubere, korrekte, perlende Handschrift.

Eilig, mit zitternden Händen reißt er es auf und liest.

„Mein liebster Donald! In der Hoffnung, daß du von der neulichen Attacke inzwischen bestens wieder restauriert bist — Lieber! was hast Du uns für Sachen gemacht! — lade ich Dich für übermorgen Abend zu einer kleinen Fête, die ich bei mir hier haußen abzuhalten vorhabe. — Alle Freunde werden da sein. — Nicht, Du kommst? — Du weißt, wie willkommen Du bist! — In Eile! — Herzlichst! Dein Edwin Uhse."

Donald lachte. Das duftige, sauber zierliche Billetchen anstarrend lachte er vor Freude und unsagbarer Erleichterung. Lachte laut auf.

Was denn?! — Aber was war denn nur?! — Was war ihm denn nur gewesen?!

Er wischte sich über die Stirn. Atmete auf. Unsagbar befreit.

Was hatte er denn da nur alles geträumt?! — Was für dummes Zeug hatte er im Kopfe gehabt?!

Uhse ladet ihn zu einem Abendfest ein. — Hier ist seine Handschrift. — Hier sind seine Worte. — Und so gut, so lieb! So liebenswürdig!

Immer wieder betrachtete er die sauberen Zeilen und las sie, Wort für Wort; erwägte ihren Sinn.

Was sollte ihm denn nur geschehen sein?!

Er würde hingehen. — Er würde einen angenehmen, interessanten Abend erleben. Alles würde gut sein.

Hahahaha!

Er gähnte. Eine süße angenehme Müdigkeit überkam ihn plötzlich. Die Lider wurden ihm schwer.

Er stand auf, zog die Vorhänge vors Fenster, entkleidete sich, legte sich zu Bett und sank in einem tiefen Schlaf. ˉ . .

II.

Aber die nächsten anderthalb Tage war Donald wieder sehr unruhig und trieb sich, ohne sich in das Geschäft zu begeben, in Berlin umher.

Am Nachmittag des zweiten langte er, nach einer schlaflos verbrachten Nacht, in seiner Wohnung an, sich für die Abendgesellschaft bei Uhse umzukleiden.

Er war von der durchwachten Nacht, von den Umherstreifereien der letzten Tage erschöpft bis zum Umsinken. Trotzdem hielt er es nicht fünf Minuten in seiner Sofaecke aus. Mit einer ängstlichen Verwunderung nahm er die automatischen, korrekten und feinen Bewegungen seiner Glieder wahr. Er schien gleichsam von dem Spirit eines sehr korrekten Gentleman besessen und dirigiert zu sein.

Er entkleidete sich und wusch sich über den ganzen Körper mit kaltem Wasser, um das wüste und schwüle Nervengefühl zu betäuben, das ihm die Unregelmäßigkeit der letzten Tage hinterlassen hatte. Alsdann machte er sehr sorgfältig Toilette und tat seine besten Kleider an.

Vor dem Spiegel stehend und sich musternd, fand er, daß er sehr gut aussähe.

Er fühlte sich in einer seltsamen Weise frisch und lebendig; wie von irgend einem köstlichen Ozon belebt. Das leise Knarren seiner Schuhe elektrisierte ihn förmlich und teilte ihm ein Gefühl geschmeidiger Kraft, fast so etwas wie einen feinen, spielenden Übermut mit.

Am Abend stieg er in eine Droschke und fuhr zu Uhse hinaus.

Donald fand sie alle beieinander im Besuchsraum.

Faſt der ganze Café-Klub war erſchienen; dazu ein paar andere, beſondere Freunde Uhſes; vor allem auch Dr. Wolffohn und Dr. Fuchs.

Die Tür zum Garten ſtand weit offen, und der ſchöne Spätfrühlingsabend legte ſeine bleichen Mondreflexe in das Geranke des japaniſchen Hopfens, der die Vorlaube über= wucherte; trug den Duft der Fliederbüſche, der Roſen und der Nelken von ihren Beeten herein.

Der ziemlich große Raum war mit Menſchen faſt ge= füllt. Zwiſchen der dunklen und exotiſchen Ausſtattung ſtanden ſie in Gruppen und plauderten unter der lichten, funkelnden Pracht des großen, venezianiſchen Kronleuchters, den Uhſe von einer italieniſchen Reiſe mit heimgebracht.

Der erſte, der ſich mit Donald begrüße, war Jsmael Fink. Seine braunen Locken, ſorgfältig und phantaſtiſch vom Friſeur geordnet, machten ſich mit dem diskreten Schimmer ihrer Reflexe ſehr intereſſant zu ſeinem etwas runzligen Leberteint und den prächtigen Goetheaugen. Er trug eine mattſchwarzſeidene Weſte mit phantaſtiſchen, er= habenen, dunkelglänzenden Arabesken. In ſeiner zarten, bauſchigen Krabatte blitzte ein Brillant. — Er unter= brach, als er Donald wahrnahm, der langſam und ein wenig zögernd eingetreten und für ein paar Augenblicke in der Nähe der Tür ſtehen geblieben war, eine Unter= haltung mit einem jungen Architekten, einem prächtigen, luſtigen Rheinländer, der zuweilen im Klub verkehrte, und den Donald ſehr gern mochte, und ſtreckte Donald mit einer graziöſen läſſigen Geſte ſeine kleine, feine, elfenbein= bleiche Weiberhand entgegen.

Einen Augenblick muſterte er Donald mit ſeinen großen, blaſiert gelaſſenen Augen; dann ſagte er:

„Er! — Gegrüßt, o Endymion! — Gegrüßt, o

Adonis! — Der Weißgoldene Dunkle, mit den blauen Augen! — Schön wie Endymion im küssenden Glanze Lunas! — Nun, gegrüßt! Gegrüßt!"

Donald fuhr ein wenig zusammen. — Ismael konnte so seltsam sein! — Seine Reden, bei denen er sich so wenig dachte, konnten erschrecken wie die Worte einer Pythia.

Er hatte seine Hand einen Augenblick dem Drucke von Ismaels Hand überlassen; dann schritt er scheu und langsam, ohne Ismael auch nur mit einem Wort erwidert zu haben, ratlos und gleichsam mit allen Nerven tastend in einer Art von traumwandelndem Zustand vorwärts.

„O ton Adonin! — O ton Adonin!" flüsterte Ismael, der ihn mit seinem gelassenen Blick verfolgte.

Plötzlich aber machte Donald, von einem sonderbaren kleinen Chok getroffen, unentschlossen und fast bangend Halt.

Er sah Nelly.

Er hatte sie zwischen den Gruppen wahrgenommen wie einen Lichtschimmer, auf den er unbewußt und unwillkürlich zugeschritten war. — Er hatte keine Gedanken. —

Er wußte nicht, was oder wen er sah. — Er hatte auch kaum irgend eine bewußte Absicht gehabt, sich zu nähern.

Und nun sah er, daß es Nelly war.

Sie saß in einer lichten Toilette mit schimmernden, nackten Schultern und entblößter Brust auf dem Divan neben Inge Larsen, der kleinen hübschen Frau eines auf der Durchreise begriffenen dänischen Malers.

Ein feiner kühler Schauer rann ihm um das Herz. Aber in seinem weißen Gesicht, das seit Tagen in einem bangen, tastenden Ausdruck erstarrt schien, änderte sich keine Miene.

Seine Blicke hafteten an ihren Augen, wie magnetisch festgehalten.

Er hatte eine seltsame Empfindung: in diesem Moment schreckte ihn die Illusion, er sähe sein eigenes Gesicht; er stände sich selbst gegenüber . . .

Was — war — das?!! . . . Was — war das nun wieder?! . . .

Sie sagte nichts, wie sie ihn erblickte; sie rief ihn auch nicht an. Aber sie hatte ihre Unterhaltung mit Frau Larsen unterbrochen und blickte ihn an; mit einem sonder= baren, starren, idolhaften Blick blickte sie ihn an.

Uhse . . . Uhse — stand — auf der anderen Seite des Divan mit Herrn Larsen . . .

Er nahm ihn wahr, ohne daß seine Augen einen Mo= ment von Nellys Blick abgewichen wären.

Von diesem Blick gezogen, wie im Traum, fließende lichte, farbige, blitzende Nebelkreise vor den Augen taumelte Donald auf Nelly zu.

Er wollte ihr etwas sagen. Aber es war ihm un= möglich, ein Wort über die Lippen zu bringen.

Halb unbewußt streckte er ihr, doch nicht ohne einen wunderlichen kleinen, zögernden Ruck, die Hand ent= gegen.

In der ihren war ein Beben.

Warum — bebte sie?!!

Er erschrak. Es durchfuhr ihn mit einer Angst.

Unbewußt hatte Nelly ihm die Hand gelassen; unbe= wußt hatte er sie gehalten. Beide Hände zuckten im Be= streben auseinander zu kommen, und verweilten doch in= einander.

Endlich entzog ihr Donald die seine.

„Nun?“ hatte sie gesagt.

Wie süß krampfig ihr Lächeln war?! — Wie — weiß ihr Gesicht?! — Wie ihre Zähne schimmerten?

Aber — ihr Blick war — ausgewichen?!

„Mein lieber Freund Donald Wegener!" stellte Uhse Donald Herrn und Frau Larsen vor, nachdem er ihn selbst begrüßt.

Donald hatte Herrn und Frau Larsen einen ungewissen Blick zugeworfen.

Er sah sie wie durch einen Nebel.

Er wußte und empfand nichts, als daß Uhse ihn in einer besonderen Weise gemustert hatte; und das hatte ihn in Erregung versetzt.

Er spürte einen dunklen, irritierten Groll.

Es war ihm unmöglich, hier zu verweilen.

Es war, da er nichts sprach, ein kleines Schweigen entstanden, währenddem man ihn, der seine Augen niederrichtete, mit einem wohlwollenden Interesse, das ihn reizte und verlegen machte, anblickte.

Langsam trat er von ihnen weg und schritt durch die Gruppen hindurch, ohne diesen und jenen Bekannten, der ihm einen Gruß zurief, zu beachten.

Er zog sich in den Hintergrund gegen den Flügel hin zurück und stellte sich hier, abseits und von ihnen unbemerkt, in die Nähe Ismaels und des Architekten.

Wie in einer Hypnose erstarrt stand er. Nur seine Finger krampften sich leise in der großen Flügeldecke aus japanischer Seide.

Er vermied es, in die Gesellschaft hineinzublicken. Er krampfte sich vor dem Geräusch dieser Unterhaltungen, vor den bunten Eindrücken dieser Toiletten, den Schimmer all des weißen entblößten Fleisches fliehend gleichsam in sich selbst hinein, ein wehes zuckendes Vibrieren spürend, wenn ihn auch nur der leiseste Luftzug eines Vorüberschreitenden berührte.

Seine Blicke waren auf das offene Fenster gerichtet und auf das magische Bild des blauen Mondabends draußen.

Alles in ihm starrte in einem feinen, kühlen, zurückgestauten Grausen.

Denn wieder hatte er's mit der fürchterlichen Illusion, daß er dies alles hier um sich herum träume; daß er eigentlich noch drinnen in der Arbeitsstube auf der Chaiselongue liege; und die beiden wunderlichen Schlangen ringeln sich um die trüb brennende Hängelampe und ziehen in seinem Gehirn so merkwürdige, kühle Spiralen; daß dies die wahre, gegenwärtige Wirklichkeit sei und daß dies hier alles um ihn her nichts als die Gebilde eines magischen Traumes sei.

Dieser — wunderliche Ozon, der von dem Garten hereindringt?! — Dieser Duft! Dieser schwere Duft wie von fremden exotischen Blumen?! — Dieses seltsame, tiefe, leuchtende Blau mit den hohen, bleich blinkenden, flinkernden elektrischen Funken drin?! Diese still ragenden erstarrten, dunkelgrünen Massen mit den hohen, vollentfalteten, lichten Rosen davor, die wie magische Traumidole sind?!

Einen Augenblick wirbelt ihm alles durcheinander. Er ist im Begriff in einer Ohnmacht zusammenzubrechen. Aber das feine Knarren seiner Schuhe, das Gefühl des weichen Tuches seines Gesellschaftsanzuges; die Toiletten, die Bewegungen und Gesten, die ihn umgeben; der Rhythmus der Gespräche; die flüchtigen, leise ineinander und durcheinander gehenden, ungewissen Eindrücke der Gesichter, Glieder, Toiletten, Gegenstände: sie sind wie Winken,

Gleiten, wie Wehen, Geflüster; wie flüsternde, magische Worte; sie artikulieren sich so seltsam; wollen wie zu Gehörshalluzinationen werden; sie sind wie hundert ihn heimlich und mystisch umraunende Suggestionen und zauberische Einwirkungen, die ihn — zu welchem Zwecke? — halten; die ihn unabhängig von seinem Willen bestimmen und mit einer seltsamen Elastizität aufrecht halten?!

Was — sollte — es?!

Was — wollte er hier?!!

Was — wollten sie von ihm?!!!

Was sollte — werden?!!

Ein wunderliches, heimliches Vertrauen stiehlt sich plötzlich in sein Grauen und stillt seine jäh aufschwingenden, eisigen Wellen; dämmt sie; zwingt sie in eine seltsame, gedankenferne, lauschende, empfangende Stille.

Und — Uhse?! — Und — Nelly?!

Ein — Groll?! — Ein — Zorn?! — Ein — Unwille?! — Eine Frage?!

Immer dieselbe geängstete, staunende, grimmende Frage! . . .

Da fährt er zusammen.

Eine Bewegung war in die Gruppen gekommen. — Die Flügeltür zu dem Arbeitszimmer gab den Blick in eine fast elektrische Helle.

Man reichte sich den Arm und begab sich zu Tisch.

Ismael, der keine Dame hatte, faßte Donald unter den Arm und führte ihn den Andern nach hinein.

In der Mitte des Raumes stand unter der lichten Gaskrone eine lange weißgedeckte Tafel mit Blumensträußen und strahlenden Kerzen auf zwei altsilbernen Armleuchtern zwischen einer blinkenden Pracht feinen Geschirrs und blitzender Gläser.

Wie?! . . .

Donald schrak zusammen. Mit einem Mal war — Uhse bei ihm?! — Er nahm Donald unterm Arm und führte ihn, fast wie man eine Dame führt, ihm liebenswürdige Worte mit einem schonenden Wohlwollen zuflüsternd, zu einem Stuhl.

„Hier, bitte! Donald, mein Lieber! — Nimm Platz!“

Mechanisch ohne Uhse zu beachten, trat Donald zu dem Platz und ließ sich nieder . . .

Uhse — stand noch hinter ihm?!

Lächelnd auf Donald niederblickend, beide Hände auf der Stuhllehne, verweilte er.

Gleichsam vor ihm fliehend, in einem wunderlichen unwillkürlichen Widerwillen, einen leisen kalten Schweiß auf der Stirn bog Donald sich nach vorn und nahm, halb unbewußt, die Karte vom Weinglas. — Sie zeigte — einen blonden Mädchenkopf?! — Zwischen Goldarabesken und Vergißmeinicht, und darauf stand: — „Dem Liebling“. . .

Mit einem schnellen, kurzen Ruck, als hätte er sich verbrannt, warf Donald die Karte auf den Tisch und blickte, bis ins Innerste erbleichend, vor sich nieder.

Er fühlte, wie Uhse sich in diesem Augenblick hinter ihm entfernte . . .

————————————

Die Mahlzeit war beendet. Sie hatten sich wieder in das Besuchszimmer zurückbegeben. Man saß und stand umher. Man plauderte.

Donald befand sich jetzt am Ende des Flügels, der aufgeklappt stand, ganz in der Nähe der Tür zur Vorlaube, wieder unfern von Ismael und dem Architekten, zu denen sich inzwischen noch einige andere männliche und weibliche Klubgenossen gesellt hatten. — Die Unterhaltung

hatte einen angenehmen, diskreten Rhythmus. Hin und
wieder ging ein melodisches Frauenlachen daraus hervor
wie ein Sonnenblitz. — Das naive, prächtige Lachen
‚Mauriçons‘, der auch unter den Gästen war! — Wie
Lerchengezwitscher klang das Kopenhagener Dänisch der
kleinen hübschen Frau Larsen hervor. Man hörte Uhses
aufmerksame, feine, gehaltene Sprechweise. — Neben Donald,
bei Ismael und dem Architekten, schwatzte eine quippe
kleine rotwangige und blitzäugige Malerin, mit nußbraunen
Ringellocken und einem lichtblauen Kleid nach altgriechi=
scher Art, wie eine Silberschelle.

Plötzlich aber, mit einem angenehmen Übergang, ver=
ebbten die Gespräche und Stille trat ein.

Ein krauslockiger junger Pole mit einem lichtblonden
Kinnbärtchen hatte sich an den Flügel gesetzt. Er galt
für einen genialen Klavierspieler.

Beethoven! — Die Pathetique!

Donald lauschte mit jeder Fiber. — Leise, leise
wurden seine Blicke, die in den mondblauen Hopfen und
die große goldene Mondscheibe drüber starrten, lebendig;
ein tiefer, unbewußter Atemzug entrang sich seiner
Brust. —

Die Pathetique! — Beethoven!

Und nun schließt, mit seiner herrlichen Gewalt, der
letzte Akkord ab.

Und — Stille!

Nur draußen, aus den Fliederbüschen, aus der warmen,
duftenden Sternennacht hervor, plötzlich befreit, der laute
metallische Triller, das süßflötende Schluchzen einer
Nachtigall.

Man vernimmt sie. Aus dem tiefen Schweigen lösen
sich ein halblautes Lächeln, ein flüchtiges Flüstern.

Und nun, wieder! plötzlich anhebend: die Akkorde der Mondscheinsonate, durchwebt von den Trillern draußen; von dem süßen flötenden Ziküth.

Und Lauschen! — Entrücktheit! — Und selig befreites, süßes, warmes Aufzucken; ihn erschütternd, an ihm rüttelnd wie mit einem innersten, nach Freiheit trachtenden — Weinen??! —

Und wieder — Stille.

Er erschreckt. — Warum bricht es ab?!

Lauter, geräuschvoller, härter als vorhin erheben sich die Gespräche.

Irr blickt Donald umher. Fast böse und gereizt. — Die Unterhaltung zuckt ihm so weh durch die Nerven; peinigt ihn mit wunderlichen schwülen, seltsam schreckenden, dunklen Unlustgefühlen. — Der Schall der Nachtigall draußen, in seinem süßen Rhythmus brutal zerrissen, ist mit einem Mal hart und schrill wie die Töne einer tönernen Wassertrillerpfeife.

Er liegt mit dem Rücken gegen den Flügel. Der Schmerz, den ihm die scharfe Kante verursacht, tut ihm gut. Er sucht, er hält, verstärkt ihn. — Seine Augenlider drücken und brennen. — Seine Glieder zittern, frösteln. Schwüle und Kälte schauern durcheinander. — Er starrt in den Garten hinaus. Die dunklen Laubmassen der Büsche schrecken ihn. Die starre, gelbe Mondscheibe grinst wie ein Gespenst durch die Hopfenranken.

Er fährt herum. Mit verstörten Blicken wendet er seine Aufmerksamkeit wieder der Gesellschaft zu. — Wieder herrscht Stille.

Ach so! — Es ist für diesmal Ismael. Er will Gedichte vortragen.

Er steht vor dem großen Spiegel bei der Rokoko=
kommode, neben dem Schrein mit der Buddhastatuette und
liest beim Kerzenschein eines der altsilbernen Armleuchter
Folgendes:

Tristan und Isolde.

Die traurige Weise!
Und wieder das rauhe Nordlandmeer.
Endlos die wilden Wogen daher;
Und so zag und leise
In der brüllenden Öde die stille Weise. —

Eurer Wonneleiben,
Eures einzigen Schicksals banges Seelchen,
Ihr Beiden! . . .

Bangste Lust, seligstes Leid:
Urmeergeboren erlöst,
Selig befreit
In die ewigen Kreise.

Die stille Weise
Ursinn der ewigen Kreise . . .

Die stille Weise. . . .

Donald stiert ihn an. — Warum das?! — Was
soll das?! — Was — hat es zu bedeuten?! — Es —
hat etwas — zu — bedeuten?! — Will etwas — sagen?!
Was für dunkle, fürchterliche Gedankengänge steigen in
ihm auf?! — Was er nur für sonderbare und fremde
Gedanken hat?! —

Das Wort.

Die langen öden flackernden Vorstadtstraßen! — Die Winter=
straßen!
Einen Hageren, Dunklen, Tiefäugigen seh ich.
Zitternd, im schlechten Kleid, drückt er sich durch das treibende
Gewühl;

Durch Frost und wirbelndes Flockenspiel.
Durch das Gewühl der Vorstadtstraßen; durch das Rauschen und
Brausen der Kraft.

Einen Suchenden seh ich.
Durchschüttert vom Strom der Kraft,
Liebend beschleichend die Kraft.

Und ich sah das werbende Wort.
Das Wort der Kraft . . .
Das neue Wort . . .

Wie sie sind! — Wie sie ihm alle erscheinen! —
Sind sie nicht — Worte?! — Sind denn Worte nicht
Gestalt, Form und Farbe?! — Sind denn Gestalten,
Formen und Farben nicht Worte?! — Worte! —
Wort! — Warum es in ihm nur immer so — ‚Wort‘
spricht?! . . .

Die Schaumkrautwiese.

Müd' komm ich und spiellustig von zwölf Arbeiten zu den
Nymphen, zu der Schaumkrautwiese.
Heiah! Zu der weißen Schaumkrautwiese! —
Kränze ihr Nymphen! Schaumkraut-, weiße Schaumkrautkränze,
aber goldknöpfige Sternstrahlblumen hinein!
Heiah! Und nun schlingt, schlinget den Reihn!
Dickbäuchiger Silen, lächelnder, rosenbekränzter, epheugeschmückter,
träumerischer: aus deinem Schlauch schenk' ein! —

Rotroten Wein! . . .
Braunes Faunvolk ist da; hüpft und hopst; bläst Syrinx, Flöt'
und Schalmei'n!
Und Liebe! Liebe! Liebe!!
Dunkellust! Wilder heißdrängender Funkelstrom! Glutstrom!
Systrengeklirr kichre durch schamlose Lieder!
Heiah! Nackteste Lieder!

Silberlachen! Silberlachen!
Selig schaukelnde Flut, in der ich träume!
Silbernachen
Durch dunkle Weltenräume!

Über alles, alles, alles wollen wir lachen,
Denn weise ist diese
Dunkellachende, sonnenselige Schaumkrautwiese! . . .

Wie?! — Eine — Flamme?! Hoch, rein, klar —
hellenisch?! — Wie?!!! —

Und jetzt: trüb?! — Schwül, glühend?! — Dicht
und dichter?! — Fressend?! — Wird dick, dick?! Stoff?!
— Ballt sich?! — Wird schwer?! Bleischwer?!

Donald zittert. Ein kalter Schweiß tritt ihm aus
der Stirn.

Woher — kommen ihm denn nur — diese — sonder=
baren Gedanken?! . . .

Weltendämmerungen.

Weltendämmerungen!
Und der neue Wille, der sich bereitet. —
Aus ihren uralten Felsennestern,
Von den Höhen,
Von Stürmen umbraust,
Von schwarzen Wettern umdunkelt,
Von bleichen Blitzen überflogen,
Kommen sie zutal,
Die Söhne der ewigen Unrast,
Die Ewigkeitskünder,
Und suchen ihre Schwestern,
Die wilden, fröhlichen Töchter der Sonne —
Und wollen in den Tälern wohnen —
Und wollen zeugen . . .

Aber in diesem Augenblicke wird vom Hintergrund her
die kräftige Baßstimme Mauriçons laut, der sich bei

Beginn der Vorträge mit einem älteren Herrn zu einem Speech in das Arbeitszimmer zurückgezogen hat.

In die eingetretene Stille hinein dringt es plötzlich laut und kräftig:

„Also! Was soll ich Ihnen sagen?! Verpolwert ihr janzes Vermögen; un' denn heirat't e' se un' wird solide!"

Es wird „Pst!" gerufen.

Aber Ismael hat seinen Vortrag geendet und tritt von der Kommode weg. Mit seiner gewöhnlichen, gelassen gleichgültigen Miene.

Er ist schon wieder in irgend einem Gedicht.

Donald hört ihn, wie er, sein Manuskript in die Brusttasche zurücksteckend, zum Flügel herüberkommt, flüstern.

. . . . Es werden Wein und Erfrischungen herumgereicht Der Sekt wird aus flachen, fußlosen Schalen getrunken. — Die Gespräche und Gesten werden lebhafter. Gläser klingen an. Es wird gelacht. . .

. . . Aber wieder setzt sich der junge Pole vor den Flügel. Er spielt die Tannhäuser=Ouvertüre. Aber es ist die Pariser Bearbeitung mit dem Bacchanale.

Es wird Beifall geklatscht.

Danach entsteht in einer Ecke ein kleiner Aufruhr. Man drängt sich um Ewald und bestürmt ihn, eine Improvisation zum besten zu geben. Ewald ist ein Meister im Improvisieren; und im natürlichen Vortrag kann er hinreißen. — Er sagt schließlich zu und vereint sich mit dem Polen zu einem Arrangement, das er in Vorschlag bringt. Der Pole soll Ewalds Improvisation mit einem Lisztschen Musikstück begleiten. Er macht ihn mit dem Sinn und Gang der Improvisation vertraut, dem der Pole den Vortrag des Musikstückes anzupassen haben wird.

Die Ankündigung der Improvisation wird mit lautem Beifall aufgenommen.

Ewald ist ein mittelgroßer, schlanker, dunkeläugiger Mensch mit einem bräunlichen, zerfurchten und zerwühlten Gesicht, in dem ihm die großen runden Augen wie zwei Feuerkugeln brennen. Seine schwarzen Locken hängen wirr in die breite zerklüftete Stirn. Nicht gerade aus bewußter Genialität. Er ist ein lieber gescheiter Kerl von einer unbekümmerten Lebhaftigkeit ohne jede Pose. — Wohl aber ist er bereits wieder angetrunken. Er improvisiert dann am besten. Je betrunkener er ist, um so mehr lodert und braust sein Genie.

Er eilt durch die Gruppen auf ein Konsol zu, von dem er einen rubinroten Pokal herabhebt. Er schüttet diesen Pokal voll Sekt, leerte ihn ohne abzusetzen und stellt sich dann, von den Anderen umgeben, mitten in den Raum, während der Pole sich an den Flügel begibt.

Es ist die ‚Fantasia quasi Sonata,‘ die ‚Dante=Sonate‘ von Liszt, die der Pole als Begleitung zu Ewalds Improvisation vorträgt. Gelegentlich hatte Donald sie im Beethovensal der Philharmonie von Meister Conrad Ansorge, ihrem unvergleichlichen Ausdeuter, zum Vortrag gebracht gehört. Es war ein mächtiger Eindruck gewesen, der ihn noch lange beschäftigt und noch lange in ihm nach=gewirkt hatte; damals.

Es begann mit einem differenziert durchgeführten Motiv, das in einen stoßenden, jagenden, wirbelnden Übermut — so empfand er es wunderlich jetzt, in diesem Augenblicke — überging. Wilde, rasende, lärmende Tonparabolen und Kurven prasselten durcheinander. Es war wie das Purren riesiger Mottenfittige. Eine Ausgelassenheit über alle Maßen. Eine Ausgelassenheit von einer infernalischen, dämonischen

Kraft. Rattern, Prasseln, Sausen, Schwirren. — Irgend
ein unerhörter krachender Zusammenbruch. Ein Chaos,
aus dem doch hundert Farben und Gestalten hervorblenden.
Ein Höllentanz. Ein glänzender, blendender, betäubender,
vernichtungstoller Hexensabbath. — Alles stürzt zusammen
und wild ineinander. — Alles ist entfesselt. Alles! —
Alles reißt auseinander, ineinander; schießt in wild-
prächtigen Schwingungen hin und her. — Aber nein!
Es schlingt und krümmt seine Spiralen. Immer von
neuem muß es sich zusammenfinden und seine Macht
runden und binden; sich wiederfinden. — Alles ist —
Spaß?! Donald steht in diesem Moment im Begriff,
in ein Lachen auszubrechen. — Nun kichert es wieder,
wispert, flüstert, kost, sinnt, trauert. Es lacht wie Silber-
schellen; tändelt, wirft Seidenbänder; läßt Seide knittern;
läßt Fächer rauschen; schweigt mit einem Mal. —
Schweigt! — — Und plötzlich alle Raserei, — alle!
— von neuem entbunden. — Schroffe, wilde Übergänge und Überraschungen. — Es ist alles, alles,
alles erlaubt. — Denn nichts kann sich verlieren. —
Alles ist — gebunden. — Alles, alles, alles erlaubt!
— Alles erlaubt! — — Alles — erlaubt?!! — Wie
benn?!! — Was sollte es heißen?!! — Wie kommt er
benn auf diesen Gedanken?! Wieder jagt die rätselhafte
Angst in Donald in die Höhe . . . .

Ewald seinerseits hat eine Weile dagestanden, den
Kopf zurückgebogen, die Augen geschlossen, in sich versunken. Eine tiefe Stille umgibt ihn. Alle Blicke sind
auf ihn gespannt.

Plötzlich, leise geht es durch das Zimmer:

„I say: Fancy! — Tine!"

Seine Augen beginnen sich leise zu öffnen.

„Multatuli!" — Multa tuli . . ."

Wie sein Gesicht sich neigt; mit den wirren schwarzen Locken! — Wie seine Augen düstern! — Wie bleich und trüb seine Falten wittern! . . .

Jedes Wort, jeder Hauch: Leben! Wahrheit! —

„I say: Fancy! — Tine! — Tine! Serpentine! — — Belle! Bella! Beautiful! — — Hahahaha! Bob! — Er will ihr gefallen! — Der — Lady! — Der Laaady!! — Fancy! — Tine! — Der — Lady! — —

Wie sie fleht! — Zärtlichkeit im Blick, Bewunderung! Mitleid, Schelmerei, Angst, Neugier, Bangen, Furcht! — Bob!! — Zurückhalten; Entfachen; Schüren; Sieg; Triumph! — But . . . But , . . Oh! — You are too violent?! . . . Belle! Bella! Beautiful! — Du — Schöne! —

I say: Fancy! — I will say: Tine! — For ever! — For ever!

For ever! — Sei's der Toast! — Der Toast auf die Damen! — Toast der Dame!

A la vôtre! — Lady! Fancy! Tine!

Serpentine! — Tanze! Tanze!! Tanze!!! — O tanze deinen Reigen! Tanze!

Aus dem Grauen kommt der Graue. — O höre, höre, höre ihn! — Seine Sehnsucht geht nach den Wundern deiner Feeerieen! — O, sein Gebet geht nach der Wahrheit! O, nach Deinen Feeerieen!

Denn immer, immer, immer steht seine Sehnsucht nach der Wahrheit! Nach dem Sinn! —

O lebe, lebe, lebe! — Belebe dich! — Gib ihm Leben! Tanze! Zeig' ihm den lachenden Sinn! Zeig' ihm die Seele der Notwendigkeit! Zeig' ihm die Schönheit! — Enthülle dich! Entfalte dich! Entfalte deine

Feeerieen! — Denn immer steht seine Sehnsucht nach dem Sinn, nach der Seele der Notwendigkeit; nach dem Lachen letzten Sinnes!

Belle! Bella! Beautiful! — Lady! Fancy! — Fürchte ihn nicht! Versteh' ihn! — In ihm ringt ein ungeborenes, vorbestimmtes Wort der Notwendigkeit! —

Tanze! Mach' ihn lachen!

Tanze! Entfalte deine Schleier! — Laß deine Schleier ihn umrauschen! Entfalte dich! — Zeig' ihm den Rausch! Zeig' ihm die Feeerie! Zeig' ihm die lachende Wahrheit!

Entfalte! — Sonne lacht und Himmelsblau! — Blüten duften aus deinen Falten! — Lerchentriller jubelt hervor! Hyazinthenduft! — Was für Triangel! — Zeig' ihm, daß du die Seele des Lenzes bist!

Entfalte! — Breite heißer! Laß alle deine Rosen duften! Laß all deine Sterne funkeln! — Zeig' ihm, daß du alle Fülle, alles Glühen, alles Lodern, alle Lust bist! — Zeig' ihm, daß du die Seele des Sommers bist!

. Entfalte! — Linder und doch bunter! — Zeig' ihm dunkel glühende purpurne Symbole; verheißende, süß verbürgende ewiger Dauer! — An der Schwelle — zeige sie ihm! — An der — Wende! — Alle Früchte, alle Erfüllungen, alle deine Farben: breite sie vor ihm aus! — Du Seele der Erfüllungen! Du Seele der Reife!

Entfalte! — Feierlicher! — Zeig' ihm weiten, weißen Frieden mit dem taumelnden Gewimmel beseelter Funken; die Unendlichkeiten, in denen die Seele erlischt. — Zeig' ihm den tiefen, kühlen, feierlichsten Blick! Zeig' ihm deinen tiefsten Reigen! — Zeig' ihm die Nacht der Weihe! — Zeige ihm Ewigkeit! Zeig' ihm kühle, weiße Ewigkeit!

Belle! Bella! — Fancy! — Du — Schöne!

Immer schön! Denn immer — notwendig!

Sieh! Dies alles hat er errungen! Dies alles ist Sein und Seines Willens!

Fancy! — Tine!

I say: Fancy! — For ever! For ever!" . . .

Ein lauter Jubel bricht los. Ewald hatte geendet. Alle umbrängen ihn.

Aber Donald hat nichts gesehen außer — Nelly.

Während Ewalds Vortrag ist sie langsam in der Tür des Arbeitszimmers erschienen und hat dort ge=standen, so lange der Vortrag dauerte. — Wie eine Er=scheinung in ihrer weißen Toilette. Nichts war dunkel an ihr, als ihre großen blauen Augen in ihren Schatten.

Sie — scheint etwas zu — suchen??!

Unwillkürlich versteckt Donald sich hinter Ismael und dem Architekten.

O doch?! — Sie — sucht??! Ganz deutlich nimmt er wahr, wie sie nach Jemand sucht! —

Ihn?! . . .

Weshalb — meinte er — daß sie — ihn suche?? . . .

Aber jetzt, wie Ewald geendet, und der Jubel losbrach, hat sie sich aus dem lichten Glanz der Gaskrone und der Kerzen gelöst, und ist zögernd, einen Moment wie — tastend, in das Zimmer getreten.

Langsam, schwebend, schimmernd wie ein Idol, schreitet sie vorwärts.

Sie gerät an eine Gruppe. Sie verweilt. — Spricht. —

Aber — jetzt!! — O, er fühlt jede leiseste ihrer Bewegungen und Gesten! — Nur das! — Sie streichen an seinem Gesicht, an seinen Gliedern hin wie magnetische Hände.

Jetzt! — Sie ist — zerstreut?! — Sie entfernt

sich?! — Schreitet — langsam! und doch — er fühlts! — mit bebenden Schritten weiter. — Ihre Augen — suchen . . .

Und jetzt — schreitet sie schneller — hinter der Gruppe vorbei, die Ewald mit Weingläsern und Sekt= schalen umdrängt.

Sie ist — im Freien! —

Ismael hat sich mit dem Architekten entfernt. — Donald ist allein und frei. — Sie stehen beide hinten beim Fenster am Flügel und sprechen mit dem Polen.

Donald steht völlig allein und blos. —

Er hat den anderen den Rücken zugewandt. Er blickt durch die Tür. Der Atem stockt ihm. Vielleicht — geht sie — vorüber . . .

Aber jede Fiber in ihm ist ihrem Nahen entgegen= gespannt. Er vernimmt das leise Knistern und Rauschen ihres Kleides.

Jetzt! — Ein feiner Parfümduft! — Eine unsag= bare Wahrnehmung, die ihn zwingt, sich zu wenden.

Sie steht bei ihm.

Sie blickt ihm in die Augen.

Sie blicken sich in die Augen.

Sie ist — sehr weiß.

Sie — sagt nichts?! — Redet ihn nicht an?!

Was — meint sie?!

Was — will sie?!

Warum — spricht sie ihn — nicht an?!

Sie — bewegt die Lippen?! — Macht eine halbe Geste?!

Sie — wendet sich. Tritt in die Tür. · In den blauen Mondglast.

Sie zögert.

Sie — wendet sich noch einmal. Blickt — ihn — an?! . . . Warum blickt sie ihn denn nur immer so an?! —

Aber — jetzt ist sie in der Vorlaube. — Verschwindet hinter dem Türpfosten.

Stille! —

Es ist eine lange, rauschende Stille.

Aber — da! — Er ist zusammengezuckt. — Was — hat er gehört?!!

Was . . . Was . . .??! . . .

Seine Finger zerren an der Flügeldecke.

Jaja!

Wirklich!! — — —

Sie ruft ihn an?! —

Zwei dunkle Augen blicken einen Moment um den Türpfosten herum. — Verschwinden wieder. —

Schnelle, eilige Schritte leise über den monblichten Kies.

Drüben, in der Laube, ihre Gestalt!

Ihre Hand stützte sich auf den Tisch.

Sie — blickt — herüber?!

Donald steht jetzt fast in der Tür.

Beide sind sie sich jetzt zugewandt.

Sie blickt — herüber?!!

So — unverwandt?!!

Was — will — sie denn nur??!!

Er tut einen zitternden Schritt vorwärts. — Wie gezogen. — Zaudert aber wieder.

Aber nun — tut er leise, behutsam, ein paar hastige Schritte.

Er ist am Eingang der Vorlaube. — Bleibt stehen. — Zaudert. — Starrt. — Unverwandt blickt sie ihn an —.

Langsam schreitet er, leise, mit zitternden Knieen über den Kiesweg zur Laube hin. — Steht bei ihr. — Blickt sie an. —

Sie — blicken sich an.

Was — ist denn nur?! — Was will sie denn nur?!

Fest sind ihre Lippen geschlossen. — Ihre Brust stürmt. —

Vor Angst ist er wahnsinnig.

Sie ist weißer als der Mondschein. — Weiß wie Marmor. — Ihre Brust, ihre nackten Schultern, ihr Nacken sind — weiß — wie — Marmor . . . Taumelnd weiß. —

„Nun?! — Nun?!" stößt sie hervor.

Was — meint — sie . . . Was — meint sie?!! Wie nur ihre Stimme ist?! — So ein — unbestimmter Ausdruck?! Einen Moment zuckt er zusammen. Lachte sie?! — — — —

Er muß sich zwingen, um nicht aufzubrüllen. Vor Wut?! Vor . . . vor . . .

Aber — Ach! — Er — wird — ohnmächtig . . .

Sein — Kopf taumelt auf ihre Schulter zu. Auf ihre nackte, warme, schimmernde, duftende Schulter zu. —

Er — will sich — halten . . .

Da! — Ihre Augen weiten sich. — Ihre Lippen ziehen sich krampfig auseinander. — Ihre Zähne leuchten. — Ihr Atem jagt. — Schneller und schneller. — Wird laut. — Wird sonderbare, irre, ungewisse Laute. —

Lachen?!! — Weinen?!! — Lachen?!!! . . .

Sie — duckt ihre Schultern?! Rafft ihr Gewand?! Stürzt an ihm vorüber durch den Garten. Auf die Vorlaube zu. — Lacht?! — Lacht?!!! . . .

Ist — in der Tür — verschwunden?!! . . .

Einen Augenblick starrt er.

Aber plötzlich macht ihn eine unsinnige Angst lebendig.

Er stürzt durch den Garten; in das Zimmer.

Es — schreit Jemand?!! — Sie drängen sich an der Tür zum Arbeitszimmer.

Nelly?!! — Weint?!! — Kreischt?!! — Lacht?!!

„Er hat mich — verworfen?!!" Sie ruft etwas?!
„Er — hat mich — verworfen?!!"

Sie lacht! Lacht!! —

Ver—worfen . . .???! . . .

III.

Uhse hatte Donald gebeten, nach Hause zu gehen. — Er hatte die Befürchtung ausgesprochen, daß Donalds fernere Anwesenheit den Anfall Nellys noch steigern könnte. Übrigens hatte er gefunden, daß auch Donald selbst leidend sei.

Es war Donald aber aufgefallen, daß Uhse nach nichts gefragt, daß er keinerlei Verwunderung ausgesprochen hatte.

Uhse war sehr aufgeregt gewesen: aber etwas im Ausdruck seines Blickes hatte Donald durch all seine Unruhe hindurch stutzig gemacht.

Irgend eine Wahrnehmung, irgend eine plötzliche dunkle Gewißheit, irgend eine rätselhafte, blitzschnelle Kombination war irgend einem — dunklen Verständnis in ihm aufgegangen.

Und da hatte er einen sonderbaren Antrieb gespürt. Vor einem plötzlichen Abscheu, ja vor Haß hätte er, wären seine Affekte in diesem Augenblicke wie überhaupt in dieser Zeit durch all diese verwunderlichen und mysteriösen Hemmungen nicht aus ihrer Bahn gebogen worden, Uhse die Faust in's Gesicht schlagen, hätte er ihn bei der Gurgel packen können wie den ersten, besten Hallunken . . .

Ein jähes, eisig erschreckendes Mißtrauen! Ein sonderbarer, unbestimmter Verdacht! Ein plötzlicher Affekt, der dennoch durch einen betroffenen Ekel und Widerwillen sich gehemmt fühlte. — Noch nie hatte Uhse ihn so geradezu bis zum Grauen abgestoßen, wie in diesem Moment! —

Uhse hatte Donald, indem er ihm die Hand zum Abschied hinzuckte, die Donald nicht wahrnahm, direkt in's Auge geblickt; aber es war gewesen, als ob er durch Donald hindurchsähe. Und seine Worte waren so hastig, so sonderbar zerstreut und ungeduldig gewesen. —

Und was für eine merkwürdige — Gier nur in seinem Blick gewesen war?!

Auf was — hatte sie sich gerichtet?!

Völlig war es der Ausdruck einer kalten, triebhaften, vergessenen Gier gewesen.

Ja! Etwas geradezu Grauenhaftes hatte dieser Blick gehabt. Ein jäher Schreck hatte Donald bis ins Innerste durchrieselt.

Raubtiere sahen so aus. Wölfe, die das Blut ihrer Beute saugen.

Und wie seltsam seine Hände vibriert hatten?! — Wie sie gezuckt und vibriert hatten?!

Was — bedeutete das alles?!! . . .

Den Kanal entlang stürmte Donald durch die mondblaue Öde der Straße der Brücke zu und bog in die

Chaussee ein, die er durch den einsamen nächtlichen Tier=
garten hin in der Richtung auf das Brandenburger Tor
zu durcheilte.

Lang und öde zeilte sie sich durch die schwarzen, steilen
Parkmassen.

Wieder schreckte Donald für ein paar Augenblicke die
fürchterliche Illusion der letzten Tage.

Er glaubte durch eine Traumlandschaft zu laufen, durch
eine der unheimlichen Landschaften, wie sie Goya und
Klinger auf ihren Radierungen haben.

Die unendliche graue Länge der Straße! Ihre Öde,
nur ganz fern von einer einsamen winzigen Droschke, einem
Wagen der elektrischen Bahn wie von einem unheimlichen
sich nähernden Fabeltier belebt; oder von den scharfen,
hin= und herzuckenden, von ihrem Lichtzentrum gleichsam
spitz und gläsern ausspritzenden Strahlen der Laternen
und von den bleichen Mondreflexen, die in den starren,
stillen schwarzen Massen des Parkes und auf dem grauen
Asphalt lagen . . .

„Er hat mich — verworfen?!“

Ver—worfen?!! . . .

Es war, als ob eine Stimme es fortwährend
hinter ihm her schrie.

Der rätselhafte Ausruf, den Nelly vorhin ausge=
stoßen, als sie sich da zwischen Lachen und Weinen in
diesem entsetzlichen Anfall auf der Chaiselongue gewunden.

Verworfen?!! — Verworfen??!!

Aber wer hatte sie ver—worfen?!!

Und — was war denn das nur gewesen?!

Lachen?! Weinen?! Verzweiflung . . . oder . . .

Weshalb hatte sie so an ihren Haaren und Kleidern
gerissen?!!

Weshalb hatte sie so ihre Hände gewunden?!!

Weshalb hatte sie sich so vor allen Gästen ver=
gessen?!!

Aber — da zuckte plötzlich ein ganz absonderlicher
Einfall in ihm auf.

Wenn es der Ausbruch eines ganz besonderen —
Humors gewesen wäre?!

Gab es nicht Menschen, die . . . die . . . deren
Affekte einen ganz besonderen . . . Gab es nicht
Augenblicke, Stimmungen, in denen die Affekte —
einen ganz ungewöhnlichen und — konträren Ausbruch
gewinnen?!!

Wenn es — Humor gewesen wäre?!

Humor?!!

Er stutzte plötzlich. — Irgend etwas schien sich ihm
zu — lichten?!

Seine Fäuste ballten sich. Eine jähe Röte schoß
ihm übers Gesicht. Dick schwoll ihm die Zornader.

Fast wäre er zurückgelaufen! Hätte . . .

Was — war das?!!

Hu — mor . . .?!! . . .

Er geriet in ein emsiges, fieberhaftes, spürendes
Nachdenken.

Alles, Zug für Zug, was er heute an Nelly wahr=
genommen, vom ersten Augenblick an, als er sie begrüßt,
bis zu dem Augenblick, als sie in der Laube von ihm
fortgerannt war, — und sein Empfinden und Wahrnehmen
war so überaus fein gewesen! — brachte er sich in Er=
innerung. Sein Gehirn hatte es aufgenommen wie ein
Apparat. Jede Nüance ihrer Stimme, jede Haltung und
Bewegung ihres Körpers hatte sich seinem Gedächtnis ein=
geprägt.

Verworfen? — Wer hatte sie — verworfen?!

Hatte sie wirklich — ihn gemeint?! Konnte sie wirklich ihn gemeint haben?!

Inwiefern aber, worin sollte er sie — verworfen haben?!

Was konnte das für eine rätselhafte Bedeutung haben?!

Was hatte er denn mit ihr daß er sie verwerfen oder nicht verwerfen konnte?!

Jaja! — Jaja! — Irgendetwas . . . Irgendetwas — war ja wohl . . . Aber . . . Wenn er es sich nur hätte klar mache können? — Es war da immer etwas, was er gleichsam zu — fangen suchte . . . Etwas, das ihm gleichsam — immer entglitt!! . . .

Aber — was eigentlich sollte es denn nur sein?!!! —

Ach, Hölle!! — Sie war ihm ja doch so gleichgültig!! — Ja, gewiß! Gleichgültig!! — Seit er mit Ruth im Verkehr stand, war sie ihm ja völlig gleichgültig! — Mochte vordem . . . Aber was war denn eigentlich vordem gewesen?! — War sie ihm denn nicht immer — in diesem Sinne — gleichgültig gewesen?! — Jaja! — Gewiß! Ganz gewiß war sie das gewesen! — Im — Grunde . . . Im Grunde! —

So eine — Schwärmerei war das gewesen.

So wie man etwa für ein Kunstwerk schwärmt.

Sie waren ja noch nicht mal Freunde gewesen. — In welchem Sinne hätte er denn überhaupt mit ihr Freund sein können? — Sie war ja so viel älter. — Sie war so ganz anders. — Er verstand sie ja gar nicht. — Das hatte ihn vielleicht gereizt. — Das hatte sie ihm interessant gemacht. — Ein psychologisches Interesse hatte er für sie gehabt. — Freundschaft! Er hatte ja nur immer Respect vor ihr gehabt. — Irgend so etwas Romantisches war es gewesen. — Sinnlichkeit! — Hm! — Sinnlichkeit! Wenn etwas Sinnlichkeit dabei gewesen war. — Aber was wollte das sagen! — Das sagt doch noch gar nichts. — Nichts! —

Wie sollte er sie — verwerfen oder nicht verwerfen können?!

Was hatten sie miteinander?! — Seinetwegen mochte sie immer viel zu hoch stehen, als daß er sie — verwerfen oder nicht — verwerfen könnte.

Hölle! — Er wurde glührot: Was waren das überhaupt für Gedanken! — Wie konnte er das überhaupt nur denken! — Wie konnte sie denn nur ihn gemeint haben!

Aber — wen, was hatte sie gemeint?!

Hatte sie Uhse gemeint?! — Hatte sich irgend etwas zwischen ihnen zugetragen?!

Aber noch nie hatte Uhse ihr eine so belikate und fast offenbar zärtliche Aufmerksamkeit zugewandt, wie heut Abend!

Oder meinte sie eine dritte Person?!

Wen meinte sie mit dem — ‚er‘?!

Oder was meinte sie?!

War es vielleicht nur so ein unbewußter Ausruf gewesen?! — So ein Affektausruf, bei dem sie — selber nicht wußte, was sie meinte?! — Aus ihrem Anfall heraus?! . . .

Plötzlich aber fuhr er zusammen.

Nein, nein! — Aber das da . . . Als sie — sein Herz schlug wie rasend — Als sie — noch einmal um den Türpfosten geblickt hatte. . . . Wie sie ihn da angerufen hatte?

Weshalb hatte sie — das gerufen?!

Ober hatte er — nicht recht gehört?! —

Aber weshalb hatte sie ihn denn so seltsam angeblickt?! — Sie hatte ihn doch dabei angeblickt?! —
Ihn! —

Hatte sie etwa wen — in ihm gemeint?! —
Hatte sie wen in ihm, durch ihn befragt?!

Aber — was war denn das wieder für ein Einfall! — Wie — kam er darauf?!

Der Abend neulich . . . Sein — Zustand damals?! . . .

Aber — wen?! — Und — weshalb?! — Ver —
worfen?! —

Und weshalb hatte sie ihn von der Laube aus so —
angeblickt?! . . .

Ja! Wie sie ihn — angeblickt hatte?! — Als
sollte er ihr für irgend etwas — Genugtuung geben?!
— Oder — was in dem Blick gelegen hatte?! — Und
weshalb . . . Weshalb hatte sie . . . Was hatte sie
gemeint?! . . . ‚Nun‘?! — ‚Nun‘?!

Was hatte er denn mit ihr?!

Beziehungen!

Aber sollte es nicht — Beziehungen geben, die . . .
die . . . Feinerer Art! — Geheimnisvollere Beziehungen?! . . .

Von ihr zu ihm?!

Wer wußte denn was sie — peinigen mochte?!

Sie war so gutherzig. — Meinte sie, daß er
wegen irgend etwas litte? — Und — konnte sie das
nicht ertragen?!

Hölle! — Neulich Abend?! Sein — Zustand?!!

Hatte er vielleicht ohne zu wissen — etwas gesprochen, das . . . Hatte er in seinem sonderbaren Zu-

stande, als er auf der Caiselongue lag und sie draußen im Zimmer saßen, irgend etwas gesprochen?!

Jajaja! — Denn warum war er denn heut Abend — hierhergekommen?! . . . Er war doch gekommen, um . . . Es hatte ihn doch getrieben! . . . Er hatte doch müssen . . . Was nur dieses ganz Bestimmte war?! — Dieses Gewisse?! — Diese — Notwendig- keit?! — Dieses rätselhaft Gewisse, das er nicht — fangen konnte?!! . . .

Und — Uhse?! — Uhse??!!

— Was — hatten sie getan?!!! . . .

IV.

Der Morgen graute, als Donald in seiner Wohnung am Petriplatz anlangte. Mit dem Entschluß, sich Vor- mittag nach Halensee zu Nelly hinauszubegeben.

Wie er war warf er sich auf das Sofa und ver- brachte halb irrsinnige Stunden qualvollen Wartens.

Als er, zur Zeit, in der er sich für gewöhnlich in sein Geschäft begab, sich wusch und seine Toilette machte, kam ihm mit einem Mal der Gedanke an sein Geschäft, das er seit beinahe einer Woche versäumt.

Mit großer Mühe verfaßte er sogleich ein Entschuldi- gungsschreiben, dem er die Bitte um einen weiteren Ur- laub beifügte.

Einen Brief hatte er geschrieben?! — An das Ge- schäft! — Einen Entschuldigungsbrief! — Um Urlaub hatte er gebeten!

Unwillkürlich lachte er. — Er fühlte sich für einen Augenblick befreit.

Das Geschäft! — Hahaha! — Das Geschäft! — Ach Gott! Ach Gott! — Hahaha! — Das Geschäft! Gott sei Dank! Das Geschäft! — Er hatte das Ge sch ä f t nicht vergessen! — Mit einem Male hatte er dennoch an das Ge s ch ä f t gedacht! . . .

. . . Endlich war es Besuchszeit und er brach auf, um nach Halensee hinauszufahren. . .

Halb ohnmächtig und mit wirbelnden Sinnen langte er draußen vor der Villa an.

Er klingelte.

Die Bedienung kam, öffnete, musterte ihn mit einem befremdeten Blick und erklärte, daß die Herrschaft nicht zu Hause wäre, in einer Weise indessen, daß Donald merkte, daß sie gar wohl zu Hause, wenn auch, wer weiß für wen, nicht zu sprechen wäre.

Er erschrak. — Was hatte er an sich, daß . . .

Vor Verzweiflung und wahnsinniger Angst geriet er in Wut. Das gab ihm Haltung.

Zögernd und mißtrauisch die Karte musternd, die er abgegeben, entfernte sich die Bedienung, um nach einiger Zeit zurückzukommen und ihn eintreten zu lassen.

Eine Treppe hinauf. Durch einen Korridor.

Eine Tür wird geöffnet. Er tritt in ein kleines Vorzimmer. — Die Bedienung entfernt sich. — Eine andere Tür tut sich auf. — Nelly!

Er folgt ihr in ihr Zimmer. — Sie drückt die Tür hinter ihm zu.

Er empfindet: Grablinig! — Antik! — Grau= blau und Gold! — Irgendwo eine Apollostatue. — Antike Vasen. —

Nelly ist in einem graublauen, spitzenbesetzten Morgen=kleid. Ihre blonden Haarwellen schimmern in der Sonne, die im Zimmer liegt.

Sie sieht bleich aus? — Mitgenommen? — Sie macht so einen müden, erschöpften Eindruck, in dem doch irgend eine Lindigkeit ist. — Sie ist in irgend einer wohligen Art — versonnen?

Die antiken Möbel, die Vasen, die Statue; die grau=blaue Tapete mit den leisen Goldarabesken; die abgestimmte Farbe ihres Kleides; ihr Haar und . . . und ihre — Stimmung: — ein unsagbarer Widerwillen überkommt ihn plötzlich. Zum ersten Mal, seit er sie kennt, ist ihm jede Illusion von ihr verloren gegangen.

„Donald?"

Donald stutzt befremdet.

Weshalb — sagt sie das?! — Nach dem, was gestern geschehen war, so?! — Hatte sie denn kein Gefühl, daß seine Gegenwart notwendig war?! Beinah lässig, beinahe gleichgültig, aus einer wohlig zerstreuten Über=raschung heraus hatte sie es gesagt.

„Setze . . . Setzen Sie sich doch?"

Hatte sie ihn — duzen wollen?

Ihr Blick gewinnt plötzlich Interesse. — Irgend so ein Interesse, das ihn betroffen macht. — Die Nüance?! — Er weiß nicht . . . Die — Nüance?! . . . Er erschreckt. Wird bang. — Weshalb ist sie denn so gleichmäßig? — So zerstreut?! — Mit was für einem Lächeln, mit was für einem Blick mustert sie ihn nur?!

Frivol?! Weshalb empfindet er: frivol?!

Sie hat sich, nachdem sie ihn zu einem Sessel geführt, in die Sofaecke sinken lassen. In solch einer angenehmen, wohligen Müdigkeit? — Sie liegt zurückgelehnt, bleich, mit sehr umschatteten Augen, die halb geschlossen ihren Blick auf ihm weilen lassen.

Langsam hat sich Donald auf den Sessel, der nahe beim Sofa steht, niedergelassen.

Er starrt sie an, wie sie so mit halbgeschlossenen Lidern dasitzt und ihn anblickt; ringt wie ein Taubstummer, etwas zu sagen. Ist nicht imstande, das leiseste Wort hervorzubringen.

So währt ein langes Schweigen.

Endlich — das Schweigen ist unmöglich geworden — belebt sich ihr Blick. Mit einer wunderlichen, unbezeichenbaren Neugier, einem so merkwürdigen Interesse blickt sie ihn an.

Solche — merkwürdigen Augen?! — Als ob sie sich vor irgend etwas an ihm in einer — angenehmen Weise — graue?! Eine ungewisse Angst überwältigte ihn.

„Sie kommen?"

Sie lächelt. — Ihre Stimme zittert von irgend einer Neugier.

Wieder macht Donald die angestrengtesten Versuche zu sprechen.

Aber die Gedanken jagen ihn so wirr und wild durcheinander. Er weiß nicht, was er sagen will? — Spürt einen Zorn? Ein Befremden? Einen — Ekel? — Es schnürt ihm die Kehle. Seine Worte sind nichts als ein taubes Hauchen. Alles stockt in ihm. Schweiß steht auf seiner Stirn. — Er starrt sie nur an.

Verursacht er ihr irgend eine — Sensation?!

Da — plötzlich! — ist er in ein lautes Lachen ausgebrochen. Ein lautes, fremdes Lachen, vor dem er erschrickt, und ist in die Höhe gefahren.

Aber dieses — Lachen?!

Ihm ist, als habe es — Uhse gelacht?!

Fast ohne zu wissen, was er tut, ist er ein paar Schritte von ihr weg in das Zimmer getreten.

Starr, wie einer plötzlichen Erscheinung, folgen ihm ihre Blicke.

Er ist zu einem Nippestischchen getreten, hat langsam, automatisch ein Nippes in die Höhe genommen und starrt es an, noch völlig gelähmt vor Schreck über dieses sonderbare, stoßende, krampfhafte Lachen.

Er setzt das Nippes hastig wieder an seine Stelle; steht; starrt mit einem verwirrten Blick um sich herum.

Nelly rührt sich nicht. Sie verfolgt jede seiner Bewegungen mit einem Blick, in dem Verwunderung, Besorgnis, Befremden, Neugier und irgend eine sonderbare Erwartung liegen. Sie hat sich, aufrecht, beide Hände auf das Sofapolster gestemmt, nach vorn gebeugt.

Plötzlich wirft sich Donald, nachdem er vor sich niederblickend heftig atmend sich gegen sie hin gewandt, zu Boden und wälzt sich, einen lauten, irren Laut ausstoßend, mit schäumendem Mund seltsam ungewisse Laute von Wut, Pein und Verzweiflung ausstoßen, auf dem Teppich, mit den Händen in das dicke, weiche Gewebe krampfend, bis zu ihren Füßen.

Mit einem Aufschrei springt sie in die Höhe und starrt auf ihn nieder.

„Sag . . . Sag . . .“

Nichts bringt er hervor, als dies. — Es ist gewesen als ob er sie duze. — Aber er ist sich dessen völlig unbewußt. — Er will sie nur bitten, ihm Aufklärung zu geben über diese furchtbare Szene gestern Abend; über den fürchterlichen, rätselhaften Bann, der ihn all diese Tage her gequält; der ihn zu dieser Stunde hier zu ihr herausgetrieben; um Freiheit, um Erlösung will er sie anrufen; um Erlösung von all dem qualvollen Irrsinn, zu dem sie den Schlüssel haben muß!

Da! — Sie war mit bebenden Gliedern zur Tür hin gelaufen und hat den Riegel vorgeschoben — plötzlich hat sie sich zu ihm herniedergebückt. Er hat sich halb aufgerichtet. Er hockt, Schweiß auf der Stirn, mit irren geängsteten Augen um sich blickend, schweratmend und dumpfe Laute ausstoßend.

Hurtig hat sie sich zu ihm herniedergebeugt. Dicht! So dicht, daß ihn die Wärme ihres Körpers anhaucht. Hat mit ihren weißen, weichen Händen seinen Arm umklammert.

Wie in einer forschenden Angst starren ihre Augen. Ihren Mund verzerrt ein seltsames Lächeln. Sie blickt Donald ins Auge.

„Die — Augen!“ flüstert sie. „O, die — Augen!“

Die — Augen?!! — Wie denn?! — Wie s a g t sie das?!!

„Die — Augen!“

Immer noch, mit einem rätselhaften, fast gierigen Interesse blickt sie ihm in die Augen. — In ihrem Lächeln — ist — etwas — G r a u s a m e s?!! — Irgend eine — Wollust?!! —

„Wie er — atmet!“ flüstert sie bebend, wie schauernd. „Der Atem! — Der Atem!“

Mit halb geschlossenen Lidern biegt sie den Kopf zurück. Aber ihre Hände halten noch immer — mit zuckenden, festhaltenden Griffen seinen Arm.

„Wie — in einer — Hypnose!“ — Durch halb geschlossene Lider, den Mund sonderbar verzogen, bebend, ein wenig lispelnd? blickt sie ihn an. „Wie man in einer — Hypnose atmet.“

Und plötzlich bricht sie in ein rätselhaftes, volles, üppiges, stoßendes Lachen aus, das ihr die Kehle und die Brust schüttern macht.

Und jetzt — mit kicherndem, lachendem Atem — hat sie sich kauernd mit kurzen, kleinen, sonderbaren Rucken noch näher gegen ihn herangerückt . . Blickt ihm in die Augen . . . Ganz nah . . .

Wie sie — lacht?!!

Was . . . Was . . .

Mit einem Ruck reißt er sich von ihr los und in die Höhe.

Sie kauert noch einen Moment. — Blickt mit blitzenden Augen zu ihm auf. — Lacht! — Lacht! — Und nun, langsam, zieht sie sich, die Hand auf dem Sitzpolster, ihn nicht aus den Augen lassend, noch immer dieses merkwürdige Lachen ausstoßend, in die Höhe.

„O, furchtbar!“ haucht sie vergessen; mit einem sonderbaren Ausdruck die Augen halb schließend. „Furchtbar!“

Was war — furchtbar?! — Furchtbar?!!

Vor Grauen ein halblautes Weinen ausstoßend nähert er sich ihr, krampft seine Hände um ihre Arme. Der eine Ärmel zerreißt.

„Aber — Edwin! Edwin!!“ schreit sie lachend. „Edwin! — Ja doch?!! — Aber ja doch?!!“

Donald stiert sie an.

Was war das?!! . . .

Er hat sie losgelassen. Ist zurückgetaumelt.

Er will etwas sagen. Ein rauher Gurgellaut entringt sich seiner Kehle. — Er wendet sich und eilt auf die Tür zu.

Sie eilt hinter ihm her. Sie hält ihn beim Arm. —

klammert sich an ihn. Drängt sich gegen ihn, zwischen ihn und die Tür. Hält ihn. Stößt wieder ein Lachen aus.

„Aber so bleib doch! — Bleib doch! — Aber ja doch! — Bleib!" —

Ihr Gesicht ist an seiner Brust, blickt zu ihm auf. Ihr Atem, ihr Lachen, dieses sonderbare, stoßende Lachen haucht ihn an.

Wie sie ihn — hält?! — Wie sich ihre Finger in seine Arme krampfen?!

„Aber — befreie dich!! — Befreie dich doch!! — Befreie dich! — Hahaha! — So befreie dich doch! — Hahaha! — Hahaha! — Befreie dich doch?!! Was wolltest du denn?! . . . Was wolltest du?"

Aber es gelingt ihm mit einer äußersten Anstrengung den Riegel zurückzuschieben. Er reißt die Tür auf. — Er reißt sich los. — Eilt hinaus . . . Er hört wie Nelly hinter ihm im Zimmer immer noch ein lautes Lachen ausstößt.

. . . Kurz darauf fuhr Nelly in aller Hast hinaus zu Uhse nach Charlottenburg. —

V.

Halb ohnmächtig war Donald durch den Korridor auf die Treppe zu gelaufen.

Er war im Begriff, die Treppe hinunterzurennen. — Aber unten im Hause klappt eine Tür. — Ein Lachen. — Ein paar Stimmen. — Schritte durch den Hausflur. — Ein Trällern. —

So — sonderbar haltend?!

Er fährt zusammen. — Er stockt. — Es ist in seine Nerven gedrungen; jäh, wie mit dem Choк eines elektrischen Stromes. — In dem Moment, wo er ein Gefühl gehabt hat, als wollten ihm die Sinne vergehen und als wolle er zusammenbrechen.

Langsam, korrekt, mit einer automatischen, gehaltenen Bewegung seiner Hüften schreitet er die Treppe hinab. — Er fühlt sich wie in einer feinen, kühlen, ätherischen Starre.

Sonderbare, kleine, kurze Angstanfälle wollen in die Höhe. Sie ersticken sogleich. Gehen auf in dieser sonderbaren, lauschenden Starre.

So steigt er die Stufen hinab; mit einem Gefühl, das ihm beständig ein Impuls zu rennen sich unterbrückt.

Er durchschreitet den Hausflur, den Garten. Den gelben Sandweg schreitet er hin, der sich zwischen den grünen, bühelartigen Rasenflächen und den hohen, Kiefern, welche die Villa umgeben, hinzieht.

Mit einer automatischen Korrektheit öffnet er die Tür des Gitters und tritt auf die elegante Villenstraße hinaus, die Tür sorgfältig wieder schließend.

Er tut ein paar Schritte die stille Straße hinauf.

Als er aber aus dem Gesichtskreis der Villa ist, hat er sogleich wieder einen Antrieb zu rennen.

Aber plötzlich, im selben Moment, bellt neben ihm ein Hund auf. Ein kleiner, blitzweißer Foxer läuft an ihm vorbei die Straße hinauf. — Dann ist es eine auffallende, grelle Farbe an einem Baumstamm; der Blick eines Passanten; ein Wort, das plötzlich in der Nähe laut wird; irgend ein auffallendes Geräusch, das ihm zu Gehör bringt.

Aber nichts vermag er zu denken. Kein Gedanke will bleiben und haften. Sie sind nichts als ein einziges rasendes Oszillieren; wie Insekten auf einem Wasserspiegel hin und her zucken. Ein sonderbares Rinnen und Zucken, das sich zwischen dem Gehirn und der merkwürdigen Stelle unter den linken Rippen zu spannen und weben scheint.

.Was für ein Parfüm die Blumen und Blüten aus den Gärten zu ihm herhauchen! — Es legt sich ihm auf die Schleimhäute wie der feine Staub eines wohlriechenden Puders. Es ist, als ob irgend welche Chemikalien in diesem Duft seien? Sie haben etwas unbestimmtes wie — Halluzinationen?

Und — warum wirken nur die Baumstämme, die Büsche, die Blumen, die Rasenflächen so seltsam wie Atlas und farbige Seide?! . . .

Er erträgt es nicht mehr! — Diese seidigen Blumen; dieser Himmel aus blauer, weißgestickter Seide; diese schemenhaften Gebäude; diese sonderbaren Parfüms werden ihm unerträglich. — Er muß ins Freie.

Durch Seitenstraßen hastet er; am Hubertus vorbei. In's freie Gelände stürmt |er, auf baumbepflanzten, gepflasterten Wegen zwischen Feldern und kahlen Haidestrecken hin vorwärts.

Nach einiger Zeit gelangt er zu einer wüsten Sandstrecke, die sich hinter dem rauchgeschwärzten Massiv einer Gasanstalt zwischen Halensee und Wilmersdorf dehnt.

Nichts gibt es hier als riesige, fahle Sandbreiten mit Plateaus, Hügeln, tiefen Kuhlen und Mulden. Hier und da, auf Strecken, ist ein binsenartiger Graswuchs, daß es wie eine Dünenlandschaft ist. Eine Strecke dunkelgrünen,

wuchernd in Gebüsch geschossenen Unkrautes. Ein Ge=
strüpp. Weitgedehntes, dunkles Brombeergerank.

Einsam und öde ist es hier unter dem weitgewölbten
glühblauen Himmel. Grell brennt die Sonne hernieder.
Weit und breit ist kein Mensch zu sehen.

Donald läuft die Böschung einer Mulde hinab und
bricht hinter einem Heckenrosengebüsch zusammen.

Er liegt mit glühenden, zitternden, wie in einem
Krampf von unstäten sonderbaren Zuckungen gerüttelten
Gliedern.

Sein Atem! — Er hört sich atmen. — Kurz, schnell,
hastend. — Es ist, als ob ein anderes, zweites Wesen
aus ihm herausatme?! . . . .

Plötzlich fährt er halb in die Höhe.

Jaja! — Was hatte sie da von seinem — Atem
gesagt?!

Und von seinen Augen?! — Was meinte sie von
seinen — Augen?!

Und — ‚furchtbar‘?! — ‚Furchtbar‘?! . . ‚Edwin‘?!
— Was war furchtbar?! Weshalb hatte sie zweimal
Uhses Vornamen gerufen?! —

Mit fieberhafter Konzentration, sitzend, die Hände auf
den Kopf gepreßt, begann er zu kombinieren.

Aber . . . ‚Be—freie dich‘?! — Was war das?!
— Was hatte das zu bedeuten?!

Aber . . . Ah?!! — Ein plötzliches Verstehen zuckte
in ihm auf.

So — meinte sie's?! — Durch — das?! Durch
— das?!

Sie?! — Durch — Sie?! — Das?!

Unmöglich!! — Nie!!

Und doch — Rettung?! — Erlösung?!

O, was ihm für glühe, schwüle dumpfe Ströme durch alle Adern zuckten!! . . .

VI.

Es war am nächsten Vormittag. Siegmund saß an seinem Schreibtisch und arbeitete.

Er hatte im Laufe der letzten Wochen mit der Niederschrift seines Rassebuches begonnen.

Die erneute Beziehung zu Libby, die eine dauernde zu werden versprach, hatte ihm Ruhe gegeben und auch Stetigkeit zur Arbeit. Seit Jahren hatte er sich nicht so friedsam und glücklich gefühlt.

Libby! — Wenn es mit ihnen beiden etwas werden sollte?!

Hach ja! — Es ist so schön, geliebt zu werden! — Ach Gott, die Gute! Und wie sie ihn liebte!

Und im Grunde: hach ja! — sie verstanden sich ja wohl beide. Haha! Man konnte wirklich sagen, daß man sich verstand.

Nun: er fühlte sich glücklich. Er arbeitete. Er hatte Stetigkeit.

Seine Büffelhornpfeife im Munde saß er und schrieb. Tagaus, tagein; ohne zu ermüden. Wie der eingefleischteste Stubenhocks.

Auch heute!

Aber plötzlich ging die Flurglocke.

Wütend fuhr er in die Höhe.

In der Vermutung, daß es Ismael oder sonst ein Genosse der Caségesellschaft sei, der Faulenzer, Leichtfuß und — Schurke! der er war, auf irgend so einer

Bummelfahrt auf den Einfall geraten hier zu ihm heraufzusteigen, begab Siegmund sich in das Entree, mit dem festen Entschluß, den betreffenden Bummelbruder für diesmal seiner Wege zu schicken.

Aber, als er geöffnet: fast prallte er zurück. Es war — Donald, der vor ihm stand?

Und — in was für einem Zustand?!

Sein Anzug war verschmutzt und verknittert. Seine Augen glühten. Sein Gesicht war gedunsen. Schaum stand ihm vor dem Mund. Ein penetranter Alkoholgeruch dunstete von ihm aus. Er rauchte eine schwere, parfümierte Zigarette.

Er war — betrunken?! — Er — rauchte?!

Noch nie hatte Siegmund Donald betrunken gesehen. Und man hatte für gewöhnlich kaum den Eindruck von ihm, daß er rauche.

Ohne Gruß, ein sonderbares albernes, gekitzeltes Lachen ausstoßend, trat Donald an Siegmund vorbei in das Entree. Hier blieb er, schnaufend und vor sich hin lachend, sich mit zitternden Händen eine frische von diesen schweren parfümierten Zigaretten anzündend, stehen, mit dem Rücken gegen die Wand gelehnt und Siegmund angrinsend.

Siegmund trat auf ihn zu und berührte ihn am Arm, fast in dem Bedürfnis, sich selbst zu beruhigen.

„Donald! — Lieber Junge! Was ist dir?! — Wo kommst du her?!"

Ein Zucken ging über Donalds Gesicht. Aber er brachte nichts hervor, als von neuem dies abscheuliche alberne Lachen.

„Donald?!"

„Ach Gott! Was denn?!!" Donald hatte die Stirn

gerunzelt. Er war grob geworden. Siegmunds Anrede hatte ihn gereizt. Es schoß mit einem Mal so in ihm auf: Dieser väterliche, vormundhafte Ton! — „Hahaha! — Denkst du etwa, daß ich verrückt bin?! — Ich denke — Hahaha! — Du — hast ja mal so was gesagt — das kann unsereiner gar nicht werden?! — — Du!" Seine Stimme nahm plötzlich eine ganz naive Nüance an; als freue er sich, die Entdeckung einer ‚psychologischen Feinheit‘ gemacht zu haben. Er sprach heiser und rauh und ein wenig lallend; im übrigen aber mit dem unwillkürlichen, instinktiven Bestreben deutlich und korrekt zu sprechen. „Hahaha! — Das ist eigentlich wahr! — Bei Gott! — Es ist, wahrhaft'g'n Gott wahr! — Verrückt?! — Nein! — Verrückt?! — Hahaha! — Bloß, wenn man so sagen will: Doppelt! — Vielleicht auch dreifach! — Nein nein! Vierfach! — Vierfach! — Das ist das g a n z Korrekte! — Vierfach!"

„Donald! Du bist betrunken!"

„Betrunken?! — Ja, nu aber ja?! — Betrunken?! — Gewiß! — Aber — eigentlich . . .", sein Gesicht nahm den Ausdruck einer nervösen, angstvollen Verwunderung an. „Nein, nein! Siegmund! — Was willst du nur?! — Ich spreche alles im vollen Ernst?! — Bei Gott!" — Er fuhr sich mit dem Handrücken über die Stirn und ächzte. „Betrunken?! — Eigentlich: — Nein?! — Oder: ist das so, wenn man betrunken ist?! — Ich habe allerdings die ganze Nacht durch Schnaps getrunken. — Aber — sonderbar! — Ich — Ich — bin gar nicht . . . Ich weiß nicht: ich b i n gar nicht betrunken?! — Ich glaube, ich habe von gestern Nachmittag an bis heute Morgen zwei Flaschen Kognak getrunken! Aber — ich weiß nicht . . . Ich bin ganz bei Bewußtsein?!" —

Seine Mienen wurden immer angstvoller. „Ich bin so merkwürdig klar?! — Ganz klar?! — Völlig klar?! — So — als ob mich Jemand — hielte?! — Ich habe zweimal einen Schwindelanfall gehabt: aber — haha! — ich glaube, kaum zwei Sekunden! Sofort wars, als ob mich einer hielte! Immer habe ich das sonderbare Gefühl, als ob mich wer hielte?"

Er lachte. Aber gezwungen. — Es schoß ihm plötzlich durch den Kopf, daß er Siegmund ängstige. Und das erschreckte ihn. Er maskierte seine Angst und suchte sie hinter ‚wissenschaftlicher‘ Kaltblütigkeit und ‚Objektivität‘ zu verbergen. So war er. —

Aber mit einem Mal bekam ers mit der Scham. Er wandte sich und schritt, an seiner Zigarette kauend, an Siegmund vorbei in das Arbeitszimmer. Sein Gang war sicher und infolge einer besonderen seelischen, überreizten Wachheit völlig korrekt, obgleich er eigentlich vor Müdigkeit hätte umsinken können.

Unwillkürlich fühlte Siegmund, wie er ihm nachblickte, ein flüchtiges Wohlgefallen. — Er hatte — Haltung.

Im Zimmer angekommen schritt Donald, rauchend und vor sich hin lachend, hin und her; blieb hier stehen und da; pfiff vor sich hin; nahm einen Gegenstand in die Hand, betrachtete ihn einen Augenblick und legte ihn wieder hin. — Neben dem Büchergestell waren Waffen an der Wand angebracht. Donald blieb vor ihnen stehen und starrte sie an. Plötzlich aber riß er ein Rappier herab und fing an, Lufthiebe zu machen. Er legte nach der Regel aus und hieb sehr schnell, korrekt, sicher und mit einer für seinen Zustand verwunderlichen Kraft. Seine Augen schossen wunderliche Zornblitze. Er knirschte

mit den Zähnen und stieß unverständliche Zornworte her-
vor. — Plötzlich aber schmiß er das Rappier auf den
Boden und begann laut zu weinen. — Offenbar aus
— Zorn?! . . .

Siegmund trat auf ihn zu, legte ihm den Arm um
den Nacken und suchte ihm ins Auge zu blicken.

„Donald!“ — Seine Stimme bebte. Irgend ein
Verdacht wollte in diesem Moment in ihm aufzucken. Ein
Schreck machte ihn erbleichen. „Was ist dir geschehen?!“

Aber Donald wich ihm aus und machte sich los.
Er hatte, wie in irgend welchen Gedanken, vor sich hin-
gestarrt. Wieder reizte ihn Siegmunds Teilnahme.

„Aber was denn?! — Weil ich — so verändert
bin?! — Hahaha! — Du meinst, ich bin sonst so —
‚sanft‘?! — Oder . . . Oder . . . Hahaha!“

Er hockte sich, von Siegmund abgewandt, auf das
Kopfende der Chaiselongue.

Siegmund beobachtete ihn.

„Hast du vielleicht was — mit Ruth gehabt?!“

Er wollte nicht etwas anderes fragen. Er hoffte,
Donald würde ihm mit einer Bejahung eine schwere Besorgnis verscheuchen.

Donald schwieg eine Weile. Aber dann stieß er ein
kurzes Lachen hervor. „Ach! Mit . . . Mit — Ruth?!
— Ruth?! — Aber . . . Aber — jaja! — Freilich!
— Jawohl! — Mit — Ruth?! — Hab ich was gehabt.
— Gewiß! — Himmelfahrt! — Wir sind auseinander!“

Siegmund horchte auf. — Weshalb — sprach er das
so — zerstreut?!

„Auseinander?! — Seit — Himmelfahrt?!“

Donald antwortete nicht. Er hockte auf der Chaiselongue und zerknüllte unbewußt, vor sich hinstarrend,

seine Zigarette. — Mein Gott! Wie unruhig und jäh
er zuweilen zuckte?! — Als ob er von einer unsichtbaren Hand einen plötzlichen, unversehenen Stoß bekäme. —

„Du! — Meinst du nicht auch?! — Schade, daß sie
im Grunde pervers ist!"

Seine Worte waren gezwungen und in einer bei ihm
gänzlich fremden und überraschenden Weise bitter? —
Er lachte.

„Donald!"

„Ach! — Na! — Hahaha!"

Donald machte eine abweisende Geste.

„Die Ideen, die sie da hat! — Und . . . Und . .
wenns drauf ankommt?! — — Hahaha! — —
Ruth?!!"

Seine Augen belebten sich plötzlich. Wieder ging das
Zucken über sein Gesicht.

Mit einem Mal sprang er in die Höhe und begann
wieder hin und her zu laufen. In großer, geängsteter
Erregung.

„Wenn — Wenn sie nicht — pervers wäre! —
Du! — Ja, dann . . . Vielleicht . . . Wenn sie
nicht . . ."

Sein Mund bebte. Er wandte sich ab.

Siegmund atmete auf.

Gottseidank! Ja! — Es handelte sich wirklich nur
um Ruth! —

„Donald! — Pervers! — Was sprichst du denn
da! — Es ist unmöglich, daß sie pervers ist! — Im
Gegenteil: sie ist ein ganz wundervolles Mädchen! —
Du weißt doch wohl selber nicht, was du sprichst. —
Nichts kann normaler sein als ihre — Ideen, so sonder-

bar sie auch herauskommen. — Ich kenne mehr Weiber die — von den Banausen pervers genannt werden, bloß weil sie Fond und einen delikaten und sehr starken Zucht= wahlstrieb haben. — Du kannst heilig glauben, daß sie Rasse hat! Daß sie völlig Charakter ist! — Was da an ihr — pervers sein soll, ist nichts als eine ganz außerge= wöhnliche geschlechtliche Delikatesse. — Wie viele ihres= gleichen gehen heutzutage gerade daran zu Grunde! — Es ist freilich nicht so leicht, so ein Weib zur Mutter zu machen. — Sie ist nicht pervers: sie hat einfach einen sehr starken und sehr feinen Kulturwert. — Da gilt's Kampf, lieber Donald! — Geduld und Ausdauer! — Schwer ist das Mühen — herrlich der Lohn!"

Er lachte. Er war auf Donald zugetreten und klopfte ihm auf die Schulter.

Gottlob, wenn es — Ruth war!

Er — ahnte jetzt, was sich ereignet haben konnte. — Unwillkürlich machte es ihm Vergnügen.

Hahaha! — Zwei Flaschen Kognak hatte er den Garaus gemacht!

Hm! — Und — er hatte noch Haltung! Hatte Haltung! Man mußte sagen: es stak was in ihm; Siegmund hätte es nicht geglaubt. Der kleine Donald war ein Kerl. —

Donald wandte sich ab. Er war über und über rot geworden. — Er ging, Siegmunds Blick vermeidend — im übrigen mit einem Mal durch sein Lachen seltsam beruhigt und geweckt — hin und her.

„Ach jajaja!" stieß er mit stockender Stimme hervor. „Du — hast recht! — Das ist es ja! — Das genau das hab' ich ja auch gedacht! — Ich . . . Ich . . . Ich . . . Sie," er konnte kaum sprechen, „hat . . .

Sie hat — solch' einen — ‚delikaten Zuchtwahlstrieb‘ — sagst du! . . . Jajaja! — Und . . . Und . . . Das sagt es — wunderbar! — Und . . . Und — ich . . . Ich“

Er stockte. Es war ihm in diesem Augenblick, als ob er plötzlich aus einem langen Traum erwache, als ob ein Nebel vor seinen Augen verginge; und — er spürte auf einmal ein sonderbares Verlangen nach Ruth. Und eine so merkwürdige — Eifersucht?!

„Sie hat ja schon — so viele Verhältnisse gehabt! — Sie — meinte mal . . . Sie sagte mal — das . . . das wären — alles nicht die — rechten Väter für — das Kind gewesen. — Und . . . Und wenn — solche . . .“ Seine Stimme brach ab.

„Hahaha! — Na! — Nun nein! — Gottseidank! — Hahaha! Du Esel! — Gottseidank! So liegt denn nun meines Erachtens die Sache denn doch n i c h t! Und du kannst mir, denk' ich, schon einigen ‚Blick‘ zutrauen. — In b e i n e m Falle gerade liegt sie denn doch n i c h t so! — Ich weiß ja nicht, was sie da alles für Verhältnisse vor dir gehabt hat. Ich kenne die Betreffenden nicht. — Aber — sei überzeugt, lieber Sohn! — daß j e d e r von ihnen so seinen — Knick weggehabt hat. — Aber du h a s t keinen Knick! G a r keinen! — Du bist überhaupt ein Prachtkerl, du — Schaf! Weißt du?! — Jaja, lieber Donald?! — Du hast g a r keine Ursache, die Ohren nach dieser Richtung hin sinken zu lassen. — Denke zum Beispiel, daß du der einzige von uns allen bist, so viel ‚Kultur‘ und ‚Intelligenz‘ pp. pp. wir im übrigen auch ‚los haben‘: der einzige, der komplett und aus einem Guß ist. Denke, daß wir dich alle hier zu beneiden haben. — Gerade weil du von allen unseren ‚Finessen‘ und ‚Raffinements‘ nichts weißt! Gerade weil du in einem gewissen

Sinne so köstlich und instinktiv — ‚kulturlos‘ bist! — Hahaha! — Rennen wir sie mal — Aspasia. — Ist nicht ‚ohne‘! — Du weißt, daß Aspasia, die göttliche Aspasia, schließlich Frau Biehhändler Lysilles geworden ist; und sie soll sich ja wohl — sehr wohl dabei befunden haben. — Hahaha!"

„Jaja!" Wieder hatte Donald sich von Siegmund abgewandt. — Was sagte er da vom — Biehhändler Lysilles?

Siegmund verfolgte ihn mit einem belustigten Zwinkerblick.

„Donald?!"

Donald stand, die Stirn an die Scheibe gelehnt, am Fenster und wandte ihm den Rücken zu.

„Hahaha! — Na also! Jedenfalls: Geduld mußt du schon haben! — Adam und Eva sind auch nicht an einem Tage miteinander fertig geworden!"

„Sie — hat mich fortgeschickt!" sagte Donald stockend und wie aus einem Nachdenken heraus, ohne seine Stellung zu verändern. „Sie hat — die Tür hinter mir verriegelt! — Sie . . ."

„Soso! — Die — Tür hat sie hinter dir zugeriegelt! — Wetter! Sieh mal! — Na — hahaha! — aber um so besser! Mann Gottes! Was willst du?! Um so besser! — Schluß! — Bor allen Dingen, mein Sohn! trink erst mal eine Tasse Kaffee und dann geh' nach Haus, leg' dich schlafen. Und dann kannst du noch mal kommen! — Das Unglück! Das Unglück! — Die Tür hat sie zugeriegelt! — Hahaha! — Das Unglück! Blos weil Ruth Sommerfeld die Tür hinter ihm verriegelt hat! — Was für ein himmelblauer Rattenkönig von Malheur! — Blos weil sie die Tür hinter ihm verriegelt hat!"

Siegmund war zur Kaffeemaschine getreten.

Donald wandte sich langsam nach ihm herum und blickte zu ihm hinüber. Er hatte aufgeatmet. Er war mit einem Mal ruhig geworden. Ein Nachdenken hatte ihn erfaßt.

Ruth?! . . .

VII.

Aber in den nächsten Tagen trat in Donalds Zustand eine auffallende Veränderung ein. . .

Ruth!

Es war Donald gewesen, als ob ein Lichtstrahl in ihm aufzucke, während jenes Gespräches mit Siegmund.

In fiebernder Ungeduld hatte er den Abend erwartet und hatte sich dann nach der Klosterstraße aufgemacht.

Aber, vor ihrer Haustür angekommen, war er wohl eine halbe Stunde lang im qualvollsten Zaudern hin und her gelaufen.

Wie wollte er zu ihr gehn?! — Was wollte er von ihr?! —

Warum fiel ihm mit einem Mal der Auftritt mit Nelly wieder ein?!

Was hatte er da für — Gedanken?! . . .

Unmöglich! — So?! Zu Ruth?! Mit dieser Unruhe? — Niemals! — — —

Unmittelbar nach diesem vergeblichen Versuch nun aber, Ruth aufzusuchen, trat jene Änderung in Donalds Zustand ein.

Wie er nach Hause gekommen war, hatte er sich auf das Sofa geworfen.

Im Dunkel des Abends lag er mit halbgeschlossenen Augen.

Nichts fühlte er, als daß er nie, niemals wieder mit Ruth zusammen kommen könne.

Nie mehr würde er dies wieder überwinden! — Und nie würde er in diesem Zustande Ruth wiedersehen dürfen! . . .

Nie — wieder. . . .

. . . Der Gedanke wird mit einem Mal so — mechanisch . . .? . . . Zieht sich so seltsam — lang? . . . So — tot? — So seltsam — gleichgültig? — So —

Aber — auf was er nur — lauscht?! . . .

Er liegt — liegt. . . .

H?!! — Worte?!! —

Jaja?! — Von der Stelle da — unter den linken Rippen — kommt es herauf — mit wunderlichen feinen — Zuckungen. — Sie kribbeln in seinem Gaumen! — In seiner Zunge! — In der linken Backe! — Machen seine Lippen vibrieren! — Versetzen sie in wunderliche, leise, kitzelnde, artikulierte Vibrationen. . . .

Uhse?!!! . . .

Er will auffahren! Will — erschrecken! — Aber sogleich ist es, als ob er durch eine mystische Gewalt niedergezwängt würde.

Und — er muß lauschen. . . . Lauschen. . . .

Ja! — Ja! — Artikuliert! — Es. . . . Es will — sprechen?! — Will etwas — sagen?!

Mit einer äußersten Willensanstrengung reißt er sich in die Höhe.

Ein Schwindel kreist durch sein Gehirn. — Aber er preßt die Zähne zusammen. Er beginnt zu gehen. — Er hat dabei eine Empfindung, als wenn er von unsichtbaren Händen nach rechts und links gedreht würde. — Aber — er geht. — Rennt hin und her. Auf und ab. — Der Schwindel weicht.

Ach!! Er will nicht hören!! — Er will nicht — hören!!!

Eine maßlose Angst treibt ihm einen kalten Schweiß aus der Stirn.

Er eilt zum Schreibtisch. — Mit bebenden Händen nimmt er die Shagpfeife, stopft sie, zündet sie an; beginnt zu rauchen.

Aber wie merkwürdig er — pafft?! — Da — so vom — linken Mundwinkel aus?!!

Und.... Und — was nur seine Lippen da für seltsame, lautlose Worte vibrieren?!!

Nie pafft er beim Rauchen. — Er mag das Paffen nicht. — Auch bei Anderen nicht. —

Und... Und die — Worte?! — Werden Zwang!? — Immer stärker?!

Plötzlich gibt er einen rauhen Laut von sich, der in einer wunderlichen Weise variiert; wie die Stimme beim Stimmwechsel ist? — Einen Laut — wie.... Als ob ein Taubstummer ihn von sich gibt?! —

Ah!! — Licht!! — Licht!! — Er muß — die — Lampe anstecken.

Und was er da nur für ein Gefühl hat?! — So um die Nase herum?! —

Wie seine Zeigefinger zucken? Und die — Zehen?! — Was er nur für Gefühle in den — Beinen hat?! —

Die Lampe brennt. — Das Zimmer ist hell.

Er atmet auf.

Auf den Stuhl sinkt er; beim Schreibtisch.

Lesen! Lesen!! —

Er zieht ein Buch vor. Beginnt zu lesen.

Aber — was zuckt da über seine Stirn?! — Wie verziehen sich seine Augenlider?! — Was für ein sonderbares, sarbonisches Lächeln vibriert über sein Gesicht?! — Sein Gesicht?!! . . . Wer klappt das — Buch zu?!!

Mit einem heiseren, im selben Augenblick verlähmten Wutschrei springt er in die Höhe. Wer hat diesen Schrei verlähmt? — Wieder beginnt er auf und ab zu rennen.

Das Abendbrot! — Jaja! Er wird sich das Abendbrot zurecht machen! — Das ist etwas einfacheres als das Lesen! — Das Abendbrot!

Er nimmt die Lampe vom Schreibtisch auf, um sie zum Tisch hinüberzutragen.

Seine Hand — zittert n i c h t. — Seine Hand ist — ruhig?! — So merkwürdig ruhig?!!

Behutsam beginnt er die Lampe zum Tisch hinüberzutragen.

Aber da! — Plötzlich! — Was für ein teuflisches Lächeln zuckt über sein Gesicht?!! — Kriecht mit einem schwülen, widerwärtigen Gefühl über sein Gesicht?!! — Die Augen, die er — da — sieht?!! — Kleine, satanische Augen mit zwei blitzenden Pünktchen drin?!! — Warum ist es ihm, als ob es seine eigenen Augen wären?! — Warum zieht sich seine Stirnhaut so merkwürdig in die Höhe?! — Warum zieht sich sein Gesicht so nach der Nase hin zusammen?! — Und — nun! — seine Hand — beginnt — schlaff zu werden?! . . . Ah!!! — Bei

einem Haar wäre sie ihm auf den Boden gefallen?!!

Mit gesträubtem Haar, mit einer äußersten Willensanstrengung bringt er sie zum Tisch und setzt sie wieder.

Die Kniee schlottern ihm. Er sinkt auf einen Stuhl. Sitzt.

Aber . . . da!! — Wieder?!! — Es will sprechen!!
— Ganz deutlich!! — Es will sprechen!! —

Er fühlt irgend einen Sinn den nicht er denkt; den
irgend wer anderes denkt? — Ganz deutlich fühlt er einen
— bestimmten — Sinn.

Das Haar sträubt sich ihm.

„Töten?!!" — „Töten?!!" — Er — soll — töten?!:
Wen . . . . Wen soll — er — töten?!!! — — —

VIII.

Am nächsten Vormittag begann es den ersten Mord-
versuch gegen ihn zu richten.

Als er sich nach schlafloser Nacht — er hatte sich
schließlich zu Bett gelegt — erhob und sich angekleidet
hatte, fühlte er sogleich wieder die seltsamen selbständigen
Bewegungen in seinen Zeigefingern. — Er merkte, wie sie
nach irgend etwas hinzuzucken begannen; ihn ganz deutlich
nach irgend etwas hindirigierten. Mit aller Kraft eines
verzweifelten Gegenwillens suchte er diese Zuckungen un-
beachtet zu lassen und sie zu paralysieren.

Aber schließlich — halb aus einer seltsamen, plötzlichen Neugier heraus — gab er ihnen nach.

Plötzlich fand er sich beim Schreibtisch.

Wie . . . Wie es — fuchtelte!!! — Wie es — hin
und her — zuckte?!!

Das ... das — Messer?! ...

Er war der Richtung des Fingers gefolgt. — Ja! Das — Messer! — Er hatte da das aufgeklappte Federmesserchen zu liegen. — Er zuckte nach dem Messer. — Er wollte das — Messer.

Er nahm das Messer ... Langsam faßte er danach.

Mit einer fürchterlichen Gier krampfte sich der Zeigefinger um das Messer. Der Daumen gab nach. — Mit einer automatischen, völlig zweckmäßigen Muskelbewegung. — Was ... Was — wollte — es ..??...

Wen ... Wen ... töten?! ...

· · Aber da! — Als ob er sich verbrannt hätte, unter einem von seinem eigenen Willen völlig unabhängigen Schreck, warf er das Messer auf die Schreibtischplatte zurück.

Donald starrte.

Was — war das?! ...

Wen ... Wen er — töten solle?! — Diese Frage ... Es — Es hatte sie — nicht — vertragen?! ...

Plötzlich lachte er auf. Laut und hell lachte er auf. — Er! — Er selbst! — Hahaha! — ‚Er‘ — hatte Angst?! ...

Donald fühlte sich mit einem Mal völlig frei.

Die selbständigen Bewegungen des Zeigefingers waren verschwunden. Die seltsamen Vibrationen in der linken Gesichtsseite waren verschwunden. — Sein Gesicht hatte seinen gewöhnlichen Ausdruck.

Er — hatte gesiegt. —

Sein Gehirn war frei. —

Er spürte plötzlich eine angenehme lebendige Wärme über den Kopf. Seine Augen wurden hell. Sein Herz schlug frei. — Eigene Gedanken strömten herauf; wie frische, lebendige, unsagbar wohltuende Luftströme, die lange zurückgestaut waren. . . .

Er war an das Fenster getreten. Sein Blick war drüben auf das Kirchdach gefallen. Die helle Morgensonne lag drauf.

Der Blick tat ihm wohl. Er fühlte ein freies, völlig normales Wohlgefallen. Er atmete ein paar Mal auf. Seine Gedanken wurden frei. . . .

Er war er selbst. — Völlig, durchaus war er jetzt — er selbst. —

Ha! Das — mußte er sich zu Nutz machen. — Er mußte es sich jetzt klar machen. Alles mußte er jetzt genau überdenken.

Er setzte sich auf sein Sopha, drückte das Gesicht auf das Kissen und begann nachzudenken.

Er ging zurück bis auf sein Gespräch mit Siegmund. Das was ihm Siegmund von Ruth gesagt hatte, hatte ihn getroffen. Jaja! Das hatte ihn getroffen. Belebt hatte es ihn. Auf das deutlichste hatte er die Gewißheit gehabt, daß sein ganzer Zustand durch Ruth eine Änderung erfahren könne. Völlig lebendig war er gewesen. — Als ob ihm ein Flor vom Gehirn gezogen würde, war es gewesen. Seine innerste Seele hatte es getroffen. —

Und nun — aha! — Nelly! — Nun war ihm das völlig klar! Das sagte ja doch wohl etwas? Die letzten Worte, die sie ihm da an der Tür gesagt hatte.

O, er — verstand jetzt!

Hahahaha! — Hahahaha!

Sie — hatten Angst!! — Und — darum . . .

Ah! Wie — widerwärtig sie ihm war! — Herrmeingott! Aber sie war ihm ja völlig widerwärtig?!!

— Wie hatte er denn das nur nicht sehen können?! — Wie war es nur möglich gewesen, daß . . .

Wie er sie jetzt sah!! — Jetzt!! —

Sie?! — Die?!! — —

Wie sollte denn das nur möglich sein?! — Wie sollte das jemals möglich sein?!

. Dieses Zimmer!! — Diese — abgestimmte Toilette! Dieser — Parfümduft! Wars ihm nicht fortwährend gewesen, als habe er den Geruch einer — Chemikalie als er von ihr gegangen?! — O, wie er das jetzt verstand! — Wie er immer diese Illusion einer — Chemikalie gehabt hatte!

Und diese — Platzkarte da neulich! — ‚Dem Liebling‘! —

Ah, verdammt!! — O! — Glührot, mit geballten Fäusten sprang er auf.

Jaja! — Nun! — — Jaja! — Aber . . Aber . . . Was war es für eine wunderliche — Scene — gewesen . . .

Er rieb sich die Stirn.

Hm! — Hm! Er sank wieder auf das Sofa. Geriet in ein dumpfes Brüten.

„Ruth! Ruth! Ruth!!!“ —

Er hatte sich wieder in die Höhe gerissen und hatte es laut gerufen. Als wolle er sich etwas bestätigen. Als wolle er etwas — festhalten.

Aber wie er da draußen auf dem Flur gestanden hatte! Wie er sie angerufen hatte! — Und sie — Die Tür — hatte sie — zu — geriegelt?! . . .

Er?! — Gehen?! Zu ihr gehen?! — Und — so?! — Nie! — Niemals! Völlig war das unmöglich! —

Aber ganz — unmöglich war das ja!!!

Nie!!!! — — — — —

Mit einem lauten Schluchzen fiel er wieder auf das Sofa. — Lange lag er so . . .

. . . Als er sich wieder aufrichtete, hatte er den Beschluß gefaßt, Uhse niederzuschießen.

IX.

Jaja! — Hahaha! Aber natürlich! — Es war wiedergekommen.

Es war am Abend, daß es ihn soweit hatte, sich mit dem Federmesserchen die Pulsader zu ritzen.

Hahaha! — Seine Augen hatten geblitzt vor Triumph. — Es hatte es nicht vermocht!! — Er war der Stärkere! . . .

Im übrigen: es war aus! — Alles war vorbei! —

Es war in der Dämmerung, als er aufbrach, den Revolver zu kaufen. Er war sehr ruhig. Völlig ruhig war er.

Er trat in den herrlichsten Sommerabend hinein. Ein allerletztes, rotes Licht gab dem stillen Kirchplatz seinen magischen Ton. Um den Turm und das hohe Ziegeldach zwitscherten die Schwalben und zogen ihre Kreise. Wolkenlos blau wölbte sich der Himmel.

Aber als Donald in die belebteren Gegenden kam, kaufte er sich Zigarren und begann zu rauchen. Schwere Zigarren. — Die schwersten, die er bekommen konnte. — Und als er an einem Likörladen anlangte, trat er ein und trank hintereinander ein paar Sherry-Brandy aus.

Wie lebendiges Feuer drang ihm der Likör durch die

Adern und fuhr ihm mit einem angenehmen, warmen Schauer ins Gehirn.

Er schritt weiter. Verließ die Königstraße und bog auf den Schloßplatz ab.

Er wollte sich in die Friedrichstraße begeben. Dort wußte er eine Waffenhandlung. In ihr wollte er den Revolver erstehen . . .

Aber Donald kaufte den Revolver heut' nicht. —

Es war nach Mitternacht, als er im nördlichen Stadt= teil, in der Gegend des Weinbergwegs von einem Schutz= mann festgenommen wurde.

Er hatte sich total betrunken. Und seine Betrunken= heit war schließlich in ein lautes Zwiegespräch ausge= brochen.

Hahaha! — Laute Worte hatte es aus ihm heraus= geschrieen.

Hahaha! — Wie — Es Angst hatte! — Wie es ihn abhalten wollte, den Revolver zu kaufen!

Im Wachtbüreau war man außer Stande gewesen, ihn zu vernehmen.

Mit einem abwesenden, verlorenen Blick hatte er da= gestanden. Man war nicht imstande gewesen, ein Wort aus ihm herauszubringen.

Der Schutzmann hatte ihn schließlich in die Zelle ge= führt.

Es ging durch einen langen, schmalen, dunstigen Korri= dor, in dem eine Gasflamme flackerte, die mit ihrem trüben Licht zugleich durch eine über der Tür befindliche Scheibe die Zelle erhellte.

Er tritt in den dunklen, engen Raum.

Eine dicke, üble Luft wuchtet ihm entgegen.

Auf einer breiten Holzpritsche liegt und flegelt sich in

wer weiß was für Stellungen und schnarcht alles mögliche Gesindel.

Ein plötzlicher Wutanfall überwältigt ihn.

Er brüllt auf und springt auf eine Holzbank, die die Wand hin bis in die Gegend der Zellenluke reicht.

Er haut mit der Faust in die dicke Scheibe hinein.

Sie zerbricht. Die Stücke klirren auf das Estrich.

Durch den Schutzmann und einen herbeigeeilten Wärter wird Donald gepackt und auf die Bank gedrückt.

Er schreit und haut um sich herum.

Es werden ihm die an der Wand befestigten Handschellen angetan.

Die Tür wird zugeschlagen und verriegelt. Er ist allein.

Donald wird still.

Er fühlt jetzt, wie ihm das Blut am Arm herunterrinnt.

Die Trümmer der Scheibe haben ihm eine breite Wunde über den Arm weg gerissen.

Den Arm herab, unter der Schelle vor, strömt ihm das Blut über die Hand zwischen den Beinen durch auf die Bank.

Er erschreckt. · Hat es mit einer Angst.

Aber schließlich fühlt er nichts, als daß ihm das Blut Erleichterung schafft.

Er wird müde.

Er schläft ein. — — — —

— — — — — Im Morgenzwielicht erwacht.

Er ist sehr matt. — Aber er fühlt sich erleichtert. Er hat ein Gefühl, als habe er ein Bad genommen er. Aber er fühlt gar keine — Übelkeit?!

Nur der Kopf brüht ihn.

Aber — das ist ihm angenehm.

Daß ihm gar nicht übel ist?! — Daß er sich so frei fühlt?!

Und er hat so viel getrunken? — Und so übermäßig geraucht? — Die schwersten Zigarren.

Sein Blick fällt auf die Handschellen.

Ach! — Ja! — Angefesselt haben sie ihn ja. — Er hat gebrüllt; hat die Scheibe zertrümmert; hat um sich gehauen. Er weiß ganz genau.

Er sieht die Wunde.

Sie ist von dickem, schwarz geronnenem Blute verschlossen. — Ein schwärzliches schorfiges Rinnengeflecht zieht sich ihm über den Unterarm und über die Hand zwischen den Fingern durch.

Einen Augenblick runzelt er die Stirn.

Es überläuft ihn. — Er erschreckt.

Himmel! — Noch nie in seinem Leben ist er in solch' einem Loch gewesen! — Und in Handschellen! — Gefesselt! — Wie ein Verbrecher sitzt er in Fesseln.

Er blickt umher, mit Blicken, die voll Entsetzen und Abscheu sind.

Ein ödes fahles Zwielicht liegt in dem schmalen Raum und auf der kahlen graugelben Ölfarbe, mit der die Wände gestrichen sind. Voll Schmutz und Staub ist der Fußboden und ekelhafter Speiflecke.

Von der breiten Pritsche her wuchtet eine dicke üble Luft, die sich mit einem widerlichen Fuseldunst mischt. — Über Nacht sind noch ein paar Betrunkene eingebracht worden. Sie liegen schnaufend und schnarchend mit gedunsenen Köpfen auf der Pritsche und schnarchen. — Drei Andere hocken. — Der eine hat die Schuhe ausgezogen und hat sich die schmutzigen, stinkenden Lappen von den Beinen gewickelt. Er reibt und polkt an seinen unsauberen, haarigen Beinen umher. — Einer sieht wohl gar nach Läusen aus. — Der dritte scheint, nach seiner Mütze, seinem bunten Halstuch und seinen gestickten Schuhen ein Zuhälter zu sein.

Sie beachten ihn wenigstens nicht.

Wie hilfesuchend wendet Donald das Gesicht dem Fenster zu.

Durch die zerbrochene Scheibe bringt ein frischer Luftzug herein.

Das Fenster ist wie ein Bild.

Gegen das dumpfe stickige Dämmern der Zelle wirkt es mit einem hellen, frischen, außerordentlich klaren Blau.

Man sieht auf ein Ziegeldach, über dem der blaue Morgenhimmel unsäglich schön, klar und tief sich breitet.

Auf dem Dach spazieren gurrend drei blitzeweiße Tauben.

Sie wirken so sonderbar groß.

Ihr Gurren dröhnt förmlich. . . .

. . . Nach einer Weile wird die Tür geöffnet. Es wird Brot gebracht und in einem grauen Blechkübel ein dünner Milchkaffee, der wie Lehmwasser aussieht. — Aber er haucht einen so warmen Rauch. — In kleinen Blechbechern wird er gereicht.

Donald wird von den Schellen befreit. Er wird in eine andere leere, saubere und hellere Zelle geführt.

Gegen Mittag hin wird er, nachdem man ihn vernommen hat, und nachdem er sich in der Stube des Wärters gewaschen und gesäubert und gegen ein Trinkgeld einen Leinenverband für seine Wunde bekommen hat, entlassen. . . .

X.

Durch einen Torgang schreitet Donald über einen öden grauen Hof.

Er fühlt sich in solch einem seltsamen, ätherischen Wohlgefühl. Wie in einer freien, leichten, frischen Schwebe.

Es ist, als atmeten seine Lungen einen herrlich belebenden Ozon; als habe er eine Zentnerlast schleppen müssen, und sie sei ihm abgenommen.

Nur in der Wunde fühlte er ein Brennen und Ziehen. Und der Kopf schmerzt ihn. — Aber das beides ist ihm angenehm; fast wohltuend.

Leicht ist sein Schritt; sicher; elastisch.

Seine Augen sind hell und gleichsam geweitet.

Seine Aufmerksamkeit ist überaus leicht, spielend, so umfassend; so fröhlich.

Er hat noch zwei solcher Höfe durchschritten und tritt nun durch einen dritten Torgang auf die Straße hinaus; mitten hinein in einen blendend hellen, lachenden Mittag.

Alles, alles, alles ist einerlei!

Alles, was er jetzt unternehmen wird, wird recht und richtig sein.

Dies ist der Weinbergsweg hier. —

Hahaha! — Der — Weinbergsweg!

Wie ist er zum Weinbergsweg gekommen? —

Er wohnt auf dem Petriplatz; und befindet sich hier braußen im Norden; auf dem Weinbergsweg! — Kommt aus einem nächtlichen Polizeigewahrsam! — Aus einer

Zelle! — Ist gefesselt gewesen! — An die Wand gefesselt! — Mit Handschellen! . . .

Und — was das für drei wunderliche, blitzeweißen
Tauben gewesen waren auf dem wunderbar roten Dach,
mit dem wunderbar blauen Himmel drüber! —

Hahaha! — Warum hatten sie so mächtige, dröhnende
Baßstimmen gehabt?!

Hatte er nicht geträumt?! — War er nicht in einer
griechischen Halle, in einem Vestibül gewesen und hatte
aus einem Weidenkorb, der auf einem Steintisch mit
Satyrfüßen stand, eine Weintraube gegessen? — Und
hatte nicht der Mondsturm in hohen schwarzen Pappeln
gebrauft?! . . . . Ja, das hatte ihm geträumt. —

Der Weinbergsweg ist das.

Aber er hat Mühe, einen lauten Wonneschrei zu
unterdrücken.

Es ist eine Avalun; ein Feenland, durch das er
schreitet.

Was sind das da über Trottoir und Fahrdamm hin,
über die Häuser für wundersame reine karminfarbene,
smaragdene, lilafarbene und violette weite Schimmer?!
— Was ist das da oben für ein nie gesehener unsagbar
tiefer, blauer Azur?!

Was sind das für Klänge und Hymnen; was für ein
Brausen, Jubeln und Tönen?!

Was atmet er für eine Luft?! — Was für eine
Würze seltener Blumen trägt sie auf ihren ätherischen
Wellen?! —

Und — wie er nur schreitet?!

Es — muß irgend eine Veränderung mit ihm vorgegangen sein?

Was eine Empfindung er von seinem Brustkasten hat!

— Und dies warme, wohlige, wonnige, fröhliche Federn seiner Muskeln!

Und wie nur die Leute sind, die an ihm vorbeischreiten?! — Was sie für — Wesen sind?!

Wie schöne, farbige, vollkommene Kleider sie anhaben?!

Und — wie sch ö n sie alle sind! — Alle! — Denn die Unterschiede sind nichts als ein Überreichtum der Schönheit! Sie sind nichts als ein wundersames, unbeschreibliches Schönheitsspiel. — Die Unterschiede in den Gestalten. Die Unterschiede in den Kleidern und Farben. — Ist d e r verkrümmt?! — Hat der O-Beine und der X-Beine?! — Nein, nein! — Es ist unmöglich, es so zu empfinden! — Sie sind besonders und eigen! — Sie sind irgend ein Spiel, ein Wort, ein Ausdruck der Vollkommenheit! — Etwas zum Staunen! — Eine unsagbare Vollkommenheit für sich! — Eine Offenbarung, ein Geheimnis der Schönheit!

Wie tief und leuchtend ihre Augen sind! —

Erstaunt bleibt er stehen, als er ein barfüßiges, verkrümmtes Weib vorbeigehen sieht. — Man kann sich nichts Köstlicheres denken, als die Farben, Falten, Spitzen und Zobbeln ihrer Lumpen. — Der Schmutz, der an ihren nackten Beinen klebt ist nicht Schmutz: es ist ein mystisches, differenziertes, fein ineinander webendes Spiel von leisen Lichter, Farben und Schatten. — Der Schweiß, den ihr Leib haucht, ist ein Moschus. Ihre Runzeln und Falten sind ein schelmisch-reizvolles, mystisches Seelenspiel; ein Schimmer, eine Schönheit. — Sie sieht n i c h t vergrämt aus; n i c h t roh. — Es ist Schönheit; es ist ein Spiel der Vollkommenheit.

Vor einer Destillation gibt es Gebrüll und Geschrei.

Zwei Zuhälter sind aneinander geraten und stechen mit Messern aufeinander los.

Das Gesicht des einen scheint ein einziger blutiger Klumpen.

Wie wunderbar rot!

Es ist irgend eine Überwonne, eine übermenschliche Liebkosung, ein tiefes Spiel. —

Er lacht. — Ein lautes, fröhliches Lachen lockt es aus ihm hervor.

So ist's!

Und so wird er sogleich den Revolver kaufen; wird hinausfahren zu Uhse und wird ihn niederschießen.

Im Zimmer! — Im Arbeitszimmer, da wird er ihn niederschießen. —

Durch den Kopf wird er ihn schießen.

Was ist da weiter? Was könnte denn da weiter sein?! —

Es ist doch etwas ganz Selbstverständliches und Schönes?!

Es ist g a r nichts Furchtbares.

Liebe ist darin! — Freundschaft!

Alle g r o ß e Liebe und Freundschaft, denkt er, hat d i e s Geheimnis. — Sie erweist sich d i e s e Wonne und Liebe.

Es ist nur ein Lachen. — Ein Lachen. — Etwas Göttliches und Starkes.

Was er da für — Gedanken hat?

Noch nie haben seine Gedanken so gelacht!

Man — konnte doch denken, daß Uhse ihn darum bäte?! Man konnte es doch so auffassen? Und das konnte doch das Richtige und Eigentliche sein? — Warum sagte es denn immer: töten?! — Sich?! — Aber er konnte sich nicht töten! — Es ließ es nicht zu! — Es — hinderte ihn.

Nicht s i ch sollte er töten.

Konnte man nicht denken, daß alles von jeher zwischen Uhse und ihm eine große, tiefe, bedeutungsvolle Freundschaft und Liebe gewesen war? — Hm! Siegmund! — Aber er sah jetzt mit völliger Deutlichkeit, daß nicht Siegmund sein Freund und Bruder war. — Siegmund? Siegmund war doch nichts, als er selbst. Siegmund war doch ein Teil seiner selbst. — Noch nie hatte er Siegmund gegenüber so gefühlt, wie er gegen Uhse gefühlt hatte! — Noch nie hatte er den Zug einer solchen — magischen Sympathie zu ihm gefühlt!

Einen Liebesdienst — hahaha! — Einen äußersten Liebesdienst würde er Uhse erweisen.

Der Abend da! Der sonderbare Abend, als er die Nacht, nachdem Dr. Wolfsohn und Dr. Fuchs gegangen, bei ihm logiert hatte!

Aber — er sah ja alles bis ins F e i n s t e hinein! — Nichts war ihm ja verborgen! — Bis in die kleinste Falte, bis in den kleinsten Schlupfwinkel sah er!

Das mußte er ja doch bedacht haben? Das mußte Uhse doch wissen? — Wer — scherzt so?!

Nun, so einer! — Hahaha! — So ein — Spaßvogel! Nur solch ein Spaßvogel! — Haha! — Hahahaha!

Seine Augen funkeln! Seine Hände krampfen sich zusammen! Seine Zähne knirschen, sein Mund — schäumt vor — Wonne!! . . .

Es gibt ihm einen Ruck. — Er beschleunigt seine Schritte. Die Brunnenstraße schreitet er hinab; biegt dann rechts in die Münzstraße ein; gerät in das

Treiben der Schönhauser Allee und auf den Hackeschen Markt.

Er weiß ganz genau, wohin er will.

Das Geschäft liegt in der Friedrichsstraße, dem Passagepanoptikum gegenüber; dicht bei der Behrensstraße.

Mehr als einmal hat er bei seinen Spaziergängen vor dem Schaufenster gestanden, und hat bei dem Anblick der Waffen über Tolstoi, über Krieg und Jagd und Duell und wer weiß was alles für — Kriminalien nachgedacht und philosophiert.

Als er am Stadtbahnhof Börse vorbei ist, gelangt er zu einer Bodega.

Er freut sich, sie zu sehen. Er hat hier vor anderthalb Jahren, als er in der Gegend wohnte, oft gefrühstückt.

Es macht ihm Freude einzutreten.

Er trinkt ein Glas alten Portwein und genießt ein paar Kaviarbrötchen.

Dann zündet er eine Zigarette an, bezahlt und tritt wieder auf die Straße hinaus.

Er ist so aufgeräumt. — Spürt irgend eine dringende Sehnsucht. — Irgend eine süße Sehnsucht.

Plötzlich fällt ihm ein Liedchen ein; hört er sich ein Liedchen summen.

Es ist da so eine Stelle:

> „Ich weiß ein Herz, das für mich betet,
> Und diesem Herzen bin ich gut.“

Hm! — Es durchfährt ihn. —

Wie — kommt er darauf?! — Was — bedeutet das?!

Weshalb — überkommt ihn mit einem Male solch eine sonderbare Rührung?

Die — Augen werden ihm — feucht?

Die Melodie — muß — mit irgend etwas — identisch sein?

Mit . . . Mit irgend einer — bestimmten — Affektregung?!

Völlig hat er das in Gewißheit.

Er hat das oft erlebt. — Ein Affekt, eine Erinnerung kommt nicht als solche zum Vorschein, sondern kündigt sich durch eine ihrer Assoziationen an.

Es ist dies! — Er weiß mit völliger Klarheit, daß es im Augenblick dies ist.

Aber — was ist es?! — Was — will es — sagen?! — Woran — will es ihn — erinnern?!

Er hört auf zu sinnen.

Er überschreitet die Brücke; passiert die Kolonnaden der Nationalgalerie und biegt links, um das Museum herum, in den Lustgarten ein, an der Spree hinschreitend. Dann schreitet er über die Schloßbrücke und durch den lustigen Aufruhr der aufmarschierenden Wachtparade über den Opernplatz in die Linden hinein.

Das — sonderbare Liedchen!

Aber plötzlich hört er neben sich ein lautes, schallendes Hohngelächter.

Mit geballten Fäusten und jäh geschwollener Stirn aber fährt er herum.

Aber — was denn nur?!

Niemand achtet auf ihn. — Zwei junge Burschen sieht er zwei Schritte von sich ab gegen den Schloßplatz hin schreiten. — Sie haben gelacht. — Lachen noch. — Aber offenbar über irgend etwas anderes und nicht über ihn.

Aber — warum hat es ihn diesmal so getroffen? —

Er hat, seit er in den Lustgarten eingebogen war, mehr als einmal lachen hören.

Er zittert.

Er ist so — irritiert?!

Ah!! — Er wird bleich vor Angst! — Da! — Unter den linken Rippen . . .!! . . . Und — jetzt!! — Das sonderbare — lauftische Lächeln — kribbelt — juckt über — sein — Gesicht?!!! . . .

Ah!! — Vor wahnsinniger Wut stößt er einen dumpfen, rauhen Schrei hervor.

Der — Revolver!!! — — — —

Er rennt. — An der Königlichen Bibliothek lauft er vorbei; biegt in die Behrenstraße ein. Und nach zwei Minuten steht er vor dem Geschäft und kauft den Revolver. — Völlig ruhig. — Völlig klar.

Mehrere läßt er sich vorlegen. — Er hat ein Gefühl: er darf nicht so eilen; er darf nicht den ersten besten nehmen. Pro forma muß er sich mehrere vorlegen lassen; muß suchen, wählen. Das ist practisch. Zweckmäßig ist das.

Endlich nimmt er einen kleinen, den er bequem in die Jacketttasche, in die untere Seitentasche stecken kann. Das — ist nötig. Daß er ihn bequem und unauffällig in der Seitentasche hat. — Er nimmt ihn und kauft auch ein Blechschächtelchen mit Patronen.

Als er den Laden verläßt, ist ihm aber ein Umstand auffallend und setzt ihn in Betroffenheit.

Warum — hat er nicht den ersten besten kleinen Revolver gekauft?! — Er — braucht ihn ja nur ein einziges Mal? — Für — diesen Zweck? — Weshalb hat er einen so feinen genommen, der so einen zierlichen — Perlmutterkolben hat? — Warum ein — Perlmutter- kolben? . . .

Er zögert; will in den Laden zurück und ihn umtauschen. Aber schließlich steckt er das Packetchen in die rechte Jacketttasche und tritt auf die Straße hinaus.

Noch in dieser Betroffenheit über den Perlmutterkolben ist er etwa drei Schritte gegangen, als er plötzlich mit einem jähen, heftigen Schreck zusammenfährt.

Deutlich hört er eine helle fröhliche Kinderstimme rufen: „Was hast du da gekauft?!"

Mit geducktem Kopf blickt er sich um.

Er sieht drei Kinder. — Drei Jungen. — Sie haben sich untergefaßt. — Der eine sieht sich nach ihm um, kichert und nickt ihm ein paar Mal zu . . .

*   *

*

Die Sonne ging auf, als Donald mit Ismael Fink aus dem Café am Kurfürstendamm trat.

Zwischen ein und zwei Uhr nachts war Donald auf dem Kurfürstendamm angelangt und war in das Café eingetreten.

Er hatte einsam auf seinem angestammten unverbrüchlichen Platz Ismael gefunden.

Ismael war im Zustand der ‚nötigen Bettschwere', die er sich ja wohl jeden Abend antrank.

Sie sprachen nicht viel miteinander. Sie schwiegen sich gegenseitig nur gründlich aus. Donald war in Apathie gesunken. — Ismaels Gegenwart tat ihm wohl.

Es kam ihm mit einem Mal der Gedanke, sich nach Hause zu begeben. Jetzt, wo er mit einem menschlichen Wesen zusammengetroffen.

Seltsamerweise äußerte Ismael, aus wer weiß was für einem Grunde, die Absicht, Donald nach Hause zu bringen.

Der gute Ismael, der selbst sehr müde und ziemlich bezecht war, nahm ihn unter den Arm. Aus dem dunstigen Café traten sie in die reine herbe Morgenfrische.

Die Straße gähnte in lilafarbenen Morgengrauen.

Mit erwachendem Grün, mit scharfen Konturen, starr und still, zeichneten sich die Wipfel der Bäume in den klaren Morgenhimmel, an dem die Farben des Tages erwachten.

Ismael blieb stehen und richtete die Augen gen Himmel.

Anstatt sich mit Donald nach rechts die Straße hinab zu wenden, drehte er ihn langsam herum und schritt schweigend mit ihm, fortwährend den Blick gen Himmel gerichtet, nach links die Straße hinauf.

Plötzlich aber blieb er abermals stehen; machte seinen Arm von Donald frei und stützte sich mit der ausgestreckten Hand an einen Laternenpfahl, noch immer seine schönen, gelassenen Götheaugen gen Himmel gerichtet.

Unwillkürlich folgte Donald der Richtung seines Blickes.

Hoch am Himmel stand über sandiger Halbestrecke und den Häusermassen von Halensee ein Rudel Wolken. Sie zeigten eine wunderlich auffallende Form und Anordnung; nahmen sich aus wie losgerissen von einer mächtigen, schief über den Zinnen Halensees stehenden, dunklen Wetterwand.

Mit einem tiefen, stahlblauen, schmutzig karminroten, kupferfarbenen oder ultravioletten Ton standen sie im klaren blauen Himmel, dessen Färbung zwischen mattblau und apfelgrün war.

„Vermagst du Sanskrit zu lesen?" begann Ismael nach einem langen feierlichen Schweigen.

Sanskrit? — Donald fuhr aus seinem Brüten aufgeschreckt gegen ihn herum. — Was wollte er mit
Sanskrit? —

„Vordem vermochte ich es," fuhr Ismael fort, unausgesetzt seine Blicke auf den Wolken ruhen lassend. „Als
ich noch Student war und zu Füßen des verehrten Meisters
Johannes Schmidt saß. — Aber: du kennst die —
Runen."

‚Runen‘ sprach er mit einem besonderen, feierlichen
und bedeutsamen Akzent.

„Sanskritrunen! — Grotesk stilisiert! — Sanskrit!
— Runen! — Runen! — Schrift! — Wort! —
Sinn!

Lies! Lies, Teurer! — Lies! — Auch du kannst
sie lesen. — Lies, was sie sagen. — Was soll Sanskrit? — Schrift! — Runen! — Sinn! — Genug! —
Es ist nur e i n e Schrift. — Was soll Sanskrit? —
Was soll Keilschrift? Was Gothisch, Griechisch, Lateinisch,
Hebräisch, Arabisch, Türkisch? — Erkenne die Gebundenheit! Erkenne die Stete! Erkenne d i e Schrift! — Erkenne
die Zuverlässigkeit der Urform! — Lies! Lies! —
Vertraue! O, vertraue!"

Er hatte sich plötzlich zu Donald herum gewandt,
hatte mit einem festen Druck seine Hand gefaßt und
blickte ihm stumm und fest ins Auge.

„Aber," sagte er, „hüte dich vor den — Feinen! —
Hüte dich vor denen, die mit den Fingerspitzen buhlen!
— Doch, versteh' mich recht, Geliebter! B l o ß mit den
Fingerspitzen!" . . .

XI.

Sie hatten eine Droschke gefunden und waren zum Petriplatz gefahren.

Ismael hatte Donald in sein Zimmer hinaufgebracht.

Donald hatte einen Kaffee brauen müssen, den sie tranken. Alsdann hatte Ismael nicht eher nachgelassen, als bis Donald sich entkleidet und zu Bett gelegt.

Das hatte Donald ungern getan und schließlich nur, um Ismael loszuwerden.

Indessen, als Ismael gegangen, kam ihm die Über=legung, daß es ja bis Mittag hin Zeit hatte.

Und dann tat seinem glühenden Leibe die frische, kühle Sauberkeit des Bettzeuges wohl.

Indessen: einzuschlafen vermochte er nicht.

Ismael hatte, bevor er ging, die Vorhänge zusammen=gezogen; und so lag Donald mit offenen Augen im dunklen Zimmer.

Lang lag er, steif gestreckt mit erhöhtem Kopf.

— — — Was der Junge da — gerufen hatte? Noch immer war in ihm dieser Schreck. — Und — was hatte Ismael von — Runen gesagt?

Aber — wie sein Atem war!

Wer — atmete da?

Genau war es, als ob Jemand Fremdes neben ihm — atme?

Ein sonderbares, so — artikuliertes Atmen mit ganz wunderlichen Pausen und Hemmungen, das .. das wie — Worte war?

Jetzt hörte es auf. — Stockte. — Sekundenlang. — Fing wieder an. — Wartend? — Jetzt aber: sich ereifernd; beschleunigt, ganz kurz und stoßend, wie von einer Angst bestimmt? — Ja, er fühlte Angst; fühlte — Unruhe?!! — — —

— — — — Aber, wo denn — war er?! — Er selbst?! — Wo war nur er?! — Wie sollte er nur finden, wo er war und in welchem Zustand er sich befinde?!

Ein heiseres Stöhnen rang sich aus seiner Brust. — Aber es war keine Seele, kein Affekt in diesem Stöhnen. — Es war so — fremd?!

Er wälzte sich auf die Seite. Fliehend wandte er sein Gesicht dem Zimmer zu.

Was seine Augen nur für einen wunderlichen, starren Ausdruck hatten?!

Er suchte ihn zu beleben. — Aber es ging nicht. — Er sah: er mußte warten. Er mußte warten, bis es von selbst kam. —

Das verstand er; wie es sein mußte.

Irgend etwas, etwas ganz Bestimmtes und Notwendiges mußte kommen; mußte ihn sehr lebhaft interessieren und in Anspruch nehmen. Einen — Chock mußte es ihm geben. — So, wie man jemand aus einem tiefen, starren Schlaf aufweckt; so mußte es sein. — Dann würde er wieder wachen. — Genau wußte er das. — Völlig hatte er diese Gewißheit. —

Aber jetzt war nichts da, was ihn wecken konnte. —

Auf was er nur immer lauschte? — Auf was er nur achtete und — wartete? — Was das nur sein mochte?

Es — jaja! — es mußte doch etwas kommen und ihn wecken!

. Ganz sicher war das! — Völlig selbstverständlich und sicher!

Es mußte! — Es! — Das da! — Mußte! — Um seiner selbst willen mußte es! —

Es lag doch Jemand — über ihm und hielt ihn niedergepreßt?!

Seit Tagen doch?! — Seit Wochen?!

Oder — war es so?! — Er wisse ganz genau, daß er irgend etwas, mit dem er seelisch noch nicht fertig geworden war, das ihm gehemmt und zurückgestaut war, zu lösen hätte?! — Aber gerade Er — Er! — Der — Sonderbare, der da — gegenwärtig war: er — durfte doch nicht wissen .... durfte er das — von — Ruth — wissen?! — Um keinen Preis sollte — er das wissen.

— Wie auch durch ihn seine Seele verschmutzt und verunreinigt war: hier durfte er nicht heran! — Nicht an das! — Das enthielt er und verbarg er ihm mit aller Kraft! —

Seine Augen funkelten. — Wieder schwoll ihm die Stirnader. — Seine Brust begann zu arbeiten. — Sein Atem röchelte; Schaum quoll durch seine zusammengepreßten Lippen zwischen den knirschenden Zähnen hervor.

Er begann sich zu wälzen.

Seine Hände schlugen, zerrten, wanden sich ineinander wie in einem Krampf. . .

. . . Die Kirchuhr drüben schlug zehn Uhr.

Er schreckte in die Höhe.

Mit beiden Beinen, von einer plötzlichen Energie belebt, sprang er aus dem Bette.

Er erschrak.

Er hatte sich das Hemd in Fetzen gerissen. . .

Er trat zum Waschtisch, wusch sich und machte seine tägliche Toilette.

Alsdann fühlte er in der rechten Tasche seines Jaquettes den Revolver und das viereckige Blechschächtelchen mit den Patronen.

Er zog beides heraus und trat damit zum Sofatisch.

Mechanisch nahm er den Revolver aus dem mausgrauen Lederfutteral, öffnete das Kästchen, nahm sechs Patronen heraus und lud.

Nun mußte er — den Revolver ohne Futteral in die rechte Jaquettasche stecken. — Er mußte den Hahn aufziehen — und mußte das Stiftchen vorschieben. — Wenn es soweit war, würde er die Hand in die Tasche schieben, würde das Stiftchen zurückdrücken; — der Hahn war offen und dann — konnte alles schnell geschehen.

Er tat so und schob den Revolver mit vorgeschobenem Stiftchen wieder in die rechte Jaquettasche.

Wie ruhig er war!

Und seine Hand zitterte nicht ein bißchen.

Er wunderte sich. Immer war er bei wichtigen Gelegenheiten so ruhig.

Halb mechanisch erinnerte er sich an den Tag, als er die Maturitätsprüfung zu bestehen gehabt.

Er hatte damals ein Geschwür unter dem rechten Fuß gehabt und hatte die Nacht vor der Prüfung schlaflos sich in den größten Schmerzen gewälzt. — Aber am Morgen hatte er — er hatte wohl eine halbe Stunde dazu gebraucht; aber in Hausschuhen mochte er nicht zur Prüfung gehen — den Schuh dennoch über den Fuß gebracht. Und dann war er zur Schule gegangen und hatte dort von acht Uhr morgens bis elf Uhr nachts die Prüfung ausgehalten und gut bestanden.

Hm! — Ja, nun ja!

Er raffte sich auf, nahm seinen Hut und ging. —

In der Königsstraße angelangt, kam ihm plötzlich der Einfall, eine Droschke zu nehmen.

Das war ein guter Einfall. Klug war das, dachte er. — Er durfte nicht gehen.. Das würde ihn unruhig gemacht haben . . .

*   *   *

Gegen Mittag langte er in der Droschke in Charlottenburg an.

Er stieg heraus; besann sich einen Augenblick und ließ dann den Kutscher warten.

Er öffnete die Gittertür, schritt durch den Garten und trat in die umrankte Vorlaube.

Er drückte auf den Porzellanknopf.

Wenn er — nicht zu Hause wäre?! . . . .

Aber nach einer Weile schnappte der Riegel, die Tür öffnete sich und, das Pincenez auf der Nase, stand Uhse vor ihm.

Er stieß einen überraschten Laut hervor, als er Donald sah. Zuckte — Donald sah es deutlich — unwillkürlich ein wenig zurück.

Sein gekniffener Blick hatte einen Moment an Donald gehaftet, dann hatte er sich auf die Droschke gerichtet.

„Du — kommst mit Droschke?!“ fragte er, wandte wieder für einen Augenblick seinen gekniffenen Blick auf Donald und dann auf die Droschke.

Sein Gesicht hatte einen aufmerkenden Ausdruck.

Er — kombinierte. —

„Auch mal! — Neulich fuhren wir zu Zweit zu dir!“ sagte Donald. Ganz unwillkürlich, ohne irgend etwas dabei zu denken, hatte er das gesagt; so ruhig, und so sehr in seiner gewöhnlichen bescheidenen Weise, daß Uhse, der das für eine von Donalds ihm so spaßhaften — „Unwillkürlichkeiten“ hielt, ihn anblickte und lächelte.

Jaja! — Blickte ihn an. — Lächelte.

Dies — Lächeln?! ... Haha! — Donald lachte innerlich. Aber nur einen Moment zuckte so ein Lächeln und fast unmerkliches Lächeln in seinen Augen. — In einer ruhigen Haltung stand er in der Vorlaube, Uhses Einladung einzutreten, in seiner gewöhnlichen Weise, die fast verlegen wirken konnte, erwartend.

Aber nicht für einen flüchtigen Moment war sein Blick von Uhse abgewichen.

„Hm! — Du läßt die Droschke warten?!“ fragte Uhse. „Na, aber jedenfalls: tritt ein!“

Er trat in das Zimmer zurück und Donald folgte ihm langsam.

Donald merkte, daß er Uhse gestört hatte.

Er blieb — wie zaudernd — in der Mitte des Zimmers stehen, nach Uhse hinblickend, der sich irgendwo etwas zu schaffen machte und dabei ein paar ungeduldige nervöse Laute von sich gab.

Aber dann wandte er sich Donald wieder zu.

Er sieht ihn stehen und meint, er sei verlegen, weil er ihn gestört habe.

„Na! komm nur!“ sagt er und lacht. „Morning!“

Er hält Donald die Hand hin.

Aber Donald, der sich für irgend etwas im Zimmer zu interessieren scheint, bemerkt sie nicht.

Uhse fixiert ihn; räuspert sich ein wenig.

„Führt dich etwas Bestimmtes her, mein Lieber? — Hm?“

Donald zuckt zusammen und blickt ihn an. Das „Hm?“ hat ihm eine förmliche Idiosynkrasie erregt. Er zittert leise. Vor Ekel und Zorn.

Er schweigt.

„Du bist ja so schweigsam? — Naau?! — Na! — Aber komm! — Ich freue mich dich zu sehen!“

„Ach, nein! — Ich!“ sagt Donald. Es nimmt sich ein wenig bebend, ein wenig heiser, ein wenig ungeschickt aus. Er scheint zu lächeln; in seiner zuweilen etwas linkischen Weise. „Ich! — Ich — freue mich!“

. „Haha!“ Wieder fixiert ihn Uhse. Mit gekniffenen Augen durch das Pincenez. Be—lustigt. — „Wie?!“ —

„Ich!“ wiederholte Donald. „Ob mich — etwas — Bestimmtes . . .“ Er stockt. Blickt Uhse an. „Ja! — Ja!“ macht er hastig.

„Hm! — So! — Na aber, zum Kuckuck! Was stehen wir denn eigentlich hier, wie die Bildsäulen im — ‚Salon‘“, macht er halb zerstreut, halb humoristisch. „Komm! — Entrons!“

Er tritt in das Arbeitszimmer. — Er pfeift halblaut einen Melodiefetzen vor sich hin.

Langsam folgt ihm Donald.

Uhse läßt sich in seinen Schreibtischfessel sinken.

„Setz dich doch?“ ladet er ein.

Aber Donald bleibt stehen. Sein Blick scheint auf die Bücher gerichtet, die auf dem Manuskripttischchen liegen.

Uhse pfeift immer noch vor sich hin. — Er trommelt mit den Fingern auf dem Schreibtisch; wie in Gedanken.

„Na, also was!“ frägt er plötzlich und lacht. „Schieß los!!“

Donald fährt zusammen; blickt ihn an.

„Gleich! — Nachher! — Gleich!“ sagt er mit leiser

gepreßter Stimme. „Ich werde gleich . . . Schreib doch erst! — Du — willst einen Brief schreiben? — Schreib! — Es — Es hat — Zeit.“

Seine Hand ist leise in die rechte Jackettasche geglitten; umfaßt den Revolver; schiebt das Stiftchen zurück.

Uhse fixiert ihn einen Moment mit seinen gekniffenen Äugelchen. Seine Kneifergläser schimmern.

„Haha! — Na, denn bon! — Also ein paar Momente!“

Er bückt sich über das Papier. Er schreibt.

Donald hat sich dem Manuskripttischchen zugewandt. Mit der linken Hand blättert er in einem Buch. — Er ist totbleich. — Aber ganz ruhig. — Es ist ihm so furchtbar selbstverständlich. — So völlig einfach und selbstverständlich ist es. — So — merkwürdig — einfach?! — Mit einem halben Blick, seinen Atem zurückpressend, beobachtet er Uhse. — Uhses Feder haftet über das Papier. — Seine Stirn ist kraus gezogen. — Er ist völlig auf das konzentriert, was er da schreibt.

Donald umklammert den Revolver. — Seine Augen blitzen. — Leise zieht er den Revolver aus der Tasche. Seine Lippen sind gekniffen. Er ist kreideweiß. — Aber ruhig, völlig ruhig. — Sein Arm, seine Hand ist völlig ruhig; völlig sicher.

Einen kurzen Moment zögerte er noch. Seine Haltung ist, seine Absicht maskierend noch halb dem Tischchen zugewandt. Da — streckt er den — Revolver. . . . .

Eh! — Er zuckt zurück.

In demselben Moment — trifft — Uhses — Blick sein Auge. — Blitzschnell?! — Scharf?! — Sein — Auge. . . . Uhses Augen wirken so — lichtgelb?! — So — wie von innen heraus — phosphoreszierend?! . . . .

Ah! — Aber erst jetzt — scheint er den — Revolver zu sehen. . . .

Er stutzt. — Sein Gesicht wird fahl.

„Ja! — Aber. . . . Aber. . . .“

Donald läßt langsam, ohne seinen entsetzten Blick von Uhses Augen zu lassen, den Revolver sinken.

Ein Schweigen.

Ihre Blicke — haften ineinander.

„Ich. . . . Ich wollte — dich niederschießen!“ stößt Donald leise hervor; ohne seine Augen, die in diesem Entsetzen erstarrt sind, von Uhse zu lassen.

Uhse ist in die Höhe gesprungen.

„Ja. . . . Aber. . . . Aber. . . . Wie?! — Aber. . . .“

Aber Donald sagt nichts mehr.

In seinem Blick ist ein Grauen.

Was für ein —. Wesen hat er da — vor — sich!! . . .

Er wendet sich ab und geht langsam hinaus. . . .

XII.

An demselben Nachmittag ging bei Siegmund, der so schön bei seiner Arbeit saß, wieder die Klingel.

Ä! — Himmeldonnerwetter!! . . .

Aber: Was?! — Ruth?!

Um Himmelswillen! Wie sah sie denn aus?!

Ihr Gesicht hatte eine gelbgraue Farbe. Scharf zeichneten sich die Backenknochen durch die welke Haut.

Wie irrfinnig ftarrten ihre Augen aus dunklen Höhlen. Nie hatte er einen folchen Ausbruck von erftarrter Berzweiflung gefehen.

Wie ein kleiner dunkler zitternder Schatten drückte fie fich an Siegmund vorbei in das Entree; und ihre großen, dunklen Augen mit einem zum Erbarmen flehenden und verzweifelten Ausbruck auf ihn gerichtet, brach fie, die Hände windend, in ein winfelndes Schluchzen aus.

„O, mein Gott! — O, mein Gott! Wo ift Donald?! — Was ift mit Donald?! — O Gott! Sagen Sie, was ift mit Donald?!!"

Sie krampfte fich förmlich an Siegmunds Hand mit ihren zuckenden Händchen.

. . . Was für einen wunderfamen offenen Blick fie hatte! — Wie ftark und — treu! —

Eh! — Siegmund brachte fich zu fich.

„Mit — Mit Donald?! . . . O bitte, beruhigen Sie fich doch! — — Mit — Donald?! — Ja was. . . . Ja nun, was. . . . Ja, ift denn der — junge Mann noch nicht wieder bei Ihnen gewefen?! — O, kommen Sie!"

Er führte fie, fie fanft umfaffend, in das Zimmer. Sie war von neuem in Weinen ausgebrochen.

„Nein?! — Ach nein! — Seit drei Wochen — ift er ja doch — nicht bei mir gewefen?!"

Sie war in einen Seffel gefunken, und richtete ihr verweintes, zuckendes Geficht zu Siegmund auf.

„Ja! — Ja! — Aber . . . Ja, was ift denn mit ihm?! — Er ift in diefen Tagen nicht bei Ihnen gewefen?! — Hm! — Er — war doch hier?! Bei mir?! — Wir — fprachen . . . Sprachen von Ihnen. — — Er ging in einer Berfaffung von mir fort . . . Ich —

nahm an, daß er . . . Hm!“ Er blickte sie prüfend an. „Nun, daß alles zwischen Ihnen — wieder in Ordnung wäre?!“ —

Er knippste, das Gesicht in verdrießliche Falten ziehend hinter denen er seinen Schreck verbarg und eine Ahnung, die in ihm aufsteigen wollte, zu unterdrücken suchte — mit den Fingern.

„Ae! — Was macht denn der junge Mann für — Geschichten!“

„Er ist bei Ihnen gewesen! — O, Gottseidank! — Gottseidank!“ Sie atmete auf und wischte sich die Augen. „Ich — war im Geschäft. — Er — Er ist seit drei Wochen — nicht — im Geschäft“ — ihre Augen starrten vor sich hin; sie schien im Begriff, von neuem von einem Weinanfall überwältigt zu werden. — „Ich war ein paar Mal in seiner Wohnung. — Es — hieß, er wäre seit Wochen den ganzen Tag über so gut wie nicht zu Hause.“

„Wie?!“ Siegmund horchte auf. „Er — besucht das Geschäft nicht?! — Ist nicht zu Hause?! — Hm! — Das — ist ja das — Allerneuste?“

Sie starrte ihn an. Sie fühlte die Besorgnis, die ihn überwältigt hatte.

„Ja! — Ja!“ machte sie eifrig und angstvoll. „Das — letzte Mal, daß ich ihn gesehen habe, war nach“ — sie erglühte und zögerte fortzufahren — „Abend nach — Himmelfahrt. — Ich wartete beim Geschäft auf ihn. — Eine Droschke kam und hielt vor dem Geschäft. — Ein Herr stieg heraus, und nach einer Weile — kam er mit Donald — zurück und — sie stiegen in die Droschke und — fuhren fort.“

„Ah! — Ein — ‚Herr‘?! — Hm! — Wie — sah der ‚Herr‘ aus?! Sagen Sie doch!“

Ruth beschrieb Uhse.

„Hm! — Ah! — Soso!“

Siegmund ging, seine Unruhe so gut er vermochte zu verbergen suchend, hin und her.

„Den — ‚Herrn‘ — kenne ich! — — O! — Hm! — Den — Abend nach — Himmelfahrt, sagen Sie?!“

Sein Gesicht verfinsterte sich. In seine Stimme kam ein herber, fast grober Ton. — „Und — Himmelfahrt haben Sie ja wohl zusammen ein — Mißverständnis gehabt! — Na! — Es ist klar wie drei mal drei, in welcher Stimmung er von Ihnen fortgegangen ist. — — — — Eh! — Es ist Niemand — empfindlicher und spröder wie er. — Er wird sich die Nacht über herumgetrieben haben. — — Danken wir Gott, daß er sich nichts angetan hat. — In dieser Depression ist er am nächsten Tag ins Geschäft gegangen.“ — Er sprach das jetzt wie zu sich selbst, in einer kalkulierenden Weise. „Das alles hat sich in ihm nicht ausspielen können. — In äußerster Unruhe ist er gewesen. — Alles ist in ihm noch Gährung gewesen. — Hm! — Famos! — Da kommt dieser — Gentleman da mit der Droschke und der Teufel will, daß er ihn Ihnen gerade vor der Nase wegführt. — Verflucht!! Bestie verdammte! — Sodomiter!“ knirschte er noch leise zwischen den Zähnen durch. — „Und . . . Und — ich! — Ich sitze hier bei meiner Arbeit und denke an nichts. — Denke, alles ist mit Ihnen Beiden in guter Ordnung. — Ich denke, er vergißt mich über Sie zu besuchen — Denke an nichts! Argwöhne, ahne nichts! — Habe keinen — Schimmer! — — Ach, Teufel! Welcher Satan hat sich auch da gerade zwischen Sie schieben müssen! — Und nun kommt dieser — Ehrenmann und führt ihn Ihnen vor der Nase fort.

— Wetter! Wetter! — Alles wäre ja gut gewesen, wenn Sie ihn gesprochen hätten! — Was nun!"

Ruth, die mit äußerster Erregung ihm zugehört hatte, brach von neuem in Schluchzen aus.

„Ach Gott! Ach Gott! — Ich habe ja an allem Schuld!! — Ach Gott! Ich bin ja so unsagbar unglücklich! — Ach Gott, ich bin ja doch zu, zu unglücklich?!!"

In höchster Verzweiflung wand sie die Hände vor sich hin.

Siegmund war vor ihr stehen geblieben und faßte sie mit einem aufmerksamen, scharf beobachtenden und kalkulierenden Blick ins Auge.

Ihr Zustand erregte ihm in diesem Augenblicke Freude und Hoffnung. Es stand ihm, als sie ihm das von Uhse gesagt hatte, sogleich mit aller Klarheit vor Augen, in welcher Gefahr Donald schwebte. Er erinnerte sich an das Gespräch, das er vor Wochen mit Uhse im Café gehabt; an jenem Abend, an dem ihn Nelly aus dem Café abholte. Er erinnerte sich der sonderbaren und absonderlichen Depression, in der er Uhse damals angetroffen. — Er sah in diesem Augenblick sofort, daß schon damals Uhse irgend etwas im Schilde geführt hatte. Er gedachte der sonderbaren Studien, die Uhse damals getrieben. Alles war ganz klar und deutlich. Es war gar kein Zweifel möglich über den Zweck und die Absichten, unter denen Uhse Donald aus dem Geschäft abgeholt hatte. — Und — Donald hatte sich in diesem — wehrlosen Zustand, in dieser Verwirrung befunden!

„Meine Beste! Ihr Zustand tut mir gewiß sehr leid! Mißverstehen Sie mich nicht! Aber dennoch erfüllt er mich mit Freude und — Hoffnung!" sagte Siegmund ernsthaft, in seiner in solchen Augenblicken gewohnten Weise etwas geradezu.

„Ach Gott! O Gott! — Ich — verdiene ja jeden, j e d e n Vorwurf! — Ach, ich bin ja so unglücklich! — Ich kann Ihnen ja nicht sagen, wie u n g l ü c l i c h ich bin!"

Siegmund verzog ein wenig das Gesicht. Mit Mühe beherrschte er sich und unterdrückte sein heftiges Mitleid.

Er legte ihr die Hand auf die Schulter.

„Nein! Du lieber Gott! — So mein' ich's nicht! — Was können Sie schließlich dafür? — Was konnten Sie wissen, mit was für einer — Böte von — ‚verrücktem Engländer'" — hehe! Sie es zu tun hatten! — Ich — mißverstehen Sie mich nicht: ich freue mich aus einem anderen Grunde, daß Sie leiden. — Es ist mir ein Zeichen, wie viel — Sympathie Sie für ihn haben. — Und: es ist nun freilich eine recht ernste Geschichte, die ihm da widerfahren ist. — Ich —" er faßte sie scharf in's Auge — „muß Ihnen direkt sagen, daß seine Rettung einzig von Ihnen abhängt? — Gerade f e i n e! — Sonst — verdankt er am Ende wohl gar" — seine Stimme stockte; seine Zähne knirschten vor Grimm — „dieser — Kanaille das — Irrenhaus!"

„Um — Gotteswillen?!! — Was — ist geschehen?!!" Ruth fuhr in die Höhe.

Siegmund hatte sich bezwungen. Er lächelte. — Sein Blick umfaßte sie mit Wohlgefallen.

Ah! Sie war ein Prachtkerl! — Wie sie — Leben bekam!

„Nun nun! — Ich verstehe mich, Gottseidank, auf — dergleichen und weiß wie der Knoten zu — lösen ist. — Alles ist gut" — er blickte ihr in's Auge, seine

Stimme hatte einen bedeutsamen Akzent — „wenn Sie ihn lieben und — wenn Sie ihm — jedes Opfer zu bringen — bereit sind.“

Ruth stürzte auf ihn zu. Sie erraffte seine Hand, beugte ihr erglühendes Gesicht und drückte ihm einen leidenschaftlichen Kuß auf die Hand.

„Beste!“ Nicht ohne Mühe entzog er ihr seine Hand. „Haha! — Es ist weißgott so, daß der Satan doch schließlich noch Gutes stiftet. — Haben Sie f e s t e s Vertrauen! Es wird alles gut werden. — Aber — ernsthaft ist die Sache sehr! — Er wird sehr verhalten und verwirrt, er wird — so furchtbar überempfindlich sein. — Aber“ — er faßte ihre Hände; w i e sie ihm gefiel! — „Sie werden alles vermögen! Alles! — — O! Nun, vertrauen Sie nur! — Ich werde mich noch heute, sofort werde ich mich aufmachen und ihn finden. Und sobald ich ihn habe, ist er bei Ihnen!“ . . .

XIII.

Aber wie Siegmund sich, einige Zeit nachdem Ruth ihn verlassen, aufmachen wollte, um auf die Suche Donalds zu gehen, kam dieser selbst.

Er kam direkt von Charlottenburg.

Er war sehr bleich. Fast ohne Siegmund anzusehen, mit gebucktem Kopf, schritt er an ihm vorbei in das Zimmer und setzte sich auf einen Sessel.

„Na? Sag mal, junger Mann! Kommst wohl nachgerade in den ‚fortgesetzten Lebenswandel‘ hinein?!“ rief

Siegmund, der sich vor ihn hingestellt hatte, sich zu einem humoristischen Ton zwingend.

Donald machte eine Bewegung. Seine Stirn hatte sich ein wenig kraus gezogen.

Aber er schwieg.

„Nu nu!“ machte Siegmund, ihn sorglich musternd.

„Ich — komme von Charlottenburg,“ sagte Donald leise, ohne ihn anzublicken. Er war ein wenig unruhig geworden. In seinen Augen war ein Ausdruck, als ob er sich vor etwas graue; als sähe er eine Vision vor sich.

„Ich habe Uhse — niederschießen wollen.“

„Ach! Was, Wetter?!“

Siegmund war unwillkürlich zusammengezuckt.

„Und — ich habe es — nicht gekonnt.“

Es entstand ein ziemlich langes Schweigen.

„Ob er — Gedanken lesen kann?!“

Donald hatte es leise und hastig gesagt. — Er stierte und machte eine unruhige, geängstete Bewegung.

„Unheimlich! — Wie er — aussah!“

„Sohn! — Was — redest du da!“

Siegmund war auf ihn zugetreten. Er hatte Mühe seinen Schreck zu verbergen. Er zitterte.

Donald blickte verwirrt umher. Er fuhr sich mit zuckender Hand über die Stirn.

Aber plötzlich flüsterte er, scheu wie aus einer wahnsinnigen, verhaltenen Angst heraus:

„Es ist mir, als ob . . . als ob er es selbst wollte, daß — daß ich ihn — niederschießen soll? — — Ich — konnt es nicht! — — Ich bin — verloren! —

Er will — daß ich — Hand an mich lege?! — Ich darf über keine Brücke mehr gehen?! — Ich darf auf keinen Balkon mehr treten?! — Ich darf kein Messer und keine Gabel mehr in die Hand nehmen?!" —

„I, na, na! — Hör mal! Wetter! Was erzählst du denn da alles?! —"

Siegmund war, um sich zu beherrschen, zu einem Seitentischchen getreten. Er schenkte dort Kognak ein. — Hm! — Er war auf den Einfall gekommen, Donald ein Gläschen Kognak anzubieten. Er kam damit zu Donald zurück.

„Da! — Nimm mal! — Trink!"

Donald blickte mit einem unmusternen Blicke in die Höhe.

Er zögerte.

„Na, nimm! Nimm nur!"

Siegmund, der ihn geradezu angefahren hatte, blickte ihm mit einem aufmerksamen, prüfenden Blick ins Auge.

Zögernd nahm Donald mit einem halb fragenden halb vertrauensvollen Blick auf Siegmund.

„Na! Allons! — Weg damit!"

Donald trank.

Sieh! Er hatte genommen! — Hm! Siegmund atmete unwillkürlich auf.

„Na, siehst du! — Nimmst! Nimmst! — Famos! — Sieh mal! — Na! — Ist dir besser?!"

Donald richtete einen ungewissen Blick auf ihn.

„Ja!" machte er zögernd.

Siegmund blickte beiseit und trug das Kognakglas zurück. Er hatte da so eine Rührung gespürt. Es war da — so etwas in Donalds Blick gewesen.

„Hm! — Na siehst du! — Well! — Also irgend etwas hat dich gehindert, Uhse — niederzuschießen. — Irgend etwas! — Bist dir selbst nicht klar, was?! —

Na, jedenfalls sehr gut, daß es dich gehindert hat. Denn dann hättest du eine furchtbare Eselei effektuiert! — Bist ja ein Mordskerl! — Im übrigen erzählst du da ja ganz verzwickte Mordsgeschichten! — Er — Er will dich totmachen! Will dich von Brücken und Balkons stürzen! Will dir mit Messer und Gabel beikommen! — — Hm! Sag mal, hast du nicht irgend welche Irritationen von — von der Stelle aus hier?"

Siegmund deutete mit dem Zeigefinger unter die linken Rippen.

Donald blickte ihn an und nickte.

„So! — Na ja! — Da sitzt ja wohl so ungefähr der Herzmuskel, denk' ich. — Ein verflixt schnurriges Ding! — Cor, cordis! — Intrikate alte — Kohlrübe! — Macht vierte Dimension! — Macht den Kuckuck was! — Versteh mich ja, wie du weißt, ein bissel auf so was! — — Teufel, scheiß drauf! Ohren steif, Sohn! — Aber erzähle doch mal! Hast du denn mit Uhse was gehabt? — Hm! — Er hat dich ja doch wohl vor ein paar Wochen per Droschke aus dem Geschäft abgeholt?! — Nicht wahr? — Habe so was gehört!"

Donald blickte auf.

Siegmund lächelte ein bißchen.

„Na, gleich! — Vor allen Dingen, erzähl! — Aber —" wieder lächelte er, „erzähl mir nicht von — da an, sondern nimm doch mal, bitte, das hinzu, was du — Himmelfahrt mit — Ruth gehabt hast," setzte er bedeutsam und mit einer kleinen humoristischen Nüance hinzu. „Brauchst dich ja vor mir nicht zu genieren, denk' ich! — Machtest mir ja schon da neulich ein paar Andeutungen. Aber — erzähl mir doch mal genauer." —

Er war auf und ab gegangen. Jetzt blieb er vor

Donald stehen und blickte ihm mit einem humoristischen aber festen Blick ins Auge.

„Hm! — Deine Augen sind ja mit einem Mal — munter geworden! — Deine Gesichtsfarbe hat sich verändert! — Du — spürst ein kleines Kribbeln, eh! da — in der Herzgegend! — Dein Herz schlägt schneller, lebendiger! — Wie?! — Dein Atem ist freier! — Er ist nicht mehr so unregelmäßig; so, als ob er jeden Augenblick versagen, sich so — zurückstauen wollte! — Er hat nicht mehr solche sonderbaren — Pausen; als ob es ein fremder Atem wäre. — Nicht wahr! — Na, siehst du! Ich weiß!"

„Ja! Ja!" machte Donald erstaunt.

„Siehste! — Ja, sag mal, du Schaf! Du Rhinozeros, vernickeltes! Warum bist du denn nicht schon lange zu mir gekommen?! — Wahrhaftig, so ein Ratterkopf! Bildet sich da ein, der gute, brave Edwin Uhse hat ihm was angetan! Sauft da nach Schlorrendorf naus und will ihm das Lebenslicht ausblasen! — Na, aber erzähle!"

Siegmund hatte sich niedergelassen und zündete sich, das Bein übergeschlagen, eine Zigarette an.

„Willst auch eine?! — N—n—nein?! Na denn: nein! — Jaja! Also die — Kohlrübe! — So, als wenn da irgend so ein — Biest, so ein schleimiges Biest von — Polyp fingerte und zuckte! — Nich'? — Hm! — Bist du," Siegmund besah seine Zigarette, „imstande gewesen, die — unmittelbaren Veranlassungen zu den Anfällen da unten immer festzustellen? — Etwa, ob irgend ein augenblicklicher Verdruß, ein Fehlschlag, eine — Erinnerung? „Wie?!"

„Jaja!" Donald bestätigte dies. Es war meist so gewesen.

„Meist! — Natürlich! — Es kann ja auch mal eine Ursache haben, die sich nicht recht konstatieren läßt. — Na! Bist 'n Hauptkerl! — Hast Acribien! — Bist mein lieber Sohn, an dem ich Wohlgefallen habe. — Hm! — Du weißt ja: ich habe ja auch hin und wieder meine Touren! — Weißt ja: wir dürfen uns da nicht verblüffen lassen. — Unsere Gehirne und Nerven! — Es ist ja wohl so, daß es da am Ende auf was besonderes hinauswill. — Meinetwegen irgend ein Neues; so etwas wie das — ‚Wunderbare‘, von dem Ibsen da manchmal spricht. — Daran hast du auch manchmal dabei gedacht, was? — Natürlich! — Recht so! — Na, erzähle!“

Und Donald erzählte. Mit einem Gedächtnis, das Siegmund helle Freude machte; bis in die in Betracht kommenden Einzelheiten herein; von jenem Himmelfahrt-Nachmittag bei Ruth. Er erzählte, in welchem Zustande er von Ruth weggegangen; wie er die Nacht durch umhergelaufen; wie er am andern Tage ins Geschäft gegangen war und Uhse ihn am Abend mit Droschke abgeholt. Er erzählte, was er die Zeit vorher mit Uhse gehabt; von jenem Abend im Café Westminster, als er Uhse den „Zarathustra“ zurückgebracht. Er erzählte von dem sonderbaren — Herrenabend bei Uhse; von der — absonderlichen Wirkung des Gemüses; er berichtete von den rätselhaften Vorgängen seines Übernachtens bei Uhse; von der mysteriösen Lektüre; von der Hallucination, die er von Nelly gehabt. — Er berichtete von den Geschehnissen jenes zweiten Abends, bei denen Nelly zugegen gewesen war; erzählte, wie er auf dem Divan gelegen, wie sie die brennende grelle Lampe vor ihn hingestellt, sich um ihn herumgesetzt hatten und so — merkwürdig gewesen waren. Er berichtete von seinem rätselhaften

Zustand auf der Chaiselongue im Arbeitszimmer. Erzählte, wie er danach in Berlin herumgeschweift; von seinem Zusammentreffen mit Ismael Fink; bis ins Genaueste berichtete er von jenem Abendessen bei Uhse, und wie er dann am nächsten Mittag draußen in Halensee Nelly aufgesucht und was sich zwischen ihnen ereignet.

Bei diesem Punkt hatte Siegmund Ungeduld und Gereiztheit verraten. Er schien sie nicht mehr halten zu können. Er warf die Zigarette beiseit, atmete heftig, zog die Stirn kraus und brach in ein Gelächter aus:

„Wie?! — Was?! — Von deinen Augen hat sie gesprochen?! — Von deinem Atem?! — Und — ‚furchtbar‘?! — Die — Dame?! — Hahaha! — Fürchterlich! — Fürchterlich!! — Brrr!! — Weißgott! Es geht mir immer mehr auf, daß sie eine Gans ist!"

Siegmund hatte mit der Faust auf das Rauchtischchen gehauen, so — abgeschmackt fand er — Nellys . . . . Dummheit.

„Hahaha! — Und ich dachte wunder, was für eine — ‚hochherzige Aufklärung‘ sie dir hatte geben wollen! — Feudales — Divertissement! — Eh! — Sensation! — ‚Furchtbar‘! — Ich höre! — Höre!! — Pfui Deibel!! — Bestie verfaulte!! — Kulturblicke! — Hochkultur! — Na weiter, weiter! — — Hahaha! — Hahahaha! — Na weiter, Sohn! — Weiter! — Erzähle! — Hochinteressant! Wirklich: hochinteressant! — O, wir — Europäer!"

Wetter! — Himmel! dachte Siegmund im Stillen. Wetter! was hatten diese — Bestien denn da zurechtgemacht?!

Donald berichtete weiter. Von dem, was sich mit

ihm in der letzten Woche zugetragen; von den sonderbaren
Worten — Siegmund räusperte sich und zündete sich eine
frische Zigarette an — die es in ihm gesprochen und die
in seinen Sprechorganen vibriert; von den selbständigen
Bewegungen seiner Zeigefinger; von den fremden Empfindungen, die er in seiner linken Gesichtsseite gefühlt; von dem
sonderbaren Lächeln, zu dem seine Gesichtsmuskeln sich
verzogen; von den rätselhaften Antrieben, Hand an sich
zu legen; von seinem Entschluß, Uhse niederzuschießen;
von den sonderbaren Hemmungen beim Einkauf des
Revolvers; von seinem Aufenthalt im Polizeigewahrsam;
seinem neuerlichen Zusammentreffen mit Ismael; von
seinem mißglückten Versuch, Uhse zu töten.

„Hm! — Sieh, was du für ein braves Gehirn hast!
— Der ‚Mittelstand‘ hätte sich das alles ‚nicht leisten
können‘, lieber Sohn! — Hast ein famoses Distinktions-
vermögen.“ —

Er ging hin und her.

„Im übrigen! Ein — interessanter ‚Blick in die
Seele‘. — Dolle Sache! Dolle Sache! — Na, du
kennst ja wohl den Vers vom alten Ibsen! ‚Dommedag
over sig selv.‘ — ‚Leben ist Kampf mit dunklen Gewalten.
— Leben ist Kampf mit Trollen und Wichten — Dichten
Gerichtstag über sich selbst‘. — Hast’s im wesentlichen so
aufgefaßt?! — Wie?! — Siehste! Gescheit! Brav! —
Die menschliche Seele ist ein schnurriges Ding! —

Hm! — Aber ... Ruth hast du in der ganzen Zeit
nicht gesehen. Wie?!“

„N—nein!“ . . .

Donald blickte auf.

„Na, dann bitt’ ich dich, Sohn! Mach’ dich mal sofort
auf die Beine und geh zu ihr hin.“

Donald schwieg. Lange. — Seine Brust atmete.

„Das — kann ich nicht," stieß er endlich mühsam hervor.

„Sofo! — Kannst nicht!"

„Ich . . . Ich . . ." Donald stand auf und trat von Siegmund weg zum Fenster hin. Er war unruhig geworden.

„Ich war — einmal . . . Ich . . . Bis an ihre Haustür . . . Ich kann — so . . . Ich kann es doch nicht — so . . ."

Siegmund verstand.

„Unfugbestien!" knirschte er leise zwischen den Zähnen durch. „Donald!" Er war zu ihm gegangen, und hatte ihm die Hand auf die Schulter gelegt. „Sie war vor einer Stunde hier. — Sie sieht aus wie eine Leiche. — Verstehst du?! — Du bist ein Ungeheuer, wenn du nicht auf der Stelle zu ihr gehst. — Kennst du sie? Nun, dann weißt du, daß sie — zu Grunde geht, wenn . . . Verstehst du?! — Sie ist in deinem Geschäft gewesen. — Sie ist in deiner Wohnung gewesen. — — Nun?! — Sie ist eine — Süße! Ein — Herzche! — Nun?!"

Donald zuckte zusammen.

Er brach in ein heftiges Weinen aus.

„Geh hin! — Entwirre dich, lieber Junge! — Haha! — Es ist so — einfach!" sagte er leise und mit Bedeutung.

„ . . . Also — niederschießen hast du ihn wollen," sagte er nach einer Weile, nachdem Donald sich beruhigt hatte. „Übrigens: zeig doch mal! Wo hast du denn das — Dingrichs?!"

Er befühlte ihm, da Donald sich nicht rührte, die

Taschen und langte den Revolver aus der rechten Jacketttasche hervor.

Er betrachtete ihn und lachte.

„Sieh! — Was er für einen reizenden — Perlmuttergriff hat!"

Was — sagte er da?! — Donald fuhr zusammen.
— Perlmuttergriff? . . .

Er war glührot geworden . . .

XIV.

Als Donald nach Feierabend aus der Königsstraße in
die Klosterstraße einbog: das Herz stand ihm still! Es
wurde ihm dunkel vor den Augen! — Hier war die
Stelle auf dem Trottoir, wo er an dem schönen Mai-
sonntag Morgen, als sie den Ausflug nach Schmargendorf
und Dahlem machten, mit den drei Rosen auf sie gewartet, und wo sie ihm mit der possierlichen großen
Schleife über der Blouse entgegen gekommen war.

Die Häuser mit ihrer grauen Farbe! — Dort das
kleine, altmodische, mit dem kleinstädtischen Ziegeldach und
dem russischen Schornstein! — Dort das Fenster mit den
vielen knallroten Geraniumstöcken! — Das vergoldete
Standbild über der Haustür da mit den Steinornamenten,
die aus dem 18. Jahrhundert stammen! — Und da
kommt der alte Herr mit dem grauen Halbzylinder, dem
Yankeegesicht und einem Kopf birnenförmig wie der des
‚roi citoyen', und führt zärtlich sein Enkelchen spazieren.
— Da der Livréediener mit dem schönen gelben russischen
Windspiel. —

Die Straße dehnt sich still in einem heimischen Grau.

Große graue Wolken ziehen langsam mit phantastischen Gebilden am Himmel hin.

Er steht vor der Haustür, die offen ist.

Es ist der dämmerige, alte schmale Hausflur mit seiner trüben Tünche und den blauen Linien und Arabesken drauf. Die heimische Wolkendämmerung dringt herein und macht ihn noch dunkler, stiller, heimischer.

Zögernd tritt Donald ein.

Das graue, rissige Cement, mit dem der Fußboden ausgelegt ist! — Die zwei Stufen, die man, wenn man eingetreten ist, hinauf muß.

Donald bleibt stehen. Zitternd lehnt er auf dem Treppengeländer. Es überwältigt ihn.

Langsam, langsam beginnt er die alte hölzerne Wendeltreppe hinaufzusteigen, in deren Windungen und Fluren staubig die graue stille Dämmerung des Abends liegt.

Es sind die alten Flure, die sich ausnehmen wie Korridore. Ihre Tünche mit den blauen Arabesken zu dem schwärzlich verdunkelten braunen Holzwerk der Treppe! — Die alten dunkelbraunen Türen zu den Wohnungen, mit ihren Klingelknäufen aus Messing; mit ihren blechernen lackierten Briefkästen und kleinen ovalen Namensschildern aus Porzellan. Hier und da ist mit gelben Reißspinnen die Visitkarte eines Chambregarnisten auf die Tür geheftet. Zuweilen zwei, drei über- und nebeneinander.

Endlich — ist er — oben. — In dem — Flur. —

Er muß stehen bleiben. — Er bringt sich nicht weiter.

Sein Herz pocht zum Zerspringen. — Sein Atem keucht. — Mit der Hand wischt er sich den dicken Schweiß von der Stirn. — Seine Halsadern pulsen zum Zerspringen.

Er tastet sich mit zitternder Hand durch den dunklen Gang.

Er — ist an ihrer — Tür.

Er — klopft.

Zu leise. —

Noch einmal. —

Sie — eilt durch das Zimmer!

Ihr Kleid — rauscht. . . .

Mit haftigen Händen wird der Schlüssel herumgedreht.

Die Tür geht auf.

„Donald! — O, — Donald!!"

Mit zitternden Händen hat sie die Tür zugedrückt; und nun umklammern ihn ihre Arme. Ihr Gesicht preßt sich an seine Brust. Sie schluchzt und schluchzt.

Er steht da. — Duldet das. — Ein sonderbares, irres Lächeln liegt um seinen Mund. — Blöde, verlegen haftet sein Blick auf ihrem Haar. — Schlaff und gerade hängen ihm die Arme am Leibe herab.

Ihr Schluchzen ängstigt ihn.

Mechanisch, unsicher, ungeschickt neigt sich sein Gesicht auf ihr Haar nieder.

Mechanisch berühren es seine Lippen mit einem unsichren Kusse.

Sie haben eine feine Strähne ihres Haares gerafft. Sie hat sich zwischen den Zähnen festgemacht. Als er das Gesicht mit einem kurzen Ruck abwendet, zauft er sie und verursacht ihr Schmerz.

Sie zuckt auf. — Er sucht das Haar zu entfernen. — Aber seine Finger beben und sind zu ungeschickt. — Sie muß das Haar selbst lösen. —

Über ihr Gesicht ist ein Zucken gegangen. Sie steht da und starrt vor sich nieder. — Ihr Mund zuckt. —

Von neuem bricht sie in ein Weinen aus. — Aber — es ist ein anderes Weinen. . . .

Sie hat sich abgewandt: Langsam schreitet sie, mit gesenktem Kopf, gegen das Fenster hin. Sie sinkt in ihren Stuhl.

Langsam ist er ihr nachgeschritten. Steht am Tischchen zwischen den beiden Stühlen. — Neben ihr. — Aber ein Stück von ihr ab.

Seine Blicke sind im Ungewissen. Noch immer liegt dieses furchtbare Lächeln um seinen Mund. — Er fühlt, daß er ihr etwas sagen muß. — Will sie — berühren. Will . . .

Da wendet sie ihm ihr tränennasses Gesicht zu. Blickt ihn an.

Sie lächelt.

„Liebster! — Willst du — dich nicht — setzen?!

Welch — Flehen in ihrer Stimme ist! . . .

Er — will . . . Er — will . . . Ja! — Er — setzt sich . . .

Mit einem unsichren, zittrigen Schritt, halb wankend, schiebt er sich zu dem anderen Stuhl, in dem er — zu sitzen pflegte — und setzt sich langsam, wankend wieder.

Steif sitzt er da. — Seine Hände liegen schlaff und bewegungslos auf den Lehnen.

Schweigen. —

Die großen, ungestalteten Wolken, die draußen am Himmel hin schleichen, drücken in das stille, dunkle Zimmer herein. — Es verändert sich, lockt, bittet, schmeichelt so rührend mit seinen vertrauten, lieben Heimlichkeiten. — Nebenan, im Schlafzimmer, singen die beiden kleinen Reisfinken; schneeweiße Tierchen mit karminroten Schnäbeln, — und das Äffchen zirpt und hirrt zufrieden in seinem Drahthaus. — Der Bücherschrank! Die — Bilder! — Die Schalen und die Vasen mit ihren Blumen! — Der aufgerollte Schreibtisch voller Papiere, Bücher und Broschüren! . . .

Donald bewegt sich. — Mühsam, heiser und unartikuliert befreit sich ein Atemzug aus seiner Brust. Ein Zucken geht über sein Gesicht. Er blickt zu ihr hinüber. Blickt sie an. Es ist, als ob er sprechen wollte.

Sie wendet sich ihm zu. — Sie hat gesessen, das Gesicht gegen das Fenster gewandt. Mit eingebissener, zuckender Lippe. Mit starren, blinkenden Augen. — Ihre Brust atmet. — Ihre Hände zupfen und knüllen krampfhaft an dem Tischdeckchen.

Welch' Erwarten in ihrem Blick lebt! Welch' wartendes Jauchzen!

Wie — eingefallen, wie bleich ihre Wangen sind! — Was für herbe Linien! — Wie scharf die Backenknochen sich zeichnen! — Wie tief ihre Augen sind!

Mit einem Mal fängt er an zu erzählen. — Mit einer halben, heiseren, stockenden Stimme. — Erzählt ihr, was er in all diesen drei Wochen erlebt. — Er erschrickt. — Wie — idiotisch das alles ist! — Er — darf ihr das doch nicht — alles sagen? —

Aber — er spricht weiter. Mit dieser matten, halben, heiseren, stockenden, ihrer selbst ungewissen Stimme.

Sie blickt ihn an. Blickt — ihn — an . . .

Er sieht, wie ihre Brust geht. — Er nimmt wahr, wie sie in qualvoller Pein die Hände unter der Tischkante windet. — Er sieht die Verzweiflung ihres Blicks; das verhaltene Beben und Zucken ihres Leibes.

Aber — was für ein vibrierendes Lächeln um seinen Mund ist!

Er stockt.

Er erzählt weiter. — Erzählt — weiter! . . .

Er fühlt, wie er sie peinigt. — Angst starrt aus seinem Auge. Schweiß bricht aus seiner Stirn. —

Aber er — erzählt noch weiter. — Er stößt ein idiotisches Lachen aus, das den Eindruck dieses Berichtes verwischen soll. Er simuliert eine idiotische Bravour. — Mit einer krampfhaften, ihrer selbst halbbewußten Naivität verliert er sich in „Beobachtungen" und — psychologischen Details.

Er stockt. — Mit schiefen Blicken blickt er hin und her. — Blickt sie nicht an. — Meidet ihren Blick. — Er rückt hin und her. — Immer krampfiger wird das fürchterliche Lächeln. — Er hat ein Gefühl, als balle sich in seiner Herzgegend etwas zusammen. — Es zieht ihm das Blut aus dem Hirn.

Er schweigt, stiert einen Augenblick mit irren Angstaugen vor sich hin. — Und nun — springt er auf, rafft seinen Hut an sich und rennt auf die Tür zu.

„Donald?!||".

Er steht. Wie festgebannt.

„Ach!!! — Ich bin ja zu unglücklich?!|| — Zu unglücklich?!||!"

Sie hat aufgeschrieen. Mit einem lauten Schluchzen ist sie auf das Tischchen gesunken.

Langsam, zitternd, wendet er das Gesicht gegen sie herum. — Langsam, mit zögernden Schritten geht er ein paar Schritte zurück. — Aber — wieder bleibt er stehen.

Da reißt sie sich auf. — Gewaltsam hat sie ihre Verzweiflung bezwungen. Sie stürzt auf ihn zu. Mit einem krampfigen Druck umklammert sie ihn. Preßt sich gegen ihn. Schmeichelt zwischen Lachen und Weinen, mit stoßendem Atem, hundert süße Kosenamen.

Langsam, Schritt für Schritt, im mühsamen Ringen, zwischen Lachen und Weinen zieht sie ihn zurück in das dunkle Zimmer, in das von der Straße her die Laterne ihre nackten Reflexe legt.

Sie ringen. — Dumpfe fliehende Laute stößt er hervor. — Will sich freimachen — Giebt nach. — Ein Weinen zuckt in seiner Herzgegend, wird stärker, löst die Starre seiner Blicke und Mienen.

Sie gleiten aus. — Sie fallen.

Sie hält ihn, hält ihn, hält ihn! . . . .

Sein Atem beginnt zu gehen. — Sein Blut beginnt zu wallen von diesen Ringen.

Sie weiß nicht mehr, was sie tut. — — — — — —

XV.

Siegmund war, als Donald ihn verlassen, in großer Unruhe zurückgeblieben.

So manches in Donalds Bericht hatte ihn bedenklich gestimmt, wenn nicht gar erschreckt.

Zwar setzte er Vertrauen in die Gehirndressur, die er ihm während ihres Verkehres auferlegt; er setzte Vertrauen auf seine Anlage zur Beobachtung und sein feines Unterscheidungsvermögen. Und ferner war Donald körperlich gesund und von zäher, für seine Verhältnisse sogar ungewöhnlich robuster Konstitution; indessen, die furchtbaren Erregungen und Irritationen, die er zu bestehen gehabt, konnten ihm dennoch einen Knick hinterlassen haben.

Alles kam auf Ruths Verhalten an. Es kam darauf

an, wie sie ihn verstand und wie sie seinem Zustand gewachsen war. —

Ah, dieser Uhse!! — Dieser . . . Dieser . . . Hahaha! — Dieses — ‚ζῷον αἰσθητικόν‘ — Dieser ‚Nietzscheaner‘! — Diese ‚Renaissancenatur‘!

Ha, Teufel!! — Er sollte ihm das büßen!

Hm!

Ein ingrimmiges Lachen hervorstoßend dachte er nach.

Haha! — O, wenn er derjenige war, Edwin Uhse! wenn er dieser Held und Übermensch war — hahaha! — dann — verdammt! — sollte er die Probe gründlich bestehen!

Bisher hatte er leichtes Spiel gehabt. Bisher war die Sache ganz amüsant und pläsierlich gewesen. — Haha! Jetzt sollte er den Preis zahlen! Jetzt sollte er . . .

Hahaha! — Man — präpariert, man — erzieht sich sein — hmhm! — ‚Pläsiervergnügen‘ da; geht dabei über irgend eine — Leiche; weiß der Teufel was für eine! Macht lustig und guter Dinge daneben Staatskarriäre; spielt gesellschaftlich seine Rolle; ist der Schwerenöter und Tausendsassa; der interessante Mann. — Man stellt was vor! — ‚Paßt in die Welt‘! — Ist ein ‚Mann‘! —

Hahaha! — Verdammt nich noch mal! — Nein!! Nicht so stimmte das Exempel!! —

Edwin Uhse gehört — über den Strich!! — Edwin Uhse ist gesellschaftlich unmöglich!! — Edwin Uhse wird öffentlich abgestraft!! —

Hahaha! — Ein Duell?! — But no! — Haha! — Das wäre gefehlt!

Und — Edwin Uhse wird sich nicht duellieren.

Zwar — er fürchtet sich weißgott, nicht vor einer Duellpistole.

Aber — haha! er — hängt! — Er wird sich nicht duellieren! — Er wird verschwinden! In den — dunklen Gebieten — jenseit des Striches wird er verschwinden! Edwin Uhse wird die — Liebe und den — Ernst des Lebens kennen lernen! —

Und dann — da drüben — hm! Nun — vielleicht! — wird da noch etwas aus ihm werden! . . . Aber — es ist eine harte Luft — jenseit des Striches! . . .

O ja! — Das Leben! Und das — Weib! — — —

*   *   *

Am Abend machte Siegmund sich auf ins Café. Er wollte sehen, ob er Uhses dort habhaft werden könnte.

Die Tafelrunde war vollzählig vorhanden.

Doch Uhse war nicht zugegen. Er kam auch nicht.

Dafür machte Siegmund die Bekanntschaft des Herrn Larsen und seiner hübschen kleinen Frau. In ihrer Gesellschaft nun aber befand sich ein gewisser Dr. Hollberger, ein Bekannter von Uhse, ein ‚Patenter‘ von Uhses Schlage; ein — strebsamer, staatlich angestellter Chemiker. — Er war ein kleiner, dunkelhaariger, frisierter Mensch; glattrasiert, geschniegelt, mit einem schwarzen Stutzbärtchen und einer etepeteten Stimme, die ein wenig lispelte. — Seine braunen Augen standen vor in einer Weise, die sich etwas nach Basedowscher Krankheit ausnahm. Sie schienen beständig auf der Lauer nach Neuigkeiten. — Wie Aparate, bereit in jedem Augenblick von allen möglichen Angelegenheiten von ‚öffentlichem Interesse‘ exakte Aufnahme zu machen. Dr. Hollberger, der eine weitverzweigte Bekanntschaft hatte und bei keiner Abendgesellschaft fehlte, war die inkarnierte Stadtklatsche.

Er erzählte im Laufe des Gespräches, daß Uhse morgen Abend mit Larsens, Dr. Wolffohn und Dr. Fuchs und — ihm in den ‚Wintergarten‘ gehen würden, um die Saharet zu sehen.

Siegmund horchte auf.

Mit — Dr. Hollerger?! — Dr. Wolffohn und Dr. Fuchs waren übrigens ‚auch nicht ohne‘? —

Siegmund beschloß, morgen Abend den ‚Wintergarten‘ zu besuchen. —

<h2 style="text-align:center">XVI.</h2>

Kurz vor ein halb auf acht Uhr und Beginn der Vorstellung traf Siegmund am nächsten Abend im ‚Wintergarten‘ ein.

Als er Auslug hielt, gewahrte er Uhse und seine Gesellschaft auf der gegen Bahnhof Friedrichstraße hin gelegenen Seite des Terrassenplatzes gegen den Mittelpunkt hin, der Bühne gegenüber.

Herr und Frau Larsen waren bei ihm, Dr. Hollberger also, Dr. Wolffohn und Dr. Fuchs.

Man war neugierig auf die Saharet. Außerdem tanzte heut Abend Ida Fuller, die Schwester der berühmten Loie, Serpentine.

Siegmund fand Platz an einem Tisch am Eingang der Terrasse.

Hier konnte er nachher Uhses, beim Schluß der Vorstellung, am bequemsten habhaft werden.

Er ließ sich nieder, zündete sich seine Zigarette an und bestellte sich sein Pilsener.

Die Umgebung, der Saal, die Menschheit, die Vorstellung interessierten ihn.

Er besuchte das Variété nicht ungern. Er pflegte zu sagen, daß es einem gebildeten Menschen heute nächst der Musik von allen öffentlichen Schaustellungen den ehrlichsten Genuß biete. — Und — wieviel Tiefsinn konnte nicht in irgend so einer amerikanischen Radau-Excentricität liegen! —

Er war lange nicht im ‚Wintergarten‘ gewesen.

Der Saal! — Er ließ seine Blicke über sein mächtiges Parallelogramm schweifen. —

Die Bühne in der Mitte! — Die prächtigen alten großen Spiegel drüben mit ihren Figuren und ihrem schweren Stuck, die die ganze Herrlichkeit noch einmal aus einem Jenseits zeigen! — Die blauen Glaskugeln mit ihren weißen Flecken und ihrem elektrischen Glühlicht auf der Brüstung der Terrasse! — Der elektrische Scheinwerfer, oben unter der Loge über der Mitte der Terrasse, der jetzt Reklamebilder und Firmenbuchstaben auf dem Vorhang ins rechte Licht setzte, um nachher auf der Bühne Märchenszenerien aus Tausend und einer Nacht zu zaubern. — Oben die Decke, die einen sternfunkelnden Nachthimmel vorstellt. Die Sterne funkeln, Kuckuck! daß Dir plümerant wird. — Aber die grauen Statuen und Tempel, feierlich von grünen exotischen Bäumen überragt, die am Rand der Decke in den funkelnden, blitzenden Sternhimmel ragen, machen sich sehr still und träumerisch.

— Wie Schemen aus der Welt des Horatius Flaccus.

— Rechts und links in den Hintergründen hast du durch die mächtigen Scheiben, die den Saal abschließen, die von

elektrischem Licht erhellten Vorhallen mit ihren lichten
Säulen, ihren dunklen Lorbeerbäumchen, mit ihren Spiegeln
und den Reihen ihren aufgestellten Mutoskope. — Drüber
hinaus, in feeenhaft meergrünem Licht rauscht wie ein
bunter Traum der Verkehr der Berliner Stadtmitte vorüber. — Die vielen Stuhlreihen zwischen Terrasse und
Bühne, die Mitte füllend, mit all ihrer bunten Menschheit. — Unerhört bunte Damenhüte; Pelzwerk; chike
Toiletten. Rechts und links durch Barrièren abgegrenzt,
den übrigen Saal füllend, die zahllosen Tische, an denen
man bei Bier und Zigarre oder sonstigem Tobak sitzt.
— Und hier oben die Terrasse. — In der Mitte die
Herren Kavallerieoffiziere in ihren bunten Uniformen.

Man lauscht auf die Umgebung. Drüben in der
Nachbarschaft hat sich ein Dutzend Yankees angesammelt.
Ein paar Japaner. — Eine französische Konversation.
Weiche rumänische oder bulgarische Laute. Ein paar
Türken im roten Fez. Und Damens, die sich anzusehen
lohnt.

Man blättert in dem länglichen Programm mit seinen
zahllosen Annoncen. Weinstuben, Amorsäle, Cafés, Pianos,
Likörofferten, Brauereiannoncen. ‚Berlin bei Nacht‘, gründlicher Wegweiser; Al Bersaglieri: italienisches Weinrestaurant; Schirmfabrik; ‚Zum schweren Wagner‘; Groterjahns
Malzbier; Max und Moritz-Theater; ‚Zum Veit von
Staffelstein‘; Salem Aleikum-Zigaretten; Inglandol, un-
übertroffenes Haarfärbemittel, waschecht, unschädlich! —
Kaiser-Keller; Benediktiner; Elite-Kommandit-Gesellschaft,
mit Fahrstuhl; vornehmste Manicure; ‚Wasche dir den
Kopf mit Shampoon‘!; und das und — ‚que c’est qu’
ça?‘ . . . PP! — PP! — Das Porträt der Saharet;
die Dancrey; die Van Loo; die Mlle. Fantina; die

Mlle. Marguérite; Goldin und die Mrs. Goldin pp. pp. . . .

Die Ouvertüre! — Ein Wiener Walzer lacht, schäkert, kost, träumt, schmachtet und jubelt seinen rotwangigen Übermut. — Man muß dabei auf die Hutpracht der Damen sehen; oder auf das Blitzen eines Brillanten und schöner Augen; oder dieses helle Lachen hören, das sich aus dem Rauschen der Umgebung löst; auf die Biegung dieses schönen Leibes; auf die Reflexe der Spiegel drüben.

Vorhang! — Miß Eveline, Trapezkünstlerin. — Rosiges, gepudertes, festes Fleisch. Zarte Trikots. Ein unbeschreiblich lichtblaues seidenes Leibchen, das die Fülle eines herzhaften Busens zwingt; lichtblauseiden mit einem leisen gelben Schimmer. — Im hellen, feeenhaften elektrischen Licht. — Sie gleitet das Seil in die Höhe. — Du bewunderst das differenzierte Muskelspiel eines tabellosen Nackens. —

Wieder der Vorhang. — Ein Stück der beliebten Varistésentimentalität. — Auch sie gehört mit dazu. — Wie möchte man sie vermissen? — Die Szene stellt einen verschneiten Wald dar. Ein russisches Bauernhaus aus Holz gefügt. „Moskwa. Ein russisches Sextett." — Waschecht! —

Und nun die amerikanischen Excentrics. Die Yankees hinter Siegmund werden lebendig. — Smith und Doreto. In ihrer Szene: Die Millionäre. — Es sind ihrer zwei in phantastischen Clownkostümen und zinnoberroten Nasen, mit fuchsrotem Haar und enormen spiegelblanken Glatzen. Sie schlagen ihre Purzelbäume und machen ihre Kapriolen. — Und, Teufel! wie sie schießen können! — Der eine hebt eine Mazzes vor sich hin; die breite Seite nach dem Publikum, den Rand nach dem Genossen, der seitwärts von ihm steht. Er schieße sie ihm weg. In jeder beliebigen Lage und Richtung schießt er sie ihm vom Munde weg: von vorn, von hinten, von den Seiten, von oben, von unten zwischen den Beinen durch. — Sie fallen von Leitern, treiben sich die Zylinder auf; sie jonglieren mit Bergen von Zigarrenresten; entfalten sie wie Fächer, rollen sie zu Kreisen, richten sie zu Säulen. — Sie prügeln sich und fallen auf den Hintern und geben dabei mystische Fagott- und Klarinettentöne von sich. Sie krähen, krächzen und kreischen in des Yankees lieblichstem Idiom. — Doll! Doll! — Du denkst: Dolle Welt! —

Alsdann „die drei Luppus"; Reckturner.

Und nun: Iba Fuller. — Du schwebst wie Paul Scheerbarts Liwuna und Kaidoh durch kosmische Räume und blickst in die Rhythmen wabernder Weltbrände; in das heilige Melos kosmischer Bildungsprozesse. — Du bist in Feeengärten; in den phantastischen Wundern von Märchenträumen. — Du bist Rhythmus, Farbe, holder trunkener Taumel. — Bist Gleiten, Wogen, Wiegen, Entgleiten, Lösen, Sichfinden. — Gleitende, wogende, magische Gebundenheit. Bist Leuchten, Brennen, Glühen, Rinnen.

Jetzt ein Tanz-Divertissement. ,Unter Mitwirkung der Prima Ballerina Signora Florentini, der Solo-Tänzerinnen Sgra. Fantini, und Sgra. Pietrinza. — Kostüme und Dekorationen von Hugo Baruch u. Co., Hoflieferanten'.

Du hast keine Zeit einen Schluck Pilsener zu nehmen und Dir eine frische Voftagnioglo anzustecken, so charmiert Mlle. Anna Dancrey Dein Ohr mit den forschesten Pariser Chansons. — Und nun reitet weiß und schlank auf weißem Schimmel Therese Renz die ,Equestrian Vision' und exekutiert den phänomenalen ,Baguette-Sprung' auf

‚Winnetou‘; abwechselnd in violetter, smaragdener, rosa elektrischer Beleuchtung; bei Sonnenschein und Schneefall. — Die braven Schimmel! Wie sie sich über den Beifall freuen! Und wie artig und graziös sie sich verneigen!

Angeline Banloo, Sängerin vom Königl. Theater in Brüssel singt aus dem Troubadour.

‚The great Goldin‘, Illusionist; assistiert von Miß Jeane Franciola. — Er hatte die Ehre, in Sandringham eine Separatvorstellung vor Sr. Majestät Kaiser Wilhelm II. und Sr. Majestät König Eduard VII. zu geben. . . .

Endlich die Saharet. Wer möchte so graziös den schlankſten Körper biegen können wie sie! — Wer möchte so kerzensteil und prächtig das schlankſte Bein an der Nase vorbei in die Höhe recken wie sie! — Wer so unvergleichlich die köstlichsten, duftigsten der Spitzenkleidsäume schwenken! Wer so in der Extase des Tanzes das herrlichste Schwarzgelock sich lösen lassen und zündendere Blitze aus schöneren Schwarzaugen senden!

Die unerhörtesten Künste einer Jongleurtruppe.

Zum Schluß steht eine Serie von Mutoskop-Bildern bevor. — Man kann eine große Truppenbewegung über die Havel genießen; man kann Se. Heiligkeit Papst Leo XIII. in Seinem Wagen sehen; man kann Ihn in den Gärten des Vatikan leibhaft spazieren gehen sehen; man kann Ihn im Stuhl sitzen sehen; man kann sehen, wie Er in den Gärten des Vatikan den apostolischen Segen erteilt; und man kann von einer Schnellzuglokomotive aus das Panorama einer vorübergleitenden Landschaft betrachten.

Aber dies — Siegmund ist gegen Uhses Tisch herumgerückt — wird man sich vermutlich schenken, weil man noch rechtzeitig zur Garderobe will und wer weiß was noch für den Abend vor hat?

Richtig! — Sie sind aufgestanden.

Zwischen den Tischen kommen sie gegen den Ausgang her.

Siegmund erhebt sich. Er tritt an Uhse heran, der überrascht ist und ihn begrüßen will, und bittet ihn beiseite.

Herr Larsen, Dr. Wolffohn und Dr. Fuchs, die Siegmund begrüßen, gehen langsam weiter und warten am Ausgang. Dr. Hollberger, der seine Wißbegier nicht meistern kann, bleibt zurück und lugt mit seinen Augen, die an die Basedowsche Krankheit erinnern, herüber.

Siegmund fixiert Uhse.

„Donald ist in — Unruhe! — Ich denke: Sie — verstehen mich?!"

Er schlägt ihm eine kräftige Ohrfeige herunter.

Sensation in der Umgebung.

Die Vorstellung ist zu Ende. —

XVII.

Siegmunds Voraussetzung hatte sich bestätigt. — Uhse hatte ihm keinen Kartellträger geschickt. — Und eine Woche nach jener Szene im ‚Wintergarten' war Uhse mit Nelly aus Berlin verschwunden. . . . Sie blieben in Zukunft verschollen. „In den dunklen Gebieten — jenseits des Striches'. —

Was Donald anbetraf, so zeigte es sich zu Siegmunds Triumph und heller Freude, daß er seinen Zustand richtig erkannt. Donald hatte den Zwischenfall Uhse wirklich überwunden. Er hatte — Genesung gefunden.

Er hatte sich mit Ruth standesamtlich trauen lassen. Gegen den Willen seines Vaters, der ihm in einem Anfall seiner gewohnten Hartköpfigkeit mit Enterbung gedroht.

Donald und Ruth hatten sich mit Siegmunds freundschaftlicher Beihilfe in der westlichen Vorstadt eine hübsche Gartenwohnung eingerichtet. Dann waren sie für einige Zeit ins Gebirge gegangen. Von hier aus schickte Donald Siegmund, der jetzt endlich Muße hatte, sein geliebtes Rassebuch zum Abschluß zu bringen und druckfertig zu machen, glückselige Briefe.

„Ach, Siegmund!" schrieb er ihm in einem der ersten, dem ein Porträt Ruths beigefügt war, „wie glücklich ich mich fühle! — — — Hier schick ich Dir ein Porträt von ihr. Wir waren neulich in Eisenach, und sie hat sich abnehmen lassen. So sieht sie jetzt aus. Du siehst, sie trägt das Haar jetzt vom Scheitel glatt über. Ich mag das so gern. Und sie hat mir's zu Liebe getan. — Es ist noch nicht ganz glatt. Es ist noch ein wenig wellig. Sie hat es so lange zausig getragen. Aber es fängt schon an, sich zu gewöhnen. Und sie ist so praktisch und verständig! — Mehr als ich jemals für möglich gehalten hätte! — Und dabei so fröhlich. So aus voller Brust heraus! So recht voll Leben! — Sie hat jetzt große, schwarze Blitzaugen und sieht ganz braun und rotbackig aus. Und wie fest sie sich anfühlt! — — — Und wie unbeschreiblich gutherzig sie ist! —"

In einem anderen Briefe hieß es:

„Wir wohnen hier in einem kleinen Gasthaus. Es liegt an so einer echten grünen Thüringer Berglehne, dicht unter schönstem sommerlichem Buchenwald. Zwei Zimmerchen mit so niedriger Deck, daß man sie mit der ausgestreckten Hand erreicht. Von der Decke runter hängen graue Disteln gegen die Fliegen. Ich mag das so gern. — Es erinnert mich an die Bauernstuben bei uns zu Hause, wo sie von dem dicken getünchten Deckenbalken runterhängen. Wir haben einen Lieblingsspaziergang. Durch Föhrenwald steigt man einen Berg hinauf. Oben auf kahler grauer Kuppe gibts eine Ruine mit einem alten runden grauen Wachtturm. Er ist — tausendjährig! — Er ist von einer mächtigen, feierlichen, dunklen Epheumasse überwuchert. Wir lieben ihn. — Wie weit man hier übers Land gucken kann! —

Im übrigen: ich habe es doch mit einigen Nachwehen gehabt. — Siegmund, ich glaube, einen Knick habe ich doch behalten. — Sieh: nun habe auch ich meinen Knick. Aber ich bin gefeit! — — — So einen Zug hab ich um den Mund behalten! . . .

Aber wie gut sie ist! O Gott wie unsagbar gut!" — — — —

Eines Tages aber kam ein Brief, in dem sich folgende Stelle fand:

„Ruth hatte seit einigen Tagen Ziehen und Schmerzen in den Brüsten. Auch andere Zeichen trafen ein. Es ist bestätigt worden: Siegmund! Sie ist — schwanger!!" . . .

Libby kam gerade zu Siegmund, als er diesen Brief las. Er hielt ihn ihr entgegen.

„Du! — Sieh mal! — Der Kleine! — Denke! — übers Jahr wird er Vater sein. —

Du! — Und was er da von dem alten Turm schrieb! Mit dem — Epheu!" . . .

Ende!